1

Michel PLES

LOUGH NEAGH

Le monde de Maureen

BoD-book on demand

Du même auteur

Théâtre : "Les Animaux Ne Regarde Pas Les Étoiles"
(www.theatrotheque.com)

Roman : "Elle Pleure Pas Lucy" ("Pick-Up")
(BoD-Book on Demand)

Blog de l'auteur :

www.michel-ples.fr

© Michel Plès 2017
Editeur : BoD-Book on Demand, 12/14 rond-point des
Champs Élysées 75008 Paris, France
Impression : BoD-Book on Demand, Norderstedt, Allemagne
ISBN : 9782322113453
Dépôt légal : 01- 2017

À propos de l'auteur :

Né en 1954 au Maroc, Michel Plès n'est pas ce que l'on pourrait appeler un érudit. Ses faits d'armes en matière littéraire se résument, avant soixante ans, à zéro. Pas d'essais, pas d'articles, pas même la moindre nouvelle. Études courtes (collège), service armé court (trois mois), déambulation anarchique vite expédiée, il n'est pas un aventurier, et servitude volontaire (assumée) au sein de la même entreprise pendant quarante ans. Une seule passion, la lecture. Un seul but, écrire un roman un jour. À soixante ans, il écrit Pick-Up (devenu "Elle Pleure Pas Lucy") et enchaîne sur "Lough Neagh".

Il vit en Normandie et ne compte pas arrêter d'écrire de sitôt.

Antrim, Ulster.

Deux fumeurs sur le trottoir d'un pub d'où s'échappent les paroles d'une chanson triste reprise en cœur.

– Comme je te le dis, mec ! Ce putain de géant, Finn Mac Cumaill, a pris une poignée de la terre d'Irlande et l'a balancée sur son ennemi. Mais ce con l'a raté, la terre est tombée dans la mer et c'est devenu l'île de Man.

– Et le trou ?

– Le Lough Neagh. Paraît qu'on peut encore voir l'empreinte de ses doigts, au fond.

LOUGH NEAGH

CHAPITRE UN

Me voilà donc assis à la terrasse de ce café en train de cogiter sur ma nouvelle, mais récurrente, situation de célibataire. Il faut savoir que c'est un état que je n'ai pas vraiment choisi. Enfin... je veux dire, c'est un peu ma faute, mais la décision ne m'appartient pas... pas directement en tout cas. Indirectement c'est une autre affaire...

Est-on responsable du destin qui nous met en relation étroite avec une personne envers laquelle on ne peut que ressentir une affinité sexuelle ? Sans, bien sûr, que cette personne soit pour autant l'Elue, la Seule, l'Unique, celle avec qui l'on envisage de passer le restant de sa vie.

Bien évidemment non.

Est-il bien raisonnable de croire, d'ailleurs, qu'il n'existe qu'une personne élue, génétiquement destinée, sur, combien ? cinq milliards de prétendant(e)s dans l'ignorance de cette inéluctable opportunité ?

Non, bien sûr.

Le sexe est affaire de phéromone, d'espace/temps, de situation et d'opportunité. L'amour, c'est autre chose.

Mais les deux ne sont que le fruit d'un hasard, peut-être pas malintentionné, mais sacrément vicelard.

Oui, le hasard peut être vicieux. Le hasard, c'est ce qui remplace Dieu chez les athées. Seule amicale méritant mon affiliation sans réserve puisque aussi bien, ses adhérents ne se réunissent jamais (pour parler de quoi, d'ailleurs, de hasard?), ne paient pas de cotisations, ne "prosélytent" pas et ont même tendance à faire profils bas ; béants de stupéfaction, irrités comme sous les assauts d'une mouche particulièrement opiniâtre, face à cette époque religieusement tourmentée.

Si les voies du Seigneur sont impénétrables, il faut tout de même être sacrément obtus pour ne pas s'apercevoir que ce ne sont pas la justice, la bonté, la tolérance et l'humilité qui les pavent de bonnes intentions.

Le hasard, lui, a au moins l'excuse d'être imprévisible.

Alors, est-ce que Francine, cette salope, est responsable d'avoir baisé avec mon meilleur pote, l'enculé, alors que c'est moi-même qui les ai présentés ?

Non, évidemment.

Je les ai mis en présence. Leurs phéromones se sont accordées et il y a nécessairement eu une seconde magique, détachée du temps où l'opportunité d'une fornication sauvage s'est présentée.

Voilà tout.

Le hasard, c'est moi. Je suis le Dieu des athées.

Et peut-être même le roi des cons.

Dieu, le hasard et moi donc, le roi des cons, avons bien fait les choses. Nous n'avons pas d'enfant. Enfin, Dieu en a et le hasard aussi, c'est connu, ce vicelard. Mais Francine et moi, non. Il faut dire qu'en deux mois de vie commune, nous nous sommes juste entraînés à en faire. Encore quelques mois et nous aurions été prêts. C'est dommage toutes ces simulations pour rien. Il y a tout de même eu un paquet de spermatozoïdes perdus dans cette affaire...

Je commande une troisième Leffe. Je sens que j'y vois plus clair. J'ai un voisin. À deux tables de la mienne. Un vieux. Enfin, genre soixante ans. Il a enquillé les cafés comme moi les pressions. Il est en train de lire un livre dont je n'aperçois ni le titre ni la couverture. Il sourit avachi sur son siège, une e-clope dans une main et le bouquin dans l'autre. Alors que je le fixe, son regard s'échappe du livre et se pose sur moi. Il me considère avec, me semble-t-il, une certaine curiosité, le visage un peu penché et me sourit. Je lui fais un petit signe de tête et détourne mon attention sans sourire en retour.

Trop tôt pour draguer.

Le café et sa terrasse sont situés dans un secteur piétonnier à l'intérieur de la Ville Close. Peu de monde en ce milieu d'après-midi. Les touristes boudent l'humidité pourtant vivifiante de cette fin de printemps, les Concarnois travaillent, les chômeurs préfèrent garder le peu de pognons qu'ils possèdent et maraudent devant les vitrines sans grand espoir; restent plus que des vieux, trop pressés, trop occupés à rattraper le temps perdu pour prêter attention au trentenaire au fond du trou que je suis.

J'aligne mes trois verres dont le dernier, en phase avec mon humeur, est à moitié vide. Le serveur ne les retire pas à mesure que je les descends. C'est un peu gênant. Tout le monde peut constater que je suis en train de m'alcooliser grave. Ce mec n'a donc aucune sensibilité ?

Pour la peine, je lui fais signe que je désire l'addition. Il s'approche et me désigne, sur la table, les trois coupelles, contenant chacune un ticket de caisse.

– Savez pas additionner ?

Je lui file un billet de vingt. Il le prend en soupirant et fait semblant de regarder dans la pochette qu'il porte autour de la taille.

– Pas la monnaie...

Je le fixe en cherchant une réplique cinglante. J'en connais des tonnes. C'est mon métier. Pas de les écrire. De les lire. Je suis éditeur indépendant (indépendant, ça veut dire que je rame pour joindre les deux bouts de chaque mois, pour garder mes employés sans les payer et pour trouver un auteur capable de me fournir une putain de réplique cinglante lorsque j'en ai besoin).

– Qu'est-ce que je peux avoir pour la différence ?

– Pas grand-chose. Un verre d'eau ?

– Minérale ?

– Et puis quoi encore ? Plate et javelisée.

– C'est gratuit, ça, normalement.

– C'était. Les temps changent. La gratuité ne fait plus recette. Alors ?

– Gardez la monnaie...

Il s'éclipse sans un merci. Je saisis mon verre à demi vide et en écluse le contenu d'une traite. Je vais pour me lever lorsqu'une silhouette s'approche de ma table et me fait de l'ombre. Le vieux a quitté sa place et frôle mon espace d'intimité, qui est, je le reconnais, plus étendu que chez la plupart des gens. Il dépose son livre à côté de mes verres.

– Je l'ai terminé. Cela vous intéresse-t-il ?

Je lève la tête mais pas tant que ça. C'est un *petit* vieux. Un mètre soixante-cinq, largement comptés. Son allure me fait immédiatement penser à John Belushi des Blues Brothers. Avec vingt ou trente ans de plus. C'est-à-dire... Merde, l'âge qu'aurait le chanteur/acteur actuellement ? Même costume sombre, fatigué, sur une chemise blanche; cravate, chapeau et lunettes noires compris. Pour parfaire la ressemblance, je réalise qu'il vient de me parler en anglais. Il me regarde en souriant durant les quelques secondes pendant lesquelles je reste bouche bée, le discours enflammé précédant "Everybody Need Somme Body To Love" semble descendre du ciel.

Je lui réponds enfin, dans la même langue.

– Ce n'est pas un journal. Vous ne conservez jamais vos livres ?

– Oh, il ne m'appartient pas. Un client de ce café l'a laissé sur ma table hier. Je l'ai lu et je pense qu'il est plus correct pour moi de faire la même chose aujourd'hui. C'est peut-être une coutume de ce pays...

– Je ne le pense pas, non.

En moi-même, je me dis qu'il ne faudrait pas que ça le devienne si je voulais continuer à vivoter de mon travail.

Le vieux reprend, en français, cette fois, avec cette même voix grasseyante et profonde, et un accent fort, plutôt agréable.

– C'est dommage... Connaissez-vous Boneville ?

– Bauneville ? Non, je ne crois pas. C'est le nom d'une ville, je suppose ?

– Pas vraiment, non. C'est plus... une situation. Un ami m'a dit un jour qu'être Bonevillais était une "définition de l'être". Mais c'est un jeune intellectuel plutôt romantique. Je n'ai pas bien compris ce qu'il a voulu dire... Ah ! J'aperçois ma fille et sa compagne. Bonne journée monsieur et, bonne lecture.

Je le regarde rejoindre un couple de jeunes femmes bras dessus, bras dessous. Toutes les deux, grandes, brunes et élancées. L'une d'elles porte des lunettes noires et tient ce qu'il me semble être une canne d'aveugle. Le vieux s'arrête et les laisse venir à lui. Les deux femmes l'accostent, l'embrassent et, le prenant chacune par un bras, l'entraînent dans leur promenade.

Leurs sourires m'épuisent tout en m'offrant l'image d'un

avenir plus riant. Un jour, moi aussi, je serai vieux.

Je jette un coup d'œil au livre sur la table de bistrot. Je détecte immédiatement l'autoédition. Pouah ! Si ce n'est pas de la provocation, ça ! Il doit parler de camion, car la couverture arbore la photo d'une vieille camionnette dans une grange et que son titre est "Pick-up". Le nom de l'auteur a été noirci au feutre, comme censuré.

Je me lève et pars, laissant le bouquin en compagnie des reliefs de mon affliction du jour.

Librairie "L'Herbe Rouge". Agnès lève les yeux au ciel lorsqu'elle m'aperçoit. Je rejoins son comptoir et me penche pour l'embrasser. Elle recule :

– C'est pas contagieux, au moins ?

Toujours vautré sur le comptoir, je baisse les yeux sur son décolleté. Il m'arrive de penser que les clients mâles, et quelquefois femelles, du magasin ne viennent pas uniquement pour apaiser leur soif de culture.

Agnès me colle un baiser sur le crâne et me repousse des deux mains :

– Arrête de faire l'andouille. Les clients nous regardent.

Je me redresse et jette un regard circulaire. Trois retraités, deux hommes, une femme, musardent dans les rayons sans nous prêter attention. Une réplique d'un sketch d'Albert Dupontel me vient à l'esprit : "Il n'y a que des vieux, dehors ?" J'en souris bêtement en notant mentalement qu'il faudra que je demande à Ludi, mon associée, secrétaire, comptable et souffre douleur, de prendre contact avec l'acteur/cinéaste au cas où celui-ci désirerait écrire autre chose que des scénarios. J'aurais peut-être enfin quelques répliques cinglantes en tête à balancer aux serveurs malpolis et voleurs.

Agnès m'observe :

– Quel est le drame du jour ?

Je tique un peu. Je ne creuse pas un nouveau trou chaque jour, contrairement à ce que peut faire penser la remarque de ma grande sœur. Un an de différence, presque jour pour jour. Paf, paf. J'imagine bien nos parents dire, après coup :"Voilà. Ça, c'est fait". Après coup. C'est-à-dire à la fin des deux ans qu'avait nécessité l'opération.

– Tu peux m'héberger quelques jours le temps que Francine

et mon meilleur pote dégagent de chez moi ?

– Tu ferais un mauvais écrivain. En une phrase, tu racontes toute ta vie. Qu'est-ce que tu as fait de ton portable ?

Je tâte les poches de mon pantalon et de ma veste, et fais un bruit grossier avec ma bouche.

– Julien a appelé cinq fois en une heure.

– Il avait l'air comment ?

– Comme Julien. Affolé, très énervé, visiblement au bord de la syncope.

– Merde. Qu'est-ce qu'il t'a dit ?

– Il est là.

– Hein ? Où ? Dis-je, en tournant la tête.

– Non. Il a dit : "Il est là".

– Passe-moi ton téléphone.

J'arrive en nage et essoufflé à l'agence, mouillé dedans comme dehors grâce à l'action combinée de la transpiration et de la pluie fine qui m'a accompagné. Les jambes flageolantes. J'ai emprunté l'assemblage hétéroclite de tubes hors d'âge qu'Agnès s'obstine à appeler un vélo. C'est vieux, c'est lourd, dépourvu de dérailleur, et les freins restent bloqués plusieurs minutes après chaque pression sur la poignée.

Je passe dans le bureau de Julien. Je le trouve au milieu de la pièce, encore plus tendu qu'à l'ordinaire, il sautille nerveusement, ses deux mains volent avec fébrilité, mimant une intense conversation.

Il se rend compte de ma présence et s'approche de moi, roulant des yeux, ouvrant et fermant la bouche comme un poisson dictant d'obscures et ultimes volontés sur l'étal du mareyeur.

Je bloque ses deux foutues mains :

– Respire à fond, mon Juju.

Inspiration. Expiration. Trois fois. Je commence à trouver le temps long.

– C'est bon là. Vas-y.

Il regarde mes mains emprisonnant les siennes puis mon costume dégoulinant et fait une grimace écœurée.

– Tu es tout mouillé...

– Il est où, bordel ?

– Dans... dans ton bureau. Mais tu ne peux pas le recevoir dans cet état, c'est... c'est une star...

– C'est un écrivain irlandais, faut pas pousser non plus.

– Il y en a eu des grands.

– Il y en a toujours. Ce qui ne les empêche pas de passer plus de temps dans des pubs pourris, à picoler et beugler des chansons tristes, que devant leurs claviers. Passe-moi ton sweat.

– Hein ? Pou... pourquoi ?

– T'as une serviette ?

– Non...

– Alors ?

– Je ne vous imaginais pas comme ça...

Julien a installé notre visiteur dans *mon* fauteuil et lui a servi un whisky. Jameson, of course. Julien est un vrai pro, son infirmité ne l'empêche pas de réfléchir. Et comme il a deviné à quel endroit j'ai passé l'après-midi, il a posé une bouteille de Perrier et un verre pour moi sur la petite table ronde qui nous sépare.

J'ai du mal à trouver mon confort sur le petit canapé trop mou, réservé d'ordinaire aux invités; je n'aime pas qu'ils s'attardent. La conversation se déroule en anglais.

– C'est-à-dire ? Essoufflé, en nage et en costume fripé ?

Si je n'ajoute pas, métis en surcharge pondérale, aux cheveux couleur de cendre, c'est parce que je crédite mon interlocuteur d'une tolérance au moins égale à celle qui transparaît dans ses œuvres. Je n'ai jamais souffert de la teinte de ma peau. Ou si peu et si bassement que c'est sorti, à peine entré, de ma mémoire. Les quolibets de gamins jaloux ont plutôt visé mes rondeurs, mon inaptitude aux sports quels qu'ils soient et la coloration hésitante de mes cheveux. De même, si je ne mets aucune agressivité dans l'affirmation assumée de ma demi-négrité, je n'en oublie pas moins qui je suis. Ryan Parker. Fils d'un musicien américain, saxophoniste, originaire de Harlem et d'une écrivaine irlandaise versée dans la littérature érotique ; indépendantiste, et rousse comme il n'est pas permis.

Exilés volontaires, mes parents se sont rencontrés à Paris, se sont aimés le temps d'assurer une descendance viable et se sont quittés dans les meilleurs termes ; ce qu'ils considéraient comme leur devoir, accompli.

Mon interlocuteur ne réagit pas au test et fait un geste large :

– Non. Je veux parler de votre... structure. J'imaginais une maison d'édition plus importante.

– Nous assurons les mêmes services, mais avec des coûts allégés. Les travaux de rédaction, correction et mise en page sont soutenus par des professionnels qui opèrent en free-lance, chez eux, dans leur jardin ou au bistrot du coin, on s'en fout ; l'administratif, gestion comptable et commercialisation sont traités dans nos locaux... Les rotatives sont à la cave.

Haussement de sourcils. Je le rassure :

– C'est une blague...

Il sourit poliment.

– Bien, je crois que vous connaissez la raison de ma visite et...

– Avant, j'ai une question...

– Oui ?

J'écarte les mains et affiche ce que je pense être une moue d'incompréhension :

– Pourquoi nous ? Mon comptable vient justement de me le rappeler. Vous êtes une star...

Il prend le temps de boire une gorgée de son whisky, la dernière, vu l'inclinaison du verre, avant de répondre.

– Jessica O'Neill.

– Ah... soupirais-je. J'aurais dû m'en douter. Il n'y a pas tant d'écrivains irlandais vivants pour qu'ils s'ignorent...

– J'aime assez ce qu'écrit Jessica...

– Je ne peux pas vous en dire grand-chose. Découvrir les fantasmes érotiques de ma mère, même sous forme littéraire, m'a toujours paru suffisamment perturbant pour que je me tienne éloigné de ses œuvres.

Jessica, en réalité Maureen Parker O'Neill, ou encore Maman, fait montre d'une belle plume selon Agnès qui n'a jamais éprouvé la moindre pudeur à dévorer la production littéraire de sa mère. "Dommage qu'avec la demi-teinte et les taches de rousseur, elle ne m'ait pas aussi transmis son imagination dans ce domaine. J'aurais eu moins de mal à garder mes mecs". La raison pour laquelle Agnès ne garde pas ses mecs est simple. Elle fait les mauvais choix et... pense la même chose de mes propres choix.

Et n'a pas tort.

Braden Mc Laughlin, puisque c'est de lui dont il s'agit, s'étonne :

– Vous n'avez jamais lu un seul ouvrage de votre mère ?

Le reproche est à peine voilé.

– Un court extrait, une fois.

Le début sonnait comme : "Je posai mes genoux sur le tapis douillet, fis glisser la Fermeture Éclair de son pantalon, ouvris grand la bouche et..." Je n'étais pas allé plus loin. Le fait que tous les écrits de Jessica O'Neill, Maman donc, se présentent à la première personne du singulier plaide en faveur de mon indifférence bornée.

Je réoriente la conversation dans une direction moins sulfureuse :

– Et c'est donc ma mère qui vous a conseillé de prendre contact avec nous ?

Maman ne m'avait pas prévenu. Je lui avais téléphoné trois jours auparavant pour lui faire part de mon étonnement devant la prolongation inhabituelle de son séjour à Antrim. Elle m'avait assuré qu'elle serait de retour dans moins d'une semaine...

J'ai encore dans l'oreille la tonalité de sa voix. J'avais eu la désagréable impression qu'elle-même n'y croyait pas.

Elle ne m'avait pas parlé de Mc Laughlin.

– Son agent en fait, poursuit la star. Qui est aussi le mien. Julia Milazzi.

– Je connais... Je ne savais pas que Julia... Pourquoi n'est-elle pas venue avec vous ?

L'absence de la Milazzi ne me pèse pas plus que ça. Julia a œuvré sans relâche afin d'empêcher ma mère de rejoindre notre écurie d'auteur, ce qui, sans élever considérablement le niveau littéraire de notre maison (par le propos plus que par le style), aurait eu le mérite de faire grimper nos ventes.

– Je ne confie à Julia que les corvées. J'aime croire que je suis le maître de mon avenir et de ma production.

Je lui sers un autre verre. J'ai eu vent des habitudes du bonhomme. La "Select Reserve" est bien partie pour prendre une sérieuse déculottée avant la fin de l'entretien.

Je remarque :

– Julia ne porte pas les éditions Parker O'Neill dans son cœur, pourtant... Mais... Peu importe, ça ne répond pas à ma question initiale : Une star, auteur de cinq best-sellers

17

mondiaux, démarchant une petite maison d'édition de province, spécialisée, un peu malgré elle, dans les écrits de culture gaélique... Il y a un lapin ?

– ... ?

– C'est une expression, souris-je. Le genre d'expression qui veut dire qu'il va y avoir un moment où je vais signer un contrat dégageant une drôle d'odeur de soufre, à l'aide d'une plume trempée dans un liquide rouge que je préfère ne pas voir quitter mon corps.

Mc Laughlin se rencogne dans *mon* fauteuil et se met à réfléchir. Il ne sourit pas. Il avait dû être bel homme, avant l'accident mystérieux qui lui avait valu un visage défiguré, reconstruit avec les moyens du bord une première fois, puis, une deuxième fois plus récemment, grâce au produit des ventes de ses œuvres et aux progrès de la chirurgie esthétique. Son faciès demeure pourtant trop lisse, irrémédiablement imberbe et comme dépourvu de traits distinctifs. Personne ne connaît son âge, mais je lui donne une petite cinquantaine. En bonne forme. Taille moyenne et belle allure, ne serait-ce... ce visage qui, en pleine lumière, dégage quelque chose d'inquiétant ; une fixité de gros reptile en attente d'une proie ou... d'une idée lumineuse ? qui sait quelles folles espérances nourrit un crocodile, vautré, comme mort, sur une berge ?

Maman m'a raconté que, lorsqu'un malpoli lui demande la cause de son affliction passée, Mc Laughlin lâche, sinistre : "Rien qui n'ait un lien avec la littérature" et se contente de dévisager son interlocuteur indiscret. C'est en général suffisant pour que le malotru s'éclipse ou change nerveusement de sujet.

Le silence dure. J'attends sans rien dire en le fixant, autant m'habituer dès maintenant. Il lève son verre, en inspecte pensivement le contenu et en avale une gorgée digne d'un acteur américain. Il sourit enfin, mais je ne peux déterminer quelle attitude est la plus effrayante : le sourire ou la sécheresse du masque.

– Monsieur Parker O'Neill...

– C'est Parker, tout court et... appelez-moi Ryan. Je réserve le monsieur à mes créanciers.

– Bien. Ryan, donc... Avez-vous lu quelques-uns de mes ouvrages ?

– Tous ceux signés par Braden Mc Laughlin, en tout cas...

18

– Il n'y en a pas d'autres et je vais y venir, justement. Mais avant, juste par curiosité, les avez-vous aimés ?

Je n'ai pas à mentir.

– Je dois reconnaître qu'ils m'ont enthousiasmé au-delà du raisonnable. Je suis un très mauvais critique littéraire. Je fonctionne au feeling, à l'instinct. Décortiquer un style, une phraséologie ou même le déroulement d'un récit, m'ennuie. J'aime ou je n'aime pas. Et j'aime vos romans. J'en apprécie la noirceur, la poésie et, malgré tout, l'optimisme qui s'en dégage. Quant au style... Il me transporte loin et m'y laisse longtemps après en avoir terminé la lecture. Et... Je dois dire que vous avez une supporter très active en la personne de ma mère. C'est elle qui m'a initié à votre univers... Vous vous connaissez depuis longtemps ?

Je perçois alors l'insoupçonnable : une expression dans son regard. Impossible à déchiffrer, mais c'est déjà un début.

– Nous nous sommes connus vers la fin de notre adolescence, mais... Si elle n'a pas jugé utile de vous en parler, je ne crois pas qu'elle apprécierait que je le fasse...

J'encaisse sans mal cette fin de non-recevoir. Ma curiosité envers tout ce qui touche mes proches me procure souvent ce genre de vent. Je prends cependant note de cuisiner ma divine maman dès son retour.

Mc Laughlin vide son godet en rejetant la tête en arrière et toque le verre sur la table au plateau de même matière, semblant vouloir dire : "Un autre, patron".

Je ne me fais pas prier et en profite pour me verser, à moi aussi, la moitié de la dose que je lui ai servie, en y ajoutant la quantité équivalente de Perrier. Je ne suis pas un fan du Jameson, mais ne désire pas pour autant sortir le Talisker vingt ans d'âge que je planque dans mon bar. Pas devant un tel soiffard.

Du moins, pas avant d'avoir signé le contrat.

Il reprend :

– Sérieusement... Connaissez-vous mon véritable nom ?

– Je ne me suis pas encore posé la question de savoir si vous écriviez sous pseudonyme...

– C'est le cas. Savez-vous où je vis ? Avec qui ? Si j'ai des enfants ? Voire quelles sont mes préférences sexuelles ?

Je lève la main en souriant pour couper court au flot de

questions et, cette fois, m'apprête à mentir, car je vois où il veut en venir.

– J'ai grand-peur de ne m'intéresser plus aux œuvres, qu'à la vie privée de ceux qui les écrivent.

Il écarte les bras en signe d'évidence :

– Voilà. Vous venez d'énoncer la raison de ma présence et de mon désir d'intégrer votre vivier d'auteurs.

– Goldman ne respecte pas votre intimité ? Vous m'étonnez...

– Goldman respecte parce que je bataille sans cesse. Mais je suis las de ferrailler contre leurs demandes pressantes d'interviews, de débats littéraires télévisés, de dédicaces et même, quelle horreur, de séances de lectures publiques. Sans parler des blogues et autres conneries facebookeuses.

Son regard s'évade sur les murs à la déco minimaliste de mon bureau et semble s'arrêter sur deux cadres disposés l'un à côté de l'autre. L'un est un portrait dédicacé de Bruce Springsteen en compagnie d'un homme tenant un saxophone. Mon père, Louis Parker Jr. La photo avait été prise dans les coulisses d'un concert du Boss à New-York. Papa avait remplacé le saxo au pied levé pour une représentation. La plus belle expérience de sa vie, m'avait-il écrit. L'autre cadre contient un vinyle "33 tours" enregistré par le groupe de rock que Papa avait créé alors que j'étais âgé de deux ans. Le groupe n'avait pas survécu à l'enregistrement...

La pause dure suffisamment pour que je m'interroge sur la signification de cette soudaine fixité dont font l'objet les deux cadres.

Braden Mc Laughlin inspire et poursuit, semblant revenir de très loin :

– Je suis un homme secret, Ryan. La notoriété ne m'intéresse pas. La compagnie de mes confrères ou consœurs m'ennuie. Je ne pense *rien* de mes lecteurs. Je crois même qu'ils m'indiffèrent. J'ai toujours refusé que l'on appose ma photo sur les couvertures de mes livres.

– Les éditions Goldman ont pourtant parié sur le mystère Braden Mc Laughlin. C'est en grande partie grâce à cette culture du secret que vous êtes célèbre. Sans préjuger de la qualité de vos œuvres, bien sûr.

– C'était leur jeu. Et comme cela allait dans le sens de ma... phobie de la communication, l'accord était parfait.

– *Était* ?

– Oui. *Était*. La société évolue d'une façon pitoyable, à mon avis. On vit dans un monde sans pudeur. L'intimité s'étale au grand jour. Il est de bon ton, voire obsessionnellement existentiel, d'afficher aux yeux de tous la vacuité intellectuelle, l'odieuse banalité qui voudrait faire de l'humain lambda ce qu'il n'atteindra jamais... Et Goldman veut surfer sur cette vague infatuée. Goldman me veut à poil, exposé en place publique. Et, de préférence, la queue en étendard et le sourire aux lèvres. Vous m'avez vu sourire, Ryan ? Je ne veux pas que le monde ait cette image grimaçante de Braden Mc Laughlin. D'ailleurs, Braden Mc Laughlin n'existe pas. Ce n'est qu'un nom, et, un nom n'est pas un objet. Un nom ne se montre pas. Ne se voit pas.

Nouvelle gorgée de whisky. Je l'imite, trempant juste les lèvres dans mon breuvage et m'étonne :

– C'est étrange... Les propos que vous me tenez ne reflètent pas, et de loin, l'humanisme bienveillant qui imprègne vos romans.

– Parce que c'est Braden Mc Laughlin qui les écrit. L'homme que vous avez devant vous, et, qui défend bec et ongles son intimité, n'est rien d'autre que celui qui se dissimule derrière ce nom. Un homme différent de l'écrivain célèbre.

Je souris, repose mon verre, et me lève.

– Cette discussion est passionnante, Braden... Heu... Dois-je continuer d'appeler l'homme qui se trouve devant moi, Braden ?

– Bien sûr. Il transmettra.

Assez bêtement, je me prends à mon propre piège en considérant sa remarque au premier degré. Devant mon air ébahi, il reprend, me parodiant sans sourire :

– C'est une blague... Ce dédoublement de ma personnalité reste une allégorie. Une figure d'esprit. Soyez sans crainte, vous n'avez pas affaire à un cas psychopathique.

Me sentant un peu con, je gagne mon bureau après avoir souri finement. Je décroche le téléphone interne et appelle Julien pour lui demander de passer chez Leguenec, LE traiteur de Concarneau, et de nous ramener de quoi tenir... Deux heures ?

Braden me montre trois doigts.

– D'accord. Dévalise-le et rapporte une bouteille de whisky.

21

Une nouvelle fois, l'écrivain lève la main et me surprend :

– Scotch... Goût tourbé.

– Laisse tomber le whisky, fais-je à Julien.

Je raccroche et me tourne pour ouvrir mon bar et sortir la bouteille de Talisker millésimé. Je la montre à Braden Mc Laughlin qui lâche :

– Cela me paraît plus en phase avec notre propos.

Ce type commence à bien me plaire. J'ai déjà oublié Francine et même le nom de mon meilleur pote.

CHAPITRE DEUX

Il est trois heures du matin lorsque je glisse et tourne la clé dans la serrure. J'ouvre doucement la porte de l'appartement d'Agnès. Un beau clair de lune illumine le salon, les doubles-rideaux n'ont pas été tirés. Je me déchausse et me dirige vers le couloir desservant les deux chambres dont les portes sont restées ouvertes. Je jette un œil dans celle de Max qui est vide. Je souris. C'est une nuit câlins ?

Max Parker O'Neill n'est pas mon neveu, comme son prénom pourrait l'indiquer. Max est ma nièce de huit ans, la fille d'Agnès. Et depuis que Max s'appelle Max, je suis toujours étonné de rencontrer un garçon ou un homme portant ce prénom, désormais de fille, pour Agnès et moi.

Le papa biologique de ma nièce n'ayant pu résister à l'appel du large avant l'échéance naturelle des neuf mois, c'est à moi qu'est revenue la corvée de subir les sautes d'humeur de la future maman, de l'accompagner aux échographies et au cours d'accouchement et enfin, d'*assister,* comme on dit pour le papa.

Ce n'est pas moi qui ai déposé la petite chose fripée et gluante sur la poitrine gonflée de sa mère, bien sûr, mais c'est moi qui ai coupé le cordon ombilical. J'ai même assisté à une démonstration de l'élasticité du placenta, effectuée à mon intention, par l'obstétricien, visiblement désireux de repousser dans leurs derniers retranchements, mes capacités d'abstraction.

Pas de chance pour le pervers facétieux, la poche sanglante, dans laquelle il avait fourré ses mains pour la tendre, provoqua plus d'émerveillement que de dégoût.

Donc, Max est un peu plus que ma nièce, vu que c'est moi qui me suis tapé la corvée. Planter une graine n'a rien d'héroïque. Tandis que, *assister...* tenir le bébé dans ses bras, s'étonner, ravi, qu'il s'y love comme s'il était encore à l'intérieur de sa foutue poche, sentir sa chaleur, avoir peur de sa fragilité et se prendre pour un géant...

Je ne l'ai jamais dit à ma sœur, mais je n'éprouve que de la reconnaissance pour le marin irresponsable et bourlingueur. Tant qu'il reste sur son bateau. Loin, très loin de nous.

Max, donc. Ma nièce doit encore dormir dans le lit de sa mère.

Je pousse la porte déjà entrouverte de la chambre d'Agnès. Les rideaux ne sont pas tirés, non plus. J'aperçois le lit vide et ne comprends pas.

Je gagne la cuisine pour boire un verre d'eau. La bouteille de Talisker a rendu l'âme au cours de l'entretien avec Mc Laughlin. Je n'en ai bu qu'un quart, Braden se chargeant du reste et, malgré la moitié de sang irlandais qui coule dans mes veines, j'ai l'impression de marcher sur un matelas à ressorts. Un Post-it est collé sur le bar. "Appelle-moi dès que tu rentres, à n'importe quelle heure."

D'après ce que j'en sais, et je suis bien renseigné, ma sœur traverse un Sahara sentimental en ce moment. Le mot m'est donc destiné.

Fébrile, j'extirpe mon téléphone de ma poche et appelle ma frangine. Agnès décroche à la première sonnerie.

– Qu'est-ce qui se passe ? Il y a un problème avec Max ?

– Ryan... Je...

Sa voix est faible, brisée. La panique monte le long de mes jambes et menace de me submerger.

– Agnès ? Explique-moi. C'est pas... Max, hein ?

– C'est...

Un sanglot, puis un silence qui s'éternise, pesant, toxique comme un souffle remonté tout droit des limbes, puis une voix que je connais bien. Que j'entends depuis que j'ai trois ans. Ludivine. Mon associée. La fille de celle qui fut notre nourrice, notre amie de toujours, et... plus encore. Tellement plus...

– Ryan, c'est Ludi.

– Ludi ? Elles sont chez toi ? Qu'est-ce... ?

– Ryan, écoute-moi, s'il te plaît.

– D'accord... d'accord.

– C'est ta maman, Ryan... C'est Maureen. Elle est morte.

CHAPITRE TROIS

Je suis enfin prêt à accueillir l'immense chagrin qui, jusqu'à présent, et par la force des choses, n'a été qu'un brouillard diffus, lourd de menaces, flottant à la limite de ma conscience. L'incommensurable surprise, le dépaysement, les tracasseries administratives pour rapatrier le corps, les interrogatoires immondes, lourds d'une haine absurde et ancienne sont parvenus à tenir le supplice à distance ; la torpeur d'incrédulité qui s'est emparée de mon esprit s'ouvre enfin à la douleur.

Je ne m'étais jamais rendu compte que la vie sociale de Maman était remplie de tant de monde. Le petit cimetière de Névez, où nous avons déposé la dépouille de Maureen Parker O'Neill, n'a jamais, de son histoire, subi une telle affluence de célébrités mêlées de nombre d'habitants de Port Manec'h. Ceux-ci ont toujours apprécié la simplicité élégante de leur romancière à demeure, et ont tenu à lui rendre un hommage émouvant de sincérité.

Aëlez, avec une malice attendrissante, faisait souvent allusion au fait qu'il ne devait pas y avoir beaucoup de villages bretons dont les étagères s'ornaient d'autant de livres coquins.

Aëlez savait vendre, auprès des résidents, le talent de celle qu'elle considérait comme l'un des nombreux enfants qu'elle avait accueillis au cours de sa carrière de nourrice.

Ludi, la fille d'Aëlez, avait pris en charge Max, tandis que je repoussais à grand-peine mon brouillard, soutenais une Agnès submergée par le chagrin et la colère, et couvais maladroitement mon ancienne et toujours nourrice, dont je devinais les vieilles et frêles jambes prêtes à se dérober.

C'était hier.

Et puis je m'étais éveillé, encore vêtu, sur l'énorme canapé du salon. Il était cinq heures. L'heure à laquelle Maman se levait tous les matins quel que soit l'endroit où elle se trouvait. Écrivant en esprit déjà, ses lignes du jour.

Et, à l'heure à laquelle elle prenait habituellement son petit déjeuner frugal, une tasse de thé fort accompagnée d'un biscuit d'une sécheresse peu avenante, je m'allongeai sur ce qui avait été son lit, déjà occupé par ma sœur et sa fille. Max se réveilla, se colla à moi, passant son bras sur mon torse et sembla se rendormir.

Je pris conscience que, ce qui restait des Parker O'Neill, tenait dans un lit pour deux personnes.

Aux premiers sanglots, la minuscule main de ma nièce tapota ma poitrine.

C'était ce matin.

Il est 14 heures. Le brouillard commence enfin à se dissiper, les larmes à sécher. Ne reste que des filets de regrets qui jamais ne s'estomperont. Des non-dits éternels et anodins qui soudain deviennent impératifs, et la tonalité inhabituelle d'une voix dont les propos, les derniers, passent en boucle dans mon esprit. Maureen avait tenté de me rassurer. Elle avait écrit quelque chose de différent, cette fois. De plus long, aussi, d'où son retard. Mais elle ne m'en avait pas dit davantage. Juste que c'était une surprise... C'est sur cette dernière syllabe que sa voix s'était brisée et qu'elle avait rapidement mis fin à la conversation.

Et puis j'avais été occupé. Empêtré dans une rupture sentimentale à combustion lente. Je n'avais essayé de la joindre que deux jours plus tard mais sans résultat. Et pour cause... À l'heure où je l'avais appelée, elle naviguait déjà vers un destin qu'elle avait peut-être mûri depuis longtemps. Un choix que je ne pouvais accepter. Si éloigné de ce qu'elle était, si... incongru.

Les filles se sont levées et sont sorties, parlant bas. Un éclat de rire vite étouffé de ma nièce. Le bruit léger de la porte se refermant.

Je les ai entendues déjeuner. Agnès, Max et Ludi qui avait apporté des pizzas, je pense, d'après les exclamations de plaisir de Max.

Puis un tapotement léger sur la porte de la chambre ; ma sœur, murmurant sans entrer :

– On va faire un tour... sur la plage.

Les pépiements de Max, préparant seaux, pelles, moules à sable...

Puis le silence.

Il est 14 heures, donc. J'ai dû dormir une demi-heure depuis que les filles sont sorties.

Je me lève. La chambre de ma mère est équipée d'une salle d'eau. Rare luxe auquel elle s'était pliée, devant nos récriminations. La salle de bains commune étant située entre la chambre d'Agnès et la mienne, nous avions fortement revendiqué, auprès de Jessica La-lève-tôt, notre droit à une grasse matinée silencieuse les samedis, dimanches et tout autre jour ressemblant à des vacances.

Je prends une douche, chaude puis froide, passe un t-shirt large, un bermuda dans le même style et des sandales. Elles m'ont laissé une part de pizza. Je m'en saisis, sors, et descends jusqu'à la plage en mangeant.

De la maison située sur les hauteurs, un chemin privé descend en zigzaguant jusqu'à une petite plage de sable à gros grains d'une vingtaine de mètres de long, recouverte à marée haute mais accueillante à mi-marée, parsemée de gros rochers recouverts de coquillages aux arêtes coupantes que l'on ne peut escalader que chaussé de sandales.

Ce qu'est en train de faire Max, en chantonnant, lorsque je rejoins mes deux compagnes de chagrin. Elles sont assises sur le sable à côté d'un parasol inutile et me considèrent en souriant largement.

– Qu'est-ce qu'il y a ? J'ai de la sauce tomate sur le nez ?

Agnès :

– Ça, et tu as mis ton t-shirt à l'envers.

J'essuie mon visage avec le mouchoir en papier qu'elle me tend et répare mon erreur d'habillement.

J'hésite entre rejoindre ma nièce ou me laisser tomber en leur compagnie. J'opte pour le deuxième choix.

Ludi, dessinant des figures cabalistiques dans le sable :

– Tu nous as fait peur. On se demandait à quel moment tu allais craquer.

J'élude la remarque. Ce n'est pas si loin que ça.

– Comment va Aëlez ?

Ludi, toujours :

– Elle est fatiguée et toujours choquée. Elle parle peu. Les sœurs Jaouen restent à son chevet. Elles craignent que ce ne soit le drame de trop pour Maman.

– Oui. Elle ne mérite pas... ça.

– Personne ne mérite les sœurs Jaouen.

Je réponds à son sourire. Ludi a raison. On peut ne pas être prêt à tourner la page, mais il ne faut pas oublier de vivre.

Max nous rejoint. Ma nièce est brune, le cheveu raide, avec une coupe au carré, une silhouette plutôt malingre, un visage fin, malicieux et une peau mate, mais... définitivement blanche. En deux générations seulement, la musique de Louis Parker Jr est devenue inaudible dans les veines de sa descendance.

Max ramasse son seau, sa pelle et prend un air aguicheur :

– Quelqu'un pour jouer avec moi ?

On est tous prêts mais c'est Ludi la plus rapide. Si rapide que je la soupçonne de désirer nous laisser seuls, Agnès et moi.

Ces deux dernières semaines, nous nous sommes peu parlé. Enlacés, touchés, rassurés, regardés oui, mais aucun mot ne voulait sortir de nos gorges serrées.

Il est temps. Deux semaines. Ça ne peut durer toujours.

Je regarde ma sœur. Elle est allongée sur le sable, en appui sur les coudes. Elle a passé une robe d'été, légère et courte. Le temps ne s'y prête pas vraiment en ce début de mois de juin ; il fait frais, le ciel reste lourd de nuages sans être menaçant, mais le besoin d'été nous le fait anticiper. Ma sœur, donc. La bataille génétique Parker/O'Neill a dû être dure. Peau pain d'épice d'un grain et d'une douceur incomparable, cheveux teintés roux, longs, fournis et ondulés en vagues serrées, yeux émeraude en amande, pour le moment caché par des lunettes de soleil, nez légèrement épaté, bouche pulpeuse dans un visage rond, un corps rond, comme le mien mais, en ce qui la concerne, l'architecte n'était pas bourré. Il a mis ce qu'il fallait là où il le fallait.

Agnès se pense grosse et alterne depuis toujours régimes et relâchements boulimiques.

Agnès est la fille la plus sexy que je connaisse. À égalité avec Maureen Parker O'Neill, mais dans un registre opposé.

Alors que je lui faisais part de mon opinion, un jour où elle envisageait, maussade, un nouveau plan de remise en forme : régime sec, randonnée, et même, quelle horreur, course à pied (le fait qu'elle inclut ma participation active dans ses projets n'avait rien à voir avec mon compliment, non), elle remarqua :

– Tu dis ça mais tu ne sors qu'avec des filles maigres.

– Minces. Mes bourrelets mettent leur minceur en évidence, ma peau foncée leur teint de cadavre, et mon intelligence leur... Non, c'est méchant, ça. De toute façon, les rondes ne veulent pas de moi. C'est la vraie, la seule et incompréhensible raison.

– C'est parce que tu leur rappelles trop les privations auxquelles elles se soumettent pour un résultat nul.

Agnès fixe Ludi et sa fille en train de creuser le sable, comme peu désireuse d'apercevoir son chagrin dans mes yeux. J'essuie, de mon index replié, la larme qui glisse de sous ses verres fumés.

– Elle nous aimait plus que tout. Elle l'a écrit.

Je fais allusion au mot que Maman nous a laissé.

– Je ne veux pas en parler.

– Il le faut, Agnès. On ne peut pas continuer à vivre et lui en vouloir. On ne lui en a jamais voulu. De ses absences, de ses choix, de son "autisme littéraire" comme elle appelait sa passion. Son geste doit s'expliquer. Elle... Ce n'est pas une folledingue, c'est la femme la plus raisonnable qu'on ait connue. Elle n'a jamais rien fait sans raison, sans but...

Elle s'obstine :

– Je ne veux pas en parler.

C'est ce que je craignais le plus. Qu'Agnès se mette à haïr sa mère. Après l'avoir adulée, sans réserve, tout comme moi, toutes ces années.

– C'est notre mère, merde ! C'est... Maureen. C'est...

Je ne peux aller plus loin, la gorge nouée, les yeux brûlants. Agnès, voyant ce que son obstination déclenche en moi, change de sujet en restant dans le même thème :

– Noune m'inquiète. Je ne l'ai jamais vu si abattue, aussi peu combative. C'est un état qui ne lui ressemble pas. J'ai l'impression qu'elle s'en veut...

– Elle a 78 ans. Son mari est mort, disparu en mer, son fils s'est tué à moto, l'un des enfants qu'elle a élevés est en prison pour meurtre et elle vient de perdre celle qu'elle considérait comme sa fille... Je comprends qu'elle soit fatiguée de tout ça. Qu'elle estime en avoir suffisamment supporté.

– Non. Pas Noune. Elle est faite de la même matière que ces foutus rochers. Il y a autre chose... Maureen se confiait à elle. Tu crois que... ?

– Quand tu l'appelais Maureen, c'était pour plaisanter ou pour l'asticoter... Ne me fais pas ça, Agnès. C'est insupportable... C'est Maman.

Elle tourne vivement son visage vers moi et remonte ses lunettes sur sa chevelure, dévoilant ses yeux rougis.

– C'est toi qui me dis ça, Ryan Parker ? Toi qui n'as jamais voulu porter son nom ? Qui n'as jamais lu une seule de ses lignes, pourtant magnifiques ? Qui n'as cessé d'émettre des doutes sur son style sans savoir de quoi tu parles ?

C'est injuste. Mais vrai. Nous avions déjà eu cette discussion.

Juillet 2000. Sur cette même plage sous un soleil de plomb. Nous venions de sortir de l'eau, grelottants, et, avec les habits de notre naissance comme seuls vêtements, nous nous étions vautrés sur nos serviettes étalées sur le sable brûlant.

C'était l'avantage de notre plage quasi privée. Le seul chemin y débouchant débutait sur la terrasse de notre maison. Seuls quelques randonneurs en kayak de mer y accostaient de temps en temps mais respectaient notre quiétude de nudistes amateurs. Adoptant même nos us, parfois, le temps de quelques minutes d'une savoureuse liberté.

Cette fois, seule Ludi nous tenait compagnie. Elle était restée dans l'eau froide en véritable Bretonne de sang. Ludi trouvait "charmante" notre impudeur, mais sa pudeur à elle lui imposait le port, au minimum, d'un maillot deux pièces.

Agnès s'était allongée sur le ventre, son magnifique postérieur offert au soleil. Ma sœur terminait une phase "d'après tout, je m'en fous" et son corps brun doré était au maximum de ses formes. Et, malgré les perturbations hormonales inhérentes à mon âge (j'allais sur mes quinze ans, alors) je dégustais la vision de sa beauté plantureuse en amateur d'arts plastiques averti.

Mais pour le moment je ne dégustais rien du tout. Allongé sur le dos, j'avais tout, jusqu'à la couleur, du phoque se séchant et se réchauffant aux rayons charitables du soleil. J'avais fermé mes paupières, appréciant l'obscurité rouge qui avait envahi ma vision.

Agnès était plongée dans la lecture du dernier Jessica O'Neill.

Sa voix me parvint alors que mon esprit s'anéantissait dans une autohypnose bienfaisante.

– Et si je t'en faisais la lecture ? Ce serait différent que de le lire toi-même.

– Tu préfères que je te voie, toi, dans toutes les situations qu'a imaginées Jessica ?

–Euuuh... Et Ludi ? Elle pourrait te faire la lecture.

Je ne lui avouai pas qu'il s'agissait là de l'un de mes fantasmes récurrents. Elle lui aurait rapporté mes propos et je ne me sentais pas encore prêt. Ludi avait alors vingt et un ans... le fossé se rétrécissait mais, pour l'heure, demeurait encore infranchissable...

– Ludi ne prononcera jamais à voix haute les mots de Jessica O'Neill. Et puis... Bordel non ! C'est ce foutu "je" qui fout la merde ! Pourquoi pas Noune, pendant que tu y es !

Son rire frais me fit sourire. Prise dans l'escalade, elle enchaîna :

– Ou l'amoureux secret de Maman. Le lieutenant Calestano ?

J'éclatai de rire :

– Arrête ! Les images que tu me mets dans la tête !

Je me calmai et repris, sérieux :

– Étienne Calestano n'est pas l'amoureux de Maman.

– Il est amoureux de Maman. Ça se voit comme un phoque sur la banquise.

– Dit comme ça, c'est pas pareil. Et... Pourquoi tu parles de phoque ?

– C'est une image... Tu crois que Maman est amoureuse ?

– De nous et... des mots...

– Je ne te parle pas de ce genre d'amour...

J'hésitai. L'évoquer devant Agnès pouvait avoir des conséquences. Comme moi, elle l'avait à peine connu, mais il lui manquait.

Je m'y risquai cependant :

31

– De Papa, toujours, c'est certain.

J'attendis ses prochains mots, peu sûr de moi. Il se passa quelques secondes. Je me risquai à enchaîner :

– Elle nous l'a souvent dit. Il est son grand amour.

Encore un silence. J'eus le temps de fustiger ma balourdise en me traitant de tous les noms les moins aimables que je connaissais avant qu'elle ne me rassure, par le ton de sa voix plus que par le propos.

– Il faudrait peut-être qu'elle tourne la page. Il ne reviendra jamais.

– Hein ?

J'avais ouvert les yeux et pris quelques millions de watts dans les rétines. Je l'entendis remuer sur sa serviette.

– On le sait tous les trois. Ça fait plus d'un an qu'on n'a plus de nouvelles. Et sa dernière lettre était... incompréhensible, complètement déjantée... Maman devrait avoir quelqu'un. Ce n'est pas sain, pour elle, de rester seule... Elle n'a que trente-huit ans. Et c'est loin d'être un boudin...

J'étais d'accord avec la dernière affirmation. Pour le reste...

– Je ne...

– Et puis si tu lisais ses romans, tu saurais qu'elle peut rendre un homme foutrement heureux...

Je me grillai une nouvelle fois les yeux :

– Stop ! Je ne veux rien entendre de plus !

Son soupir caressa ma poitrine, m'indiquant qu'elle s'était tournée sur le côté.

– Qu'est-ce que tu peux être coincé, mon pauvre ! Tu es vraiment incapable de faire la différence entre un personnage de roman et celui ou celle qui écrit ce roman ?

– Non ! Pas quand j'y lis "j'enfonce son sexe jusqu'à ma gorge" ou "je lui offre mes fesses grandes ouvertes"... et que c'est ma mère qui écrit ça !

Je ne le voyais pas mais devinai son sourire :

– Jessica écrit d'une manière plus poétique...

– Justement, plus elle écrira bien et plus l'image sera forte dans mon esprit.

"Bon sang, tu n'imagines pas ce que c'est pour moi de ne pas pouvoir lire ses mots. Au collège, au lycée, mes potes lisent Jessica O'Neill, sans savoir qu'elle est ma mère. Ils s'en gobergent et sûrement se branlent un bon coup une fois le livre reposé, voire en même temps... Merde, Agnès ! J'ai l'impression qu'ils font ça avec ma *mère*. Et qu'est-ce que je peux leur dire ? "You fuck my mother ?!"

"Il a fallu que je supprime le "O'Neill" de mon nom pour ne pas être reconnu...

"Non, tu ne sais pas ce que c'est. En tant que fille, tu t'identifies au "je". Quand tu lis : "je lui mets la main à la braguette", version soft, tu te vois, toi, tâter les burnes d'un lascar monté comme un âne. Moi, en tant que mec, je ne m'identifie pas. Je vois une fille, ma mère, puisque c'est elle qui écrit "je", tester la vigueur de l'étalon. Ou pire encore, je m'identifie à l'élément mâle et imagine le "je", ma mère toujours, peloter MON entrejambe...

Je sentis mes testicules se ratatiner au soleil.

– Ah putain ! Rien que d'y penser...

Ludi dégoulinante et même pas frigorifiée était venue nous rejoindre et la conversation avait naturellement dévié. L'objet de mes désirs encore inavouables, sans être pincé, goûtait peu les propos scabreux.

– Maman comprenait mon attitude. Elle savait que ce n'était pas de l'indifférence ou même une attitude idiote de provocation. D'ailleurs quand elle séjournait à Antrim, elle m'écrivait de longues lettres où je pouvais apprécier son incroyable talent. Et franchement, pas besoin de lire les romans de Jessica, pour s'apercevoir que Maureen Parker O'Neill entretenait un rapport d'une sensualité débridée aux mots. Son style est si fluide qu'à lui seul il en est érotique. Il caresse les mots, leur fait dire le contraire de leur définition, sans contrainte, jamais... Maman n'était pas amoureuse des mots. C'étaient les mots qui étaient amoureux d'elle. Qui gémissaient et se tordaient sous les caresses de son talent.

Agnès tapote ma cuisse de sa main.

– Excuse-moi. Je n'avais pas le droit de te dire ça.

J'entends à peine ses excuses. Mon esprit est accaparé par un souvenir.

– Tu ne sais pas ? Quand je lisais les lettres de Maman, j'avais toujours l'impression d'être en communion avec son style particulier. Comme si je le connaissais déjà...

– Peut-être qu'un de tes potes a découvert ton affiliation et t'a

33

fait une blague. Genre, il t'a passé un livre de Jessica O'Neill en trafiquant la couverture pour cacher le nom de l'auteure, et que tu t'es branlé sous la douche en le lisant.

Je souris largement, savourant le retour de ma sœur.

– Je ne lis pas sous la douche.

– Tu fais ça de mémoire, alors ?

– Comment tu le sais ?

– Ma chambre est à côté de la salle de bains.

Ludi nous rejoint. Max trotte, dix mètres derrière, suivant son propre itinéraire. Ludivine n'est pas dupe.

– A voir vos sourires idiots et votre silence soudain, vous parliez encore "sexe".

Agnès ramène ses jambes et s'assoit en tailleur pour accueillir sa fille en murmurant :

– What else ?

Ludivine me contourne et se laisse tomber sur le sable, son dos contre le mien. Je sens l'arrière de sa tête appuyer sur la mienne.

Les contacts physiques avec Ludi sont peu fréquents et toujours émotionnellement nécessaires. Qu'elle ait choisi un contact de dos correspond à sa pudeur naturelle.

Je passe mes mains derrière moi et les rejoins sur son ventre plat. Nous restons ainsi une bonne minute, puis je lui dis :

– Et pour toi, ça se passe comment ?

– C'est dur... Mais ça va. On peut rester comme ça encore un peu ?

– Bien sûr.

Encore une autre minute. Je crois sentir les muscles de son dos se détendre. Elle se balance avec douceur. Le bruit des vagues s'accorde avec celui du vent pour nous délivrer les premières mesures de "Babe, I'm Gonna Leave You". Agnès débarrasse les pieds de Max du sable qui s'y est collé. Elle nous jette un regard inquiet. Aucun de nous deux ne souhaite voir Ludivine s'effondrer.

La voix de Ludi me parvient, juste avant le refrain :

– Je n'ai pas voulu te le dire. Tu avais assez de soucis comme ça. Vendredi soir, l'agence a été cambriolée.

L'idée est tellement absurde que je ne sursaute même pas.

– L'agence ? Tu veux dire les éditions Parker O'Neill ? Cambriolées ? Et qu'y a-t-il à voler aux éditions Parker O'Neill, à part des manuscrits de culture gaélique que personne d'autre que nous, ne veut publier ? On nous a piqué nos PC ?

– Non. Même pas. En fait, à première vue on ne nous a rien dérobé. Tout a été fouillé, chamboulé. Même le coffre à manuscrits a été ouvert mais c'est tout.

– Le coffre à... ? C'est pas un vrai coffre.

– L'armoire sécurisée, si tu préfères.

– Drôle d'idée.

– Tout sera en ordre lundi. Tu reviens ? Non, excuse-moi. Prends ton temps.

– Euh... Écoute Ludi. Je ne sais pas. On pourrait faire un roulement. Il faut aussi que tu t'occupes de Noune.

– D'accord. J'y vais lundi et tu prends la relève Mardi ?

– Tu as des nouvelles de Mc Laughlin ?

– Aucune et nous ne savons pas comment le contacter. D'ailleurs, ...

– Oui ?

– Non. Rien. Il se passe des trucs bizarres à son propos mais j'en saurai plus lundi. Je te laisserai un mémo.

CHAPITRE QUATRE

Agnès avait insisté pour que la dépouille de sa mère reçoive les sacrements de l'Église catholique. Agnès croit "à tout hasard". Je revendique, quant à moi, un athéisme magnanime mais dénué d'incertitudes. Maureen, elle, pourtant élevée dans les préceptes d'une stricte observance de la foi, et déçue du manque de réactivité du Créateur suprême face à la misère du monde, s'était inventé ses propres dieux. Un panthéon pas très sympathique, indifférent aux tourments humains, aux soubresauts tectoniques, aux cataclysmes météorologiques, à la folie guerrière et à l'insoutenable légèreté de l'être. Des dieux, au mieux, suprêmement indifférents, au pire... Il suffit de regarder la télé à l'heure des JT...

Julien avait fait une apparition durant la cérémonie et s'était éclipsé rapidement. Les émotions le terrassaient parfois jusqu'à l'invalidité. Incapable d'articuler la moindre parole, il avait emprisonné rapidement ma main dans les siennes et était passé à Agnès qu'il avait maladroitement prise dans ses bras.

Et nous ne l'avions pas revu.

Ce mardi matin, j'entre dans son bureau. Il sursaute, comme d'habitude, et je lui demande de me faire un résumé des événements des deux dernières semaines.

Il s'y emploie, puis :

– On... On a reçu six manuscrits dont deux en format numérique et un écrit à la main...

– Donc, trois recevables. Tu les as transmis aux lecteurs ?

Je rétribue, à la tâche, quelques lecteurs de confiance, dont le boulot consiste à repérer et à signaler les récits publiables. C'est ainsi que l'on fonctionne et limite les frais au minimum. Nos "freelances" sont déclarés comme auto-entrepreneurs et arrondissent ainsi leurs indemnités de chômage.

– N... non. La trésorerie n'est pas terrible ce mois-là. Je m'en suis chargé.

Juju est le comptable des éditions Parker O'Neill. Au sens large puisqu'il se charge aussi d'une partie de la commercialisation. Et lorsqu'il trouve quelques minutes, chez lui en général, ou lorsqu'il estime que nous n'en avons pas les moyens, il ne rechigne pas à endosser le rôle de primo lecteur de manuscrits. Son avis compte autant, voire plus, que celui de nos lecteurs rétribués.

Pour tout dire, Julien est un employé d'une extraordinaire compétence. Ludi et moi sommes conscients que c'est grâce à son affliction, hyper émotivité résolument incontrôlable, que nous réussissons à le garder au sein de l'équipe en le payant une misère.

Je lui demande :

– Et... ?

Il fronce le nez de dégoût en secouant la tête.

– Je n'en ai parcouru que deux et... non.

– Et Mc Laughlin ?

– Pas de nouvelles.

– Et la Milazzi. C'est son agent. Elle aurait dû prendre contact ?

– Non plus.

Le silence de Julia m'inquiète. Elle ne s'est même pas présentée aux obsèques de son amante. Je n'ai pas réussi à la joindre. Je tombe directement sur sa messagerie, signe que son téléphone est soit éteint, soit déchargé.

Maman ne nous avait pas parlé de rupture.

– Julien... Je... merci d'être venu. J'ai apprécié ta présence... même furtive.

– C'est... C'est normal. Je... C'est pour... Agnès... Je...

Il secoue la tête, perdu :

– Non, rien. Il fallait le faire, hein ?

Je gagne mon bureau en fronçant les sourcils. Pour Agnès ?

Le mémo de Ludi est posé en évidence sur mon bureau. Je m'installe mais avant de le lire, je sors mon mobile, cherche dans le répertoire et passe mes appels.

Julia Milazzi. Chez elle, à Rome. Chez elle encore, à

Londres, l'appartement qu'elle partageait avec ma mère. J'essaie, à tout hasard, le numéro de Maman à Paris. Puis une fois de plus le portable de la Romano-Londonienne, telle qu'elle se définit elle-même. En désespoir de cause, j'appelle la petite maison d'Antrim, imaginant pourtant mal Julia seule dans la campagne irlandaise.

Contre toute attente, une voix d'homme répond avec un fort accent. Je tente l'Anglais, me présente et demande à qui ai-je affaire.

– Bartley... (suit un nom que je ne comprends pas). Je suis le pêcheur qui a essayé de sauver votre mère...

Bartley Aonghusa. Je me souviens. Un homme petit et sec d'une soixantaine de dures années. Il m'avait tout d'abord fui. Mais avant de quitter Antrim, je m'étais enquis de son nom et de son adresse auprès de la police irlandaise.

Sa maison ressemblait à celle des parents de Maureen. En pierres sèches, basse, surmontée d'un toit de chaume. Il me reçut, sans me faire entrer chez lui, gêné devant mes remerciements. Il me raconta, les yeux humides, à cause de l'âge ou de l'émotion, je ne savais pas encore, comment il avait vu ma mère tomber de la barque...

– Tomber ? Elle ne s'est pas jetée ?

– Non. Je dis qu'elle s'est laissée tomber. Elle s'est levée. J'ai pensé que ce n'était pas très prudent, sur la barque. Elle a mis ses mains sur sa poitrine, comme ça, et a basculé, comme dans un film au ralenti. C'est là que...

Il fit une pause. Son regard se perdit sur le ciel lourd de nuages. L'humidité de ses yeux, bleus, comme transparents, n'était pas due à l'âge.

Il reprit, enfin :

– Je l'avais croisée, sur le lac. Plusieurs fois. On avait même fini par se saluer tellement on trouvait étrange de ne pas le faire... Donc, quand je l'ai vue, j'étais loin. Bien trop loin. J'ai ramé comme un fou. Je suis arrivé près de sa barque mais il n'y avait plus rien. Même l'eau ne bougeait plus...

– La police m'a dit que vous aviez plongé ?

– C'était idiot mais... il hausse les épaules : J'étais le seul qui lui parlait un peu, ici. On se rencontrait sur le lac et on se parlait. Jamais ailleurs.

– De quoi parliez-vous ?

– Oh, de tout. Du temps, de la beauté du lac, de pêche, je lui avais prêté une canne à pêche, mais elle ne voulait pas faire de mal aux poissons, alors elle avait coupé l'hameçon. Mais elle aimait le geste de lancer la ligne et d'attendre. Et puis elle me racontait les légendes du Lough Neagh que j'avais entendues dans mon enfance. Elle les connaissait toutes. C'était un peu étrange... Le vieil homme qui écoute les contes sortis de la bouche d'une jeune femme...

"Mais on ne parlait pas des vieilles histoires...

– Quelles histoires ?

– La guerre, la police, l'armée... les trahisons, toutes les histoires pour lesquelles les gens la méprisaient.

– Mais vous, non...

– J'ai 72 ans (je révisai mon estimation, non sans admiration). Je ne pêche plus que pour me nourrir. Mon fils est mort pendant les... troubles, comme ils disent, ma femme n'a pu supporter la tristesse de notre couple, elle est retournée en République d'Irlande... Je suis seul depuis longtemps. Coupé de la bêtise de mes contemporains, j'ai eu le temps de devenir intelligent.

Devant mon triste sourire, il se pencha par-dessus la table en plastique du salon de jardin où nous avions pris place, vers moi :

– C'est ça qu'on n'a jamais été, ici, mon garçon. Intelligent.

Je me penchai aussi.

– Quelles étaient ces vieilles histoires ?

Il secoua la tête comme pour dire non.

– Des vieilles choses dont on a honte. Des histoires d'amour, de trahison, de lâcheté. Des histoires d'hommes où les femmes ne sont moins que rien. Des histoires dont même Dieu ne veut pas entendre parler. Elles lui feraient trop honte.

– Et malgré ces histoires, vous avez plongé. Dans les eaux glaciales.

– À cause de ces histoires. Mais hélas, bien trop tard. Je ne comprends pas comment elle a pu couler d'un coup. À cet endroit le fond est à cinq ou six mètres. J'ai plongé plusieurs fois... et j'ai fini par l'apercevoir. Elle semblait planer comme si son corps ne pouvait se résoudre à rejoindre les abîmes. Je l'ai remontée et ramenée jusqu'à la rive où je me suis évanoui. À mon réveil, je ne sais combien de temps après, j'ai donné l'alerte.

Je l'avais remercié une nouvelle fois, et lui avait assuré que je reviendrai et que nous parlerions encore de Maman.

Au téléphone, après m'être enquis de sa santé, je lui demande s'il a des nouvelles de l'enquête.

– La police n'est pas revenue... C'était une catholique, vous savez... Les... problèmes ne sont pas tous réglés.

– Est-ce qu'une femme, très jolie, taille moyenne, mince, brune, cheveux longs, une cinquantaine d'années et qui parle à la mitraillette est venue à la maison ?

– Personne, mon garçon. Mais... Je n'ai pas pensé à vous le dire quand vous êtes venu...

– Oui... ?

– Un homme visitait votre mère régulièrement...

– Un homme ? Et vous pourriez le décrire ?

– Non. Je ne l'apercevais que de loin, lorsque j'étais sur le lac.

– Elle ne vous en a jamais parlé ?

– J'ai fait une allusion un jour... Elle a détourné la conversation. On parlait de belles choses, vous savez, pas de nos histoires. Dans ce pays, les histoires des gens sont toujours tristes.

– Je vous remercie Bartley. Je maintiens ma promesse de venir vous voir. Vous m'êtes cher... Mais j'y pense, pourquoi est-ce vous qui avez répondu au téléphone ?

– Eh bien,... je trouve que c'est dommage de laisser la maison à l'abandon. Il y a des fleurs, de l'herbe à couper et il faut bien l'aérer, aussi... Et comme ça, je me souviens de nos conversations...

Ryan,

J'ai moins d'informations que je ne le pensais à te donner. Impossible de joindre Mc Laughlin. Ça ne me désespère pas plus que ça. Je suis toujours très froide pour le prendre chez nous. C'est un auteur de stature internationale. Ses romans paraissent simultanément dans vingt pays de langues différentes. À un tirage si important que je ne savais même pas que ça pouvait exister ! Aurons-nous les reins assez solides ?

41

Notre avocat a bétonné le contrat au maximum, mais ce genre de personnage a tellement les moyens de lui faire bouffer son bout de papier que je ne suis pas rassurée.

Mais comme mon patron pense le contraire, je fais le boulot.

J'ai appelé Goldman, à Londres. Un ancien ami à moi y travaille... OUI ! C'est un ex. Mêle-toi de tes affaires !

— Mc Laughlin t'a bien dit qu'il avait quitté Goldman ? Faux. Mon ami est tombé des nues. Pour lui, et il est bien placé, il n'a jamais été question d'une rupture de contrat.

— À la question de savoir comment je pouvais contacter le génial écrivain, mon ami a répondu d'un doigt d'honneur virtuel en disant que je pouvais me le... C'est un ex rancunier.

— Le malpoli m'a cependant confirmé que Julia Milazzi est bien l'agent de Braden Mac. Je lui ai demandé comment la joindre et il m'a... C'est un garçon qui manque terriblement d'imagination. Il fait toujours les mêmes blagues.

— Je ne sais pas, toi, mais moi, je ne la sens pas des masses, cette histoire.

"Fin trans." (Je sais à quelle heure tu vas lire ce mémo. J'ai mon informateur sur place. Tu as dix minutes pour trouver.)

Ps : Il serait peut-être temps d'accepter les manuscrits de nos futurs best-sellers en fichiers numériques. On est en manque.

J'ai rangé ton bureau.

Y'a pas de quoi.

Dix minutes, c'est bien trop. Je prends mon portable et tape un SMS, pour Ludi : "Jumping Jack Flash, le film". Je souris. La vie reprend.

Mais pas les affaires. Je fais venir Julien pour lui parler des manuscrits numériques et le charger de le faire savoir sur notre site internet.

— Il va falloir équiper nos primo lecteurs de liseuses électroniques. Ça va coûter des sous.

— Hé, ils sont indépendants ! S'ils veulent bosser, ils s'équipent eux-mêmes !

"J'ai une idée... ajouté-je.

– Aïe !

– Si on lançait un concours littéraire ? On publie le meilleur. On demande à un écrivain un peu connu de servir de parrain...

euh, bénévole. Combien on peut espérer de manuscrits ?

– Tout dépend du thème. Genre gaélique ? Une quinzaine.

– Ça fait pas sérieux. Qu'est-ce qui marche en ce moment ?

– Le cul.

– Encore ?

Julien hausse les épaules.

– C'est à cause des sorties américaines, là. Les machins gris...

– On ne peut pas mettre littérature générale ?

– Et recevoir cinq cents ou mille manuscrits que, cette fois, on ne pourra pas traiter...

Je congédie le défaitiste de la main.

– Je vais réfléchir. Mais dis-moi... Tu as lu euh... les machins gris ?

– Non. Mais Agnès...

Il sent qu'il en a trop dit et s'éclipse en rougissant.

Je prends mon portable et appelle ma sœur. Elle aussi a repris le travail à la librairie.

– Tu m'as caché quelque chose ? Julien sort d'ici et il a prononcé ton nom deux fois en une heure.

J'entends son soupir et elle raccroche sans dire un mot.

Nous déjeunons dans une crêperie, en terrasse, la mer en vue. Je viens de relater ma conversation téléphonique avec Bartley Aonghusa à Agnès et le silence s'est installé.

Ma sœur chipote sur sa salade composée. Elle n'a pas marqué de surprise lorsque je l'ai rappelée pour l'inviter à déjeuner. Nous ne sommes pas prêts à reprendre nos vies respectives, c'est évident. Ces deux semaines gorgées d'une tristesse commune ont créé une assuétude aux souvenirs, à la mémoire et aux questionnements.

Une seule question en fait : Pourquoi ce geste irrémédiable ? Si contraire à sa nature. À son désir même d'écrire le plus longtemps possible. À... nous, notre amour, notre fierté... Peut-être aurions-nous accepté la maladie ou l'accident, de mauvaise grâce, éprouvant, j'en suis certain, un sentiment d'injustice irraisonné pourtant inscrit sur une liste de fatalités accessibles à l'entendement. Mais un suicide ?...

Nous avons beau chercher la réponse chacun dans le regard de l'autre, nous savons que l'explication ne s'y trouve pas. Et pour une bonne raison. Nous avions été si proches, si complices que nous partageons les mêmes souvenirs, les mêmes expériences, les mêmes désarrois.

– Un homme... lâche Agnès dans un soupir.

Je hoche la tête sans pouvoir m'arrêter.

Elle poursuit :

– Ce peut-il que ses... retraites littéraires en Irlande n'aient eu pour but que de nous cacher une relation amoureuse ? Maman aimait sans nous l'avoir dit ? Elle menait une double vie ?... Arrête de hocher la tête, comme ça, on dirait un débile !

Je recouvre la maîtrise de mon cou et essaie de prendre un air intelligent.

– Pour ce que l'on en sait, Maureen, malgré la nature de ses écrits, n'a eu que deux relations officielles. Papa et l'insupportable Milazzi.

– Julia n'est pas insupportable. Elle est...

– Chiante.

– Aussi, oui... mais elle aime réellement Maman. Son silence est incompréhensible... Sauf si... Elle aurait pu apprendre que Maman la trompait et vouloir rompre. Et...

Je coupe avec fermeté ses élucubrations romantiques.

– Maman nous avait décrit leur relation. Ce n'était pas une aventure romantique. Elle la définissait comme un nécessaire équilibre de son inévitable sensualité. Elle sortait et baisait avec Julia pour tenir à distance respectueuse les tentations libidinales susceptibles de la faire dévier du chemin qu'elle s'était imposé depuis toujours.

Agnès repose ses couverts avec une grimace charmante, semblant décider, enfin, que manger est hors de propos. Elle se fait rêveuse :

– J'avais demandé à Maman : Pourquoi une femme ?...

Je suis surpris. La situation ne m'avait, quant à moi, jamais paru sujette à interrogation. La seule question que je me posais était : Pourquoi la Milazzi ? Pourquoi Maureen avait-elle choisi cette espèce de tornade méridionale, cette mitraillette à mots, capable de débiter dix idées, dix projets en encore moins de secondes ? D'accord, Julia est belle, intelligente, d'une élégance raffinée et son accent... Bon sang, son accent !... Il m'arrive, même encore, de l'entendre, sous la douche...

Mais tellement à l'opposé de l'intellectuelle douce et

44

réfléchie qu'était ma mère.

Alors non, l'homosexualité subite de ma mère ne m'était jamais apparue sous forme de questionnement. Nous avions, Agnès et moi, évolué toute notre vie, et sous l'influence bénéfique de notre mère, dans un milieu baigné de tolérance, de respect de l'intimité de l'autre et de ses choix de vie.

Lorsque Maureen nous avait entraînés dans un restaurant chic, sur les rives de l'Aven, pour nous faire part de cette évolution de sa situation, ce n'était pas pour nous parler de son virage sexuel mais bien pour nous présenter celle qui, dès à présent, ferait partie de sa vie intime et de la nôtre, par ricochet.

Le fait que Julia soit une femme n'entrait pas en ligne de compte.

Cela avait été une soirée agréable, comme souvent lorsque nous sortions tous les trois.

Un restaurant chic, sur le port de Kerdruc face à la ria, non loin de notre maison. Nous étions en tout début de saison, le vent et la fraîcheur du soir nous avaient repoussé à l'intérieur de l'établissement d'où nous pouvions, malgré tout, apercevoir, par la baie vitrée, le fleuve et sa lignée de bateaux rangés en file indienne, en son milieu.

Le plateau de fruits de mer occupait une bonne place sur notre table. Maureen picorait comme à son habitude. Attrapant de ridicules morceaux de crabe ou de langoustine et les portant à sa bouche sans même y ajouter la plus minuscule noisette de mayonnaise. Maureen était le cauchemar de tout restaurateur amoureux de son travail. Elle aurait été capable de commander un radis accompagné de sa feuille de salade, sans sauce, dans un établissement quatre étoiles, si, d'aventure, elle avait fréquenté ce genre de restaurant.

Agnès, en phase ascendante, et moi qui suivais ses oscillations de masse corporelle comme on suit du doigt un schéma de courant alternatif, avions à cœur, ce soir-là, de rassurer le chef-cuisinier sur ses talents.

Autrement dit : nous dévorions. Sans souci de bienséance puisque, aussi bien, la dégustation de fruits de mer reste un exercice reconnu salissant.

Le pot de mayonnaise, absurdement *petit*, entre nos deux assiettes, nous faisions face à notre mère, attendant, sans

45

impatience, cette nouvelle si importante qu'elle avait à nous révéler.

Maureen nous considérait silencieusement, un sourire tendrement satisfait sur ses lèvres délicieusement ourlées, légèrement rehaussées de rouge. Des lunettes atténuaient depuis peu, l'impression de volonté implacable de son regard. Tout comme ses taches de rousseur et sa peau d'albâtre.

Ses cheveux repoussaient. Elle nous avait juré, reculant devant notre colère, il n'y avait pas d'autres mots, que c'était la première et la dernière fois qu'elle les faisait couper.

Nous étions en 2001. J'avais 16 ans. Agnès 17 et Maureen 38. Elle revenait juste de son premier séjour à Antrim. Les traces de sa chute idiote dans l'escalier de sa maison irlandaise avaient disparu.

Donc, en 2001, dans un restaurant de bon ton, au bord de l'un des plus beaux fleuves côtiers de France, Maureen disait aux deux pruneaux boulimiques qui lui faisaient face :

– J'ai décidé d'avoir une vie sexuelle.

J'avalai mon bulot de travers, faisant remonter la mayo là où elle n'était utile à rien. Et, pendant que je m'étouffai et me pinçai le nez, et qu'Agnès restait figée, un toast beurré, recouvert de crevettes, coincé, à demi entré dans la bouche, Maman continuait :

– Ce n'est pas une mince décision. J'ai réalisé qu'une personne de mon entourage bouscule, agréablement, mes résolutions passées et, désormais, obsolètes.

Elle se tut un moment, considérant sa progéniture d'un air un peu inquiet. Nous avions interrompu notre délire gustatif et nous la regardions sans savoir comment réagir à une information que nous connaissions déjà. Car ce n'était pas le propos qui nous avait sidéré. Mais bien la sincérité brutale et décomplexée avec laquelle il avait été asséné.

Elle reprit :

– Il s'agit de Julia. Vous l'avez rencontrée quelquefois. Elle est déjà venue à Port Manec'h. Je tiens à souligner que ça ne changera rien pour nous trois, bien sûr. Je ne me mets pas "en ménage". C'est juste une relation saine entre deux adultes...

Silence, à nouveau. Son inquiétude grandit visiblement. Elle écarta les mains, sur la table :

– Mes chéris, c'est le moment de faire un commentaire,

maintenant.

Ce fut Agnès, toujours plus douée que moi pour désamorcer les situations délicates, qui, ôtant la tartine coincée dans sa bouche, s'y colla :

– Et le truc important dont tu devais nous parler ?

Maman fronça les sourcils puis sourit, de plus en plus largement, jusqu'à rire de bon cœur. Agnès l'accompagna et il me parut urgent de suivre le mouvement.

Une fois calmés, Maureen nous demanda :

– Vous saviez ?

Agnès, toujours. Mais, pas pour une raison de talent, cette fois. Si nous parlions volontiers, "sexe" (comme disait Ludi) ma sœur et moi, le faire avec ma mère, n'entrait pas dans mes projets immédiats.

– J'ai vu les regards que vous vous lancez. Tes romans ne sont rien à côté. J'ai senti l'air vibrer d'ondes franchement sexuelles lorsque vous vous envoyez des allusions, si peu sibyllines que même Ryan pourrait les saisir.

Agnès avait quelque chose de sa mère, c'était certain.

Je remarquai, crétin :

– J'ai rien senti du tout...

– Et tu sais ce qu'elle m'a dit ?

Je pose mes couverts à mon tour, ma galette à peine entamée. La question n'appelle pas de réponse. Agnès continue :

– Que de cette façon, elle n'avait pas l'impression de tromper Papa.

– Tu ne me l'as jamais dit...

– C'était une conversation de filles.

– Tu parlais... sexe, avec Maman ?

– Non. Avec Jessica O'Neill. On discutait à propos de ses romans. Je lui faisais part de mon opinion. J'étais sa première lectrice.

– Bon sang ! Mais à partir de quel âge... ?

– 15/16 ans. On a commencé à en parler quand je lui ai dit que je lisais ses romans depuis que j'avais douze ans... Et je peux même te dire que j'apparais dans l'un d'eux...

– Ne me dis... Si ! Dis-moi le titre. Je veux être sûr de ne pas commencer à la lire avec celui-là. Putain ! Ma mère et ma sœur en même temps, je ne vais jamais y arriver.

Elle posa une main sur une des miennes. Son sourire se fit plus tendre, comme reconnaissant :

– C'est vrai ? Tu es décidé ?

– Je veux reprendre mon nom complet. Je ne supporte plus ce "Parker" amputé. Mais pour ça... Il faut que j'accepte le "O'Neill" de cette dévergondée de Jessica. Un conseil pour un premier choix ? Celui où tu apparais étant irrémédiablement exclu. Ou peut-être, réservé à la douche. Je n'ai pas encore décidé.

– Un conseil ? Ça dépend de ce que tu aimes en la matière... Soft, hard, romantique, SM, oral, anal... Ne me dis pas "tout", je te connais, tu es d'un classique...

Mon visage doit afficher une belle perplexité car elle me tapote la main :

– D'accord. Je vais y réfléchir toute seule et quand tu seras prêt, fais-moi signe. C'est déjà bien que tu aies pris cette résolution.

Je regarde ma montre, et m'enquiers :

– Tu rentres à Port Manec'h, ce soir ?

Son regard me confirme que l'on est encore loin d'en avoir fini.

– Oui... Max veut surveiller sa Mamie Noune... Ryan, à propos de Max...

Je suis déjà debout. Elle retient mon bras.

– Ryan...

– Je sais, Agnès. Je sais. C'est juste que je ne trouve pas de solution...

– Je veux seulement qu'elle t'aime comme un tonton particulièrement gentil, pas comme un papa.

– D'accord. Je comprends.

Le soir, avant le dîner, à Port Manec'h.

– Tu ne peux pas faire ce genre de choses, Max, je suis ton oncle. Tonton Ryan...

Assis sur le parquet en compagnie de ma nièce, je suis au moins aussi ému qu'elle, en contemplant l'objet de ma présence.

Agnès, en train de préparer le repas, m'avait accueilli par un :

– Va voir ta nièce, dans sa chambre. C'est à toi de régler ça.

Plutôt froid.

Voire, un peu désemparé.

48

J'avais compris en voyant le dessin qu'avait fait Max.

Une plage où elle avait réuni toute sa famille. Au premier plan, Agnès et moi, encadrant une petite fille, Max, et la tenant chacun par une main. Derrière, une silhouette filiforme aux longs cheveux jaunes parsemés de traits délicats de couleur orange, sa grand-mère, Maureen, et à côté, deux autres femmes, une brune et une dame aux cheveux gris.

Jusque-là, rien de perturbant.

Max, dans un souci de précision, avait ajouté les noms, au-dessus ou en dessous de chaque personnage. Mamie Maureen, Mamie Noune, Tata Ludi, Maman, Moi et... Papa.

Le "Papa", bien sûr, avait été déposé comme une gerbe aux pieds de la silhouette me représentant. Comme pour dire (je connaissais Max et devinais sans mal qu'il s'agissait d'un acte volontaire, voire prémédité) : On arrête de déconner, maintenant. C'est peut-être bizarre mais c'est comme ça.

Je ne cherchai pas à analyser ce que je ressentais. Il ne pouvait s'agir que de sentiments allant à l'encontre de ma mission actuelle.

Suite à ma remarque, elle garde la tête baissée un petit moment. Je ne peux m'empêcher de sourire. Je sais qu'elle est en train de réfléchir. Je devine que la conversation va être intéressante.

Elle commence fort :

– C'est qu'un mot, après tout... Tu peux toujours dire que tu es mon oncle. Je ne te force à rien.

– Non, Max. (J'ai failli dire "ma chérie". Bon sang, ce n'est pas le moment!). Ça ne marche pas comme ça. Tu as un papa et tu as un tonton. Ce n'est pas parce que tu décides d'une chose que c'est la réalité. Et ce n'est pas qu'une histoire de mots.

– C'est toi qui viens me chercher à l'école, quand Maman ne peut pas. C'est toi qui m'emmènes à la piscine, ou au cinéma, ou au parc. C'est toi qui me lis des histoires quand tu es là le soir. Des fois tu viens juste pour ça, alors.

– Parce que c'est aussi le boulot d'un tonton. Et franchement, quelquefois, j'aimerais mieux faire autre chose !

Elle me jette un œil noir.

– C'est une discussion sérieuse ! Ce n'est vraiment pas le moment de plaisanter ! C'est maintenant qu'on décide de ce que tu es.

– D'accord. Tu as une famille, mon cœur (celui-là, je ne l'ai pas vu venir). Et dans cette famille, il y a quelqu'un qui s'appelle Maman, et un autre, Papa, même si celui-là ne mérite pas de porter ce nom. Puis il y a le frère de ta maman qui s'appelle Tonton. Et puis Mamie Maureen, Mamie Noune et pour finir, Tata Ludi. Chacun a son nom et sa fonction et aucun d'eux ne peut prendre le nom d'un autre. Même si quelquefois, en cas d'empêchement, il peut occuper sa fonction. Euh... Mais en gardant son nom... ça s'appelle une famille et on ne peut rien changer à ça. C'est un peu compliqué, mais...

– J'ai compris. Tu me prends pour qui ? Cette histoire de nom ne veut rien dire. Dans ma classe, il y a deux Sophie.

– Et une famille pour chaque Sophie. Tu crois qu'une Sophie peut aller dans la famille de l'autre Sophie et dire que maintenant elle en fait partie parce qu'elle s'appelle Sophie ?

Elle me regarde, son adorable visage empreint d'une perplexité soupçonneuse.

– Tu veux m'embrouiller, là...

– Non, je ne ferai jamais ça. Je veux juste te montrer l'importance des noms et que Papa, c'est Papa. Et que Tonton Ryan ne pourra jamais être quelqu'un d'autre que Tonton Ryan.

Je me retiens de justesse d'ajouter qu'il occupera cependant la fonction de papa aussi longtemps qu'il le faudra. Jusque-là je m'en tire plutôt bien.

Je me lève. Elle en fait autant et saute dans mes bras. Elle enfouit sa tête dans le creux de mon épaule et murmure :

– Mais dans mon cœur, je peux continuer à t'appeler Papa ? Personne ne le saura. Promis. C'est juste pour moi.

– Dans ton cœur seulement, alors, mon amour.

En langage imagé et populaire, on appelle ça : tout chier sur la fin. C'est pourtant en roulant les épaules que je rejoins Agnès. Elle est en train de disposer les couverts sur la table de la cuisine. Je l'aide.

– C'est fait.

– Jusqu'à quand ?

– Merde, Agnès. C'est une fillette de huit ans. Elle va revenir à la charge, c'est certain. Mais je vais gérer au plus près. Promis... Il y a un couvert de trop ?

– Étienne veut nous parler. Je l'ai invité à dîner.

Étienne. Esteban Calestano, le gendarme de Maman. Seule Maureen était autorisée à l'appeler Esteban. Il est venu aux obsèques et j'ai failli ne pas le reconnaître. Depuis vingt-sept ans que je le connais, les occasions où je l'ai vu vêtu autrement que d'un uniforme, se comptent sur les doigts d'une main.

Je m'enquiers :

– Il t'a dit pourquoi ?

– Non, il n'a pas été très bavard...

Agnès s'effondre soudainement sur une chaise et me regarde, malheureuse.

– Je n'arrête pas d'y penser, Ryan...

Je m'approche, inquiet, et ploie les genoux pour me mettre à sa hauteur.

– Hé, qu'est-ce qui se passe ? Tu penses à Max ? Mais ce n'est rien. Juste un fantasme de fillette qui se cherche un papa et que l'on peut gérer.

Elle secoue la tête mollement.

– Non, ça, je sais que ce n'est pas grave. C'est gênant, tout au plus. Ce n'est malsain que pour les autres, après tout. Non. Je veux parler de l'homme qui était avec maman en Irlande.

Je me relève, passe derrière elle et commence à masser ses épaules.

– Le vieux Bartley a dit qu'un homme la visitait. Pas qu'il était *avec* elle.

– Et cet homme ne s'est pas manifesté, après... Il a bien dû apprendre...

– Il était avec elle juste avant qu'elle ne monte dans la barque... Des témoins l'ont vu.

– Hein ? Mais tu ne me l'as pas dit !

– Je ne l'ai su que cet après-midi. J'ai appelé la Police d'Irlande du Nord et ils m'ont lâché cette information avant de m'envoyer balader. J'allais te le dire quand je suis rentré.

Étienne Calestano est un ami de Maman. Il est gendarme, donc, à Quimperlé. Lieutenant. Il est marié, a eu trois garçons, tous majeurs, maintenant. Un gendarme comme lui, un policier à Paris, et le dernier, avocat. Leurs réunions de famille ressemblent au synopsis d'un polar. On y cause meurtres, affaires non résolues, techniques d'enquêtes, droit et... bagnoles.

La mère des garçons étant une ancienne pilote de rallye.

Grand, maigre, un visage dur, qui doit lui être utile dans son métier et un sourire rare qui dit tout le contraire.

Agnès dit qu'il est amoureux de Maureen. Il est vrai que ses sourires se sont faits moins rares en la compagnie de notre mère.

Il ne sourit pas, ce soir, devant son assiette.

– Nous avons reçu un appel de la police londonienne. L'appartement de Maureen a été saccagé. Ils aimeraient vous interroger à ce sujet.

– Saccagé ? Comment ? Cambriolé ?

Je pense immédiatement au cambriolage de mon agence.

– Ils ne savent pas si quelque chose a été dérobé. C'est pour cela qu'ils veulent vous voir. L'un ou l'autre. Ou les deux.

Agnès a gardé le silence, abasourdie. Cela commence à faire beaucoup pour elle.

Quant à moi :

– Je devais me rendre à Londres, justement. Agnès et moi avons pris la décision de vendre cet appartement.

Il secoue la tête en grimaçant.

– Je ne sais pas si c'est une bonne idée, Ryan.

– Comment ça ?

– Quand as-tu été à Londres pour la dernière fois ?

– Je ne sais pas exactement. Un an, un an et demi ? Ce n'est pas ma ville préférée...

– Deux, fait Agnès, sortant de sa léthargie. On y est allé tous les deux mais moi j'y suis retournée, il y a deux mois pour faire les magasins avec Julia.

– Et puis moi, dit Max sans lever le nez de son plat. J'espère que les voleurs n'ont pas touché à mes affaires.

Étienne repousse son assiette de quelques centimètres et sort une cigarette électronique.

– Je vais vapoter dehors...

Max le regarde, sérieuse.

– Tu peux le faire ici. C'est fait pour ça. Et tu n'as pas fini ton assiette.

La physionomie du gendarme s'éclaire enfin d'un sourire.

– Je le sais ma chérie. Mais il est important de garder la forme et les bonnes habitudes.

Il se lève en me jetant un coup d'œil comme un ordre sans

appel, de le suivre.

Étienne est assis dans un fauteuil en bois, élément du salon installé sur la terrasse de la maison. Il a le regard tourné vers l'embouchure de l'Aven et tire sur son e-clope comme il le ferait d'une pipe. À longues bouffées espacées.

Il m'invite à m'asseoir.

– Maureen t'a raconté, comment nous sommes devenus amis ?

– Les deux ou trois fois que je lui ai demandé, elle m'a dit de me mêler de mes affaires. Comme le font régulièrement les quatre femmes qui m'entourent, d'ailleurs. Je veux toujours tout savoir de leur vie.

– Je le sais. Maureen me parlait de toi, d'Agnès et puis de Max, et en retour, je lui racontais mes propres enfants. Je dois dire que c'était un sujet de conversation récurrent. Je ne suis pas un intellectuel, tu le sais. J'ai quand même lu un roman de ta mère... C'était tellement à l'inverse de ce qu'elle était que je n'ai pas insisté. Et puis... Ce parti-pris d'écrire à la première personne... ça m'a perturbé, car ce n'était pas elle...

– Je comprends. Je n'ai jamais lu un de ses romans à cause de cela... Mais tu le sais aussi, je le suppose...

– Bien sûr.

J'ai les tripes nouées, tout à coup.

– Est-ce que... Elle m'en voulait pour cela ?

– Elle comprenait. Elle respectait. Je pense même qu'elle était satisfaite de cette situation. Au fond d'elle-même, elle ne désirait pas que tu les lises. Alors qu'elle n'avait pas pu me cacher sa joie en apprenant qu'Agnès les dévorait depuis l'âge de douze ans. On ne peut pas comprendre les rapports mère/fille, nous. Mais elle m'avait confié que lors de ses escapades en Irlande, son plus grand bonheur était de t'écrire de très longues lettres, qu'elle soignait jusqu'à l'obsession. Elle voulait que tu aies le meilleur de ce qu'elle pouvait produire. Elle était très fière de tes louanges.

Je lui fais signe de s'interrompre, incapable de prononcer le moindre mot.

– D'accord. Je reprends. Nous avons le même âge, Maureen et moi. Et nous sommes arrivés le même jour dans cet endroit. Et assez bizarrement nous avons quelque chose d'autre en commun. Nous sommes issus tous les deux de provinces ayant une forte culture indépendantiste.

"Mes parents sont arrivés de Catalogne alors que je n'étais même pas encore adolescent. Et mon père était un... activiste indépendantiste. Non violent, mais très impliqué dans sa lutte. Mon enfance a été baignée de slogans, de débats politiques et de rhétorique révolutionnaire.

Il a un sourire d'une tendresse infinie et reprend :

– J'adore mes parents. Ils sont retournés en Catalogne, maintenant, depuis leur retraite. Je les vois peu. Et malgré mon métier, je respecte infiniment tous ceux qui défendent, dans les limites de la loi, bien sûr, leurs idées d'indépendance. Même lorsque, comme bien souvent, elles ne veulent plus rien dire.

Agnès vient nous rejoindre avec du café, et du thé pour Étienne qui a pris cette habitude avec notre mère. Elle s'installe en notre compagnie.

Étienne remercie et, le regard perdu loin dans ses souvenirs, bien plus loin que le paysage magnifique qui s'étend à nos pieds, continue son récit.

– Donc voilà que, brigadier, j'intègre la caserne de gendarmerie de Quimperlé où on me confie immédiatement une mission : Surveiller discrètement une probable activiste catholique de l'Irlande du Nord, venue s'échouer, avec ses deux enfants, non loin d'ici, dans la maison de son grand-père maternel. Elle arrive de Paris où elle était surveillée par les RG. Mais comme ceux-ci n'ont rien décelé de suspect dans sa façon de vivre, ils nous ont refilé le dossier pour un suivi lâche mais ponctuel. Le but était d'identifier d'éventuels visiteurs susceptibles de troubler l'ordre public. Du genre activistes bretons, irlandais, basques et catalans.

"Je me rends compte, donc, assez rapidement, que la "pasionaria" irlandaise dont on m'a confié la surveillance est une femme, une mère de famille, plutôt paisible dont la seule exubérance est d'avoir écrit un brûlot d'un érotisme torride qui est aussi une charge virulente contre les esprits étroits de son pays d'origine. Vous vous souvenez de son titre ?

Nous récitons en chœur ;

– "L'Érotomane de Dublin, ou l'incroyable parcours d'une femme moderne en pays janséniste".

Étienne sourit.

– À l'époque, je n'avais même pas compris le titre. Et je ne voulais pas davantage le lire. Je surveillais Maureen de loin et ce que j'avais vu m'avait... Comment dire ?... ému, tout simplement. Mes sympathies naturelles, héréditaires même, pour tous ceux qui combattent, à tort ou à raison, pour leur indépendance ; mes lectures récentes sur l'oppression royaliste en Irlande du Nord (j'ai toujours pris mes missions à cœur et m'informe en conséquence), et surtout, surtout, la vision de cette fée aux cheveux longs et roux pâle, à la peau diaphane constellée de taches de rousseur, et à l'air incroyablement fragile, comme sortie tout droit d'un conte gaélique, me faisait franchement douter du bien-fondé de ma mission.

"Mais je me gardais bien d'en informer mes supérieurs. Ce n'était pas une mission désagréable. À l'époque, je n'aurais su décrire ce qui me poussait à multiplier les rondes autour de sa maison. Maintenant, je dirais que je me trouvais dans une sorte de non-temps et de non-espace. J'ai craint un moment de virer voyeur. Lorsqu'elle partait pour quelques jours, vous confiant à une nourrice du coin, qui n'était pas encore votre douce Aëlez, je maintenais mes visites secrètes avec le sentiment, un peu étrange, d'assurer *votre* sécurité en son absence.

Estomaqué par ses mots et la fascination qui avait été la sienne – fascination qu'il vient de nous décrire avec une sorte de bonhomie irréelle – je ne peux m'empêcher de l'interrompre, ne voulant pas faillir à ma réputation de balourd :

– Agnès soutient que tu étais amoureux de Maureen.

Petit hoquet, souffle coupé et fard de l'intéressée, et sourire bienveillant d'Étienne, à son encontre, comme pour la rassurer.

– Il faut vous dire qu'à cette époque, je courais comme un fou après celle qui allait devenir ma femme. Et quand je parle de courir, ce n'est pas une image. La mère de mes futurs enfants participait à tout ce qui se faisait comme compétition de rallycross, à travers toute la France !

"Amoureux ? Je ne saurais expliquer. Un peu de fascination, elle était déjà célèbre, beaucoup d'empathie et... ce quelque chose d'indéfinissable qui ne se produit peut-être qu'une seule fois au cours d'une vie, lors d'une rencontre inopinée. Comme, lorsque l'on regarde un film dans lequel, un acteur, ou plutôt une actrice, est si parfait dans son rôle qu'on ne l'imagine pas jouer autre chose. C'était le sentiment que j'éprouvais lorsque je l'épiais. Maureen était parfaite dans son rôle, dans sa vie. D'une telle justesse que je ne rencontrerai pas d'autre opportunité de contempler cela. C'était tout simplement impossible.

"Alors, amoureux ? Tu as peut-être raison, ma chérie. Est-ce que le gendarme pouvait être amoureux d'une femme et le civil amoureux d'une autre ? Franchement je n'en sais rien.

– Elle ne s'est pas aperçue que tu l'épiais ? demande Agnès, prenant acte comme moi de ses dernières paroles.

– Si, bien sûr. Je n'étais pas très discret et elle se savait surveillée, lorsqu'elle vivait à Paris. De plus, il n'est pas absurde de penser que j'avais envie d'établir le contact. Mais ma mission l'interdisait.

"Puis elle a déménagé pour venir vivre ici. Ma hiérarchie a interrompu la surveillance, jugeant que c'était une dépense inutile. Et moi, évidemment, j'ai continué, mais, avec moins d'assiduités, j'avais d'autres missions.

"Jusqu'à ce que Maureen établisse elle-même le contact et, à sa manière, douce et impérieuse, m'aborde, rôdant sur le chemin de sa maison et m'invite à prendre le thé, sans que j'ose lui dire que je préférais le café ; et, au fil de mes visites, m'invite à parler, à lui raconter mon ancienne mission, à lui confier des pensées que je ne me serais jamais cru capable de mettre en mots ; m'invite à partager son amitié, ses rêveries, ses réflexions intimes.

Il fait une pause, visiblement ému.

– Avant elle, je ne savais pas qu'il existait quelque chose d'aussi fort que l'amour. Si voisin et si différent. Comme une alternative. Mais pouvant coexister, car je n'ai jamais douté de mes sentiments pour ma femme. C'était parfois... compliqué.

Nouvelle pause.

Agnès et moi, nous nous regardons. Le manque de Maureen est terrible. Et nous prenons conscience que, plus nous avancerons dans la redécouverte de notre mère, plus nous allons souffrir de ce manque.

Plus nous allons l'aimer.

On entend la porte de la baie vitrée coulisser, et Max apparaît. En pyjama de petite fille, une poupée de chiffon plaquée, contre son torse menu.

– Personne ne m'a lu d'histoire...

Agnès se lève en s'appuyant sur mon épaule, me forçant à rester assis.

Et me laissant en compagnie de l'ami de Maman qui semble peiner à sortir de ses souvenirs chargés de mélancolie.

Lorsque Agnès revient, une quinzaine de minutes plus tard, Étienne est parti. L'obscurité tombe avec légèreté, comme soucieuse de ne pas nous effrayer.

– Il t'embrasse.

Elle pousse un fauteuil contre le mien, s'installe et me tend l'une des deux cigarettes qu'elle tient en main. Je l'accepte volontiers. Le moment se prête à une combustion nostalgique. Nous soufflons notre première bouffée de concert, dans un même soupir.

– Merde, c'est si bon ! Tu les planques où ?

– Bien essayé... Mais le spleen ne me rend pas moins vigilante, Ryan Parker... O'Neill.

J'ai aussi envie d'un verre. Un truc genre écossais, un peu doux sans être mièvre, avec un arrière-goût de rock'n'roll. Il y a plusieurs bouteilles de Scotch dans le bar. Je consulte ma mémoire gustative.

La fraîcheur se fait envahissante. Une couverture. Ce serait bien, aussi. Une seule suffirait pour nous envelopper tous les deux. Comme deux petits vieux. Ou deux bébés.

Une cigarette, un verre de Scotch, une couverture, un être cher, une nuit de demi-lune étoilée, et, avec un peu de chance miséricordieuse, le hululement fantomatique d'une chouette.

Le ciel est couvert. La lune est restée couchée. Et la chouette... Qui a jamais pu compter sur une chouette ?

Agnès cherche ma main et la trouve.

– Raconte-moi une histoire...

Je tire une dernière bouffée et ne sais pas trop quoi faire de mon mégot.

– Il était une fois, il y a très longtemps... un pauvre gars... qui s'appelait Armand. Et... l'avait pas d'papa... l'avait pas d'maman, non plus...

Elle s'esclaffe et me donne une tape sur la main :

– Pas celle-là ! Elle est trop triste.

Je n'y tiens plus. L'histoire que je dois lui raconter est bien plus lamentable, encore.

– Étienne ne veut pas que l'on aille à Londres. Il préfère que les flics anglais se déplacent.

– Pour une simple effraction ?

– Ce n'est pas une simple effraction.

Je me redresse et serre sa main dans les miennes.

– Julia Milazzi a été assassinée. Les flics ont retrouvé son corps dans l'appartement dévasté de Maman, à Londres.

CHAPITRE CINQ

Nous avons décidé de suivre les conseils d'Étienne. Et, comme il l'a prévu, un binôme de flics londoniens s'est pointé deux jours après la nouvelle de la mort de Julia.

Le gendarme organise l'entrevue dans une salle d'interrogatoire du commissariat de Concarneau. Outre les deux flics anglais, un homme et une femme ; sont présents, Étienne et un lieutenant de la police de Concarneau.

C'est Étienne qui se charge des présentations. David Stewart, souriant, affable, en léger surpoids, Adira Lalitamohana (Je l'ai vu écrit par la suite), longue, plus grande que tous ceux présents dans la salle, mince, belle, très belle, et, apparemment dépourvue de l'option sourire et du plus infime sentiment d'empathie ; le lieutenant Alexandre Benoit, de la police de Concarneau, présent uniquement parce que Agnès et moi travaillons et habitons dans sa ville, bien décidé à montrer que cette histoire ne le concerne en rien.

Une prise de bec se produit dès le départ. La longue, belle et sinistre Lalitamohana veut nous interroger en même temps mais dans des pièces séparées. À chacun le sien. Étienne s'y oppose : il veut assister aux deux entretiens et fait sa tête de méchant flic.

David Stewart observe en souriant, curieux et vigilant.

Le lieutenant Benoit baille et regarde sa montre.

Lorsque l'on en est à :

– Ici, c'est moi qui donne les ordres et...

David Stewart intervient :

– Cela ne pose aucun problème, lieutenant Calestano. Nous allons suivre votre procédure.

Le visage de la femme n'a pas montré la moindre expression durant toute la passe d'armes et, même mouchée publiquement par son chef, ses traits, quasi parfaits, n'ont pas dévié de leur impassibilité.

Je suis fasciné.

L'entretien débute enfin. Agnès, pressée par le temps pour obligations familiales, demande à passer la première.

J'entreprends une série d'allers-retours le long du couloir.

Étienne Calestano était revenu le lendemain matin avant qu'on ne parte travailler.

– J'ai appelé la police de Londres et leur ai dit que s'ils voulaient vous voir, il allait falloir qu'ils se déplacent.

– On était partant pour se rendre là-bas...

– Hors de question. Pas avant de savoir ce qu'ils vous veulent.

– Étienne... On est grands depuis un certain temps maintenant... On n'a peut-être pas besoin d'une protection si rapprochée.

– Rien à voir avec le fait que je vous connaisse. C'est la procédure habituelle. Point.

J'arrête un policier en uniforme qui passe dans le couloir et qui répond d'un ton rogue, prêt, me semble-t-il, à mordre :

– Ouais, c'est pour quoi ?

– Euh... Où puis-je trouver un distributeur de café ?

– Z'êtes pas dans un bar, ici !

Il poursuit son chemin en secouant la tête de dédain.

Non. Ils ne sont pas tous comme ça. Moi, je connais un gendarme qui... En fait, je ne sais pas comment se comporte Étienne dans son activité de gendarme...

Ce soir-là, à Port Manec'h, ayant rempli, avec plaisir, mes obligations de conteur du soir auprès de Max, j'avais rejoint Agnès sur la terrasse.

Ma sœur avait rapproché nos deux fauteuils de la veille, posé deux cigarettes et un briquet sur la table, à côté d'une bouteille de Scotch et de deux verres.

Elle avait même pensé à la couverture.

Je nous versai deux franches rasades, allumai nos cigarettes et m'installai. Agnès disposa la couverture.

À notre troisième bouffée dans le silence, elle me dit :

– Tout compte fait, j'aimais bien Julia.

– Ouais. Moi aussi. Bien plus que je ne le laissais entendre...

– Je devrais être plus triste.

– On est déjà tristes pour Maman. La tristesse, c'est comme la douleur : c'est la plus forte que l'on sent.

– On est tristes, à cause.

– Pour... Elle s'est sentie obligée de faire ça. On peut lui en vouloir de ne pas avoir cru en une autre solution mais on ne peut pas lui en vouloir de l'avoir fait. C'était sa solution.

– D'accord...

Elle but une gorgée et, pendant que je l'imitai :

– De toute façon, c'étaient des conneries. Je ne peux pas lui en vouloir. C'était une tentative ridicule d'échapper à *ça*. De ne pas souffrir. De ne pas voir que c'est peut-être à cause de nous.

– Pour.

Elle se démancha le cou pour me regarder :

– Ah ! Tu vois ! Toi aussi tu as pensé que son geste était lié à nous !

– Quoi d'autre ? Maureen n'était ni suicidaire ni triste, ni lâche, ni... quoique ce soit qui pousse ordinairement les gens à se faire du mal.

"C'est l'amour qui l'a poussé dans les eaux de cette saloperie de lac. Qu'est-ce que Maureen aimait à ce point ?

– Nous.

– Et son métier. Son unique passion. Sa vie : L'écriture.

Agnès avait réussi à attraper la bouteille sans faire tomber la couverture. Elle nous servit et posa le flacon sur le sol dallé.

– En quoi son métier aurait-il pu l'y pousser ?

– Sécheresse ? Gros doute ? Le fait qu'elle ait pris la mauvaise route et ne sache plus comment en sortir ?

– Quelle route ?

– Le cul. La facilité.

– Putain, Ryan ! Lis ses romans avant de dire ça ! Le propos certes est facile. Pas le style. Pas la manière. Et non... Ce n'est pas à cause de son métier. C'est à cause de nous.

– Pour.

Elle soupira et but une gorgée.

– Tu fais chier... ça veut dire quoi ça ? Pour, à cause, c'est

61

pareil.

L'alcool lui faisait cet effet. Depuis toujours.

– Si ce n'est pas son métier alors, c'est *pour* nous. Pour nous épargner. Ou nous protéger... de quoi ou de qui, je n'en sais rien. Bon Dieu, Agnès ! Qu'est-ce qu'on sait de Maureen ? De sa vie avant nous. De sa vie avec Papa. De sa vie à Antrim, six mois par an.

– Que dalle, bordel ! On sait que dalle de notre propre mère. J'ai jamais vu des putains de gamins si indignes !

– Chut ! Tu vas réveiller notre fille !

– Ryan, merde ! Putain, ça craint c'que tu viens de dire !

– D'accord, d'accord... C'est l'alcool. Le 18 ans d'âge, c'est traître. C'est doux, on voit rien venir... Désolé.

– Non, j'en ai marre. Demain, j'entame des recherches pour retrouver son connard de père et lui présenter. Comme ça, elle se rendra compte que le mot papa ne s'accorde pas forcément à l'image qu'elle se fait d'un père. Je ne vois que ça pour mettre un terme à cette situation débile.

– Fais pas ça, s'il te plaît. Tu ne sais pas jusqu'où cela peut aller. Il peut très bien vouloir la récupérer ou demander une garde alternée. Tu imagines élever ta fille à mi-temps ?

– Alors, arrête ! Mets un bémol à ton amour pour elle.

– Le bémol, c'est... ?

– C'est ce qui abaisse la note.

– Ça doit être plus facile avec une note.

Elle se pencha pour prendre la bouteille et dit, gentiment.

– T'es con. Tu veux une autre cigarette ?

Je lui tendis mon verre.

– Non. Ce ne serait pas raisonnable.

J'ai réussi à trouver les toilettes. Et lorsque j'en reviens, tout le monde m'attend. Je ne vois pas Agnès.

– Où est ma sœur ?

– Elle est partie, me dit Étienne. Viens, c'est ton tour.

– Elle va bien ?

– Évidemment qu'elle va bien. Qu'est-ce que tu crois ? Qu'on l'a passée à tabac ? Allez, installe-toi.

Les autres sont déjà en place. Stewart et son lévrier afghan haute couture, assis l'un à côté de l'autre, face à une chaise vide. Le lieutenant Benoit, adossé contre un mur, les bras croisés, mort d'ennui. Étienne s'assied en bout de table. Je prends la chaise en face des deux flics anglais.

Stewart débute :

– Nous permettez-vous d'enregistrer cet entretien ?

– J'ai le choix ?

– Bien sûr. Il ne s'agit de rien d'autre que d'une facilité pour nous permettre de ne pas prendre de notes écrites.

– D'accord.

Lalitamohana pose un enregistreur numérique sur la table, et, en anglais, détaille le jour, l'heure, les personnes présentes et le fait que je dépose sans contrainte.

Tout cela me paraît trop officiel pour n'être qu'une facilité.

Je l'observe en essayant de garder la même impassibilité que la sienne. Elle a une voix chaude mais sans intonation. Et un accent léger et adorable.

Et nous démarrons.

Nous avions fini la bouteille au goulot. Mais avant d'être complètement partis, nous avions parlé, encore.

– Si ! soutenait Agnès. Tu as des secrets que tu ne m'as jamais racontés.

À ma connaissance, je n'avais qu'un secret, qui n'en était pas vraiment un, mais plutôt une amertume doublée d'une humiliation d'adolescent éconduit. Et si je ne lui en avais jamais parlé, c'était parce que le camouflet s'était avéré bien plus cuisant que je ne l'avais imaginé.

– Je ne vois pas ce que tu veux dire.

– Papa.

Je m'indignai sincèrement :

– C'est déloyal ce que tu fais ! Je ne suis pas en état de résister. Et ça fait huit ans, merde ! Tu vas me le reprocher pendant combien de temps ?

– Tu ne m'as jamais dit comment tu l'avais appris...

Je vidai mon verre et soupirai :

– Six mois avant tes vingt ans, un matin alors que tu dormais encore, j'ai demandé quelque chose à Maman. Je voulais te faire un cadeau d'anniversaire que tu n'oublierais jamais.

"Cela faisait 6 ou 7 ans que Papa ne donnait plus signe de vie. Alors je lui ai demandé si l'on pouvait charger une agence de détectives privés, aux États-Unis, de le retrouver, et de lui payer son voyage jusqu'ici le jour de ton anniversaire. Et comme, plus elle hésitait, plus j'insistais, elle a fini par me dire qu'il était mort...

Je fis une pause. J'espérais qu'elle dise quelque chose. J'étais en panne d'idées pour l'enchaînement. J'attendis qu'elle se manifeste.

Elle dit enfin, émue :

– C'était plutôt sympa, enfin l'attention... Pourquoi me cacher ça ?

– Sur le coup j'ai trouvé cela assez horrible... Comme un énorme acte manqué parce que désiré trop tard. Le geste était beau mais pourquoi si tard ? Pourquoi n'y avais-je pas pensé avant ? Je m'en voulais... et il n'est pas impossible que je m'en veuille encore maintenant.

– D'accord. Elle le savait depuis longtemps ?

– Il est mort en 2001. Elle l'a su aussitôt.

– Putain... Et pourquoi l'avoir dit à toi ?

– Parce que j'étais obsédé par mon idée et qu'elle a vu que je ne lâcherai pas le morceau.

"Et comme elle me savait très proche de toi, elle m'a chargé de te le dire quand je jugerai le moment opportun.

– Elle t'a chargé, toi, de me le dire ?!

– Ouais, enfin... pas exactement. Je ne voulais pas qu'elle t'en parle avant ton anniversaire...

– Bon sang, Ryan... Toi et ta volonté de ne pas faire de mal... Il t'a fallu deux ans avant de m'en parler !...

– Il y avait toujours quelque chose. Tu étais trop heureuse et je ne voulais pas gâcher ton bonheur ou je te sentais triste et... À quel moment on peut dire ce genre de truc, merde ?... Je suis désolé, Agnès.

Nos verres étaient vides. La bouteille était plus qu'à moitié consommée.

Jusqu'à présent l'entretien s'est déroulé cordialement si l'on excepte l'absence totale d'expression sur le visage de mon investigatrice. Les questions ont porté sur moi, ma situation familiale, mon métier, la fréquence de mes séjours à Londres...

Un léger ennui m'envahit peu à peu, jusqu'à ce que Lalitamohana sorte un cliché, format A4 de sa serviette et le fasse glisser sur la table, sous mes yeux.

– Bon sang ! m'exclamé-je. Vous n'avez pas montré *ça* à Agnès ?

Je regarde Étienne qui me fait un signe négatif de la tête.

C'est une photo de Julia Milazzi. Le corps comme désarticulé, allongé sur le sol d'un appartement que je connais. Le visage tuméfié, le chemisier à moitié arraché, dévoilant une partie de son soutien-gorge, sa jupe courte complètement remontée laisse apparaître une culotte assortie au soutif, ensemble qui, en d'autres circonstances, aurait été très sexy. Elle ne porte qu'une seule chaussure, rouge, à talon haut.

Julia est une femme très belle, mince, élégante dans ses tenues, dans sa démarche et ses gestes. Les propos franchement nuls que j'ai pu tenir à son égard remontent dans mon esprit comme un flux de bile. Des larmes soudaines embuent ma vision. J'ai envie de caresser l'image horrible, ce corps martyrisé, qui ne m'avait jamais paru vulnérable. Un élan de tendresse mêlé de regrets me pousse à lui demander pardon.

Les flics ne me pressent pas. Je lève mon regard vers eux. Aucun : français, anglais, ne me paraît particulièrement ému. Ils m'observent. Même le lieutenant Benoit qui, pour un temps, semble avoir mis de côté son ennui colossal.

Je prends conscience de l'horreur de leur quotidien. Ces gens ne vivent pas dans le même monde que le mien. Leur fréquentation perpétuelle du mal, de la violence, de l'insupportable déliquescence d'une humanité pervertie, affecte irrémédiablement leur perception de la société. Ils ne sont devenus que suspicion, froideur calculatrice, manipulatrice. Ils ne sont pas les "gardiens de la paix". Ils interviennent quand tout est fini. Quand la victime est morte. Quand le drame est joué et le rideau tombé.

Ils courent sans cesse après le temps sans jamais pouvoir le remonter.

Leur frustration doit dépasser l'entendement.

Je m'extirpe péniblement de cette révélation accablante et repousse le cliché, la main à plat, comme pour une caresse d'adieu :

– Je... Je ne vois pas de blessures graves ou de sang... Comment est-elle...?

David Stewart prend la parole, pour la première fois :

– Passons un accord, monsieur Parker O'Neill. Vous

répondez à nos questions et je vous promets qu'à la fin de cet entretien, je répondrai aux vôtres.

Version policée, britannique, de "c'est moi qui pose les questions, ici".

– Cela me paraît raisonnable...

– Bien. Depuis quand connaissez-vous Julia Milazzi ?

– Depuis une quinzaine d'années. Elle était l'agent littéraire de Jessica O'Neill, ma mère.

– Quelle était la nature de leurs relations ?

– Si vous posez la question, c'est que vous connaissez la réponse. Ce n'était un secret pour personne. Dans le milieu littéraire, en tout cas. Elles étaient amantes. Depuis une dizaine d'années.

– Elles s'entendaient bien ?

– Elles n'étaient pas mariées. Elles ne vivaient pas ensemble. Du moins, pas à temps complet. Si leur relation n'avait pas été satisfaisante, elles n'auraient eu aucun problème à l'interrompre.

– Comment viviez-vous cette situation ?

Je le fixe avec plus d'intensité que je ne le désire, sentant la colère monter.

– Qu'entendez-vous par "situation" ? Comment vivais-je l'homosexualité de ma mère et la honte qui doit nécessairement en découler ?

Il affiche un sourire qu'il doit vouloir apaisant mais qui n'est que condescendant :

– Nous n'en sommes plus là, Dieu merci. Je parle de vos sentiments à l'égard de Mademoiselle Milazzi.

– Croyez-moi, Dieu n'a rien à voir dans la saine libération des mœurs de notre époque, et Julia préférait qu'on lui donne du "Madame". Quant à ce que j'éprouvais pour Julia... C'est difficile après avoir vu cette photo... Je pense que je résistais à son charme immense par pure provocation mais que je l'aimais bien. Elle apportait un équilibre précieux à ma mère et, dans ses moments de calme, faisait preuve d'une intelligence très pointue. Très agréable.

Il laisse la parole à sa coéquipière.

– Pourquoi est-ce difficile, après avoir vu la photo ?

En français, s'il vous plaît. Avec juste une pointe d'accent. Et... oui, comme une lueur d'humanité dans le regard, un rien de souffrance. Cette déesse marmoréenne serait-elle la seule créature sensible de l'assemblée ?

– Je ne sais trop. Peut-être, ai-je pris conscience qu'elle pouvait être d'une vulnérabilité émouvante.

Et qu'il m'ait fallu attendre qu'elle soit dans cet état pour m'en rendre compte. Mon intolérance bornée devant sa personnalité exubérante me fait honte.

Lalitamohana poursuit en me demandant ce que je faisais et où je le faisais, les 23, 24, 25 mai derniers. Et pendant que je réponds sans hésiter – Maman a mis fin à sa vie le 24, ces trois jours sont encore vifs dans ma mémoire – je pense que cette femme flic, qui est l'image inversée de l'exubérante Julia, et dont je moque l'impassibilité théâtrale et l'absence d'empathie, possède sans aucun doute une humanité attachante, des souvenirs d'enfance, des règles douloureuses et une personnalité complexe digne d'intérêt.

Tout comme Julia.

Je me surprends à lui sourire, ce qui ne la déride pas (façon de parler : pas la moindre ride, bien sûr, sur ce visage hâlé aux traits parfaits).

Et, leurré par mon absurde manège de séduction envers cette divine sculpture, je ne m'aperçois pas du changement d'orientation du débat.

Stewart a repris la parole.

– Monsieur Parker O'Neill, que pensez-vous de la coïncidence du décès de votre mère et de celui de Julia Milazzi ?

– Rien. Je ne veux même pas y penser.

– Je vous le demande, pourtant.

– Vous me demandez mon avis sur une coïncidence. Je ne suis pas expert en coïncidence. Qui peut se dire expert en coïncidence, d'ailleurs, à part le hasard ?

– La police, Monsieur Parker. La police adore les coïncidences. C'est un peu son... Comment dit-on en français ? Son "fonds de commerce" ?

"Je vais donc être plus clair. Nous n'avons pu, pour le moment, établir avec certitude le jour et l'heure du décès de Madame Milazzi. Des examens complémentaires sont en cours. Nous l'estimons entre le 23 et le 25 mai de cette année. Rien ne laisse penser à une préméditation ou à un crime opportuniste. Beaucoup d'indices nous amènent à croire, au contraire, à une agression pleine de colère ou de frustration. Ou les deux. Il existe donc une forte probabilité pour que l'on se trouve en présence d'un crime passionnel.

"En clair, Monsieur Parker O'Neill, nous soupçonnons votre mère, Maureen Parker O'Neill d'avoir tué son amante et de s'être donné la mort ensuite.

Je jette un œil vers Étienne. Ses mâchoires, ses poings, sont crispés et, vu son regard, tout le reste de son corps, aussi. On pourrait enlever sa chaise sans le faire tomber.

Stewart s'est tu. Il attend.

– Il y a une question ? Demandé-je.

Il prolonge son silence le regard baissé, puis me fixe soudainement, toute affabilité envolée de son visage.

– J'ai déjà vu des fils ou des filles, plus enclins à défendre la mémoire de leur mère.

Sa remarque, en plus de me faire monter le sang au visage et d'exploser comme une grenade dans mon cerveau, me rappelle, en un éclair, celle d'Agnès : "j'ai jamais vu des putains de gamins si indignes".

J'aperçois Étienne qui tend la main dans ma direction tandis que je prends appui sur la table et me lève brutalement, renversant ma chaise.

– Allez-vous faire foutre, vous et votre bouddha constipé !

Infime sourire du bouddha, je fais demi-tour. J'entends Stewart :

– Monsieur Parker...

Et, alors que j'ouvre la porte, la voix d'Étienne :

– C'est terminé.

Nous avions donc fini la bouteille à la régalade en parlant de Papa.

Et puis d'autre chose, aussi, dont j'étais incapable de me souvenir.

Je crois qu'il était question de Ludi.

Et de moi.

Et... Non je ne me rappelle rien.

Max nous réveilla en râlant qu'il fallait qu'elle fasse tout dans cette maison. Nous n'avions pu aller plus loin que l'immense canapé, double angle, du salon.

Agnès, montée prendre sa douche, nous déjeunions, Max et

moi. En silence.

Puis :

– Vous faites pas beaucoup d'efforts tous les deux pour que je ne t'appelle pas Papa. Vous habitez dans la même maison, vous mangez ensemble, vous dormez ensemble...

En aveugle, j'avais du mal à tenir les yeux ouverts, je posai un doigt sur ses côtes :

– Dans ton cœur, seulement. Ta maman ne plaisante pas avec ça. Alors que nous, on sait bien que c'est pour rigoler...

J'arrive à soulever mes paupières suffisamment pour voir son expression.

– Hein ? C'est pour rigoler ?

Je fais une triste grimace et insiste :

– Dis-moi oui, s'il te plaît.

Encore contrarié (autant par les insinuations de Stewart que par ma réflexion immonde à l'égard de sa collègue), je pousse la porte de l'Herbe Rouge. Agnès encaisse un client. Je fais un tour dans les rayons. Rien ne me tente. J'ai soudain envie de relire les lettres que m'envoyait Maureen Parker O'Neill de son exil volontaire et récurrent. Qui était cet homme ? Un amant ? Une ancienne connaissance d'enfance ou d'adolescence ? Peut-être y faisait-elle allusion dans ses lettres.

Bon sang, je ne connais rien de ma mère. J'irai voir Bartley, cet été. Avec Agnès. Et puis Max. Maureen avait dû lui parler de sa petite-fille puisqu'ils conversaient sur toutes les bonnes choses de leur vie.

Ma sœur est enfin disponible. Je la rejoins. J'observe son visage. La nuit dernière s'est montrée plus clémente pour nos organismes. Nous nous sommes couchés à la même heure que Max.

– Comment ça s'est passé, pour toi ?

Elle hausse les épaules. Elle consulte un catalogue de nouvelles parutions et ne semble pas vouloir me regarder. J'insiste :

– Tu ne les crois pas, hein ?

Elle lève les yeux enfin, et je préfère ne pas déchiffrer ce qu'il me semble y lire.

– Il faut que l'on parle de tout ça. Ce soir. Même heure, même terrasse.

69

Je souris. Elle précise :

– Eau, soda ou café.

Puis, alors que je déchante :

– Tu vas travailler ?

– Ouais.

– Parle à Ludi.

– Parler de quoi ?

Elle grimace et reporte son attention sur le catalogue.

– Ne te mens pas. Il faut être beaucoup plus déchiré qu'on ne l'était pour ne pas se souvenir.

J'ouvre la porte du bureau de Ludivine en pensant que la vie n'est qu'une succession de portes que l'on ouvre et referme. Comme on passe d'un chapitre à l'autre. Il me vient l'envie de n'être qu'un personnage, ballotté sans liberté de choix, au gré des humeurs d'un romancier sous psychotropes.

Je me laisse tomber dans le fauteuil qui fait face au bureau de mon associée. Elle lève les yeux de ses écritures et m'observe un moment.

– Cela s'est mal passé.

Ce n'est pas une question.

– J'ai claqué la porte (encore une), avant la fin. Quand ils m'ont dit qu'ils soupçonnaient Maureen d'avoir tué Julia.

"Ne te mens pas".

J'étais parti parce que le flic anglais avait mis le doigt là où ça faisait mal.

"Ne te mens pas".

Ludi est brune, les cheveux longs toujours ramenés en chignon lâche, de nombreuses mèches s'en échappant. Des yeux noisette, aussi doux que ceux de sa mère, un nez fort, légèrement tombant dont les ailes sont parsemées d'éphélides, apportant une touche juvénile à son visage. Sa bouche est large et prompte à sourire.

Ludi a trente-six ans. Elle est aussi grande que moi, mince, un peu osseuse, poitrine plate et hanches larges. Elle porte le jean comme personne mais préfère les robes longues, froufroutantes, genre hippie chic. Son père, pêcheur, a été porté disparu lorsque le navire sur lequel il trimait, a sombré au cours d'une tempête. Son grand frère, fou de mécanique, s'est tué à moto.

Nous sommes tous des survivants.

À cause d'une malformation congénitale, Ludi ne peut avoir d'enfants.

On lui a connu quelques aventures sentimentales. Rares et, d'après elle, décevantes.

Alors Ludi travaille.

Elle a créé cette maison d'édition. Puis, trop laxiste avec ses auteurs, trop généreuse avec ses employés, trop douce et trop gentille face à la concurrence, s'est retrouvée au bord de la faillite.

Mes études, un rien languissant, terminées, je me cherchais, alors, une raison sociale dans le domaine littéraire. Sans prétention d'écrire. Je n'ai que l'amour de la lecture, des écrivains, des livres et des mots.

Maureen me proposa de reprendre l'entreprise et de faire de Ludivine, mon associée. Ma mère, financière du projet, ne désirait aucune part. De même, elle avait offert "L'Herbe Rouge" à Agnès.

Maureen, comme Jessica, dépensait autant qu'une fourmi. Ses voyages, Paris, Londres, Antrim, lui coûtaient peu en regard de ce que lui rapportaient ses romans, dont trois avaient donné lieu à des adaptations cinématographiques soft et un, une version franchement pornographique, publiquement reniée et attaquée par l'auteure. Maureen commençait à devenir sérieusement riche et ne savait trop quoi faire de son argent puisque, aussi bien, un PC portable, un bloc de feuilles de papier et un crayon avec une gomme au bout (elle ne supportait pas les ratures, même sur ses brouillons), suffisaient à ses besoins.

L'affaire conclue, j'ai donc serré la vis aux auteurs, les poussant à produire des œuvres de qualité mais plus commerciales ; j'ai viré le personnel, unique période de ma vie où j'ai dû essuyer une colère persistante de Ludi, embauché un petit génie de l'édition, aussi émotif que doué, et, bon sang ce que Julien peut être émotif ! et sous-traité les autres tâches de l'édition, à moindres frais, grâce aux mesures concernant l'auto-entreprenariat.

Dans ma vie familiale et sociale, je suis plutôt un gentil garçon.

Comme patron... Je joue le jeu.

Ludi m'en a voulu. Puis s'est rendu compte que *ça* marchait. Qu'elle pouvait même, de temps en temps, m'imposer quelqu'auteur glorieusement inconnu, forcément talentueux puisqu'elle le croyait.

Ludi avait onze ans lorsque Agnès et moi avons déboulé dans sa vie.

Elle a été notre référence, notre protectrice, celle qui dissimulait nos bêtises, qui refoulait ses chagrins d'enfant pour nous consoler de nos bobos, celle qui se sacrifiait pour nous laisser les plus grosses parts de gâteau, qui refusait les avances d'un garçon qui ne nous plaisait pas...

À dix-sept ans, l'âge auquel, lassé d'attendre, on s'accorde généreusement le statut d'homme, j'avais embrassé Ludi par surprise alors que nous tenions la chandelle pour une Agnès très occupée par son copain du moment.

Elle avait répondu à mon baiser, puis m'avait repoussé alors que je trouvais judicieux de faire intervenir mes mains, et m'avait planté là avec un regard que je n'avais pas su, ou pas voulu, déchiffrer.

– Quelle absurdité ! dit Ludi avec un sourire de dépit.

Je fais un geste, comme pour évacuer une ineptie particulièrement méprisable indigne du moindre sujet de conversation.

– Ludi, je...

Elle attend, la tête un peu penchée sur le côté.

– Comment va Aëlez ? Dis-je.

Joli virage ! Dérapage parfaitement contrôlé et remise des gaz au bon moment.

– Elle va un peu mieux mais ne parle pas beaucoup. Elle se lève et vaque à ses occupations habituelles.

– Il faudra que je lui parle...

– Non. Je sais ce que vous êtes en train de faire, Agnès et toi. Je n'approuve pas. Il faut tourner la page. Changer de chapitre, comme tu dis. Laisse Maman en dehors de ça.

– Tu sais bien que je ne lui ferai jamais de mal.

– Oui. C'est pour cela que tu vas m'écouter. Vous habitez toujours à Port Manec'h, tous les trois ?

– Oui.

– Ce n'est pas sain. Sortez de cette putain de bulle de

chagrin !

Je suis surpris. Ludi est une femme au langage châtié. Elle s'offusque souvent de nos grossièretés.

– On en a besoin. Il y a tellement de questions et si peu de réponses...

– "On en a besoin" ? Tu es sûr de ne pas être le seul à en avoir besoin ? Ne fais pas de mal à Agnès et à Max. Ne te fais pas de mal, Ryan.

Elle ajoute, dans un soupir, visiblement bouleversée.

– Ne *me* fais pas de mal. On est heureux, non ?

Je me lève et m'apprête à sortir.

– Pas moi, Ludi. Pas en ce moment.

Les bribes d'une conversation fortement alcoolisée s'imposent à ma conscience, alors que je pénètre dans mon bureau.

Agnès :

– T'as vu l'allure des gonzesses que tu dragues ? Toutes les mêmes, putain ! Maigres, fringuées pareilles, brunes, grandes...

– Arrête. Ça prouve rien.

– Si ça prouve, mon bonhomme. Ça prouve ! T'es désespéré d'avoir quitté ta copine Francine ? Non, évidemment que non !

– J'ai eu autre chose à penser, tu vois...

– Mes fesses ! Tu les dragues, tu les sautes et puis tu trouves toujours une bonne raison pour les larguer. Tu sais pourquoi ? Parce que c'est pas celles-là que tu veux.

– T'es saoule...

– Ouais. À qui tu pensais quand tu me réveillais avec tes grognements sous la douche ? Hein ?

– Putain, Agnès ! Là tu vas trop loin ! Y'avait pas qu'elle...

– Ah ! Tu avoues !...

C'étaient quelques minutes avant que l'on ne s'effondre sur le canapé, enlacés, comme deux poivrots réconciliés.

CHAPITRE SIX

Troisième round. Pour le coup, on a vraiment l'air de deux petits vieux. La couverture remontée jusqu'au menton et la tasse de café fumante à la main.

Les deux cigarettes sont posées sur la table à côté du briquet.

J'ai appelé Étienne, cet après-midi. Pour m'excuser de mon comportement et pour lui demander s'il en avait appris un peu plus.

— Nos amis anglais n'étaient pas très contents. David Stewart, en particulier. Il m'a dit que si l'entretien avait eu lieu à Londres, tu serais déjà en garde à vue... La fille elle, Lalimachin, a semblé troublée quand je lui ai dit que Maureen mesurait un mètre soixante et devait peser à peine cinquante kilos. Julia prenait soin de son corps en se livrant à des séances de musculation et ne démarrait pas sa journée avant d'avoir couru au moins cinq kilomètres. Les quelques coups qu'elle a reçus ont été appliqués avec force et avec les poings... Il est peu probable que Maureen en soit l'auteure. Même surprise, Julia n'aurait eu aucun mal à avoir le dessus.

— Tu crois que les deux... décès sont liés ? Que quelqu'un a fait du mal à Maman ?

— Quand j'ai appris pour Maureen, je suis entré en contact avec la police d'Irlande du Nord. Le témoin, l'homme qui a vu Maureen se jeter de la barque, est apparemment connu, là-bas. Il est absolument digne de foi. Cela peut être une monstrueuse coïncidence, mais c'est un peu dur à avaler...

— Qu'est-ce que tu comptes faire ?

— Je suis un peu coincé, Ryan. Maureen est restée une

citoyenne britannique. Julia possédait la double nationalité italienne et anglaise, et les faits se sont produits en Grande-Bretagne... Tout ce que je peux faire, c'est empêcher les flics anglais de vous emmerder plus qu'il n'est raisonnable... J'ai eu le sentiment que les deux inspecteurs ne se plaçaient pas sur la même longueur d'onde. Si Stewart a l'air pressé de boucler cette affaire en crime passionnel sans trop se soucier des indices – on peut le comprendre car la famille Milazzi est riche et très influente à Rome. Elle a les moyens de mettre la pression pour obtenir des résultats tout de suite – sa collègue, malgré ce que tu as pu en voir, m'a semblé plus exigeante en matière de vérité... Plus impliquée...

Je n'avais pu m'empêcher de murmurer, d'un ton plus désespéré que je ne le souhaitais :

– Qu'a-t-il pu se passer entre elles... ? Maman ne t'a rien confié à propos de Julia ?

Il y avait eu un silence, puis :

– Ta mère était passée maîtresse dans l'art du cloisonnement... Elle ne me parlait de Julia que pour...

J'avais perçu un soupir puis à nouveau un silence.

– Pour... ? avais-je insisté.

– Pour rien, Ryan. Il... il nous arrivait de jouer, aussi...

Il changea de sujet, trop rapidement :

– Il faudrait peut-être fouiller la vie de ta mère et celle de Julia... Franchement je ne m'en sens pas le cœur. Nous prenions beaucoup de plaisir à parler de nous mais nous mettions aussi un point d'honneur à ne pas nous montrer intrusifs...

J'avais terminé sa pensée pour lui : Il ne tenait pas à découvrir une autre Maureen que celle qu'il connaissait et aimait. À l'intonation de sa voix, j'avais jugé le temps venu d'interrompre la conversation. Son chagrin évident menaçait de m'engloutir.

J'avais regagné le bureau de Ludi. Elle était lancée dans une conversation téléphonique. En anglais. Je suis resté à la porte sans même écouter, l'esprit débranché, planté sur une phrase : "Ne te mens pas".

Ludi m'a fait un signe pour me dire de patienter. Voyant que la conversation n'en finissait pas, je suis retourné dans mon bureau et me suis mis au travail sans grand enthousiasme.

Dix minutes plus tard, Ludi est entrée.

– Tu voulais quelque chose ?

Je l'ai regardé.

– Non. Pas spécialement. Seulement te voir.

– Euh... Oui, pourquoi ?

– Pour rien. Te voir. Te regarder. Être à côté de toi.

Les traits de son visage ont affiché une inquiétude sincère. Elle s'est approchée et a posé le bout des fesses sur le fauteuil des visiteurs.

– Tu n'as pas l'air bien.

– Confus. C'est une bonne définition. Ni mal ni bien. Confus...

Après le départ de Ludivine causé par mon baiser intempestif, j'avais fait comprendre à Agnès que je ne tenais pas à être le témoin de ses ébats. Elle avait entraîné son toyboy dans sa chambre tandis que j'accompagnais nos derniers invités jusqu'au portail de la propriété.

De retour dans la maison, j'avais avalé d'une traite un grand verre d'eau puis m'étais allongé sur le canapé inconfortable et trop petit du salon, repoussant au lendemain la remise en ordre de la pièce qui venait d'accueillir notre petite fête. Je ne désirais pas gagner ma chambre. Trop proche de celle d'Agnès. Ma sœur se montrait peu discrète lors de ses ébats amoureux (je la soupçonnais d'ailleurs d'en rajouter lorsqu'elle me savait à portée d'oreille). Et... j'avais encore le goût et la pression des lèvres de Ludi sur les miennes.

Et son regard comme sur un écran géant. Reproche et tristesse.

Maman était à Londres, avec Julia. Lui en aurai-je parlé, sinon ? Je n'en savais rien. Nos échanges, même éclectiques, touchaient plus l'intellect que l'intime. Agnès, si elle n'avait pas été si occupée ? Non. Ma sœur allait, soit comploter à outrance pour me faire gagner le cœur de ma belle, soit me rentrer dedans pour avoir mis en péril notre relation étroite avec la fille de notre nounou. Dans les deux cas, elle n'y mettrait aucune délicatesse.

J'avais joué. Et j'avais perdu.

Et la seule personne avec qui je voulais en parler était Ludi.

Pour cette raison, et aussi parce que l'expression de son visage ne m'avait quitté de la nuit, j'enfourchai mon scooter le matin venu et gagnai Concarneau à une vitesse peu habituelle pour moi.

Ludi s'employait à rénover les locaux de sa future maison d'édition. Je la rejoignis dans ce qui allait être son bureau. Elle passait un rouleau de peinture sur le mur. Je m'approchai et l'embrassai sur la tempe.

– Salut ! Je suis passé chez toi, je ne pensais pas que tu serais au travail si tôt. Tu devais m'attendre pour commencer...

Elle daigna enfin me regarder, ses traits étaient tirés, ses yeux rougis :

– Petite nuit, sommeil agité et, me désignant un rouleau neuf, il n'est pas trop tard.

– Je... je voulais te parler avant...

– On peut le faire en travaillant, non ?

Au moins, ce n'était pas une fin de non-recevoir et, avoir les mains occupées m'aiderait peut-être à affecter un air moins con. J'avais laissé ma tenue de bricoleur occasionnel dans une autre pièce (celle qui deviendrait, quatre ou cinq ans plus tard, mon bureau). Je m'y rendis, me changeai, revins vers Ludi et m'attaquai au côté opposé du mur.

En silence... J'avais perdu mon beau discours en chemin. Et Ludi se taisait, aussi. Nous nous rapprochâmes lentement, à mesure que nous progressions dans notre labeur. Nos épaules allaient bientôt se frôler. Malgré le maelstrom de sentiments qui bouillonnait en moi, je ne pus m'empêcher de sourire. Notre situation me rappelait la scène culte du dessin animé de Walt Disney "La Belle Et le Clochard", lorsque les deux chiens grignotent de concert un spaghetti jusqu'à...

Je me lançai enfin, ayant récupéré quelques bribes du long, très long monologue que j'avais ressassé toute la nuit :

– Ce n'était pas un geste spontané, Ludi. Ça n'avait rien à voir avec la soirée d'hier. Rien à voir, non plus, avec le fait qu'Agnès... Je veux dire... ce n'était pas pour seulement faire comme elle, ce n'était pas improvisé... J'y pense depuis longtemps et hier, j'ai préparé mon coup toute la journée. C'était sincère, je...

Elle arrêta d'actionner son rouleau qui ne contenait plus de peinture depuis un moment et me coupa :

– Longtemps ? Qu'est-ce que tu appelles longtemps, Ryan ? Tu as dix-sept ans...

J'eus envie de le lui dire mais le ton de sa remarque avait douché mon espoir d'une fin de discussion heureuse. Je ravalai mon "je t'aime", vexé :

– C'est... longtemps, c'est tout. Merde ! Tu ne m'as pas repoussé aussitôt, non plus !

– Pour ne pas te faire de peine...

– Mes fesses ! Ce sont peut-être mes lèvres qui sont venues se poser sur les tiennes mais c'est ta langue qui est venue dans ma bouche la première ! C'est...

– Arrête ! S'il te plaît, arrête... D'accord., je... ça n'a pas été désagréable... Loin de là même. Mais c'est normal. Je t'aime bien et... ce n'était pas la première fois...

– Un bisou rapide sur les lèvres au premier janvier, c'est pas un patin à pleine bouche avec mélange des salives et...

Elle posa un doigt souillé de peinture sur ma bouche pour me faire taire.

– Je suis avec quelqu'un, Ryan...

Je le savais. Et je savais aussi que Ludi n'avait jamais connu de liaison excédant six mois.

– D'accord, mais après ?

– On essaie de faire un enfant. C'est sérieux. C'est cela l'après.

J'étais rentré chez moi, à Port-Manec'h, où Agnès m'attendait, un balai dans les mains en affirmant (abusivement, si ma mémoire était bonne) que c'était à mon tour de ranger les restes de nos agapes. La vitesse, pourtant moindre qu'à l'aller, avait séché la peinture sur mes lèvres. Tout comme mes larmes. Agnès s'éclipsa. Tant mieux, je n'aurai pas pu lui cacher mon désarroi plus longtemps et je ne me sentais pas de partager une telle humiliation.

Ludi fit une moue pour traduire son incompréhension, puis :

– D'accord... Écoute... Je suis en train de lire un manuscrit. Tu veux que je vienne travailler dans ton bureau ?

– Tu ferais cela ?

Elle a hoché la tête, s'est levée et, est allée chercher son manuscrit.

"Ne te mens pas".

Agnès a ouvert une vanne que je tenais soigneusement fermée.

Je ne me mens plus.

Je n'ai jamais aimé une autre fille que Ludi.

C'est dit.

Je décide de crever cet abcès, en premier lieu.

– Je suis amoureux de Ludi. Tu as raison.

– Ce n'est pas avoir raison que de relever une évidence. Mais pourquoi tu ne le reconnais que maintenant ?

Agnès arrive encore à me couper le souffle. C'est elle qui, deux soirées plus tôt, m'a plongé le nez dedans. Je vais pour lui faire remarquer mais me rends compte qu'il y a effectivement une réponse, tout autre :

– C'est Maman. Cinquante-deux ans, Agnès ! C'est tellement court ! J'en ai trente, Ludi trente-six. La mort de Maman me plonge soudain dans un sentiment d'urgence. Je ne veux plus attendre, laisser passer le temps comme si j'avais l'éternité devant moi. Si Ludi ne veut pas porter la responsabilité de mon célibat mortifère alors il faudra qu'elle se dévoue. Amoureuse ou pas. Après tout, elle n'a pas eu de petit copain depuis au moins trois ans... je suis prêt à me satisfaire d'une relation purement sexuelle.

– Quatre.

– Quatre ans ? Merde, pourquoi ? Elle est jolie, gracieuse et a le contact facile... Je ne comprends pas.

– Ce n'est pas par manque de prétendants. Peut-être qu'elle attend que tu aies fini de baiser tous ses clones...

– Ca ne va pas tarder alors. J'ai de plus en plus de mal à en trouver... Bon sang ! Si elle a réussi à tirer un trait, je vais tout foutre en l'air, une nouvelle fois...

– Une nouvelle fois ?

– Façon de parler...

Six mois après nos barbouillages d'apprentis bricoleurs, alors que j'avais intégré l'université de Quimper, que j'avais revu Ludi à deux ou trois reprises, que j'avais bien montré toute la froideur que m'inspirait sa présence et que je me traitais de tous les noms une fois seul, Ludi m'écrivit :

Ryan,

Rien que cet en-tête dépourvu de tout sentiment me tord le ventre. Mais comment faire autrement ? J'ai beaucoup de mal à dire et à écrire ce que je ressens. Comme j'aimerais être Maureen en ce moment ! Si j'étais elle, j'écrirais :
Mon chéri,
Ou même, car je t'ai déjà appelé "mon chéri" quelquefois, jouant l'indifférente affectueuse, mais jamais :
Mon amour,
Celui-là t'est réservé en grand secret. Personne d'autre n'y aura droit et, malheureusement, même plus toi après cette lettre. Je vais tenter de t'en expliquer les raisons, bien qu'arrivée à ce stade, je ne sache toujours pas de quelle manière.

Je m'apprête à mettre ma pudeur à rude épreuve...

Tout d'abord, il y a Agnès, toi et moi. Quel trio ! Quelle fusion de caractères, de complicités, de tolérances et d'amour ! Comment risquer de perdre cela ? Ce qu'il y a entre nous trois dépasse la simple amitié, nous en avons souvent eu la preuve...

Je veux être sincère...

Tu t'en es aperçu, mes relations avec notre Agnès frôlent, voire caressent (le mot est plus juste) une certaine forme de tendre libertinage... Parce que, avec Agnès, c'est tellement facile, tellement naturel, elle est si libre... si réceptive dès qu'il s'agit d'amour...

Et si fille, aussi. C'est plus simple. C'est assez curieux d'ailleurs, que ce soit mon orientation résolument hétérosexuelle qui m'apporte cette liberté dénuée d'ambiguïté envers Agnès et qui bloque les gestes affectueux que j'aimerais te destiner...

Sincère, oui...

Certaines des caresses que je lui octroie sont celles que je ne peux plus te donner depuis que ton regard ne se pose plus uniquement sur mon visage. C'est-à-dire, depuis que tu as treize ou quatorze ans. C'est-à-dire encore, depuis que je me suis aperçue que les sentiments que j'éprouvais pour toi sortaient du cadre, pourtant large de notre amitié...

Ce qui m'amène à cela :

Tu as dix-sept ans et j'en ai vingt-trois... C'est un gouffre qui

81

va se rétrécissant, j'en ai conscience, sauf que... à l'âge où mon corps commençait à se transformer, quand nous nous sommes connus, tu étais encore dans celui de la petite enfance et que c'est cette image de toi qui s'imprime dans mon esprit lorsque mes sens tentent de prendre l'ascendant sur ma raison. C'est une image que je ne peux transgresser.

Et puis, plus rédhibitoire que tout ce que je viens de te dire, j'ai une nouvelle à t'annoncer. Pour moi, c'est un crève-cœur. Pour toi ? Je ne sais pas. Peut-être te fera-t-elle plaisir (car elle t'épargnera)... Je ne pourrai jamais avoir d'enfant. C'est une certitude, maintenant. Et je ne peux imaginer construire une vie de couple dépourvue de cette finalité.

Je vais donc me consacrer à la gestion de ma nouvelle entreprise. Au moins je serai utile à quelque chose. Donner du travail, découvrir de nouveaux talents, permettre à d'autres de mener une vie qui m'a échappé... et picorer au gré du hasard quelques coups d'un soir mais sans lendemain.

Et continuer à vous aimer, tous les deux.

Je viens de t'en dire (ou laisser entendre) plus que je n'en ai jamais dit à personne. Cette lettre est encore à l'état de brouillon sur mon PC. Je vais fermer l'application sans imprimer ni enregistrer. Pour cette raison, je peux encore te dire :

Je t'aime, mon amour. Je t'aime.

Ludi.

L'humour n'est pas le trait de caractère dominant de l'adolescence. J'aurais pu démonter habilement tous ses arguments et finir par un : "Pour les coups d'un soir, je suis partant... C'est toujours mieux que rien" ; plutôt que de céder au romantisme noir et désespéré inhérent à cet âge, de prendre acte et de me vautrer avec morbidité dans les délicieux tourments de l'amour impossible.

Y a-t-il un âge plus con que dix-sept ans ?

Agnès et moi venons de prendre dans un bel ensemble une gorgée de café.

— Étienne m'a dit que le meurtre de Julia ressemblait à un accident. Elle a été frappé au visage mais ce n'est pas ce qui l'a tuée. Elle est tombée sur l'angle de la table de salon et s'est brisée la nuque. Elle a dû être déséquilibrée ou on l'a poussée.

– Cela ne veut toujours pas dire que c'est Maman.

– Ce n'est pas Maureen. Qui, la connaissant, pourrait croire ça ? Julia a reçu des coups au visage. Je n'ai pas le souvenir d'avoir vu Maman en colère une seule fois.

– Moi non plus.

– Tu n'avais pas l'air si sûr de toi quand je suis passé te voir au magasin...

– Quel psychologue tu fais ! Je ne doute pas de Maman. J'aimerais comprendre son geste, mais je ne suis pas certaine d'avoir envie de faire le chemin... ça m'envahit. Je la vois se jeter dans l'eau glacée, je vois Julia, je vois l'homme et... ça me fait peur. Pour nous... Pour... Merde, Ryan, regarde-nous ! Deux gamins de trente ans planqués sous une couverture. Regarde où on vit. On est au paradis. On a toujours été au paradis. Notre vie est dégoulinante d'amour, d'attentions, de respect. Tu te souviens d'avoir seulement été malheureux une seule fois dans ta vie ? D'avoir été frustré ? D'avoir passé ne serait-ce qu'une journée sans sourire ou même rire ? Est-ce que tu te souviens de la dernière fois où tu as pleuré, avant cette merde ?

– Il y a longtemps. Quand j'ai appris pour Papa. Et je ne pouvais même pas partager mon chagrin avec toi. J'avais mal pour deux.

– Je te parle de pleurer de colère, de rage, de révolte. Je te parle de conflit générationnel, de l'envie de tuer ta mère, de faire une grosse connerie pour la punir.

– Pour quoi faire ? On ne punit pas quelqu'un qu'on aime.

Elle tourne la tête vers moi et me regarde, abasourdie :

– Bon sang, mais comment fais-tu pour être patron ? Pour te battre dans cette jungle ?

– Pas pareil. C'est pas la vraie vie. C'est un jeu.

– C'est horrible ce que tu dis. Virer des gens, c'est un jeu ?

– C'étaient pas des gens. C'étaient des pions qui avaient mal envisagé leur stratégie. Ils ont avancé de case en case, croyant gagner du terrain, et se sont enfermés dans leur propre piège. Autrement dit : ils ont profité et abusé du grand cœur de Ludi, jusqu'à faire couler leur boîte. Pour sauver ma reine, j'ai bouffé les pions. Et ça ne sert à rien de remettre sans cesse cela sur le tapis. Je ne regrette rien. J'ai fait ce qu'il était nécessaire de faire.

Elle me fixe toujours, visiblement consternée.

– Faudrait savoir ce que tu veux, dis-je. Quand je suis gentil, je suis le lourdaud et quand je joue au méchant, je suis un enculé.

– C'est qui le vrai ?

– Les deux, qu'est-ce que tu crois ? Je n'utilise pas de pseudonyme pour faire mon métier. J'assume.

– Et Julien ?

– Ben quoi Juju ?

– Tu l'exploites. Il m'a dit combien il gagne.

– Maintenant que je sais qu'il te court après, ça ne me travaille plus autant.

– Il ne me court pas après.

– Si.

– Il ne me court *plus* après.

C'est à mon tour de la regarder, hébété.

– Juju ?

Elle pose sa tête en arrière, sur le dossier du fauteuil et sourit à la nuit.

– Une fois à poil, il n'est plus timide du tout.

– Et merde... il n'y a plus que moi qui baise tout seul ?

– Et Ludi.

– Ludi, tu crois ? Sous la douche ?

– Il faudrait peut-être prévoir une plus grande douche. Au cas où...

J'adopte la même position qu'Agnès et sourit aussi. Sans savoir si c'est à la grande douche, ou, plus simplement, à la douceur de la nuit, la légèreté de nos propos, aux étoiles cachées derrière les nuages ou à la chouette qui roupille dans le grenier.

– Tu vois, fait Agnès. Même quand on ne fait que parler de choses graves, il faut toujours que la conversation dévie sur des images heureuses. On ne sait pas être malheureux. Personne ne nous a appris à hurler. On est fondamentalement heureux.

– Je ne vois pas où se situe le problème.

– Le problème est que, quand le malheur arrive, il nous submerge. Le suicide de Maman, le meurtre de Julia, ce sont des images d'une violence qu'on ne sait pas gérer.

– Tu veux abandonner ? Ne pas chercher à comprendre les raisons d'un tel drame ?

– Je veux savoir. Je ne veux pas chercher. Je ne veux pas d'une douleur lancinante qui va durer je ne sais combien de temps. Il y a Max. Il y a Julien, maintenant. Je n'ai pas envie de me transformer en zombie obsédé par la mort de ma mère. Je n'ai goût qu'au bonheur. Et toi aussi. Je ne supporterai pas que tu souffres. Arrête. Ferme la porte.

– Tu râles parce qu'on a passé notre vie dans du coton et quand le moment d'être en colère, de se révolter arrive, tu te débines.

– Je ne sais pas être en colère. Je ne sais pas me révolter. Je n'ai que peur.

– Tu te souviens du mot qu'elle nous a laissé ?

Mes chéris, mes amours,
la vérité illuminera mon geste
Bientôt.
Seigneur, comme je vous aime !

– Je ne veux pas attendre une vérité qui ne viendra peut-être jamais seule. Je veux illuminer son geste, quitte à cramer dans la lumière. Je me sens redevable. C'est *pour* nous qu'elle s'est tuée. J'en ai la conviction. Je veux comprendre pour l'accepter.

– Fais ce que tu veux mais respecte ma lâcheté.

CHAPITRE SEPT

Je respecte. D'une part, parce que j'aime tout chez ma sœur. Sa beauté, ses formes généreuses, sa finesse d'esprit, la douceur de sa présence, sa gouaille acidulée et moqueuse et puis... sa fille ; alors, pourquoi pas, sa lâcheté qui n'est, après tout, qu'un raisonnable instinct de survie. Et d'autre part, Ludi ne me le pardonnerait pas.

Et la rancœur de Ludi...

Non, plus maintenant.

Cela fait deux semaines que mes deux amours sont rentrées à Concarneau pour réintégrer leur appartement. Afin de retrouver une vie régulée. Dénuée de questionnements. Sans aspérités comme un toboggan en pente douce, savonné de bonheurs simples.

Je suis resté à Port Manec'h.

Ludi a accepté de prendre l'agence en charge seule pour l'été.

Elle ne cautionne pas ce qu'elle appelle un désir inutile de mortification de ma part. Mais respecte, elle aussi, ma décision et ne me laisse pas tomber.

Ludi est venue me voir quelquefois. Nous dînons. Nous parlons, de tout, de rien, mais pas de nous, pas de mes recherches qui, pour le moment, ne sont que souvenirs de conversations, d'épisodes routiniers, tantôt tendres, tantôt simplement intellectuels. Ludi fait montre d'une pudeur inexorable lorsqu'il s'agit d'exprimer ses sentiments. Les quelques questions indiscrètes, que je me risque à formuler, semblent s'écraser sur un mur d'acier. Et depuis que je me suis avoué la persistance de mon amour pour elle, mon impatience grandit.

Au point de déceler quelques allusions galantes dans ses propos. Parfois, répondant aux miennes, très sibyllines, ou, jaillissant à l'improviste pour ponctuer une expression portant à quiproquo.

Lorsque je m'en confie à ma sœur, qui, elle non plus, ne me laisse pas tomber, elle me dit :

– T'es vraiment un bourrin ! Ça fait au moins dix ans qu'elle te fait ce genre d'allusions, et tu ne vois rien. Comment as-tu fait pour sortir avec autant de filles ?

Agnès a peu de mémoire, ou regarde ma vie à travers un kaléidoscope. Le nombre de mes conquêtes, depuis mes dix-huit ans (mon côté crétin et mon amour "secret" ont entraîné un peu de retard à l'allumage), se monte à cinq, Agnès en totalisant treize. Et si je ne me souviens pas de tous les noms, j'ai gardé leur physique en mémoire. D'autant plus facilement qu'il s'agissait, toutes, de clones ratés de ma Ludi.

Agnès et Max viennent donc me visiter autant que possible. Nos soirées "terrasse" sont plus brèves, dénuées de couverture, de cigarettes et de scotch. On s'en tient au café et aux propos badins. Agnès est la première à rentrer se coucher, comme pour ne pas être tentée de poser des questions. Elle ne s'en aperçoit pas, mais la distance qu'elle impose entre nous me frustre aux larmes.

Il faut dire que mes moments de solitude peuvent être chargés de tels flux d'émotions que mes glandes lacrymales sont fréquemment mises à contribution.

Étienne passe aussi de temps en temps. Je lui prépare du thé et nous parlons. De Maureen, bien sûr, mais aussi de l'enquête poussive sur le meurtre de Julia Milazzi. Les résultats d'analyses pour déterminer le jour et l'heure de la mort de l'Italienne se font attendre (une histoire de climatisation poussée à fond dans l'appartement des deux amantes). Les labos de la police Londonienne sont débordés ou, selon les dires d'Étienne, David Stewart, l'inspecteur en charge de l'affaire n'est pas pressé d'invalider sa théorie du meurtre passionnel. Au point qu'Étienne le soupçonne d'avoir laissé fuiter les éléments d'enquête auprès des médias. Maman passe maintenant pour une meurtrière dans la presse anglaise, française et italienne. Je demande à Étienne ce qu'il faut que je fasse pour obtenir des démentis.

– Rien pour le moment. J'ai contacté Adira Lalitamohana. La collègue de Stewart n'est pas satisfaite de la manière dont est menée l'enquête. Elle n'a jamais cru que Maureen est l'auteure des coups portés au visage de Julia. Pour elle, seul un homme ou une femme très balaise a pu faire de tels dégâts. Elle m'a dit d'attendre les résultats du labo avant de tenter de démentir quoi que ce soit. J'ai cru comprendre qu'elle cherchait à écarter Stewart du dossier...

Et puis nous parlons de Maureen, encore.

Je rends également visite à Aëlez dont la maison est à cinq cents mètres de la mienne. Ma vieille Noune se remet de son choc. Nous marchons pour de courtes ballades. Je ne lui pose pas de questions, je l'ai promis à Ludi, mais je sais qu'il me suffirait d'un mot pour déclencher une avalanche de confidences. Aëlez n'attend que ce mot, mais elle aussi a dû faire l'objet de consignes strictes de la part de sa fille. Je me contente donc de la dorloter, le trop peu de temps passé en sa compagnie.

Toutes ces personnes, chères, ne me visitent, excepté Noune qui ne veut plus venir à la maison depuis la mort de Maman, que pour prendre la température de ma folie. Car c'est bien dans une certaine folie obsessionnelle que m'entraîne cette réclusion dans un cadre doré peuplé des souvenirs d'une morte.

Des souvenirs soudainement à ma portée, grâce à la découverte, dans le coffre à secrets, de cahiers noircis par une certaine petite Maureen O'Neill, catholique Irlandaise du Nord, fille d'un pêcheur irlandais et d'une institutrice Bretonne, vivant à Antrim sur les bords du Lough Neagh, en Ulster.

Le coffre à secrets est un bahut médiéval récupéré dans la maison du grand-père maternel de Maureen, transmis, je le rêve, de génération en génération depuis l'époque des chevaliers jusqu'à nos jours. Maman l'avait fait restaurer par un artisan exerçant à Pont-Aven lorsque nous étions arrivés, comme locataires au départ puis propriétaires par la suite, dans la maison de Port Manec'h. Et depuis ce temps, nous avions ordre de ne jamais l'ouvrir.

Petits : parce que c'était dangereux. Le couvercle devait peser à lui seul une trentaine de kilogrammes. Et, assez grands pour tenter l'aventure : parce que son contenu ne nous concernait en rien.

Et enfin, adultes, parce que nous l'avions oublié.

Une semaine entière avait passé avant que je me souvienne de son existence, dans la chambre de ma mère, là où Maureen l'avait posé, quelque vingt-cinq ans plus tôt. Il était là depuis si longtemps qu'il en était devenu invisible.

Mais comme tout coffre qui se respecte, il contenait un trésor.

Plus d'une centaine de cahiers d'écolier remplis d'une écriture appliquée, sans ratures, illustrés de dessins ou de photos, paraissant incroyablement anciennes. Les dessins, plutôt malhabiles, disparaissaient assez rapidement, laissant la place à une écriture plus affirmée. Des textes construits. Des confidences d'enfant dont le destin ne faisait aucun doute à ses yeux. Journal intime, recueil de contes, réflexions existentielles, dialogues surréalistes, jusqu'aux points de vue de l'auteure sur la situation politique complexe de L'Irlande du Nord, l'Ulster, durant la période allant de 1973 à 1983.

Un trésor.

Dont il me faudra plusieurs journées pour me décider à en déflorer l'intimité, car...

Je ne connais de ma mère, que... ma mère ; aimante, attentionnée, disponible, protectrice... et aussi, cultivée, spirituelle, parfois éthérée, charismatique et pleine d'un humour sans épines.

Je ne sais rien du bébé, de la petite fille, de l'adolescente, de la jeune femme qu'a été Maureen.

Je ne sais rien de l'écrivaine.

Je ne sais rien de l'amoureuse.

Je ne sais rien de la femme.

"J'ai jamais vu des putains de gamins si indignes !"

Si. Moi, j'en ai vu. Partout. De tout temps. Il est dans la nature des enfants de faire abstraction de l'humanité des parents.

Un trésor, donc.

Maureen, comme à son habitude, n'a négligé aucun détail concernant la conservation de ses œuvres enfantines. Chaque cahier est scellé sous vide, dans un sac de congélation transparent. Et la production de chaque année regroupée dans un sac plus grand, scellé sous vide aussi et sur lequel, là, où habituellement on inscrit : "Boeuf bourguignon", "sauté de poulet" ou "carottes cuites", elle a écrit : 1963-1971 (pour les premiers), 1972, 1973... etc.

Comprenant ce que je viens de découvrir, mon premier réflexe est de refermer le coffre. Comme si je venais d'ouvrir la porte de la salle de bains et de découvrir Maureen à poil sous la douche. Car il s'agit bien d'une Maureen nue, et même, plus que nue, que je viens de contempler, hébété. L'intimité d'une femme que je n'ai, de tout temps, vu qu'habillée. Même au plus chaud de l'été. Sa peau de rousse lui interdisant l'exposition au soleil, elle nous accompagnait à la plage vêtue de longues robes légères, échancrées, souvent transparentes, bien plus sexy qu'un maillot de bain.

Mais habillée, quand même.

Il y a quelques années, dans ma chambre.

– Elle est comment ?

Agnès, vautrée sur le ventre en travers de mon lit, vient de me dire qu'il lui arrivait de temps en temps de se glisser dans la baignoire lorsque notre mère, aux fortes chaleurs, l'après-midi, aimait s'y prélasser une petite heure.

– Belle comme tu n'imagines pas.

– Décris-la-moi.

– Son corps n'est pas maigre, comme on pourrait le penser mais très mince. On ne voit pas ses os. Ses hanches sont étroites comme celles d'un garçon, ses seins, petits et pointus avec des tétons rose tendre ; ses épaules, sa poitrine, sont couvertes d'éphélides, comme son visage ; ses fesses pas plus grosses que des ballons de handball et, aussi rondes. Et sa peau... Il faut le voir pour y croire... d'un blanc profond et doux comme du miel de... Je ne sais pas. Donne-moi une fleur blanche.

– Euh... L'aubépine ?

– Comme du miel blanc d'aubépine.

– Ça n'existe pas.

– C'est une licence poétique.

– Elle est belle, complètement, alors ?

– Belle, ce n'est pas assez. Elle est... irréelle. Quand elle est avec moi dans le bain, on a l'impression qu'un ange s'est

91

fourvoyé dans la baignoire du diable.

Je n'ai ouvert le coffre que le lendemain. Je l'ai vidé et j'ai transporté son précieux contenu dans le salon. Puis, après réflexion, dans ma chambre. Je tiens à ce que mes visiteurs soient le moins possible témoins de mon obsession.

Et, si secrets, il y a, je ne veux les partager qu'avec ma mère.

Il me faut attendre encore le lendemain pour entamer l'exploration de l'enfance de la petite Maureen. Max veut passer la journée du mercredi avec son oncle et voir Mamie Noune.

Je ne veux pas quitter Port Manec'h. Agnès dépose Max et me souffle dans l'oreille avant de repartir travailler :

– Prends une douche, rase-toi et enfile des vêtements propres. Je ne veux pas que Max s'inquiète.

Max s'inquiète, pourtant.

Nous avons déjeuné à Pont-Aven, ce que contient mon frigo ne répond pas aux besoins nutritifs d'une petite fille. Max déguste son dessert, une glace, pendant que je bois mon café. Elle vient de me faire un compte-rendu de ses projets de vacances.

– Tu dis rien ? Tu m'as écouté, seulement ?

– Je t'ai entendu, ma chérie. Je regarde les bateaux, c'est tout.

Elle insiste :

– Je viens de te dire que je n'ai rien de prévu la première semaine et tu dis rien.

– Je... j'ai beaucoup de travail. Je suis désolé.

– C'est parce que je t'embête avec mes histoires de papa que tu ne veux plus me voir ? Si c'est ça, je peux faire un effort et arrêter de t'en parler.

– Non ! Bien-sûr que non ! Je... Max, tu ne m'ennuies jamais avec tes "histoires de papa". C'est seulement que j'ai un travail à faire. Un travail pas très marrant, que je dois faire seul et qui ne me rend pas agréable à vivre.

– Pourquoi tu ne le fais pas à ton travail, avec Tata Ludi et Juju ?

– Parce qu'il y a Ludi et Julien, justement.

– Tata Ludi, elle est amoureuse de toi ?

Et merde. Même Max... ?

– Qu'est-ce qui te fait dire cela ?

– Parce qu'elle m'a parlé de toi. Quand je lui ai demandé

pourquoi tu ne m'aimais plus...

   – Hé !

   – Elle a dit que tu m'aimeras toujours et elle a essayé de m'expliquer... Et je voyais bien que ses yeux étaient brillants, comme si elle se retenait de pleurer.

Agnès semble abasourdie.

   – Tu as laissé Max chez Noune ?

   – Elle... Elle s'ennuyait.

Elle me regarde et secoue la tête. Elle hésite puis m'embrasse rapidement et me dit :

   – Je vais la chercher et nous rentrons directement.

J'ai descendu le chemin jusqu'à la plage. C'est marée haute. On ne voit pas un grain de sable. Je suis assis sur une roche lisse, surplombant notre petit paradis estival. C'est une grosse pierre de forme accueillante et de texture agréable. Comme si des millions de culs avant le mien l'avaient façonnée et adoucie. Ou comme si Maître Hasard l'avait déposée à cet endroit et ordonné aux embruns, à une époque où des hommes en quête de postérité apposaient leurs mains noircies de fumée sur les parois de grottes obscures, d'en faire un siège propice à la folie.

Car c'est bien Maureen, qui est assise à côté de moi, vêtue de l'une de ses jolies robes de plage vaporeuses, un chapeau de paille tressé à large bord et ruban, posé sur ses cheveux d'or qui ondulent sous le vent et caressent par intermittence ses épaules en partie dénudées.

   – Max ne s'est encore jamais ennuyée en ma compagnie, Maman. Si c'est le prix à payer, je ne suis pas sûr d'en avoir la force. Agnès comprend, elle reviendra. Mais Max ? Elle va penser que je l'abandonne. Être malheureuse. Me haïr... C'est insupportable.

"J'ai relu les lettres que tu m'envoyais d'Antrim... J'avais été étonné par ton premier courrier. Cette lettre sous forme de conte avec un titre, comme si tu m'envoyais un manuscrit. Je l'avais tout d'abord prise comme un sous-entendu espiègle au fait que je refusais de lire tes romans. Et puis je me suis rendu compte que tu décrivais ta propre vie intérieure, les choses que tu voyais et ne voulais pas être la seule à voir. J'ai ressenti ton désir de partager. Ton amour de la chose écrite. Du verbe. J'ai tellement aimé cette façon que tu as de plier les mots à ta volonté, avec cette douceur, cet humour malicieux et... Je t'ai fait beaucoup de louanges sur les qualités littéraires de tes lettres ; ce que je ne t'ai jamais avoué, parce qu'un fils ne peut dire ce genre de chose à sa mère, c'est que je trouve ton style éminemment érotique. Et que je pense que tu es l'écrivaine la plus sensuelle qu'il m'ait été donné de lire.

"D'accord. Je profite un peu de ma position de vivant pour te tenir des propos déplacés, mais il n'y a rien de pervers, de psychologiquement tordu, dans cette remarque. Je t'ai lue et regardée comme j'apprécie la beauté et les formes généreuses d'Agnès. En toute quiétude d'esprit. Avec, peut-être un rien de fierté, même si, de toute évidence, je ne suis pour rien dans cet état de fait.

"Maman, je ne sais pas comment illuminer cette vérité dont tu me parles.

"Agnès a raison, comme d'habitude. Je ne suis pas préparé à *ça*. La souffrance, la douleur, les doutes ; la mort, Maman. La mort. Quel choc. Comment peut-on absorber et surmonter une telle absence, si soudaine, si brutale ?

"Demain. Demain, je rangerai tes cahiers dans le coffre. Je ne peux pas exposer ta vie à mon regard. Je me sentirais comme un voyeur, réellement pervers, du coup.

"Demain, oui. Demain. J'entérinerai mon échec. J'irai chercher Max à la sortie de l'école, je lui dirai que je suis de retour, je la serrerai dans mes bras et merde au monde, si elle me murmure un "Papa". Et puis on ira voir Agnès, on mettra le bazar dans sa boutique jusqu'à ce qu'elle accepte de fermer plus tôt. Et enfin, on invitera Ludi à se joindre à nous, et je lui demanderai de m'épouser. Si elle trouve une raison quelconque pour refuser, comme par exemple, que j'ai attendu trop longtemps après être allé trop vite, que je n'ai rien compris à son attitude, que seule comptait dans sa lettre, la déclaration d'amour, le reste ne constituant que des obstacles qu'elle me demandait de franchir, Agnès et Max seront là pour me dire que... La vie continue...

"C'est ainsi, Maman. La vie doit continuer. Mais sans toi, c'est... Maman ? Tu es partie ?

Je passe la soirée, sur la terrasse. Scotch, cacahouètes. Mais pas de cigarette. Je n'ai pas trouvé la planque.

Maureen ne me tient pas compagnie ce soir. Et la chouette... Vexée de mon intrusion dans le grenier alors que je cherchais, en vain, des indices sur la vie secrète de ma mère, a injustement décidé de déménager. Après quelques années de coexistence pacifique et attentionnée. Elle me manque.

Elles me manquent.

Toutes.

Je dors sur le canapé. Je ne veux pas voir les cahiers de Maureen, exposés, impudiques, dans ma chambre.

CHAPITRE HUIT

C'est Étienne qui me tire d'un sommeil nauséeux, peu réparateur. Ou plutôt, son aura, chargée de réprobation silencieuse.

Il se tient debout au pied du canapé, rigide, militaire, la bouteille de scotch et le verre que j'ai laissé traîner sur la table de la terrasse la veille, dans les mains, lorsque l'altération de densité de l'atmosphère due à sa présence me fait ouvrir un œil.

Cette maison a toujours été un véritable moulin. On y entre, on en sort, sans frapper, sans dire au revoir, tant il est certain que l'on y reviendra un peu plus tard.

Maureen l'a voulu ainsi. Son intimité ne siégeait que dans son corps et son cerveau. Une maison, ce bien matériel nécessaire, se devait d'être ouverte, accueillante et agréable à l'œil et aux autres sens.

C'est ainsi que la chouette a pu élire domicile dans le grenier, dont l'accès nous a été prohibé, pour ne pas déranger l'oiseau aux habitudes de noctambule. Mesure accompagnée de l'interdiction formelle de faire réparer la vitre brisée de la lucarne, unique accès de madame (ou monsieur) dans ses appartements.

Et c'est ainsi, également, qu'Étienne peut se tenir devant moi sans que je trouve sa présence déplacée, voire indiscrète.

Et me lâche, sans même me blâmer :

– Tu t'y prends mal.

Je me redresse, tenant ma tête pour être sûr qu'elle accompagne bien le reste de mon corps.

– C'est pas ce que tu penses...

– Je ne pense pas. Je vois et je déduis. Je suis flic. Je vois une bouteille vide, un verre sale, abandonnés à la diable et un éléphant de mer à tête rousse, yeux gonflés et lèvres baveuses, quasi à poil, vautré sur un canapé de cuir blanc qui ne mérite pas *ça*. C'est nouveau la couleur de tes cheveux ? Tu veux ressembler à ta mère ? Ça ne va pas suffire, tu sais ?

Je ne comprends pas ce qu'il me dit. J'essuie ma bouche d'un revers que je frotte ensuite sur le seul vêtement que je porte, mon bermuda/pyjama. Il se dirige vers le coin cuisine, continuant son monologue.

– Otarie serait plus d'actualité, d'ailleurs. Tu as toujours cette belle couleur Dieu merci, je parle de ta peau, mais le gras te fait défaut. Tes rondeurs t'abandonnent, qu'es-tu en train de perdre, encore ? La raison ? Tes amis ? Ta famille ?

Qui a dit que ce flic est taciturne ? Je profite d'une respiration :

– Il restait à peine deux verres.

– Quatre doigts, donc. Pas de quoi squatter le canapé. Bon Dieu, mais cette maison pue ! Tu as pris autre chose ?

– C'est pas mon truc, Étienne, tu le sais. Trop dangereux. Il y a un gendarme qui rôde autour de ma maison depuis vingt-cinq ans.

– Un peu plus. Et je croyais mon rôle terminé. Va te mettre propre, je ne veux pas déjeuner avec un étranger.

Dans la salle de bains, face au miroir, je crois tout d'abord à un effet facétieux de lumière. Le flacon vide de teinture pour les cheveux qui traîne sur le lavabo me ramène sur terre. Merde ! Je n'ai pourtant pas le souvenir de m'être alcoolisé au point de me teindre en roux...

En prenant des vêtements propres dans ma chambre, je vois Maureen, assise en tailleur sur mon lit, jean et chemisier blanc, une tenue qu'elle arborait rarement, préférant les robes longues. Elle feuillette de mémoire ses chers cahiers, rangés par ordre croissant d'années, sur la couette.

Je viens de sortir de la douche, et me sens gêné d'être nu, gêné d'une minceur dont j'avais souvent rêvé lui faire cadeau. Je m'habille en hâte, tournant le dos au lit tout en évitant le miroir de la penderie et descends rejoindre mon ange gardien.

Étienne a préparé le petit déjeuner et mis la table. À sa manière de militaire. Tout est parfaitement aligné. Il est déjà assis et attend. L'air sent bon le pain grillé et le café.

Il montre ma chaise :

– J'ai jeté le beurre et ses moisissures. Le pot de confiture était fermé, une chance. Quant au lait... Je ne l'ai pas ouvert, le danger était réel.

Je prends place et m'étonne :

– Tu ne prends pas de thé ?

– Il n'a plus le même goût.

Nous nous servons et commençons à déjeuner. Le silence ne dure guère.

Je lui demande :

– En quoi m'y prends-je mal ?

– Tout dépend de ce que tu cherches.

– Tu le sais. Je cherche la vraie Maureen.

– Maman.

– Hein ?

– Maureen, c'est pour moi. Et tous les autres. Pour Agnès et toi, c'est Maman. Je n'aime pas entendre les enfants appeler leurs parents par leurs prénoms. C'est la négation de tout ce qui fait la fierté d'être Maman et Papa. Ce ne sont pas des surnoms, c'est...

Il essaie d'attraper avec la main une notion qui semble lui échapper.

– "Une définition de l'être" ?

– Oui. Ça, c'est bien. Où as-tu été pêcher ça ?

– Un petit vieux, il y a... mille ans.

– Un philosophe, certainement ou... un papa.

Je pense à Max. Je comprends ce qu'il veut dire. Je n'ai pas le droit de me définir ainsi, pourtant, j'en rêve encore plus que ma nièce. Elle, qui n'aura jamais l'impudence espiègle, d'appeler son papa André ou Jules, ou quel que soit le foutu nom du marin bourlingueur. Mais qui sera contrainte toute sa vie d'affubler celui qu'elle considère comme son père, d'un Ryan réducteur et terne.

– Lorsque je parle de Maureen, je parle de la maman qui a échappé à mon entendement. De l'auteure, de la femme qu'elle se sentait durant les moments où elle n'était pas Maman.

– On n'est pas parent au gré de ses humeurs.

– Si. Dans son bureau, sous sa pergola, tous les matins de six heures à midi et dans sa maison d'Antrim, elle n'était *que*

Maureen, ou Jessica. Je côtoie beaucoup d'écrivains, c'est mon métier. Et tous me disent que, lorsqu'ils écrivent, ils ne sont que cela et rien d'autre. Elle était Jessica, dans son bureau. Mais qui était-elle au bord du Lough Neagh ? Qui était-elle avant d'être ma maman ? Et peut-être, pourquoi pas, qui était-elle, en compagnie de Julia ? Et en ta compagnie, Étienne, qui était-elle ? Maureen ? Jessica ? Ou une autre, encore ?

– Elle était, et a toujours été Maureen Parker O'Neill. Il n'y a pas de secret, Ryan. Elle est née en Ulster, a grandi dans un pays en quasi-guerre civile et, comme elle était de confession catholique, son avenir ne pouvait passer que par un exil volontaire, vers le pays dont elle parlait la langue. Elle a habité chez son grand-père maternel, un premier temps.

– La vieille maison, proche de Concarneau, qu'elle a vendue quand sa mère est morte ?

– Et où vous avez vécu quelques mois quand elle est revenue de Paris. Où j'ai débuté mon étrange mission.

– Pourquoi étrange ?

– Parce qu'il ne faisait aucun doute que Maureen n'avait rien à voir avec une quelconque mouvance extrémiste.

Je reviens en arrière. Je ne veux pas perdre le fil.

– Donc, elle quitte l'Ulster et s'installe chez son grand-père. Euh... dans quel but ?

– Mais pour écrire, bon sang ! Dans la langue dont, grâce à sa mère, elle est tombée amoureuse. Et dans un pays où, dans son esprit, les Lettres sont une tradition. Où crois-tu que veuille se rendre un écrivain de langue française pour se faire connaître ?

– À Paris ?

– À Paris. La cohabitation avec le grand-père se passe mal. C'est un vieil acariâtre qui n'a jamais accepté que sa fille, la mère de Maureen, quitte tout ; son métier d'institutrice, ses parents, son pays, pour un marin irlandais de passage, sûrement beau gosse, travailleur et sincère dans ses sentiments, mais... sans avenir. Le vieux ne voit que la part de sang irlandais dans les veines de Maureen. Il refuse son affiliation, comme il a refusé tout contact avec sa propre fille.

"Cela, tu vois, c'est une chose que je ne peux comprendre. Une fille, bon sang ! Moi qui n'ai eu que des garçons...

– Comment est-elle partie à Paris ?

Un sourire éclaire son visage de gendarme sévère, conscient de la mission qui est la sienne : faire respecter la loi. Un sourire qu'il réservait à Maureen, à Agnès (dont il a toujours été franchement gaga), à moi et, j'en suis convaincu, à sa femme et à ses enfants.

Il hausse les épaules :

– Par le train.

– Étienne, ce n'est pas ce que je veux dire ! Elle n'avait pas d'argent, elle ne connaissait personne. Comment...

– Comme tous ceux qui sont habités par un but.

Il consulte sa montre et se lève.

– Je dois partir.

– Tu... Tu reviendras ? Tu me raconteras ?

– Seulement si tu mets de l'ordre dans ta démarche.

– Je... c'est-à-dire ?

– Tiens-toi propre. Mange correctement. Respecte-toi. Et, si tu tiens absolument à ne pas retrouver ces rondeurs qui te rendent affable, marche, au moins dix kilomètres par jour. C'est bon la marche. On réfléchit mieux lorsque le corps est occupé. Et puis vois ta famille, et... Ludivine. Agnès m'a dit... Non cela ne me regarde pas.

– Je vais la tuer.

– Je suis gendarme.

– Juste l'amocher un petit peu ?

– C'est interdit aussi. Fais ce que je te dis. C'est la vie de ta mère que tu vas rencontrer. C'est Maureen. Tu ne peux pas te présenter à elle transformé en épave.

Il fait une grimace.

– Et pour tes cheveux... Je ne sais pas... Rase tout ?

Je monte dans ma chambre et dis à Maureen :

– Tu as gagné. Je reste. Je vais chercher. Je vais trouver. Mais avant... Il faut que j'aille marcher.

J'ai fait sept kilomètres lorsque je m'arrête, en nage, chez Aëlez. Le terrain n'est pas facile par ici, et la marche sportive... très sportive.

Je serre ma Noune dans mes bras, en prenant garde de ne pas la casser. Elle est si fine, si petite, qu'on dirait une brindille.

Elle m'inspecte en souriant.

– Ça y est. Tu es guéri ?

– Je n'étais pas malade, ma chérie.

– Tu as maigri. Tu n'es pas très beau.

– Je n'ai jamais été beau, Noune.

– Tu as un physique aimable. Mais là... Ces joues creuses... et ces cheveux...

Elle exagère. J'ai toujours eu une bonne bouille, ronde, plutôt juvénile. Mes joues se sont aplaties, il s'en faut de beaucoup qu'elles ne se creusent. Quant aux cheveux... Je lui fais croire que je fais une blague à Agnès qui, elle, se teint en roux depuis quelques années. Mais avec un résultat plus heureux.

Je lui tiens compagnie jusqu'à l'heure du déjeuner. Elle insiste pour me garder, et je ne résiste que pour me faire prier. Noune est une excellente cuisinière et j'ai l'impression que cela fait une éternité que je n'ai pas dégusté un vrai repas. C'était pourtant... Hier ? Un restaurant à Pont-Aven, avec Max.

Je l'aide à préparer le repas tout en sachant qu'elle préfère que je ne touche à rien. Je ne suis pas très doué avec les aliments. Sauf pour les avaler.

Nous déjeunons en papotant. Aëlez tient à me donner des nouvelles du village, de son monde et même de ma famille. Des nouvelles que je suis étonné de ne pas connaître.

Puis, sans me regarder :

– Il s'est passé quelque chose avec Ludivine ?

– Ah bon ? Quoi ?

– Je te le demande.

– Je... Je ne comprends pas, Noune. Que s'est-il passé ?

– Elle est revenue de chez toi, il y a quelques jours... Elle pleurait. Elle n'a pas voulu me dire pourquoi, tu la connais. Mais... C'était un gros chagrin.

La poitrine prise entre les mâchoires d'un étau monstrueux, j'essaie de me remémorer notre dernière soirée. Trois jours auparavant. Nous avions parlé, moi, ramant lamentablement, elle, détendue, inaccessible et souriante. De plus en plus charmante et sexy à mes sens impatients. Je m'étais demandé toute la soirée, comment amener le *truc,* sans jamais oser. Vers une heure du matin, alors qu'elle se préparait à partir, je lui ai proposé de dormir à la maison. Je n'avais plus que la crise de somnambulisme comme solution. On ne réveille pas un somnambule, même lorsqu'il se glisse dans votre lit.

Elle a gentiment décliné, puis elle est partie, m'embrassant plus... comment dire, plus... Mais j'ai peut-être rêvé.

Je remarque :

– Mais... Il était tard, Noune. Elle est venue te voir en pleurant à une heure du matin ?

– C'était en début d'après-midi, je crois.

Je la regarde, mon inquiétude s'est reportée sur la petite brindille toute sèche qui me fixe, les yeux humides. Merde ! Ma Noune, qui perd la boule ?

– Mais ce n'était peut-être rien, tu sais. C'est Ludivine. Elle est si secrète.

Nous débarrassons la table et je l'aide à faire la vaisselle. Le lave-vaisselle que nous lui avons offert est neuf. Depuis dix ans.

Je tente d'appeler Ludi avant même de prendre une douche. En vain. Elle ne répond pas. Je laisse un message bref, genre : "appelle moi", et vais me doucher.

De retour de mes ablutions, je consulte mon portable. Pas d'appel. Pas de message.

Le désordre régnant dans la maison est tel que je suis étonné de m'être montré si négligent. Je m'atèle au rangement et nettoyage aussitôt.

Maureen attend. Je le sais, mais je prends pourtant le temps de mener mes tâches ménagères à terme.

Qu'elle attende !

Je suis en colère. Je lui en veux de m'obliger à... Je ne sais pas quoi mais *ça* me met en colère...

J'ai fini. Toute la maison, excepté ma chambre, est propre. Rangée.

Je ne suis pas prêt.

Je me prépare un café et m'installe sur la terrasse. J'appelle une nouvelle fois Ludi et raccroche sans laisser de message.

J'appelle Agnès. Elle décroche.

– Salut. Je n'arrive pas à Joindre Ludi. Tu sais où elle est ?

– Ryan ?

– Ben oui.

– Seulement un "salut" et tu commences à parler... ?

– Euh... Bonjour ma chérie ?

– Putain, t'es un gros malade ! Tu te fous de ma gueule ?

103

Taré !

Je regarde mon téléphone, hébété. Elle m'a raccroché au nez. Je fais une autre tentative, dans le vide.

Je tape un SMS : "Appelle-moi, s'il te plaît. Je ne sais pas ce qui se passe !"

Je ne comprends rien. D'abord, Noune qui me donne des nouvelles de la famille comme si j'étais parti depuis un mois. Et puis cette histoire incroyable avec Ludi qui refuse mes appels. Et pour finir, Agnès...

Le mobile vibre dans ma main.

– Agnès, ne raccroche pas !

– C'est moi qui t'appelle...

Elle n'ajoute pas "Ducon" mais doit le penser très fort. Il me semble l'entendre.

– Tu as vu Étienne ? reprend-elle.

– Ce matin, oui. Mais...

– Il t'a remonté les bretelles ?

– Merde, de quoi tu parles ? Nous avons parlé, oui, mais...

– Si tu appelles, c'est qu'il t'a remonté les bretelles et que tu ne t'en es pas aperçu. C'est sa méthode.

– Agnès, j'ai sûrement fait, ou dit, quelque chose, hier, qui t'a déplu mais ce n'est pas une raison...

– Hier ? On ne s'est pas vu depuis deux semaines.

– Deux... ? J'ai gardé Max hier, Agnès.

– Ryan ? J'arrive !

Je vais faire des courses. Étienne n'a pas jeté que le beurre et le lait. Mon frigo est vide.

Lorsque je reviens, ma sœur est déjà là. Elle a dû dépasser largement toutes les limitations de vitesse.

Elle se précipite vers moi et se jette dans mes bras. Je laisse tomber mes sacs de provisions pour l'accueillir. Je suis surpris mais toujours prêt à accepter un câlin.

– Tu m'as fait peur ! Je t'ai dit de ne pas bouger, merde !

– Tu ne m'as rien dit.

– Je l'ai pensé ! Ça ne suffit plus, maintenant ?

– Agnès... J'ai vu la date, dans le magasin... Il y a un trou... Je ne sais pas ce que j'ai fait ces deux dernières semaines. Et j'ai l'impression que j'ai fait des grosses conneries.

Elle s'écarte de moi sans me lâcher et regarde mon crâne.

104

– Je vois.

Elle cherche à m'entraîner et me parle comme si j'étais gravement malade.

– On va s'installer sur la terrasse, avec quelque chose d'un peu fort. Viens.

– Agnès... C'est bon. Je suis en bonne santé. Et je crois bien que je n'ai rien de plus fort que du café.

Nous rangeons les courses et réussissons à dénicher dans le fond du bar une bouteille de chouchen, intacte. Nous prenons des verres et gagnons nos places habituelles.

Agnès boit une petite gorgée, méfiante, et fait la grimace.

– Mon attachement à la Bretagne va en prendre un coup.

Je l'imite et comprends pourquoi la bouteille est intacte.

– Tu n'as pas amené Max ?

– Pas pour ce que l'on a à se dire, non. Et... Non, on va en parler plus tard. Raconte-moi tout. De toute façon, je ne supporte plus de me tenir à l'écart.

– Tu ne veux pas commencer, plutôt ? Qu'est-ce que j'ai fait ?

– D'accord. Alors...

Et elle me raconte. Avec cette dérision, cet humour, que l'on sent un peu forcé, cette fois. Son récit n'est interrompu que par mes :

– Non. Je ne t'ai pas dit ça ?!

Ou :

– Bon sang, il fallait m'assommer, je ne sais pas, moi...

Et encore :

– J'ai envoyé balader Ludi ?!

Et l'inévitable :

– Putain, je suis maudit !

Et puis aussi... dans la crainte du coup de grâce.

– Pas Max, hein ? Dis-moi que je n'ai rien dit de méchant à Max.

– Non. Il faut croire que même dingue, tu es incapable de lui faire du mal. Mais tu as refusé qu'elle vienne te voir... prépare-toi à ramer, la négociation va être sans complaisance.

– Où est-elle, en ce moment ?

– Julien a accepté de s'en occuper. Max l'aime bien. Elle le mène par le bout du nez.

Pincement au cœur. Je remarque d'une voix faiblarde :

– Ah bon ? Vous en êtes déjà là ?

– Que s'est-il passé, Ryan ? Élude-t-elle.

J'attrape la bouteille pour nous resservir. Agnès m'en empêche.

– D'accord. Je... Je voulais revivre tout le temps que l'on a passé avec elle. Écouter à nouveau ce qu'elle avait pu nous confier sur sa vie. Je suis persuadé que la réponse se cache dans nos souvenirs. Je crois que j'ai été trop loin ou que je ne suis pas assez solide pour ça. Bon sang, Agnès ! Je n'ai même pas le sentiment d'une perte de mémoire. Hier, je me suis promené avec Max et aujourd'hui je suis en train de discuter avec ma frangine. Et c'est tout.

"Demain j'appellerai Désiré Maisonneuve.

Dés' est un de mes auteurs prometteurs. Il est psychothérapeute et écrit, sous pseudo, des brûlots anti-psy. C'est plus qu'un auteur. C'est un ami.

Elle se penche, sa main vole et se pose sur ma joue.

– Tu as maigri.

– Je sais. Je ne suis pas beau.

– Tu es... différent.

Elle secoue la tête fronçant le nez.

– Non. Tu n'es pas beau.

J'attrape sa main et l'embrasse.

– On va pouvoir en reparler, alors ?

Nous avons dîné, poisson au barbecue, salade. J'ai mis de la musique, U 2, Agnès a évoqué sa liaison avec Julien, dérivant, pour obéir à la nature de nos conversations ordinaires, vers le côté sexuellement explicite de sa relation, mais aussi sur ses sentiments.

– Je n'en reviens pas. Je crois que je suis amoureuse.

– Je ne pourrai plus regarder Juju de la même façon. Tu as brisé un mythe.

Et puis Ludi.

– Tu en étais où, avant de la jeter malproprement ?

– Oh, merde. Ne me dis pas ça. Je … j'avançais. Péniblement mais... Je captais des ondes positives.

– Des ondes... ? Je ne peux pas le croire. En fait, tu ne sais pas draguer une fille ?

– Ludi n'est pas *une* fille. C'est quasiment mon unique

fantasme depuis que je suis en âge de me tripoter. C'est *la* fille dont je suis fou amoureux. Je mets ma vie dans la balance. L'enjeu est tellement énorme que ça me paralyse. Bon sang, il suffit que je prononce son nom pour me mettre à bander ! Comment veux-tu avoir une pensée rationnelle dans ces conditions ?

– Quoi ? Tu bandes, là ?

Je regarde pensivement le ciel qui se couvre de son voile de nuit.

– Il y a un gros frémissement, oui.

– Merde ! J'irai lui parler.

– Tu ferais ça pour moi ?

– Je voudrais bien avoir, enfin, des détails plus croustillants. Les sentiments, c'est bien beau, mais...

– Je veux seulement qu'elle me pardonne. Le reste, c'est moi qui m'en charge, d'accord ?

Puis, nous nous sommes promenés un peu, avant que la nuit ne rende l'exercice périlleux. J'ai informé Agnès du départ de la chouette.

– Elle reviendra, m'a-t-elle rassuré. On ne laisse pas un appartement pareil sur un coup de tête.

Je dors dans la chambre de Maureen lorsque Agnès s'assoie sans délicatesse à la tête du lit.

Je consulte le réveil. Trois heures et des.

– C'est quoi, le bazar sur ton lit ?

Je me redresse et m'adosse contre l'oreiller.

– La vie de Maureen O'Neill. De sa naissance jusqu'à son arrivée à Port Manec'h.

– C'est ce qu'il y avait dans le coffre.

Ce n'est pas une question mais je réponds :

– Oui. Tu le savais ?

– Oui.

– Tu ne m'en as pas parlé.

– Non.

Puis elle se glisse sous la couette et s'allonge.

Je murmure :

– Tu peux dormir avec moi, si tu veux.

CHAPITRE NEUF

J'ai montré le trésor à Agnès. Sa première réaction a été de sortir de la chambre.

Je la rejoins sur le palier.

– Il faut que l'on dépasse cela.

Elle s'est adossée au mur du couloir et a fermé les yeux. Elle respire profondément. Longtemps. Je vais pour lui dire : "D'accord, on laisse tomber", lorsqu'elle me regarde et sourit :

– C'est bon. On y va.

Agnès partie pour rejoindre son magasin, les années 79 et 80 de la vie de Maureen sous le bras, je descends les cahiers concernant les premières années. Les plus ardus à décrypter car truffés de mots en irlandais.

Je retire les cahiers des sacs en plastique et les étale avec un soin quasi religieux sur la table du salon.

Je m'installe confortablement sur le canapé et prends mon téléphone. J'ai promis à Agnès.

– Non ! Je ne peux pas te prendre dans mon cabinet, Ryan. Sauf si tu es prêt à faire douze heures d'avion pour l'aller et autant pour le retour. Je suis chez moi, à Saint-Benoît... Oui, de la Réunion. Remarque, pour le retour... rien ne t'empêche de rester quelques jours... Je ne t'ai jamais invité ?

– Chaque fois que l'on se voit.

– Et tu n'es pas venu. Pourquoi tu ne viens pas en vacances sur mon île, Ryan ? Tu n'aimes pas les Noirs ? Il n'y en a pas tant que ça, ici, tu sais. Chez moi on fait plutôt dans le mélange

109

des genres, le métissage mondialisé. D'ailleurs si tu veux savoir à quoi ressemblera la population de la planète dans une centaine d'années, c'est à la Réunion qu'il faut venir. L'homme nouveau c'est ici qu'il est conçu. Il faut que tu voies ça.

– Dés', il faut que je te parle.

– Une consultation par téléphone ? Tu sais que j'y ai pensé, juste avant d'aller en vacances. J'en ai tellement marre de leurs têtes d'abrutis shootés aux antidépresseurs que je me disais que, si je ne faisais *que* les entendre, ça me ferait déjà moitié moins chier.

– Désiré...

– Parle, Mounoi.

Je lui raconte, donc.

Il redevient aussi sérieux qu'il en est capable (très peu, en fait).

– Et tu la voyais. Tu l'as touchée ? Ou elle t'a touché ?

– Non.

– Elle t'a parlé ?

– Non. C'est moi qui lui parlais.

– Bien. C'est pas grave, Mounoi. Je vais essayer de te décrire ce qui s'est passé, mais t'attends pas à un langage académique. En vacances, j'oublie toutes ces merdes.

"Bon, tu as eu un gros choc. Je parle du décès de ta maman. Ton cerveau, ou ce qui en tient lieu, l'a mis en mémoire, histoire d'attendre le moment propice... Tu connais le titre de mon prochain bouquin ? "Le cerveau, cet enculé". Et donc, ce fumier de cerveau avait des obligations plus immédiates à traiter : Le voyage en Irlande, la découverte des lieux, le rapatriement de ta chère maman... Je t'ai dit comme ça m'a rendu triste ? Oui je crois... Quelle perte ! Lis ses romans, bordel, ils sont presque aussi bons que ceux de l'autre con d'Irlandais, là, avec un nom à coucher dehors. Bon j'en suis où... Ah oui. Et ça continue quand tu rentres, préparation des obsèques, cérémonie... Très touchante, la cérémonie. Surtout les péquenauds qui pleuraient. C'était du sincère, ça. Pas forcément comme les autres... les pipeules. Bon ton cerveau, ça fait un moment qu'il attend, là, et ce qu'il y a dedans ça commence à pourrir et à se gonfler de gaz prêts à péter à la première étincelle et, à faire du vilain. Il y a même quelques fuites, des émanations nauséabondes qui t'invitent à t'isoler, à te couper des tiens... En fait, à te préparer à

110

l'inévitable.

"Tu suis, jusque-là ?

– Peut-être même un peu trop, oui.

– Et puis pop ! Étincelle (ta sœur qui te lâche ? La visite foirée de ta nièce ?). Déflagration. Feu d'artifice de conneries et grosse purge accompagnée d'une totale perte de mémoire. Deux semaines, c'est un peu long, mais bon, c'est fonction du choc et de l'attente... ça porte un nom mais je te le dis pas sinon tu vas aller sur Internet, et là, tu vas vraiment tomber malade.

"T'as la cervelle propre, maintenant. T'as pas fait trop de conneries pendant ton absence ?

– Je n'ai pas encore regardé si j'avais des piercings à des endroits bizarres mais je me suis teint les cheveux en roux et fâché avec les gens que j'aime. Ma sœur, ma nièce, et... ma future petite amie. Encore heureux que je ne me sois pas attaqué à ma nounou.

– Tu as encore une nounou, à ton âge ? Putain ! il faudra peut-être prendre rendez-vous, quand même. J'ai l'impression qu'il y a du ménage à faire... Non, je te parle de vraies conneries : Attentat à la pudeur à la sortie des écoles, viols de petits vieux en réunion, ou, pire encore, manque de respect à un représentant de la loi ?

– Non, je ne crois pas.

– Cherche pas à retrouver ces deux semaines. Elles n'existent pas. Elles n'ont pas plus d'importance qu'une nuit de sommeil. Personne ne se demande, au réveil, ce qui a bien pu se passer les sept ou huit dernières heures. Ne me fais pas une dépression romantique à la con pour quinze malheureux jours. T'en n'as rien à branler. Tu vas savoir faire ça ?

– Je crois que c'est déjà fait.

– Eh ben, c'est parfait. T'es guéri. Ça fait cinq cents balles, en liquide. Et... envoie-moi une photo de ta nouvelle tête! C'est pour faire rire les gosses.

– Merci Dés'. Je n'arrive pas à comprendre pourquoi, mais je suis rassuré.

– C'est parce que je suis très bon dans mon domaine... Hé ! c'est qui, ta promise ? C'est pas la grande brune sexy que tu présentes comme ton associée et qui te regarde comme un pain au chocolat tout chaud ?

111

Désiré Maisonneuve. Réunionnais, Psychothérapeute, écrivain talentueux, paillard, insoumis, et, comme il l'affirme, très bon dans son domaine.

J'ai réellement l'impression d'avoir la cervelle propre.

J'ai allumé mon PC. Je vais avoir besoin d'un traducteur automatique en ligne.

J'ouvre le premier cahier.

14 H.

La traduction en ligne s'est avérée plus que décevante. J'ai scanné les pages écrites en irlandais et les ai envoyées à un traducteur humain, rétribué triple pour la circonstance, faisant partie de mon pool de freelances. Avec une prime s'il réussit à m'envoyer les traductions avant ce soir.

J'ai appelé Agnès pour la rassurer sur ma santé mentale.

– Ça se passe bien ?

– Oui, me répond-elle. C'est... Un peu bizarre... J'ai l'impression de lire le journal intime de ma fille. C'est un curieux renversement, plein de tendresse. C'est... En fait, c'est très agréable. C'est doux.

Je comprends. J'ai ressenti la même chose en lisant les cahiers écrits en français.

– Tu restes à la maison ? demande-t-elle.

– Ben oui... Où veux-tu que...

– C'est bien.

14 H, donc.

Il n'y a qu'une seule personne, dans toute la Bretagne, pour frapper à la porte de cette foutue maison et attendre qu'on l'y invite, pour entrer.

Ludi.

Je ne suis donc pas surpris lorsque j'ouvre le battant.

Et bien sûr, ma voix est partie loin, très loin.

Je me rends compte aussi que je suis torse nu, en bermuda et tongs. Le fin du fin en matière de chic. Que Ludi m'ait connu, depuis que j'ai eu quatre ans, dans des tenues allant du simple appareil au smoking, n'entre pas en ligne de compte. Ludi n'est plus mon amie d'enfance, ni un fantasme inaccessible. Elle est la femme que j'aime et que je veux séduire.

C'est une nouvelle donne qui efface le passé. Me rend empoté, fébrile... amoureux con, quoi.

Et muet. Comme je ne parle pas, c'est elle qui s'y colle.

Son regard passe de mes pieds nus au haut de mon crâne. Elle sourit.

– Intéressant, la couleur... il va falloir changer ta garde-robe, tu flottes dans ton pyjama. Tu me laisses entrer ?

Je ne fais pas attention à ses paroles. Je ne vois que son sourire. Je le lui rends, du moins, je le crois, et m'efface pour lui céder le passage.

Je la suis alors qu'elle se dirige vers le salon. De dos, c'est plus facile.

– Agnès n'a pas perdu de temps... Ludi, il faut...

Elle se retourne brusquement, coupant ma tentative qui s'annonçait maladroite.

– Ryan, je...

Son attention se porte sur la table basse du salon.

– Ce sont les journaux intimes de Maureen ! Tu les as retrouvés ?

– Je... Ils n'étaient pas vraiment cachés. Tu connaissais leur existence ?

Des images remontent de ma mémoire, anciennes et plus récentes. Je prends conscience d'un fait auquel je n'ai pas encore accordé tout l'intérêt qu'il mérite. Avant qu'elle ne réponde, j'enchaîne :

– Tu parlais beaucoup avec Maman... En fait je me rends compte maintenant que vous étiez assez intimes... Il y a même eu une époque où tu passais plus de temps avec elle qu'en notre compagnie... Elle... elle te faisait des confidences ?

– Maureen recevait plus qu'elle ne donnait. Si elle parlait volontiers de ce qu'elle ressentait en écrivant, de son amour de la littérature, de son obsession du mot juste, elle ne racontait pas sa vie. Celle des autres, ses proches ou ceux qu'elle rencontrait, l'intéressait par contre au plus haut point. C'était une curiosité professionnelle, naturelle et empathique, aussi. Il n'y avait rien de malsain dans sa manière de provoquer et d'écouter les confidences des gens...

Son regard quitte le mien pour se poser sur le paysage par la baie grande ouverte.

– Elle me manque, tu sais... Je ne comprends pas, je

n'accepte pas... Rien, jamais, dans ce qu'elle me disait ne laissait entendre qu'elle... C'est tout simplement inconcevable.

Je partage son point de vue, bien sûr. Je découvre aussi sa peine, qu'égoïstement je n'avais pas encore envisagée. Maman et Ludi avaient été amies. Complices, souvent aux dépends d'Agnès et de moi, lorsqu'il s'agissait de se moquer de nos travers.

Cette pensée entraîne une question que je ne m'étais jamais posée :

– Tu... tu lui avais parlé de... nous ? De... ?

Ses yeux se portent à nouveau sur moi. Sa main se lève doucement et se pose sur ma joue.

– Bon sang, ce que tu as maigri...

Je ferme les yeux au contact de la chaleur de ses doigts. M'étonnant, une fois de plus, que la simple résurgence de mon amour pour elle et mon désir d'en tirer le plus tôt possible les conséquences ait pu transformer nos rapports à ce point. Ait pu transfigurer même, la sensation de sa peau contre la mienne.

– Je sais... Je ne suis pas beau.

– Si... Bizarrement, d'avoir perdu du poids te donne de l'épaisseur... Tu nous fais du café ?... Et habille-toi, s'il te plaît. Je n'aime pas quand tu négliges ton apparence. Cela ne te ressemble pas.

Elle a raison, le contact de sa main me fait regretter de n'avoir passé qu'un "pyjama". Mais je m'entête néanmoins, désirant conserver le fil de mes pensées :

– Ce n'était pas une question de pure forme, Ludi...

Elle retire sa main, comme à regret, se détourne et se dirige vers la terrasse.

– Café... Avant toute chose.

Je lance une cafetière et monte me changer pendant que le café passe.

Ma chambre est vide. Ma cervelle "propre". J'enfile un pantalon en lin et une chemise blanche. J'inspecte le résultat dans le miroir. Avec mes cheveux roux, il ne me manque plus que des chaussures de soixante centimètres pour avoir l'air d'un clown. Je flotte dans mes fringues.

J'abandonne les tongs et chausse des sandales en cuir.

La terrasse est ensoleillée. Ludi a posé un des chapeaux de paille à larges bords de Maman sur sa tête.

Elle me le montre.

– Je me suis permise. Cela ne te pose pas de problème ?

– Au contraire, dis-je sincèrement en versant le café dans les tasses. Il te va bien.

Elle porte un jean et un haut ajusté et sexy, qui découvre de temps en temps son ventre plat. Elle sait que cette tenue me ravit. Je lui en fais la remarque à chaque fois, trop rarement, qu'elle l'adopte.

J'y vois un signe, évidemment. Même si cela revient à escalader l'Everest en s'accrochant à des brindilles.

– Alors c'est vrai ? Tu as tout oublié ?

Non, pas tout. Il me reste comme un rêve ou une hallucination. Mais, si troublante que je n'ai pas envie d'en parler. D'autant que la petite nuance d'espoir dans son ton me chagrine. Tu ne vas pas t'en tirer à si bon compte, ma chérie. Mais avant :

– Tu allais me dire si tu avais parlé de nous à...

– Je n'allais rien te dire du tout... Mais comme cela semble important pour toi... Oui. Je l'ai fait.

Elle saisit sa tasse, prélève une gorgée de café et me fixe en silence.

– Ludi...

– Je ne vais pas y échapper, hein ?

– Non.

Elle porte une main à l'échancrure de son haut où pendent des lunettes de soleil qu'elle décroche et pose sur son nez. Et se lance, tripotant tasse, cuiller et soucoupe :

– Elle s'était rendu compte des sentiments que j'avais pour toi bien avant que je lui montre la lettre... En fait je crois que *tout le monde* s'en était aperçu.

Je m'abstiens de l'interrompre malgré l'avalanche de questions que déclenchent ses deux premières phrases.

– Je ne me suis confiée à Maureen que parce que j'avais besoin de ses conseils... Je ne savais plus quoi faire de la lettre que je t'avais écrite. J'avais peur de te l'envoyer. Je n'arrivais pas à l'effacer... Je ne pouvais pas en parler à Agnès car ce que je disais de ma relation avec elle aurait pu... je ne sais pas... la refroidir ? L'éloigner de moi ? L'amener à penser qu'il y avait

115

quelque chose de pervers en moi ? Cela me faisait peur, en tout cas. Et évidemment je ne pouvais, pour cette raison aborder le sujet avec Maman. Elle n'aurait pas compris. Maureen, auprès de qui je m'étais déjà confiée, sur d'autres sujets, auparavant et avec qui je... peu importe... Elle m'est apparue comme la seule personne susceptible de, non seulement comprendre, mais aussi de me conseiller.

Elle s'interrompt. Les questions s'accumulent dans mon esprit mais je garde le silence. Tout juste si je me permets de la paume de mon pouce, d'écraser la larme qui glisse sur sa joue. Je lui laisse le temps de reprendre, de se reprendre.

– J'ai... j'ai l'impression d'avoir perdu la mémoire avec Maureen... Comme un fichier informatique malencontreusement effacé et désormais irrécupérable... Je lui ai confié tellement de moi... tout, je crois bien. J'ai le sentiment que c'est toute ma vie de jeune fille, puis de jeune femme qui vient de s'anéantir aux confins d'une sorte de cyberespace infini... Il me faut sans cesse remonter dans mes souvenirs pour les restaurer...

Nouvelle pause. J'interviens cette fois, non sans émotion :

– Je ressens la même chose... Peut-être bien que c'est normal... Tu lui as donc montré la lettre...

– Pas d'emblée... Je suis venue la voir sous sa tonnelle. Ce n'était pas la première fois. Elle m'avait assuré que ma présence ne l'empêchait pas de travailler. Et... j'en profitais souvent. Je m'installais à côté d'elle et faisais mes devoirs lorsque j'allais encore à l'école ou, plus simplement, je lisais. Nous ne parlions pas toujours...

"Ce jour-là, je m'en souviens, elle ne se servait pas de son ordinateur, elle écrivait sur un bloc. J'étais décidée mais je ne savais pas comment faire... Je lui ai dit que je souhaitais lui parler de toi et... Elle a posé son fameux crayon avec la gomme au bout, a repoussé son bloc et... C'est elle qui m'a guidé. Comme si elle avait deviné. Comme si elle savait déjà tout. Ce qui était le cas, je pense...

"J'ai eu l'impression de lui *montrer* ma vie. D'étaler sous ses yeux toutes les photos que mon esprit avait prises de nous trois, de notre première rencontre jusqu'au temps présent. Sur certaines, j'étais avec Agnès. Sur d'autres j'étais avec toi... C'est sur ces dernières en particulier qu'a porté notre conversation.

"Et... J'ai terminé ma confession en lui montrant la lettre sur mon ordinateur.

Ludi avale sa dernière gorgée de café et repose sa tasse. Elle semble penser en avoir fini. Pas moi.

– Ludi... Qu'a-t-elle dit ? Qu'a-t-elle fait ? Qu'en a-t-elle pensé ?

– C'est important ? Cela va t'aider dans tes recherches ?

La réponse me paraît tellement évidente que je me contente de la fixer sans relever le sarcasme.

Elle capitule au bout de quelques secondes :

– D'accord. Elle... elle s'est levée, a pris mon ordinateur et m'a demandé de la suivre à l'intérieur de la maison. Là, sans un mot, elle a connecté mon PC à son imprimante (le wi-fi n'existait pas ou n'était pas installé, je ne sais plus), et a fait sortir la lettre qu'elle a pliée et glissée dans une enveloppe. Elle m'a regardée écrire ton adresse et me l'a reprise aussitôt en me disant qu'elle la posterait elle-même. Voilà. C'est tout.

– Je ne te crois pas. Elle t'en a inévitablement dit quelque chose. Je la connais.

– Elle m'a dit très clairement que si tu n'étais pas capable de comprendre ce que voulait dire cette lettre, alors tu ne me méritais pas encore. Je n'ai pas compris ce qu'elle avait voulu dire. Pour moi ma lettre ne signifiait rien d'autre que ce qui était écrit.

Maureen avait eu raison. Elle avait vu, elle, ce qui avait échappé à mon esprit infantile et, qui avait séduit de manière négative le pessimisme romantique cher à mon âge. Cette lettre était un appel à l'aide. Un cri d'amour désespéré. Elle n'avait pas voulu jeter dans les pattes de sa jeune amie un gros bébé immature incapable de lire entre les lignes. Fût-ce son propre bébé.

Oui, elle avait eu raison, mais le coup était dur.

Car Maureen avait eu le pouvoir, à cet instant, de changer ma vie, notre vie. Celle de Ludi et la mienne. Il lui aurait suffi de faire ce qui était de ma responsabilité. De démonter les arguments de Ludi. De la convaincre (et quoiqu'en pense Ludi, cela lui aurait été facile. Le sens caché de sa lettre le prouve) qu'il ne fallait pas passer à côté d'un tel amour. Ou même, de m'en parler, à moi. De m'apprendre à voir clair, de me détailler ces mots qui voulaient dire tout le contraire de ce qu'ils étaient.

En somme, de faire son putain de boulot de maman plutôt que que de céder le terrain à une psychologie éducative de bazar...

Elle ne me trouvait pas immature lorsqu'elle dirigeait mes lectures et m'écoutait en faire des critiques acerbes ou des louanges dithyrambiques. Non. Là, je n'étais plus un gros bébé ! C'était passion contre passion. Échanges sans concessions. Le statu quo tenait souvent lieu de routine. Mais jamais elle ne considérait mon point de vue comme immature. J'étais digne de polémiques littéraires, oui, mais indigne d'aimer...

Oui, elle avait eu raison, merde ! Mais elle avait parié sur le temps et le temps nous avait trahi. Je ne méritais pas Ludi *encore* ! Plus tard oui. Mais plus tard, quand ? Alors que nous avions pris chacun nos marques ? Moi, sautant d'une grande brune mince au look soixante-huitard à une autre toute pareille. Des filles intéressantes, jolies, gentilles que j'entraînais dans un mensonge et que j'abandonnais, pas forcément malheureuses, mais trahies par ma mythomanie. Et Ludi, résignée, acceptant son sort comme une punition divine (donc nécessairement justifiée), se construisant une vie sans autre aspiration que de se rendre utile, s'accordant quelques satisfactions sexuelles mais surtout, surtout sans lendemain. Oui, nous avions fait notre vie, l'un à côté de l'autre. Maureen y avait veillé en essayant de rattraper un coup qu'elle avait mal joué. Mais trop tard.

Je me promets de lui en toucher deux mots lorsqu'elle me réapparaîtrait, me souvient que Désiré Maisonneuve a nettoyé ma cervelle, que Maureen est partie pour de bon, cette fois, et...

– Tu ne dis rien ?

J'attrape sa main et l'embrasse. Elle ne se dérobe pas.

– Je crois que pour la première fois de ma vie, je suis en colère contre ma mère...

– Pourquoi ? Elle n'y est pour rien.

– Agnès m'a dit qu'il était anormal que je n'aie pas eu, au moins une fois dans ma vie, l'envie de tuer ma mère. Ça y est. C'est fait. Je suis un homme, maintenant. Tu peux m'épouser.

Elle retire la main que j'avais conservée dans la mienne.

– Raconte-moi ce qui s'est passé, ces deux dernières

semaines. Agnès m'a dit que tu avais été victime d'une sorte d'amnésie ?

– Dés' n'a pas voulu me le dire mais... ouais, ça y ressemble. J'ai passé la journée avec Max et le lendemain Étienne est venu me dire qu'il fallait... que je me sorte les doigts du cul, avec ses mots à lui, qui ne sont pas ceux-là. Sauf qu'entre les deux il s'est passé une quinzaine de jours. Pour Désiré, j'ai dormi deux semaines et basta.

"Et le plus drôle c'est que j'ai l'impression que c'est ce qui s'est passé. Sauf que j'ai quelques pots cassés à recoller. Agnès, toi, et Max. J'espère que c'est tout.

– Et tes cheveux et Maman.

– J'ai fait du mal à Noune ?

– Tu es resté deux semaines à cinq cents mètres de chez elle, sans aller la voir... de la part de son préféré, c'est insupportable.

– Je ne suis pas son préféré.

– Si.

– En tout cas, c'est réparé. Agnès aussi...

– Tu n'as rien à réparer avec moi. Quant à Max... Tu vas ramer.

Agnès doit venir ce soir, avec sa fille.

Je vais ramer.

– Ludi, que s'est-il passé... ?

– Comment veux-tu que je le sache ?

– Entre nous. Qu'est-ce que tu m'as dit ? Que t'ai-je répondu ?

Elle fait un mouvement de dénégation avec sa tête.

– C'était une erreur... N'en parlons plus. J'ai cru... Quand tu m'as proposé de passer la nuit ici, je n'ai pas voulu parce que je n'avais pas confiance en moi. Et puis quand tu m'as embrassée pour me dire au revoir, et que tu m'as serrée plus fort que d'habitude, j'ai...

Je pique un fard.

– D'accord. C'était un peu...

Elle sourit :

– Pas vraiment "un peu"...

Elle rougit à son tour. Et puis reprend, en s'éventant de la main :

– Alors, évidemment, je n'ai pas arrêté d'y penser. Et une semaine après, je suis venue ici, en début d'après-midi. Comme aujourd'hui.

"Mais avant, je suis passée chez Maman et... J'ai bu un peu. Trop, sûrement... Et je t'ai dit des bêtises, vraiment inopportunes... Et... tu m'as remis sur le chemin que je n'aurais pas dû quitter. Et voilà.

– Non. Pas "et voilà". Qu'es-tu venue me dire ? Que t'ai-je répondu de si terrible ? Tu ne bois jamais d'alcool, Ludi. Si tu en as éprouvé le besoin, c'est qu'il te fallait du courage, et il n'y a qu'une occasion où tu manques de courage, c'est quand il te faut exprimer tes sentiments.

– Ce n'est pas de la lâcheté ! C'est... de la pudeur. Tout le monde ne possède pas l'aptitude à se mettre nu sur une plage en public ou à écrire des romans érotiques à la première personne. C'est quelque chose que j'admire, mais que je ne peux faire. Et montrer mes sentiments revient à me mettre nue en public. Et puis, dans le cas qui nous occupe, c'est encore plus compliqué...

– Je ne vois pas...

– Non, Ryan. Tu ne peux pas te mettre à ma place. J'ai construit ma vie. Je ne suis pas malheureuse. On avait un code. Tu l'as accepté et respecté. Pourquoi changer maintenant ? Ce n'est pas une question de sentiments. Tu le sais. Tu l'as toujours su. Mais... c'est très compliqué... Il faut que j'y réfléchisse.

– Tu ne peux pas réfléchir toute ta vie, ma chérie...

– Ne m'appelle pas comme cela, s'il te plaît...

– Ce n'est pas la première fois.

– Maintenant, c'est différent.

– Ludi, ça fait combien d'années que tu réfléchis à mon sujet ?

– Je ne te le dirai pas.

– Tu veux que je te dise, moi, depuis combien de temps, je "réfléchis" à ton sujet ?

– Non !

Elle me tend la main au-dessus de la table, je l'attrape.

– Je ne veux rien savoir... Ryan, s'il te plaît, je suis réellement à la torture, là. Je ne veux plus rien savoir et...

Elle sourit à travers son désarroi :

– Surtout pas de quelle façon tu "réfléchis".

J'attire sa main à ma bouche et l'embrasse. Agnès aurait cafté ?

Je lui murmure :

120

– Je ne laisse pas tomber, tu le sais ?

– Je... Je ne le souhaite pas, non plus. Je te demande juste du temps.

Du temps, il nous en faut un peu pour nous calmer. Ludi est rentrée dans la maison puis, est revenue avec deux cigarettes.

– Tu sais...Où est la planque ?

– Même pas en rêve.

Nous avons fumé.

Puis nous avons parlé boulot. Julien est débordé, surtout depuis qu'il rechigne à effectuer des heures supplémentaires gratuites.

Je reconnais la patte de ma sœur.

– Mon... ami, chez Goldman...

Il va falloir que j'enquête un peu sur cet "ami". C'est terminé, ces conneries.

– ... m'a donné une information étrange. L'éditeur parisien de Maureen leur a fait savoir que ta mère a rompu son contrat quelques mois avant... avant, quoi.

– Gaultier ? Elle a quitté Gaultier ?

– Oui. Je les ai appelés...

– Encore un ami ?

Elle fait semblant de réfléchir.

– Non. Pas chez eux... Ils font moins de chichis que chez Goldman. Ils m'ont tout déballé. Maureen leur a dit qu'elle arrêtait ses romans érotiques et qu'elle préférait publier ses prochains romans chez son fils. Et sous son véritable nom.

Nous nous sommes regardés sans avoir besoin de parler.

Puis, Ludi :

– Tu en es où avec son journal ?

Je me lève et lui prends la main.

– Viens, je vais te montrer.

Puis elle est partie.

Je l'ai raccompagnée jusqu'à sa voiture et, au moment de l'embrasser.

– Ne te colle pas à moi.

– C'est moi qui suis à la torture, maintenant.

– Alors juste un petit peu.

Je me suis remis au travail juste avant qu'Agnès ne m'appelle.

– Alors ?

– Tu viens toujours ce soir ?

– Ben, oui.

– Alors, tu attends.

À dix-sept heures, j'ai enfilé mon bermuda, qui n'est pas un pyjama, quitté ma chemise, gardé mes sandales et, suis parti marcher.

Les mêmes sept kilomètres. Le même point de chute.

Ma Noune s'est bien marrée quand je lui ai raconté, autour d'un verre de cidre, mon entretien avec sa fille.

– Mais tu ne lui en parles pas, hein ?

– Vous avez mis le temps. J'ai bien cru que je ne le verrais pas de mon vivant.

– Attends, c'est pas fait. C'est Ludi. Cela va être long. C'est un secret, encore. Tu le gardes pour toi, hein ?

Elle m'a regardé, très sérieuse.

– Si tu savais le nombre de secrets que l'on m'a donné à garder...

C'est une invite. Cela m'arrache le cœur de lui répondre :

– On ne peut pas, ma Noune. C'est une promesse faite à Ludi. Je ne sais pas si elle a raison, mais... c'est une promesse.

J'arrive à la maison en même temps qu'Agnès et Max. Je n'ai droit qu'à un bonjour Tonton et à un bisou si léger qu'un moustique aurait fait plus de bruit en se posant sur ma joue. J'essaie de la prendre dans mes bras mais elle se dérobe et file vers la maison.

Agnès sourit.

– Je sais. Je vais ramer...

J'ouvre mes bras.

– Tu me fais un câlin ?

Elle secoue la tête :

– Après ta douche. Tu es en nage.

Je sors de la douche, m'habille et m'en vais toquer à la porte de la chambre de ma nièce.

J'entrouvre la porte :

– Max...

Elle est assise devant son petit bureau et écrit dans un cahier.

– Tu peux revenir plus tard, Tonton ? Je suis occupée pour l'instant.

– Maaax...

Elle se retourne.

– Tu n'as pas entendu ?

Je soupire bruyamment.

– Plus tard, quand ?

Elle s'est remise à ses écritures.

– C'est moi qui décide.

Nous dînons. Max bavarde avec sa mère sans me jeter un regard puis s'installe devant Fort Boyard, toute petite sur l'immense canapé. Je charge le lave-vaisselle pendant qu'Agnès fait du rangement dans la cuisine.

– Je vais traverser l'Atlantique si elle continue. Tu crois qu'elle m'en veut réellement ?

– Tu plaisantes ? Elle est ravie. Elle joue. Tu lui as donné une main fantastique. Elle va te lessiver, mon vieux.

– Tu ne peux pas faire quelque chose ?

– C'est ma fille. Je veux voir jusqu'où elle a retenu les leçons de sa mère.

Sur la terrasse. Le café est servi. Nous sommes assis l'un à côté de l'autre, face à ce paysage qui ne nous a jamais lassé. Les échos du jeu télévisé nous parviennent ainsi que les encouragements, les rires ou les invectives peu aimables de ma nièce à l'égard des concurrents.

– J'ai eu les traductions. Il a bien bossé...

– Pas maintenant. J'ai assez attendu. Ludi ?

– C'est plus urgent ?

– C'est la vraie vie. Il fait encore jour. On parlera de choses tristes à la nuit tombée.

Je lui raconte, survolant certains détails.

– Alors, c'était comment ?

– C'était comment, quoi ?

– Ben, quand vous avez fait l'amour ? Quand tu lui as dit au revoir, au pied de la voiture, vous vous êtes embrassés et là, c'était trop, vous avez fait demi-tour en courant vers la maison, tout en arrachant vos vêtements, et, vous êtes arrivés à poil dans le salon, tellement excités que vous n'avez même pas pu aller jusqu'à la chambre. Et là, vous vous êtes jetés sur le canapé et... Oh, bon sang, depuis le temps que vous en avez envie, ça a dû être *terrible*. J'aurais voulu voir ça... je ne sais pas pourquoi j'ai toujours rêvé de voir Ludi faire l'amour. Elle est tellement belle et sexy. Et je suis sûre qu'introvertie comme elle est, elle doit tout lâcher au pieu.

Elle me regarde.

– Cela ne s'est pas passé comme ça, hein ?

– Ben... Pas vraiment. Elle est montée dans sa voiture et elle est partie.

– C'est pas vrai ! Tu ne retiens rien de tout ce que je t'apprends. C'est à pleurer...

– C'est vrai que, maintenant que tu me le dis... Non ! Elle n'est pas prête. C'est un gros truc pour elle.

– J'l'ai vu, c'est pas si gros que ça.

– C'est parce que tu ne l'as pas senti comme Ludi l'a senti.

On se marre. Comme deux petits vieux qui viennent de mettre le feu à leurs couvertures.

Elle reprend :

– Tu lui as dit "je t'aime", quand même ?

– Ben non, mais...

– Je rêve ! Tu lui mets ta trique sur le ventre et tu ne lui dis pas que tu l'aimes ? Elle sait juste que tu bandes pour elle, quoi.

– Ben c'est pareil.

Elle me regarde à nouveau, presque attendrie.

– C'est ça que j'adore chez toi : ta délicatesse, ton petit côté fleur bleue. Ta science du message subliminal. Une petite pression phallique et tout est dit. La belle se pâme et le prince charmant court s'astiquer sous la douche. À t'entendre, on pourrait penser que tu ne bandes que par amour. Pourtant, Il m'est arrivé de venir te réveiller le matin et de constater, rassurée, que mon frère était en bonne santé.

– Qu'est-ce que tu crois ? Il n'y avait pas que sous la douche que je pensais à Ludi.

CHAPITRE DIX

Le chouchen nous a laissé un mauvais souvenir. Agnès est arrivée à Port-Manec'h avec quelques provisions dont une bouteille de Scotch. Elle trône sur la table en compagnie de deux verres et de deux cigarettes.

Je nous sers une dose généreuse à chacun. Agnès m'a prévenu que nous n'aurions droit qu'à un seul verre pour la soirée. Il est hors de question que Max nous découvre à nouveau sur le canapé au petit matin, cuvant, dans un enlacement scabreux, nos ivrogneries nocturnes.

J'allume les deux clopes, en donne une à ma sœur et me laisse tomber sur le fauteuil près du sien.

– Alors ? Elle t'a éreinté comme tu le mérites ?

Nous avons entendu la musique du générique de fin du célèbre jeu télévisé, puis le silence. Une minute. Deux.

Agnès a murmuré :

– Elle ne sait pas comment faire...

Une minute.

– Elle hésite encore. Elle regrette déjà de t'avoir snobé. Elle est assise sur le grand canapé, toute seule. Si petite. Elle serre sa poupée de chiffon contre elle.

Une minute. Involontairement mes mains agrippent les accoudoirs de mon fauteuil.

– C'est une gamine futée, poursuit Agnès, sur le même ton. Son cœur se serre mais ça ne l'empêche pas de réfléchir. De peser le pour et le contre et de s'apercevoir qu'il n'y a pas de contre. Elle est proche des larmes parce qu'elle a peur d'avoir été trop loin, de te perdre, mais elle ne veut pas pleurer...

Je prends appui sur mes mains pour me lever. Agnès me retient.

– Elle arrive.

Par la baie entrouverte, la voix de Max, comme un air de flûte, triste.

– Je vais me coucher.

Agnès fait mine de se lever.

– Non... Tonton.

– C'est une petite fille jolie, intelligente et sensible. Comment était son père ?

– Moche, con et macho. Un coup d'un soir. Une soirée entre filles, dans un bar. Trop d'alcool. Bien trop. Des mecs viennent nous draguer. Comme je suis en petite forme, je tire le plus moche. Et comme ça fait un an qu'aucun mec ne m'a touchée, je me dis qu'après tout, ce n'est pas à sa tête que j'en veux. Ni à son intellect.

"Je t'ai dit qu'il était marin ? C'est des conneries. C'est juste rien. Un spectre, un désenchantement nauséeux, trop con pour enfiler une capote correctement. Trop fauché pour se payer l'hôtel. On a fait ça entre deux bateaux en cale sèche. J'ai à peine eu le temps de remettre ma culotte qu'il était déjà barré. Sa saloperie de semence qui s'écoule, comme une humeur honteuse et rampe sur mes cuisses pendant que, pliée au-dessus d'un youyou je vide mon estomac, mes tripes et tout ce qui peut sortir par ma bouche.

"Je l'ai dit à Maman. Je voulais qu'elle me punisse. Mais j'avais vingt deux ans. Qui punit une fille de vingt deux ans ? Et Maman... côté punition... Elle a dit ce qu'il fallait, je ne me souviens plus. On a pris un bain, ensemble, dans la baignoire, elle m'a lavée, essuyée et j'ai dormi dans son lit. Le lendemain, on est parties pour Londres, rejoindre Julia. Tu savais que Julia pouvait faire montre d'une douceur inattendue ? Pendant deux semaines nous avons fait des trucs de filles qui m'ont redressée, des sorties, des rigolades idiotes, des séances de jacuzzi, toutes les trois à poil dans le même bain ; vin blanc, mignardises luxueuses ; Julia aimait cela et maman suivait, gourmande comme je ne la connaissais pas. J'ai eu la réponse à ma question alors qu'elles me dorlotaient. "Pourquoi une femme ?"

"Plus tard, elle m'a dit :" Garde-le, s'il te plaît". Alors je l'ai

126

appelé Max, parce que ce con de gynéco s'est planté à l'écho.

"Et je l'ai offerte à Maman, à toi, à Noune et à Ludi. Comme elle n'avait pas de père, j'ai voulu que ce soit l'enfant de toute notre petite famille.

– Comment se fait-il qu'elle soit aussi jolie, si...

– Elle a mes gênes.

– Elle est blanche.

– Je ne pouvais pas me battre sur tous les fronts. Et... Tu ne me demandes même pas pourquoi je t'ai menti ?

– La réponse tient dans ton histoire.

Comme au cours d'un ballet parfaitement réglé, nous attrapons nos verres et en prélevons une minuscule gorgée. Il faut faire durer.

– Alors, tu me le dis ?

Je ne peux m'empêcher de sourire jusqu'aux oreilles.

– Reddition complète, sans conditions. Sans négociation. En fait, elle s'est aperçue que tout ce qu'elle avait mis dans sa liste des préjudices ne tenait pas la route. Elle voulait seulement que tout redevienne comme avant.

– Un gros câlin, alors ?

– Énorme. Les bras serrés autour du cou, avec un bisou mouillé et un "je t'aime" dans l'oreille. Et tout, et tout.

– Un "je t'aime" tout seul ?

– Je n'ai pas entendu la suite...

– Lorsqu'elle commence à écrire, Maureen a le même âge que Max. Huit ans. En 1971, donc, elle débute ainsi son histoire, en irlandais : "Mon nom est Maureen O'Neill, je suis née le 7 janvier 1963 à Antrim, comté d'Antrim en Ulster. Mon Papa, ma Maman, sont catholiques et, donc, je dois l'être aussi. J'ai un frère qui a douze ans et qui est très gentil. Il est catholique, aussi. C'est très important dans notre pays. Mon Papa et ma Maman sont gentils aussi. Surtout Maman".

– Ça commence fort, me coupe Agnès. On a un oncle et on ne le sait même pas...

Je poursuis :

"Maman m'a dit que je suis née au beau milieu du plus terrible hiver qu'ait connu l'Irlande. Toutes les rivières, les lacs, même les flaques d'eau et les puits étaient gelés.

"Papa est pécheur sur le Lough Neagh, cette année a dû être

terrible pour son métier. Le lac était complètement gelé. C'est un métier qui me semble dur, mais il ne se plaint jamais. Je me trompe peut-être. Il s'appelle Gerry O'Neill.

"Maman cultive des légumes et, élève de petits animaux. Des poules, des lapins, des canards et un autre oiseau dont je ne sais pas écrire le nom. Je lui demanderai. Elle vend tout ça sur le marché, en ville. Et comme elle est gentille, elle vend ses animaux vivants. Je préfère aussi. Elle s'appelle Marie O'Neill mais avant elle s'appelait Marie Le Quéré. C'est une Française. Elle habitait en Bretagne, c'est un pays qui a des liens avec l'Irlande mais je ne sais pas ce que cela signifie. Elle était institutrice, là-bas. C'est pour cela qu'elle m'apprend à parler et à écrire en français. J'aime bien.

"J'ai demandé à Maman de m'acheter ce cahier car je veux devenir écrivain".

– Putain ! Huit ans ?

– Moi, j'ai les cheveux roux, comme Maman, Papa et Michael ont les cheveux noirs. Michael, c'est mon frère. Je suis petite et toute maigre et je ne parle pas beaucoup. Michael dit que je suis un peu bizarre, mais qu'il ne permettra à personne de le dire ou de me faire du mal.

"Je ne vois pas pourquoi quelqu'un me ferait du mal.

"Mais je vois bien que je ne suis pas comme les autres enfants.

"Tout ne va pas bien dans notre pays. Mais j'ai un peu de mal à comprendre donc je ne vais pas en parler maintenant. Je vais attendre d'en savoir plus".

– Déjà une belle rigueur.

– Le traducteur m'a affirmé avoir collé au texte au plus près. Il m'a demandé s'il s'agissait réellement de la prose d'une petite fille de huit ans. Il est étonné par la langue, un mélange "charmant" m'a-t-il dit, d'anglais et de gaélique et par l'absence de fautes et de ratures.

"Écoute ça :

"Maman est obligée d'emprunter des livres à la bibliothèque car je veux lire tout ce qui est écrit. Ce sont surtout les histoires pas vraies qui m'intéressent. Je n'aime pas les livres avec des images parce que je ne vois pas la même chose quand je lis. Ou alors des livres qu'avec des images. Ça, j'aime bien parce que je peux mettre mes mots avec.

"À chaque fois que je lis un livre, j'ai envie d'écrire une histoire.

"Il me faut toujours un crayon, une gomme et du papier car je n'arrête pas de penser à des histoires.

"C'est pour ça que j'ai demandé un cahier à Maman. Pour écrire les histoires qui viennent toutes seules dans ma tête, avec les mots que j'apprends à l'école. Et après avec les mots en français que Maman m'apprend. Parce que je veux que Maman lise mes histoires. Elle ne sait pas bien lire l'irlandais".

La main d'Agnès se pose sur ma cuisse. J'interromps ma lecture.

– Oui ?

Je me lève précipitamment et entre dans la maison. Je reviens avec une boîte de mouchoirs et la pose sur ses genoux. Je m'accroupis à son côté et, pendant qu'elle essuie son visage et se mouche :

– Tu veux qu'on arrête ?

Je l'ai rarement vue pleurer ainsi. Une fontaine. Son visage est entièrement trempé. Elle ne sanglote pas, pourtant.

– Putain ! Ça ruisselle tout seul. Vas-y, continue.

– Il ne reste que deux phrases. Après...

Je rejoins mon siège.

"Voici donc ma première histoire, pour ma Maman, mon Papa et mon frère. Et, tous ceux qui voudront bien la lire".

Je pose, sur la table, les feuillets que j'ai imprimés avant le repas. Agnès est repartie de plus belle. Il va falloir changer de méthode. J'attends qu'elle se calme en caressant ses cheveux.

Elle réussit à dire entre deux reniflements :

– C'est ça que j'ai oublié de te dire, ce matin. Ce n'est pas un journal intime. C'est un recueil de petites histoires. Comme des nouvelles. Entrecoupées de commentaires sur sa vie et son époque... Ryan... C'est un véritable trésor. C'est notre trésor. Nos racines. On vient de là...

Elle se remet à pleurer.

Je l'ai câlinée, embrassée, consolée. Jusqu'à ce qu'elle me repousse en me disant que c'était encore pire comme ça. Elle m'a envoyé préparer du déca. Nos verres sont vides, et, une résolution, est une résolution.

J'ai attendu que la cafetière se remplisse. J'ai préparé un

plateau avec des tasses et les petites cochonneries chocolatées que l'on engloutit habituellement avec le café. Je l'entends renifler et se moucher de façon de plus en plus espacée et lorsque je la rejoins, elle est complètement calmée ; le nez rouge, les yeux brillants, les lèvres gonflées, mais, souriante.

Je fais le service et regagne mon siège.

– Je ne veux pas te faire souffrir. On n'a pas besoin de le faire.

– On ne peut pas se contenter de vivre en faisant seulement ce dont on a besoin. Et je ne souffre pas. Je ne comprends pas pourquoi je réagis comme ça mais je n'ai pas mal. C'est... c'est juste émouvant. C'est comme, si toi et moi, nous étions déjà là, quelque part dans son corps, dans ses cellules ou son esprit, ou je ne sais quoi. Nous ne sommes pas nés il y a trente ans, Ryan. Nous avons vu le jour en même temps que la petite Maureen. Les cellules qui nous composent étaient en elle. Et nous l'avons accompagnée tout le long de son enfance.

"C'est ce que j'ai ressenti lorsque tu lisais. Je voyais Maureen écrire ses phrases pleines de tendresse et de détermination, mais de l'intérieur, sans être elle, mais en elle.

Je repose une nouvelle fois les feuillets traduits. La première "histoire" de Maureen O'Neill. L'aventure d'une petite fille de dix ans qui se réveille dans la nuit, seule dans une forêt bordant un lac. Une aventure sans autres humains que l'héroïne, mais peuplée de créatures improbables, plutôt marrantes, philosophes, un peu folles, mais jamais inquiétantes aux yeux de la petite fille. Comme si ce monde fantastique peuplait ses rêves depuis si longtemps qu'il en était devenu sa seule réalité.

La fin du récit nous impose un long silence chargé d'émotion. L'héroïne monte dans une barque étrange, entièrement fermée, qui l'entraîne au fond du lac, où, pense-t-elle, elle va, à regret, sortir de son rêve pour retrouver ses habitudes d'enfant.

Le traducteur, un vieil érudit, qui écrit depuis au moins cinquante ans, une encyclopédie définitive sur les mondes celtes, fou, adorable et passionnant, s'est fendu d'une note familière : Une petite fille de huit ans n'écrit pas ainsi, Ryan. C'est une histoire tirée de plusieurs contes irlandais, savamment mêlés. S'il s'agit de l'un de vos nouveaux auteurs, alors cela ne fait pas très réaliste ! Il faut lui signaler.

Inquiet, je regarde Agnès. Elle ne pleure pas. Elle a baissé ses paupières et semble s'être endormie.

Semble, seulement :

– Tout est déjà là.

– Oui.

– On est sur le chemin.

– Oui.

"J'ai un autre cahier. C'est Michael qui me l'a donné. Je crois qu'il l'a volé, mais comme c'est pour moi, je ne lui ai rien demandé. C'est un carnet. J'en ai besoin pour écrire les mots qui me viennent dans la journée et qui me serviront à construire mes histoires.

"Je n'écris pas souvent dans mon grand cahier. C'est parce que je n'ai pas toujours quelque chose à dire. Je réfléchis à ma deuxième histoire.

"Maman s'inquiète de me voir souvent seule et silencieuse. Elle a peur que Papa et Michael n'aient raison à propos de moi. Que je sois un peu simple. Que je n'aime pas les gens. Mais ce n'est pas vrai. Je passe beaucoup de temps à les regarder et à chercher les mots pour dire comment ils sont.

"Je la rassure. Je ne suis pas seule. Ma tête est remplie de mots. Je ne suis pas bête. Je vois bien ce qui se passe autour de moi".

"C'est décidé, j'écrirai ma prochaine histoire en français. Même si je dois attendre encore. Maman me dit que je ne dois pas en faire la traduction, mais la penser en français. Je vois ce qu'elle veut dire. C'est très excitant. Pour m'entraîner, nous ne nous parlons plus que dans cette langue avec Maman. Cela énerve Papa et Michael. C'est vrai que, quelquefois on se moque d'eux. Mais ce n'est pas méchant".

– Et cela continue dans cette veine jusqu'en 1972. Ses premiers mots écrits en français sont : "La police royale a tué des gens, des catholiques, qui s'étaient réunis pour demander plus de justice et plus d'autres choses aussi, pour que les catholiques comme nous vivent mieux. Je sais que je devrais en parler, donner des détails, mais c'est tellement méchant que je ne trouve pas tous les mots.

"Papa et Michael sont en colère. Ils parlent d'une armée qui va renaître. J'espère qu'ils n'iront pas faire la guerre".

– En 72... Elle doit parler du Bloody Sunday. Une marche pacifique, à Derry, en faveur des droits civiques des Catholiques irlandais, qui a été réprimée dans le sang. Une véritable tuerie. Ce n'est pas la police qui a tiré, mais l'armée britannique. Des parachutistes, il me semble. Quelques-uns de ces blessés ont été touchés dans le dos, d'autres écrasés par des véhicules militaires.

– Qu'est-ce que l'armée foutait là-bas ?

– Je crois savoir qu'il y avait eu, quelque temps auparavant, des émeutes à Derry, des barricades, des violences... Les Catholiques vivaient sous un véritable apartheid, à cette époque. Et comme la police royale n'avait pu venir à bout de ces violences, le gouvernement loyaliste, protestant, a demandé le déploiement de l'armée britannique. Je crois que c'était en 69.

"Cela a fonctionné à peu près, au début, l'armée servait de tampon entre les loyalistes protestants et les nationalistes catholiques. Mais les exactions de la police royale, et puis des militaires eux-mêmes, entraînent des violences continues, des morts d'un côté comme de l'autre, dont chaque camp se rejette la responsabilité.

"La pression monte jusqu'à ce fameux Bloody Sunday. Une marche pacifique. Des militaires qui pètent les plombs. La colère. La peur. Et, plus que tout, une injustice phénoménale. C'étaient les années 69, 70, 71. L'Europe se construisait une paix durable et plutôt bienvenue. Mais une armée, un gouvernement de cette Europe libérée et libérale, tuait sans vergogne à quelques centaines de kilomètres de chez nous ; un régime discriminatoire créait l'internement sans procès pour une partie de sa population, la maintenant dans une existence privée de droits civiques, d'accès aux soins, aux études et au travail. C'était il n'y a pas si longtemps. Dans l'un des plus anciens pays démocratiques au monde. Maureen avait à peine dix ans.

En 1975, à douze ans, Maureen intègre, en tant que pensionnaire, *St-Dominic's*. Une *Catholic school* de Belfast, située dans le quartier républicain de Falls Road. Elle y écrit enfin sa deuxième longue histoire. En français, comme promis à sa maman.

Celle-ci remplit deux cahiers entiers, et, a visiblement été mûrie à point. Le style devient fluide, les répétitions de mots s'atténuent (Maureen travaille ses synonymes), le texte est moins haché, terriblement adulte, tant dans son propos que dans son traitement. On y trouve déjà son humour malicieux, son humanisme teinté de doux pessimisme, et son amour des mots.

Les mots.

Maman nous parlait des mots. De leur beauté, de leur dureté ou de leur douceur, de leur musique, mais, aussi de leur dangerosité, de leur insoumission, quelquefois (ce mot, Seigneur, il ne veut pas m'obéir ! Il ne vient pas quand il le faut ! Il dénature ma phrase et, pourtant, sa sonorité convient !).

Les mots pour elle s'apparentaient à des chatons. Elle les caressait, leur parlait, jouait sans cesse avec, les houspillait sans trop y croire, mais ne leur en voulait jamais.

De chatons à chats, ils étaient devenus ses amoureux et étaient tombés dans ses filets avenants. Les mots ronronnaient sous les caresses de Maureen O'Neill.

J'ai parcouru, en diagonale, son récit dans l'après-midi. Le temps m'a manqué. Il m'a fallu marcher ; désobéir aux ordres d'Étienne ne me vient pas à l'esprit. Je me tiens propre, mange correctement et donc, marche.

Les quelques paragraphes que j'y ai grappillés m'ont convaincu que ce texte, ces textes, ne peuvent rester confidentiels.

– Pourquoi tient-elle à écrire en français ? me demande Agnès, après avoir écouté mon résumé de l'histoire.

– Un écrivain écrit pour être lu. Et, à mon avis, seule sa mère, parmi ses proches, s'adonnait à cette occupation. De plus, il faut se mettre dans la situation du pays. L'Irlande, indépendante ou colonisée, à cette époque, ne figure pas au hit-parade des pays où les femmes jouissent d'une liberté débridée. Nous avons vu ensemble le film "The Magdalene Sisters". L'histoire se déroule au milieu des années soixante. Pas si éloignée des débuts littéraires de Maureen. Et dans ce type de société, les liens entre femmes sont très serrés.

– Une horreur. J'en cauchemarde encore...

– Parce que tu t'es sentie particulièrement concernée...

– Je n'ai pas été violée.

– Tu étais saoule. Cela s'appelle un abus de faiblesse. Et comme cet abus a une connotation franchement sexuelle, c'est un viol. Fais-moi penser à aller tuer cette ordure quand notre vie sera redevenue normale.

– Il t'a donné Max.

– Circonstances atténuantes, alors. Je ne l'émasculerai qu'après.

– Je t'ai déçu ?

– Tu m'as ému.

– Putain de famille ! Que faut-il faire pour devenir un paria ?

– Perdre la boule pendant deux semaines et envoyer balader ceux que l'on aime...

– Tu es pardonné.

– Se teindre les cheveux en roux ?

– C'est déjà une punition en soi.

– Tu veux qu'on arrête ? Il est tard.

– Non, c'est mon tour.

CHAPITRE ONZE

Tour ou pas, je l'envoie au lit. Il est presque minuit et la fatigue ne se marie guère aux flux émotionnels que provoquent nos recherches.

Je dors en bas, dans la chambre de Maureen.

Il faut lui reconnaître une qualité, entre toutes : elle sait se montrer silencieuse. Mais je ne suis pas surpris, lorsque, vers une heure, un mouvement sur mon lit me réveille et que son corps brûlant se presse contre le mien.

Il ne peut en aller autrement. Dans la méthode et dans l'ardeur.

Agnès semble surprise lorsque, descendant de l'étage où se trouve sa chambre, elle me découvre en train de déjeuner dans la cuisine à six heures trente ce matin.

– Je te croyais parti. J'ai entendu une voiture.

Elle se verse une tasse de café et la sirote debout, les fesses appuyées contre le plan de travail.

J'observe, éludant sa remarque et passant outre à son regard un poil soupçonneux :

– Tu ne manges rien. Tu as maigri, toi aussi.

– Et... ?

– Tu n'es pas très belle.

– Connaissant tes goûts, je prends ça pour un compliment.

Elle pose sa tasse vide dans l'évier, saisit son sac accroché au dossier d'une chaise et m'embrasse.

– Tu as des petits yeux. Prends soin de ma fille. À ce soir ?

– Julien va commencer à faire la gueule...

– On se voit pendant la pause de midi... C'est encore plus

135

chaud !

J'étudie les cahiers de Maureen jusqu'à dix heures. Heure à laquelle j'entends les petites tongs de ma nièce clapoter sur les marches de l'escalier. Je referme et dépose les cahiers sur la table et accueille mon bébé pour un gros câlin matinal, silencieux et ensommeillé. Et, avant qu'elle ne se rendorme, je l'envoie à la douche.

Je tape un SMS pour Ludi :"j'ai fait un rêve, cette nuit... On en parle ?"

Elle ne tarde pas à me répondre : " Je ne suis pas psychologue. Et puis tes rêves... Agnès m'en a décrit quelques-uns... Je ne veux rien savoir."

Je prépare le déjeuner de Max. Journée zoo. On a de la route.

J'essaie, en vain, d'effacer le sourire qui me déchire la face depuis mon réveil.

Nous avons déposé une Mamie Noune, fourbue par sa journée au zoo, chez elle, et sommes rentrés à la maison. Une voiture de gendarmerie stationne à côté du portail. Je roule dans l'allée et arrête la mienne derrière la maison. Max descend rapidement et court, pour embrasser Étienne. Je la vois s'arrêter à l'angle de la maison et se retourner pour me regarder. J'arrive sur la terrasse et comprends son hésitation.

Je salue Étienne, puis la femme qui l'accompagne :

– Je suis désolé, mais je n'ai pas retenu votre nom.

La femme sourit, mais pas comme un robot, cette fois.

– Adira Lalitamohana. Ce n'est pas un nom facile à retenir, j'en conviens. Moins facile que "bouddha constipé"...

– Je... je suis désolé... c'était injurieux. Je n'ai pas trop assuré ce jour-là. Vous ne ressemblez pas à un bouddha et pour le reste... cela ne me regarde vraiment pas.

Je déverrouille la porte d'entrée et demande à Max qui s'engouffre, d'ouvrir la baie de l'intérieur. Puis me retourne vers mes visiteurs.

– Je peux vous offrir quelque chose ? Rafraîchissements, thé, café ?

Ils déclinent dans un bel ensemble. Étienne conserve son masque de gendarme et laisse l'initiative de la conversation à sa collègue britannique.

Comme on a l'air un peu con, tous les trois, debout, je les invite à prendre chacun un fauteuil.

Lalitamohana se lance, en français teinté d'un accent qui n'a rien d'anglais.

– Je suis venue vous communiquer les nouvelles de l'enquête concernant le meurtre de Julia Millazzi.

– Vous avez identifié son agresseur ?

– Les examens biologiques ont montré que madame Milazzi est décédée le 24 mai, entre quatorze et vingt-trois heures. Ce qui exclut toute participation de votre mère. Un témoin affirme avoir croisé un homme dans l'escalier menant à l'appartement de votre mère, vers dix-sept heures ce jour-là. La cinquantaine, grand, mince, élégant... mais il ne se souvient pas des traits de son visage.

J'anticipe sa question et secoue la tête :

– Je ne vois pas qui... Julia connaissait beaucoup de monde et elle partageait l'appartement avec Maman.

– Votre mère et sa compagne fréquentaient-elles les mêmes personnes ?

Je suis surpris.

– Je suppose qu'elles devaient avoir des relations communes, oui, mais... Vous pensez toujours que les deux décès sont liés ?

– La police de l'Ulster nous a communiqué qu'un homme correspondant à la description du visiteur de madame Milazzi fréquentait la maison d'Antrim... Mais eux non plus ne peuvent l'identifier.

– Ma mère s'est suicidée. Il y a un témoin.

– Pousser une personne au suicide est un crime. C'est juste plus difficile à prouver. J'ai fait passer l'info aux médias britanniques et italiens. Votre mère va être lavée des accusations qui ont pesé injustement sur elle. Si les journaux français ne relaient pas, occupez-vous-en.

Je la détaille, ne sachant que penser. Son attitude, son allure même, jean, t-shirt noir sous un blouson léger contrastant avec le tailleur strict qu'elle portait il y a quelques semaines, ses manières affables, ses sourires, et bien sûr, toujours cette beauté si parfaite qu'on ne sait la décrire. Tout cela me trouble au point de risquer une remarque :

– J'ai un peu de mal à vous suivre... C'était quoi, le numéro de l'autre jour ?

Elle s'adosse au fauteuil, soupire, en haussant les épaules.

– La police, monsieur Parker... Oublions notre premier entretien. J'avais des consignes et je n'en étais pas la... directrice ?

– Parce que aujourd'hui... ?

– C'est une affaire déjà ancienne... J'en suis la seule responsable, à présent. Jusqu'à ce qu'elle devienne une *cold case*, ce que je ne souhaite pas. Pouvons-nous revenir à notre discussion ?

Nan ! Pas encore. Il me reste une question.

– Pondichéry ?

– Je vous demande pardon ?

– Vous êtes originaire de Pondichéry. Votre Français est parfait.

Elle rougit. Bon sang, c'est une vraie personne !

– Je ne crois pas que... Oui. Nous pouvons reprendre ?

Et nous avons continué. Étienne n'a pratiquement pas prononcé une parole. Lorsqu'ils sont partis, je lui ai fait promettre de revenir bientôt. Il avait une histoire à me raconter.

Et puis...

Agnès est arrivée avec la pluie. Nous avons dîné, joué au Cluedo avec Max, puis, lu des histoires à deux voix jusqu'à ce qu'elle s'endorme sur le canapé, épuisée par sa journée.

Et puis...

Terrasse, fauteuils, scotch, cigarettes. Et le bruit apaisant de la pluie sur l'auvent.

Agnès :

– Lorsqu'elle a seize ans, en 1979, Maureen parle plus volontiers de la situation politique de son pays. Des violences, des règlements de comptes, des exactions de la police royale envers les catholiques nationalistes. Elle se sent de plus en plus impliquée. Même si, pour elle, rien de bon ne peut venir de la violence. Elle dit comprendre "jusqu'à la douleur" le sentiment d'injustice insupportable éprouvé par ses frères et sœurs de confession, et pour cause, elle en est aussi la victime au quotidien, mais rêve d'une lutte pacifiste et "intelligente".

"Elle décrit l'échec de la nouvelle constitution, mise en place après le massacre du Bloody Sunday, l'engagement de son frère Michael dans l'IRA ressuscitée. Sa peur, constante. Les murs de séparation. Les provocations orangistes.

"La vie à Belfast, quoi.

"Comment était la vie, ici en 79 ?

– Paisible, je le suppose. L'Europe pacifique, économique, sociale et porteuse d'autant d'espoirs que d'inquiétudes se construisait. Mais évitait de regarder du côté de l'Irlande du Nord. Pour ne pas fâcher la Grande-Bretagne.

– Et Maureen continue d'écrire. Ses histoires deviennent plus sombres. Son style se dépouille et, curieusement, s'enrichit d'une fluidité toute poétique. C'est un véritable bonheur de la lire. J'ai eu le sentiment de l'entendre. De la regarder écrire.

– Hé !

– Non je ne vais pas pleurer. En 1980, elle avoue militer dans un mouvement pacifiste. Elle voit son pays plonger dans une quasi-guerre civile. Elle a peur. Les histoires de règlements de comptes fleurissent à tous les coins de rue. Les guerriers de l'IRA exécutent froidement ceux qu'ils considèrent, à tort ou à raison, comme des traîtres à leur cause. La police royale attise le feu. Les rapports avec son frère, qui l'accuse de froideur envers la Cause, sont de plus en plus tendus. Son père a sombré dans un silence mortifère, dépassé par les événements et, quant à sa mère, elle demeure, lui semble-t-il, le seul phare de raison dans ce monde dévoré par la suspicion, la violence, l'injustice et, l'implacable et cruelle domination d'une confession sur une autre.

"Maureen abandonne ses croyances parentales et pleure sur ses chers mots, si beaux. J'ai retrouvé des traces de larmes sur ses pages. Elle, si exigeante sur la clarté et la propreté de ses brouillons, les a laissé tels quels, comme un témoignage inexprimable autrement de son affliction.

"Je me suis arrêtée ici. Cela s'arrange après ?

– Pas vraiment. En fait, cela empire jusqu'en 83 et les troubles se maintiendront pendant dix ans, encore. Mais Maureen sera partie.

– Quand ?

L'impatience de ma sœur est presque palpable. Agnès désire de toute son âme que sa mère quitte ce pays en sang au plus tôt. Elle a peur pour elle. Son immersion dans le destin de Maureen m'effraie.

– En 1983. Mais je n'en ai pas encore fini avec cette année.

– C'est la dernière année ?

– Non, elle tient ses cahiers à jour jusqu'en 1988. Mais d'une façon plus sporadique puisque à cette époque, elle est reconnue comme écrivaine et, est publiée. Les cahiers ont perdu de leur nécessité. Et puis, en 88, entre la rédaction de ses romans et nous, il ne doit pas lui rester beaucoup de temps.

– C'est ce qu'elle t'a dit ?

– Oui. Apparemment la communication entre la police d'Irlande et Scotland Yard a connu des jours meilleurs. Elle a juste réussi à apprendre que Maman n'a pas quitté l'Irlande de son plein gré, en 83. Mais les flics de l'Ulster, encore largement en majorité protestante, ne sont pas très chauds pour s'étendre sur cette époque.

– Ils sont pourtant du même camp...

La fumée de nos cigarettes glisse sous le toit de l'auvent et se perd dans la nuit, hachée par des milliers de gouttes de pluie. J'ai préparé du café. La bouteille de whisky attend son heure, à côté des cahiers de Maureen.

Je réponds à sa remarque :

– C'est plus complexe. La fin des troubles s'est soldée par une lutte de pouvoir aux multiples ramifications. En gros, il y a trois factions. Les Anglais, les loyalistes et les nationalistes. Chacun avec ses propres courants et autant d'objectifs. Plus, les anciens soldats de L'IRA, la plupart sincères, vigilants sur l'avancement du processus d'égalité des droits civiques mais prêts à sortir le flingue au premier manquement, et d'autres, accros à la violence, l'extorsion, qui ont profité du quasi-état de guerre pour se remplir les poches ou assouvir leur prédisposition au crime et qui ont viré malfrats officiels, trafiquants, proxénètes, racketteurs et autres sales occupations de ce genre.

– Joli pays. On a envie d'y passer ses vacances.

– C'est un effet de loupe. Ce ne sont pas ceux que l'on entend le plus qui sont les plus nombreux. La grande majorité des gens peuplant l'Ulster est pacifique, accueillante, et croit en l'avenir d'une fraternité débarrassée des haines passées. Les gens ne sont pas ce que l'on perçoit de leur pays. Les gens sont normaux, simples, profondément humains, partout dans le monde. Si les psychopathes sont au pouvoir c'est parce que le Pouvoir, comme

140

son copain le fric, *est* psychopathe. Tant que l'on aura à élire que des assoiffés de puissance, des inconditionnels de la domination et qu'on laissera la gestion de nos vies aux addicts à l'argent, la démocratie demeurera un leurre, et le bruit de fond du monde, des piaillements hystériques.

– J'aime quand tu cherches à me rassurer... Cela ne nous dit pas pourquoi ta déesse indienne, soudain redevenue simple mortelle, enquête sur le passé de Maman.

– Drôle de fille, hein ? Tu l'aurais vue... Quel revirement ! Souriante, affable... Et toujours aussi belle...

– Hé ! Tu es fiancé !

– D'accord. En fait, elle est persuadée que les disparitions de Julia et de Maman sont étroitement liées. Et, peut-être, prennent leur source dans le passé de Maureen. Elle pense que c'est le même homme qui visitait Maman, à Antrim, et, s'est présenté à l'appartement de Londres quand Julia y a été agressée.

"J'ai l'impression qu'elle s'accroche à cette affaire que ses supérieurs aimeraient classer, même non élucidée. C'est pour cette raison qu'elle est seule sur l'enquête, à présent. Et que le temps la presse. Elle voulait savoir ce que je connaissais de la vie de Maman, avant qu'elle ne quitte L'Irlande.

– Et... Tu lui as dit ce que l'on fait ?

– Oui. Mais sans lui parler des cahiers. Je lui ai dit que nous piochions dans nos souvenirs des rares confidences que nous faisait Maman.

Je devine sa réprobation avant même qu'elle ne me dise :

– C'est à nous, Ryan. Je ne me sens pas prête à *la* partager.

Agnès pose la lettre de Ludi sur la table. Je m'attends à un éclat. Des reproches. De la colère, même. Mais...

– Je l'avais lue...

Pour le coup, c'est moi qui explose :

– Hein ? Tu fouillais dans mes affaires ?

– Je ne fouillais pas... enfin si, mais là je n'ai pas eu besoin. Tu l'avais "cachée" dans un bouquin que tu m'avais conseillé quelques mois plus tôt. T'es pas bien malin non plus ! Je ne sais plus ce que c'était comme bouquin, mais...

– "Les Innommables" de Claude Klotz, un petit roman drôle, cruel et tendre sur les débuts de l'humanité...

– Possible, je ne l'ai pas lu. J'ai trouvé la lettre, je l'ai remise dans le livre après et j'ai rangé aussitôt le bouquin sur tes étagères... À cause de toi j'ai peut-être loupé la lecture d'un chef-d'oeuvre.

– C'est pas un chef-d'oeuvre. C'est le genre de roman sans prétention qui te surprend et que tu n'oublies jamais... Et... je ne comprends plus, là...

– Tu ne comprends pas pourquoi je n'ai pas mis mes grands pieds dans votre petit plat ?

Agnès chausse du quarante-trois pour un mètre cinquante-six et a les pieds plats. Les pieds plats, ce n'est pas ce qui la gêne le plus. Le quarante-trois, par contre... Sujet tabou. Je retiens mon commentaire. J'ai encore le souvenir d'un tabassage en règle faisant suite à une remarque désobligeante de ma part.

Elle poursuit, avec une timidité qui me surprend :

– Quand j'ai demandé à Maman "pourquoi une femme ?" c'était une question plus précise qu'elle ne l'a entendue... Je voulais savoir si c'était un choix raisonné ou un penchant naturel irrévocable. C'était une question qui *me* concernait, pas elle et Julia. À cette époque, je me cherchais. Je n'avais pas de préférence, tu comprends ? Je me sentais... disponible. Avec Ludi... nous avions des contacts plus fréquents et plus tendres, voire plus sensuels que de simples amies, mais, avant de lire la lettre, je pensais qu'il ne s'agissait que d'un jeu pour elle. De plus, j'avais des aventures avec des garçons et j'aimais ça, mais... je ne me sentais pas satisfaite...

Je ne peux me retenir de relever :

– C'est pas ce qu'il m'avait semblé entendre de ma chambre...

Elle se penche vers moi et me colle une bise sur la tempe.

– C'était pour t'émoustiller. Pour que tu te décides enfin à sauter sur les copines en chaleur que je te présentais.

– Pourquoi, si tu savais que j'étais amoureux de Ludi ?

– C'est pas pourquoi. C'est parce que.

Tant pis pour les bonnes résolutions. J'ai remis une dose de whisky dans nos verres et, pendant que je rapportais la bouteille à l'intérieur de la maison, par sécurité, Agnès a fait apparaître deux nouvelles cigarettes.

Et reprend comme si nous n'avions pas fait de pause :

– Quand j'ai lu la lettre... Ce qu'elle avait écrit à propos de moi et ce qu'elle te disait... j'ai...

Elle s'interrompt. Je regarde mon verre puis ma cigarette. Ça ne facilite pas le bon fonctionnement des neurones, tout ça. Je viens seulement de comprendre.

– Tu as été jalouse parce que tu étais amoureuse de Ludi. Et donc tu as décidé de garder tes pieds dans tes chaussures plutôt que de les mettre dans notre plat.

– Laisse mes pieds tranquilles. Je n'étais pas jalouse. J'étais... perdue. Seule devant un croisement sans panneau indicateur..

– Tu étais jalouse.

– Un petit peu...

– Et maintenant ?

– Un petit peu, toujours... De ce que vous allez connaître sans moi.

– C'est pas fait...

– Menteur. J'ai le sommeil léger et c'est la voiture de Ludi que j'ai entendue ce matin...

Agnès s'emballe, encouragée par la dose de scotch que nous venons d'ingurgiter.

– Laisse-moi deviner !

– Tu ne vas pas pouvoir...

– Mes fesses ! Je connais ma Ludi comme le fond de tes poches !

– Vas-y, mais...

– Bon, voilà... Elle monte dans sa voiture après que tu lui as collé une nouvelle fois ta...

– Non. Pas cette fois !

– Tu veux dire que tu ne...

– Si, mais elle se méfiait...

– Elle roule. Lentement, avec prudence car elle est troublée, elle n'a pas la tête à sa conduite. Ce qu'elle s'est interdit, en vain, de rêver toutes ces années est en train de lui exploser à la figure. Il n'est pas impossible qu'elle t'en veuille un peu. Merde ! Elle a presque réussi à se convaincre qu'un amour platonique, à sens unique, présente quelques avantages. Pas de fringues sales qui traînent partout, pas de poils dans le lavabo, la lunette des chiottes toujours baissée, prête à l'emploi, sans gouttelettes suspectes et, le dîner, tartines de Nutella devant "l'amour est dans le pré", autorisé. Qu'est-ce qui te prend de lui déclarer ta flamme alors que tout baigne dans une routine confortable ? De lui coller ton machin sur le ventre alors qu'un ersatz, peu convaincant d'accord, patiente tranquillement dans le tiroir de sa table de nuit ?

– Hein ?

– Je l'ai vu. Tu veux que je te dise de quelle couleur il est ?

– Non, bon sang !

– Donc la voilà au pied de son immeuble, toujours troublée, en colère, heureuse, désorientée, le téléphone à la main... Amoureuse, quoi !

"Une fois chez elle, elle ne sait trop quoi faire. Il n'est pas si tard. Elle n'a pas de courses à faire. Une séance de lecture sur le balcon lui paraît peu opportune dans l'état où elle se trouve. Elle se rend compte soudain qu'elle s'ennuie, qu'elle aurait dû rester plus longtemps avec toi, dans la maison de Port Manec'h. Parce qu'elle s'y sentait bien. Pratiquement comme chez elle. En compagnie, ben oui, de son amour, merde !

"Elle court se réfugier sous la douche... Non, non, non. Ne t'emballe pas. Elle est bien trop énervée pour ça ! C'est seulement pour se rafraîchir, parce que, en plus, il fait chaud. Le genre de chaleur qui te fait faire du soutif/string une fois rentré chez toi. Qui t'aiguise un peu les sens, aussi, ce qu'elle n'a surtout pas besoin pour le moment. Elle règle l'eau à presque froid, histoire de ne penser à rien d'autre qu'à la morsure du jet sur sa peau. Et elle y reste longtemps. Peut-être même que ça lui fait mal mais que c'est justement ce qu'elle cherche. Parce que ce bonheur-là, ce n'est pas pour elle. Elle a cessé d'y croire depuis trop longtemps. Et puis elle se dit que dans quatre ans, elle en aura quarante. Et toi *seulement* trente-quatre. Merde non ! Son cerveau d'aînée, de responsable du trio ne t'a pas vu grandir. Alors que tous ses sens de femme ont bien validé la transformation en homme. La voix, la carrure, la disparition de la gaucherie, et... allez, profite, je ne te le redirai pas, la virilité de bon aloi. Et voilà ces mêmes sens qui hurlent dans tout son corps, que justement, s'il ne lui reste que quatre ans avant l'âge merdique de quarante, il n'y a pas une minute à perdre. Il faut sauter sur le... Elle ferme complètement le robinet d'eau chaude et ouvre à fond celui d'eau froide. Et hurle son désarroi et sa douleur.

– Putain ! Ça ne peut être comme ça... !

Elle pose sa main sur mon bras et, faussement consolatrice :

– Si. Je connais bien notre Ludi. Il n'est pas impossible que ma description soit en dessous de la vérité.

Agnès prend visiblement plaisir à son interprétation des faits. C'est un jeu au cours duquel elle a toujours déployé beaucoup de talent. Et comme d'habitude je m'y laisse prendre. Acceptant ses allégations pour argent comptant. Séduit, comme hypnotisé par sa voix et sa diction, sa gouaille, son imagination sans bornes.

Et tout comme le gamin que je n'ai cessé d'être lorsqu'elle se livre à son sport favori, je demande :

– Et après, que se passe-t-il ?

– La peau bleuie, frigorifiée, elle sort enfin de la douche. Elle enfile un string...

– Comment tu sais... ?

– On les achète ensemble. Mais ne t'énerve pas, ce n'est pas encore le moment. Donc, string, chandail large, tu sais, le genre à mailles et échancrure lâche qui découvre toujours une épaule...

– Soutien gorge ?

– Nan ! Elle est seule chez elle et ne compte pas ressortir. Et, pieds nus, les cuisses et les fesses à l'air, elle va sur le balcon, s'approche de la chaise longue et s'étale pour profiter des derniers rayons du soleil.

– Elle porte des lunettes aux verres colorés.

– Oui.

– Et ses cheveux ? Ils sont dénoués ?

– Étalés sur ses épaules, encore humides, brillants...

– Putain !... Et que fait-elle ?

– Elle parcourt un magazine.

– Elle est plus calme, alors ?

– Le temps qu'elle se réchauffe, seulement. Car... Au bout d'une vingtaine de minutes, elle referme son magazine et se rend compte qu'elle est incapable de se souvenir de quoi celui-ci parle. Elle se lève, rentre dans l'appartement, allume la télé et se prépare à manger en regardant "N'oubliez pas les paroles".

– C'est quoi ?

– Un jeu intellectuel pour filles que les garçons regardent en cachette. Tu ne connais pas.

"Et puis elle dîne, trop seule, le téléphone à portée de main. Pourquoi n'appelle-t-il pas ? Pour... Pour dire quoi, de toute manière ? C'est à elle de parler, elle le sait. Toi, tu as fait le maximum dont elle te pense capable. Peut-être a-t-elle été trop sibylline avant de monter dans la voiture. Tu n'as pas compris...

– Il n'y avait rien à comprendre. Elle voulait partir.

– Crois-moi. J'ai retourné la scène dans tous les sens. C'était le moment. Tous ses chakras étaient au vert. Tandis que là, devant sa télé, son mug de thé à la main...

– Ludi ne boit jamais de thé. Tu ne le sais pas depuis le temps. Ça craint !

– C'est un mug à thé avec du café dedans. C'est moi qui lui ai acheté. Elle sirote son café donc, le regard posé sur un écran de télé qu'elle ne voit pas, jusqu'à la fin d'un programme débile dont elle est bien en peine de se rappeler la moindre image.

"Puis...

"Elle est assise en tailleur sur son lit, le dos calé par des oreillers. Toujours à peine vêtue de son chandail à mailles et de sa petite culotte. Son épaule droite est dénudée. Elle porte ses lunettes de lecture posées loin sur son nez. Un livre sur ses cuisses bronzées, dont elle tourne les pages de façon mécanique.

"Tu la vois, là ?

– Bon sang, ce qu'elle est belle...

Pendant une moitié de seconde, je devine qu'Agnès est en train de me faire partager ses propres fantasmes. Je balaie mentalement l'ambiguïté.

– Oui, hein ? Elle lit.

– Que lit-elle ?

– Aucune importance. C'est un drôle de bouquin que quelqu'un lui a donné alors qu'elle prenait un café à la terrasse d'un bistrot à touristes. D'ailleurs, au bout d'une heure, elle le referme, sans marquer la page, C'est inutile, aucun des mots lus n'est parvenu jusqu'à sa conscience. Elle le pose sur le lit à côté du téléphone et s'allonge.

– Elle ne se déshabille pas ?

– Elle ne s'allonge pas pour dormir, idiot. Elle le sait bien qu'elle est incapable de dormir avec toutes les bestioles qui grouillent dans son crâne.

"Elle pense, réfléchit, rêve et... Il est presque une heure lorsqu'elle ouvre le tiroir de son chevet d'une main, tandis que l'autre...

– Non.

– Si... Glisse sous l'élastique de sa culotte, pendant qu'à tâtons, elle cherche et finit par trouver l'ersatz d'amour planqué dans le tiroir...

– Non...

– Non. Ses doigts caressent l'objet, le reconnaissent dans ses moindres détails, la texture, le veinage, mais ne le saisissent pas. Elle referme le tiroir, allume la lampe de chevet et se lève. Une vague alternative tournicote dans sa tête, lançant des piques de reconnaissance dans le QG de son cerveau. Elle se dirige vers la bibliothèque et, une fois devant, cueille un livre ancien, précieux. Un livre que je lui ai offert, trouvé chez un bouquiniste à Londres. Celui-ci m'a affirmé qu'il s'agissait d'une édition originale. Je l'espère, parce qu'il ne paye pas de mine : mince, 140 pages, une couverture peu alléchante, grisâtre, dépourvue d'image si ce n'est une sorte de timbre où figure un voilier d'un autre temps...

– Qu'est-ce que c'est ?

– Une nouvelle, parue en 1886, écrite par un certain Robert Louis Stevenson...

– Non ! Là, c'est trop gros.

– Et pourtant... Quelle autre issue pour satisfaire ses sens en gardant la tête froide ? Elle gagne le salon et s'installe dans un fauteuil. Elle feuillette le bouquin ancien avec délicatesse. Elle le connaît par cœur. Elle lit au hasard, quelques passages.

"Et son idée prend forme.

"Elle espère que tu vas comprendre, entrer dans son jeu et respecter son choix.

"Elle saute à la hâte dans un jean, prend ses clés de voiture, sort de son appartement, se rend compte qu'elle est pieds nus, revient, enfile des chaussures et repart.

"Les vingt minutes de route lui paraissent interminables. Elle est au désespoir, proche des larmes lorsque, après avoir laissé sa voiture à l'extérieur de la propriété et rejoint à pied la maison, elle découvre la mienne dans la cour. Elle hésite mais ne peut plus reculer maintenant. Pas dans l'état où elle se trouve. Elle espère simplement... mais oui, tu lui as dit, cet après-midi, que tu dormais en bas, dans la chambre de Maureen.

"Elle s'approche de la porte, sort ses clés, mais n'en a pas besoin. La sécurité la plus élémentaire n'a jamais fait partie des préoccupations des Parker O'Neill. Elle entre, traverse le salon et pousse sans bruit la porte de ta chambre.

"Il est tard, non ? Il faudrait peut-être s'arrêter là ?

– Hé ! C'est pas fini. Je dors encore, à ce moment !

Elle soupire, faussement contrariée :

– Bon... Elle entre silencieusement. Elle s'est déchaussée dans le salon. La faible lumière du clair de lune filtrant par les persiennes, lui suffit pour se diriger. Elle se plante à côté du lit sur lequel tu ronfles tranquillement...

– Je ne ronfle pas.

– Elle n'hésite plus maintenant. Elle le voudrait qu'elle ne le pourrait pas. Elle brûle. Sa libido la submerge. Ça fait un paquet de temps, trop, bien trop, qu'elle retient, canalise, refoule son désir. Elle retire fébrilement son jean, putain de froc qui colle aux jambes par cette chaleur, se débarrasse de son chandail et de sa culotte, et, se glisse dans ton lit. Elle se colle contre toi. Sa main s'empare doucement de...

– C'est bon ! Je suis réveillé, à ce moment. Je connais la suite.

–D'accord. À toi maintenant...

– Tu es sûre ?

– T'as rien compris encore, hein ?

– Si.

En fait... non.

Agnès m'a écouté sans m'interrompre, son regard vissé au mien, Sa langue a pointé de temps en temps hors de sa bouche pour humecter ses lèvres légèrement entrouvertes.

Et puis :

– Qu'est-ce qu'elle t'a dit ?

– Sur le matin. Avant de se lever. Elle a murmuré :"Ce n'est pas moi. Ce n'est pas pour moi". C'est pas gagné, hein ?

CHAPITRE DOUZE

Agnès a beau dire, je n'ai vraiment pas eu le sentiment de baiser avec Mr Hyde.

Ma sœur est entrée dans la maison, a pris son sac et m'a embrassé.

– Tu ne dors pas ici ?

– Je vais rejoindre Juju. Cette histoire m'a un peu énervée...

Et moi donc.

C'est Max qui me réveille, en sautant sur mon lit. Elle est déjà habillée.

– Merde, quelle heure il est ?

– Il est, merde, dix heures.

– Oublie-le, celui-là, chérie. Je n'étais pas réveillé. Il ne compte pas.

– Trop tard. C'est un euro.

– Hier c'était encore cinquante centimes !

Elle hausse ses petites épaules.

– C'était hier. Tu te lèves ? Étienne est là. Il prépare le déjeuner.

– Ouais. Va l'aider. Et ferme la porte.

– Tu veux pas que je te voie tout nu ?

– Non. Je ne veux pas que tu me voies tout nu. Je n'aime pas que les petites filles me voient tout nu. Surtout le matin.

– Hier, tu m'as vue toute nue dans mon bain.

– Et je me suis excusé. J'avais besoin d'une aspirine et tu n'en finissais pas. Je n'ai pas regardé.

– Menteur !

– Dégage.

Même la douche a du mal à me rendre ma petite nuit. J'ai attendu Mister Hyde jusqu'à environ six heures puis me suis endormi, déjà en manque.

Je n'avais pas tout compris, la première (et unique pour le moment) nuit. Le récit d'Agnès avait éclairé les nombreuses zones d'ombre. En plus de me faire passer la nuit sous un chapiteau. Agnès possède un réel talent d'évocation. Elle s'est montrée si brillante dans son exposé que je ne doute pas une seconde de sa véracité.

Je n'ai d'autres choix que d'accepter les règles du jeu. Même si certaines me paraissent encore obscures. Celle concernant la réciprocité, notamment. Ai-je le droit, moi aussi, de jouer au Dr Jekill, de me transformer en Mister Hyde, et de visiter ma belle les nuits de pleines lunes ?

Étienne et Max ont préparé une appétissante table de petit déjeuner. Café, chocolat chaud, croissants (apportés par Étienne), confitures ; mais aussi : omelette légère, bacon, lard grillé, jus et salade de fruits.

Ils sont déjà attablés lorsque je les rejoins, en grande discussion sur les bienfaits des vacances, de la plage, des promenades en bateau, des crêpes, des glaces et des grasses matinées.

Je salue l'ange gardien trop tôt désaffecté de Maureen, qui m'inspecte rapidement et semble satisfait du résultat, car il reprend sans tarder, sa causerie avec ma nièce.

Je m'attable, dans l'indifférence générale. Ce qui me convient.

La présence d'Étienne me fait penser à Maureen. À ses cahiers. Années 81, 82, 83. J'ai raconté des craques à Agnès, hier soir. Je les ai terminés.

En 1981, Maureen O'Neill faisait la connaissance de son premier amour.

Et comme il ne s'agissait pas de mon père, le descriptif de ses premiers émois m'a plongé dans une gêne profonde. D'autant plus que, anticipant peut-être sa future carrière de romancière érotique, elle fait montre de peu de pudeur dans ses propos, décrivant dans le détail, jusqu'à l'extrême crudité, son aventure romantique.

Je les ai lus attentivement. Je lui dois cela. J'ai enfoncé le couteau dans mon cœur. Je ne suis pas prêt à en parler, à retourner la lame dans la plaie.

– Hé ! Tu ne m'écoutes pas, Tonton !
– Hein ? Euh... non, je n'ai pas entendu.
– Il faut que tu m'emmènes à Concarneau à midi. Je suis invitée à l'anniversaire de Sophie.
– À midi ?
– C'est cet après-midi, mais je l'aide à tout préparer.

Max est quelque part à l'intérieur de la maison, je ressers Étienne en café.
Nous venons de parler d'Adira Lalitamohana.
– C'est une bonne enquêtrice, Ryan, je le sens. Oublie le premier contact, c'était du cinéma de flic. Tant que ses supérieurs garderont ouvert le dossier Julia Milazzi, elle n'abandonnera pas. Mais c'est compliqué pour elle. Elle est la seule à croire que tout part de ta mère. De l'Irlande du Nord. Et peut-être même de l'époque des troubles.
– Tu as déjà enquêté en Irlande. Tu nous en avais parlé.
– Un meurtrier en cavale là-bas, oui. Mais il s'agissait d'un Français. J'ai travaillé en collaboration avec la police de Belfast. J'ai gardé le contact avec un inspecteur. Un type plutôt sympathique, un Protestant modéré, flic depuis le milieu des années soixante-dix. Il a connu le pire et n'a jamais cessé de rêver au meilleur. Je tâcherai de l'appeler. Mais ça risque d'être délicat. Maureen était toujours de nationalité irlandaise. Et les flics de là-bas n'aiment pas que des étrangers mettent le nez dans des affaires dont ils ne sont, peut-être, pas très fiers.
Agnès et moi avions profité à notre majorité, de la loi concernant le droit du sol. Nous avions acquis la nationalité française (presque) automatiquement, après quelques démarches menées conjointement. Agnès avait attendu une année, ne voulant pas être la seule Française de la famille.
Je ne sais pourquoi je ne donne pas mes informations à Étienne. Je ne désire pas lui parler des cahiers de Maureen. Il voudrait les voir et... Non.

– Tu me racontes... ? Maman part pour Paris...

151

Il regarde sa montre.

– Une heure, alors. Tu ne t'es pas levé tôt.

"Marie, sa mère, lui a donné ses économies lorsqu'elle a quitté l'Irlande. Maureen n'y a pas touché le temps qu'elle a vécu chez son grand-père.

"Elle part, donc.

"Elle échoue d'abord dans un foyer, puis dans un hôtel qui loue les chambres au mois. Cinq mètres carrés, un lit, une armoire, une table ridicule, un petit réchaud et une cuvette en émail et son broc, posés sur une table de toilette. Eau courante, froide, et Wc dans le couloir. Pas de douche, pas de chauffage, et visites non autorisées. Ce n'est pas un claque, car dépourvu d'un minimum de commodités, mais cela y ressemble. La maison est tenue par un petit vieux plutôt gentil, un éternel cigarillo, qui empeste sa tanière, vissé aux lèvres, et, qui n'accepte que la clientèle féminine, issue de différents foyers d'accueil dont il prend soin avec le peu de moyens dont il dispose.

"C'est l'automne 83. Elle trouve rapidement des petits boulots, à cette époque c'est encore possible, dont un emploi de serveuse, le soir, dans un café-théâtre de Montmartre. Elle sort peu. Se nourrit de miettes, ce qui ne la dérange pas, et écrit chaque fois qu'elle le peut.

"Et, surtout, elle se sent bien. En sécurité, comme jamais elle ne l'a été. Par économie et par goût, elle marche beaucoup dans les rues de Paris, s'enivre des odeurs, de l'animation, des bruits et même des vitrines ; notre Maureen, si peu intéressée par la consommation de biens superflus, m'a avoué s'être, dans les débuts de son séjour, pâmée devant certaines devantures de mode, de bijoux et même de quincaillerie. Et, bien entendu, je ne parle pas des librairies, bibliothèques et autres bouquinistes qui la forçaient souvent à courir pour rattraper un temps jamais perdu.

"Mais ce qui la rend heureuse, outre les heures passées à écrire, c'est son travail de serveuse, le soir, dans un café-théâtre dont je ne me souviens plus le nom. S'y produisent des acteurs et des musiciens que le succès n'a pas encore rendu hautains, et, que, même une petite serveuse aux allures d'elfe peut aborder sans craindre la rebuffade. Les acteurs débutants et enthousiastes sont le plus souvent leurs propres auteurs, et

Maureen a ainsi accès à une mouvance créatrice dont elle ne demande qu'à faire partie. Sans compter la clientèle du café-théâtre qui aligne dans ses rangs de réguliers, au moins trois écrivains dont elle a, sinon lu les pages, entendu parlé.

"Mais ce n'est pas d'un écrivain dont elle tombera amoureuse dans le même temps qu'elle l'apercevra et, surtout, l'entendra.

"Pour la nuit de la St-Sylvestre 1983, le café-théâtre s'est transformé en mini-salle de concert et de danse. Une formation de musiciens de jazz et de rockabilly se produit ce soir-là, pour fêter la nouvelle année. Et parmi ces musiciens de talent, un saxophoniste new-yorkais, venu tout droit de Harlem à Paris, pour échapper, Maureen l'apprendra plus tard, aux conséquences d'une dette contractée chez un mafieux ou ce qui en tient lieu dans le célèbre (et effrayant, en ce temps-là) quartier de la Grosse Pomme.

"Alors qu'elle sert une tablée à deux mètres de la scène, l'éclairage se fait soudain rare, le rideau de scène s'ouvre sur un nuage de fumée artificielle, parcourue de lumières aux teintes orangées, bleues et rouges et un formidable solo de saxo baryton jaillit alors du brouillard, en introduction du premier morceau.

"Pas sûr que ta mère ait vu ou entendu les autres musiciens. Louis Parker Jr et son instrument lui apparaissent comme une divinité sortant de son cher Lough Neagh par un matin de brumes ensoleillées. Maureen, face à la scène, un plateau dans les mains, reste tétanisée, comme seule dans toute la salle. Les basses du saxo pénètrent son corps menu et font vibrer toutes ses cellules, son regard ne peut se détacher du visage sombre comme du vieil argent patiné, où joie et douleur se lisent suivant la note exprimée. Elle le fixe si intensément que le musicien finit par s'en apercevoir et la regarde à son tour.

"Maureen me confiera que durant toute la soirée, son patron vient la décoller de la scène pour la remettre au travail et, qu'après quelques minutes, il lui faut recommencer. Et qu'à chaque retour dans la fosse, Louis Parker Jr ne joue que pour sa belle.

"D'après ta Maman, Agnès a été conçue le matin du premier janvier 1984.

Je compte, rapidement.

– Agnès est née un sept octobre... On est encore dans les

temps.

J'ai déposé Max chez sa copine et, appelé Ludi pour l'inviter à déjeuner...

– Achète chinois et vient déjeuner au bureau. Je n'ai pas envie d'avoir du monde autour de moi.

Nous nous sommes installés dans mon bureau, côte à côte, sur le petit canapé devant la table ronde en verre fumé. Ludi est assise en tailleur, les jambes repliées sous sa robe longue. Moi... non. La souplesse n'est pas mon point fort.

On discute boulot tout en déjeunant.

Ludi :

– Julien n'a toujours pas lu le troisième manuscrit...

– Il est viré... Quel troisième manuscrit ?

– Au début du mois, parmi les manuscrits que l'on a reçus, il y en avait trois qui semblaient intéressants. Julien en a lu deux, qu'il a refusés, et prend son temps pour le troisième.

– Pourquoi il ne le refile pas à un lecteur ?

– Il m'a dit qu'il avait lu quelques extraits et voulait s'en occuper lui-même, mais pour l'instant, il n'a pas le temps.

– Ne me dis pas pourquoi il n'a pas le temps. Je crois le savoir.

Ludi sourit.

– Je suis heureuse pour Agnès et Julien. Ils forment un couple tellement improbable que cela ne peut que fonctionner.

– Aussi improbable que nous ?

Son sourire s'évanouit, ses yeux se font brillants.

–Non... mais nous avons voulu le croire. On s'est battu comme des chiens pour ne pas être ensemble. Je crois que... qu'il est temps de s'avouer vaincus. De déposer les armes. Nous avons perdu, Ryan.

Malgré le ton de dérision qu'elle adopte, je devine que cette évolution de nos rapports l'effraie au point, encore, de la faire hésiter.

Je ne veux pas lui laisser le temps de s'échapper à nouveau :

– On capitule officiellement ce soir ? Ou le vilain Dr Jekill va prendre, une dernière fois je l'espère, l'ascendant sur le gentil Mr Hyde ?

– Je … je ne sais pas de quoi tu veux parler.

Je rentre à Port Manec'h. Je me change et pars pour ma petite rando quotidienne, râlant après les vacanciers qui traînent la patte sur les chemins escarpés. Ludi veut passer la nuit chez sa mère. Et ne m'a pas donné de réponse quant à la date de capitulation officielle (c'est le mot "officielle" qui l'effraie). Je m'en suis agacé. davantage encore devant son calme. Julien est arrivé à ce moment, a senti la tension et a filé directement dans son bureau où il s'est enfermé, devinant sans mal que je n'allais pas tarder à me servir de lui comme punching-ball. Ludi m'a conseillé d'aller prendre l'air et j'ai claqué la porte de l'agence. J'effectue donc douze kilomètres en marche forcée et, enfin calmé, en nage, vais épancher mon désarroi dans le giron de ma Noune.

Elle se marre devant mon impatience, ma Brindille. Je lui fais un résumé de "L'étrange cas du docteur Jekill et Mister Hyde" et, elle convient que le comportement de sa fille date d'une autre époque.

– Je peux lui parler si tu veux.

– Je ne sais pas, Noune. Je ne veux pas provoquer une réaction définitive.

– Alors, ne va pas la voir, cette nuit. Laisse-la t'attendre, car elle va t'attendre, je la connais. Elle comprendra ce que tu ressens. Elle ne veut pas te faire du mal. Elle t'aime.

– Elle te l'a dit ?

– C'est un secret.

Évidemment. À qui aurait-elle pu le dire sinon à la gardienne de tous les petits secrets de la famille.

– Ce n'est pas un secret, tu viens de me le dire !

– Je t'ai dit ce que je pense. Pas ce qu'elle m'a confié.

Seul.

Je suis rentré à la maison. J'ai consulté les messages de mon téléphone.

Ludi : "Comment as-tu su, pour Mr Hyde ?"

Agnès : "Nous allons assister à un spectacle, ce soir. À demain ?"

Le "nous" me serre le cœur. Ce n'est pas la première fois qu'Agnès fréquente un homme depuis la naissance de Max, mais, jamais encore, ma relation particulière avec ma nièce ne m'avait paru en tel danger.

Désiré Maisonneuve a raison. Un petit ménage s'avérait nécessaire. Et il est bien le seul psy à qui je veuille confier ma cervelle.

Lalitamohana (nous avons échangé nos coordonnées) : "Je suis passée à Antrim. La méfiance envers mes compatriotes est encore vive chez les habitants du bord du lac. Ils ne veulent pas me parler. Peut-être parleraient-ils au fils ?"

Un petit voyage en compagnie de la princesse tamoule ? Ce n'est pas la pire des perspectives.

Et puis, justement, Désiré : "Ça baigne, Mounoi ?"

Je retrouve le sourire.

Pas si seul en fin de compte.

Je réponds à tous par SMS et commence par Désiré : "Ça baigne, Dés'. Prépare quand même un grand balai et une grosse pelle. On se voit après les vacances."

Puis, à Ludi, volant sans vergogne la vedette à Agnès : "L'amour me rend perspicace. Je suis seul à Port Manec'h, ce soir. Nuit de pleine lune. Prête à hurler avec les loups ?"

Pour Agnès, je me contente d'un : "À demain." Trop sec. Et tape à nouveau un : "Amusez-vous bien." exhalant encore un fort relent de jalousie.

J'abandonne et passe à Lalitamohana : "Il est dans mon intention d'aller voir Bartley Aonghusa au plus tôt. Je suis à votre disposition."

J'attends les réponses en feuilletant les cahiers de Maureen.

1981. Dix indépendantistes protestants meurent à la suite d'une grève de la faim. Maureen, dix-huit ans, fait la connaissance de Sean Murphy, vingt ans, catholique, qui partage les idées de la jeune fille sur une résolution non violente du conflit interconfessionnel irlandais. Mieux, Sean affirme que seul l'entrisme, l'intégration progressive de Catholiques au sein des institutions protestantes, telles que la police, et l'administration, pourra faire évoluer les mentalités. Et pour être en phase avec ses convictions, le jeune homme parvient à se faire engager dans la Police Royale de l'Ulster, devenant ainsi l'un des très rares policiers catholiques de l'Ulster. Autrement dit, le traître à abattre pour ses coreligionnaires et l'espion à stigmatiser pour ses employeurs et ses collègues.

Une telle force de conviction ne peut qu'émouvoir et séduire la jeune Maureen, qui tombe sous le charme de l'improbable policier catholique.

Conscient de sa propre vulnérabilité, et, par conséquent, de celle de ses proches, Sean tient au secret sa relation amoureuse avec la jeune fille.

Maureen parle un peu de ses sentiments envers Sean Murphy. Elle fait souvent état d'une curieuse déception. L'amour lui semble plus fadasse qu'elle ne s'y attendait. Rien à voir en tout cas avec son amour des mots, de la chose écrite, du ruissellement de phrases, qui semble jaillir de son crayon et qui lui procure des sensations incomparables.

Maureen confond admiration, convergence de pensées, satisfaction sexuelle avec exaltation romantique.

Elle décrit par le menu, dans des textes de plus en plus élaborés, des aventures sentimentales d'un romantisme échevelé, digne d'écrivains ayant vécu maints déboires amoureux ou, de poètes maudits emprisonnés dans une adulation mélancolique, mais, sans jamais avoir connu l'amour véritable.

Tout ce qu'elle a appris de l'amour tient dans ses lectures et dans les images que son cerveau prodigieux en a tirées.

Sa relation va continuer pourtant jusqu'en 1983. Elle la décrira dans ses moindres détails, intellectuels, sentimentaux et sexuels. Maureen n'a jamais compris pourquoi, chez la plupart des gens, le sexe occupe une place si secrète. Je sais qu'elle en parlait avec Agnès. Il lui arrivait même de sortir quelques allusions dépourvues d'ambiguïté dans ses échanges avec moi. Riant volontiers de mes exclamations outrées et devinant, comme je le souhaitais, mon ravissement intérieur devant ses sous-entendus libertins.

Ludi est la première à répondre : "OK, mais pour un dîner en tout bien tout honneur. J'apporte ce qu'il faut."

Puis un autre SMS, quelques secondes après : "La pleine lune ne fera son apparition que dans une semaine. Désolée."

On s'est installé sous la pergola recouverte d'une végétation fleurie, à une dizaine de mètres de la terrasse. Maureen aimait y écrire, pratiquement dissimulée aux visiteurs éventuels. La vue sur l'embouchure, en partie cachée par les plantes, n'est pas aussi fantastique que de la terrasse, mais l'endroit procure une intimité hors du temps, qui semble convenir à ma "promise".

Ludi est habillée simplement d'un caleçon noir lui arrivant en dessous du genou et d'un t-shirt gris, ample, serré à la taille par une large ceinture. Des sandales à lanières et à talons plats chaussent ses pieds. Son chignon est plus lâche que jamais, à moitié fait ou défait, et de larges lunettes de soleil me cachent son regard.

Si elle a voulu faire simple pour ne pas me séduire, c'est raté. Tout me captive chez Ludi. Sa démarche, ses gestes un rien affecté, sa voix basse et sa diction un peu traînante, son parfum léger et floral, et... sa présence. Jamais la présence d'une femme ne m'a plongé dans un tel trouble érotique. Tous les regards que je porte sur elle évaluent les courbes à caresser, les lèvres à embrasser, les formes à saisir, à posséder... Si Ludi n'était pas la seule à me faire réagir ainsi, je volerais chez Désiré Maisonneuve et lui demanderais d'analyser sérieusement ma libido.

Ma presque fiancée a dévalisé le meilleur traiteur de Concarneau et ramené un super plateau d'amuse-gueules maritimes qui vont constituer notre repas.

Pour ma part, j'ai débouché une bouteille de champagne et, comme je sais que Ludi n'en boira qu'une demi coupe, j'ai aussi disposé une bouteille de San Pellegrino dans un deuxième seau à glace. Ainsi qu'une bougie de belle taille, dont la flamme est censée éloigner les moustiques qui ne manqueront pas d'apparaître à la tombée de la nuit.

Si notre repas se prolonge jusque-là.

Nous picorons nos délicieux amuse-gueules en devisant aimablement, bien conscients que, une fois le soleil couché, il nous faudra parler de nous. De notre désir commun. De nos premiers émois. De notre histoire et, avec un peu de chance, de notre avenir.

Mais je ne suis pas si pressé d'en arriver là. Je n'ai pas choisi cette pergola fleurie pour notre dîner, par hasard. Les confidences détaillées de Maureen flottent encore dans mon esprit.

Entre deux bouchées, je demande à Ludi :

– Tu as lu quelques romans de Maureen ?

– Bien sûr, tous...

– Tu ne me l'as jamais dit...

– Je lui ai dit, à elle. Nous parlions souvent de son métier. J'étais fascinée par sa puissance créatrice. Tu sais qu'elle s'amusait beaucoup en écrivant ? À chaque fois que je le pouvais, je prenais un livre et lui demandais la permission de lire en sa compagnie, à cet endroit même, pendant qu'elle rédigeait ses histoires. Je la regardais discrètement. Elle souriait, riait, pleurait aussi, s'arrêtait longuement, le regard perdu dans un univers dont l'accès lui était, à elle seule, réservé.

"De temps en temps, trop rarement à mon goût, elle me donnait quelques pages à lire et me demandait mon avis, sur tel ou tel mot dont elle doutait de la pertinence, sur une tournure de phrase qu'elle jugeait emphatique ou trop faiblarde, et, même sur le propos...

Je me penche vers elle :

– Oui... ?

Elle sourit, se penche à son tour et dit à voix basse :

– Je ne suis pas coincée, Ryan Parker O'Neill. Je suis seulement pudique. J'aime le sexe, mais goûte peu en disséquer les tenants et aboutissants.

– Tu peux me redire cela sans les lunettes ?

Elle reprend sa position, saisit sa coupe de champagne, le vide d'un trait et me tend son verre.

– Tu peux me resservir ?

Je m'empresse, pas très fier de penser qu'il s'agit là d'un moyen malhonnête d'arriver à mes fins.

Mais elle se contente de reposer sa coupe pleine.

– Ne t'emballe pas. Je n'aime pas voir un verre vide. C'est tout.

– Retire tes lunettes, s'il te plaît. Le soleil est couché.

Elle les repousse sur sa chevelure d'un geste gracieux.

– Voilà. Que peux-tu lire dans mon regard à présent ?

– Ce que tout le monde y a lu de tout temps sauf moi. Je vois Mister Hyde, encore bien caché, mais qui n'attend qu'un signe, qu'une faiblesse. Tu connais l'histoire par cœur. Tu as bu l'élixir. Tu ne peux plus rien y faire.

– C'est prétentieux. L'élixir n'a peut-être pas été aussi efficace...

Je mets mon amour-propre de côté. Je ne peux pas imaginer qu'elle pense ce qu'elle vient de dire.

– Alors laisse-moi réessayer.

– Pas ce soir. J'ai dit à Maman que je dormais chez elle. Parle-moi des cahiers de Maureen.

Nous avons rangé les restes de notre repas, et, la nuit tombant et la bougie antimoustiques s'avérant totalement inefficace, nous avons émigré vers le salon pour le café. Ces simples gestes ménagers me confortent dans mon désir de vivre avec Ludi, chaque minute, chaque seconde, de ma vie.

Pendant que je prépare le café, elle s'installe dans un angle du canapé et commence à lire les cahiers, de 81 à 83, délaissant les fictions pour se consacrer au journal.

Je fais le service et m'assieds à bonne distance pour pouvoir la détailler à ma guise. L'échancrure large de son t-shirt découvre son épaule droite, elle a posé ses lunettes de lecture loin sur son nez et fronce légèrement les sourcils en lisant. Je pense au récit imagé d'Agnès, à Ludi assise en tailleur à la tête de son lit, en string et chandail ajouré, aux descriptions de scènes d'amour, d'une crudité fortement teintée d'humour des cahiers de Maureen. Je ferme les yeux.

Bon sang, Maman ! Tes cahiers, je m'en tape, pour l'heure !

Une exclamation de Ludi me tire de mes rêveries érotiques.

– Ouh ! C'est chaud !

Elle me regarde en souriant :

– En comparaison, ses romans font très fleur bleue. Si tu as réussi à lire cela, alors, tu peux t'attaquer à ses œuvres sans craindre pour ta vertu.

Elle reprend sa lecture et dit, sans relever le nez :

– Tu savais que Maureen m'avait pris comme modèle pour imaginer une héroïne de l'un de ses romans ?

– Hein ? Toi aussi ? Dis-moi lequel !

– Non. À toi de le découvrir. Personne n'est au courant. Même pas Agnès.

Ses yeux se posent sur moi à nouveau par-dessus ses verres :

– C'était la condition. Maureen était intriguée par ma pudeur excessive, ma timidité et mon peu d'empressement à me confier. Elle m'a invitée, en quelque sorte, à participer à l'élaboration de l'une de ses histoires. J'avais vingt ans et avais eu deux relations suivies et plutôt décevantes. J'étais amoureuse d'un ado de quatorze ans, plutôt intellectuellement mûr pour son âge mais zut, quatorze ans quand même ! Et le fait que cet ado commençait à me regarder d'une drôle de façon, que ses gestes d'affection me gênaient...

– Ils devenaient plus intéressés... Mais... Je n'avais pas conscience que tu subissais une gêne. J'en suis désolé.

– Ce n'étaient pas les gestes en eux-mêmes qui me gênaient, idiot. C'était le trouble qu'ils provoquaient en moi... Je reprends, donc. Maureen s'est montrée d'une patience à toute épreuve. D'une grande correction et d'une douceur sublime, aussi. Elle tenait à ce que je censure ses écrits, ses scènes de sexe si je les trouvais trop crues. Prise sous le feu roulant de ses interrogations, je me suis libérée de ma pudeur maladive, d'autant plus facilement que je le faisais à visage couvert. Nous avons fini par écrire ce roman à deux mains. C'est même moi qui insistais pour qu'elle décrive mes fantasmes dans leurs moindres détails, pour lui demander des termes plus crus que ceux qu'elle s'autorisait habituellement. Cela a été une aventure exaltante, libératrice et... très excitante.

"D'après la critique, il s'agit là de son œuvre la plus torride.

– Donne-moi le titre !

– Tu peux courir ! Qu'est-ce qui te restera à découvrir de moi, après cela ?

– Et après ?

– Et après ? Je suis revenue à ma pudeur chérie. Avec juste un petit sourire intérieur.

"J'ai adoré Maureen pour ce qu'elle m'avait permis de vivre... Oh, bon sang, Ryan ! Elle me manque tellement. Sa douceur, son espièglerie intellectuelle, son extrême tolérance me manquent.

"Comme je ne voulais, bien évidemment, pas signer le livre avec elle, elle m'a promis la moitié des recettes des ventes. C'est grâce à cela que j'ai pu monter notre maison d'édition. Et la faire couler peu de temps après. Maureen a payé deux fois...

– C'est pour cette raison qu'elle tenait tant à ce que je reprenne l'entreprise...

– C'est parce qu'elle voulait que ce soit toi qui publies ses futurs romans, une fois rempli son contrat chez Gaultier.

Je ne la détrompe pas.

CHAPITRE TREIZE

Le jour perce les volets de l'ancienne chambre de Maureen.

Ludi me tourne le dos. Ma main court sur sa peau, épousant ses formes, regrettant de ne pas être plus large, plus douce, plus préhensile. Je sais que je n'en aurais jamais assez.

Ludi se prête aux caresses. Elle frémit, fait onduler les muscles de son dos, cambre les fesses et soupire :

– Tu n'as pas été loyal.

Je l'ai raccompagnée à sa voiture et, avant de l'embrasser, j'ai pensé à Agnès. Aux chakras. Au roman torride écrit à deux mains...

– Je ne t'ai pas forcée. Je t'ai juste embrassée.

– Pas seulement.

– Tu parles de... ?

– Non, ça c'est la routine... Je parle de tes mains sur mon dos, comme maintenant, puis sur mes fesses, comme... oui, comme ça... Et puis sur...

– Tu ne portais pas de soutien-gorge, c'est de la provoc.

– Et puis tu m'as portée...

– Tu ne pouvais plus avancer.

– C'est parce que tu avais trop de mains. Trop de bouches. Et que... Jamais aucun homme ne m'a portée. J'ai trouvé bien de commencer par quelque chose d'inédit.

– De commencer quoi ?

– Je ne sais pas... Continue, on réfléchira plus tard. Ou jamais. J'en ai assez de réfléchir.

Il est dix heures vingt. Ludi s'est rendormie, la tête posée sur ma poitrine. J'ai entendu mon portable sonner. Un silence puis, le signal sonore de la réception d'un SMS. Je caresse les

163

cheveux de ma belle. Elle va avoir du boulot à démêler tout ça.

Elle sort doucement de son sommeil et relève la tête pour apercevoir l'heure.

– Il faut que je passe chez Maman. Elle m'attendait réellement, hier soir. J'espère qu'elle ne s'est pas inquiétée...

– Aëlez sait que tu es chez moi. Je pense qu'elle ne t'attendait surtout pas...

Des pas et des cris dans la maison l'empêchent de faire un commentaire

– Tonton ?

Les petits pas précipités de ma nièce montant l'escalier. Puis la voix d'Agnès :

– Ryan ?

Ludi me regarde, inquiète, presque affolée. Je pose ma main sur sa joue.

– Laisse venir... Continue de ne pas réfléchir.

Un défaut d'horizontalité dans l'huisserie de la porte de la chambre fait que celle-ci se referme seule. Une main pousse le battant et Agnès apparaît dans le chambranle.

– Tu es encore au lit, fainéant... Oh merde !...

Un grand sourire remplace aussitôt son expression stupéfaite.

– Yes !

Elle se précipite vers le lit et plonge pour nous y rejoindre et nous embrasser à tour de rôle.

Et puis Max, entendant nos cris, est venue elle aussi et le lit est redevenu trop petit pour toute la famille Parker O'Neill.

Agnès et Max nous ont laissés sur un dernier commentaire :

– Ça sent le stupre, ici. Allez-vous doucher pendant que l'on prépare le petit déjeuner.

Et en sortant de la chambre :

– C'est quoi le strupe, Maman ?

– Une odeur, ma chérie. Entre le couscous et le hachis parmentier.

– Berk !

Alors, la douche ?

Rien à voir, évidemment...

Ludivine est retournée à Concarneau après le petit déjeuner. J'ai laissé Agnès s'installer pour les vacances et je suis parti marcher.

Sept kilomètres et arrêt chez ma Noune.

De retour à la maison un mot m'attend. Agnès et Max sont descendues jusqu'à la plage. Je prends une douche rapide et les y retrouve. Max cherche des coquillages, c'est marée basse. Agnès, étendue à plat ventre sur une serviette, vêtue d'un simple slip de bain, dore au soleil. Je suis assis sur le sable, bermuda et chapeau de paille, à côté d'elle.

– J'ai terminé la lecture des cahiers de Maman, hier, avec Ludivine.

Le nez dans sa serviette, Agnès ne tourne même pas la tête vers moi.

– Ne crois pas t'en tirer à si bon compte. Je veux toute l'histoire. Avec des détails qui croustillent comme de la nougatine. Donne-moi mon dessert, Ryan Parker O'Neill. Fais-moi rêver.

Évidemment. Priorité aux vivants. Les morts peuvent attendre. Le temps ne compte plus pour eux.

Je ne possède pas le talent narratif de ma sœur. Je m'applique donc, pour mettre un peu de piment dans le récit de ma soirée.

Elle m'interrompt de temps en temps.

– Les lunettes, c'est normal. C'est comme un masque.

Ou :

– L'épaule dénudée, c'est son truc. C'est très sexy, mais il faut maîtriser si l'on ne veut pas passer pour une allumeuse.

Et puis :

– Tu l'as portée ? Ça, c'est romantique.

– Dans l'état où nous étions, c'était ça ou la prendre contre la voiture... Et le capot de la New Beetle est dangereusement plongeant.

Et pour finir :

– Encore une fois sous la douche ? Bon sang, mais vous êtes pire que des bonobos !

Max s'approche de nous, prend une serviette et l'étale perpendiculairement à sa mère. Elle s'allonge dessus et pose sa tête sur le creux des reins d'Agnès, devant moi. Elle porte un bikini et des lunettes de soleil de pétasse.

– Tu vas te marier avec Tata Ludi ?

– J'ai reçu un message de Lalitamohana. Trop de meurtres à Londres. L'enquête sur la mort de Julia est interrompue. Je l'ai rappelée et elle me l'a confirmé. Mais elle m'a dit qu'elle n'abandonnait pas pour autant. Elle veut que j'aille à Antrim pour parler à Bartley Aonghusa et, pourquoi pas, aux autres voisins de la maison du lac. Mais elle ne peut pas m'accompagner...

– Je préfère cela. Cette Pocahontas te fascine trop à mon goût.

– C'est une Indienne d'Inde. Pas d'Amérique.

– Cela n'empêche. Elle est trop belle pour être vraie. On ne fait pas le poids.

– On ? Tu es ma sœur. Tu n'as pas à faire le poids.

– Je suis avec Ludivine, il te faut prendre le pack complet ou... rien...

– N'en dis pas davantage. La petite écoute.

– Moi aussi, je suis avec Tata Ludi, fait la Flûte. Je ne veux pas que tu te maries avec Pocahontas.

– D'accord.

– 1981, 82, 83. Les cahiers de ces trois années sont les plus fournis. Et il y en a huit. Cinq superbes fictions si bien écrites, qu'on pourrait avoir le sentiment que Maureen avait, entre dix-huit et vingt ans, atteint le sommet de son art. D'ailleurs, j'ai bien l'intention de les publier. Je n'ai pas le droit de garder de telles merveilles cachées plus longtemps...

– Et mon accord ?

– Je l'aurai quand tu les auras lues. Sinon... Je te câlinerai jusqu'à ce que tu cèdes.

– Ne cède pas tout de suite Maman !

– Tu n'as pas voix au chapitre, toi.

– Maman, Ludivine et moi c'est pareil. Tu ne fais pas le poids.

– Attention, je suis un patron. Tu ne sais pas de quoi est capable un patron pour gagner du pognon.

– On tiendra le coup, hein Maman ?

– Oui, ma chérie. On ne va pas laisser le seul mec de la famille faire la loi. Il faudra des câlins pour trois, pendant... très longtemps.

– Toute la vie !

– Hé ! Il faut que je signe avec mon sang, aussi ?

J'essaie, à grand-peine, de tenir le fil de mon récit :

– Les trois autres cahiers sont des journaux intimes. Très intimes. Qui parlent des événements qui commencent à secouer sérieusement l'Ulster, à cette époque. La mort de dix grévistes de la faim, la montée progressive d'une violence extrême, parfois aveugle, les règlements de comptes, les batailles de pouvoir et tutti quanti... Et aussi... surtout même, les premières aventures érotico sentimentales de notre petite Maureen. Je te rassure, un seul intervenant mâle. Mais doté d'une belle santé et d'une inspiration démesurée.

– C'est toi qui me parles de belle santé...

– J'ai trente ans et beaucoup de retard. Lui n'en avait que vingt mais, apparemment, une imagination prolifique dans ce domaine... Je te laisserai juge, c'est... intéressant à lire... D'ailleurs, d'après Ludi, les romans de Jessica O'Neill, à côté, c'est de la gnognote.

– Et tu as lu ?

– Tout. Et je ne veux pas en parler.

Je me laisse aller une fois de plus à la digression.

– Quel est le roman le plus torride de Jessica ?

– "Alex". Le titre le plus court qu'elle ait formulé.

– Tu n'as pas hésité...

– C'est celui que je relis le plus souvent. Tu veux en connaître la raison ?

– Si c'est le plus chaud, je l'ai déjà, la raison.

– Raté... Enfin pas seulement. En fait, je ne sais pas pourquoi mais l'héroïne me fait toujours penser à Ludivine... la version Mister Hyde.

C'est bien la première fois que je surprends Agnès en défaut de raisonnement. Je ne lui ai pas parlé du roman à deux mains de Maureen et Ludi. C'est le secret de Ludi. Je ne lui fais pas remarquer non plus que le deuxième prénom de cette dernière est Alexandra. Elle le sait, mais n'a pas fait le rapprochement.

Max se lève, attendrissante dans son maillot deux pièces, même lorsqu'elle se donne des airs de snobinarde excédée comme à présent.

– Ce n'est pas intéressant ce que vous dites. On peut rentrer, je veux une glace.

Agnès se dresse sur ses mains, m'offrant une très belle vue sur sa poitrine :

– On va rentrer, oui, mais pour le reste, il faudra changer de ton et d'attitude, Mademoiselle. Une glace mal demandée c'est un plaisir qui s'éloigne.

Agnès prépare une salade pour déjeuner et, comme Aëlez, elle n'apprécie guère mon aide et me le fait savoir. Max est partie bouder dans sa chambre.

Désoeuvré après avoir disposé le couvert sur la table, je poursuis mon compte rendu.

– En 81 et 82, Maureen décrit avec force détails le climat politique et social de l'Irlande du Nord. C'est une post adolescente de plus en plus impliquée et de plus en plus consciente de la réalité déplorable de son pays. Elle a des idées bien arrêtées sur le genre de combat qu'il faut mener. Et aucune n'admet la violence. Pour elle, comme pour son petit copain, l'évolution vers la paix et la justice passent par le pacifisme. Dans ce domaine, Gandhi reste son maître à penser. Mais elle n'est pas naïve. Elle sait que, même pacifique, un combat reste un combat. Il y aura encore des morts, des violences, des injustices abominables. Le Bloody Sunday demeure, dans sa mémoire, comme une répression barbare menée par un pouvoir arrogant, un impérialisme dépassé par le monde moderne qui est en train de prendre forme. Car c'est sur cette vision d'un nouveau monde naissant, une Europe aux règles humanistes bien établies, une information qui voyage à la vitesse de la lumière, une antipathie naturelle des peuples démocratiques pour toutes formes d'impérialisme, qu'elle et Sean Murphy, son petit ami, basent leur certitude d'une résolution inéluctable du conflit interconfessionnel de leur pays. Ça, et un fait reconnu qui inquiète les Protestants : Les Catholiques baisent comme des lapins. Leur taux de natalité dépasse largement celui des Protestants loyalistes.

"Si ces deux-là avaient pu deviner l'émergence de l'Internet et des formes de combat qu'il allait permettre, nul doute que leurs idéaux pacifistes en eussent été confortés.

Un "Max, à table !" hurlé, me met sur "pause".

Agnès, emportant le saladier vers la table de la terrasse :

– C'est passionnant, Ryan, mais on fait un break, le temps de déjeuner. Va dire à ta nièce qu'une bouderie qui s'éternise finit toujours par sentir mauvais.

Je ne me fais pas prier. Je suis l'homme des réconciliations. Des négociations soigneusement argumentées. Et des bisous mouillés.

Après la nature de mes propos, la conversation du déjeuner semble d'une fraîcheur bienfaisante. Nous parlons de nos projets pour l'après-midi, promenade en bateau jusqu'à Pont-Aven et retour sur la plage, de Port Manec'h cette fois, pour voir du monde, puis retour à la maison où Ludivine doit nous rejoindre en compagnie de Julien. Et nous parlons de Ludi, bien sûr. Surtout Max, qui veut tout savoir sur cette reformation, sans agrandissement, de la famille.

Nous n'avons pas évoqué, Ludivine et moi, la suite à donner à cette nuit débridée. L'officialisation matinale et forcée peut l'amener à "réfléchir" de plus belle. Elle veut rester maîtresse de sa décision. Sa timidité et sa pudeur ne l'ont jamais convertie à la faiblesse de caractère.

Le docteur Jekill peut encore montrer le bout de son vilain nez puritain.

Un son de flûte, à la fin du repas :

– Tonton, je peux avoir de la glace, au dessert, s'il te plaît ?

Je dresse discrètement le pouce en direction de ma nièce et regarde Agnès qui contient, difficilement, un sourire.

– La formulation me paraît correcte, non ?

Agnès fait la moue.

– La restriction courait sur la journée entière.

– Et avec un câlin ?

– Un gros ?

Max saute de sa chaise en riant et se dirige vers sa mère.

Je me lève à mon tour et vais préparer trois coupes de glaces. Ça, je sais faire. Leurs rires m'accompagnent, me rendant tout simplement heureux. What else ?

Max a retrouvé, sur la plage de Port Manec'h, un copain des vacances précédentes. Je surveille leurs jeux d'un œil attentif.

– Il la touche un peu trop souvent.

– Les enfants se touchent souvent. Ils découvrent. Ils n'ont

169

pas encore installé les distances d'intimité.

– Ils marchent et il a posé un bras sur ses épaules...

– Normal, il est amoureux.

– Merde ! Elle a huit ans !

– Lui aussi.

– Tu ne sais pas à quoi pense un garçon de huit ans.

– Si c'est aux mêmes choses qu'une fillette de cet âge, alors oui, il faut t'inquiéter. Mais les garçons sont toujours en retard.

Nous sommes assis, côte à côte, sur des sièges de plage, au ras du sable, le pied d'un parasol nous sépare. Maillot de bain une pièce pour Agnès et bermuda/pyjama pour moi. Lunettes de soleil et chapeaux de paille pour les deux. La petite plage de Port Manec'h est à son maximum d'encombrement, c'est-à-dire que nous disposons d'une vingtaine de mètres carrés pour nous trois.

Je fais mine de me lever. Agnès me retient.

– Si tu ne veux pas te prendre une dérouillée devant tout le monde, tu restes tranquille. Laisse-la vivre sa vie de petite fille. Raconte-moi Maureen, plutôt.

Je me laisse retomber sur mon siège.

– J'en étais où ?

– Au fait que les Catholiques baisent comme des lapins.

– Et font des gosses en conséquence. Et pour les deux jeunes gens, c'est le socle de leurs convictions. Un jour ou l'autre, les Protestants loyalistes, en petite minorité, ne pourront ignorer les revendications politiques et sociales des Catholiques. Ces mêmes Catholiques qui noyauteront les institutions, les administrations, la police, et, pourquoi pas le gouvernement. Il ne suffit pas d'attendre, pourtant, il faut maintenir la pression, mais d'une façon pacifique. Seule méthode susceptible d'émouvoir les peuples d'Europe et de les inciter à contraindre, par le jeu démocratique, leurs propres gouvernants à faire pression sur le Royaume-Uni.

– Tu y crois, toi ?

– Margaret Thatcher, alors Premier ministre, n'est pas du genre à céder aux pressions, surtout venant de pays européens. Elle laisse mourir les dix grévistes de la faim dont un membre du parlement, Bobby Sands. Elle échappera elle-même à un attentat et, pourtant, c'est elle aussi qui entamera des négociations avec la République d'Irlande pour trouver une

170

issue à la crise de violences.

"Rien n'est simple. Les Anglais se débarrasseraient volontiers de cette province qui met leur pays à feu et à sang, s'il n'y avait cette foutue fierté nationale et cet impérialisme naturel, qui leur interdit de céder au chantage, et, le fait aussi que les Protestants d'Ulster, qui sont pour la plupart des immigrants anglais et écossais, tiennent les rênes d'un pouvoir inflexible, établi depuis longtemps. Céder serait les mettre en grand danger. Les rancœurs justifiées se sont accumulées. Les Protestants de L'Ulster sont des citoyens britanniques. Un pays comme le Royaume Uni n'abandonne pas ses citoyens.

– Les Catholiques de l'Irlande du Nord aussi sont citoyens britanniques...

– Un peuple colonisé ne peut pas se sentir citoyen du pays qui l'a mis sous contrainte.

– Et tu n'as pas répondu à ma question.

– Oui. Bien sûr, je crois en l'action pacifique. Même si celle-ci est source d'une abnégation terrible. Faire fi de ses morts n'est pas à la portée de tout le monde. La réciprocité dans la violence et la vengeance demeure une solution de facilité, naturelle à l'Homme. Mais il faut reconnaître qu'une action pacifiste aurait fait beaucoup moins de morts. Quoique toutes du même bord. Celui des opprimés. Ce qui rend le procédé, même efficace, peu attractif. Voire d'une injustice insupportable.

– Je comprends pourquoi Maman a quitté ce pays.

– Il y a une autre raison mais Maureen la cache. Elle n'y fait qu'allusion. Elle devient beaucoup plus sibylline sur les faits qui ont entraîné son départ, que, lorsqu'il s'agit de relater ses prouesses sexuelles. Tout ce que l'on apprend est qu'elle a été contrainte au départ, un an après que Sean Murphy, son amant, a intégré la Police Royale d'Irlande. Je ne sais pas s'il y a un rapport...

– Il est passé à l'ennemi ?

– Pas sûr que pour Murphy, il y ait un ennemi. Seulement deux peuples qui ne se comprennent pas et dont l'un contraint l'autre par peur d'être contraint à son tour et perdre ce qu'il possède. Ce n'est pas nouveau. Nous ne sommes même pas en présence d'un conflit religieux bien que les deux confessions soient solidement ancrées et discriminatoires. D'ailleurs, Murphy comme Maureen sont résolument athées.

– Maman était croyante...

– Maman était païenne. Elle croyait en ses propres dieux, tous sortis du Lough Neagh et tous plutôt sympathiques.

– Quelques-uns m'auraient fait peur si l'on m'avait lu les histoires sorties de ses cahiers, étant gamine...

– Ils sont terrifiants parce que malheureux. Maureen ne croit pas en la méchanceté innée. Satan, lui-même, n'est malveillant que parce qu'il a été chassé du royaume des cieux par un Dieu arbitraire et intolérant...

Je ne peux qu'ajouter, avant d'avoir la gorge trop nouée :

– Bordel, Agnès ! Si tu savais comme elle me manque...

Agnès a pris ma main et nous avons laissé le vent sécher nos larmes. Depuis la mort de Maman, le chagrin nous surprenait comme ça, par bourrasques inattendues.

Et puis Max est venue nous rejoindre. Nous l'avons taquinée sur son amoureux et nous sommes rentrés à la maison. Ludivine et Julien devaient nous y attendre.

En chemin, nous sommes à pied, Agnès tente de me donner des consignes.

– Ne cherche pas à l'intimider, s'il te plaît.

– Pourquoi serait-il intimidé ?

– Il baise la sœur de son patron.

– Je ne suis pas intimidant.

– Quand tu portes tes habits de patron, tu l'es. De toute façon, tout le monde est intimidant pour Julien. S'il te plaît, Ryan. Je devine ce que tu ressens par rapport à Max. Personne ne te la prendra. C'est une Parker O'Neill. Elle est la fille de la famille. Tu comprends ?

– Comprendre n'est pas ressentir. Mais... d'accord.

Nous faisons quelques pas en silence, puis, profitant de ce que Max marche plusieurs mètres devant nous :

– J'ai un peu de mal à imaginer que tu sois amoureuse de Juju.

– Une fois débarrassé de sa timidité, c'est un garçon très agréable. Intelligent, passionné, calme et respectueux. Il me rassure, m'apaise. Et Max l'aime bien.

– J'ai dit : amoureuse.

– J'ai trente et un ans. Une fille de huit ans. Je dors six heures par nuit, quand je dors, et j'ai un boulot qui me prend le reste de mon temps.

– J'ai dit...

– Je t'ai entendu.

– D'accord.

J'ai enterré mes habits de patron dans la tombe de ma mère. Depuis deux mois et demi, je n'ai quasiment pas travaillé. Ludi et Julien s'occupent de l'agence et se débrouillent bien. Ils me tiennent au courant des projets de parution, me demandent conseils et consignes, le plus souvent par téléphone ou par mails et l'affaire ne tourne pas plus mal.

Et un patron en bermuda fatigué, t-shirt trop large, tongs et chapeau de paille, n'intimide personne. Pas même un Julien qui semble profiter de sa relation avec la sœur extravertie dudit patron pour juguler sa timidité maladive.

Il surjoue un peu son rôle d'hypothétique beau-frère, comme tous les émotifs, mais la soirée se déroule sans jeux de pouvoir excessifs.

Ludivine et Julien ont fermé l'agence pour les deux semaines de congé annuel.

Agnès, en vacances aussi, Julien et Max vont séjourner dans la maison de Port Manec'h.

En ce qui concerne Ludi, je ne suis sûr de rien, comme d'habitude. Elle m'a annoncé d'emblée qu'elle passerait la nuit chez sa mère, car elle ne la trouve pas en grande forme.

– Ce ne sont pas les chambres qui manquent. Noune peut vivre ici, parmi nous, le temps des vacances, si tu le veux.

– Tu sais bien qu'elle n'aime pas quitter sa maison... Et j'ai besoin de parler avec elle...

– Et... les autres nuits... ?

Elle m'a embrassé avec douceur :

– Oui... Il y aura d'autres nuits.

Il est deux heures du matin lorsque je perçois un mouvement sur mon lit. Je me retourne et pose ma main sur sa cuisse et la fais glisser en vue d'une caresse plus précise.

La voix d'Agnès, basse et pressante :

– Hé, déconne pas. C'est moi.

CHAPITRE QUATORZE

J'avais évoqué le "cas Agnès" devant Désiré Maisonneuve.

– Elle pique des poids dans la journée ? M'avait-il demandé.

– Je ne crois pas, non.

– Elle est fatiguée, énervée ?

– Pas plus que lorsqu'elle arrive à dormir.

– Elle se plaint de ses insomnies ?

– Euh... Non. Il m'arrive même de penser qu'elle aime ça.

– Alors où est le problème ?

– Le problème, c'est qu'il faut qu'elle parle. Elle ne peut pas rester seule, tranquillement, allumer la lumière, lire un bouquin, faire une descente dans le frigo, ou sortir observer les étoiles. Non. Elle a besoin de parler. Et de préférence avec son frère.

– Et ça fait longtemps que ça dure ?

– Ben... Depuis aussi loin que je peux me souvenir. Elle se réveille, se lève, vient dans ma chambre, s'assoit sur mon lit et attend que je me réveille. Ce qui se produit rapidement. Elle ne se montre pas très discrète, ni très patiente.

– Et quand elle ne dort pas dans la même maison que la tienne ?

– Elle me téléphone.

– Et tu réponds ?

– Ben... C'est ma sœur.

– D'accord... t'aimes ça, quoi ?

– Ben...

C'est ancré dans nos mœurs, en tout cas.

J'interromps mon geste et tapote la cuisse de ma sœur, puis me redresse et m'adosse contre la tête de lit en baillant.

J'attends.

Pas très longtemps.

– Je ne suis pas amoureuse.

– C'est ce que j'ai compris.

– Je veux dire : je ne suis jamais amoureuse. Comme Maman.

– Maman était amoureuse de Papa. Elle nous l'a dit. Étienne me l'a dit. Ses cahiers le disent. Je t'ai raconté leur rencontre telle que me l'a décrite Étienne. Maureen en parle d'une manière encore plus exaltée. Imagine ce qu'il a fallu comme battements d'ailes du papillon quantique pour que ces deux-là se percutent sur la scène d'un café-théâtre parisien, un trente et un décembre de l'année 1983.

– Moi, j'appelle cela le hasard.

– Maman était persuadée qu'un tel amour ne pouvait être fortuit. Elle croyait en un destin incontournable. Lorsque, à huit ans, elle écrit :" je veux devenir écrivain", elle pense en réalité, " je suis écrivain". Comme si tout est déjà joué. Elle ne peut accepter l'éventualité qu'une telle débauche de précision événementielle, soit le fruit du seul hasard. Un horloger cosmique, un ou plusieurs de ses dieux, s'ingénie forcément à faire fonctionner tout ça. L'absence de volonté ne peut aboutir à un résultat si complexe.

– On peut sortir le même raisonnement a contrario. Avec plus de chance, à mon avis, de taper dans le mille.

– Pas pour une grande mystique païenne telle que Maureen. Le monde, la vie, sont finis. L'Histoire déjà écrite par des dieux pas toujours sympathiques qui, semble-t-il, ont abandonné tout intérêt pour leur œuvre et sont partis vers d'autres cieux, accomplir de nouvelles expériences aux desseins innommables.

– Ne me dis pas que tu crois à ces conneries.

– Nan ! Je ne crois qu'en un hasard débile qui ne prend même pas plaisir à ses propres méfaits. Un hasard inculte, incapable d'écrire la moindre ligne, de prophétiser le moindre événement. Je rêve d'une vie dépourvue de questionnements métaphysiques. Notre cerveau de primate n'est pas formaté pour ce genre de choses. Il disjoncte et se met en roue libre. Tout ce que l'on ne peut toucher ou voir nous rend cons.

– On ne peut pas toucher l'amour.

– Nan !

– D'accord. Mais j'aimerai bien être un peu conne. Juste une fois.

– Mais tu *es* conne. Par procuration.

– Ça veut dire quoi ?

– Que tu n'es pas réellement amoureuse mais que tu vis l'amour à travers les autres. Maman, moi, Ludi et bientôt Max.

– Merde ! Qu'est-ce que je peux faire, alors ?

– Un truc bizarre. Julien t'aime ?

– Ça, oui.

– Vis l'amour qu'il éprouve pour toi à travers lui.

– Bon sang, ça, c'est tordu ! Cela reviendrait à être amoureuse de moi.

– C'est un peu fermé, comme alternative, mais au moins tu ne seras pas déçue. Et puis... Il n'est pas certain que l'amour ne se résume pas à cela...

– C'est déprimant... J'ai envie d'un café, d'un fauteuil avec une couverture, d'une terrasse ouverte à la nuit étoilée.

– Ça peut se faire. À part dormir, je n'ai pas de projets immédiats.

Pendant que je prépare du café, je sens sa tête appuyer sur mon épaule.

– Sérieusement, j'ai un problème ?

– Sérieusement, tu es la fille la plus censée que je connais. Et je suis sûr que tu es amoureuse sans le savoir.

– De Juju ?

– Pourquoi pas ? Il te satisfait au pieu ?

– Plutôt, oui ! Il n'a pas l'air, comme ça, mais...

– Je t'en prie ! Un oui ou un non suffit. Tu es bien avec lui ? Tu as envie de le voir quand il n'est pas là ?

– Oui.

– Il t'apporte ton déjeuner au lit ?

– Euh... C'est moi l'insomniaque...

– D'accord. Il te dit des mots d'amour ?

– Tu n'imagines pas l'étendue de son vocabulaire dans ce domaine...

– Alors que te faut-il de plus ? La douleur ? Le manque ? La suspicion ? La jalousie ? Parce que c'est ce qui reste. Tout ce qui fait mal.

– C'est aussi simple que ça ?

Tout est conforme. La nuit étoilée, la cafetière pleine, les fauteuils rapprochés, la couverture unique, les deux cigarettes encadrant le briquet et les derniers cahiers de Maureen, posés sur la table.

La nuit n'est pas si froide, mais la couverture sert de lien. Elle est fabriquée dans une matière moderne, tissée avec des poils de bouteilles en plastique recyclées. Il faut se montrer responsable, même dans ses manies.

Tout en enchaînant les tasses de café, nous nous faisons lectures, à tour de rôle, de morceaux choisis dans les cahiers.

La retranscription de conversations tenues par nos deux parents nous plonge dans une émotion qui n'est pas loin de nous submerger. Plusieurs fois, au cours de la nuit, nous nous tiendrons la main et resterons silencieux.

Nous ne procédons pas dans l'ordre chronologique. Comme si, seule ne doit plus compter, maintenant, que la perception d'un ensemble. D'ailleurs, Maureen elle-même opère de nombreux retours en arrière. Incapable d'écrire sous le coup d'une émotion forte, elle repousse l'exercice jusqu'à ce qu'elle retrouve son calme et ses mots. Les nouvelles concernant l'Irlande du Nord ne lui parviennent pas, non plus, de façon linéaire.

En 1986, Jacques Le Quéré, le grand-père maternel de Maureen, meurt. "Certainement étouffé par sa bile", écrit Maureen qui garde un mauvais souvenir de son séjour chez le vieillard. La mère de Maman, notre grand-mère, donc, Marie O'Neill, arrive à Concarneau où elle rencontre enfin Louis Parker Jr, Agnès Parker O'Neill, sa petite fille âgée d'un an et demi et son braillard de petit frère, Ryan Parker O'Neill, un pruneau tout rond d'à peine sept mois.

Les obsèques du grand-père se déroulent dans une ambiance surréaliste de retrouvailles joyeuses, de nouvelles d'Irlande tristes, de séduction (notamment quand Louis Parker Jr joue "Summertime" au saxo sur la tombe du vieux qui n'en demandait probablement pas tant), de maternages gazouillants et d'embrassades mélancoliques.

De retour à Paris, Maureen, déverse son amour pour Marie O'Neill dans un cahier entièrement consacré à sa mère.

Au fil de pages magnifiques qui nous serrent le cœur, tant ce qu'elle ressent pour sa maman se confond avec nos propres

178

sentiments pour elle ; de lignes dont le style, extrêmement soigné, s'apparente à celui des lettres qu'elle m'envoyait d'Antrim, nous apprenons l'incarcération de notre oncle Michael, membre de l'Armée Républicaine Irlandaise ; en fait, la deuxième incarcération, puisque Maureen sous-entend que son frère a déjà fait l'objet d'un emprisonnement bref, l'année même où elle a quitté l'Irlande.

– Il va quand même falloir se renseigner sur ce foutu oncle, remarque Agnès. Pourquoi Maman ne nous en a-t-elle jamais parlé ?

– Sais pas. Peut-être est-il toujours en taule. Je demanderai à Étienne de se renseigner. En tout cas, on perçoit, dans ses mots, une sorte de ressentiment mêlé de regrets. Comme si elle en voulait à son frère, mais cherchait à lui pardonner. Il s'est peut-être passé quelque chose dont elle ne pouvait parler. Un événement trop pénible...

– Tu crois que c'est lui qui rendait visite à Maman, à Antrim ?

– Il a vécu dans cette maison. Les voisins l'auraient reconnu...

– Si j'en crois ce que tu me dis, les vieilles rancunes et la peur sont loin d'être dépassées dans l'Ulster. Ils l'ont peut-être reconnu, mais ne peuvent le dire par peur des représailles... ou ne veulent le dire par une sorte de solidarité...

– Bon sang, on ne sait pas grand-chose de L'Irlande du Nord actuelle ! On se laisse probablement influencer par ce que nous en dit Maureen dans ses cahiers. Mais son Irlande date un peu...

– Et l'autre, là ? Sean Murphy ? Elle évoque un deuxième attentat auquel il aurait échappé... On sait quelque chose du premier ?

– Ouais. Attends, dis-je en prenant un autre cahier. J'ai lu un passage en rapport avec... Ah voilà : ça s'est passé en 1983, alors que Maureen arrivait à Paris. Elle n'en fait état que bien plus tard, en 85, alors qu'elle évoque une ancienne lettre de rupture que lui avait envoyée Murphy. Au cours d'une conversation qu'elle relate sur l'état de son pays natal, elle lit à Papa un extrait de la lettre de son ex : " ... la maison de Falls Road a entièrement brûlé. Les corps de ma mère, mon père, de ma sœur et de mon petit frère ont été retrouvés dans la chambre de mes parents, à l'étage. Leurs liens étaient encore visibles.

179

Des tirs de barrage ont empêché les pompiers de se rendre sur le lieu de l'incendie. Pas besoin de signature ou de revendication. Il s'agit de leur méthode. De *sa* méthode. Devant une telle horreur, je ne peux plus faire du pacifisme mon fer de combat... C'était ma famille, Maureen. Elle n'était pour rien dans mes décisions. J'abandonne une idéologie qui, décidément, ne peut aboutir dans ce pays maudit. Mon seul but, dorénavant, sera de *le* traquer et de *lui* faire payer ce crime abominable.

"Tu comprends maintenant pourquoi je ne peux plus entretenir de relations avec toi..."

– Bon Dieu ! S'exclame Agnès. Quel pays ! Mais de qui ou de quoi parle-t-il ? Quel est le rapport avec Maman ?

– Sean Murphy était catholique et flic, dans la Police Royale de l'Irlande du Nord, si majoritairement protestante que le copain de Maman devait s'y sentir bien seul. Il est possible que quelques Catholiques extrémistes aient voulu lui faire payer, de la manière la plus brutale possible, ce qu'ils considéraient comme une trahison.

– Mais il parle d'une personne. Il dit "*le* traquer, *lui* faire payer..." Tu crois qu'il s'agit de… ?

– Je le crois, oui. Mais, n'en suis pas certain. L'*oncle* Michael appartenait à l'IRA. Et le silence de Maureen à son égard est foutrement étrange... Mais c'est tout ce que l'on a.

– Quelle horreur... Quelle putain d'horreur ! Tu te rends compte ? Tous ligotés, conscients, avec les flammes qui ont envahi le rez-de-chaussée et attaquent l'étage. La chaleur, la fumée, le souffle bruyant du feu, les vitres qui explosent, les poutres qui tombent... Et la panique. Les enfants qu'on voudrait au moins sauver... Il ne dit rien sur leur âge ? Qu'importe ! Un fils, une fille, c'est toujours un enfant...

L'imagination de ma sœur n'est pas qu'un bienfait. J'attrape sa main une fois de plus.

– Agnès...

– Et Maman dans tout ça ?

Sa voix chevrote un peu. Je serre plus fort.

– Arrête. Maman n'a rien à voir avec ça.

– Tu me fais mal !

– Un verre de whisky, ce serait déplacé ?

– Le soleil se lève dans deux heures, ma chérie... Du café ?

– Non. Quelque chose à grignoter, plutôt. Genre interdit pour les adultes.

– La réserve de Max ?

– Avec plein de couleurs, de formes marrantes... et de goûts chimiquement bizarres...

Je me lève.

Lorsque je reviens, un plateau dans les mains, sur lequel sont posés la corbeille à sucreries défendues et des verres de jus de fruits, j'aperçois deux cigarettes sur la table.

Je les désigne du menton.

– Comment as-tu fait ? Je ne t'ai pas vue entrer dans la maison.

– Secret de sœur attentionnée.

– Elles sont planquées à l'extérieur ?

– N'insiste pas.

Nos parents ont vécu ensemble pendant quatre ans. Quand on sait à quel point Maureen est restée marquée par leur union, on s'étonne de la brièveté de celle-ci.

Maman décrit leurs relations tout au long de ses cahiers jusqu'en 1988. Jusqu'au départ de Louis Parker Jr pour la Nouvelle-Orléans quelques mois après la parution du premier roman de Jessica O'Neill. Comme si Papa n'avait voulu être que le lanceur de l'écrivaine. Une fois Jessica sur orbite, il s'était décroché et abîmé en mer puis, avait été oublié de tous. Sauf de nous, bien sûr.

Maureen relate son existence en compagnie de l'amour de sa vie avec ses mots, son esprit, son humour, son espièglerie, son infinie tolérance et, pour ne pas déroger à son habitude, sa crudité joyeuse, provocatrice, lorsqu'il s'agit de décrire leurs ébats sexuels.

Là encore, elle nous présente de très belles pages. L'amour qu'elle éprouve pour son saxophoniste new-yorkais la met en grande inspiration.

Maureen aime tous les mots et ne peut s'empêcher de raconter tout ce qui la rend heureuse. Dans les moindres détails.

Agnès, alors qu'elle entame la lecture de l'un de ces "détails", parvient à me surprendre :

– C'est un peu gênant, non ?

– C'est toi qui me dis ça ?

– C'est... Papa et Maman. C'est la réalité. Ce ne sont pas des fantasmes.

Contre toute attente, j'ai aimé lire les descriptions de ces moments intimes. La tendresse, l'humour, la passion et la poésie, parfois, transcendent le côté scabreux du propos. Ces passages m'ont souvent ému, fait sourire, voire rire. Maureen s'y entend pour provoquer la complicité émoustillée de son hypothétique lecteur. Ces morceaux choisis montrent que, quel que soit le sujet abordé et le support utilisé, Maureen écrit dans un seul but : être lue.

À chaque instant de sa vie, à chaque signe crayonné ou frappé, Maureen Parker O'Neill jouit des mots. Elle est, comme elle aimait à se définir, une autiste littéraire. Le monde, la vie, la matière, l'immatériel, l'amour et la mort ne sont qu'illusions cachées derrière de foutus mots.

Des illusions qu'elle s'estime missionnée à partager.

Agnès secoue la tête et tourne quelques pages avant de s'arrêter de nouveau, le regard capturé par de nouvelles lignes.

Je vois ses yeux naviguer de gauche à droite, un sourire doux étire ses jolies lèvres.

Elle me regarde, se rend compte que je la fixe depuis un moment, comme il m'arrive parfois de le faire, et, comme à chaque fois, elle joue l'étonnement et dit :

– Quoi ?

Je hausse les épaules sans cesser de la regarder :

– Comme d'hab'.

Comme d'hab', je la trouve d'une beauté qui me chavire et m'emplit d'une tendresse inquiète. Pourquoi, inquiète ? Je n'en sais rien. Et comme d'hab', elle me répond, flattée, malgré la récurrence de la situation :

– T'es con... Écoute plutôt. Il n'y a pas de date, mais je pense que cela se passe en 86 ou en 87. Papa lisait les cahiers de Maman ou, peut-être même, qu'elle les lui donnait à lire. Et, après avoir parcouru l'un de ses comptes-rendus sur leurs ébats...

– "Comptes rendus" n'est pas l'expression la mieux choisie. Tu ne les as pas bien lus... fais-je, m'amusant de cette inversion des rôles.

– ... Il lui soumet l'idée d'écrire des romans érotiques. À cette

182

époque c'est la grande mode. Une mode qui manque un peu de qualité. Alors, puisqu'elle a le talent et l'ambition d'être un jour éditée...

– Son cloisonnement dans ce genre littéraire vient donc de Papa ?

– Pas son cloisonnement, non. Ça, je le sais parce qu'elle me l'a dit. Elle s'est retrouvée seule avec deux enfants en bas âge, son premier roman cartonnait... Poussée par un éditeur séduit par son talent dans ce domaine et par la sécurité, elle se disait avant chaque production : "encore un, et je passe à autre chose"... Elle s'y est enfermée seule.

– Elle n'était pas si détachée des biens matériels que l'on a pu le penser...

– Assurer une sécurité matérielle large à sa famille, lui permettait de ne pas s'en soucier. Lorsque l'on a des enfants, c'est une priorité. Et Maman était une vraie maman. La moitié de son temps actif nous était réservé. Elle ne nous a jamais abandonné pour écrire. Même si elle a dû en avoir envie quelquefois...

– Lorsqu'elle séjournait à Antrim...

– On avait quinze et seize ans. On était pensionnaire. Quand elle nous manquait, on l'appelait et elle rappliquait pour deux ou trois jours... Tu lui en veux pour cela ?

Je souris à l'évocation de quelques souvenirs :

– Non. On s'est bien marré, tous les deux.

Elle répond à mon sourire. Les mêmes souvenirs s'imposant de toute évidence à son esprit.

– Ouais.

Vers le milieu de l'année 1987, l'humeur, habituellement enjouée, de Louis Parker Jr, se dégrade. Les opportunités de carrière, pour un saxophoniste de jazz, en France s'avèrent plus que limitées. Il joue en studio, trouve quelques remplacements au sein de groupes de rock au succès confidentiel, tente, en vain, de monter sa propre formation, court de désillusion en désillusion et lorgne l'Ouest et son eldorado musical.

Maureen ressent son malaise avec une acuité presque douloureuse. C'est finalement elle qui le pousse à rentrer aux États-Unis, pas New York, où ses créanciers ne l'ont pas oublié, mais plutôt Chicago, Miami ou même, Los Angeles. Maureen ne peut supporter qu'une passion ne soit pas assouvie dans les meilleures conditions. Même si cela doit lui imposer une séparation de quelques années. Le temps que le talent de Louis soit reconnu et dûment rétribué. Elle attendra.

Et, plutôt que Chicago, Miami ou Los Angeles, Louis décide de se plonger dans le chaudron musical, bouillonnant de turpitudes, de pauvreté, de violence désespérée de la Nouvelle-Orléans.

Nous recevrons de ses nouvelles jusqu'en 2001, date d'une dernière lettre brouillonne, déjantée et pratiquement incompréhensible.

Maman ne m'a jamais donné les détails de sa mort, mais j'avais vu dans ses yeux, que la vie de Louis Parker Jr s'était déroulée de la pire manière qui soit.

Voilà. Nous avons terminé l'étude de notre trésor, de nos racines, de ce qui fait que nous sommes *nous* : Agnès et Ryan Parker O'Neill, fille et fils de. Et, peut-être plus que des réponses expliquant le geste insensé de notre mère, nous avons recherché notre identité.

Agnès :

– Nous sommes plus avancés ?

Sur ce que nous sommes ? Oui. Sur les raisons de la mort prématurée de Maman ?

– Je ne sais pas.

Elle repousse sa moitié de couverture et se lève. Les premières lueurs de l'aube apparaissent... Il leur faudra encore quelques heures avant d'illuminer la Nouvelle-Orléans.

Agnès passe derrière mon fauteuil, ses bras se posent sur mes épaules et je sens la douceur fraîche de sa joue contre la mienne.

– Je vais réveiller Julien. J'ai besoin d'un gros câlin. Toi, va retrouver Ludi.

Elle pique un baiser collant des sucreries qu'elle a englouties sur ma tempe, appuyant fort, et rentre dans la maison.

Je me lève à mon tour. Je suis vêtu d'un simple bas de pyjama et de sandales.

Je ne croise personne durant ma course le long des cinq cents mètres qui me séparent de la maison d'Aëlez, de la chambre de jeune fille de mon amour.

CHAPITRE QUINZE

Nous sommes tous partis, en définitive.
Mais avant...

Ce matin-là, je me suis réfugié dans le lit étroit de Ludi après avoir embrassé Noune qui se lève habituellement avec le soleil. Je me suis endormi aussitôt, le nez dans ses cheveux, dans son odeur, le corps apaisé par sa chaleur. Et ce n'est que vers midi que nous avons fait l'amour, avec une douceur et une tendresse qui jusqu'ici nous avait fait défaut. Tant de retard à rattraper.

À treize heures, c'est Noune qui, impatiente de nous avoir enfin tous les deux à sa table, nous tire hors du lit alors que nous somnolons, ingénieusement enlacés, genre engrenages de boîte de vitesses.

Aëlez est aux petits soins pour nous. Elle sourit, papote, nous taquine... et tient visiblement à nous engraisser pour la semaine. C'est le retour de la Noune d'avant la mort de Maman. Ce qui nous comble davantage encore.

Au cours du déjeuner, je demande à Ludi si elle est d'accord pour m'accompagner à Antrim pour deux ou trois jours.

Les deux femmes me fixent en silence, avec dans le regard des sentiments diamétralement opposés.

Ludi sait ce que je vais faire là-bas et désapprouve, et Aëlez, connaît déjà, j'en ai la conviction, les réponses aux questions que l'étude des cahiers de Maureen a fait jaillir et que, sans son aide, je ne peux découvrir que sur les rives du Lough Neagh.

C'est Ludi qui parle la première, d'un ton plus froid qu'elle ne le désire :

– Tu ne préfères pas y aller seul ou avec Agnès ?

– Nous avons terminé la lecture des cahiers de Maman cette nuit. La question pour expliquer son geste a explosé en une multitude d'interrogations. C'est important pour moi, au moins d'essayer, d'obtenir des réponses. Pour Agnès... je ne sais pas. Je ne suis pas certain qu'elle veuille poursuivre. C'est très... prenant. Elle a Max. Et puis Julien...

– Parce que toi, tu n'as personne ?

La froideur, cette fois, est volontaire. Et compréhensible. Je m'y suis, une fois de plus, pris comme un manche. Nous sommes assis de part et d'autre de la table. Je réussis à attraper sa main avant qu'elle ne se dérobe.

– C'est de toi dont j'ai besoin. Et puis... C'est une petite maison adorable. Maman l'a fait remettre en état à la mort de son père. Elle voulait nous y accueillir de temps en temps et elle savait que nous aimons notre confort... Et puis l'endroit, Ludi, c'est... magique. Il faut avoir vu au moins une fois le coucher de soleil sur le lac. Et il y a tellement peu de touristes qu'on s'y sent seul au monde. Bon, il fait quinze degrés en moyenne l'été, mais il ne fait pas toujours bien chaud en Bretagne...

Elle sourit et ne cherche plus à retirer sa main. Son regard est redevenu le regard que j'aime.

Ludi n'est pas une sanguine comme peut l'être parfois Agnès. Ses colères sont si brèves et si intériorisées qu'elles passent, la plupart du temps, inaperçues.

Ludi réfléchit. Vite. Et bien. Sauf lorsque je suis le sujet de ses réflexions.

Mais cette période est révolue.

Aëlez, qui a souri lors de mon argumentation, fière de son "petit", enfonce le clou.

– C'est vrai que c'est beau. Et il n'y fait pas si froid. On s'y habitue.

Après la mort brutale de son fils Luc, à la suite d'un accident de moto, Maureen avait invité Aëlez à Antrim.

Novembre 2000. Un tracteur sortant d'un chemin dissimulé traverse une belle route, fraîchement bitumée, droite comme une flèche. Le corps de Luc est projeté à plus de quarante mètres de l'impact. Aucune trace de freinage. La gendarmerie a estimé la vitesse de la moto à 237 kilomètres par heure.

J'avais quinze ans et Luc, vingt-cinq ans, était mon idole. Maman était revenue de sa première retraite littéraire irlandaise dès que nous l'avions appelé (elle avait loué un avion-taxi qui l'avait déposée à Lorient, trois heures et demie après le drame).

Elle était restée trois semaines auprès de son amie, à Port Manec'h, puis l'avait emmenée avec elle à Antrim, pour une semaine de dépaysement.

Je n'ai jamais eu le goût de la vitesse. Tout ce qui glisse, roule, sur deux roues, sur quatre, avec ou sans moteur provoque immanquablement ma méfiance. Je n'ai appris à faire du vélo que pour échapper aux quolibets d'Agnès. J'ai passé le permis auto à dix-huit ans, sans en avoir envie, poussé toujours par la même harpie moqueuse. Et je n'ai acheté ma première voiture, une Triumph Spitfire MK4 de 1972, que pour épater les filles (peut-être aussi, par coup de foudre : paradoxalement, je ne suis pas insensible aux belles carrosseries).

Et, à la vitesse où je roulais elles avaient largement le loisir d'être épatées, les filles. Mais, comme Agnès, la plupart du temps, paradait, les cheveux au vent, sur la place du passager et que l'espace à l'arrière du cabriolet tenait du ridicule, je me contentais de jouer les (riches) blasés, promenant la plus belle fille du village. Que tout le monde à Port-Manec'h nous connaissait pour frère et sœur n'enlevait rien à ma fierté.

Ludi, que j'avais bien espéré séduire avec le joujou, préférait rouler capote fermée. Ce qui nous confinait agréablement dans un espace d'une intimité à fort dégagement de phéromones, et, maintenant je le devine, avait dû la troubler (tout comme moi) plus qu'elle ne le jugeait raisonnable. Les promenades en sa compagnie s'étaient réduite à peau de chagrin, et la belle termina entre les mains plus expertes de ma sœur bien-aimée.

Tout ça pour dire, et sans qu'il y ait de rapport, que je ne comprends pas pourquoi certains, beaucoup, peuvent à ce point mettre leur cerveau en panne et poser sur une balance truquée, une vie si précieuse.

237 kilomètres/heure.

70 mètres à la seconde.

Même pas le temps d'un réflexe, et Luc n'était tout simplement plus là.

Noune nous a parlé longuement des six jours qu'elle a passés avec Maureen au bord du Lough Neagh, sans faire allusion à la raison de sa présence à Antrim, le décès de son fils. Puis, entraînée par les souvenirs de Maureen qu'elle garde précieusement, nous a confié que les deux femmes étaient réellement devenues amies lorsque la romancière, en 1995, avait perdu sa mère et était rentrée d'Irlande, après de pénibles obsèques, pour se jeter dans les bras de la nounou de ses enfants ; laissant enfin les larmes rompre le barrage de fierté et de silence qu'elle avait érigé, tout au long de son séjour, face à l'hostilité de sa propre famille irlandaise, père compris, et de ses voisins.

– Je me souviens bien, continue Noune, avec un sourire paisible. Elle est arrivée vers neuf heures, le soir, en taxi. Je venais de vous coucher, toi et ta sœur. J'ai bien vu que cela n'allait pas. Je me suis approché d'elle et l'ai prise dans mes bras. C'était ce qu'elle espérait, je l'ai su tout de suite.

Je jette un coup d'œil à Ludi. Un seul. Elle est d'accord pour laisser parler sa maman mais, à la première question de ma part, elle met fin aux souvenirs. C'est en tout cas ce que je lis dans son regard.

– Lorsqu'elle s'est un peu calmée, nous nous sommes installées dans la cuisine. À cette époque, c'était encore une pièce distincte du salon. Et nous avons parlé. Surtout ma petite Maureen. Elle m'a raconté ce qu'avait été sa vie en Irlande, puis à Paris et ce qu'elle venait de vivre lors des obsèques de sa maman... Nous n'avons pas vu passer la nuit. Lorsque le soleil s'est levé, nous nous sommes préparé un petit déjeuner à l'anglaise. Copieux, avec des produits de chez nous. Je ne l'ai jamais vue manger de si bon appétit. Elle n'avait rien avalé depuis une semaine...

La veille, Ludi a laissé sa voiture chez moi. C'est donc à pied que nous regagnons ma maison. Il n'est pas loin de quinze heures, et le soleil donne tout ce qu'il sait donner. Ce qui n'est pas plus mal. Je suis toujours torse nu, en pyjama et sandales.

– Tu vas t'énerver si je t'en parle ?

– Je suis en train de marcher sur un chemin encombré de touristes, en compagnie d'un homme qui, visiblement, vient de sortir de son lit et n'a pas pris la peine de s'habiller. Que cet homme occupe mes pensées depuis une éternité et que je trouve sa tenue, pourtant ridicule, excessivement excitante, au point que je n'ose à peine le regarder de peur de le culbuter sans préavis au beau milieu de cette horde de vacanciers, m'énerve déjà.

Je jette un œil alentour.

– Il n'y a pas tant de monde.

– N'y pense plus. Ce n'est qu'un pyjama. Il ne faudrait pas que tu deviennes indécent... Parle. Tu as jusqu'à la maison.

– Merde ! On a fait la moitié du chemin !

– Alors dépêche-toi!

– Elle meurt d'envie de m'en parler.

– Je le sais.

– Le peu qu'elle vient de nous dire ne l'a pas traumatisée.

– Elle a pleuré. Je ne la sens pas prête.

Je vais pour dire que les vieux pleurent toujours en évoquant leurs souvenirs mais me retiens à temps. Je ne veux pas penser de la sorte et surtout ne pas montrer à Ludi que je suis capable de faire preuve d'un tel égoïsme.

– Je pleure aussi lorsque je parle de Maureen...

– Tu as trente ans. Tu n'as pas perdu tout ce que Maman a perdu... Que t'a-t-elle dit quand je t'attendais sur le chemin ?

– Qu'est-ce que ça peut te faire ? C'est ma Noune à moi.

– Je suis sérieuse.

– Que j'avais raison d'aller à Antrim. Que c'était nécessaire... mais ce qui n'est pas nécessaire, c'est de marcher si vite aussitôt après le repas.

– Il ne fallait pas te goinfrer... Et je suis pressée d'arriver.

Le regard qu'elle me lance ne laisse planer aucun doute sur la raison de sa hâte soudaine. Elle saisit ma main et m'entraîne.

Seules, ma voiture et celle de Ludi stationnent dans la cour. La maison semble désertée mais nous ne le vérifions pas. Ludi nous dirige sans hésiter sous la pergola ombragée.

Désolé Maman, mais ton bureau d'été vient de se trouver une nouvelle utilité.

Plutôt que de filer sous la douche, après avoir repris notre respiration, nous descendons, main dans la main, le sentier qui mène sur notre plage. Quelques bateaux glissent, non loin, mais Ludi n'en a cure.

Tout cela va bien plus loin que mes rêves les plus débridés.

C'est la marée, deux heures plus tard, qui nous chasse de

notre paradis et nous fait remonter le chemin escarpé menant à la maison.

Toute la famille est réunie sur la terrasse, même Étienne, qui semble faire les cent pas, un téléphone collé à l'oreille.

Lorsqu'elle nous aperçoit, Agnès se précipite vers nous.

– Merde ! Qu'est-ce que vous foutiez, bon sang ? On était inquiet ! Et qu'est-ce que tu fais encore en pyjama ?

– Euh... Je ne peux pas te le dire devant tout le monde...

Elle regarde Ludi qui rosit mais n'a pas le temps d'ajouter autre chose. Max arrive, me prend la main et me tire vers la terrasse.

– La maison a été cambriolée, Tonton. Tout est chamboulé. Étienne ne veut pas que j'aille dans ma chambre. Mais il faut que je voie si on ne m'a rien pris. C'est important ! Tonton, il faut que tu lui dises ! Tu m'écoutes ?

Je me laisse traîner, comme dans un rêve.

– Je t'écoute, chérie.

Nous sommes tous assis autour de la table sur la terrasse. Étienne m'a permis d'entrer avec précaution pour aller chercher des bouteilles d'eau et des verres dans la cuisine dévastée, elle aussi. Le salon est sens dessus dessous, même le canapé énorme et lourd a été renversé. L'écran géant de la télé, fracassé, les quelques étagères, portants surtout des livres, gisent sur le sol.

Du vandalisme.

Étienne m'a repris :

– De la colère Ryan. De la rage. Tu feras l'inventaire lorsque l'équipe technique aura fini son investigation, mais je suis presque certain qu'il ne te manquera rien. Celui qui s'est introduit chez vous a été pris d'une colère intense parce qu'il n'a pas trouvé ce qu'il cherchait.

– Qu'est-ce qu'il cherchait ? demande Agnès. De l'argent ?

– Ou autre chose. Vous avez de l'argent, dans la maison ?

Je réponds avant ma sœur :

– Un pot en grès, avec une centaine d'euros en petite monnaie, posé bien en évidence sur le plan de travail de la cuisine. Je l'ai vu tout à l'heure. C'est le seul objet qui est encore debout et intact. Je n'ai pas regardé dedans mais quelque chose me dit que notre cambrioleur n'y a pas touché.

190

Étienne se lève, entre dans la maison et revient quelques secondes après.

Il reprend son siège.

– Je n'ai pas compté mais la somme semble correspondre. Qu'est-ce qui te fait dire cela, fils ?

– L'appartement de Maman à Londres, notre agence en ville et maintenant notre maison... Il s'agit de quelqu'un qui cherche quelque chose m'appartenant ou appartenant à Maman.

Je devance sa prochaine question :

– Je n'ai aucune idée de ce qu'il peut s'agir.

– Et son appartement à Paris ? Quand y êtes-vous allé la dernière fois ?

– Pas depuis que Maman nous a quittés. Mais ce n'est pas la même chose. C'est un lieu secret. Personne ne le connaît à part... Je suis même étonné que tu connaisses son existence...

Nous sommes témoins, à ce moment, d'un événement que personne, autour de cette table, n'aurait cru possible. Étienne rougit.

Je mémorise l'instant et poursuis, ne désirant pas, pour le moment, jouer les inquisiteurs :

– Maureen l'utilisait lorsqu'elle voulait échapper au regard d'éventuels fouille-merde. En particulier lorsqu'elle sortait un nouveau roman... Le concierge de l'immeuble y pénètre toutes les semaines pour l'aérer et vérifier qu'il n'y a pas de fuites d'eau ou autres.

"S'il avait été vandalisé, on le saurait... Mais je me renseignerai.

– Fais-le et tiens-moi au courant... Et toi ? Ton appartement à Concarneau ? Tu n'as rien remarqué ?

Je prends conscience du fait dans le même temps où je l'énonce.

– Je n'y suis pas retourné depuis... pareil... En fait je l'ai laissé à... je regarde brièvement Ludi... un couple d'amis qui a dû le quitter, maintenant.

– Tu pourras vérifier, aussi ?

J'acquiesce et il se tourne vers Agnès.

– Et toi, ma chérie, tu n'as rien remarqué ?

Il y a longtemps, certainement dès le moment où Maureen l'a introduit au sein de notre famille, qu'Étienne a fait fi de ses tics de langage de gendarme lorsqu'il s'adresse à Agnès. Si, moi, j'ai

191

droit de temps en temps à un "fils" empreint d'une virilité toute masculine, les "ma chérie" ou autres "mon cœur" pleuvent sur la tête de l'ange dévergondé de la maison, sans que celui-ci, d'ailleurs, y trouve à redire. L'image sécurisante, voire paternelle, du gendarme de Maureen avait été, de tout temps et surtout pour ma sœur, un repère d'une solidité à toute épreuve.

"Ma chérie", pour le moment, a perdu de sa belle couleur.

– Vous me foutez la trouille, tous les deux ! Qu'est-ce que j'aurai dû remarquer ?

Un gendarme s'encadre dans la porte de la maison.

– Mon Lieutenant, nous avons terminé. Il nous faudrait les empreintes digitales de toutes les personnes vivant dans la maison avant de partir.

Nous nous soumettons au prélèvement d'empreintes et l'équipe technique s'en va. Étienne reste encore un moment, le temps de nous donner les consignes de sécurité élémentaires, du genre :

– Et fermez votre porte la nuit et quand vous sortez, bon sang ! Il n'y a pas eu d'effraction ! Il lui a suffi de pousser la baie pour entrer.

Il insiste encore et je l'entraîne à l'écart. Je ne veux pas qu'il fasse peur à Agnès ou à Max.

– Étienne, tu crois qu'il s'agit de la même personne... ?

– Je ne crois pas, j'en suis certain. Et à Londres cela s'est mal passé. Julia en est morte. Souviens-toi. Je vais installer une surveillance pour cette nuit. On se revoit demain pour parler de tout ça.

Il se dirige vers sa voiture. Je le suis, et, avant qu'il ne s'installe au volant :

– Étienne...

Il se retourne pour me faire face.

– Je sais ce que tu vas me demander. J'ai rougi. Tu as vu. Et tu es malin... C'est un secret, fils. Entre ta mère et moi. Un secret qui ne pouvait avoir de suite. Qui n'a pas d'importance aux yeux des autres. Un trou dans l'espace/temps. Un non-acte pour le reste du monde.

– Tu nous as menti...

Tout en montant dans sa voiture, il me dit, avec un peu de lassitude :

– Comment garder un secret sans mentir ?

Il ferme sa portière, je me penche par la vitre ouverte.

– Ça n'aurait pas eu d'importance pour nous, Étienne, tu le sais. Enfin, je veux dire que nous n'aurions pas été choqués...

Il regarde droit devant lui. Il a introduit la clé dans le démarreur mais ne la tourne pas. Son expression n'a plus rien à voir avec son masque de gendarme. Ce sont les traits fatigués d'un homme qui vient de perdre un être cher. Un être aimé.

– Quatre nuits. J'étais parti en déplacement à Paris et elle m'avait donné les clés de l'appartement, pour m'éviter l'hôtel... Elle est arrivée dès la première nuit. Pour parler, se promener, voir un spectacle, peut-être, en ma compagnie. Mais... Je ne lui ai rien demandé. Et elle ne m'a rien demandé, non plus. C'est arrivé parce que ça devait arriver, c'est tout...

Il me regarde :

– Quatre nuits merveilleuses, fils. Et nous avons repris nos vies...

– Pourquoi ?

– Parce que je suis un putain de gendarme qui croit en la loi, l'ordre, la justice et en la morale. Mes enfants n'étaient pas encore autonomes et... j'aimais ma femme. C'est con. C'est simple. C'est la vie. Ces quatre nuits... j'en rêve encore. Mais la suite ne pouvait être que triviale. Ce qui ne seyait guère à Maureen.

"Fais-moi plaisir : ne dis rien à Agnès.

– Elle t'a vu rougir et...

– Oui, je sais. Elle est bien plus maligne que toi... Explique lui au mieux, alors. Ça, tu sais faire...

Il tourne enfin la clé et fait hurler le moteur inutilement.

– Emmène ta famille au restaurant, et faites le ménage après. Et n'oublie pas de faire l'inventaire. Et...

Il me détaille de bas en haut, autant que lui permet l'étroitesse de la vitre :

– Passe des vêtements corrects, bon sang ! On dirait que tu sors du lit !

Nous avons ainsi fait. Nous avons pris une douche, Ludi et moi, non, pas ensemble, les circonstances ne s'y prêtent guère, puis nous sommes partis dîner dans le restaurant qui domine la plage de Port Manec'h. Et, comme Max nous écoute avec cette indifférence feinte des enfants qui veulent tout savoir, la conversation ne fait que survoler les derniers événements.

Et puis nous sommes rentrés, pour "faire le ménage".

Je me souviens d'un reportage vu à la télévision, il y a longtemps. Une série d'interviews de personnes ayant été les victimes de cambriolages, suivie d'une causerie avec un psychologue qui affirmait que l'effraction d'une demeure correspondait, dans l'esprit des victimes à un véritable viol.

J'avais trouvé le propos excessif.

Plus maintenant.

Et Agnès semble ressentir la même chose. Si Julien et Ludi n'avaient pris, de manière autoritaire, les commandes de la remise en ordre, nous serions partis, ma sœur, Max et moi, en d'autres lieux, moins chargés d'une cruelle désolation.

Cette maison est la nôtre.

2007. Maureen part pour Antrim demain. J'ai terminé mes études et me conditionne pour quelques mois sabbatiques. Je n'ai pas encore décidé du chemin à prendre. Agnès s'est mise sur les rangs pour acquérir une librairie dont les propriétaires partent à la retraite.

Et nous sommes installés sur notre plage pour un pique-nique informel. Tous les trois et demi. Agnès est assise, vaguement en tailleur et son gros ventre semble reposer sur le sable frais. Le soleil n'est pas l'invité de ce mois de septembre tristounet. Maureen a risqué un short court et la peau de ses jambes fines se hérisse de chair de poule à la plus légère bourrasque.

Je surveille la mer montante tandis que Maureen dit :

– Mais pourquoi ? Elle est très bien comme elle est cette maison.

Je balance un galet pour faire fuir les vagues qui se rapprochent.

– Elle est vieille, Maman. On a de plus en plus l'impression d'habiter dans une cabane de pêcheur. Il faut refaire l'électricité, installer un nouveau chauffage, casser le mur entre la cuisine et le salon, ouvrir une baie sur la terrasse, avoir un tel paysage sous les yeux et ne pas en profiter de l'intérieur de la maison, c'est vraiment une pitié. Il faut aménager, relooker et surtout... s'il te plaît, changer tous les meubles.

– Les meubles, je m'en moque. Mais la maison... Toute ma vie j'ai vécu dans des maisons de pêcheurs. Je ne veux pas transformer celle-ci en manoir.

Je sais ce qu'elle veut dire. Elle a peur de perdre son inspiration.

Maureen a toujours eu peur d'un vide créatif qu'elle n'a jamais connu. Et pour tenir l'ogre mangeur de mots loin d'elle, évite d'altérer ses habitudes de vie et son cadre autant que possible.

– On ne veut pas en faire un château. Seulement la rendre habitable et confortable. Même Julia y pense comme à une tanière.

– Julia ne vit que dans le luxe. C'est d'ailleurs ce qui me séduit en elle, ce qui ne veut pas dire que le luxe me séduit. Le luxe, le confort, les raffinements vestimentaires, décoratifs et même, culinaires, toutes ces choses, loin de ma nature, je les aime en compagnie de Julia, car elles *sont* Julia. Et je l'aime dans son entier. Mais, moi ? Ici, à présent que vous allez quitter la maison. Que m'apporterait un luxe aussi étranger à mon aspiration ?

J'ai trouvé un appartement à louer, à Concarneau.

– Je ne quitte pas cet endroit, Maman. Je vais juste loger là où je compte travailler.

– Tu as réfléchi à ce que je t'ai demandé ?

Elle parle d'une éventuelle reprise de la petite maison d'édition de Ludivine.

– Oui. Ça m'intéresse. Il faut que j'en parle avec Ludi.

Ludi... Je viens de passer deux ans à Quimper où j'ai terminé mes études. Ludi a monté son entreprise et j'ai dû la voir deux ou trois fois depuis. En deux ans. J'ai presque réussi à chasser de mon esprit mon amour de jeunesse. Du moins, le jour. Mes nuits ne m'appartiennent pas. J'ai eu trois aventures sentimentales, toutes soldées, à cet instant. Je ne suis pas certain de m'être rendu compte que ces trois filles affichaient toutes le même look : grandes, minces, poitrine menue, cheveux longs noirs, visages légèrement osseux et yeux noisette. J'estime simplement que je fais preuve de manque d'éclectisme dans mes goûts.

Revoir Ludi de manière plus soutenue ? Travailler avec elle ? Retrouver cette frustration qui m'a consumé de quatorze à dix-huit, voire vingt, ans ?

– Je vois bien que tu hésites, insiste ma mère. Il y a une raison ?

Sourire d'Agnès qui semble très occupée à caresser son ventre et écouter une autre conversation que la nôtre.

– Maman... Ce n'est pas le sujet de notre petite réunion.

– Ah oui... La maison... Faites ce que vous voulez. Mais lorsque je reviendrai d'Antrim, il faudra que les travaux soient terminés.

– Agnès accouche dans un mois ! C'est trop court !

– Et je reviendrai et repartirai, une à deux semaines après. Je logerai dans ton nouvel appartement en attendant. Et... tous ces détails m'ennuient. Pourquoi hésites-tu ?

Je la considère un instant. Un timide rayon de soleil vient de percer les nuages épais. Elle cligne des yeux et cherche machinalement à protéger ses cuisses nues d'une très incertaine brûlure solaire, à l'aide de ses bras menus. C'est un geste si enfantin, si apeuré qu'il m'émeut.

– Il ne va pas te manger. Il n'a déjà plus de force...

– Vous ne savez rien du soleil sur les peaux irlandaises, tous les deux. Réponds-moi, ou je le demande à ta sœur.

Sourire plus large de l'intéressée qui continue néanmoins sa conversation avec son ventre.

– Je ne suis pas aussi lourdaud que vous le pensez, les filles. Et je sais ce que tu cherches, Maman...

– Non. Tu ne sais pas, mon chéri. Pas encore. Et tu n'es pas lourdaud. Vous êtes les enfants que j'ai rêvé d'avoir.

Nous avions eu le feu vert, sous conditions, bien sûr. Interdiction de toucher à la végétation luxuriante des abords de la maison, en particulier le "bureau d'été" de Maman. Et rien d'ostentatoire dans l'aspect du bâtiment.

– Un poil de modernité ?

– Je ne suis pas contre à condition de respecter l'environnement et de conserver l'aspect "maison de pêcheur".

Une "maison de pêcheur", qui, par sa taille imposante, ressemblait plus à un petit hôtel...

– Et l'intérieur ? L'ameublement ?

– Carte blanche, sauf ma chambre.

Devant l'ampleur des aménagements, nous avions fait appel

à un architecte.

Sept mois après, Maureen avait aimé.

C'était notre maison.

Les énergies cumulées de Julien, Ludi et Max parviennent à nous sortir de notre torpeur affligée et nous nous astreignons à mettre la main à la pâte.

Très vite, nous prenons la décision de jeter tout ce qui est cassé, abîmé, même réparable. Nous ne voulons garder aucun souvenir de ce carnage. Seule Max peut déroger à cette règle mais sa chambre n'a pratiquement pas subi la vindicte du cambrioleur.

La chambre de Maureen, la mienne, maintenant, n'y a pas échappé. Même le coffre a été renversé. Bon sang, quelle rage ! Ce meuble doit peser plus de cent kilos. Nous peinons, Julien et moi, à le remettre d'aplomb.

À l'étage, la chambre d'Agnès et la mienne, ainsi que la salle de bains, n'ont subi que des dégâts mineurs, vite réparés.

Les trois autres chambres, dites "d'amis" (c'est une grande "maison de pêcheur", 130 m² au sol et autant à l'étage), sont intactes car, visiblement peu utilisées, elles n'ont pas intéressé notre visiteur.

Son acte de vandalisme s'est concentré sur le rez-de-chaussée, incluant même l'arrière-cuisine, vaste pièce d'environ 45 m² où nous stockons tout ce qui peut nous être utile. Cela va de la nourriture, aux matériels ménagers en passant par des vêtements de pluie rapidement accessibles (nous sommes en Bretagne), chaussures, congélateur, machine à laver, etc. C'est, malgré tout, une pièce agréable, dotée d'une large fenêtre, d'une entrée indépendante, d'un chauffage et même d'un petit bureau pour qui veut s'isoler. L'hiver, Maureen aimait y travailler.

C'est cette pièce qui va nous prendre le plus de temps.

Il n'est pas loin de deux heures du matin lorsque nous nous asseyons autour de la table de la terrasse, chargée de tout ce que nous avons pu récupérer pour nous offrir un casse-croûte tardif et mérité.

Max dort sur le canapé redressé. Les événements ont instillé un tel sentiment de crainte, dans l'esprit d'Agnès, qu'elle tient à garder sa fille sous son regard.

Ma grande sœur si pétulante, si prompte à la repartie, n'est plus que l'ombre d'elle-même. Pâle, malgré la couleur de sa peau, sursautant au moindre bruit extérieur, elle me fixe souvent, d'un regard impérieux qui m'ordonne de faire quelque chose, de décider comme un patron, un chef de famille.

Julien ne la quitte pas mais, avec une intelligence que j'apprécie, ne la colle pas, non plus. L'évaluation que j'ai jusqu'alors portée sur mon comptable se modifie à grande vitesse. Émotivité n'est pas synonyme de pusillanimité et d'absence de caractère. Voire même, de timidité. S'il ne contrôle pas les manifestations de ses émotions, tremblements, agitation, bégaiement, il est loin de faire preuve de lâcheté et de manque de décision.

Bref, un garçon intéressant pour une fille qui ne manque pas, non plus, d'intérêt. De plus, c'est la première fois que je vois Julien en marcel et jean et... je suis impressionné. Je comprends l'engouement de ma sœur pour le physique de mon employé.

Mais pour le moment, cette sœur adorée, c'est vers moi qu'elle jette ses regards presque implorants. Elle aussi a encore un long chemin à parcourir avant de faire confiance à son nouvel amant.

La fatigue et les émotions finissent par l'emporter sur les flux d'adrénaline. Nous décidons d'aller nous coucher.

Je vais pour prendre Max dans mes bras, mais interromps ce geste devenu automatique et fais signe à Julien de s'en occuper. Autant m'y faire dès maintenant. Il la soulève avec délicatesse, sans qu'elle se réveille, et va pour l'emporter à l'étage. Agnès l'arrête.

– Elle dort avec nous. Ne la quitte pas. Même une seconde. Il faut que je parle à Ryan, je n'en ai pas pour longtemps.

Ludi a dû entendre, elle aussi. Elle s'éclipse dans "notre" chambre.

Agnès s'approche de moi, jusqu'à me toucher. Les distances d'intimité ne s'appliquent pas à ma sœur.

Elle appuie son front sur ma poitrine :

– J'ai peur.

Je ne reconnais pas sa voix. Je l'entoure de mes bras, la serre contre moi et pose mes lèvres sur ses cheveux.

– Je comprends, ma chérie, mais pour cette nuit, il n'y a rien à craindre. Nous sommes tous là. Julien est avec toi et il y a

198

deux gendarmes au portail.

– Et les autres nuits. Les autres jours... Je ne comprends pas ce qui se passe...

– Il sait que nous n'avons pas ce qu'il cherche. Il ne reviendra pas. Et... Étienne va veiller sur toi et Max. Tu le connais. Il ne laissera jamais personne te faire du mal.

Elle renifle, et, peut-être même, se mouche dans mon t-shirt.

– Étienne nous a menti...

– Étienne a sa vie, aussi... Je te raconterai demain. C'est assez sympa, en fait. Ça te plaira.

– Demain... Tu pars pour Antrim, avec Ludi...

– C'est prévu, oui. Mais, vu ce qui s'est passé...

– Emmène-nous. Tous.

– Agnès...

– J'ai peur... Ryan, il a pris les cahiers.

– Non. Ils étaient par terre...

– C'est moi qui les ai rangés quand vous avez redressé le coffre. Il manque tous ceux qui datent d'après 1980. Je ne veux pas qu'on se sépare. Emmène-nous.

CHAPITRE SEIZE

Nous sommes donc tous partis.
Mais avant...

À six heures le lendemain matin, j'appelle Étienne de la terrasse en sirotant ma première tasse de café de la journée.
Nous nous retrouvons, une demi-heure plus tard, au pied de mon immeuble, à Concarneau.
– Je ne sais pas ce qui m'attend là-haut. Et, après ce qui s'est passé hier, je préfère ne pas le découvrir seul.
– Tu as bien fait, fils. Entrons.
Alors que nous grimpons l'escalier, je lui demande :
– Je ne t'ai pas réveillé ?
– Un autre point commun que j'ai avec ta mère. Je me lève à cinq heures tous les matins. La vie est trop courte pour que l'on en réduise ses divisions.
– Étienne... Je ne t'en ai jamais parlé, mais... ta femme, comment... ?
Il s'arrête sur le premier palier. Il en reste deux, avant de faire face à ma porte. De vagues bruits ménagers nous parviennent.

Madame Calestano. Je ne l'avais rencontrée que deux fois dans toute ma vie. La première, sur le marché de Quimperlé où j'avais pris l'habitude d'emmener Maureen, dans la Triumph. Maman aimait cette voiture, simple, dépourvue de tout accessoire moderne et je ne ratais jamais une occasion de parader à ses côtés dans les villes avoisinantes. Maureen faisait le marché à sa façon. Elle déambulait le long des étals, souriait aux gens, aux odeurs et aux couleurs, mais n'achetait rien. Ou semblait ne rien acheter. Elle faisait en réalité provision de données sensitives qu'elle traduisait en mots. Poser des mots sur chaque chose, matérielle ou immatérielle, constituait son défi perpétuel. Maureen faisait donc marché de mots. Elle s'était attardée devant un étalage de légumes saisonniers lorsque j'étais tombé sur le couple Calestano.

Étienne s'était chargé des présentations. Madame Calestano, une femme assez petite, joliment enrobée, sans mollesse, les trait agréables et volontaire, m'avait à peine jeté un coup d'œil et sourit brièvement. Son regard avait ensuite fixé un point derrière moi et ne l'avait plus lâché.

Devinant sans mal l'objet de cette fixité assassine, j'avais habilement écourté l'entrevue, rejoint Maureen et l'avais entraînée vers le marché couvert, prétextant un achat urgent de poisson frais.

Plus tard, à la maison de Port Manec'h, Étienne n'y fera qu'une légère allusion, à sa manière :

– Quand la situation l'exige, tu peux te montrer rapide et efficace. C'est bien.

La deuxième fois... C'était aux obsèques de Maureen. Nous avions échangé un regard appuyé. J'espérai qu'elle ne s'était pas présentée simplement pour s'assurer que Maman ne reviendrait plus jamais. Mais la vue de son visage dénué d'expression m'avait contrarié. J'aurais préféré la voir sourire. La haine est compréhensible, quantifiable. Pas l'indifférence.

– Elle est partie, Ryan. Il y a un mois. Elle m'a quitté. Tu peux comprendre ça ? Pendant vingt-cinq ans elle a supporté ma relation étrange avec ta mère et, alors que pour elle, tout doit être rentré dans l'ordre, la voilà qui s'en va... Ce qui peut se passer dans la tête des gens m'étonne toujours.

– Je suis désolé d'apprendre ça, Étienne.

– Ne le sois pas. Je ne le suis pas moi-même. Je ne comprends pas, d'ailleurs, pourquoi je ne suis pas plus surpris que cela.

– C'est une battante. Une ancienne compétitrice. Elle s'est peut-être rendu compte qu'elle n'avait plus d'adversaire. Que la victoire devenait trop facile. Elle ne l'a pas fait avant parce qu'elle ne voulait pas t'abandonner à Maman... Elle ne voulait

202

pas perdre.

– Bon sang, fils, ce que nous pouvons être compliqués !

Nous reprenons notre ascension en silence mais non sans réfléchir.

Comme je l'ai fait, une partie de cette courte nuit, repensant à la brève aventure de quatre jours de Maureen et de son gendarme. J'ai d'abord souri en imaginant les deux amis soudain seuls au monde, libres d'exprimer ce qu'ils ressentaient au fond d'eux-mêmes, se retirant dans un lieu fait pour eux seuls, protégés par la nuit, par l'anonymat d'une grande ville... Et puis... J'ai maudit Étienne. Il s'était trompé. Il n'avait pas agi en gendarme, une fois de retour. Pas comme le gendarme fier, intraitable, garant d'une autorité incontestable, que nous connaissions. Il n'avait réagi qu'en homme du commun. Avec lâcheté. Avec la peur de l'avenir tenaillée aux tripes. Il n'avait pas fait confiance à Maman. Il avait eu peur pour lui et n'avait rien fait. Parce que... "C'est simple... c'est con... c'est la vie".

S'il n'avait obéi qu'à ses sentiments, il aurait protégé Maureen. Il l'aurait sauvé d'elle-même. C'était sa mission. Et Maman serait encore avec nous, avec lui... Elle serait en train d'écrire à cette heure. À l'abri sous la végétation de son bureau d'été, un gilet ou une couverture légère sur ses épaules graciles. Ses cheveux de miel onduleraient de part et d'autre de son visage serein. Elle caresserait les mots. Construirait des phrases comme un ingénieur, des ponts improbables, aériens… Et puis elle sourirait en entendant de légers bruits venant de la maison. Son fils qui, depuis quelque temps, depuis qu'il était un homme, ne supportait plus les grasses matinées, se levait une heure après elle, préparait son déjeuner et une grande tasse de thé pour sa mère. Il viendrait la rejoindre, poserait le plateau sur la table, s'approcherait et l'embrasserait sur le front en appuyant son baiser, également une nouvelle habitude d'homme, il pousserait, sans lui en demander la permission, le bloc ou l'ordinateur portable, le remplacerait par la tasse de thé, et prendrait place enfin, non pas en face, mais à côté d'elle. Et puis...

Je chasse ces pensées en arrivant devant la porte de mon appartement. Ce sont des pensées de nuit. Des chagrins que la lumière du soleil a le devoir de rendre transparents pour ne pas nous entraîner dans la folie.

Étienne a aimé Maureen qui lui a rendu cet amour, à sa

manière. Sans rien demander de plus.

Je glisse ma clé dans la serrure et tourne. Mais rien ne se produit. Je regarde Étienne.

– Elle ne tourne pas. La porte n'est pas fermée à clé.

Il me fait signe de retirer la clé et interrompt mon geste lorsque je fais mine d'actionner la poignée.

– N'y touche pas. Tu te souviens d'avoir fermé la porte, la dernière fois que tu es sorti ?

– Non, je te l'ai dit. J'ai laissé mon appartement à un couple d'amis. Ils ne l'ont peut-être pas fermée. Ou alors ils sont encore là...

Étienne appuie à plusieurs reprises sur le bouton de la sonnette. Nous entendons le timbre mais rien d'autre.

Il sort un mouchoir de sa poche. Qui, à part lui, possède encore des mouchoirs en coton ? Il pose le tissu sur la clenche ronde et, de deux doigts, tourne la poignée.

Il est devant moi lorsqu'il pousse le battant. Je ne vois rien, mais l'entends distinctement :

– Merde, ici aussi !

Nous ne sommes pas entrés. Étienne m'a montré l'intérieur de l'appartement, sans bouger de la porte et m'a demandé si cela correspondait à mon bazar habituel.

– Pas à ce point, non.

Il a ensuite joué de son autorité pour faire venir la police.

C'est Alexandre Benoit qui arrive accompagné de deux policiers en tenue. Le lieutenant, qui avait participé à mon audition avec les deux inspecteurs anglais, me reconnaît et me fait un rapide sourire en me saluant. Puis il prend Étienne par l'épaule et l'entraîne plus loin en lui disant.

– Bon, tu m'expliques pourquoi tu déranges un lieutenant de police pour un simple cambriolage ?

De toute évidence, les deux flics semblent bien se connaître. Je n'entends pas le reste de la conversation, mais Étienne doit lui raconter toute l'histoire car leur conciliabule s'éternise, avec de fréquents coups d'œil dans ma direction.

Les deux flics en tenue sont entrés dans mon appartement. L'un d'eux apparaît à la porte et me fait signe.

Je m'approche.

– Je vais vous faire entrer, Monsieur. Marchez dans mes pas et dites-moi si, à première vue, quelque chose a disparu.

Je le suis sans me faire d'illusions. L'appartement est quasiment dans le même état que la maison, hier. Distinguer ce qui aurait pu disparaître, relève de la naïveté. Je me garde cependant d'en faire la remarque.

Je fais un inventaire rapide, surtout des biens matériels ; poste de télévision et... grille-pain ? peu de chose en fait. Cet appartement n'a été, depuis que je l'occupe, qu'un pied-à-terre. Je suis ce qu'on appelle dorénavant, un tanguy. La maison de Port-Manec'h reste mon nid. Mon chez-moi. J'y reviens souvent, tous les week-ends, toutes les vacances, comme un étudiant attardé quittant son pensionnat.

Le flic remarque :

– Je ne vois pas de lecteur DVD, de radio, de PC, de console de jeux... C'est ce qui intéresse ces gens-là, vous savez, Monsieur.

Il parle avec une douceur empathique qui me surprend. Soit, je fais bien plus vieux que mon âge, soit, j'ai affaire à un gentil flic.

Étant de nature optimiste, j'opte pour le gentil flic.

– Je ne joue pas et je ne possède pas de PC fixe. Quant au reste... Plus personne n'a besoin de ça, maintenant.

– PC portable ?

– Chez moi... Je veux dire, dans la maison où j'habite actuellement.

– Ah ! Parce que, vous n'habitez pas ici...

– Si... Enfin... J'habite aussi ici. Mais j'ai prêté cet appartement à deux amis et...

– Vous pensez que ce sont eux qui... Ils ont des raisons de vous en vouloir ?

– Non... Je ne pense pas.

– Il faudra le signaler au lieutenant Benoit, Monsieur... ?

– Parker O'Neill.

– C'est marqué Parker seulement, sur la porte...

– Bien observé.

Il a une moue désabusée et hausse les épaules.

– C'est le métier, Monsieur... Donc, vous ne constatez rien ?

– Non, pas à première vue.

Le lieutenant Benoit m'a ensuite posé quelques questions et demandé l'adresse et les numéros de téléphone de mes amis. J'ai inscrit tout ça sur le carnet qu'il m'a tendu.

– Il va falloir qu'on les contacte. Ça ne pose pas de problème ?

– Non, vous pouvez les harceler autant que vous le voulez. Peut-être même les mettre en garde à vue, on ne sait jamais.

Étienne a réussi à convaincre Alexandre Benoit de faire venir une équipe technique. Quand celle-ci est arrivée, on m'a dit qu'il se passerait trois bonnes heures avant que je puisse récupérer mon appartement.

Étienne et moi avons quitté les lieux.

Même au bout de trois bonnes heures, il n'est pas certain que j'aie envie de rentrer dans cet appartement.

Deux viols en deux jours...

Il est dix heures trente lorsque nous sortons du commissariat où nous nous sommes arrêtés pour porter plainte.

J'appelle Ludi. Elle doit être réveillée, maintenant. Ludi est une lève tard. Ça fait partie des nombreuses choses que je n'ai pas à découvrir sur elle.

– Je n'ai pas réussi à avoir des places pour Belfast. J'ai fait comme tu me l'as écrit sur ton mot. J'ai retenu un avion-taxi qui décolle à seize heures trente, à Lorient. Tu sais combien ça coûte ?

– Il va falloir que tu t'habitues à certaines choses, ma chérie.

– Dans ce domaine, aussi, je suis une vraie fan de Maureen. Je te freinerai.

– C'est un cas d'urgence. Je ne veux pas qu'Agnès pète les plombs...

– Elle va mieux ce matin. Mais tu as raison. Il faut que l'on parte. Tous.

– Comment tu vas, toi ?

– Je n'aime déjà plus me réveiller seule... Ryan, la dernière ligne sur ton mot...

– Je t'aime ?

– Celle-là, oui.

– Alors ?

– Rien. Je voulais juste l'entendre. Et...

– Oui ?

– Je t'ai dit des bêtises cette nuit. Je ne veux pas que tu croies que je cherche à t'en éloigner, je vous aime tous les deux...

– J'ai compris ce que tu m'as dit, Ludi. Tu as raison. Je lui en parlerai quand nous serons tous au calme. Ne te fais pas de souci pour ça. Mais c'est vrai que je n'ai jamais vu les choses sous cet angle.

– Je regrette de t'en avoir parlé...

– Ludi... Tu as raison, d'accord ?... Bon, tu me le dis, maintenant ?

– Je ne sais que le murmurer la nuit, dans l'oreille.

Avec tout ça, nous n'avons pas eu beaucoup de temps, Étienne et moi, pour parler des derniers événements et déterminer la marche à suivre.

Nous nous arrêtons sur la terrasse d'un café avant de rentrer à Port Manec'h.

Étienne s'emballe, pas très content :

– Merde, Ryan ! Comment veux-tu que je vous protège si vous partez au diable Vauvert ?

– Agnès a peur. Elle est incapable de rester ici. Et comme mon voyage à Antrim était prévu... Dis-moi plutôt ce que compte faire le lieutenant Benoit pour mes cambriolages.

– Pas grand-chose, en fait. Il est un peu coincé. Si les effractions concernent le meurtre de Julia Milazzi, c'est la police anglaise qu'il faut prévenir. J'ai eu Lalitamohana, hier. Elle a trois affaires de meurtre sur le dos. Ton cambriolage ne suffit pas comme élément nouveau. Impossible, pour l'instant de le relier à l'affaire Milazzi. Elle veut du concret. Elle en réclame, même. C'est une bonne flic, tu sais, mais elle est seule. Terriblement seule.

– Pourquoi ses supérieurs tiennent-ils tant à étouffer le meurtre de Julia ?

– Lalita pense que c'est depuis qu'elle a relié l'affaire au suicide de ta mère... Merde ! Désolé, fils.

– Ce n'est pas grave. Maureen m'a appris à ne pas avoir peur des mots.

– C'est vrai, oui... Donc, quand on commence à toucher à l'Irlande du Nord... les Anglais se font prudents.

– Et Benoit, et toi ? Vous n'allez rien faire ?

– On va enquêter sur les effractions. Tous les deux. On va faire notre boulot, Ryan. Tout ce que l'on va pouvoir. Alex est un ami, il ne me laissera pas tomber.

Nous sirotons notre café en silence. Un auvent nous abrite d'une bruine fraîche. Un temps d'été mouillé dans une Bretagne que nous aimons tous les deux. Je repense aux paroles de Ludi.

– Moi, ça ne me dérange pas, je fais partie du trio, mais Julien ? Comment peut-il s'intégrer dans le couple que tu formes avec Agnès ?

– Nous ne sommes pas un couple, nous sommes frère et sœur...

– Vous avez trente ans, vous ne pouvez passer une journée sans vous voir, vous mangez ensemble, vous dormez quelquefois dans le même lit, vous élevez Max ensemble...

– Par défaut. Son...

– Ryan...

– D'accord... Merde, Ludi ! C'est si grave que ça ?

– Pourquoi crois-tu que vous êtes encore célibataires à trente ans ?

– En ce qui me concerne, c'est simple. Je t'attendais.

Elle se love un peu plus contre moi.

– Tu en es sûr ?

– Je n'ai jamais fantasmé sur Agnès. Ni volontairement ni involontairement. Je ne suis sorti qu'avec des grandes brunes, minces, aux yeux noisette. Jamais, avec des petites métisses pulpeuses aux cheveux roux. Et lorsque je rêvais d'Agnès, elle nous regardait, toi et moi.

– Mais elle était là.

– Oh merde... !

– Tu penses à quelque chose, mon garçon ?

– Rien d'important, Étienne. J'ai un peu de mal à faire le point sur ce qui s'est passé...

– Laisse-moi le faire pour toi.

"Il y a maintenant deux mois et demi, le 24 mai, ta Maman, en villégiature à Antrim, reçoit la visite d'un homme encore non identifié. Un peu après quinze heures, l'après-midi du même jour, elle monte dans sa barque et, rejoint un endroit sur le Lough Neagh, où elle a l'habitude de se laisser dériver lentement en lisant, dessinant ou, plus fréquemment, en écrivant. Un pêcheur... un ami ?

– Un ami.

– Un ami, donc, lui aussi sur une barque, mais en train de s'adonner à son passe-temps, à... combien ? Deux cents, trois cents mètres ?

– Il n'a pas précisé. Il a mis... trop de temps pour arriver là où...

– Il l'aperçoit. Il la regarde. Peut-être a-t-il envie de la rejoindre, mais il hésite, la voyant occupée. Il discerne bien sa silhouette, en tout cas, se dresser sur la barque et, s'en inquiète. Ce n'est pas stable. Ce n'est pas prudent. Puis paralysé par la stupéfaction, il la voit poser ses mains sur sa poitrine et basculer dans l'eau glacée, comme au ralenti. Il se ressaisit rapidement, balance son matériel de pêche à la flotte, empoigne ses rames et, complètement affolée, cette fois, il se démène comme un fou pour rejoindre la barque de ta mère.

– Bartley ne m'a pas donné toutes ces précisions...

– Je me mets à sa place, gamin. Bon sang, j'en ai des sueurs froides ! Il rame, donc, à s'en faire péter les bras. Il percute la barque de Maureen, mais n'en a cure. Et là, malgré son âge et la température de l'eau, il ne prend même pas le temps d'enlever ses godillots, il plonge.

"Putain ! Quel âge, tu m'as dit, qu'il a ?

– 72 ans. Mais il n'en fait qu'un peu plus de soixante...

– Bon sang ! La vie est dure, pourtant, là-bas. Et l'Histoire n'a pas été tendre.

– Il m'a dit qu'il a commencé à rajeunir lorsqu'il s'est mis, enfin, à réfléchir...

– Un philosophe ?

– Un homme. Un sage. Il te plairait.

– Il plonge. Et replonge. Il est vieux. Il a mal partout. Mais il insiste jusqu'à n'en plus pouvoir. Il finit par la repérer. Il la remonte et la ramène jusqu'à la rive... Merde ! C'est super-papy ton petit vieux ! J'ai fait un stage de sauvetage en mer, il y a longtemps. Même équipé d'un gilet de sécurité, c'est costaud comme manœuvre. Tu as déjà essayé ?

– Une fois. On chahutait sur une barque, avec Agnès et on s'est retrouvé dans la flotte. On a voulu remonter dans la barque mais elle s'est retournée et a cogné la tête d'Agnès. Elle est tombé dans les pommes et je l'ai ramenée jusqu'à la rive. C'était sur le fleuve... Et oui, c'est costaud. Nous ne portions pas de gilets.

Je vois Étienne sourire. Je m'indigne :

– Non ! Elle ne te l'a pas raconté ?

– Si... Elle a fait semblant d'être évanouie pour voir si tu serais capable de la sauver...

– La garce ! J'ai cru que je n'allais pas y arriver. Je pensais que le coup l'avait peut-être tuée. Merde ! J'avais seize ans, tu te rends compte ? Je hurlais et pleurais tout en la traînant. Ce n'est qu'allongés sur la rive boueuse qu'elle a éclaté de rire et s'est mise à courir avant que j'ai pu lui tordre le cou.

– Toujours avec elle, hein ?

– Pourquoi tu me dis ça ?

– Pour rien. Parce que, vous avez toujours fait vos conneries ensemble. En tout cas, le vieux, que fait-il maintenant ? Il appelle les secours ?

– C'est un vieux pêcheur irlandais qui vit seul, et qui, à l'en croire, a même perdu le contact avec ses concitoyens. Il n'a pas de portable. Il regagne la rive, tente de ranimer Maman, mais en vain, et, seulement là, d'une manière qu'il ne m'a pas précisée, appelle les secours. Quand ceux-ci arrivent enfin, ils le trouvent évanoui, en hypothermie et Maman... Il est trop tard...

– Pendant ce temps-là, poursuit Étienne après un silence douloureux, l'homme, aperçu en compagnie de ta mère le matin du drame, est vu vers dix-sept heures au domicile londonien de Maureen et de Julia Milazzi... Rien d'impossible d'après Lalita...

– Elle se prénomme Adira et nous ne sommes pas certains qu'il s'agisse du même homme.

– Nous n'avons que cette hypothèse. Autant s'y tenir. Julia se trouve-t-elle dans l'appartement ou y arrive-t-elle alors que le bonhomme est déjà sur place ? Lali... Adira, donc, n'a pas pu le déterminer. L'appartement est dévasté, et la belle Italienne assassinée.

– Adira soutient que c'est une chute contre un coin de table qui l'a tuée.

– Après avoir été tabassée. L'intention me paraît claire. Le mobile, moins.

"Puis il ne se passe rien de connu, du moins, pendant deux

semaines. Jusqu'au cambriolage sans vol des éditions Parker O'Neill. Et, jusqu'à la vandalisation de ton appartement de Concarneau qui intervient le même week-end.

– Hein ? Comment... ?

– Je t'ai dit qu'Alex allait travailler. Il n'a pas perdu de temps. Il m'a appelé pendant que tu téléphonais à ta Ludi. Ton voisin, à l'étage en dessous du tien, a entendu des gros bruits de déménagement ce samedi soir là. Le lendemain de l'effraction de ton agence.

– Bon sang ! Ça fait deux mois et...

– Il a oublié. Et dans le genre d'immeuble où tu habites, on ne s'occupe pas des affaires des autres.

– Quel genre ?

– Euh... Classe ?

– C'est un vieil immeuble rénové où loge une majorité de bobos... Ce n'est pas un hôtel particulier, non plus.

– En tout cas, tes bobos ne font pas dans la solidarité...

– Ce ne sont pas les miens et... Tu as raison. Ça nous emmène où, tout ça ?

– À une enquête, celle d'Adira Lalitamohana, bien menée, certes, mais complètement bouchée. Voire verrouillée, ce qui est plus embêtant. Et à un quatrième saccage. Celui de ta maison, hier.

– Il a attendu deux mois. Pourquoi ?

– Parce qu'il n'a pas trouvé ce qu'il cherche et que la pression commence à le rendre dingue. D'où la violence destructrice dont il a fait preuve hier. Vous avez de la chance qu'il n'ait pas foutu le feu à la maison. Et surtout, qu'aucun de vous ne soit revenu, à ce moment.

Frissonnant à ses dernières paroles, je tente de remonter le fil de la journée d'hier. Agnès, Julien et Max, ne nous voyant pas revenir étaient partis à midi pour Pont-Aven, d'où ils ne sont revenus que vers seize heures trente, et ont découvert le sac de notre demeure. Ludi et moi étions arrivés quelques minutes après quinze heures, mais sans entrer dans la maison. Un quart d'heure après (la pergola n'est pas si bien équipée que l'on éprouve le besoin de s'y attarder, notre enthousiasme licencieux apaisé), nous descendons vers la plage pour un bain-de-mer en guise de douche et une sieste câline à l'abri des rochers.

Je me rends compte que notre vandale surveillait la maison,

211

ainsi que nos faits et gestes. Il a donc, probablement commis son forfait entre midi et quinze, ou, entre quinze heures trente et seize heures trente, ou bien encore, comme je le pense, entre midi et seize heures trente. Il était sur les lieux lorsque Ludi et moi sommes arrivés. Il n'est pas impossible qu'il nous ait espionnés sous la pergola, puis, sur la plage, constatant que nous étions fort occupés à jouer comme des gamins, à poil dans l'océan, puis à...

Un mélange de haine et de peur me fait hausser la voix :

– Mais qu'est-ce qu'il cherche, bordel !

– Ne crie pas ! Surtout pour hurler des grossièretés ! Je suis en uniforme, bon sang. Les gens vont croire que tu m'engueules !

"Ce qu'il cherche, on n'en sait rien. C'est en rapport avec ta Maman et avec toi et, à moins que tu ne me caches quelque chose, il me semble tout savoir de ta vie. Et celle de Maureen... Bon sang, je n'en connais pas de plus limpide !

Je pense aux cahiers et estime qu'il est grand temps de le détromper.

– Que connais-tu de la vie de Maureen, en Irlande ?

– Son enfance. Son adolescence. Dans un climat de troubles perpétuels... les deux ou trois années précédant son départ restent obscures. Elle n'aimait pas s'y attarder.

Je lui raconte les cahiers, résume leur contenu, évoque maladroitement sa liaison avec Sean Murphy...

– C'est ancien. Ne soit pas gêné. La nature ne m'a pas doté d'un naturel jaloux. Élise (madame Calestano) aimait, de temps en temps, me faire payer ce qu'elle appelait mes infidélités de cœur. Et s'employait, évidemment, à me le faire savoir. Je suis donc très aguerri envers cette affliction amoureuse qui ne présente rien de sensé à mes yeux.

Je ne connais rien de l'homme qui me fait face. Tout comme je ne connaissais rien de Maman avant de me lancer dans l'étude douloureuse de sa vie. Est-ce par égoïsme que nous nous complaisons à vivre au milieu d'intimes si étrangers ?

– Deux hommes, donc, terminé-je. Michael, le frère de Maureen et Sean Murphy, sa liaison adolescente. L'un de ces deux hommes, si les causes de la mort de Maman et de celle de Julia remontent à cette époque, est susceptible d'être notre destructeur de maison et l'assassin de Julia.

– C'est aller un peu vite, mais c'est une piste intéressante. Je creuserai du côté de mon contact en Irlande du Nord. Il est à la retraite, maintenant, mais n'est pas dépourvu d'entregent.

Il est tard dans la matinée. Nous commandons un déjeuner et continuons à parler de Maureen et de ses cahiers. Libéré, Étienne ne cache plus, à présent, les sentiments qu'il a éprouvés pour son elfe gaélique.
C'est un plaisir de l'entendre.
Une tristesse insondable devant un tel gâchis.

Et puis c'est l'heure de rentrer à Port Manec'h.

Et, finalement, oui. Nous sommes tous partis.

CHAPITRE DIX-SEPT

Il est plus de vingt et une heures, lorsque nous sortons de la voiture de location et découvrons dans la lumière des phares, qu'Agnès laisse allumés, la maison de pêcheur ; une vraie maison de pêcheur, cette fois, sur la rive du Lough Neagh. Nous ne faisons que deviner la présence du lac immense, tant l'obscurité, hors du rayon lumineux des phares, est totale.

Max accrochée à ma jambe, à peine éveillée, elle s'est endormie sur la route d'Antrim, je m'approche de la maison, grimaçant devant son aspect inquiétant. Pour un premier contact, la nuit sans lune, la fraîcheur, les ombres surnaturelles engendrées par le faisceau trop étroit, trop cru, de lumière blanche, ne sont pas de nature à rassurer ma petite troupe. Ludi, qui tient l'autre main de Max, me souffle :

– De la fumée sort de la cheminée et il m'a semblé apercevoir une lueur à la fenêtre de droite. Tu es sûr que c'est la bonne maison ?

Je vais pour lui signaler que je connais l'endroit depuis longtemps et qu'il y a deux mois et demi, j'y suis resté pendant presque une semaine. Et, aussi, qu'elle m'aiderait grandement, dans mon rôle de chef de famille, à garder une sérénité de bon aloi.

Ma Flûte me tire d'une réflexion sèche qui n'aurait pu que m'embarrasser par la suite.

– C'est cette maison. Je la reconnais. Mamie Maureen m'a montré des photos. On dirait une maison de fée. Mais on ne voit pas le "Lauf Nef". Il est où, Tonton ?

Je ne peux m'empêcher de jeter un coup d'œil satisfait vers Ludi. Pour lui faire comprendre qu'il y en a au moins une dont

215

les pieds touchent encore le sol.

Je fais un mouvement du bras :

– Il est partout, ma chérie. On ne le voit pas, mais on peut l'entendre, le sentir. Viens, je vais te montrer.

M'adressant à Ludi :

– La clé se trouve sous le pot de fleurs, à côté de la porte. Installez-vous et ne vous inquiétez pas pour le feu dans la cheminée. J'ai prévenu Bartley de notre arrivée.

En fait, incapable de joindre le vieil ami de Maman, je me suis résolu à laisser, en désespoir de cause, un message sur le téléphone de la maison, en espérant que le vieux pêcheur effectuerait sa tournée de maintenance affective aujourd'hui, et, surtout, se montrerait suffisamment indiscret et au fait des nouvelles technologies pour consulter la messagerie.

Et Bartley m'a, une fois de plus, étonné.

Julien nous rejoint, suivi d'une Agnès bien trop silencieuse à mon goût tandis que Ludi me fait remarquer, inutilement :

– Il fait noir, Ryan. Vous n'allez rien voir.

Je sors mon portable et lui montre :

– J'ai l'option lampe de poche. Et quand vous serez dans la maison, allumez l'éclairage extérieur.

– Bon, on y va ? fait ma nièce en me tirant la main.

Et, pendant que l'on contourne la maison, guidés par l'étonnante clarté du téléphone, à voix basse, comme pour un secret :

– On appelle ça, une "appli", Tonton.

– Je m'en souviendrai, chérie, sur le même ton.

Le temps de faire le tour de la maison, un éclairage suffisamment puissant pour écrire, le soir venu, sur la table en bois d'un petit salon de jardin protégé de la pluie par une véranda au toit de chaume, illumine, sans agressivité, l'arrière de la maison.

Cette véranda, à l'origine, un simple abri ouvert pour matériel de pêche, Maureen l'avait fait rénover afin d'y jouir d'un minimum de confort pour se livrer à la seule occupation qui conditionnait sa vie. Elle s'interrogeait, il y a peu, sur l'opportunité de la fermer de vitrages afin d'en profiter, quelles que soient les conditions météorologiques et aussi d'échapper à la mouche très amoureuse vivant au bord du lac. Elle avait hésité trop longtemps...

La maison se trouve à une vingtaine de mètres du lac. Outre la véranda, Maureen avait fait restaurer les installations que son père utilisait pour exercer son métier, supports pour filets, caciers et, surtout, une jetée en bois s'avançant de douze mètres à l'intérieur du Lough Neagh. Une barque, *la* barque, y était amarrée et dansait avec légèreté sur les vaguelettes nocturnes.

Dans un désir animiste empreint d'une colère puérile, j'avais voulu, deux mois auparavant, traîner cette saloperie de bateau au milieu du lac et en percer le fond à l'aide d'une hache.

Agnès avait retenu ma pulsion idiote.

– C'est sa barque. Elle y était très attachée. Elle nous l'a dit.

C'était avant qu'Agnès ne commence à lui en vouloir.

Max et moi, nous tenant par la main, nous avançons sur la jetée.

– On pourra faire un tour en barque ?

Quelques pas, puis :

– Tonton ? On pourra...

– J'ai entendu. Peut-être pas dans cette barque. Il y a des gros bateaux, à Antrim, là-bas, où l'on voit des lumières. Il y en a un pour les touristes. Pour visiter le lac. Nous le prendrons.

Nous sommes au bout de la jetée. Nous nous asseyons, les pieds ballants. Je retire mon blouson et en enveloppe ma nièce qui se blottit contre moi.

– Il fait du bruit. Ça fait comme si... il y avait du monde en dessous...

– C'est le vent, ma Flûte. Et les vagues. Et... le reste.

– Quel reste ?

– Mamie Maureen pensait que le lac était vivant. Qu'il respirait. Donnait à manger aux gens. Arrosait leurs cultures. Permettait aux hommes de s'amuser sur son dos lors de courses de bateaux ou de promenades en barque... Mamie aimait bien donner de la vie aux choses inanimées.

– Il est méchant ?

– Non. Ses eaux montent parfois, jusqu'à menacer la maison, ou baissent, comme actuellement, mais, c'est parce que c'est dans sa nature... Il ne le fait pas méchamment. Les objets ne sont pas méchants.

– Pourquoi est-ce qu'il a avalé Mamie, alors ?

– C'est ce qu'on appelle un accident. Personne ne le veut,

mais ça arrive.

– Comme le fils de Mamie Noune ?

– Pareil.

– Mamie Noune, elle pleure encore.

– Pas parce qu'elle est triste. Parce qu'elle se souvient.

– Elle est tombée où, Mamie Maureen ?

– Plus loin... Je ne sais pas exactement à quel endroit.

– Peut-être que le lac a essayé de la remonter mais qu'elle était trop lourde.

– C'est sûrement ce qui s'est passé. Un lac comme ça ne peut pas être méchant.

– Tu te souviens, toi aussi ?

Elle m'entoure de ses bras et me serre davantage.

– Tu peux pleurer, si tu veux...

Je fais semblant de ne pas entendre le mot qu'elle murmure à la fin de sa phrase.

Agnès est venue nous rejoindre. Puis Julien. Et puis enfin Ludi qui s'est assise à côté de moi. Contre moi. Nous sommes restés ainsi jusqu'à ce que la fraîcheur nous saisisse.

Et puis, Ludi :

– Quelqu'un sait cuisiner ? Il y a deux gros poissons dans le frigo. Prêts à cuire.

Un silence de quelques secondes, puis, la voix de Julien.

– M... moi je sais. Un... un petit peu.

Bartley avait déposé deux poissons, certainement pêchés du jour, vidés et nettoyés, dans le frigo ; placé un panier contenant cinq énormes pommes de terre, quelques échalotes, du thym, du persil à côté d'un vase garni de fleurs du jardin et une bouteille de cidre, sur la table qui occupe une bonne partie de la pièce à vivre de la petite maison.

Il avait, en outre, fait un beau feu dans la cheminée, doutant de la capacité des petits Français à supporter les températures, pourtant estivales, de son Irlande.

Je suis pressé de revoir Bartley. Pour le remercier. Pour demander de ses nouvelles. Pour... être avec lui, tout simplement. Pour savourer la compagnie de ce nouvel et dernier "amoureux" de Maureen. Et, bien sûr, pour parler d'elle.

Il m'avait confié qu'il pêchait avec le père de Maureen et, je n'ai réalisé que bien plus tard qu'il avait dû connaître Maman dès sa plus tendre enfance jusqu'à, peut-être, son départ d'Irlande.

Curieusement, une partie de mon être, je ne saurais dire laquelle, se montre réticente à découvrir une vérité qui risque de me sembler trop vulgaire, pour l'image que je me suis construit, ces derniers mois, de ma mère.

Pendant que Julien s'affaire aux fourneaux en compagnie de Max, nous faisons les honneurs de la maison à Ludi.

Maureen a fait rénover sa demeure d'enfance en prenant – involontairement ? – modèle sur la maison de Port ManeC. Version miniature. Deux pièces au rez-de-chaussée, une chambre, la sienne, petite, dotée d'un grand lit, d'une penderie et d'un chauffage électrique et une salle unique, meublée utile d'une vaste table de ferme cernée de bancs inconfortables et pourvue d'une cuisine aménagée a minima. Un petit canapé et deux fauteuils, tous trois anciens et solides, sont disposés devant la cheminée.

L'équipement sommaire de la cuisine n'empêche pas nos deux cuistots de prendre à cœur leur nouvelle responsabilité. Nous les laissons pour grimper l'escalier, le long d'un mur, menant à l'étage, à demi sous-combles, séparé en trois pièces. Une grande chambre, genre dortoir, trois lits à une place et deux commodes, le tout fleurant son Ikea ou ce qui en tient lieu ici. C'est dans cette chambre que nous avions dormi, Agnès et moi, il y a deux mois et demi. Maureen l'avait aménagée pour nous. Rien, bien sûr, n'a changé. À côté d'une salle d'eau moderne et spartiate, une chambre, petite, ancienne et émouvante. La seule pièce de la maison n'ayant pas été rénovée. La chambre de la petite Maureen. Une chambre qu'elle avait occupée jusqu'à ses vingt ans. Le refuge d'une petite fille pauvre qui n'avait pas conscience de l'être, tellement riche de rêves.

La pièce minuscule est meublée d'un lit trop petit pour une jeune femme de vingt ans (Maureen, en étude à Belfast, ne séjournait à Antrim que pour les vacances scolaires, lorsqu'elle ne travaillait pas pour soulager financièrement ses parents), d'une armoire "faite maison", de petites étagères posées sur le mur supportant à peine une dizaine de livres, et d'un humble bureau, en fait, une simple table de toilette ancienne, plateau en marbre et rebord en bois vaguement ouvragé, accompagné d'une chaise sur laquelle, seule une gamine d'une trentaine de kilos avait pu s'asseoir sans la briser.

Nous pénétrons dans la chambre, Agnès et moi, Ludi restant dans l'embrasure, prête à nous laisser.

Agnès s'approche d'elle et lui prend la main, puis, la tirant, me rejoint et saisit la mienne.

Elle s'assied sur le lit sans nous lâcher. Ludi l'imite et, après une hésitation compréhensible, vu l'étroitesse et l'apparente fragilité de la couche, je me pose avec méfiance à côté d'elle. Nos cuisses se touchent. Le sommier grince.

Et Agnès parle, nous serrant fort les mains. Parle quasiment pour la première fois depuis la veille et la découverte du saccage de la maison de Port Manec'h :

– J'ai eu tellement peur, hier. Je ne sais même pas pourquoi. Ce n'est qu'un cambriolage, après tout. Mais... quand j'ai imaginé ce... cet étranger, cette personne qu'on ne connaît pas, entrer dans notre maison, passer d'une pièce à l'autre, fouillant nos meubles, nos tiroirs, nos vies. Pénétrant notre intimité, la touchant, la... souillant. Ce n'est même pas parce qu'il a tout cassé, chamboulé... c'est parce qu'il y a touché. Parce qu'il se trouvait dans un endroit qui *est* toute notre vie. Je me suis sentie presque comme quand, l'autre connard m'a planté Max dans le ventre. Je me suis sentie puni de quelque chose que je n'avais pas commis.

Elle serre davantage ma main, jusqu'à la douleur. J'imagine ce que doit ressentir Ludi à qui elle doit faire subir le même sort. Agnès est droitière, et, je le sais pour avoir souvent chahuté avec elle, possède une belle poigne. Je ne regarde pas, mais je devine que la main gauche de Ludi doit commencer à prendre une couleur inquiétante. Mais Ludi n'en a cure. Ludi est redevenue l'aînée responsable et protectrice qui souffre pour nous. Elle ne veut plus que s'imprégner de la douleur d'Agnès, la stocker dans son corps à elle, qui n'est plus à ça près.

Elle est comme ça, ma Ludi.

– ... J'avais envie de vomir, mais cette fois, ce n'était pas à cause de l'alcool. J'avais envie que Maman soit là, avec Julia. Je voulais qu'elles m'emmènent à Londres et qu'elles s'occupent de moi, me câlinent comme un bébé, me protègent... J'ai eu l'impression de retourner neuf ans en arrière et que c'était la même ordure qui avait souillé ma maison. Qu'il était revenu pour en remettre une couche. Pour faire du mal à Max. Pour recommencer à me foutre la tête dans cette saloperie de barcasse, arracher mes sous-vêtements, et...

– Agnès !

Je desserre ses doigts à l'aide de ma main libre et, passant mon bras derrière elle, j'attrape l'épaule de Ludi et les étreints toutes les deux.

Mais Agnès pleure, maintenant. Et, entre deux sanglots :

– Je vomissais pendant qu'il me besognait. Je n'étais plus consciente de rien et pourtant je savais ce que je faisais. Ce que j'avais permis qu'on me fasse... Il me faisait mal. Il puait, il grognait comme un porc... Mais je l'avais voulu, bordel !

Ludi colle ses lèvres sur la joue de ma sœur, de *sa* sœur et lui murmure :

– Arrête, ma chérie, arrête. Ce n'est pas ta faute. C'est faux. Tu ne l'as pas voulu. Je sais ce qui s'est passé. J'ai été les voir, tes soi-disant copines. Quand les garçons se sont joints à vous, ils t'ont fait boire, fumer et t'ont peut-être donné autre chose, elles n'ont pas voulu me le dire. Et puis, ivres, défoncées, elles l'ont laissé te violer. Tu n'étais pas consentante. L'Agnès que l'on connaît, que l'on adore bien au-delà de ce que tu peux le croire, n'était pas consentante. Tu n'étais plus toi-même. Ce n'est pas ta faute, chérie, pas ta faute...

J'ai rapproché mon visage du leur, j'ai embrassé les larmes d'Agnès, et nous sommes restés ainsi quelque temps, attendant qu'elle se calme. Comme nous l'avions fait à la mort de Luc, pour une Ludivine qui cherchait moyen de s'accuser de l'accident de son frère.

Et puis elle s'est calmée. Plus rapidement que l'on aurait pu le croire. Elle nous a embrassés et dit :

– Je suis désolée. Il fallait que ça sorte. Ça va aller, maintenant. Descendez retrouver Max et Juju. Je vais rester un peu. Je ne veux pas qu'ils me voient dans cet état.

C'est seul, bien entendu, que je rejoins mes deux cuisiniers. Ludivine ne peut abandonner Agnès. Si elle l'avait pu et fait, c'est moi qui serais resté. Ce qui nous unit tous les trois ne porte tout simplement pas de nom.

Peut-être, Maureen en aurait-elle trouvé un. Ou en avait-elle déjà un, en réserve, prêt à jaillir de son crayon, pour le jour où, qualifier notre trio s'avérerait pertinent ? Comme tout ce qui l'entourait, Maureen, nous avait observés avec une attention de toute évidence redoublée, du fait de notre parenté, et, n'avait pu manquer de noter l'alchimie étrange, cimentant les caractères de ses deux enfants et de la fille de sa meilleure amie.

Julien et Max sont assis sur le canapé et jouent aux cartes devant la cheminée. Le jeune homme, souriant d'une repartie de Max, me regarde.

– C'est prêt dans deux minutes.

Mon cœur se serre alors que je tente, sans résultat, de lui renvoyer son sourire, et que je considère son visage avenant. Julien est plutôt beau garçon. Des cheveux blonds, longs, frisés, tirés en arrière et ramenés en catogan ; un visage pâle aux traits peu marqués et, peu marquants, il est vrai, yeux bleus, nez droit, ni trop grand, ni trop petit, et lèvres larges, correctement dessinées. Il est un peu plus grand que moi, c'est-à-dire qu'il doit atteindre ou dépasser le mètre quatre-vingts, et aussi, car j'ai eu l'occasion de le voir torse nu hier pendant la remise en état de la maison, bien mieux foutu.

Et donc, mon cœur se serre, car j'aimerai qu'il ait suffisamment de volonté pour construire, avec une patience infinie, une relation saine avec ma sœur.

Malgré nous.

Je me promets de l'aider. D'inciter Ludi à l'aider et, peut-être, d'en parler à Agnès... Ludivine a raison. Nous devons changer.

Je remarque :

– Ça sent bon.

– Juju est très bon cuisinier ! fait sérieusement Max. C'est lui qui fait à manger, lorsqu'il vient à la maison. C'est très bon. Toujours. J'espère que c'est lui qui va cuisiner, ici.

Un slogan politique me vient à l'esprit : "le changement, c'est maintenant".

Et l'aide de Max est acquise à Julien.

Celui-ci se lève et me dit :

– J'ai trouvé quelque chose qui va te faire plaisir.

Il s'approche d'un buffet bas et étroit, et, en ouvre l'une des deux portes vitrées, puis s'écarte. Il me désigne une bouteille dont je reconnais la forme :

– Laphroaig. 12 ans, précise-t-il. Je n'y connais rien, mais je crois que c'est un bon, non ?

– Le genre que j'aime, oui... Non, n'y touche pas.

Je m'approche du meuble et considère la bouteille de Scotch. Elle est aux deux tiers vides. Et je suis certain que c'est la seule bouteille d'alcool que nous allons trouver dans cette maison.

Maureen ne buvait pas. S'en tenait à une demi-coupe de champagne les jours de fête ou lorsqu'elle se trouvait en compagnie de Julia, qui elle ne faisait pas montre d'un tel ascétisme.

La sonnerie du four nous prévient que le poisson est prêt. Julien va le sortir et je demande à Max :

– As-tu vu des sacs de congélation ou, même, des sacs-poubelles ?

– Je range les cartes, là...

– S'il te plaît, Max.

Elle se lève, mimant une exaspération à peine contenue et me rapporte un étui contenant des sacs congélation, moyens modèles qu'elle a été déniché dans l'élément sous l'évier. Je lui demande de détacher un sac et de le tenir ouvert tandis que je saisis la bouteille par le haut du goulot, de deux doigts, et l'apporte sur la table.

Max me tend le sac ouvert et s'enquiert :

– Pourquoi tu fais ça ? Il n'est plus bon ?

La voix d'Agnès me parvient, du bas de l'escalier :

– Tonton a décidé d'arrêter de boire, ma chérie. Et il veut tous nous mettre à la diète. C'est dommage parce que j'en aurais bien pris une larme.

C'est une bonne voix. Assurée. Ironique. Une voix qui me manquait déjà.

– On achètera une bouteille demain.

Puis à Max :

– C'est un cadeau pour Étienne. Une bouteille rare. On la lui ramènera après notre séjour.

J'enfile un deuxième sac, par le goulot, cette fois.

– Il est pas terrible ton papier-cadeau. Et ta bouteille, elle est presque vide...

– Ce n'est pas grave. Il sera content quand même.

Il est bientôt une heure du matin. Agnès, Julien et Max, sont montés et nous n'entendons plus les bruits de leurs pas. Ludi a passé un gros pull irlandais, le genre en laine brute qu'il est dangereux de porter sur une peau nue, et qu'elle a dégotté dans la penderie de Maureen. Elle me tend mon blouson et m'entraîne dehors, me faisant miroiter deux cigarettes du bout des doigts.

J'ai allumé l'éclairage extérieur et nous nous sommes installés sur un banc en granite, face à la jetée de bois.

Nous fumons, blottis l'un contre l'autre, le cul gelé par la pierre.

– Tu crois qu'il y a des empreintes sur la bouteille ? Me demande Ludi.

– Maman n'a jamais bu une goutte de whisky. Et elle n'était pas du genre à faire le service... Celui qui a bu de cette bouteille y a touché.

– Peut-être Bartley ?

– C'est un Irlandais pur jus. Il ne doit pas boire de whisky écossais. Mais je lui demanderai...

– Julia ?

– Vodka.

Le silence s'installe pour une trentaine de secondes, troublé par les menus bruits d'animaux nocturnes et les vaguelettes du lac.

Ludi :

– Bon... Vas-y !

– Tu ne m'as rien dit.

Elle tire une dernière bouffée de sa cigarette, la frotte sur le sol pour l'éteindre et garde le mégot dans ses doigts.

– Je n'ai rien dit à personne.

– Je ne suis pas "personne" et il s'agissait d'Agnès.

– C'était... compliqué. Agnès ne voulait pas porter plainte. Elle avait bu, fumé de l'herbe et, certainement, goûté à d'autres plaisirs défendus. Elle me soutenait que si elle ne l'avait pas voulu, elle était quand même consentante. C'était son comportement qui l'avait rendu consentante. Comme... coupable. Je ne pouvais pas porter plainte à sa place. J'ai pensé en parler à Étienne mais j'ai vite abandonné l'idée. Agnès est sa préférée, son "ange"...

Je devine son sourire qui doit faire écho au mien. Elle poursuit :

– Je ne suis pas certaine que les convictions de gendarme d'Étienne aient pesées lourd face à cette horreur, et... Étienne est armé, lui. Il n'y avait pas besoin d'un autre drame dans la famille... Alors je me suis occupée de ma petite sœur meurtrie. Comme Maureen et Julia, et Maman...

– Je me sens... exclu.

– Tu es un homme. Les conséquences psychologiques d'un viol sont extrêmement complexes. Inaccessibles à l'entendement d'un homme. Même au plus aimant, au plus attentionné des frères. Aucun mâle, même violé à son tour, ne peut ressentir ce qu'éprouve une femme abusée avec violence. Ce sont des siècles de servitude sexuelle, de domination inique d'une moitié de la population sur l'autre, d'impuissance honteuse face à l'injustice, qui te tombent dessus. Ce n'est pas seulement un sexe qui te déchire, qui te fait mal comme tu n'imagines pas, c'est l'horreur de la condition féminine à travers les âges qui te transforment en serpillière, en rien de plus qu'un jouet sans âme. Qui te fait douter de toi-même, de ton humanité et qui, pour finir, t'entraîne dans une délectation infâme de ta propre déchéance. Car ce qui est arrivé devient ta faute. La honte prend le pas sur tout. Et, Agnès craignait que ton regard sur elle ne change radicalement. Agnès avait honte.

"Tu as donc eu droit à la version très soft d'une aventure sentimentale brève, décevante et heureusement terminée par le départ du marin irresponsable et l'arrivée d'une gamine qui a transformé ta vie.

"Maman, Maureen et Julia, ont toujours cru à une simple beuverie, un comportement malheureux aux conséquences, humiliantes, mais dépourvues de séquelles...

– Et toi ?

– J'ai voulu savoir. Je connaissais les petites connasses avec qui elle sortait. Je les ai retrouvées et... j'ai su.

– Et tu ne m'as rien dit...

– Je ne l'ai même pas dit à Agnès avant ce soir... Et... tu m'évitais, à cette époque.

– Je ne t'évitais pas. J'étudiais à Quimper. Et après... J'ai travaillé avec toi. Je te voyais tous les jours.

– Ton regard m'évitait. Ton corps m'évitait, tes mains, ta bouche, d'habitude si prompte à voler des baisers, m'évitaient... Et tes pensées, elles, m'évitaient aussi ?

– Je ne voulais plus jouer et... mes rêves ne t'évitaient pas...

– Que de temps perdu. Quel dommage...

Elle pose une main sur ma cuisse. Aussitôt sa chaleur se propage jusqu'à ce qui, habituellement, sert de cerveau aux hommes.

Je rectifie :

– Tant de temps à rattraper. Quel bonheur...

CHAPITRE DIX-HUIT

Nous sommes restés six jours et sept nuits à Antrim, du moins dans la maison de pêcheur de Maureen, proche d'Antrim.

Contre toute attente ce séjour s'est apparenté à de vraies vacances.

Nous avons beaucoup roulé à partir du deuxième jour. Agnès conduisait la plupart du temps le SUV BMW que nous avions loué. Et lorsqu'elle en avait assez, elle passait le volant à Julien. Ludi n'aime pas conduire les voitures trop hautes et moi... mon cerveau refuse obstinément d'inverser mes réflexes de chauffeur continental.

Nous avons, bien sûr, rencontré Bartley Aonghusa, dès le lendemain de notre arrivée ; fait, comme promit à Max, une grande balade sur le lac sur un bateau pour touristes. Balade qu'Agnès et moi avons accomplie, le cœur serré. Tout, les paysages, les rives ponctuées de rares maisons, les bois, les montagnes au loin et les gens, dont les activités dépendent du lac, nous rappellent les cahiers de Maureen. Ses contes de fillette surdouée. Et même, d'une certaine manière, son style littéraire, puissant, chaleureux, parfois calme ou agité comme les eaux du Lough Neagh. Ce Lough Neagh, à qui Maureen a confié son corps et une partie de cette vie qui, quoique ait pu en penser notre mère, nous appartient aussi.

Julien court tous les matins de sept heures à huit heures trente, sur les chemins, sinuant à l'intérieur des bois voisins.

Je le précède d'une heure, sur les mêmes chemins, mais en marchant. Je le croise, sur le retour, près de la maison alors qu'il démarre sa course.

Le dernier matin, il s'est levé en même temps que moi et m'a demandé la permission de m'accompagner dans mon exercice quotidien. Nous avons marché pendant plus d'une heure et parlé aussi. De lui, d'Agnès, et de Maureen. Car il la connaît plus que je ne l'imagine. De retour à la maison du lac, il repart aussitôt. Courir.

Étienne appelle tous les soirs. Il me tient informé de l'enquête sur les effractions qu'il mène conjointement avec le lieutenant Benoit. Je lui fais part de ce que Bartley me raconte au fil de nos rencontres.

Ludi, voyant qu'elle ne peut m'empêcher d'enquêter sur le passé de ma mère, a décidé de soutenir ma quête et de m'accompagner dans mes recherches. Il me semble qu'elle se prend au jeu. Et... Nous parlons de nous, aussi. Nous avons beaucoup de rêves secrets à partager et une infinité d'avenirs possibles à construire.

Agnès...

Ma sœur fait à nouveau une pause dans son voyage au pays de Maureen.

– Tu me raconteras lorsque nous serons de retour. Je ne veux que me gaver d'impressions. D'images douces, nostalgiques. Pas cruelles...

Et Max... qui semble satisfaite d'être au centre de nos attentions, use et abuse, de sa situation privilégiée. Une certaine hiérarchie s'est imposée vis-à-vis de ma nièce. De toute évidence je reste le référent. Le tonton câlin, le négociateur, le déchiffreur des mystères de la vie. Julien s'est imposé comme compagnon de jeu et, plus adroitement que je ne l'aurais soupçonné, mordille sur mon terrain.

Je ne l'encourage pas. Je n'en suis pas encore à ce stade du détachement progressif que ma conscience m'impose, mais je laisse faire. À la satisfaction de Ludi et l'étonnement d'Agnès.

Les deux filles, d'ailleurs, se chargent de ramener Max sur terre lorsque l'amour de ses deux soupirants tourne au gâtisme empressé.

Max a tenu, dès la deuxième nuit, à dormir dans la chambre de petite fille de mamie Maureen. Et, après que Julien lui ait lu une histoire (un gros grignotage, là, non?), nous sommes entrés, Agnès et moi, dans la chambre et, bien entendu, avons éprouvé une émotion qu'il allait nous falloir apprendre à maîtriser au long de ce séjour.

228

Et puis, comme nous sommes en vacances, nous remplissons, avec beaucoup de ravissement, nos obligations touristiques. Nous visitons en priorité une Belfast apaisée, moderne, dynamique mais pas entièrement purgée des stigmates des troubles du siècle dernier. Certains quartiers sont encore protégés de palissades où fleurissent des inscriptions qui nous forcent au silence.

Et puis, Antrim, la ville et le comté. La ville présente peu d'attrait, mais entre la cité et la marina un parc immense a été aménagé. Un parc magnifique comme seuls les Britanniques savent les concevoir. Nous visitons la Chaussée des Géants, trop envahie de touristes pour en apprécier la majesté, et le pont de corde de Carrick-a-Rede.

Agnès et moi, nous sommes remis de nos émotions à la distillerie Bushmills.

Et puis, Ballymena, la ville natale du très hollywoodien acteur, Liam Neeson. Agnès et Ludi y ont tenu.

Et puis, Les Glens, la route côtière, les falaises, les cascades, tous ces paysages et ces personnages croisés au fil de notre chemin, que Maureen avait peint de son style si limpide dans de pauvres cahiers scolaires aux pages grises. Cahiers, qui, nous n'en doutons plus, nous étaient destinés.

Les images douces et nostalgiques peuvent aussi être chargées d'une cruauté certaine.

Pour ma sœur et moi, ce cheminement, ce pèlerinage physique se superposant au souvenir des écrits de la petite fille, de l'adolescente et de la jeune femme qu'avait été notre mère nous surprend souvent, serré l'un contre l'autre, nous tenant la main, ou, le regard soudé sur des émotions communes. Nous vivons le mouvement final et grandiose d'une symphonie entamée à la lecture des cahiers de Maureen. Notre mère.

Notre amour.

De retour à Port Manec'h et Concarneau, l'ultime page sera enfin tournée. La vie reprendra... C'est du moins ainsi qu'Agnès entend la finalité de ce séjour et accepte de donner libre cours à ses émotions.

Comme promis, je ne lui fais pas part des révélations sur l'enfance de Maureen que nous confie Bartley.

Comme je ne fais part à personne du retour de mes

hallucinations. Désiré Maisonneuve va seulement avoir un peu plus de boulot que prévu.

C'est le lendemain de notre arrivée que Ludi et moi nous sommes mis en quête du vieil ami de Maman.

Il est sept heures ce matin-là lorsque je rentre de ma promenade de reconnaissance. Je viens de croiser Julien, sweat à capuche, bermuda luisant, serré sur des cuisses joliment musclées, tennis de course et sourire heureux. Je prépare un petit déjeuner que je compte bien apporter à Ludi, mais elle me devance en sortant de la chambre, le cheveu défait, le pas mal assuré, l'air un peu grognon.

Elle s'installe à la table. C'est donc moi qui vais l'embrasser.

Elle baille et dit :

– Il est tôt... Fait froid. Ça gratte.

Elle a enfilé le gros pull en laine par-dessus son pyjama.

– 17° dans la maison. Un peu moins dehors.

– Fahrenheit ?

Allons, tout n'est pas perdu. Même à cette heure elle fait preuve d'humour. Je m'assieds en face d'elle et la regarde. Non, ce n'est pas de l'humour.

– Tu n'es pas obligée, tu le sais.

– Je te l'ai dit hier. Tu es mon homme. Je marche dans les pas de mon homme. Tu m'as refilé ton virus. Je veux savoir, maintenant. Ces biscuits sont infects. Ce sont ceux de Maureen ? Et le café ? Seigneur, du café en poudre, ouvert depuis quand ?

Mon regard se pose sur le pot de café lyophilisé, entamé. Je murmure ;

– Maureen ne buvait jamais de café...

– Inspecteur Parker O'Neill ! Il est tôt, il fait froid, ce déjeuner ne ressemble à rien de connu... Si, je n'ai pas un câlin, maintenant, avant d'aller me doucher, je vais penser, qu'en fin de compte, je n'ai pas trouvé l'homme de ma vie.

– Un gros ?

– Pas le temps. Je ne sais pas ici, mais en Bretagne, le pêcheur se lève tôt.

En Irlande aussi.

Nous avons parcouru les sept à huit cents mètres nous

230

séparant de la demeure de Bartley, à pied. La douche et la marche ont réveillé Ludi qui fait montre, à présent, de sa douceur aimable coutumière. Elle porte toujours le pull qui gratte, un jean et une paire de bottes montantes en caoutchouc que Maureen utilisait. Elle fait très couleur locale et, je l'ai déjà mentionné, mais ne cesse de m'en émerveiller, le jean lui sied comme à personne. Je ne peux m'empêcher de lui lancer des coups d'œil et de me dire que le cul de ma belle est bien l'ultime vision qui me rendrait la mort douce.

La maison de notre pêcheur, à peu de chose près, identique à celle de Maureen, version non rénovée, est apparemment vide. Nous en faisons le tour et à part trois chats, indifférents à notre présence, nous ne rencontrons personne. Un chemin étroit part de l'arrière et conduit certainement à la rive du lac qu'une façade épaisse d'arbre dissimule à notre vue. Nous l'empruntons et débouchons au bout d'une centaine de mètres, sur un débarcadère plus petit que le nôtre mais aussi bien entretenu. Une barque y est amarrée ainsi qu'un antique neuf mètres en bois, à moteur et muni d'une cabine. Bartley est en train de charger du matériel de pêche.

Il se retourne en entendant nos pas et nous lance, en guise de bonjour :

– J'ai retardé mon départ. Je savais que vous alliez venir.

Nous nous approchons et je saisis la main qu'il me tend. Je le remercie chaleureusement pour le feu, les poissons et le reste de ses attentions. En fait, je suis tellement heureux de le revoir que j'ai presque envie de lui donner l'accolade. Je vais pour lui présenter ma "fiancée", mais il ne m'en laisse pas le temps. Il tend sa main à Ludi et :

– C'est Ludivine, n'est-ce pas ? Maureen m'a parlé de toi. Elle ne parlait que des gens qu'elle aimait. Et...

Il nous considère un instant de son regard devenu "intelligent". Puis il sourit :

– L'un de ses souhaits les plus chers se serait réalisé ?

Ça commence fort. En guise de réponse, je pose mon bras sur les épaules de Ludi et l'embrasse sur la tempe. Puis je confirme :

– Je crois, oui...

– C'est une bonne chose. Si tous les souhaits de votre mère suivent le même chemin, alors nous vivrons dans un monde meilleur. Montez ! Les poissons n'ont pas l'habitude que je les fasse attendre. Ils vont s'en aller et mordre des hameçons moins aimables que les miens.

Le petit homme sec monte souplement dans le bateau et nous le suivons. C'est un chalutier de petite pêche doté d'un moteur in-bord, paresseux et relativement discret. Je largue l'amarre pendant que Bartley démarre le moteur, Ludi à côté de lui.

Il la regarde et lui demande :

– Tu veux conduire, ma grande ? Une fille de pêcheur sait forcément piloter un bateau.

Elle s'empare du gouvernail et met doucement les gaz.

– Mieux qu'un fils de musicien et de romancière, je peux vous l'assurer.

Il lui montre un endroit sur le lac.

– Dirige-toi par là, j'y ai des casiers. Et tu peux mettre à fond. Il ne dépasse pas dix kilomètres/heure.

La matinée s'est ainsi passée. Ludi est immédiatement tombée sous le charme du vieil homme. Jusqu'à devenir complice de ses remarques pleines d'humour à mon égard concernant mon habileté à pêcher, à récupérer des casiers sans tomber à l'eau ou, tout simplement, à rester debout sur le bateau. Et je ne comprends pas pourquoi les poissons dédaignent mon hameçon pour se jeter sur le sien. À croire que, l'apercevant du fond de leur abîme (trois ou quatre mètres, nous sommes près de la rive), ils en tombent amoureux et ne souhaitent plus rien d'autre que de mourir entre ses mains.

Maureen a parlé de nous à Bartley. Mieux, elle l'a fait entrer au sein de notre petite famille sans que nous soupçonnions son existence. En sa compagnie, j'ai le sentiment de le connaître depuis toujours. Et, Ludi me le confiera plus tard, il en est de même pour elle.

Intrigué par cette impression, mes questions portent d'abord sur la vie de notre pêcheur et, contrairement à ce que je pense depuis que je l'ai rencontré deux mois et demi plus tôt, Bartley ne s'adonne à la pêche, pour assurer sa subsistance, que depuis une trentaine d'années... Avant...

Bien avant...

En 1943. Bartley naît dans la maison que nous venons de quitter. Son père et sa mère vivent de la pêche sur le Lough

Neagh, et, les années passant, sa condition de fils unique et tardif l'enchaîne à un destin tout tracé qui ne l'intéresse que très modérément. Un destin imprégné de pauvreté, ce qui ne le dérange pas plus que cela ; à cette époque et pour encore de longues années, la pauvreté va de pair avec la confession. Non, ce qui le dérange ce sont l'injustice, l'oppression, l'absence d'avenir. Le métier de pêcheur, associé à sa propre identité de catholique, est devenu, à ses yeux, un symbole d'asservissement insupportable.

À l'âge de 14 ans, alors que ses parents le pressent d'abandonner l'école pour mettre la main au filet, il émigre comme bon nombre de ses concitoyens, en République d'Irlande où il rejoint un oncle compréhensif qui l'a encouragé, dans ses lettres, à poursuivre ses études envers et contre tous.

Car Bartley veut étudier. Bartley, gamin intelligent, veut se battre contre l'oppression loyaliste. Mais, à sa manière. À 14 ans, Bartley pense que les mots sont des armes quelquefois plus puissantes que les pistolets ou les bombes. Et que, comme pour les armes, il faut apprendre à s'en servir.

Bartley veut être journaliste, comme Maureen, qui naîtra six ans plus tard, veut être écrivain. Avec le même sentiment d'un destin inéluctable.

Il revient dans la maison familiale à 22 ans, en 1965, avec, dans ses bagages, les diplômes en phase avec ses aspirations et une jeune femme, Ellen, qui deviendra sa femme et lui donnera un fils trois ans plus tard.

Soit cinq ans après la naissance de la fille de l'un de ses amis, au pays, Gerry O'Neill. Un voisin. Un ami d'enfance de quatre ans son aîné parti bourlinguer sur toutes les mers dès l'âge de seize ans, puis revenu au pays avec, comme lui, une femme, Marie, une Française jolie et rousse comme la plus pure des Irlandaises, dans son paquetage.

Il reste chez ses parents jusqu'à la naissance de son fils, en 1968, date à laquelle il s'installe à Antrim, la ville où il travaille déjà comme journaliste dans un quotidien prorépublicain, à trois-quarts ou à mi-temps suivant les événements d'actualité. Le reste du temps, il le passe à aider ses parents, à la pêche, le transport et la vente du poisson.

Les années passent, ses articles se font de plus en plus incisifs vis-à-vis du pouvoir en place. Son talent grandit. Il travaille à plein temps. Et mène son combat tel qu'il a toujours voulu le mener. On l'intimide, on le menace, on brise les vitres de sa maison et, en désespoir de cause, on l'emprisonne.

Un an.

À 35 ans, en 1978, il part avec sa femme et son enfant, pour Belfast où L'Irish Informations, un quotidien prorépublicain, LE quotidien prorépublicain, qui le suit depuis un certain temps, lui demande d'intégrer son staff de journalistes politiques.

Et puis nous sommes en 1981. L'année où la Dame de Fer laisse, avec cette indifférence haineuse qui fera sa popularité au sein de la bien-pensance fortunée, une dizaine de récalcitrants mourir au cours d'une grève de la faim déséspérée. Ce qui déclenchera une montée en puissance des troubles et entraînera des morts, dont la plupart innocentes, comme toujours.

Comme celle du fils de Bartley, 13 ans, pris, malgré lui, dans une fusillade meurtrière entre factions belligérantes. Une balle, dont personne ne veut, que personne n'avoue avoir tiré, lui emporte la moitié du cou.

En 1982, Bartley revient dans la maison d'Antrim. Son couple n'a pas survécu au drame. Ellen, sa femme, est retournée en République irlandaise, laissant cette province maudite s'anéantir d'elle-même.

Et Bartley cesse de croire en l'homme.

Sa mère est décédée deux ans auparavant. Son père, 79 ans, une vie si dure derrière lui, peut à peine subvenir à ses besoins. Bartley reste pour l'aider, pour l'accompagner jusqu'à sa mort. Il est sa seule famille en Ulster.

En 1989, après avoir enterré son père, Bartley se rend compte que le métier de pêcheur n'est pas ce symbole de misère, de résignation veule, d'abandon de toute fierté qu'il avait voulu fuir à 14 ans. Il le voit à présent comme une île sur laquelle il peut se mettre à l'abri de tous, et aussi, se tenir à l'écart de cette fascination pour la mort qu'éprouvent les hommes depuis la nuit des temps et qu'il ne supporte plus.

– Je te l'ai déjà dit, il me semble, mon garçon. Les histoires des gens de ce pays sont toujours tristes. Ta mère l'avait compris. C'est pourquoi elle préférait en inventer de plus belles. C'est l'avantage des romanciers sur les journalistes. Le journaliste ne peut que décrire l'abjection, l'injustice, la violence, la misère... la vie, quoi...

Sur le retour, vers midi, je lui demande :

– À quel endroit est... tombée Maman ?

Il fait un geste vague qui ne m'indique rien.

– Par là-bas... Je ne sais plus exactement. C'est pour ça que... Je ne le savais plus quand ils m'ont ranimé. Sa barque avait dérivé...

Nous regagnons la maison. Nous avons tenu à accompagner Bartley jusqu'à son petit débarcadère et à l'aider à ranger le matériel de pêche. Puis nous avons pris rendez-vous pour le lendemain matin et sommes partis sur le chemin menant à la maison O'Neill.

Nous marchons lentement, nous tenant par la main.

Ludi, après quelques pas :

– Quelqu'un, dans ce pays, a eu une vie normale ?

– Un ou une catholique ? Ça m'étonnerait...

– Tu es partial...

– C'est l'Histoire qui est partiale, alors... Et je ne suis pas catholique. Maureen non plus. Je prends fait et cause pour les opprimés et, dans le cas qui nous occupe, ce ne sont pas les Protestants, les unionistes, si l'on ne veut pas faire d'amalgame religieux, qui ont subi le joug de l'humiliation au quotidien...

– Tu crois... qu'il y a encore dans ce pays, des endroits où la haine perdure ?

– Je ne sais pas. Nous le ressentirons quand nous visiterons Belfast. Bartley, en tout cas, ne me paraît pas rongé par la rancœur.

– Il s'est réfugié, là où rien ni personne ne peut l'atteindre. Sauf, peut-être, une petite romancière, frêle comme un roseau, occupée à refaire le monde sur une barque instable... Ryan, tu t'es aperçu qu'il t'a menti ?

Je suis tenté de faire l'âne, mais m'en abstiens. Je sais de quoi, elle veut parler.

– Quelle importance, ma chérie ? C'est un vieux bonhomme adorable et ne dit pas le contraire, j'ai vu qu'il t'a séduite. Il veut peut-être garder l'endroit pour lui. Pour s'y recueillir...

– Tu es le fils de Maureen...

– Je ne suis *que* le fils de Maureen. Plus je déambule dans la vie de ma mère, plus je me rends compte qu'elle ne m'appartient

235

pas. Maureen est à tous ceux qui l'ont aimée.

– Comme Bartley. Il était amoureux de Maureen.

– Pas au sens où on l'entend habituellement. Par contre, lorsqu'il a parlé de Marie, la mère de Maman... Tu as entendu, comment il l'a décrite ? Bon sang ! J'ai senti quelque chose... Comme des regrets...

– C'est pas vrai ! Ta frangine et toi êtes de grands malades ! Il suffit qu'un mec parle en bien d'une fille et vous plongez tout de suite dans le torride, l'aventure romantique à souhait, quand ce n'est pas pour vous livrer à des spéculations sexuelles qui dépassent la décence !

– Agnès possède un véritable don, pour ça. Moi, je me cantonne au romantique.

Elle arrête sa marche et me fait face, me tenant toujours la main.

– Qu'est-ce qui serait romantique, là, maintenant ?

Je m'approche, l'enlace et lui souffle à l'oreille :

– Tu vois ce fourré, là-bas. Je crois qu'il serait très romantique que je t'entraîne derrière, que je baisse ce jean qui me rend fou depuis ce matin et que...

Elle me repousse.

– C'est bon. Je sais ce que tu appelles romantique.

Elle reprend son allure en me tirant par la main.

– Hé ! Je fais comment pour marcher, maintenant ?

CHAPITRE DIX-NEUF

C'est déjà un rituel.

Je reviens de ma promenade matinale, ce deuxième matin. Je croise Julien, déjà fumant, il me semble. Je reprends mes esprits en préparant un petit déjeuner pour Ludi et moi. Un vrai, cette fois. Hier, après une croisière sur le bateau touristique, nous avons visité Antrim, puis avons fait des provisions dans une grande surface.

Je ne me sens pas particulièrement perturbé. J'ai même la certitude de n'avoir jamais été aussi heureux. Découvrir le cadre de vie de Maureen, la source de son inspiration, de sa passion, m'émeut, certes, mais d'une manière douce, caressante. Je la reconnais dans ce paysage sublime au ciel tourmenté. Le Lough Neagh me la raconte comme personne encore, avec une tendresse quasi maternelle, une fierté émue de parent attentionné, comme si le bébé O'Neill était sorti de ses profondeurs.

Je suis loin du chagrin provoqué par l'annonce de sa disparition. Très loin, en grande partie grâce à Ludi, de l'agitation fiévreuse du début de ma quête.

Car, oui, il y a Ludivine. Avec moi. En moi. Je n'en reviens toujours pas.

Alors pourquoi ces hallucinations ? Pourquoi m'apparaît-elle, m'accompagne-t-elle le long de mon cheminement matinal ?

J'ai voulu la chasser, hier matin, alors que je balisai mentalement mon itinéraire de promenade. Elle m'est apparue, à demi noyée par la brume qui serpentait aux pieds des arbres. Loin, mais je l'ai reconnue. Sa silhouette éthérée est à jamais gravée dans ma mémoire.

Je me suis arrêté. J'ai murmuré d'un ton suppliant :

– Maman, non. S'il te plaît... je peux trouver seul. Tu ne peux pas venir comme ça. Je... je suis avec Ludi, maintenant, comme tu le voulais. Agnès va bien. Je crois qu'elle apprend à aimer... Et Max... Maman, il faut que tu me laisses. Elles ont besoin de moi en bonne santé. Je ne veux pas plonger de nouveau...

Puis j'ai fait demi-tour, me suis retourné après quelques pas, elle avait disparu.

Et ce matin, je n'ai eu qu'une envie : qu'elle m'apparaisse de nouveau...

… Elle marche à mon côté. Elle a passé son bras sous le mien, et, j'en suis certain, se blottit contre moi, sa chevelure dorée atteignant à peine mon épaule. Elle est vêtue trop légèrement pour la région et je suis tenté d'enlever mon sweatshirt pour l'en recouvrir. Je m'abstiens, bien sûr, je ne suis pas fou. De même je ne ressens pas le contact de son corps, pas de manière physique. Elle est en moi, paisible et rassurante. Elle attend que je lui parle. Et je m'exécute, j'ai tant de choses à lui dire...

Bartley nous attend, assis sur un siège pliant posé sur le débarcadère. Son bateau est vide de matériel. Il nous le confirme avant même de nous saluer, comme la veille.

– Pas de pêche, aujourd'hui. Il faut que je me rende à Toome. Par le lac, bien sûr. Vous m'accompagnez ?

Et comme la veille, encore, il abandonne le gouvernail à Ludi (qu'il a embrassé, en guise de bonjour), après lui avoir indiqué la direction.

– Un nouveau restaurateur s'y est installé. Je vais voir s'il serait intéressé par quelques belles prises fraîchement sorties du lac.

– Vous vendez votre poisson ?

– Il me faut bien un peu d'argent. Je ne suis pas un ermite ascétique. Un détour au pub de temps en temps me permet de m'assurer que mes concitoyens sont toujours vivants, et toujours aussi abrutis. Et puis le poisson à tous les repas... Même les chats qui squattent ma maison finissent par le bouder.

– Nous en avons vu trois hier. Quatre, aujourd'hui...

– Il y en a six. Qui vont et viennent, au gré de leurs envies... Ce sont des amis. Ils passent, dînent en ma compagnie et retournent à leurs affaires de chats, non sans avoir poliment écouté mes divagations du jour.

Nous voguons paresseusement.

– Je me suis toujours demandé comment Gerry avait pu capturer une telle femme. Jolie, douce, cultivée... Je pense que c'est parce qu'ils sont arrivés à trois... Michael était déjà dans le ventre de la belle.

"Non, ce n'est pas méchant... Gerry était un ami, mais, même un ami peut reconnaître un homme futé d'un abruti complet. Et Gerry se situait entre les deux. Gros bosseur, bon buveur mais... père absent, silencieux, sans image, et... comme mari... Lorsque l'on est avec une telle femme, c'est un minimum de l'aimer en retour et de se débrouiller pour qu'elle le sache. Mais, plus que tout, c'est sa lâcheté que je n'ai pu lui pardonner. Peut-être parce qu'elle me rappelait la mienne...

"Mais c'est aller un peu vite.

"J'avais 22 ans lorsque je suis revenu chercher du travail à Antrim. 22 ans, un diplôme de journaliste et une femme qui croyait suffisamment en moi pour venir s'enterrer dans un pays dont 35 pour cent de la population pliait sous une dictature à peine voilée.

"Maureen avait deux ans. Et... je dois avouer que même moi, je l'avais cataloguée "légèrement attardée". Elle était adorable, certes. Pas très jolie car maigrichonne et trop pâle, mais sans jamais être malade. Elle ne pleurait pas, mais ne parlait pas non plus. Elle désignait les gens, les objets avec un "hé" étonné. Il suffisait de la poser quelque part pour être tranquille. Et quand elle se déplaçait, elle touchait tout ce qui était à sa portée, mais semblait toujours en pleine confusion comme si elle rageait de ne pas déjà pouvoir mettre des mots sur ce qu'elle rencontrait.

"Il a fallu attendre ses quatre ans pour qu'elle commence à parler. Et là, franchement, cela a été une illumination. Pour moi en tout cas, et aussi pour ma femme, Ellen. Nous nous sommes aperçus que la petite n'avait fait qu'attendre de connaître suffisamment de mots pour pouvoir s'exprimer. Elle utilisait son vocabulaire réduit avec une assurance et une justesse confondantes.

"Mais aux yeux de son père et son frère le mal était entériné. Jusqu'à ce qu'elle quitte le pays, Maureen leur est apparue comme une gamine un peu "spéciale", qu'il fallait protéger du regard des autres. Une gamine qui parlait peu, regardait fixement les gens ou, restait des heures à observer le lac, les arbres et les nuages.

"Marie, évidemment, pensait tout autrement. Je dois dire que j'ai rarement rencontré une telle complicité entre une mère et sa fille. Aujourd'hui, on parlerait de relation fusionnelle. C'en était parfois gênant. Pour Gerry, qui devenait encore plus silencieux qu'à l'ordinaire, et pour Michael qui risquait, à mon avis, de nourrir une certaine jalousie.

"À cinq ans, la petite, sous l'impulsion attentive de sa mère, alignait des mots sur tous les bouts de papier qui lui tombaient sous la main.

"C'est à ce moment que nous avons déménagé à Antrim, ma femme, mon bébé tout frais et moi. La maison devenait trop petite et...

Nous arrivons en vue de Toome. Bartley indique à Ludi la direction du chenal menant à l'écluse.

Bartley reprend, après un moment de réflexion qui semble lui être douloureux.

– Je me dois de vous dire... Entre Marie et moi...

Ludi me jette un coup d'œil et lève les yeux au ciel en apercevant mon sourire satisfait.

– ... Il ne s'est rien passé, mais... Bref, Ellen s'en est aperçue et a préféré jouer la sécurité. Nous avons déménagé pour Antrim. Ce qui était une sage décision. Je venais tout juste d'être père. Et mon attirance pour Marie devenait... lourdement présente.

"Tu vas savoir te débrouiller pour entrer dans l'écluse, ma Grande ?

– Il faut la manœuvrer soi-même ?

– Non. Il y a quelqu'un qui s'en occupe. Elle est ouverte. Entre et laisse-toi porter...

Nous avons accompagné Bartley jusqu'à l'établissement de son nouveau restaurateur et, après avoir avalé un café infect, trop clair, trop long, pendant que les deux hommes ont discuté, nous avons rejoint le bateau et nous sommes repartis.

– Il va prendre votre poisson ?

– J'ai de la chance. C'est un catholique. Un ancien

combattant de l'IRA. Il se souvient de mes articles. De mon engagement. Et... du reste.

Bartley veut certainement parler de la mort de son fils.

Une nouvelle fois son regard se perd dans un passé au nez duquel il ne pourra jamais claquer la porte.

Nous passons l'écluse dans l'autre sens, en silence. Ludi prend visiblement plaisir à manœuvrer le petit bateau. Et, la regardant, je me prends à imaginer notre vie dans un endroit pareil.

Bartley me tire d'un rêve agréable.

– Jusqu'en 1978, date à laquelle nous sommes partis pour Belfast, je verrai Maureen de loin en loin, quand je visiterai mes parents. À douze ans, je crois, sa mère l'a mis en pension à Belfast. Cela lui arrache le cœur, comme on s'en doute, mais ici, même à Antrim, pourtant réputé bastion républicain, l'accès aux études pour une petite catholique, reste très sommaire. Et Maureen montre une véritable prédilection à apprendre.

"On est déjà aux antipodes d'une fillette "attardée". Marie m'a montré quelques-uns des cahiers que la petite noircit à longueur de temps. Et, à l'époque, j'y ai vu un parallèle à ma propre vie. Maureen cherche les mots. Tout comme je l'ai fait à 14 ans. J'ai cherché des mots pour combattre. Maureen cherche des mots pour réinventer le monde. La démarche reste la même.

"Et puis, donc, je pars pour Belfast. Dans la même ville que Maureen.

"Marie, effrayée par ce qui se passait alors à Belfast, m'a bien sûr chargé de la protéger. Plus tard, durant les vacances scolaires, je lui trouvais des petits boulots au journal, lorsqu'elle ne rentrait pas à Antrim. La petite vivait alors chez nous. Si mon fils appréciait cette grande sœur providentielle, Ellen, elle, ne l'acceptait qu'avec une froideur polie et distante. Le fait que Maureen ressemblât de plus en plus à sa mère y était pour quelque chose. Cette situation dura jusqu'en 81. Maureen avait dix-huit ans. Mon fils en avait treize. Il rentrait de l'école en compagnie d'un gosse du même âge... Il y a eu une fusillade. Les deux enfants sont morts...

"Notre couple s'est rapidement déchiré. Maureen, consciente qu'Ellen ne la supportait plus, m'apprit qu'elle avait rencontré un homme et qu'elle allait vivre avec lui. Je ne la retins pas. Je n'étais pas en état de le faire... La violence absurde, inutile, dans

241

laquelle s'enfonçait mon pays, la douleur, l'alcool, le vide soudain de ma vie... Je ne croyais plus en rien.

"C'est ma première trahison envers Marie et envers Maureen. J'ai cessé de protéger la fille de la femme que j'ai aimée dès l'instant où je l'ai vue. Un instant trop tardif tel que l'existence aime nous en accabler.

"Je ne l'apercevrai qu'une seule fois, ensuite, à Belfast. En 82. Après l'éclatement de mon couple, point d'orgue au tourment qui me verra échouer sur la rive du Lough Neagh. Comme une épave d'homme à qui il reste une dernière mission. Accompagner un père, devenu fragile comme une coquille d'œuf, jusqu'à la tombe. Elle sort d'un pub catholique, pendue au bras visiblement amoureux d'un jeune homme que je connais. Sean Murphy. Un jeune flic catholique qui a fait l'objet d'un entrefilet dans les colonnes de notre concurrent et voisin, de sensibilité royaliste, le Belfast Telegraph. Un article destiné à prouver le désir d'ouverture de la Police Royale qui n'hésite pas à intégrer des catholiques dans ses rangs. De la propagande du plus pur tonneau. Personne n'est dupe.

"Je ne suis même pas en état de l'aborder, à cette époque. Je picole dès le matin. Je ne crois plus en l'avenir, mon fils a été tué, peut-être par une balle issue de mon propre camp, ma femme vient de me quitter... Deux mois plus tard, parce que je n'ai pas le courage d'en finir d'une façon radicale, je reviens pour la dernière fois à Antrim.

"Je peux vous dire, mes enfants, qu'à ce moment, je n'avais rien d'un vieil ermite sage et solitaire, adepte d'une vie simple et bucolique...

Une question me taraude l'esprit depuis que Bartley a commencé son récit, mais ce n'est pas celle-ci que je lui pose :

– Sean Murphy... dis-je. Vous le connaissez donc ?

– Je ne lui ai jamais adressé la parole, mais il m'est arrivé de le croiser et d'en entendre parler, oui. En tant que journaliste. Et surtout... en tant que voisin et ami de la famille O'Neill. Mais avant, fils, il faut que je te parle de Michael...

Le "fils" me fait penser à Étienne. Il m'a appelé, hier soir. Il a pris contact avec son collègue irlandais maintenant à la retraite.

– C'est un type droit, fils. Je lui ai parlé de Michael O'Neill et de Sean Murphy, il m'a annoncé d'emblée qu'avant d'évoquer les faits d'armes de ces deux-là, il devait se rafraîchir la mémoire et surtout faire le tri dans ce qu'il pouvait me raconter. Ce sont de vieilles histoires dont personne n'a envie de se souvenir. Mais il les connaît, tous les deux... Il me rappellera. Et s'il ne le fait pas, j'irai en personne le trouver et arriverai bien à lui tirer les vers du nez. Je sais ce qu'il boit... Il faut que l'on se sorte de cette histoire. L'enquête sur les effractions piétine. On a une image. La bijouterie qui fait face à ton immeuble est équipée d'une caméra de sécurité qui prend l'entrée du bâtiment. On aperçoit un homme, habillé jeune, mais qui n'a pas l'air si jeune que ça. Jean, sweatshirt à capuche dissimulant son visage, il entre dans l'immeuble. Tes voisins affirment qu'il ne s'agit pas d'un résident. On a seulement un reflet de son visage dans la vitre de la porte d'entrée. Si tu connais quelqu'un qui a tout l'air d'un fantôme et qui t'en veut suffisamment pour bousiller toutes tes maisons, je suis preneur...

"À ton tour... Raconte-moi des histoires irlandaises...

Je pose enfin la question qui tourne en boucle dans mon crâne :

– Maureen a détaillé sa vie de jeune fille et de jeune femme dans des cahiers qu'Agnès et moi avons lus chez nous, à Port-Manec'h... Vous n'y êtes jamais mentionné, et...

Ludi m'interrompt :

– Il faudra attendre pour la suite. On arrive.

Ludi nous a amenés directement à notre maison. J'aperçois Agnès sous la véranda, assise en compagnie de Max. Elles semblent s'adonner à un jeu de société. À l'écart, Julien, ceint d'un tablier de cuistot, démarre un barbecue.

Agnès se lève lorsqu'elle nous remarque, s'approche à quelques mètres de la jetée et nous attend, les bras croisés sur sa poitrine, une posture qu'elle adopte lorsqu'elle est inquiète.

J'ai juste le temps de prévenir Bartley que, si ma sœur veut bien évoquer Maureen, sa personnalité, ses écrits, elle ne désire pas parler, pour le moment, de la vie de sa mère à Antrim et des raisons de son départ. Pas plus, bien sûr, de ce qui l'a poussée au suicide. Bartley me fait un signe pour me signifier qu'il a compris, mais n'a d'yeux que pour la silhouette qui se détache non loin du débarcadère. Il descend avec aisance du bateau et s'approche sans hésitation d'Agnès, nous laissant nous

243

débrouiller pour l'amarrer. Je le vois la rejoindre, poser ses mains sur ses épaules et lui coller deux bises sans autres formalités. Il lui parle, Agnès sourit et Max vient vers eux et s'accroche à la jambe de sa mère. Je n'entends pas ce qu'ils se disent, Ludi se moquant de ma façon d'amarrer le rafiot.

Je grogne :

– Je suis le fils d'un musicien et d'une romancière. Je n'amarre pas. J'attache.

– Maintenant, tu es le chevalier servant d'une fille et petite-fille de pêcheur. Il va falloir t'y mettre...

Bartley s'est baissé et s'adresse à Max qui sourit à son tour et lui répond. Julien les a rejoints et a salué notre nouvel ami avec une chaleur, que j'avais jugée ostentatoire avant de connaître mieux le jeune homme, et qui n'est que dans sa nature.

Il n'a fallu que quelques secondes au vieil homme pour séduire le reste de la famille Parker O'Neill.

Nous avons, bien entendu, gardé Bartley pour le déjeuner. Et avant, et durant tout le repas, il nous a raconté *sa* Maureen. Évitant les sujets susceptibles de heurter la sensibilité d'Agnès. Il parle en anglais, parsemé de mots français qu'il semble prendre plaisir à prononcer. Il s'efforce de rendre son accent irlandais supportable.

– Elle est revenue en 95, pour les obsèques de Marie, sa maman. Cela faisait douze ans que je ne l'avais pas revue. J'ai assisté, bien sûr, à l'enterrement...

Il nous jette un coup d'œil, à Ludi et à moi.

– Mais je n'ai pas osé l'aborder, pour une raison qu'il n'est pas utile d'évoquer. Je l'ai observée de loin. Elle n'avait pas changé. Physiquement, du moins. Son regard, par contre... Il faut savoir qu'elle a été très mal reçue, par son père, son oncle et les amis de ceux-ci...

"Elle semblait s'être réfugiée dans un silence buté, plein de rancœur. Elle est repartie sans adieu.

"Pour revenir cinq ans plus tard, alors que son père, en phase terminale d'un cancer des poumons, se mourait à l'hôpital d'Antrim. Je ne vous dirai pas ce qu'elle m'a avoué lui avoir dit sur son lit de mort. Vieilles histoires. Vieilles rancunes... Le temps, en Irlande, ne guérit jamais les plaies.

"Gerry, son père, décédé, elle décide de faire remettre en état la maison et de venir l'habiter quelques mois de l'année pour se donner à sa passion en toute tranquillité. Dans un endroit où, elle me l'a dit plus tard, elle retrouvait une inspiration primordiale. Originelle.

"Nous ne nous étions toujours pas reparlés. Regardés, oui. Observés mutuellement, oui...

"C'est elle qui, Dieu merci, au cours de sa première villégiature spirituelle, a fait le premier pas. Ou plutôt a donné le premier coup de rame.

"Elle se levait de bonne heure, écrivait jusqu'à quatorze ou quinze heures, puis montait dans sa barque pour une promenade sur le lac. À l'heure où moi-même, mon travail de pêcheur terminé, j'en faisais autant. Elle se laissait dériver, lisant, rarement, dessinant ou plus fréquemment prenant des notes sur un large bloc. Quant à moi... Eh bien, je pêchais. Pour le plaisir, cette fois. Pour mon repas du soir ou... pour simplement somnoler, comme mon âge m'y autorise.

"Elle s'approchait jusqu'à une vingtaine de mètres de ma barque puis, cessait de ramer. Elle me faisait un petit signe de tête, de loin, et s'occupait de ses affaires sans plus me regarder. Cela a duré quelques jours. Et à chaque jour, elle se rapprochait davantage, mais conservait la même attitude.

"Je savais bien qu'elle attendait que je me décide à faire le premier pas. Qu'elle m'offrait l'occasion de venir à elle et de lui présenter mes excuses... Je n'avais pas encore atteint le niveau de sagesse que je me figurais avoir atteint. La honte me paralysait encore...

"Lassée de mes atermoiements, elle est venue, un très beau jour, cogner sa barque contre la mienne et m'a dit, comme si nous nous étions parlé la veille seulement :

– Tu ne m'as pas aidée. Tu n'as pas aidé Maman. Tu ne l'as pas aimée comme elle t'aimait. Tu as laissé faire. Je t'en ai voulu à en pleurer. Maman m'avait pourtant dit que l'on pouvait te faire confiance. Et puis, plus tard, j'ai compris. Il y avait à cette époque trop de douleur en toi. Que peut-il y avoir de pire que de perdre un enfant ? Que de vivre sans vie ? Tu n'étais plus là. Ce n'était plus toi. Tu ne pouvais donc réagir.

"Elle s'est interrompue, puis, a ajouté, de son timbre de voix si doux, presque enfantin :

– Il y a longtemps que je t'ai pardonné, tu sais ?

– Les longs mois où elle ne venait pas à Antrim, et ils me paraissaient très longs maintenant, je m'occupais de sa maison. Mais lorsqu'elle revenait, je n'y mettais plus les pieds. Je ne sais pourquoi. Lorsqu'elle était là, la vie reprenait un rythme aimable. Nous nous rencontrions sur le lac, et nous parlions. Ou nous restions silencieux, nos deux barques amarrées l'une à l'autre. Il arrivait qu'elle me fasse lecture de ses dernières pages et m'en demande avis. Malgré sa façon de parler, sans fioritures, allant droit au but, presque brusque, il y avait énormément de douceur et de charme dans sa simple présence.

"Je l'invitais souvent pour le dîner. Pour être sûr de ne pas la retrouver un jour, morte de faim sans même s'en être aperçue. Et les rares matins où elle désirait faire une pause dans ses écritures, je l'emmenais à la pêche et m'efforçais de ne prélever qu'un minimum de poissons afin de ménager sa sensibilité. De même, je lui prêtais une ligne dont j'avais ôté l'hameçon et accroché tant bien que mal un appât en bout, qu'elle trempait dans le lac, ravie de voir le bouchon s'enfoncer et remonter à chaque coup de gueule du poisson chanceux.

– Je vous comprends, mes enfants, mais... Ces évocations me fatiguent...

Je m'en veux un peu.

Agnès, Julien et Max, sont partis pour Antrim. Une fête foraine s'est installée sur le port. Ludi est restée avec Bartley et moi, sans montrer la moindre hésitation. Elle marche dans les pas de son homme. Je la soupçonne surtout de s'être entichée du vieillard...

Nous nous sommes mis d'accord, tous les trois pour une petite balade digestive à travers les bois. Oui, ces mêmes bois où...

Julien est un passionné de cuisine et se montre extrêmement doué et... peu regardant sur la quantité. Encore une chose que je ne savais pas de lui... J'ai cessé de compter...

La promenade s'est imposée d'elle-même.

– Une seule question, Bartley, dis-je. Qu'a-t-elle dit à son père, alors que celui-ci était en train de mourir ?

Le vieux pêcheur marque un temps de réflexion avant de dire en souriant :

– Cela va vous sembler monstrueux, mais vous comprendrez lorsque vous aurez le fin mot de l'histoire.

"Il faut savoir que Maureen et son père ne se sont pas reparlés depuis le départ de celle-ci. Et les premiers et derniers mots de son père, sur son lit de mort, ont été : "Je te pardonne".

"Maureen en était encore ulcérée lorsqu'elle m'a raconté cela. Sa colère, inhabituelle, n'était pas feinte. Et j'imagine aisément le ton sur lequel elle lui a répondu : "Si quelqu'un doit pardonner, c'est moi. Et je ne pardonne jamais. Je n'absous pas ta haine envers ta femme et ta fille. Va en Enfer !"

"Inutile de vous dire que la religion, catholique en ce qui nous concerne, pèse de tout son poids sur nos épaules. Il faut être Irlandais pour comprendre le caractère définitif de ces propos énoncés au chevet d'un mourant. Et il faut être une Irlandaise pur sang, pour les prononcer sans faillir.

– Ce qui s'est passé est donc si terrible ? demande Ludi qui semble, comme moi, choquée par les paroles de la douce Maureen que nous connaissions.

– Terrible pour Maureen et pour Marie. Pas si terrible en regard de ce qui pouvait se passer au sein d'une bonne partie des familles catholiques de ce pays en ces temps maudits. Non contentes de subir l'oppression royaliste, les familles catholiques s'imposaient de telles contraintes supposées vertueuses, que, quelquefois, les humiliations protestantes ressemblaient à un pipi de chat facétieux...

Ludi, qui marche entre nous, chacun de ses deux bras passés dans les nôtres, tente une nouvelle fois, sans pitié pour le vieux bonhomme, d'en savoir plus :

– Que s'est-il passé, Bartley ? Pourquoi cette haine ?

Il secoue la tête en souriant.

– Ne joue pas de ton charme et de ta beauté sur moi, Petite Bretonne. Je pourrai y mordre et tu serais bien embarrassée. J'ai dit demain. Et... Franchement, il faut que j'y réfléchisse, car ces trois années, 81, 82, 83, ont été tragiques, pour tout le monde. Je ne sais même pas encore comment en aborder le déroulement.

"Laissez-moi jouir de votre compagnie, le temps de cette promenade. Je ne vous l'ai pas encore dit ? Je suis très heureux de rencontrer enfin la famille de mon amie.

CHAPITRE VINGT

Pas le lendemain, ni le surlendemain. Pas plus que le jour d'après. Nos activités touristiques ont rempli ces trois journées et nous ont laissé fourbus, de retour dans la maison du lac.

Bartley a dîné avec nous tous les soirs. Ses années de solitude n'ont pas altéré sa sagacité de journaliste. Il nous dépeint un système politique nord-irlandais complexe, tourmenté de jeux d'alliances, parfois contre nature, souvent improductif. Il nous parle de Belfast. Pas la ville que nous venons de visiter, la sienne. La Belfast de ses jeunes années, prise dans une spirale de violence dont personne ne voyait l'issue. Il nous raconte son engagement, son année de prison, sa vie, son Irlande et ses habitants qu'il traite de tous les noms d'oiseaux, mais se reconnaît, malgré tout, en eux et avoue que ces "abrutis" n'ont jamais cessé de l'émouvoir.

Nous nous hasardons à lui raconter nos vies, mais il les connaît déjà. Alors, nous parlons de la Maureen de Port Manec'h, celle qu'il ne connaît pas encore. La Maureen de Louis, d'Étienne, de Julia. La nôtre.

Puis il s'enquiert de la bonne marche des éditions Parker O'Neill, de ses auteurs dont il a lu quelques œuvres intéressantes, étant lui-même féru d'histoire gaélique. Nous demande si nous avons de futurs auteurs en vue, de nouveaux manuscrits. Insiste, d'une manière qui nous étonne tout d'abord, mais que nous laissons filer tant l'atmosphère de ces soirées au coin du feu nous charment.

Julien, qui intervient peu, mais écoute avec attention tous nos propos, en particulier ceux concernants Maureen, fait état d'un manuscrit qui lui semble prometteur, mais qu'il n'a pas encore eu le temps d'étudier.

– Je n'ai lu que quelques lignes, prises au hasard des pages. Le style est remarquable. Reste à savoir si l'histoire, les histoires, puisqu'il m'a semblé qu'il s'agit d'une sorte de recueil de nouvelles, tiennent la route.

Et Bartley insiste à nouveau. Sur l'auteur, le contenu. Julien ne peut que faire une moue censée traduire son ignorance.

– Je ne peux vraiment pas en dire plus. L'auteur a signé d'initiales, et n'a laissé aucune adresse, mail ou autres. Pas même un numéro de téléphone. C'est aussi pour cela que je ne suis pas pressé de m'en occuper. Même s'il s'avérait aussi bon qu'il en a l'air, nous ne pourrions pas en faire grand-chose tant que l'auteur ne nous a pas recontactés.

Je regarde Ludi comme un patron regarde une employée en faute :

– Je ne suis pas au courant... ?

Elle me renvoie la même moue que Julien, à l'instant. Sans se démonter. Il y a beau temps que Ludi ne prend plus au sérieux mes, peu fréquents, excès d'autorité.

– Moi non plus...

Nos deux regards se portent de concert sur un Julien rougissant qui se met à bafouiller (merde ! On avait presque réussi à lui donner confiance en lui !) :

– Je... Je suis désolé. M... mais tout le monde a... C'était perturbant... La disparition de Maureen et... (il regarde Agnès) tout ce qui a suivi. J'ai... j'ai oublié. Il y avait beaucoup de choses à faire...

Sous-entendu : Le patron pétait les plombs et son associée, perdue dans ses contradictions amoureuses, ne valait guère mieux.

Je désamorce, avant qu'Agnès n'entre dans la danse, tronçonneuse en main. Je n'ai pas besoin de la regarder. Je la sens prête.

– Il n'y a pas de problème, Julien. Tu as fait tout ce que tu as pu, j'en suis sûr...

– Je... je l'ai amené, d'ailleurs. Si tu veux, je...

– Tu l'as... Pourquoi ? Tu es en vacances...

– C'était au cas où...

Cette fois aussi, je peux terminer sa phrase : Au cas où le quatuor infernal lui fermerait la porte au nez et ne lui laisserait que la lecture en guise d'occupation.

— Laisse tomber. Tu es avec nous. En vacances.

Bartley signale alors, qu'il est temps pour lui d'aller se coucher, et comme il est venu à pied, je tiens à le raccompagner. Il décline mon offre, mais cède lorsque Ludi fait savoir qu'une petite promenade au clair de lune lui convient aussi.

La lune est là, pleine, cernée de petits nuages guère menaçants. Nous cheminons en adoptant la formation qui nous satisfait dorénavant. Ludi au centre, ses bras passés dans les nôtres. Nous avançons sans précaution particulière sur le chemin bien entretenu et suffisamment éclairé par les rayons lunaires. Je garde la lampe torche, dont je me suis muni, éteinte.

Bartley reste silencieux. Il marche plus lentement qu'à l'ordinaire, comme réticent à regagner sa maison. J'imagine ce que sera sa solitude lorsque, dans deux jours maintenant, nous serons repartis. Laissant un grand silence derrière nous. C'est un homme intelligent, chaleureux, charmeur et d'une grande bonté. Il n'est pas ce misanthrope qu'il veut nous faire croire qu'il est. Il a cherché notre compagnie autant que nous avons désiré la sienne. Ses marques d'affection envers nous, même à l'égard de Julien et surtout de Max, ne peuvent être feintes... Alors, comment fait-il, depuis tout ce temps ? Les souvenirs de son fils, de sa femme peut-être, mais aussi de Marie, son amour, c'est évident, de Maureen et puis... des centaines de victimes dont il a couvert comme journaliste, les drames, les injustices et l'oppression qu'elles ont subies... remplissent-ils son existence solitaire ? Qu'il se soit replié à Antrim, dans la maison isolée de ses parents, après la mort de son fils et l'éclatement de son couple ne me surprend pas. C'est une réaction instinctive, animale. Mais maintenant ? Pourquoi persister à se couper des siens ? Pourquoi...

— Pourquoi, Bartley ?

La question de Ludi me fait sursauter de surprise. Mais... non, nous n'avons pas communiqué par télépathie.

— Pourquoi avoir insisté sur ce manuscrit, au risque de mettre Julien mal à l'aise ?

— Oh, pour rien, ma Grande. C'est juste que... Maureen me parlait des éditions Parker O'Neill. Elle souhaitait trouver une solution pour rompre son contrat et vous rejoindre. C'était l'un

251

de ses projets. Je n'ai fait montre que d'une curiosité un peu déplacée. J'espère qu'il n'y aura pas de suites pour ce garçon. C'est un jeune homme appréciable. Et comme me l'a dit Maureen, il gère très bien son émotivité. Une fois de plus, elle s'est montrée très perspicace...

D'un commun accord, Ludi et moi nous sommes arrêtés, Ludi retenant Bartley par le bras.

– Maman vous a parlé de Julien ? fais-je, dérouté.

– Bien sûr. Il suffisait qu'elle apprécie quelqu'un pour en parler...

– Mais... En quel terme ? Elle le connaissait à peine.

Un souvenir me revient, amusant. Et puis un autre, intriguant.

Il y a deux ou trois ans, Maureen était venue nous visiter à l'agence. Ce qui ne lui était pas arrivé depuis le jour où j'avais repris l'affaire de Ludi. Nous avions bavardé en prenant le thé pour elle et le café pour Ludi et moi. Puis nous lui avions fait le tour du propriétaire, lui présentant Julien, en passant. Et, pour Julien, Maman était Jessica O'Neill, une sommité, une star dont il avait dévoré les ouvrages et ne cessait de me demander la date de sortie du prochain opus. Elle était aussi la mère de son patron. Et, je ne le savais pas alors, la mère également de l'objet de ses désirs encore inavoués (Agnès fréquentait nos bureaux et Ludi, pas moi non, avait quelquefois invité le jeune homme à partager un barbecue à Port-Manec'h, mais à chaque fois en l'absence de Maureen).

Julien rencontrait donc, pour la première fois, l'une des idoles qui tenaient place privilégiée en son panthéon personnel.

Ludi avait entraîné Maman hors du bureau de notre comptable émotif, avant la syncope prévisible de celui-ci.

Un fou rire nous avait accompagnés jusqu'à mon bureau, sous le regard réprobateur de la star qui, peut-être, avait déjà tout compris.

Et puis... Quelques mois plus tard, nous revenions d'un rendez-vous qui nous avait pris la journée et, gagnant mon bureau où nous devions mettre une quelconque stratégie en route, nous étions tombés nez à nez avec Maureen Parker O'Neill sortant de celui de notre Juju.

La divine nous avait souri, embrassé, puis était partie après nous avoir dit qu'elle était passée par hasard, ne nous avait pas vus, avait salué Julien et s'en allait maintenant parce qu'il était bien tard...

Que je lui ai dit, la veille, que nous ne serions pas à l'agence ce jour-là, ne m'a pas immédiatement effleuré la conscience.

– En termes élogieux, évidemment. Maureen ne s'intéressait pas aux sans esprit.

Nous repartons.

Les sans esprit, pour Maureen, ne représentaient pas, comme on pourrait le penser, une caste méprisable, absolument indigne d'intérêt. Il s'agissait des gens dont l'esprit ne parvenait pas à sa conscience. Des personnes qui ne se mouvaient pas dans le même monde que le sien, mais, dans un univers parallèle, qui rendait leurs dires, leurs actions incompréhensibles. Les sans esprits la mettaient mal à l'aise. Elle m'en avait cité quelques-uns, parmi les plus connus.

Des psychopathes voire des sociopathes, dans ma terminologie.

Nous arrivons en vue de la maison de Bartley. De faibles rayons de clarté sourdent derrière les volets mal jointés d'une fenêtre.

– On dirait que vous avez oublié d'éteindre la lumière, lui fais-je remarquer.

– Je laisse éclairé lorsque je rentre de nuit... Mes yeux ne sont plus aussi vaillants qu'autrefois.

Il ne nous invite pas à entrer, nous le laissons et repartons.

Plus tard, dans le cocon douillet qu'est devenue notre chambre.

Avant de me coucher, j'ai allumé le radiateur électrique. Ludi, assise sur le lit, a remarqué :

– Je ne voudrais pas tomber dans le péché de gourmandise, mais... Il y a peut-être un autre moyen de se réchauffer...

J'ai éteint le radiateur.

– Tu veux parler du péché de luxure ?

– Lorsque l'on en abuse, n'est-ce pas de la gourmandise ?

Ludi est blotti contre mon dos. Chaque centimètre carré de son corps touche le mien. Jusqu'à l'une de ses mains qui...

– Il a menti, encore une fois.

C'est dit sur un ton d'évidence, sans reproche.

– À quel propos ?

– Ses yeux. Je l'ai vu lire un journal sans lunettes et sans même le tenir à bout de bras.

– Il a peut-être peur du noir...

Elle serre sa main.

– Hé ! M'exclamé-je.

– Mauvaise réponse.

– Euh... Il y avait quelqu'un chez lui ?

– C'est mieux.

– Oui, ta main aussi...

– Qui cela pouvait-il être ?

– Il a peut-être une copine... Bon sang ! Mais comment tu fais ça avec une seule main ?

– C'est tout le mystère de Ludi. On la croit prude, mais... Une copine ? Tu crois ?

– Je... J'ai un peu de mal à réfléchir, là... Hé ! Pourquoi tu arrêtes ?

– Parce que, je veux en profiter, aussi... Tu penses qu'elle va revenir ?

– Bon sang, non. Il faut qu'elle se repose, de temps en temps.

Elle se décolle de moi, se redresse et, d'un même geste, met à bas, drap et couverture.

La nuit d'avant...

Une présence me réveille. Je suis couché sur le côté, le dos tourné à Ludi. L'un de ses bras repose sur moi. Une de ses jambes, aussi. J'ouvre les yeux et aperçois sa silhouette dans l'encadrement de la porte qui vient de s'ouvrir. La nuit est suffisamment claire pour ne pas m'induire en erreur. Je reconnais ses longs cheveux dont je devine la couleur, son attitude faussement hésitante. Même dans le noir le plus complet, il me semble, sa présence ne pourrait m'être étrangère, inquiétante, voire hostile.

Ludi l'a senti, aussi. Elle retire sa jambe et sa main, me tapotant l'épaule au passage. Elle me murmure :

– Je me demandais comment elle s'y prendrait...

J'actionne l'interrupteur de la lampe de chevet pour donner de la lumière. La silhouette cligne de ses magnifiques yeux en amande et sourit.

Bon sang ! Je ne souhaite à personne, une sœur avec un tel sourire !

Ludi lui a dit :
– Non ! Ne te glisse pas sous le drap, on est à p...
Peine perdue...

Nous sommes tous les trois adossés à demi contre une tête de lit qui n'a jamais subi telle pression. Agnès est entre nous, ses bras passés sur nos épaules. Ludi s'est relevée pour enfiler un t-shirt large. Je n'ai pas eu le courage de l'imiter.

J'ai appris, il y a peu, qu'Agnès fait aussi subir ses insomnies à Ludi, lorsque celle-ci est à portée ou n'a pas déconnecté son téléphone.

L'enseignement que j'en tire me fait frémir sans que la fraîcheur en soit la cause.

Il faut que je parle à Juju. S'il veut faire partie de la famille, il devra apporter sa contribution. Pas question que l'on se tape, Ludi et moi, ensemble, *toutes* les insomnies de la donzelle.

Après nous avoir avoué qu'elle a *un peu* hésité avant de venir à cause de cette nouvelle situation, puis, considéré que ladite situation présentait des avantages inédits, elle nous fait part de ce qu'elle pense être le motif de sa présence :
– Il y a quelque chose qui me chiffonne...

Surtout ne pas relancer. Avec un peu de chance, elle va s'endormir, bercée par son propre discours. C'est déjà arrivé...
– Quand Bartley évoque l'emploi du temps de Maman, il nous dit qu'elle écrivait toute la matinée...

Je vais pour lui signaler que ce n'est pas un scoop, mais m'abstiens. Ludi a posé sa tête sur l'épaule d'Agnès et baille.
– À Port Manec'h, elle écrivait aussi toute la matinée... Tu as une idée de sa production quotidienne ?

C'est une question. Pas moyen de me défiler.
– Entre cinq et sept pages, suivant l'inspiration. Elle n'écrivait pas si lentement, mais revenait sans cesse sur son texte, jusqu'à ce qu'elle l'estime parfait. Elle ne voulait rien laisser au correcteur. Ni au doute.
– Cinq à sept pages pendant... Combien ? Deux cents jours par an ?
– Deux cent cinquante au minimum. Trois cents lorsque Julia

la délaissait pour vivre d'autres aventures...

– Julia la trompait ?

– Maureen n'était pas jalouse et Julia était infidèle par nature... Un couple parfait.

– Comment tu sais ça ?

– Je suis éditeur... Elles évoluaient toutes les deux dans mon milieu. Et... j'en avais parlé à Maman. C'était un arrangement qui la satisfaisait. Elle-même désirait respirer, de temps en temps. Julia n'était pas une femme reposante.

– Donc, deux cent cinquante jours... Maman te faisait des confidences dont elle ne me disait rien ?

– C'est l'essence même d'une confidence, non ?

– Et... tu en as d'autres, du même genre ?

– Oui, sûrement, mais je ne vois pas… Si, il y a eu ce matin, avant que je reprenne les éditions de Ludi... Je lui avais apporté une tasse de thé, comme j'en avais pris l'habitude. Tu avais passé la nuit dans mon lit. Enfin, ce que vous m'aviez laissé de nuit et de place, toi et ton gros ventre prêt à exploser. Elle l'avait remarqué et en avait profité pour me demander des éclaircissements sur la nature de nos rapports. À toi et moi.

Ludi semble s'être endormie sur l'épaule d'Agnès et a posé une main sur la poitrine de ma sœur qui lui embrasse le front distraitement avant de remarquer :

– Qu'est-ce qu'elle entendait par là ?

Je souris et secoue la tête. C'est un cas désespéré.

– Elle voulait savoir si nous couchions ensemble.

– Elle n'avait pas confiance en nous ?

– Pour elle, ce n'était pas une question de confiance. Mais tu étais enceinte jusqu'aux yeux et je m'occupais de toi comme si tu étais ma femme... J'ai eu l'impression que l'acte en lui-même ne l'aurait pas dérangé. Mais ses implications psychologiques lui faisaient peur. Elle ne voulait pas que le bébé et nous-mêmes en pâtissions. Je lui avais assuré que je ne serais jamais un père pour Max et que dorénavant, je t'enverrai passer tes insomnies dans un autre lit.

– Tu as menti à Maman ?

– Elle ne m'a pas cru. Mais j'espère qu'elle m'a cru lorsque je lui ai affirmé que nous n'avions jamais commis d'acte contraire à la morale. Même si... Jouer au docteur à dix ans, c'est contraire aux bonnes mœurs ?

– Non... Pas quand c'était moi le docteur... Et pas à dix ans...

– On a jamais... Ah oui, cette fois-là... Mais tu étais *vraiment* malade...

– Et tu n'étais pas *vraiment* docteur.

– Je venais de lire un livre traitant de l'ostéopathie. Et... tu allais mieux... après...

Ludi ne dort pas. Elle marmonne dans un nouveau bâillement, affirmant sa prise sur le sein d'Agnès :

– Je suis obligée d'entendre ça ?

Agnès retire son bras de mon épaule, caresse ses cheveux et lui murmure :

– J'ai le souvenir d'un bout de langue rose pointant hors de ta bouche lorsque je te l'ai raconté...

– Pur fantasme...

Elle tapote ma cuisse :

– Tu nous fais du café ?

Je me lève, passe mon pantalon de pyjama, prends une couverture dans la penderie et m'en enveloppe, pendant qu'Agnès se désincruste de Ludi et la recouche tendrement.

J'ai ranimé le feu mourant, ajouté des bûches et préparé du café.

Nous sommes installés dans le petit canapé face à la cheminée, à la seule lueur du foyer. Agnès, toujours en pyjama, les jambes ramenées sur sa poitrine, enserre ses genoux de ses bras. Elle semble avoir froid.

– Tu me fais de la place sous ta couverture ?

– Ben non, hé... J'suis quasiment à p...

Et merde !...

– Deux cent cinquante jours. Cinq pages par jour. Non ? Ça ne te dit toujours rien ?

– Si. Mille deux cent cinquante pages à l'année. Et alors ?

– En moyenne, les romans de Jessica O'Neill comptaient cinq cents pages... Elle en sortait à peine un par an.

– Merde...

– Oui. Elles sont où, les sept cent cinquante pages manquantes ?

– Non. C'est impossible. Elle me l'aurait dit.

– Elle *te* l'aurait dit ? Pourquoi à toi ?

– Elle savait que je n'attendais que cela. Elle m'écrivait des lettres d'Antrim, uniquement pour que je ne sois pas gêné de la lire. Elle me racontait des histoires. Elle ne me donnait pas de ses nouvelles, non. Elle désirait que je lise des histoires par elle écrites. Alors, non ! Elle n'a pas pu faire cela sans me le dire. Si elle avait publié autre chose que ses foutus romans de cul, elle aurait été trop fière de me les présenter... Ton imagination va trop loin cette fois. Et... Bon sang ! c'est ta main que je sens, là ?

– Oh, pardon !... Dis-moi ce qu'elle en a fait, alors ! Elle est partie six fois en villégiature à Antrim. Ça représente donc au moins six livres... Ou six manuscrits de sept cents pages au minimum.

– Ou six clés USB... Ou, Quatre mille à cinq mille pages stockées sur le cloud, dans l'un des quelques milliers de centres de stockage de données internet... Ces pages peuvent être n'importe où. Même dans son appartement à Paris.

– C'est un deux pièces, pratiquement dépourvu de meubles. Un lit, une commode, une kitchenette. Bon pour des amoureux d'une semaine. Pas pour planquer l'œuvre de sa vie. Et... On peut vérifier si elle les a publiées...

– Hein ? Comment ?

– Elle était sous contrat chez Gaultier... Il suffit de consulter leurs catalogues de ces dernières années... Maman se montrait souvent malicieuse. Si elle a utilisé un pseudonyme, c'est un pseudo en rapport avec elle... Elle a forcément laissé des pistes. Elle adorait le faire dans ses romans.

– Bon sang, Agnès... Gaultier est l'un des plus gros éditeurs de Paris. Peut-être le plus gros. Tu imagines le nombre de publications ?

– Le plus gros, tu viens de le dire. Les écrivains publiés chez eux sont si connus qu'il va être très rapide de procéder par élimination.

– Raconte-moi ce que vous a dit Bartley.
– Je croyais que tu...
– Ce n'est plus d'actualité, tu ne crois pas ?

Il est presque six heures. Je m'extirpe doucement de la

258

couverture et des bras d'Agnès. Je l'installe confortablement sur le canapé sans qu'elle se réveille et la recouvre chaudement. Je remets deux bûches dans la cheminée puis je passe dans la chambre pour m'habiller.

C'est l'heure de marcher.

CHAPITRE VINGT ET UN

Cet après-midi, nous rentrons en France par le même moyen de locomotion. Ludi avait retenu un aller-retour.

Julien s'est levé tôt et m'accompagne pour ma promenade quotidienne. Nous commençons par parler d'Agnès, bien sûr. Il l'a trouvée endormie dans le canapé l'avant-veille et a cru qu'elle l'avait fui. Je le rassure en lui expliquant les insomnies de la belle et en profite pour lui suggérer d'en assumer, en partie au moins, la gestion.

Puis nous parlons de Maureen. Julien a un peu de mal à se lancer dans la confidence, mais je parviens à apprendre que Maureen et lui s'étaient rencontrés plusieurs fois. Dans nos bureaux, lorsque nous les avions "surpris". Et au cours du Salon du Livre, à Paris, où elle s'était soumise à une séance de dédicaces alors que Julien tenait le stand des éditions Parker O'Neill. Et puis en d'autres lieux, aussi. En tout, une dizaine de fois.

– Tu ne me l'as jamais dit...

– Je... Nous parlions beaucoup d'Agnès. Elle était la seule à connaître mes sentiments pour elle... Elle l'a deviné très vite, en fait. Elle m'encourageait à... passer à l'action. Mais elle me prévenait aussi que ce ne serait pas facile. A cause... ben...

– De moi ?

– De vous tous... de Ludivine, de Max et... de toi. Elle me disait que ce serait comme d'essayer d'entrer dans une belle maison... sans porte. Il fallait que je trouve une faille, un trou de souris, que je l'agrandisse et que je m'y faufile.

Maureen construisait son monde comme elle écrivait ses romans. Avec rigueur et parcimonie, réglant les menus détails comme elle choisissait ses mots pour écrire.

Elle ne m'avait pas convaincu de reprendre la maison

d'édition de Ludi dans le dessein de se faire éditer par Parker O'Neill. Pas seulement. Elle avait remarqué que je m'étais éloigné de Ludi et ne voulait pas que je passe à côté de cet amour qu'elle jugeait inévitable...

– Tu l'as trouvée, cette faille ?

– Je crois, oui...

– Et c'est... ?

– J'aime autant le garder pour moi.

Sa réponse me plaît. Après tout c'est moi le plus gros obstacle.

Nous sommes sur le retour lorsque Julien adopte une mine que je lui connais bien. Celle qu'il prend pour se décider à me faire part d'un fait qui lui paraît essentiel, mais qui va me laisser, au mieux, indifférent...

Autrement dit lorsqu'il s'attend à ramasser un vent.

– Ryan, il faut que je te dise un truc un peu bizarre...

Je m'attends presque à ce qu'il me déclare : "Je crois que Maureen nous suit..."

Je jette un œil derrière moi et tente une diversion pour cacher mon trouble express.

– Si c'est pour me draguer, c'est trop tard...

– Non ! Évidemment que non ! C'est l'autre nuit... Je me suis réveillé et j'ai vu qu'Agnès n'était plus là... J'entendais le son de vos voix, sous le plancher... J'ai essayé de me rendormir, mais je n'y arrivais plus...

Une vilaine coulée de transpiration me glace le dos. J'aurais nettement préféré la version "Maureen nous suit". Si Julien avait descendu l'escalier sans que nous l'ayons entendu... Merde ! Comment lui expliquer le fait que nous étions pelotonnés l'un contre l'autre sous une couverture, simplement parce qu'il faisait frais, que nous avions à parler et que c'est une bonne façon de parler, la nuit et que... merde ! Merde !...

– ... Alors, j'ai pris le manuscrit et j'ai commencé à le lire...

Aujourd'hui ! Je vais parler à Agnès, dès aujourd'hui, lui dire qu'on ne peut plus se comporter comme des gosses de dix ans...

– ... et... ça va t'être difficile de le croire, Ryan. Tu sais que je suis assez bon pour décrypter un style littéraire...

Je reprends mes esprits et me rends compte de ce qu'il me dit.

– Ce n'est pas : "assez bon", Julien. Tu excelles dans ce

domaine...

– Euh... merci... euh... oui, alors... J'ai reconnu ce style. Et... merde ! Ce n'est pas facile à dire. Tu vas me prendre pour un dingue !

Je m'arrête de marcher. Il en fait autant. Je pose une main sur son épaule.

– Juju... Tu vas entrer dans une famille dont même ce cinglé de Désiré Maisonneuve ne veut pas prendre les membres en consultation.

– Ah ? Euh... c'est vrai ?

– Non. C'est seulement pour te dire qu'avant que je ne te prenne pour un fou, il me faudra sacrément balayer devant ma porte...

– Ah oui... Donc, oui... J'ai tout d'abord pensé que c'était impossible. Alors, je me suis connecté et j'ai surfé sur Internet pendant le reste de la nuit, à la recherche de photos ou d'interviews télévisés, même radiophoniques... Mais je n'ai trouvé que des entretiens de magazines papier. Et tu sais comment ceux-ci sont menés, la plupart du temps. Par dialogues numériques, par téléphone quand ils ne sont pas entièrement bidonnés par les agents littéraires...

– Ça me fait beaucoup de peine ce que tu me dis là, mais je ne vois toujours pas où tu veux en venir.

– C'est... J'étais convaincu de tenir entre mes mains un manuscrit de Braden Mc Laughlin, mais... rédigé en Français.

– Hein ? Tu es sûr ?... Non, excuse-moi. Évidemment, que tu es sûr... Comment pouvons-nous avoir la traduction d'un roman qui n'a pas été publié... ?

– C'est là que j'ai compris... Parce que ce n'est pas une traduction... Mais il y a pire...

– Il ne peut pas y avoir pire. D'après Ludi, Mc Laughlin est encore sous contrat chez Goldman. On ne peut pas le publier.

– Si, il y a pire... Mais je ne peux pas en parler. Je suis sûr de moi, mais... Ce n'est pas une certitude technique. Pas entièrement... C'est quelque chose qui me gêne depuis plusieurs années. À chaque fois que je lis... Non. Je ne peux pas en dire plus...

– Hé ! On parle boulot, là ! Et je suis ton patron !

– Pas pour ce cas-là, Ryan... Il ne s'agit pas *que* du patron des éditions Parker O'Neill.

– Ça ne m'amuse plus, Juju. Même s'il ne s'agit que d'une folle spéculation, il faut que tu me le dises.

– Ce n'est pas une spéculation... ça ressemble plutôt à une illumination. J'ai ressenti ce que doit éprouver un policier qui découvre la clé de l'énigme après plusieurs mois, ou années d'enquêtes... J'ai toujours lu les romans de Mc Laughlin dans leur traduction française. Et j'ai eu la curiosité, un jour, d'en lire un en version originale... En anglais.

Il baisse le regard sur mon pied qui frappe nerveusement le sol.

– D'accord... Je l'ai trouvé moins bon. Ou plutôt moins excellent. J'ai cherché l'auteur de la traduction française mais en vain.

– Mc Laughlin écrit donc en français... Rien d'extraordinaire. Maureen...

– En quelle langue s'est exprimé Braden lors de votre entrevue ?

– Merde... en anglais. À la fin de la bouteille, il a bien tenté le Français, mais, visiblement, il n'est pas expert...

– Je suis pratiquement certain que Braden Mc Laughlin est le pseudonyme de Maureen Parker O'Neill.

Assommé, je reprends la marche et, si je pose ma main sur son épaule, cette fois, c'est autant, en un geste d'intimité que pour me soutenir.

Tellement d'éléments s'emboîtent. Tellement de souvenirs trouvent enfin une justification, de questions une réponse.

Beaucoup. Pas toutes.

– Tu as vu Braden Mc Laughlin. Tout comme moi. Il existe. J'ai passé la soirée avec lui et il savait de quoi il parlait. Putain ! Même bourré ce qu'il disait se tenait à une belle hauteur...

– Nous avons vu un homme affirmant s'appeler ainsi. Un homme cultivé, sûr de lui et de son charisme, mais juste un homme... dont nous ne connaissons pas l'identité et qui n'a plus donné signe de vie après...

"Je me souviens de ma première lecture de Mc Laughlin...

Moi aussi. Maureen m'avait offert le premier roman d'un écrivain qui, selon elle, allait mettre le monde littéraire en ébullition. Je devais avoir seize ans et dévorais tout ce qui pouvait se lire. Une boulimie qui ressemblait à de la rage, quelquefois. Agnès soutenait que je compensais, ainsi, mon refus buté de lire les romans coquins de Jessica O'Neill.

À l'époque, j'étais en première, pensionnaire dans un lycée de Concarneau. Et, contrairement à son habitude, Maman avait lourdement insisté pour que je m'y plonge sans tarder. Elle voulait mon avis avec une telle force que je lui avais demandé, en plaisantant, si elle désirait que je lui en fasse un compte-rendu de quelques pages. Ma boutade était tombée à plat et j'avais craint, un instant qu'elle ne m'en demande effectivement une dizaine de pages.

Je tardais, pour je ne sais plus quelle raison, peut-être, redoutais-je de la décevoir. Elle semblait tant attendre un avis positif et je me savais exigeant et peu complaisant en matière littéraire.

Un samedi matin, en week-end à Port Manec'h, elle était venue dans ma chambre et s'était assise sur le lit, attendant que je me réveille. Il était six heures et je ne prendrais mes habitudes de lève-tôt que dans six ans... Je crus tout d'abord que l'insomniaque de la famille avait quelque chose de forcément urgent, à me faire part. Sans ouvrir les yeux, je me redressai et m'adossai contre la tête de lit.

Une main inhabituelle et caressante se posa sur mes cheveux. Je tournai la tête et découvris Maureen.

– Maman ? Qu'est-ce qui se passe ?

– Tu as lu ?

– Maman... Il est six heures...

Je m'aperçus qu'elle était en t-shirt de nuit, les cheveux emmêlés, les jambes nues. Elle était montée directement, sans prendre de douche, sans s'habiller... Nous étions en 2002, elle avait 39 ans et en faisait 15 de moins. J'eus le sentiment qu'une grande sœur venait de s'asseoir sur mon lit. Dans trois ou quatre ans, je me promènerai dans ma décapotable anglaise en sa compagnie et me rengorgerai en pensant que les gens que l'on croiserait la prendraient pour ma copine. Et bien plus tard, je lirai ses cahiers d'enfant, je m'attendrirai, et voudrai la protéger comme si elle était ma fille...

Mais pour l'heure...

– Mon chéri... J'ai besoin que tu le fasses. C'est important pour moi de savoir ce que tu en penses...

– Mais pourquoi ?

– C'est... C'est un auteur que je connais, un ami... Et ton avis compte beaucoup pour moi. Et pour lui.

Ce n'était pas la demande d'une mère à son fils. Le ton de sa voix s'approchait de la supplique.

– D'accord, Maman. Je m'y mets aujourd'hui. Promis.

Elle m'embrassa et sortit. Il lui fallait reprendre le cours de sa journée.

Je l'avais lu, bien entendu. Incapable de me rendormir, je m'étais levé, avais pris une douche (un objet contondant s'était écrasé sur le mur, du côté de la chambre d'Agnès) puis, étais descendu pour déjeuner et entamer la lecture de l'Œuvre.

Je ne l'avais pas quitté, et en avais tourné la dernière page que le lundi suivant, au lycée, pendant un cours de philo particulièrement barbant.

Pour me moquer de Maureen ou plus certainement parce que j'en avais furieusement envie, j'ai rédigé (pendant un cours de maths, cette fois, mais tout aussi chiant) sept pages d'une critique dithyrambique, dans laquelle je m'extasiais sur le propos, une histoire baroque, mi-fantastique, mi-réaliste, le style, limpide, original et étrangement féminin, la construction, incroyablement complexe mais claire, et aussi, la magie dont avait fait preuve l'auteur dans son emploi des mots. Je lui avais envoyé mon texte par la poste, utilisant toutes les options d'envoi pour être certain qu'il lui parvienne le plus rapidement possible.

J'avais bien noté, le vendredi suivant, qu'elle m'avait serré dans ses bras, un peu plus fort et plus longtemps qu'à l'ordinaire.

Jusqu'à aujourd'hui c'était le souvenir tendre d'un jeu intellectuel, avec Maureen.

C'est devenu subitement un crève-cœur bourré d'amers regrets. S'il s'avère que Julien a vu juste, que Maureen a écrit cette œuvre magnifique... Ce ne sont pas quelques pages que j'aurais envoyées... J'aurais quitté le lycée séance tenante, serais rentré à Port Manec'h par mes propres moyens, en courant s'il l'avait fallu et, aurais serré Maureen dans mes bras, à l'étouffer, l'aurais embrassée et...

Je me suis arrêté de marcher sans même en avoir conscience. Ma main est toujours posée sur l'épaule de Julien.

Je reconnais maintenant l'expression du visage de Maman lorsqu'elle m'a quasiment supplié de lire cet ouvrage. C'est la même expression que je lis sur le visage de mes auteurs lorsque je les convoque pour parler de leur nouvelle et dernière production. De l'espoir. Du doute... et de l'appréhension, car, toute réserve, toute grimace de ma part leur fait un mal de chien.

Julien n'a pas cessé de parler et, étrangement, j'ai suivi son propos. Peut-être parce qu'il rejoint mes pensées.

– ... Et, à chaque lecture d'un nouvel opus, je ressentais la même impression. Celle de connaître ce style, de me trouver en terrain familier. De lire un auteur que j'aimais mais... qui n'était pas cet auteur-là... Et pour cause, Ryan. J'ai lu tous les romans de Jessica O'Neill. Plusieurs fois chacun (il rosit en me disant cela). Et si je n'ai pas effectivement fait le lien, c'est parce que leur univers est à l'opposé de celui des romans de Braden Mc Laughlin. Mais tout le reste, le style, la grâce, l'humour, l'amour des personnages, l'humanisme... tout, Ryan, tout se chevauche pour ne faire qu'un seul auteur. C'est Maureen, j'en suis certain...

Je lève une main.

– Arrête. S'il te plaît, arrête.

– Tu... Tu ne me crois pas...

Je l'ai déjà dit : Julien n'a rien à faire aux éditions Parker O'Neill. Il aurait sa place chez les plus grands éditeurs si ceux-ci le connaissaient. S'ils avaient vent de ses capacités extraordinaires.

Mettre en doute son expertise en tant que beau-frère, alors que je ne l'ai jamais fait en tant que patron ?

– Je ne peux que te croire, Juju. Je veux seulement réfléchir...

Façon de parler. Je suis bien incapable de réfléchir pour le moment. Assailli que je suis, de souvenirs. Car Maureen, à chaque sortie d'un Braden Mc Laughlin, s'empressait de me l'offrir et de quêter mon avis.

De quêter mes compliments... en quelque sorte.

Je pourrai émettre une objection, bien sûr : Pourquoi tout

cela ? Et surtout pourquoi me l'avoir caché ? À moi. Le seul lecteur qu'elle n'avait pas encore gagné à sa cause. Peut-être le seul qui lui importait.

Je sais, par mon expérience d'éditeur, que prendre un pseudonyme, ou plusieurs n'est pas anodin. Il n'est pas rare qu'un auteur change de personnalité suivant qu'il se trouve être l'original ou la copie. Jessica n'était pas Maureen. Il arrivait même à Maureen de parler de Jessica en termes peu avenants. Et Jessica raillait souvent la vie bien ordonnée de Maureen...

Et Braden Mc Laughlin, que pensait-il des deux autres ?

La maison nous apparaît alors que l'on sort du bois. Julien s'arrête de marcher.

– Je … Je vais courir... j'en ai besoin... ça va aller ?

Je le rassure. Il rabat la capuche de son sweatshirt sur sa tête et entame une course à une vitesse que je juge déraisonnable.

Je n'ai pas réveillé Ludi. J'ai pris un petit déjeuner léger et suis parti sur le chemin menant à la maison de Bartley.

Le vieux pêcheur est demeuré introuvable, la veille. Ludi et moi nous sommes présentés sur le débarcadère à la même heure que d'habitude pour le trouver désert. La barque et le bateau se balançaient doucement sur les vaguelettes. Nous avons attendu une vingtaine de minutes avant de rebrousser chemin vers la maison de Bartley. Nous avons patienté encore un quart d'heure après avoir frappé à la porte et appelé en vain, passant le temps en nous disant des trucs d'amoureux. Puis nous sommes rentrés.

Pour revenir à midi et une fois encore le soir où nous lui avons laissé un mot pour le prévenir que nous partions le lendemain après midi et le remercier de son accueil.

Nous nous sentons terriblement frustrés en fixant le mot sur sa porte. Il n'a pas terminé son récit. " Tout d'abord, il faut que je vous parle de Michael"...

Nous rebroussons notre chemin, déçus, un peu tristes, sans parvenir, pour autant, à lui reprocher son absence. Puis je m'arrête et me retourne, les yeux rivés sur la porte.

Ludi m'enlace, se colle à moi et me dit doucement :

– Non. C'est un ami. On n'entre pas chez un ami sans...

– Il y avait de la lumière, hier... Quand il rentre de nuit, il laisse la lumière allumée...

– Ryan...

– S'il est souffrant ? Il n'est pas bien jeune...

– J'ai rarement vu un homme de son âge en aussi bonne forme... Et... merde ! Maintenant que tu as dit ça, comment peut-on s'en aller ?

Je fais le tour de la maison, en quête d'une ouverture, porte de service, fenêtre mal fermée. J'entends Ludi appeler Bartley et cogner fortement la porte d'entrée. Je visite un appentis collé à la maison, où Bartley entasse du bois de chauffage et le matériel nécessaire pour le couper, hache, tronçonneuse, bique... Je cherche une entrée reliant l'atelier à la demeure, en vain. Je sors et me dirige vers une construction ancienne, une grange peut-être, doté d'une grande porte à deux battants fermée. Mais pas verrouillée. Je tire un battant et découvre, malgré l'obscurité naissante, le lieu de stockage de son matériel de pêche et... une place libre qui doit correspondre à l'emplacement réservé à une voiture si j'en crois la tache d'huile sur le sol de terre battue.

Je ferme le garage et rejoints Ludivine. Elle est en train d'inspecter les alentours de la porte. Pots de fleurs, chambranle, paillasson...

– Je ne trouve pas de clé...

– Bartley a fait allusion à une voiture qu'il posséderait ?

– J'ai aperçu un vieux 4x4 quand nous l'avons raccompagné chez lui le premier jour.

– Alors, il est parti... Pas la peine de fracturer sa maison.

Je m'approche néanmoins d'une fenêtre. Celle où j'avais décelé une lueur, la veille. Je colle mon visage sur la vitre, mais il fait déjà trop sombre. Je sors mon portable, trouve l'option, pardon, l'application, lampe torche et l'applique sur la vitre pas très propre. Les cheveux de Ludi chatouillent ma joue alors qu'elle m'imite, un bras autour de ma taille, son corps collé serré au mien. Bon sang, ce que j'aime son contact ! J'en oublierai presque d'être étonné par l'aspect de la pièce, un salon de belle superficie, que nous découvrons.

Nous en parlons sur le chemin du retour.

Ludi :

– Après tout, Bartley n'a pas toujours été pêcheur. C'est un homme cultivé, un littéraire, qui fait preuve d'érudition dans ses propos et d'une élégance certaine dans ses manières. Qu'il apprécie le confort n'a rien d'extraordinaire.

– Un confort moderne que l'on s'attendrait plus à trouver dans l'appartement d'un jeune célibataire argenté.

Ludi secoue la tête.

– Pas moderne... contemporain. Simple, pratique et de bon goût... Et pas inévitablement onéreux. Il faudra que je t'emmène dans les nouveaux magasins d'ameublement...

Une pluie soudaine nous empêche de poursuivre la conversation. Je retire mon blouson et en recouvre nos têtes rapprochées et nos épaules. Nous gardons la même allure. Seuls au monde.

C'était hier.

Ce matin, la maison est toujours aussi déserte mais le mot, sur la porte, a disparu.

Je croise un chat sur le chemin du débarcadère.

Maureen aimait la "conversation" des chats. Nous n'en avions jamais adopté. Les matous des environs de la maison de Port-Manec'h aimaient visiter la propriété et s'y arrêter le temps d'une sieste. En particulier sous la pergola où Maman écrivait. Ils grimpaient sur la table, se toilettaient, grattaient avec vigueur leurs innombrables puces, s'asseyaient en regardant leur hôtesse, et, finissaient par s'endormir, bercés par les taps légers du clavier d'ordinateur.

Le bateau de Bartley n'est plus amarré. Ce qui me rassure. Mon marin d'eau douce est toujours vivant. Et m'attriste. Il ne désire manifestement plus me rencontrer. Je m'avance jusqu'au bout de la jetée et m'assieds, les pieds au ras de l'eau, le regard au large. J'aperçois un bateau au loin. Minuscule, qui s'éloigne lentement. Peut-être celui de mon vieux pêcheur.

Non. Deux personnes sont à bord... À moins que...

Je prends mon téléphone et vérifie l'état du réseau. J'ai de la chance, deux briques. Suffisant pour appeler Étienne.

J'ai attendu encore une heure. Maureen est venue s'asseoir à côté de moi. Je crois qu'elle va rester ici. Puis, j'ai emprunté le chemin du retour. Ma décision est prise.

Elle ne va pas plaire.

CHAPITRE VINGT DEUX

Réunion de famille avant le départ.

Max tente d'attraper les petits poissons qui longent la rive du lac à l'aide d'une épuisette. Nous sommes attablés tous les quatre sous la véranda. Et, avec l'appui et les commentaires de Julien, je viens de résumer la situation aux filles et, attends qu'elles digèrent l'information avant de leur faire part de mes projets immédiats.

L'information, c'est-à-dire la conviction de Julien, qui est devenue la mienne, que Braden Mc Laughlin et Maureen Parker O'Neill ne sont qu'une seule et même personne. Ludi marque son scepticisme. Agnès s'évade dans les mêmes souvenirs que les miens, y ajuste ses propres conclusions issues de sa nuit d'insomnie et sourit. De sa faculté à visualiser les événements ? Où simplement de la bonne blague que nous a faite sa mère ?

Nous tentons d'en discuter objectivement. Nous cherchons sincèrement la petite faille dans le raisonnement de Julien, mais sans mettre en doute sa qualité d'expert littéraire.

Ludi, Agnès et moi, après les avoir toutes évaluées, tombons d'accord pour dire qu'il n'en reste qu'une. Mais de bonne taille.

Pourquoi l'avoir caché ? Qui est en fait : pourquoi *nous* l'avoir caché ? Alors que Braden Mc Laughlin connaissait un succès bien plus considérable que la petite Jessica O'Neill et ses bouquins érotiques.

Julien, qui se montre décidément, autant expert en littérature qu'expert en Jessica/Maureen Parker O'Neill, tente de nous éclairer.

– Je la connais moins que vous, bien sûr, mais paradoxalement, cela peut me donner une objectivité dont vous ne pouvez faire état. Même si je l'aimais beaucoup, ma vision d'elle n'est pas... polluée par une affectivité hors norme...

Il fait une pause pour vérifier que ses propos ne nous choquent pas, puis il enchaîne :

– Je l'ai rencontrée quelquefois, je vous ai entendu parler d'elle, j'ai écouté attentivement Bartley décrire son comportement, ici, à Antrim, et... J'ai la conviction que Maureen avait anticipé le retentissement mondial qu'obtiendraient les romans qu'elle écrivait ici. Elle devait s'y donner avec une telle force, une telle conviction, que l'issue, pour elle, ne faisait aucun doute. Elle n'était pas prétentieuse, on le sait tous. Mais elle n'éprouvait jamais le moindre doute sur la nature de son talent.

"Ce que l'on sait aussi, c'est qu'elle était une femme simple, douce, capable d'éprouver une empathie extraordinaire envers les malheurs des autres. Elle aimait avoir une vie régulée avec soin. Et... Si, comme tout écrivain, elle aimait être lue, elle aimait surtout écrire...

– Et ne craignait qu'une chose, interviens-je, que quelqu'un ou quelque chose se mette entre elle et son clavier.

– Quelque chose, poursuit Ludi, comme une trop grande notoriété...

– C'est ce que je pense, en tout cas, affirme Julien.

– Ce qui ne répond pas à la question : Pourquoi *nous* l'a-t-elle caché ?

Agnès sort de sa rêverie alors que Julien s'apprête à répondre.

– Je crois le savoir, moi...

Nos regards convergent vers notre rouquine chérie (si tant est que l'amour soit quantifiable, il serait difficile de savoir qui de nous trois l'aime le plus).

– Je pense tout d'abord, qu'elle ne nous l'a pas vraiment caché. À chaque sortie d'un roman de Braden, elle semblait heureuse de nous en proposer la lecture, et impatiente d'entendre nos commentaires. Elle nous achetait un exemplaire à chacun, avec un petit mot sur la page de garde...

– Elle m'en offrait un aussi, quand on a commencé à se parler, remarque Julien en rosissant. Et il y avait un mot gentil aussi...

– Oui, comme une dédicace, reprend Agnès. Elle nous l'a dit, à sa manière. Mais nous ne l'avons pas vu. Et il y a autre chose.

Maman faisait preuve d'un humour malicieux, si fin que, quelquefois, il nous échappait. Elle devait trouver très drôle d'encenser ses propres écrits, de promouvoir sans pudeur un auteur qui n'était autre qu'elle-même. Je suis certaine qu'elle savourait cette situation. Qu'elle la prolongeait pour obtenir ainsi nos sentiments, nos critiques les plus objectives sur ses œuvres cachées.

"Elle nous le dissimulait parce qu'elle ne voulait pas que nous nous sentions prisonniers de notre amour pour elle, dans notre regard critique.

– Tu veux dire que ces romans nous étaient destinés ?

– En premier lieu, oui. Et surtout à toi, Ryan. Elle aimait te réserver la primeur de ses réflexions intellectuelles. Vos échanges étaient si élevés parfois qu'ils en devenaient chiants. Elle aimait ton intelligence. Elle me l'a souvent dit...

Agnès frappe toujours très fort. Je me lève et fais quelques pas en direction de ma nièce, occupée à compter, dans un seau rempli d'eau, sa pêche extraordinaire.

Je la rejoins et plie les genoux pour me mettre à sa hauteur.

– On ne peut pas les emmener avec nous, hein, Tonton.

Ce n'est pas une question. Elle le sait.

– Non, mon cœur. Ce sont des poissons d'eau douce. Ils ne peuvent pas vivre dans la mer...

À la fêlure de ma voix, elle me regarde en fronçant ses petits sourcils :

– Tu te souviens, encore ?

– Quelque chose comme ça, oui...

Je me relève et vais rejoindre ma troupe. Il est temps que je leur dise, maintenant.

Nous nous sommes mis un peu à l'écart. Agnès, Julien et Max, chargent la voiture. Ludi se tient tout contre moi et tripote les revers de mon blouson. Sa colère est partie. C'était une colère de Ludi. Brève, douloureuse et sans suite.

– Je veux rester avec toi. Julien peut se débrouiller aussi bien que nous à l'agence et de toute façon j'ai encore une semaine de vacances...

– Mieux que nous, mais il ne faut pas le lui dire. Pas encore...

Je sors l'enveloppe que j'ai préparée en revenant de chez

273

Bartley et la lui donne.

– Il y a une procuration et mes instructions, dedans. J'ai besoin de toi là-bas, ma chérie.

– Agnès...

– Agnès n'enquête pas. Elle rêve. Et puis il va y avoir la rentrée scolaire de Max, la semaine prochaine... Et, Ludi... c'est seulement pour deux jours, trois maximum.

Elle tire sur mes revers.

– Je te hais.

– Je veux l'autre.

– Si tu reviens dans deux jours.

– Je me mettrai dans ta rue, en bas de ta fenêtre et tu me le crieras depuis ton balcon.

– Deux jours.

L'avion-taxi de ma petite famille vient de décoller. J'ai deux heures à tuer avant l'arrivée de mon visiteur. Je décide de ne pas quitter l'aéroport. Dans une librairie, je me procure la dernière production de Braden Mc Laughlin, qui date un peu puisque je la trouve en édition de poche. Star locale oblige, ses cinq romans se trouvent bien en vue sur le présentoir. Sur tous, je vérifie la date de dépôt légal.

Maureen partait pour Antrim tous les deux ans, le premier octobre, et en revenait au printemps, au début du mois d'avril. Son séjour en Irlande était marqué de retours ponctuels à Port-Manec'h, vacances scolaires, un week-end sur deux ou trois (selon l'emploi du temps de ses enfants), et, bien sûr, de sauts aléatoires au gré, cette fois, de l'humeur desdits enfants, qui par accord préalable, avaient obtenu le pouvoir de faire revenir leur mère à volonté.

Nous n'en avions pas abusé. Mais nous en avions usé lors de ses deux premiers voyages, lorsque, les premiers jours d'euphorie passés, cette nouvelle autonomie nous était apparue un peu prématurée et, surtout, inutile, vu le peu de contraintes que nous imposait la présence de Maman.

En clair, elle nous manquait.

La vie de Maureen ayant toujours été réglée à l'heure près, il ne me faut fournir qu'un léger effort de mémoire pour constater que chaque date de dépôt légal correspond, à deux ou trois mois près, à chacun de ses retours à Port-Manec'h.

La théorie de Julien s'ancre de plus en plus dans une réalité que je ne suis pas encore certain de vouloir appréhender.

Julien...

Avant d'embarquer, il m'a pris à part.

– Lorsque je courais, ce matin, je réfléchissais à ce que l'on venait de se dire...

– Bon sang, tu ne t'arrêtes jamais ?

– C'est à propos du manuscrit... Je me suis attaché à en décrypter et analyser le style, la construction et je n'ai pas fait attention aux histoires qu'il raconte... Et... Il me semble qu'il s'agit en fait d'une autobiographie allégorique.

– Tu veux dire que...

– Maureen a transposé sa vie en cinq histoires romanesques. Je n'ai lu que la première et j'ai fait le lien avec ce que j'ai entendu sur Maureen, cette semaine.

– Et tu ne me le dis que maintenant ?

– Je... C'est peut-être une folie, Ryan. Je... je ne suis plus sûr de rien. Peut-être que Maureen a seulement traduit les œuvres de Mc Laughlin et n'a pas voulu que son nom apparaisse... Après tout, nous avons vu Braden. Même si nous sommes les seuls au monde à l'avoir rencontré, il était là, et correspondait au faible signalement que l'on en avait. Son visage réparé, son allure générale, son goût du secret...

– Toutes choses que Maureen m'avait communiquées, Julien, et que je t'ai transmises. Les seules informations que je détiens sur Mc Laughlin, c'est Maureen Parker O'Neill qui me les a données...

Ludi est venue pour un baiser d'adieu disproportionné à la durée de notre séparation. Agnès et Max l'ont imitée avant même que celle-ci ait eu le temps de me lâcher. Quand mes sangsues m'ont laissé respirer, j'ai embrassé Julien.

– Ne t'inquiète pas. Je reste objectif.

J'ai réussi, sans mal, à trouver un siège. Je parle et lis couramment l'anglais que j'ai appris en même temps que le français. Mais je ne suis pas expert en littérature anglaise comme Julien l'est. Pourtant, alors que je parcours quelques pages prises au hasard, et que j'imagine, malgré moi, Maureen écrire ces mots, un trouble indéfinissable m'envahit. Plusieurs fois, soucieuse de parfaire mon anglais qu'elle savait peu littéraire, elle m'avait écrit dans cette langue. Je tente, de mémoire, une comparaison de style et, bien entendu, trouve certaines similitudes...

Objectif, avais-je dit à Julien ? Si Maureen avait écrit ces lignes, elle l'avait fait en français. Ce que je tiens dans mes mains n'est qu'une traduction. Pas mauvaise, a dit Julien. "Moins excellente" que la version française. L'originale ? Ou, dixit mon futur beau-frère, une traduction particulièrement réussie, au point de dépasser en qualité le texte initial ?

Cela s'est déjà vu. Il arrive qu'un traducteur de grand talent (écrivain confirmé, la plupart du temps) tire, d'un roman correct, un chef-d'œuvre incontestable.

Je crois que j'ai somnolé. L'impossibilité de faire le tri des informations, des suppositions et des émotions qui assaillent mon cerveau m'a plongé dans une torpeur désenchantée. Au point d'en souhaiter une apparition de mon fantôme chéri. Mais Maureen est restée dans les bois. Auprès de son cher Lough Neagh et de son ami Bartley. Et ce n'est pas elle qui me réveille mais l'annonce de l'arrivée du vol en provenance de Nantes. Je me hâte vers le hall des arrivées en reprenant mes esprits. Pas de blagues ! Celui que j'attends lit en moi aussi facilement qu'il décortique un procès-verbal.

Je reconnais à grand-peine, dans cet homme grand, mince, vêtu d'un jean bien taillé, d'une chemise blanche aux manches retroussées et portant des lunettes de soleil un peu optimistes, le gendarme, ange gardien de Maureen. Étienne tire nonchalamment un bagage de cabine sur lequel il a posé une veste. Je l'imagine, ainsi habillé, Maureen pendue à son bras, en longue robe d'été et chapeau de paille. Pourquoi nous ont-ils privés d'un tel couple ? Il repère mes grands signes et vient vers moi, le visage impassible. À un mètre de moi, il s'arrête et me considère, ainsi qu'il a pris l'habitude de le faire depuis la mort de Maman.

– Mouais...

Il franchit la distance qui nous sépare et me donne, pour la première fois, une franche accolade.

– Sortons d'ici, fils. Je suis impatient d'entendre le récit de tes aventures.

276

Étienne n'a pas voulu prendre le volant.

– Depuis trente ans, je verbalise des chauffards qui roulent à gauche. Ce n'est pas maintenant que je vais les imiter.

Ce n'est que sur la route d'Antrim que je commence à me détendre, malgré l'angoissant sentiment qu'un véhicule va inévitablement rouler du "bon côté" de la chaussée au moment où je m'y attends le moins, et m'emplafonner grave.

Étienne, constatant que je suis dans l'incapacité de parler tout en conduisant à l'envers, suppose que mes facultés auditives n'en sont pas altérées.

– C'est le bazar, fils. Alex et moi sommes bloqués sur cette damnée vidéo. Les services techniques de la gendarmerie et de la police de Concarneau sont unanimes, pour une fois. Rien à n'en tirer de plus. Un homme, grand, un mètre quatre vingt environ, plutôt athlétique, pas nécessairement jeune, mais ça, c'est plus une impression, quelque chose dans la démarche qui donne ce sentiment, et une tête de fantôme inversée... Dans l'autre sens, le rond-point...

– Mc Laughlin...

– Hein ?

– Rien... Je te dirai plus tard...

– J'ai envoyé une copie à Adira. Elle m'a rappelé. Tu as remarqué son accent ?

– Plutôt... séduisant, oui.

– On peut le dire de cette façon aussi... Il chatouille agréablement l'oreille, en tout cas...

– J'en conclus que madame n'est pas revenue ?

– Et a bien fait. Les enfants ont pris le parti de leur mère... C'est... tendu.

– Merde. Je suis désolé, Étienne.

– Ça leur passera... Non, c'est seulement... si c'était pour en arriver là, alors j'ai vraiment été con.

Je ne dis rien. Inutile d'enfoncer le clou. Étienne reprend aussitôt.

– Notre belle Indienne, donc, m'a rappelé pour me dire qu'il pourrait s'agir du même homme aperçu dans les couloirs de l'appartement de Londres et en compagnie de Maureen, à Antrim. Mais que c'est trop faible pour redonner une priorité à l'enquête.

277

"En ce qui concerne les effractions, on n'a rien. Pas d'empreinte, pas d'ADN... C'est un pro. Il sait ce qu'il faut faire pour nous enfumer.

– Et ton contact à Belfast ?

– Il ne m'a pas rappelé. J'ai laissé un message sur son répondeur pour lui dire que je serai chez lui demain... Et toi, ton pêcheur ?

– Il s'est arrêté de parler quand cela devenait vraiment intéressant. C'est pour ça que je suis resté.

– Qu'est-ce qu'il t'a dit ?

Je me lance dans un résumé, me perds dans les détails, et finis par tout lui livrer, en vrac... Les souvenirs interrompus de Bartley, l'émotion d'Agnès et la mienne devant l'harmonie des écrits de la jeune Maureen et ce pays que nous venons de visiter ; la vision d'Agnès, d'une Maureen publiant, à notre insu, des œuvres d'une qualité irréprochable, confirmée par les hypothèses de notre expert en littérature comparée... Et puis les doutes du même Julien, entraînant les miens...

Je termine mon récit alors que nous sommes arrêtés sur la cour de la maison de Maureen. Une infime vibration nous indique que le moteur du SUV tourne toujours, les essuie-glaces balayent la pluie du pare-brise par intermittence, j'ai laissé la ventilation en marche afin que la buée n'occulte pas notre vision de la maison, du lac et des bois environnants.

Étienne ne m'a pas interrompu. Il fixe le Lough Neagh dont la surface bouillonne sous les assauts de millions de gouttes de pluie, dans le jour déclinant.

Puis :

– Bon, on ne va pas rester...

Je le coupe :

– Il y a eu d'autres... Paris ?

– Quelle importance ? Je veux dire : Quelle importance pour toi ?

Je lui retourne son regard. Se peut-il qu'il ignore ce que sa présence bienveillante a représenté pour Agnès et moi, toutes ces années ?

– Aucune, Étienne. C'est ton enfer, après tout...

– Ryan !...

Mais j'ai déjà éteint le moteur et suis sorti.

Je suis en train d'allumer le feu dans la cheminée lorsque

278

j'entends la porte de la maison s'ouvrir et se refermer et perçois la présence mouillée d'Étienne.

– Cinq fois. La première à Paris, je t'ai raconté. Les trois suivantes, au gré de mes déplacements. Jamais plus de trois ou quatre nuits.

– Et la dernière ?

J'entends ses pas, le bruit des roulettes de sa valise.

– Je prends la chambre à l'étage ? Il faut que je change de chemise...

– Étienne...

– Ici. Une nuit. La dernière.

J'ai sorti une bouteille de Black Bush et deux verres. Je m'en suis servi un et me suis installé sur un des deux fauteuils, laissant le whiskey et le deuxième verre sur la grande table.

Étienne ne tarde pas à descendre, séché, vêtu d'un pull léger avec col en V. Il se sert à son tour et vient me rejoindre se laissant tomber en soupirant, au milieu du canapé.

Il devine ma question et devine aussi que je ne vais pas la poser.

– C'était, il y a deux ans. Tu y as fait allusion, l'autre jour... Je pourchassais un criminel qui s'était réfugié dans ce pays. Ma mission terminée et le méchant mort, il me restait une nuit à passer avant de rentrer en France. Maureen était ici. Je l'ai appelée. Je suis arrivé à la même heure que nous, aujourd'hui et, suis reparti au matin.

– Un petit coup vite fait, quoi...

– Hé ! Ne sois pas idiot ! Ça ne te ressemble pas... J'étais en Irlande depuis plus d'une semaine. Je la savais si proche... Bon sang, je n'ai pas cessé de penser à elle. Je n'ai jamais été aussi mauvais sur une enquête. Heureusement que les flics irlandais sont plutôt bons. Ils s'en sont chargé.

"Qu'est-ce qui te gêne, Ryan ? Qu'est-ce qui te met en colère dans cette histoire ?

– La conclusion.

– Son... geste ne découle pas de mon histoire avec elle. C'est autre chose qui l'a poussé à...

– Tu l'aurais protégée. Tu aurais dû être là. Avec elle. C'était ta mission. Ne dis pas le contraire, c'est toi-même qui nous l'as toujours soutenu... Tu as failli, Étienne.

Il fixe son verre tandis que ma gorge se serre. Je n'ai jamais fait de reproche à cet homme que j'ai toujours considéré comme un père rêvé. Il ne se met pas en colère comme il le devrait :

– Tu crois que je ne le sais pas ? Que je ne le ressens pas ? Aimer Maureen n'était pas chose facile. Elle... c'est elle qui définissait les conditions. Qui choisissait quand, où et de quelle manière.

– Peut-être parce que toi, tu ne le faisais pas. Elle t'a rejeté lorsque tu es venu la surprendre ici ? Non. Mais tu n'as pas voulu l'entendre. Aller au-devant de ses désirs. Tu n'as fait qu'accepter ce qu'elle te donnait sans te demander si elle ne voulait pas que tu prennes le reste. Elle t'a ouvert la porte mais tu es resté sur le palier. Parce que... "C'est simple, c'est con, c'est la vie", et que, surtout, ça t'arrangeait bien...

C'est injuste. Tout ce que je lui ai dit est injuste. Je n'ai pas le droit de lui parler ainsi alors que je connais la vérité. Ma mère était une femme libre. Elle ne réclamait la protection de personne. Elle entretenait une relation avec Julia parce que celle-ci, bien qu'amoureuse, j'en suis persuadé, restait volage, indépendante. De même elle ne désirait rien changer dans ses rapports avec Étienne, car elle en appréciait le côté aléatoire et non contraignant. Elle aimait Étienne et Julia, mais ne voulait pas qu'ils s'interposent entre elle et son clavier.

Seuls, Agnès et moi avions eu ce privilège.

Je lève mon verre et dis, avant d'en prélever une gorgée :

– Excuse-moi. C'est... la douleur qui parle pour moi.

Des coups frappés contre la porte l'empêchent de formuler un commentaire. Il me lance un regard interrogatif. Je parviens à sourire :

– Je crois savoir...

Je me lève, gagne la porte d'entrée en posant mon verre sur la table et ouvre à mon visiteur.

Qui ne ressemble en rien à un vieux pêcheur.

Je reste bouche bée suffisamment longtemps pour qu'Adira Lalitamohana me lance en frissonnant :

– Vous comptez me laisser dehors par ce temps, monsieur Parker ?

Étienne avait prévenu Adira de sa venue en Irlande, laquelle avait anticipé un voyage à Belfast, pour une tout autre affaire.

280

Elle repartait demain matin.

– J'ai pris le train jusqu'à Antrim et suis venue jusqu'ici en taxi. Je crains qu'il ne vous faille m'héberger et m'emmener à l'aéroport de Belfast, demain.

Adira a pris le deuxième fauteuil et n'a accepté qu'un verre d'eau. Elle nous parle en français. Le fait que sa présence ne soit pas officielle, le caractère informel de notre rencontre et le cadre chaleureux où elle se déroule nous poussent à faire usage de nos prénoms.

– Cela ne pose pas de problème, Adira. Nous devons nous rendre à Belfast demain.

Puis elle passe aux choses sérieuses, nous demandant, après nous avoir fait savoir qu'elle-même n'a rien de nouveau, où nous en sommes.

Étienne s'exécute en premier. Très rapidement. Adira connaît déjà sa version. Puis je prends le relais, survolant les souvenirs de Bartley concernant ma mère :

– Il s'est arrêté de parler au moment où cela devenait intéressant pour notre enquête. Je compte bien le rencontrer à nouveau. Son témoignage peut nous apporter une certaine lumière sur ce qui a poussé ma mère à commettre un geste si désespéré.

– Il faut que les choses soient claires, Ryan. Je pense que les décès de votre mère et de Julia Milazzi sont liés, mais je n'en ai pas la preuve. Et c'est sur le meurtre de Julia que j'enquête. Apportez-moi le lien et je remettrai le dossier en haut de la pile.

– J'ai peut-être ce lien...

Je lui rapporte les déductions d'Agnès et l'hypothèse de Julien à propos de la véritable identité de Braden Mc Laughlin.

– C'est très... volatil, tout cela. Des hypothèses. Rien d'autre...

– J'ai peut-être mieux.

Je me lève et gagne le meuble où j'ai rangé la bouteille de Laphroaig, le flacon de café lyophilisé, tous deux emballés, et une feuille format A4 comportant un dessin. Je les pose sur le guéridon qui nous sert de bar devant le canapé et les fauteuils, sans leur donner, pour le moment.

– J'ai rencontré Braden Mc Laughlin, ou, un homme s'étant présenté comme tel...

– Vous venez de me dire que cet homme n'existe pas.

– Personne ne l'a jamais rencontré, sauf... Julia Milazzi qui était son agent littéraire et qui faisait le lien avec les éditions Goldman, à Londres. Ma mère, mon comptable et moi.

– Comment est-ce possible ? Je ne suis pas une grande lectrice mais même moi, j'ai lu ses romans. C'est une star dans le domaine, n'est-ce pas ?

– Mondiale. Son œuvre complète s'est vendue à plusieurs dizaines de millions d'exemplaires. Goldman a joué à fond la carte de l'écrivain anonyme et mystérieux. Tout ce que le grand public connaît de lui tient en quelques mots. Il est irlandais. Personne ne sait où il vit ni à quoi il ressemble.

– Simplement, parce que, d'après votre expert et vous, cet homme n'existe pas... Pourtant vous l'avez rencontré.

– J'ai rencontré un homme, grand, mince et athlétique, la cinquantaine, parlant anglais avec un accent irlandais, affirmant être Braden Mc Laughlin et correspondant à une vague description que m'en avait fait ma mère... Un homme qui a menti sur la résiliation de son contrat chez Goldman. Une star mondiale qui désirait être publiée par une maison d'édition provinciale alors qu'il était évident que nous n'avions pas les moyens de lui assurer un service digne de sa renommée. Et... nous en sommes persuadés, un homme qui n'a pas écrit une ligne de l'œuvre qu'on lui prête.

C'est Étienne qui intervient alors qu'Adira secoue sa jolie tête en affichant une moue dubitative :

– Comment peux-tu être si catégorique sur ce dernier point, Ryan ?

– L'expertise stylistique de Julien, tout d'abord. C'est un garçon qui possède un talent exceptionnel dans ce domaine et... J'ai passé une soirée avec Mc Laughlin. Une soirée bien arrosée, en ce qui le concerne. C'est un homme cultivé, mais qui fait état, dans ses propos, d'un cynisme, d'une intransigeance, qui frisent l'intolérance, et, qui sont à l'opposé de ce que reflètent ses romans.

– Il ne serait pas le premier du genre... Céline, lui-même...

– Céline a mis son talent au service d'une cause infiniment méprisable. Mais ce sont ses mots, son style, sa saloperie de talent que l'on retrouve aussi bien dans ses pamphlets immondes que dans son magnifique "Voyage au Bout de la Nuit". En ce qui concerne Mc Laughlin, je te parle d'une incompatibilité

282

totale de l'homme et de son œuvre...

Adira nous arrête en levant sa main.

– C'est une discussion intéressante, Messieurs, mais... En quoi cela concerne mon enquête sur le meurtre de Madame Milazzi ?

Je saisis la feuille sur le guéridon et lui tends.

– Julien, qui n'est plus à un talent près, a dessiné, de mémoire, un portrait-robot de notre visiteur. D'après ce que vous m'avez appris, la silhouette de l'homme aperçue en compagnie de ma mère puis dans le couloir de son appartement londonien et, enfin, entrant dans mon immeuble, pourrait être celle de Mc Laughlin...

Adira observe le dessin en fronçant les sourcils.

– C'est... On dirait un fantôme...

Elle donne le portrait à Étienne et guette son avis. Elle semble troublée. Étienne observe l'image puis regarde Adira. Son visage reste impassible, signe qu'il retrouve son masque de gendarme.

– Le reflet sur l'image tirée de la vidéo n'est donc pas de mauvaise qualité. C'est son visage qui est... spectral.

– Maman m'avait raconté qu'il avait été victime d'un accident qui l'avait défiguré. Réparé une première fois, dans l'urgence. Puis une seconde fois lorsqu'il en avait eu les moyens financiers.

Adira se penche vers moi :

– Ryan, avez-vous, votre expert ou vous, vu les clichés tirés de la vidéo avant d'établir ce portrait ?

– Non.

– Bien. Une question idiote, maintenant : Avez-vous une idée de la véritable identité de Braden Mc Laughlin ? C'est-à-dire de l'homme qui est venu vous rendre visite.

– Ce n'est pas une question idiote.

Je lui résume les cahiers de Maureen traitant de la fin des années soixante-dix.

– Si, comme je le pense, la mort de Maman et celle de Julia est liée à cette époque, alors il pourrait s'agir de son frère Michael ou de Sean Murphy.

Étienne ajoute :

– Nous devrions avoir de plus amples renseignements demain. Nous devons voir un ancien flic de la police Royale, à

Belfast.

– Je consulterai nos fichiers de mon côté, à Londres. Je me rendrai aussi chez Goldman pour essayer d'en apprendre un peu plus sur ce Braden...

Nouvelle série de coups frappés, contre la porte d'entrée. Cette fois il ne peut y avoir de doute. Le club des amis de Maureen va compter un membre de plus, ce soir.

CHAPITRE VINGT-TROIS

Sur le pas de la porte, Bartley s'est tout d'abord excusé de nous avoir fui et m'a demandé si tout le monde était resté.

– Non, je suis seul... Enfin... Deux amis sont avec moi, ce soir. Entrez, Bartley, je vais vous les présenter.

Fidèle à son habitude, Bartley entre sans s'occuper de moi et se dirige vers Adira, qu'il salue, la main tendue.

– Inspectrice Lalitamohana...

– Adira, sourit l'intéressée. Bel effort de mémoire Monsieur Aonghusa.

– C'est un nom qui mérite que l'on s'en souvienne, porté par une personne que l'on n'oublie pas. Appelez-moi Bartley.

Il se tourne vers Étienne en souriant largement.

– Esteban. Le cher gendarme de mon amie. Je vous ai raté de peu la dernière fois que vous êtes venu. Maureen était déçue de ne pouvoir vous garder quelques jours de plus.

Étienne serre la main tendue :

– Pas autant que moi, Bartley. Mais le métier de gendarme souffre d'un manque désespérant de spontanéité.

Il s'écarte sensiblement et nous considère.

– J'étais venu inviter Ryan et sa famille pour dîner. Que diriez-vous de venir tous chez moi ? Pas de poisson, c'est promis.

Il ne lui a fallu qu'une petite minute pour charmer mes deux invités.

La pluie s'est arrêtée de tomber et malgré l'obscurité, nous nous rendons chez Bartley à pied, nous guidant grâce aux faisceaux lumineux de deux lampes torches.

Le vieux pêcheur et moi avons pris la tête de notre petit cortège.

– J'étais à Belfast, hier, Ryan...

– C'est pour cela que...

– Pas uniquement. Je vous ai fait sciemment faux-bond, à toi et à ta petite Bretonne... qui d'ailleurs manque déjà à nos bras, tu ne trouves pas ?... Les souvenirs que je devais évoquer concernent une partie de ma vie qui m'a laissé un goût amer. Y revenir me paraissait hors de ma portée...

– Et maintenant ?

– Maintenant... J'ai fui vos adieux, ce matin. Je suis parti à l'autre bout du lac. Et, jusqu'à ce que j'en revienne, ce soir et que j'aperçoive les phares de ta voiture à travers la pluie, je n'ai cessé de penser aux conversations que nous avions eues. Tous les trois, avec Ludivine et puis en compagnie de toute ta petite famille... Les propos imagés, d'une tendresse émouvante d'Agnès, surtout, ont retenu mon attention. Lorsqu'elle évoque sa lecture des cahiers de Maureen et qu'elle affirme s'être sentie déjà en elle bien avant d'être née... il ne fait aucun doute que l'histoire de la vie de Maureen est aussi la vôtre. Je me dois de vous rendre *votre* Maureen.

"Et puis j'ai fui aussi une de tes questions. Une remarque, que j'ai fait semblant de ne pas entendre...

– Celle concernant votre... exclusion des cahiers de Maureen. Je n'ai pas oublié.

– Maureen parlait de moi, de ma famille dans ses cahiers...

– Je suis sûr que non, Bartley. Je les ai lus et n'ai rien vu de la sorte.

– Et pour cause, Ryan. Avant de partir pour la France, elle... elle me les a laissés. Ce n'était pas un présent, comprends-le bien. C'était un geste de colère. Elle désirait me signifier de cette manière qu'elle effaçait jusqu'à mon souvenir de sa vie. Je l'avais déçue, mon garçon. Je l'avais trahie...

– Vous voulez parler de...

– Là ! s'exclama soudain Bartley, en dirigeant le rayon de sa lampe en direction des bois.

Je m'arrête en même temps que le vieux bonhomme, Étienne et Adira manquant nous percuter.

– Qu'y a-t-il ? demande Étienne qui ajoute le faisceau lumineux de sa propre lampe à celui de Bartley et balaie

286

lentement les bois sombres.

– J'ai vu une silhouette qui se déplaçait rapidement, dit Bartley.

– Un animal ? émet Adira. J'ai aperçu un panneau signalant la présence de cerfs...

– Peut-être, oui...

Inutile d'être un grand psychologue pour déceler le manque de conviction dans sa réponse.

– Allons-y. Nous y sommes.

En effet. Après un ultime virage du chemin, nous apercevons la maison de Bartley dont les éclairages extérieur et intérieur trouent l'obscurité.

Nous nous arrêtons de nouveau, dans un bel ensemble, à une quinzaine de mètres de l'ancienne demeure.

– Vous êtes parti en laissant tout allumé et la porte ouverte ? s'étonne Étienne.

– J'ai laissé l'éclairage, oui, mais la porte... Je suis certain de l'avoir fermée.

– Verrouillée ?

– Non. Je savais que je ne ferai que l'aller et retour.

Un chat sort en trombe de la maison et prend le chemin du débarcadère où il disparaît rapidement.

Étienne et Adira sont passés devant nous. Étienne pose sa main sur ma poitrine.

– Attendez ici, tous les deux.

Les deux flics s'approchent de l'entrée, aux aguets.

Étienne :

– Vous êtes armée ?

– Je suis enquêtrice dans la police britannique. Et vous ?

– Je suis en congé.

– Tant mieux. J'aurais été obligée de vous arrêter.

Ils atteignent la porte et se placent de chaque côté, le dos au mur.

– Ils en font un peu trop, non ? me souffle Bartley.

Je hausse les épaules. La maison isolée, les bois alentour, la nuit, la silhouette aperçue par Bartley, le chat qui détale comme poursuivi par le diable... J'ai connu des moments plus sereins.

C'est Adira qui franchit le seuil en criant "police". Étienne la suit et, après quelques secondes on l'entend s'exclamer :

– Oh, bon sang !...

Nous accourons.

Une appétissante odeur de cuisine plane dans la pièce principale, cuisine ouverte, délimitée par un comptoir, salle à manger et salon confortable. Tout est moderne, genre Ikea, propre, lumineux et fonctionnel. Et malgré tout chaleureux.

Bartley est accroupi près de la forme noire, tirant sur le roux, anachronique dans ce décor baigné d'effluves alléchants, car sans vie.

Il dit, d'une voix émue.

– C'est le doyen de la bande. Un vieux matou presque aveugle bourré de rhumatismes qui ne sortait quasiment plus de la maison... je lui avais promis une fin de vie douillette. Il m'arrivait même de faire du feu dans la cheminée rien que pour lui... Qui peut faire ce genre de choses ?

Une vague silhouette courant dans les bois, à la nuit tombée, peut-être ?

Étienne me jette un coup d'œil et murmure :

– Un homme en colère...

– Ryan, s'il te plaît, peux-tu me donner le grand torchon, pendu à côté de la cuisinière... je vais l'envelopper et l'enterrerai demain.

– Non, dit doucement Adira. Prenez un sac-poubelle. S'il a griffé son agresseur, nous pourrons peut-être récupérer de L'ADN. Je le donnerai à la scientifique, à Belfast avant de repartir. Il nous faudrait une glacière...

Bartley se lève après une ultime caresse sur le flanc miteux et décoloré de la dépouille. Il semble encore plus petit et plus vieux que dix minutes plus tôt, alors qu'il marchait en notre compagnie.

– J'en ai plusieurs dans la grange. Je vais en chercher une.

– Je t'accompagne, Pêcheur. Lui dit Étienne.

Je trouve un rouleau de sacs-poubelles dans le meuble sous l'évier. J'en prélève un et m'approche du chat mort.

Il a reçu un coup sur le dessus de la tête et un peu de sang s'est échappé de la blessure. Ses yeux voilés par l'âge ou par la mort sont restés ouverts.

Adira a trouvé des gants de ménage en caoutchouc et les a enfilés. J'ouvre le sac et elle dépose délicatement le petit cadavre à l'intérieur. À l'aide de chiffonnettes jetables, je nettoie le sang pendant qu'Adira fait le tour de la pièce et s'arrête devant une bibliothèque surchargée.

Je remarque :

– Cela ne ressemble pas exactement à ce que l'on s'attendrait à trouver dans la maison d'un vieux pêcheur, n'est-ce pas ?

– Bartley n'est pas un vieux pêcheur. J'ai enquêté sur lui après l'avoir interrogé sans trop de succès la dernière fois que je suis venue ici. C'est un érudit.

– Un ancien journaliste...

– Pas seulement. Et pas si ancien. Il lui arrive encore d'écrire des articles. Des coups de gueule, plutôt, sur la manière dont est dirigé son pays. Mais son travail le plus important, le plus révélateur de sa personnalité, c'est ici qu'il se trouve.

Je la rejoins, intrigué. Elle me montre les tranches d'une série de six bouquins. Vu la largeur des dos, ils doivent comprendre entre quatre et cinq cents pages chacun et seul le titre y est indiqué, longueur oblige : "Histoire Contemporaine, Politique et Sociale, de l'Irlande du Nord", avec un chiffre, d'un à six, en complément.

J'en saisis un, le numéro trois. Le nom de l'auteur apparaît enfin sur la première de couverture, en haut et d'une taille discrète : Bartley Aonghusa. Le titre y est répété plus deux dates : 1960 – 1980.

– Le dernier tome concerne les années de 98 à 2010, je crois. L'année de sa sortie. Ce dernier opus est inscrit en lecture obligatoire à l'école de police. C'est savant, intelligent et remarquablement objectif... J'avais oublié le nom de l'auteur.

La voix de Bartley nous fait sursauter :

– Une objectivité qui m'a coûté nombre d'amis et quelques menaces bien senties, ma chère... Les anciens membres de L'IRA n'ont pas vraiment apprécié ma description de la reconversion de quelques-uns – beaucoup trop – de ses soldats dans le grand banditisme moderne. Quant aux royalistes...

Bartley s'arrête devant le sac en plastique bleu et se baisse. Étienne pose la glacière et relève le pêcheur.

– Laisse, Bartley. Je m'en occupe.

– Merci Esteban.

Il s'approche de nous.

– Les unionistes ont ressenti comme une trahison l'intérêt et la reconnaissance que les Britanniques ont portés à mon travail.

Il ne me reste plus que les Anglais comme amis... Curieux retournement, n'est-ce pas ?

Je passe la main, comme une caresse, sur la tranche des livres ornant l'étagère supérieure. Des ouvrages que je connais bien, sans jamais les avoir lus.

Bartley remarque mon geste.

– Les versions en irlandais gaélique...

Jessica O'Neill traduisait elle-même ses romans en Irlandais gaélique sous le pseudonyme de Maureen Parker. Une plaisanterie qu'elle seule comprenait...

– Je n'ai jamais vérifié, mais ta mère me disait que, lorsqu'elle traduisait ses propres romans, elle se livrait en fait, à une re-écriture de son ouvrage. Les versions françaises diffèrent donc franchement des versions irlandaises...

Mon regard se porte sur l'étagère inférieure, cette fois.

– Vous possédez aussi les romans de Braden Mc Laughlin... Vous les avez lus ?

– Bien sûr. C'est pratiquement un devoir, pour un Irlandais catholique...

– Comment les trouvez-vous ?

Il hausse les épaules et fait la moue :

– Je ne suis pas un grand lecteur de romans. Mes choix portent davantage sur les essais... J'ai lu Maureen parce que je suivais son parcours, et, Mc Laughlin, comme je te l'ai dit, par devoir et curiosité... Il faut croire que ce pays forge le style de ses auteurs...

– Comment cela ?

– Leurs styles sont assez semblables, mais la comparaison n'est pas aisée. Je lis Maureen en gaélique et Mc Laughlin en anglais. Je donnerais néanmoins une meilleure note à ta mère.

Étienne nous interrompt.

– Je sors le gigot du four, Pêcheur ? À moins qu'on ne le déguste charbonné, par ici...

La viande d'agneau est excellente. Bartley a débouché une bouteille de vin rouge, un Bourgogne, et a fait l'impasse sur les entrées.

Adira n'en démord pas. Bartley doit signaler les récents événements à la police.

– Il y a eu un temps où c'était la police qui se livrait à ce genre d'intimidation criminelle sur ma personne, et même sur ma famille... Vous comprendrez que j'éprouve une certaine réticence à faire appel à cette institution. Et puis pour leur dire quoi ? Un inconnu est entré dans ma maison que je n'avais pas verrouillée, a tué un chat pouilleux si près de ses derniers instants, que je passais mon temps à le réveiller pour vérifier qu'il était toujours en vie, puis, est reparti sans rien voler ni détruire...

– La cruauté envers les animaux est...

– Pas ici, ma chère. Nous ne sommes pas à Londres. Pas envers ce genre d'animal : errant, sans nom, sans attache...

– Les temps ont changé, Bartley.

– Mais les vieux réflexes sont restés... Non, Adira, croyez-moi, cela ne servirait à rien. Ce n'est d'ailleurs pas la première fois que je subis ce genre de geste. Personne encore ne s'était attaqué à mes petits compagnons, mais je suppose qu'il faut un début à tout.

– Vous avez beaucoup d'ennemis ?

– Autant que d'amis véritables... Assez peu en fait. Mais bruyants, haineux, enfermés dans une contradiction dont ils ne subodorent même pas l'existence... Á savoir, qu'ils persistent à combattre pour une cause, l'indépendance, qui n'a jamais eu de majorité réelle, même au sein de la population catholique. Ils me reprochent mon abandon de la cause indépendantiste, d'avoir déposé les armes, ma plume, alors que ces mêmes armes, cette plume, peut-être, ont tué mon fils. Ils nient mon droit à la réflexion objective comme ils contestent les droits de leurs coreligionnaires à combattre pacifiquement... Ce sont des fous. Ils ne sont que colère, haine, frustration, et la lâcheté demeure la signature de leurs actes. Ils frappent et courent se cacher. Ils fracassent le crâne d'un chat et se prennent pour les justiciers au service d'un idéal indiscutable.

Étienne intervient, non sans une arrière-pensée qui est aussi la mienne :

– Bartley, tu connais celui qui a fait ça ?

– Non... Et oui... Ce n'est pas un individu, Esteban, c'est pire que cela. C'est l'obscurantisme, l'intolérance, la bêtise crasse...

– Je t'ai entendu parler de Braden Mc Laughlin avec Ryan, tout à l'heure. Tu le connais ? Tu l'as déjà rencontré ?

– L'écrivain ? Non, bien sûr que non. Il me semble que c'est un personnage assez mystérieux et je crois bien avoir lu quelque part que personne ne l'a jamais vu... mais pourquoi cette question ?

Étienne consulte Adira du regard. Celle-ci secoue la tête et dit en s'adressant à Bartley :

– Une affaire dont je m'occupe. Rien à voir avec vous ou avec la mère de Ryan.

C'est oublier que Bartley est un journaliste. Un enquêteur chevronné. Il remarque, pensif :

– Nous ne parlions pas de Maureen...

Il reprend, devant notre silence gêné, en fixant Étienne :

– Et si je t'avais dit : oui je le connais, c'est un pote à moi... ?

Adira, assise en face du vieil homme, se penche en appuyant ses coudes sur la table.

– C'est la vérité, Bartley ?

– Disons une hypothèse, sourit Bartley. Juste pour voir où nous aurait entraîné cette conversation.

Adira reprend sa position, s'adosse contre sa chaise, sans quitter Bartley du regard. Elle sourit enfin et entre dans son jeu.

– Alors, je vous aurais demandé si vous étiez capable d'en faire un portrait-robot, ou mieux, si vous possédiez une photo. Vous savez ce genre de cliché où deux hommes se tiennent serrés, les bras passés sur les épaules, un sourire idiot et un énorme poisson au premier plan, qui pend, la gueule à moitié arrachée par un hameçon plus gros que sa tête. Et puis je vous aurais demandé son véritable nom, je ne doute pas que vous sachiez que Braden Mc Laughlin est un pseudonyme. Et pour finir vous m'auriez fait part de l'endroit où l'on peut le trouver...

Bartley s'accorde quelques secondes de réflexion, puis :

– Je vous aurais répondu que je suis un pêcheur qui éprouve un respect infini pour le poisson qui le nourrit, et donc n'éprouve aucune fierté à le sortir de son élément et encore moins à l'exhiber. De même que...

Il montre d'un geste large la pièce où nous sommes en train de finir notre repas :

– ... Vous ne trouverez aucune photo dans cette maison. Je les en ai bannies, il y a très longtemps. Que je ne me suis jamais posé la question de savoir si Braden Mc Laughlin est un pseudonyme et, qu'un homme secret, l'est d'abord avec ses amis, puisque, par définition, ce sont les premiers à recevoir les confidences, et donc les plus susceptibles de les divulguer... Et puis... A mon tour, je vous aurais demandé quel est la nature du rapport entre Maureen Parker O'Neill et Braden Mc Laughlin, en dehors du fait qu'ils sont tous deux écrivains et Irlandais du Nord. Mais... Oui. Peut-être qu'à ce moment vous m'auriez dit quelque chose comme : Ici, c'est moi qui pose les questions...

Adira secoue à nouveau la tête en affichant une grimace plutôt charmante, qui ne parvient pas, en tout cas, à gâcher ses traits parfaits.

– Non. Je ne fonctionne pas ainsi. Je réserve ce genre de remarque aux truands notoires, à ceux envers qui je ne me sens moralement pas tenue de me montrer courtoise. Non. Je vous aurais peut-être signalé, qu'un homme s'est présenté dans les locaux des éditions Parker O'Neill sous le nom de Braden Mc Laughlin, arguant d'un prétexte fallacieux, et, que nous aimerions savoir s'il s'agit du véritable Mc Laughlin.

Étienne et moi avons suivi cet échange ludique, assez fascinés. Si Adira Lalitamohana avait eu les coudées franches et avait pu déployer tout ce charme et cette dextérité lors de mon premier entretien avec elle, à Concarneau, nul doute que je lui aurais raconté toute ma vie. De ma naissance à ma dernière biture en compagnie d'Agnès en passant par mes fantasmes récurrents concernant Ludi.

Mais peut-être lui faut-il un interlocuteur capable, lui aussi, de faire preuve d'un charme ensorceleur, et d'une intelligence hors du commun, pour donner l'amplitude nécessaire à la démonstration de ses talents ?

Bartley rompt le contact soudainement avec Adira et me fixe avec une intensité dans le regard que je ne lui ai pas connue jusqu'à présent.

– Tu as rencontré Braden Mc Laughlin, fils.

Je sens Étienne qui se raidit au mot "fils". Adira devance ma réponse :

– Vous le connaissez donc.

Bartley pose ses deux mains sur la table et ne joue plus, cette fois.

– Non. Je ne l'ai jamais rencontré. Du moins je ne le crois pas... Je vais faire du café et nous allons parler.

S'il existe un ou plusieurs dieux se languissant dans les profondeurs obscures de ce putain de lac et tirent les ficelles du destin des êtres qui vivent sur ses rives, alors ils ne veulent pas que Bartley s'engage plus avant dans ses confidences.

Bartley se lève dans le même temps où l'on entend une détonation, dehors, la vitre d'une fenêtre exploser et, où un poing énorme semble projeter le vieil homme en arrière, entraînant dans sa chute la chaise dont il avait saisi le dossier pour la repousser.

Et puis les cris simultanés, mais dans une langue différente d'Adira et d'Étienne :

– Á terre, tous !

C'est beaucoup demander à mon esprit si soudainement effaré. Adira l'a compris. Elle s'est jetée sur moi pour me plaquer au sol. Ma chute sur le dos me coupe le souffle, le long corps souple d'Adira s'écrase sur moi et je perçois l'odeur de son parfum avant qu'elle ne roule sur le côté, gardant un bras sur ma poitrine pour m'empêcher de bouger.

Et puis, le silence, comme si j'étais devenu sourd.

Et puis, Étienne. Il était assis à côté de Bartley pendant le repas. Par-dessous la table, je le vois ramper vers le vieil homme.

– Pêcheur ?

Un gémissement.

– Merde. Il est touché à l'épaule, près du cou. Pêcheur, tu m'entends ? Essaie de ne pas tomber dans les pommes.

Puis à notre adresse :

– Si quelqu'un a un téléphone, c'est le moment d'appeler la cavalerie avant que notre tireur se rende compte que nous ne sommes pas armés.

Mais Adira a déjà ôté son bras de ma poitrine en m'enjoignant de ne pas bouger et se tortille en fouillant dans ses poches.

– Pas la peine, lui dis-je. Il n'y a pas de réseau, ici...

– Rampez jusqu'au mur entre la fenêtre et la porte et actionnez l'interrupteur. Il faut éteindre cette lumière. Je vais appeler sur le fixe.

Je lui obéis, rampe jusqu'au mur, m'y plaque en me redressant et appuie sur l'interrupteur. Une demi-obscurité seulement envahit la pièce. Une lampe reste allumée sur le petit bureau supportant également le téléphone de Bartley. Adira s'est relevée à demi et s'est hâtée, courbée, jusqu'à la table. Elle éteint la lumière et décroche le combiné tandis que, sans attendre que ma vision s'adapte à cette nouvelle donne, je me précipite auprès de Bartley et d'Étienne qui s'est adossé contre le comptoir nous séparant de la cuisine, la tête du vieil homme sur ses cuisses et ses mains pressées sur la blessure, à hauteur de la clavicule gauche.

La voix calme de la jeune femme, un peu résignée, comme si elle avait anticipé cette éventualité, nous parvient :

– Il n'y a pas de tonalité. La ligne est coupée.

– Ryan ! Essaie de trouver une boîte ou une armoire à pharmacie. Le Pêcheur doit être équipé. La vie au grand air, l'isolement, il n'est pas bête, il a dû prévoir... si l'on n'arrête pas l'hémorragie, il va se vider complètement, petit comme il est.

Guidé par la lumière du portable d'Adira qui tente de capter un réseau, je gagne le fond de la pièce où j'ai repéré une porte avant que tout cela n'arrive. L'ouverture donne sur un couloir totalement sombre. Je sors mon téléphone et éclaire les lieux. Deux portes ouvertes. Une chambre, que je me dépêche de fermer, ayant aperçu une fenêtre d'où le tireur pourrait me voir, et une salle de bains, pourvue, elle aussi d'une fenêtre mais en hauteur. Je ne me sers pourtant que de la luminosité de mon portable pour inspecter la pièce. Je trouve rapidement l'armoire à pharmacie et l'ouvre. Étienne a raison. Bartley est un homme prévoyant. J'ouvre un autre meuble contenant des serviettes de toilette et vide l'armoire à pharmacie en tremblant comme une feuille au vent mauvais, étalant mon butin sur une des serviettes. Je me force à penser à Ludi, à Agnès, à Max... et merde !... au corps d'Adira sur le mien pendant un très court instant... J'essaie d'évacuer ma peur, de la repousser au fond de mon cerveau, là où elle ne me perturbera que plus tard, lorsque tout sera fini... Je revois le calme et la présence d'esprit d'Adira et d'Étienne et me dis que je suis en compagnie de deux pros, habitués à ce genre de situation. Il me suffit de leur faire confiance... Et puis je pense à Bartley... Vite !

Je reviens dans la pièce à vivre qui n'a jamais si bien porté ce qualificatif. Étienne et sa collègue britannique ont transporté Bartley sur le canapé collé contre un mur, entre les deux ouvertures donnant sur la cour d'où est parti le coup de feu. Adira a allumé l'éclairage extérieur, nous apportant un peu de clarté dans la maison tout en transformant, l'espère-t-elle, les vitres des fenêtres en miroirs pour un regard venant de la terrasse ou des bois. Le dos plaqué au mur, elle observe la cour par un angle de la vitre.

Étienne se charge immédiatement des premiers soins.

– La balle n'a pas traversé. Elle a dû être bloquée par l'omoplate.

Bartley tient ses yeux ouverts et me regarde. Il semble conscient mais loin.

– Tu m'entends, Pêcheur ? Je vais faire de mon mieux mais... mes cours de secourisme ne sont pas vraiment à jour... alors tu risques de dérouiller un peu.

Je tiens le rôle de l'infirmier, et passe à Étienne ce qu'il me demande, admiratif devant le calme de celui-ci et la résistance à la douleur de mon vieux pêcheur qui geint à peine.

Étienne parle tout en s'activant :

– Ciseaux. Dis donc, Bartley. S'il s'agit de l'un de tes petits copains dont tu nous parlais tout à l'heure, il a l'air de t'en vouloir un peu plus que les autres, non ? Compresses et flacon de désinfectant. Ou alors, il s'agit de toute autre chose que vos anciennes guerres. Quelque chose dans le genre de ce qui amène ici la police anglaise et française... Donne-moi encore des compresses, Ryan. Et la plus grande bande que tu as... Qu'est-ce que tu détiens comme secret si important qu'un sniper veuille te clouer le bec devant des flics ? Nous, on veut seulement savoir si c'est en rapport avec Maureen et Julia. Le reste, nous...

– Étienne, laisse-le tranquille. Il n'est pas en état, et... c'est sa vie...

– C'est juste pour lui occuper l'esprit pendant que je le soigne, fils... Hé... !

Bartley, qui ne m'a pas lâché du regard jusqu'à maintenant, baisse ses paupières. La main d'Étienne se pose avec une douceur inattendue sur la joue du vieux.

– Reste avec nous, Pêcheur, lui murmure-t-il. Je te taquinais. Garde tous tes secrets, tant qu'ils ne te pèsent pas. On ne va pas te tourmenter. Tu as eu ta dose.

Étienne se relève et, sans même se baisser en passant devant la fenêtre, il rejoint Adira.

– Il est parti, lui dit-il. Seul Bartley était visé. Il pense qu'il l'a eu.

– J'aimerais en être certaine avant de tenter une sortie. Bartley peut attendre jusqu'au lever du jour ?

J'ai pris la place d'Étienne au chevet de mon vieil ami. Je prends sa main. Le gendarme a fait un beau pansement, ses cours de secourisme ne sont pas si loin que ça. Les yeux de Bartley sont ouverts, à nouveau. Il me regarde.

– Il faut l'emmener à l'hôpital maintenant, répond Étienne. Il n'est pas jeune, notre pêcheur. Solide, mais... pas jeune... Il a perdu beaucoup de sang.

– Il ne reste plus qu'une solution. Je vais sortir... Essayer de provoquer un tir pour vérifier s'il est encore ici.

– Pourquoi vous ?

– Parce que, je suis la plus athlétique du groupe. Je vais courir plus vite. Il y a une haie bien fournie à une dizaine de mètres de la porte. Je vais sprinter jusque-là et me cacher derrière.

– Qu'est-ce qui vous dit qu'il n'est pas caché derrière cette haie, lui aussi ?

– La haie est à gauche. Le tir venait de la droite... À mon avis, depuis le couvert des bois. Et vous venez de me dire qu'il est parti.

– Bon Dieu ! De là à parier votre vie là-dessus...

– Attention, lieutenant. Vous êtes en train de vous attacher... La pluie a repris. Il tombe des cordes. S'il est encore là, il ne va rien voir. Placez-vous derrière la porte. À mon signal, vous l'ouvrez largement et je fonce.

Adira a foncé. Puis est revenue, moins vite et déjà trempée, comme pour tenter le sniper.

Mais les dieux du lac se sont lassés de leur jeu, ils ont renvoyé leur guerrier dans les limbes et il ne s'est rien passé.

Étienne ne veut pas que l'un de nous aille récupérer ma voiture, garée à cinq cents mètres de la maison. Je fais valoir que Bartley possède une voiture et celui-ci trouve assez de force pour nous indiquer l'endroit où sont rangées les clés.

C'est Étienne qui sort, cette fois et qui ramène le 4x4 du pêcheur devant la porte.

Pendant ce temps Bartley m'a soufflé quelques mots.

Et puis nous sommes partis pour l'hôpital d'Antrim.

CHAPITRE VINGT-QUATRE

Nous avons déposé Bartley aux urgences et y avons attendu les flics irlandais. Nous les avons suivis jusqu'au commissariat où ils ont pris nos dépositions. La présence d'Adira à nos côtés a réduit les formalités. Les flics ont tout d'abord tiqué en apprenant, de sa bouche, qu'elle n'est pas ici en mission mais en congé, et qu'elle nous a rendu visite par amitié, nous connaissant de longue date. Mensonge que nous avons mis au point en attendant leur arrivée aux urgences. Cette version nous a été soufflée par une Adira peu désireuse que ses supérieurs apprennent qu'elle persiste à enquêter sur un dossier qu'ils jugent non prioritaire.

Ils ont aussi tiqué en apprenant que je suis le fils de Maureen O'Neill. Malgré mes cheveux provisoirement roux, je n'ai pas le type irlandais.

Et quand Étienne leur dit qu'il est un gendarme français, leur capacité d'étonnement est dépassée. Ou ils s'en foutent totalement.

Comme ils ont l'air de se foutre totalement de ce qui vient d'arriver à Bartley. En propos à peine voilés, ils nous ont dit, alors qu'Adira était déjà repartie pour essayer d'attraper un train pour l'aéroport de Belfast, d'où elle devait s'envoler pour Londres, qu'ils connaissent Bartley Aonghusa, son passé, ses articles, ses livres, sa rhétorique anarchisante (?!) et que *cela* devait arriver un jour.

Ils nous ont affirmé qu'ils se rendraient à la maison de Bartley pour y chercher, malgré tout, des indices éventuels. Étienne leur a rappelé qu'ils y trouveraient une glacière contenant le cadavre d'un chat dont les griffes portent peut-être l'ADN de notre agresseur (nous n'avons pas menti sur les faits, seulement sur les raisons de notre présence).

Et, pour finir, ils nous ont fortement conseillé de rentrer chez nous, en France, et de les laisser faire leur boulot.

Je me suis abstenu de leur faire remarquer que je voyage sous passeport européen, que la maison du lac m'appartient et que chez moi, c'est aussi ici.

Bon sang, que cette Europe des citoyens est longue à venir !

Je n'ai pas insisté car je suis pressé de retourner à l'hôpital prendre des nouvelles de Bartley.

L'état de mon vieil ami est... satisfaisant, d'après l'interne. Un chirurgien l'a opéré pour retirer la balle, puis, lui a prescrit suffisamment d'analgésique pour le tenir hors de portée des flics jusqu'au lendemain (nous croyons comprendre que le chirurgien est l'un des rares amis de Bartley, ce qui nous rassure).

Comme rester ne servirait à rien, nous rentrons.

Nous ne pouvons nous empêcher de scruter les alentours avant de pénétrer dans la maison de Bartley. Nous y sommes venus directement, pour y déposer le 4x4 du pêcheur. L'endroit est désert, mais nous ne nous attendions pas à y trouver une escouade de flics en train de relever des indices...

La maison est dans l'état où nous l'avons laissé. Les quatre chaises, sur lesquelles nous étions assis, jonchent le sol. Une flaque de sang en voie de coagulation stagne au pied du comptoir de séparation. Les reliefs de notre dîner parent la table d'un air de fin de fête.

Pendant qu'Étienne fouine dans la maison, je m'empare du plat contenant les beaux restes de gigot et, à l'aide d'un couteau et d'une fourchette, pris au hasard, désosse la viande et la découpe en morceaux. Je prends le plat, ensuite, et vais le déposer dehors, à deux ou trois mètres de la porte. Deux chats accourent, sans méfiance, la queue dressée en point d'interrogation, puis deux autres et, enfin, un dernier, sortant du bois. La troupe est au complet. Moins un.

Étienne s'encadre dans la porte et regarde les matous manger, un objet dans la main.

– Les flics ne vont pas apprécier que tu chamboules leur scène de crime.

300

– Les flics ne vont même pas se déplacer, Étienne.

Je désigne sa main :

– Et je ne suis pas le seul...

Il me montre l'objet, qui ressemble à un ancien téléphone portable.

– Un émetteur radio de sécurité pour bébé. Je n'ai pas trouvé l'autre. Il est encore sous tension. Il était sur le bureau, à peine planqué...

Il me le tend :

– Viens.

Je saisis l'appareil et le suis à l'intérieur de la maison, près de la table.

– Ramasse la chaise de Bartley et assieds-toi à la place qu'il occupait hier soir.

– Et la scène ?...

– Elle est à nous.

Je m'exécute sans comprendre où il veut en venir. Avant de sortir, Étienne me dit :

– Parle dans l'appareil, jusqu'à ce que je te fasse signe.

Je l'aperçois par la fenêtre à la vitre brisée par la balle destinée à Bartley. Je commence à compter à haute voix. Étienne s'éloigne vers les bois, se retournant fréquemment pour vérifier et rectifier, au besoin, l'alignement que nous formons, lui, la fenêtre et moi. Il atteint le bois et s'arrête soudain, semblant écouter. Il repart pour quelques pas, se penche derrière une souche abattue et se redresse en levant sa main droite.

De ma place, je ne vois pas ce qu'il tient, et même s'il tient quelque chose. Mais je devine.

J'interromps mon laïus mathématique et dis :

– Je passe en réception, Étienne.

Je pousse le commutateur et entends la voix du gendarme :

– Bonne camelote. Il fonctionne encore après une nuit dehors sous la pluie.

Je me lève et pars dans sa direction, le récepteur collé à l'oreille, car Étienne pousse son investigation tout en parlant :

– Je ne vois pas de douille. Ce n'est pas étonnant. À cette distance, c'est un pro. Il l'a ramassée. Mais il y a des traces de raclements au sol et la souche a été éraflée, peut-être par un fusil. Drôle de mélange de professionnalisme et de j'm'enfoutisme... Ça ressemble à un bras d'honneur. Genre :

"C'est pas que je ne sais pas faire, c'est juste que je t'emmerde".

"Attends-moi à l'entrée du bois. Pas la peine de bousiller *toute* la scène.

Il me rejoint et nous rebroussons chemin vers la maison de Bartley. Il tient la petite radio à l'aide de l'un de ses mouchoirs en coton.

– Ce mec nous a écoutés. Il a descendu le Vieux alors que celui-ci allait nous parler de Mc Laughlin... Il n'y a plus guère de doutes, fils. C'est le même qui a tué Julia et qui a fouillé tes appartements. Et Bartley allait nous livrer son identité ou nous donner de sérieux indices.

"Et... Il nous suit. Ce qui n'est pas plus mal...

– Ah bon ?

– J'aime autant qu'il soit après nous plutôt qu'après ta petite famille... Répète-moi ce que t'a dit le pêcheur alors que j'allais chercher son tacot.

– Il m'a dit qu'il était désolé. Qu'il n'avait pas pensé qu'il se montrerait d'une telle violence...

– Qui, bon sang ?

– C'est ce que je lui ai demandé. Il m'a répondu : Mike, avant d'ajouter : peut-être. Il ne le savait pas. Et puis, il s'est excusé, à nouveau en me disant de rentrer en France et d'oublier tout cela, de ne pas aller voir Kenneth Byrne...

– Mon contact...

– Je ne le savais pas encore. Et... C'est tout.

– Non. Quand tu me l'as dit tout à l'heure sur la route, j'ai bien vu que ce n'était pas tout... Il t'a dit quelque chose qui t'a troublé ?

– Il partait... Il commençait à divaguer...

Nous rentrons dans la maison. Étienne réussit à dénicher un sac congélation dans lequel il dépose la petite radio qu'il a trouvée dans les bois. Il me demande d'écrire un mot pour les flics, leur expliquant d'où vient l'appareil et à quoi il a servi. Nous posons l'ensemble sur la glacière, refermons la porte de la maison de Bartley et rentrons à la nôtre. Pour nous doucher. Dormir deux heures avant de partir pour Belfast.

Je ne dors qu'une heure. Maureen est assise sur mon lit, sur *son* lit.

– Si encore tu me parlais, Maman... Je pourrais comprendre

et rentrer à la maison, auprès de Ludi, d'Agnès et de Max... Je pourrais en terminer avec tout cela et faire ce que m'a dit ton vieil ami... Et pourquoi m'a-t-il dit : "Ne lui tiens pas rigueur de tout cela. Elle vous aime tellement" ? Il divaguait, c'est certain, mais...

Je me suis levé une demi-heure avant Étienne. J'ai consulté le répondeur du téléphone.

Ludi :

– Il est minuit. Je vais me coucher. Tu me manques. Tu ne réponds pas. Je suis inquiète. Je crois que c'est tout. Ah si... je t'aime et je vois Cornillac demain... enfin ce matin. Appelle-moi.

André Cornillac est le comptable de Maman et le nôtre maintenant. C'est un homme plutôt sympathique, petit, rond et jovial. Il a géré l'argent de Maureen, l'a conseillée sur des placements, inutilement puisqu'elle lui faisait confiance, et l'a appelée de temps en temps pour lui dire:

– Vous avez trop de liquidités, ma chère, il faudrait dépenser un peu d'argent, c'est aussi fait pour cela.

Je consulte ma montre : onze heures. J'appelle Ludi sur son portable. Elle décroche à la première sonnerie. Le ton de sa voix est à peine ironique lorsqu'elle me jette d'emblée :

– Comment s'appelle-t-elle ?

– Elle s'appelle Ludivine. Elle est grande, mince, brune et belle comme je ne saurais le dire. Je ne pense qu'à elle depuis vingt ans, et pas seulement sous la douche. Elle est mon fantasme, mon unique objet du désir, et, je suis désolé ma chérie, mais je crois que je vais me marier avec elle.

– Salaud ! Et au lit, elle est comment, cette garce ?

– Non, je ne peux pas entrer dans les détails, ce ne serait pas convenable. Sache seulement que, lorsque son corps à la peau si douce, si chaude se love contre le mien et que je sens ses...

– Stop ! Je suis en train de marcher. Tu ne voudrais pas que je me mette à rougir, à me tortiller et à gémir comme une folle en public, n'est-ce pas ?

– Tant que j'en suis la cause...

– Seigneur ! Je suis amoureuse d'un pervers... Où étais-tu cette nuit ?

– Chez Bartley...

J'hésite et décide de lui mentir.

– Écoute, ma chérie, Bartley a fait un malaise, hier soir, et...

– Oh non ! C'est grave ? Comment va-t-il ?

– Il va mieux, maintenant. Et non, ce n'est pas grave, ne t'inquiète pas. Ils le gardent en observation à l'hôpital d'Antrim. C'est pour cette raison que je n'ai pas pu t'appeler...

– Je pars pour Antrim. Je ne peux pas...

– Non, Ludi. Non. C'est un petit malaise de rien du tout. Il sort bientôt de l'hôpital. Et... et tu as du travail à faire pour moi...

– C'est fait.

– Déjà ?

– Je sors de chez Cornillac, à l'instant...

J'entends les mouvements d'Étienne, à l'étage. Je regarde ma montre et souris. Quand le gendarme annonce qu'il va dormir deux heures, il ne reste pas une minute de plus au lit.

– Tu me résumes ?

– Ça va être simple : Rien. Nada. Peau de balle. Les comptes de Maureen sont tout ce qu'il y a de plus clairs. Pas de rentrées astronomiques qui correspondraient à la vente de plusieurs dizaines de millions de livres. Même étalée sur quinze ans. Cornillac fait du bon travail. Il est capable de dire quelles sommes viennent de la vente de tel ou tel roman, de tels droits d'auteur, de telles adaptations cinématographiques et aussi de telles actions dans lesquelles il a investi pour Maureen. Tout est clair. Maureen n'a jamais touché un centime des bouquins de Mc Laughlin. Il m'a bien fait état d'une publication sous un autre pseudonyme mais il ne s'agit que d'un seul livre et il n'a pas très bien marché... Ce n'est même pas Gaultier qui l'a publié. Pas directement. C'est une de leurs maisons d'édition affiliées. Maureen a abandonné les recettes à une association... Je crois savoir de quoi il s'agit. Maureen m'en avait parlé... cela n'a rien à voir avec Mc Laughlin.

– Elle aurait pu utiliser les services d'un autre comptable, faire virer ces sommes sur d'autres comptes, les dissimuler dans un paradis fiscal...

– On parle toujours de Maureen, là ?

Et merde !

J'imagine mal ma mère ouvrir un compte en Suisse et y entasser un butin, auquel elle ne toucherait jamais. Maureen n'aimait pas sa richesse et nous ramenait sur terre à chaque fois que nous avions, Agnès et moi, été tentés de jouer les gosses de riches. Lorsque à dix-huit ans, j'avais porté mon dévolu sur la Spitfire, il m'avait fallu apporter les preuves dûment documentées que cette voiture n'avait rien à voir avec un signe extérieur de richesse.

Adultes, d'ailleurs, nous avions pris conscience que cette richesse était toute relative. Maureen était romancière à succès, pas P.-D.Gère d'une multinationale ni propriétaire de puits de pétrole, ou quoique ce soit d'autre susceptible de lui rapporter un pognon défiant l'entendement. Elle aurait pu vivre plus fastueusement mais pas au point de se payer un jet privé, un yacht de cinquante mètres ou un hôtel particulier sur les Champs-Élysées. Pas en même temps en tout cas.

Il me vient une idée...

– Et sous forme de don ? J'imagine bien Maman décider que tout cet argent irait à des œuvres caritatives ?...

– Non. Elle n'aurait eu aucune raison de passer par un autre comptable que Cornillac. Elle ne s'occupait absolument pas de son argent. Elle n'utilisait qu'un seul compte bancaire que Cornillac surveillait et approvisionnait largement pour la pousser à en profiter. Il la connaît bien, il tient ses comptes depuis qu'elle a commencé à gagner suffisamment d'argent pour en prendre peur. Et, elle l'aimait bien et lui faisait confiance. Elle n'aurait jamais fait appel à un autre comptable.

Étienne m'a rejoint et s'active à préparer du café et des toasts. J'ai mis le haut-parleur pour qu'il puisse profiter des informations apportées par Ludi.

– L'hypothèse de Julien en prend un sérieux coup, alors...

– Celle voulant démontrer que Maureen publiait sous un pseudonyme, oui. Mais l'hypothèse d'une Maureen écrivant les œuvres de Mc Laughlin reste peut-être d'actualité...

– Dis-moi tout, ma chérie.

– J'ai pensé à quelque chose... Je ne vois pas comment cela peut-être possible mais... Et si Maureen avait écrit ces romans à la place de quelqu'un d'autre ? Quelqu'un qui, d'une manière ou d'une autre, l'ait contrainte à écrire pour lui. Peut-être qu'elle est en dette avec ce Mc Laughlin. Ou peut-être l'aimait-elle au point de lui sacrifier son art... De lui en faire cadeau...

– Comment appelle-t-on ce genre de personne, déjà ?

Je souris, le nez dans mon bol de café. Il le sait, mais, même employé dans ce sens, Étienne se refuse à prononcer ce mot. À plus forte raison en face de moi. Je décide de jouer un peu :

– Un *ghost writer*, un écrivain fantôme, dans les pays anglo-saxons. Chez nous, on appelle ça un nègre. C'est plus réaliste. C'est un écrivain, souvent inconnu du public, doué d'une grande plasticité de style, capable de copier celui d'un auteur, en général très connu, lui, et qui, sur commande et sous le nom de cet auteur, pond un roman, un essai, quelquefois de très bonne qualité.

– En tant qu'éditeur, tu as déjà vu cela ?

– Ce sont les stars qui se livrent à ce genre de pratique. Lorsque le succès leur a bouffé la cervelle au point de bloquer leur talent d'affamés, de les assécher, et de gonfler leur ego de telle manière qu'ils soient prêts à tout pour conserver une notoriété qu'ils ne méritent plus.

"Je n'édite pas de stars. Je pense donc être à l'abri de ce type de comportement. Sans en être certain... C'est un contrat immoral entre un auteur célèbre et un auteur qui aimerait l'être. Une relation de maître à... suppléant, si tu préfères.

– Je préfère...

– Il reste que je vois mal Maman écrire sur commande... Je me souviens l'avoir vu refuser de traduire un auteur américain très célèbre, et qu'elle aimait lire, sous le prétexte qu'elle était incapable de transcrire un autre style que le sien.

– Fils...

– Et le vol de manuscrit est exclu, aussi. Pas cinq fois de suite... Non, je ne peux y croire. Jamais elle n'aurait servi de... suppléante au bénéfice d'un autre auteur. Elle était très attachée à la propriété intellectuelle. Elle aurait donné tout ce qu'elle possédait mais pas ses mots.

– Ryan...

– Non...

– C'est pourtant l'hypothèse de ta future qui tient le plus la route.

Il se lève, prend son bol vide et, va le rincer dans l'évier.

– On part maintenant. Je tâcherai de faire un point sur ce que l'on suppose être la vérité pendant que tu conduiras.

Je me détends une fois dépassée la ville d'Antrim et engagé sur l'autoroute de Belfast. Étienne s'en aperçoit et demande :

– Je peux parler maintenant ?

– C'est bon...

Il sort sa cigarette électronique et en tire quelques bouffées avant de se lancer :

– Considérons que ton expert ne s'est pas planté et que Ludi a vu juste. Que tout ce que l'on sait sur Maureen correspond à la réalité. Tout ce que tu as lu dans ses cahiers, ce que t'a dit Bartley, ce qu'affirme son comptable, soit vrai...

– Pourquoi ne serait-ce pas...?

– On manque de preuves matérielles. On a des témoignages, des déductions à partir d'hypothèses, de réflexions, de convictions, mais rien de concret... Il faut que l'on fasse travailler notre imagination...

– Appelle Agnès...

– Justement. Essayons de fonctionner comme ta sœur. De nous mettre à la place de ta mère.

"En 1983, Maureen quitte l'Irlande, contrainte de le faire par on ne sait quoi ou qui. On en saura peut-être plus ce soir, par mon contact.

"Je le mentionne parce que l'on pense qu'il s'agit là du point de départ, de l'élément fondateur de cette histoire.

"En 2001, après la mort de son père, Maureen fait rénover la maison du lac pour pouvoir venir écrire dans le décor de son enfance, environ six mois sur vingt-quatre. Vous y êtes venus, à cette époque, je crois ?

– Une semaine. Elle cherchait notre approbation. On ne l'avait jamais vue si excitée, si impatiente de s'y mettre... C'était impossible de ne pas la lui donner...

– Elle séjourne donc à Antrim et y écrit. Mais, pas pour elle, pas en son nom. Elle écrit pour un homme qui apparaîtra sous le pseudonyme de Braden Mc Laughlin et qui connaîtra un succès considérable. Un homme que l'on apercevra à Antrim en compagnie de ta mère, puis sur le palier de l'appartement de Maureen à Londres au moment du meurtre de Julia, et encore dans les locaux des éditions Parker O'Neill à Concarneau. Le même jour ! C'est Superman, ce type. Adira m'a dit que le timing était serré mais possible. Le même lascar va mettre à sac tes trois appartements en deux mois.

– Je sais ce qu'il cherche, maintenant...

– Quoi ?

– Il cherche le manuscrit que d'après Julien, Maureen a envoyé aux éditions Parker O'Neill. Il ne l'a pas trouvé dans l'appartement de Londres, ni à l'agence, ni dans mon appartement, ni dans la maison de Port Manec'h, parce que c'était Julien qui le détenait...

– Où est-il, maintenant ?

– Ici. Je veux dire dans la maison du lac...

– Bon sang ! Tu l'as lu ?

– Je devais m'y coller cette nuit... D'après Julien c'est une autobiographie allégorique.

Je lui jette un coup d'œil et reprends :

– Une autobiographie très romancée où la vérité se lit entre les lignes.

– Pratique...

– C'est la méthode Maureen Parker O'Neill. Ses cahiers sont écrits sous cette forme.

– Je reviens à Superman. Bartley l'a appelé "Mike... Peut-être". Est-ce Mike comme... ?

– Michael, le frère de Maman. Je ne connais pas d'autres Mike dans sa vie.

– Va pour Michael ! Un ancien combattant de l'IRA, emprisonné deux fois, m'as-tu dit, et, dont on ne sait rien de plus à l'heure actuelle. À part que tu le soupçonnes d'avoir assassiné, en provoquant un incendie, la famille d'un certain Sean Murphy, amant de Maureen, en 1983, flic catholique au sein d'une Police Royale très protestante, et, dont, à l'instar de son ennemi Michael, on ne sait rien non plus. L'un de ces deux hommes peut donc être Mc Laughlin.

– Si Mc Laughlin sort de cette époque...

– Qu'est-ce qui a pu contraindre Maureen à écrire à la place de l'un de ces types ? s'interroge Étienne.

Je tente une réponse bien que la question ne s'adresse à personne en particulier :

– Agnès a peut-être raison... Maman se pliait aux corvées inhérentes au métier d'écrivain. Interviews, séances de dédicaces, salons littéraires, mais, à minima. Elle avait toujours peur, qu'un jour, quelque chose l'empêche d'écrire. S'interpose, comme elle disait, entre elle et son clavier. Pour cette raison, le déroulement de sa journée suivait un cadre rigide, défini par son besoin d'écrire et ses obligations familiales, avant tout. Venaient ensuite sa, ou ses, relations sentimentales, et, enfin, ses corvées de femme publique. L'imprévu la déstabilisait. L'angoissait. Lorsque l'un de ses romans connaissait un retentissement mérité mais inattendu, qu'un cinéaste désirait l'adapter, que les journalistes la harcelaient, que son éditeur la pressait d'amplifier son service après-vente, elle se refermait, rigidifiait d'autant son cadre de vie, tannait Julia pour que celle-ci s'interpose entre elle et cette notoriété envahissante. Elle ne désirait pas être une star.

"Lorsqu'elle vient à Antrim, elle est au faîte de son talent. Elle le sait. C'est l'un de ses traits de caractère le plus remarquable. Maureen ne doute pas de ses capacités. Elle est prête à les exprimer, mais pas à en assumer les conséquences inévitables. Alors... elle fait appel à quelqu'un qu'elle connaît bien ou qu'elle a bien connu. En qui elle a une confiance absolue. Quelqu'un qui ne soit pas écrivain. Elle ne veut pas qu'un talent contrarié interfère son projet. Quelqu'un qu'elle aime, peut-être ? Ou qu'elle a aimé ? Ou encore quelqu'un envers qui elle se sente redevable ?

– Quelqu'un qui est peut-être tout cela... Qui est venu à elle au bon moment pour réclamer le remboursement d'une dette...

– Et envers qui elle s'est imposé une sorte de servitude volontaire qui lui donnait l'occasion de vivre un succès considérable par procuration. De présenter ses propres œuvres, de les encenser sans avoir à souffrir de cette dualité comportementale qui consiste à éprouver un profond sentiment de solitude et d'humilité lors de l'écriture, et à faire preuve d'une prétention arrogante lorsqu'il s'agit de *vendre* son œuvre.

– Bon sang, Ryan ! On ne sait ce qui est plus terrible. Que quelqu'un ait pu profiter de son inaptitude au succès ou qu'elle ait pu, en toute sincérité, trouver un avantage à cette situation ! Merde ! On parle de millions d'euros, pas de quelques milliers ou centaines de milliers... C'est... c'est un abus de faiblesse !

– Maman n'était pas faible. Elle était fragile, éthérée, obsessionnelle, oui... mais elle savait comment marchait le monde. Elle connaissait le pouvoir de l'argent même si elle en percevait difficilement la finalité.

"Maman et l'argent... Un couple incompatible, pas même

ennemi, juste étranger. Ce qui ne l'a pas empêché de comprendre que l'énormité de ces sommes était aussi une façon de s'assurer la discrétion absolue de son alter ego. Qui voudrait risquer une telle source de revenus ?

– Qu'a-t-il pu se passer ce mois de mai ?

– Je pense qu'elle a décidé d'arrêter. Peut-être a-t-elle estimé sa dette remboursée ? Je sais qu'elle avait cassé son contrat chez Gaultier, son éditeur parisien. Qu'elle ne voulait plus écrire de romans érotiques et qu'elle souhaitait publier ses futurs ouvrages aux éditions Parker O'Neill.

"Ce jour-là, le 24 mai au matin, elle reçoit Mc Laughlin dans sa chère maison, lui annonce sa décision, à sa manière, sans détour, avec ce calme, cette douceur intransigeante qu'on lui connaît bien.

"Comment pourrait-il ne pas le prendre mal ? Tu l'as dit à l'instant, Étienne, il s'agit de sommes considérables. Alors... Il la menace ? Pas de tout révéler, non, il serait le grand perdant... Physiquement ? Peu probable vu l'enjeu... il ne peut se permettre d'exercer des violences physiques sur Jessica O'Neill, romancière célèbre, qui, à moins de la séquestrer, n'éprouverait aucun scrupule à le dénoncer une fois hors de portée.

"Sauf...

– S'il menace de s'attaquer à ses enfants...

– On pense que derrière Mc Laughlin se cache Michael O'Neill ou Sean Murphy. Deux hommes au passé que l'on suppose d'une violence extrême. En particulier celui de Michael... Il est raisonnable de penser que, plutôt que de tuer la poule aux œufs d'or, Mc Laughlin lui ait fait comprendre que si elle ne coopérait pas, il s'en prendrait à nous. D'abord, un, Agnès, Max ou moi, pour bien marquer sa volonté... Et puis encore un autre... Il avait trois coups à jouer.

"Que pouvait-elle faire ? Le dénoncer à la police ? Mc Laughlin est un fantôme. Maureen a vécu une époque troublée par de multiples meurtres, elle sait que personne, même entouré d'une armée de gardes du corps, n'est à l'abri. Le temps que les flics lui mettent la main au collet, il aura largement le temps de lui faire payer sa trahison. Il est riche. Nul doute que, qu'il s'agisse de Michael ou de Murphy, il dispose d'un réseau conséquent de personnes prêtes à l'aider. Il voyage rapidement, incognito. Adira nous a dit avoir épluché les vols Belfast-

Londres et Londres-Nantes ou Paris pour la journée du 24 mai, sans résultat. Il peut aussi bien avoir accès ou posséder un jet privé pour ce que l'on en sait...

"Tu connais Maureen comme moi, Étienne. Elle ne rebrousse jamais chemin. Chacune de ses décisions est mûrement réfléchie, donc, elle n'y revient plus. Pour elle, j'en suis certain, l'éventualité d'une reddition ne s'est même pas présentée à son esprit. La seule question qu'elle s'est posée, c'est : Comment puis-je maintenir ma décision tout en protégeant mes enfants ?

"Et, dans sa logique, elle n'a vu qu'une réponse. Un acte, aussi insensé pour nous que pour elle, qui annihilerait toutes formes de racket et de vengeance.

– Racket, je veux bien, mais la vengeance ? Rien n'empêche Mc Laughlin de venir vous régler votre compte. Qu'a-t-il à perdre ?

– Son pognon. Sa vie facile. Son existence de riche. Pourquoi risquer ce qu'il possède alors que, quoi qu'il fasse, il ne pourra obtenir davantage ? Maureen l'a vu et a eu raison. Si Mc Laughlin avait voulu nous descendre, il nous aurait attendu dans la maison de Port-Manec'h et n'aurait eu aucun souci pour anéantir la famille Parker O'Neill au grand complet. Mais une enquête aurait été diligentée, lui faisant courir un risque inutile puisque la source de ses revenus avait fini au fond du Lough Neagh.

"C'est pour cette raison que Maureen n'a laissé qu'un message sibyllin et non pas une dénonciation en pure forme. Pour que la justice le laisse tranquille, que la police ne le traque pas et, ne provoque pas chez lui une colère désespérée qui le pousserait à la vengeance.

– Et le manuscrit ?

– Une erreur. Elle a dû l'envoyer avant que Mc Laughlin ne la menace. Et le fait qu'elle l'ait envoyé anonymement ? Une simple plaisanterie. Une taquinerie bien dans ses manières. Pour déclencher ma curiosité. Pour me faire la surprise, plus tard... Mais Mc Laughlin l'a appris, et le cherche, car il ne sait pas ce qu'il contient...

"Bon Dieu, Étienne ! Ce que nous cherchons ne peut pas se trouver dans ce manuscrit ! Maureen n'avait aucun intérêt à dévoiler la vérité.

CHAPITRE VINGT-CINQ

– Michael O'Neill et Sean Murphy. Deux cas d'école de la période de troubles qu'a connu cette province...

Kenneth Byrne a tenu à nous rencontrer dans un restaurant d'Hi Street. C'est un homme de taille moyenne, d'une soixantaine d'années, enrobé sans drame, un visage aux traits volontaires, légèrement buriné, imberbe, le crâne franchement dégarni, ce qu'il lui reste de cheveux, coupés court. Il porte une veste trois-quarts en cuir marron, un pantalon multi poches, genre baggy, beige ; son accent est aussi épais que le ragoût de mouton qu'il nous a conseillé de commander et aussi rugueux que la bière brune artisanale qu'il est allé chercher au bar. Je sais, par Étienne, que Kenneth Byrne est un flic protestant à la retraite depuis deux ans. L'enquête qu'il a menée conjointement avec Étienne s'est trouvée être aussi la dernière de sa carrière.

Ses premières paroles ont été :

– Aonghusa n'est pas avec vous ?

Avisant notre stupéfaction, il nous a expliqué qu'il avait rencontré notre vieux pêcheur deux jours auparavant, pour essayer d'en apprendre plus sur Michael, et peut-être Sean Murphy. Byrne a connu Bartley lorsque celui-ci était journaliste, et a même participé à l'enquête sur la mort de son fils.

– Il était virulent, à cette époque, mais jamais obtus. Quand il s'est retiré, ça faisait un mec intelligent en moins au moment où l'on en aurait eu le plus besoin.

On lui raconte notre nuit en le rassurant sur l'état de santé de Bartley.

– Merde, les mecs ! Dans quoi vous avez foutu les pieds ? En tout cas, il ne peut s'agir ni, de Michael ni, de Sean. Pour autant qu'on le sache, ils sont morts tous les deux.

– Michael O'Neill, tout d'abord. C'est pour cette raison que j'ai fait venir le vieil Aonghusa. Je connaissais la fin de son parcours, pas ses débuts...

"Entre seize et vingt ans l'aîné O'Neill fricote avec la mouvance indépendantiste qui a trouvé refuge du côté d'Antrim. D'après Bartley, c'est un garçon exalté, en colère, farouchement indépendantiste et abonné aux crises de violence. À dix-huit ans, il est impliqué dans une bagarre qui a vu la mort d'un jeune catholique de vingt ans. Il y a des témoins, mais la réputation de Michael est déjà bien établie. Aucun ne veut parler. Et... comme il s'agissait de deux catholiques, la police n'a pas poussé l'investigation... Tant qu'ils se tuaient entre eux...

"À vingt ans, il s'engage dans l'IRA, en 79, donc... Et, c'est à ce moment que l'on perd la trace de son parcours... Ce qu'il faut savoir, c'est que la police royale connaît un bon nombre des membres de l'Armée Républicaine et a de sérieux soupçons sur l'identité des autres. Belfast est petite. L'Irlande du Nord est petite. Mais Michael... Nous n'apprendrons son identité que lors de sa première arrestation, en 83. Michael est un clandestin dans sa vie, mais surtout un clandestin au sein même de son organisation. Ils ne doivent pas être plus de trois ou quatre, à la tête de L'IRA, à connaître ses fonctions réelles et son nom.

"Car, Michael O'Neill est un tueur. On l'envoie sur les missions délicates, celles où les qualités morales ne sont rien moins qu'indispensables. Celles, où des catholiques, des femmes, des prêtres, des enfants, parfois, peuvent se trouver dans le collimateur.

– Comment des enfants... ? commence Étienne.

– C'est la guerre, collègue. Les repères sociétaux n'ont plus force de loi. C'est toujours dégueulasse, la guerre...

"À cette époque on sait, dans la police, que ce mec existe. On le recherche activement. Mais il nous échappe toujours et, surtout, on ne connaît pas son nom.

"On ne l'apprendra qu'en 83, avec l'arrestation de sept membres de L'IRA en grande réunion secrète. L'un d'eux va craquer au cours d'un interrogatoire et désigner un autre

314

interpellé comme étant le tueur que nous recherchons. Mais il ne connaît pas son nom véritable. Ce qui ne nous pose pas de problème. On réussit à l'identifier, grâce aux fichiers des empreintes digitales, comme étant Michael O'Neill, un jeune excité d'Antrim, plusieurs fois interpellé et soupçonné de voies de fait avec violence, mais jamais condamné.

"Si je me fie à ce que tu m'as raconté, Étienne, votre histoire prend sa source à ce moment de la vie d'O'Neill. Mais j'y reviendrai...

"Peu de temps après son arrestation, la même année, O'Neill est libéré par ses copains de l'IRA au cours d'un transfert. Personnellement j'ai toujours trouvé sa libération suspecte. Trop facile à mon goût... Des bruits couraient que certains préféraient le voir dehors afin qu'il puisse entretenir le feu. À ce moment, que ce soit dans l'un ou l'autre camp, la résolution pacifique n'était pas à l'ordre du jour. Mais comme j'étais considéré comme plutôt modéré et hostile à ce genre de manipulation, je n'ai pas été mis dans la confidence.

"Pendant trois ans, les assassinats, les règlements de comptes, les punitions vont perdurer. Beaucoup portent la signature de Michael. Il aime le feu, les décapitations et use quelquefois des deux simultanément...

"Jusqu'à effrayer les membres de son propre camp, tant il est évident que plus personne ne le contrôle.

"Il est à nouveau arrêté en 86. Là encore, la source des informations qui ont permis sa capture reste assez mystérieuse. À mon avis, les chefs de l'Armée Républicaine commençaient à trouver ses méthodes peu en phase avec leur besoin de reconnaissance internationale.

"La justice, pourtant, ne retiendra que peu de charges contre lui. Par manque de preuves et de témoignages (même enfermé, Michael fait peur). Ce qui, encore une fois, ne pose pas de problème. L'internement sans procès demeure en vigueur.

"Mais ce manque de charge lui vaudra d'être libéré en 1998, après douze ans de prison, à la suite des accords de Belfast.

"En 1999, on retrouvera ce que l'on suppose être son corps, décapité, et brûlé, dans les ruines d'une maison incendiée, seize ans auparavant.

"Les raisons pour lesquelles la police pense qu'il s'agit de Michael O'Neill ?...

"Bon dieu, les gars, vous n'en finissez pas avec vos bières ! Je vais en rechercher...

– Les ruines de la maison incendiée, c'étaient celles des parents de Sean Murphy. On a retrouvé un permis de conduire au nom de Michael O'Neill, à côté du corps décapité et brûlé. La tête, elle, on ne l'a jamais retrouvée. Officiellement, un doute demeure sur l'identité de la victime. Officieusement... Tous les flics le savent : Sean Murphy a fait payer la mort horrible de sa famille à l'auteur quasi certain de ce crime. De la même manière, mais en y ajoutant une coquetterie supplémentaire. La décapitation. Marque de fabrique de Michael O'Neill.

– La police doit encore avoir des photos de Michael... ?

– J'ai demandé à un pote encore sur les lieux de vérifier aux archives... Tout a disparu, dossiers d'incarcération, photos, comptes rendus d'enquête... Tout.

– Ça arrive souvent, ce genre de choses ? Demandé-je.

Byrne me regarde. Ses yeux sont clairs, perçants.

– Si la réconciliation doit en passer par là...

Étienne intervient à son tour :

– Qu'a fait Michael entre sa libération et sa mort présumée ?

– Douze ans d'isolement. Il a eu le temps de ruminer sa rancœur. Mais ça, c'est la deuxième histoire. Celle de Sean Murphy...

– Murphy a débuté sa carrière de policier, en 81, dans le même service que le mien. Il était le seul catholique. Je vous laisse imaginer l'ambiance, les humiliations, la suspicion, les noms d'oiseaux et les coups fourrés dont il a été victime.

"Je dois avouer que je ne suis pas très fier de mon comportement, à cette époque... Je ne participais pas au harcèlement de mon collègue, mais je n'intervenais pas, non plus. Je restais dans un rôle de spectateur en me persuadant que si les choses allaient trop loin, il serait toujours temps de mettre les pieds dans le plat. Je ne voulais pas voir que j'avais repoussé cette limite bien au-delà du raisonnable. Je le regrette, à l'heure actuelle, mais je suis incapable d'affirmer que je ne réagirais pas de la même manière s'il m'était donné de revivre cette époque. C'est ainsi. L'histoire nous a pourri le crâne. Dans un tel contexte de guerre civile, le désir d'appartenir à un clan, une

316

religion ou même, à un corps de police, se trouve exacerbé. La famille, politique, religieuse, devient le refuge dans lequel on abandonne ses idéaux pour se fondre dans la pensée du groupe... Et la pensée de mon groupe... Dieu, qu'elle me faisait parfois honte au point de gerber !

"Murphy a eu le courage de refuser tout esprit clanique. Et je peux vous dire qu'en ce temps-là, il en fallait une sacrée paire. Je ne m'en vantais pas, mais j'avais plus de respect pour lui que pour tous mes collègues protestants réunis. C'était un idéaliste affirmé. Il n'était pas indépendantiste, comme d'ailleurs la majorité des catholiques. Il considérait que rester dans le giron du Royaume Uni n'était pas une mauvaise chose. Il militait pour l'égalité de traitement, de droits, d'accès aux soins et à l'éducation. Il ne supportait pas la ségrégation religieuse et en parlait d'autant mieux qu'il se revendiquait athée. Et... Ne pas croire en Dieu, en Irlande du Nord, dans les années 80 revenait à défendre la liberté d'expression dans la chine de Mao.

"Mais Murphy n'était pas que cela. C'était un putain de bon enquêteur. Objectif, tenace, juste, possédant un bel instinct de déduction. Ce sont ses résultats qui l'ont maintenu dans le groupe.

"Et ce sont ses résultats qui ont poussé ses supérieurs à lui confier l'interrogatoire de Michael O'Neill lors de la première arrestation de celui-ci.

"Est-ce qu'ils connaissaient sa liaison avec la sœur d'O'Neill ? S'agissait-il d'un test pour vérifier sa fidélité ? Je n'en sais rien. Moi-même, je savais qu'il fréquentait une étudiante catholique, repérée par la police pour son activisme dans un groupe pacifiste et classé peu dangereux, mais je ne savais rien de la filiation de celle-ci avec Michael.

"Les interrogatoires, à cette époque, étaient "naturellement" musclés. Et l'idéalisme de Sean n'allait pas jusqu'au respect des droits de l'homme lorsqu'il se trouvait en présence d'un assassin notoire. L'interrogatoire de Michael fut donc très physique. Je le sais, car je l'accompagnais. Et c'est moi qui entraînais Sean hors de la salle lorsque je pensais qu'il allait franchir les limites des résistances vitales de Michael. Nous revenions une demi-heure ou une heure après et Sean remettait ça, jusqu'à ce que je l'arrête à nouveau...

"Jamais je n'aurais pensé, à ce moment, qu'il était en train de tabasser le frère de sa copine et, surtout, qu'il le savait.

"Ce fut lors de notre ultime visite que je l'appris. Sean, en désespoir de moyens physiques pour contraindre Michael à avouer ses crimes, tenta de le casser psychologiquement. "Tu veux que je te dise, connard ? Je baise ta sœur. Ta petite Maureen, si jolie, si douce ; la petite fille que toi et ton enculé de père avez toujours considérée comme une arriérée, une petite chose fragile et trop étrange pour lui accorder un soupçon d'intérêt, je l'enfile par tous les trous ; moi, le flic renégat, le traître à sa religion, je la baise comme jamais t'as baisé personne ! Et t'imagines même pas à quel point elle aime ça, la douce, la frêle Maureen. Comment elle en redemande. Ce qu'elle peut crier d'obscénités pendant que je lui défonce la rondelle, jusqu'à ce que je lui remplisse la bouche pour la faire taire. T'as même pas idée des saloperies qu'elle peut imaginer pour arriver à ses fins, ta petite sœur si angélique !...

Je lève une main tremblante. Kenneth Byrne interrompt son récit :

– C'est ma mère...

L'ex-flic regarde Étienne, la bouche entrouverte. Celui-ci acquiesce en hochant la tête.

Byrne se tourne vers moi :

– Putain, fiston, je suis désolé ! Je ne le savais pas. Merde, collègue, tu aurais pu me prévenir !

J'essaie de le rassurer. De me rassurer :

– C'est Murphy qui parle, après tout... Il en rajoute dans l'ordure pour casser Michael...

– Tu as raison, mon garçon. Je ne l'ai jamais rencontrée, ta maman, mais vu comment le vieux Bartley en parle, ça ne peut être que ça...

Bon, d'accord ! Eux n'ont pas lu les cahiers de Maureen, concernant sa liaison avec le jeune flic, ni la description de leurs ébats...

– En tout cas, Murphy ne réussit pas à casser O'Neill. Le lendemain, celui-ci est transféré et en profite pour s'évader.

Nous sommes sortis de la taverne et Byrne nous a entraînés le long des rues jusqu'à un parc où nous déambulons doucement.

– Dommage qu'Aonghusa ne soit pas avec nous. Cette partie, c'est lui qui me l'a raconté, il y a deux jours. Il a eu un peu de mal, mais, après trois bières, c'est finalement sorti.

"Après s'être évadé, Michael O'Neill est rentré à Antrim, chez ses parents. Et il y a malheureusement retrouvé sa sœur.

"Bartley a eu du mal à me décrire la scène. Car il était présent. Mais... Il faut dire que le Vieux à cette époque n'arrivait pas à se remettre de la mort de son fils et de l'éclatement de son ménage... Bref, il picolait pire que le dernier des pochards. Et quand la mère de la petite est venue le chercher pour qu'il protège sa fille de la colère de Michael, il était tellement bourré qu'il l'a suivi, mais n'est pas intervenu. La gamine s'en est pris une bonne. Coup de poing, coups de pied. Michael l'aurait sûrement tuée si sa mère ne s'était pas interposée et ne lui avait foutu un coup de poêle à frire sur la tronche.

– Et son père, il était où, putain ? M'exclamé-je.

Mon souffle est court. Mon imagination, et mon empathie, fonctionnent à plein. Je *vois* ce putain de dément frapper ma mère. Je ressens les coups. Je les entends. Une jeune femme, bordel ! À peine sortie d'une fragile et délicieuse adolescence...

– Il était là. Il regardait en silence. C'est L'Irlande catholique, fiston... On ne badine pas avec la morale. Surtout lorsque l'on est une fille...

"La mère a réussi à tirer Aonghusa de son brouillard d'alcoolique et lui a confié sa fille en attendant que l'autre malade se réveille. En ce temps-là, on utilisait des poêles en fonte. Il a dû rester sur le carreau un bon moment.

"Le vieux est rentré chez lui avec la petite et a fait ce qu'il pouvait pour la soigner.

"Le lendemain sa mère est venue chez Bartley. Elle avait négocié la vie de sa fille avec son fils. La gamine... Quel âge avait-elle ?

– Vingt ans.

– La gamine, donc, prendrait le premier bateau, à Belfast, en direction de la France, où vivait son grand-père maternel et ne devrait jamais revenir.

"Bartley m'a précisé que c'était Michael, lui-même, qui l'avait déposé dans le bateau, pour l'empêcher de revoir Murphy, et n'avait pas voulu que sa mère l'accompagne.

– Il aurait pu la tuer en chemin... fais-je, encore sous le coup de l'émotion.

– Encore une facette de notre beau pays... On ne trahit pas la parole donnée à une maman irlandaise... C'est très dangereux.

– Marie, sa mère, était française...

Kenneth Byrne a emporté les morceaux de pain que nous n'avions pas mangé. Nous nous sommes assis sur un banc, face à un petit plan d'eau où barbotent quelques canards. Il balance des bouts de pain aux volatils.

– Après ces événements, en octobre 83, les parents de Murphy et ses deux jeunes frères et sœurs brûlent vifs dans l'incendie criminel de leur maison. On retrouve les corps carbonisés et des traces de liens. Des tirs d'armes à feu empêcheront les pompiers d'arriver à temps sur les lieux.

"C'est le début de la transformation de Murphy. De flic idéaliste, juste et conciliateur, en quelques mois il devient le plus dur du service, il se coule dans le moule au point de se voir offrir des bières et de se faire taper dans le dos par ses collègues protestants.

"Fin 84, il échappe à un attentat le visant en particulier. Il devient un héros emblématique dans la Police Royale. Un catholique plein de bonne volonté pourchassé par ses propres frères.

"Un an plus tard, un autre attentat sur sa personne. Il se prend une balle dans l'épaule en tuant ses deux agresseurs. Sa notoriété au sein de la police Royale grandit et se propage à toute la province. Il est en passe de devenir un mythe.

"Durant ces trois années, il n'a de cesse de pourchasser son ennemi intime : Michael O'Neill. Et lorsque, enfin, en 86, O'Neill est arrêté, c'est par les flics d'Antrim. Sean est furieux. Il le voulait pour lui. Il essaiera de faire partie de l'escorte du transfert, mais même ses chefs, reniflant la bavure, le lui interdiront.

"Les attentats le visant s'arrêteront. Le mythe va se dégonfler. Il redevient un flic ordinaire, sans ennemi particulier, juste un peu plus violent et intransigeant que ses collègues. Sa haine de Michael s'est étendue à toute sa congrégation. Peut-être même, à tous les habitants de l'Ulster.

"C'est à cette époque, la plus violente de notre histoire, que j'ai demandé, et obtenu, mon changement de service.

– Il y a un rapport ? s'enquiert Étienne.

Byrne fait une pause, puis balance le reste de son pain dans la flotte. Mais les canards se sont retirés, gavés.

– Je le suppose. J'adore ce pays. Je n'imagine pas vivre dans un autre endroit. Mais, en 86, je ne comprenais plus mes propres compatriotes. Je ne me sentais plus utile, mais utilisé. Je crois bien que je commençais à détester cette foutue province...

"Je suis revenu à la criminelle en 1999. Il fallait reconstruire une société viable. Je voulais en être. Je suis arrivé le jour même où l'on a retrouvé le cadavre d'un homme carbonisé et décapité dans les ruines de la maison des parents de Sean Murphy.

"Le jour même où Sean Murphy a disparu.

– Les deux hommes ont disparu en même temps ? s'étonne Étienne.

– Ouais.

– Un homme est découvert mort, assassiné selon une procédure connue comme étant celle de Michael O'Neill. L'ennemi de cet homme disparaît dans le même temps et la police conclut que le corps est celui de Michael O'Neill ? Parce que l'on a retrouvé le permis de conduire de celui-ci sur la scène de crime ?

– Ouais. Sauf que la police ne conclut rien officiellement. Le meurtre reste inexpliqué et la victime, inconnue...

"Nous sommes en 1999. L'IRA dépose les armes à regret. Une partie de ses membres, accros à la violence et aux sources illégales de revenus, se reconvertit dans le crime organisé. Les règlements de comptes vont bon train. Chacun installe son territoire. Ce genre de meurtre, la signature exceptée, s'inscrivent naturellement dans le paysage.

"Les collègues de Murphy, ainsi que moi-même n'ont aucun doute sur l'identité de la victime, car...

"Plus tôt, en 98, un mois après la libération de Michael, Sean Murphy se fait renverser par une voiture en sortant de chez lui. Le conducteur s'arrête, fait une marche arrière et repasse sur le corps de Sean. Puis il disparaît...

"Je ne suis pas encore revenu à la criminelle mais comme tous les flics de Belfast, je me tiens au courant et suis l'affaire.

"Confirmant sa réputation de flic immortel, Sean Murphy

s'en sort. Terriblement esquinté, il passe cinq mois à l'hôpital et autant en rééducation.

"Pendant ce temps-là, ses collègues recherchent activement Michael.

"Lorsque je reviens dans le service et que tout est joué, le cadavre calciné découvert, l'enquête bouclée sans suite, Murphy dans la nature et mes questions restées sans réponses, je ne mets pas longtemps à comprendre certaines allusions, certains silences.

"Le noyau dur du service a réussi à mettre la main sur Michael O'Neill pendant la convalescence de Sean Murphy, l'a gardé au frais et l'a "offert" à son pote lorsque celui-ci a été suffisamment en état pour régler définitivement ses comptes... je ne serai pas étonné d'apprendre, un beau jour, que Murphy n'était pas seul à ce moment-là.

Nous avons fait une pause silencieuse. Même le gendarme de Maureen, pourtant habitué aux faits criminels, semble abasourdi.

Nous nous levons et rebroussons chemin vers le parc de stationnement où nous avons laissé la voiture.

Étienne recouvre enfin la parole :

– Tu nous as dit que Murphy était mort... ?

– En 2001. Non loin de Chicago, dans une grange abandonnée qui a entièrement... brûlé.

– Le feu encore ?

– Les flics ont retrouvé les restes complètement calcinés, inidentifiables, d'un homme qui, je ne connais pas les détails, a foutu le feu à la grange et s'est pendu ensuite...

"À côté de la grange, il y avait une voiture louée par un certain Sean Murphy, citoyen britannique en voyage aux États-Unis. Les empreintes digitales étaient celles de Sean. La valise, dans le coffre, contenait, entre autres, quelques vêtements, fabriqués et vendus en Irlande du Nord...

Avant de prendre congé, Kenneth Byrne a ajouté :

– Tu as compris ma réticence à te dévoiler toutes ces informations, Étienne. C'est une histoire irlandaise... Elle n'a pas à sortir de ce pays. C'est Bartley Aonghusa qui m'a convaincu de tout déballer.

"Tous les dossiers, les fichiers ont disparu. Sean et Michael sont les fantômes de temps oubliés. Tu ne trouveras personne pour témoigner. Pas même moi.

C'est Étienne qui conduit, pour le retour vers la maison de Maureen. Je fais semblant de dormir pour éviter une improbable conversation.

Maureen ne m'avait rien dit sur la mort de Papa. Rien sauf... Qu'il était mort en 2001, non loin de Chicago et, il me semble qu'elle avait prononcé le mot "grange" alors que j'étais trop sonné pour comprendre le reste de ses paroles.

CHAPITRE VINGT-SIX

Comme, lorsque nous sommes revenus de l'aéroport, la veille, la nuit tombe et il pleut quand Étienne immobilise la voiture près de la maison du lac. Et tout comme je l'avais fait, il laisse le moteur tourner un instant.

Je sors de mon faux sommeil.

– Qu'est-ce que t'a dit Maman sur la mort de Papa ?

– Seulement : "Il est mort, je le sais".

– Et tu n'as pas cherché à en savoir plus ?

– C'était en 2002. Lorsque... nous étions à Paris, tous les deux. Le propos n'était pas opportun. J'ai essayé, plus tard, alors que nous avions repris nos vies respectives... Mais elle ne voulait plus aborder le sujet.

"Ryan... à propos de Maureen et de moi...

Je ne veux rien entendre mais le laisse continuer. Je le lui dois. Je ne suis pas le seul à souffrir.

– Elle avait mal vécu ma visite éclair à Antrim. Elle l'avait prise comme... tu as dit : "Un petit coup vite fait". Je n'ai réalisé qu'après que je m'étais comporté comme le dernier des machos. Je m'en suis voulu mais c'était trop tard. Quand elle est revenue à Port-Manec'h, elle m'a dit que nos relations dorénavant ne seraient plus qu'amicales.

"Mais pour une fois, elle avait sous-estimé ce qui nous liait. L'amour. Le désir. L'exacerbation de nos sentiments causée par notre "séparation". Ce que nous ressentions l'un pour l'autre, lorsque nous étions ensemble, menaçait de nous submerger à tout instant. Et nous a submergé... la veille de son départ, l'année dernière.

325

"Elle m'a lancé alors un ultimatum. Elle venait de rompre avec Julia. Elle en avait assez de ce jeu à trois. Elle me voulait, moi, à demeure.

Il s'interrompt, perdu dans une tristesse dont je mesure enfin la profondeur. Je le relance, intéressé malgré moi :

– Tu comptais répondre à cet ultimatum ?

Il me regarde en souriant :

– Ce n'est pas Elise, ma femme, qui est parti, comme je te l'ai dit l'autre jour. C'est moi qui l'ai foutue dehors... Et ça s'est passé alors que Maureen était à Antrim.

– La méthode est un peu brutale, non ?

Il hausse les épaules.

– Difficile de faire autrement. Nous habitions un logement de fonction de la gendarmerie... Mais nous avons une maison à Concarneau. Je la lui ai laissée.

– Et Maman le savait ?

– Non. J'avais prévu de lui faire la surprise... Peut-être que si elle l'avait su...

En attendant de dîner, repas de célibataire, tartines, charcuterie, fromages, arrosé de Black Bush, nous n'avons pas de vin ni de bière, et de l'eau... non... je passe quelques coups de téléphone.

D'abord, Ludi. Sa présence me manque. Sa fraîcheur, sa douceur me manquent. Nous ne parlons de rien d'autre que de nous. Propos légers, propos amoureux, puis :

– Tu rentres demain ?

– Je... je ne sais pas... Je ne crois pas.

– Tu me l'as promis...

– Ludi... Il faut que j'en parle avec Étienne. Nous avons vu son contact aujourd'hui... Il y a beaucoup d'informations que nous devons trier, et...

– Je te rappelle pour te dire à quelle heure j'arriverai là-bas.

– Ludi, non...

Elle a raccroché. Je ne la relance pas, mais compose le numéro d'Agnès.

Pendant que je déconne avec ma sœur, Étienne entre dans la maison en traînant un panier à bûches monté sur roulettes. Il a enfilé à grand-peine un ciré qui, pourtant, devait être trop grand pour Maureen. Il entreprend d'allumer un feu dans la cheminée

326

après s'être débarrassé du vêtement étroit en tortillant son grand corps et en jurant. Puis, le front plissé de rides, revient près de la porte et passe sa main sur le mur, là où j'avais déjà remarqué une réparation maladroite, un trou certainement, rebouché à la va-vite et dépourvu de peinture. Il me jette un coup d'œil interrogatif mais n'interrompt pas ma conversation téléphonique.

Agnès me passe Max. Nous discutons de la rentrée des classes qui doit avoir lieu demain, puis Julien prend la relève.

– Alors, tu l'as lu ?

– Non. Je n'ai pas eu le temps. C'était un peu mouvementé, ces dernières heures. Je te raconterai...

– Je suis en train de relire "l'Érotomane de Dublin...". Le premier roman de Jessica O'Neill. Ce n'est pas qu'un brûlot érotique, Ryan. C'est un véritable manifeste en faveur de la cause féministe en Irlande. Une charge anticléricale, aussi. Je ne m'en étais pas aperçu à la première lecture, mais c'est d'une violence stupéfiante. Elle a dû vivre des instants assez pénibles à Antrim... Ryan... C'est elle qui a écrit le manuscrit. J'en suis persuadé. C'est... c'est sa voix... C'est comme ça que je le ressens. Je… je l'entends.

– Je te crois, Julien. Mais... Je ne pense pas qu'il s'agisse d'une autobiographie, même déguisée...

– Je n'ai lu que la première histoire. Elle décrit le parcours d'une petite fille qui va vivre une aventure fantastique. C'est presque un conte pour enfants. Un conte cruel. Plutôt violent. La fin n'est pas particulièrement optimiste. Mais entre les lignes, on peut apercevoir l'existence de la petite Maureen telle que toi ou Bartley en parlais...

– Agnès et toi avez évoqué les cahiers de Maureen ?

– Vaguement...

– La petite fille de l'histoire, elle finit dans les profondeurs d'un lac ?

– Tu l'as lue, alors ?

Étienne a profité d'une pause et m'a désigné le mur :

– Je l'avais remarqué lors de mon passage éclair... C'était encore un trou. Cela m'avait fait penser à un impact de balle. Je l'avais dit à ta mère. Elle avait ri en me disant que c'était de la déformation professionnelle...

Et puis j'ai appelé Adira. À elle, j'ai résumé ce que l'on venait d'apprendre de la bouche de Kenneth Byrne. Elle est déçue, elle aussi :

– Retour à la case départ si je comprends bien. On ne sait vraiment plus qui est Mc Laughlin... J'ai rencontré le directeur de publication de chez Goldman, cet après-midi. Il ne peut rien me dire, pour une bonne raison. Il ne sait rien. Il n'a jamais rencontré Mc Laughlin. Toutes ses relations avec l'écrivain passaient par Julia Milazzi, son agent. D'ailleurs, c'est un peu la panique, chez Goldman, ils n'ont aucune idée de la suite des événements. J'ai mis un ami de la brigade financière dans le coup pour essayer de suivre l'argent versé par Goldman à Mc Laughlin. On risque de se trouver devant un montage financier très complexe, car... Mc Laughlin n'existe nulle part... Mais cela peut être un bon moyen de relancer l'enquête. Les malversations financières ont la cote, en ce moment. Et, comme mes demandes sont toujours officieuses... Les réponses se font attendre.

Je lui détaille le service que je voudrais qu'elle me rende sous le regard interrogatif d'Étienne.

– Ça, c'est dans mes cordes. Je vous donne la réponse dès que possible.

Nous sommes attablés, en train de grignoter sans conviction nos tartines garnies de charcuteries diverses. Nous n'avons pas faim. Le ragoût d'agneau du déjeuner nous pèse encore sur l'estomac. Les révélations de l'ex-flic de la Police Royale, puis de la Police d'Irlande du Nord, aussi.

Et celles d'Étienne ont réduit mon peu d'appétit à néant.

J'ai une pensée pour Elise Calestano. Je n'avais rien lu dans le regard qu'elle m'avait lancé durant l'enterrement de Maureen mais sa présence m'avait contrarié. Peut-être avais-je senti alors qu'elle n'était venue que pour s'assurer que sa rivale n'emporterait pas sa victoire ailleurs qu'au paradis.

Une bouffée de haine me surprend. Injuste. Je ne sais rien des tourments qu'a vécu Elise Calestano par la faute d'Étienne et de Maureen.

Et puis Ludi m'a rappelé :

– J'ai réussi à dégoter un vol pour demain à six heures. Ne t'occupe pas de moi. Je prendrai le train jusqu'à Antrim et puis

328

un taxi.

– Ludi, ce n'est pas une bonne...

– À demain.

Cette fois je l'ai rappelée :

– Tu arrêtes de me raccrocher au nez !

– Alors, arrête de me contrarier !

– Tu l'aimes ?

– Bon Dieu, Étienne ! Je crois que c'est encore pire qu'avant qu'on ne se l'avoue...

– Encore mieux, tu veux dire.

– Je ne sais pas... Au moins, avant, je n'avais pas peur de la perdre ou de la décevoir, ou encore de tomber dans une routine lénifiante au point d'en oublier de s'aimer...

– Bienvenue au club, fils.

– C'est pour cette raison que tu n'as pas franchi le pas avec Maman ?

– Non. J'avais peur de ne pas me montrer à la hauteur. Et ce n'est pas une raison, c'est un prétexte. Un truc de mec pas très courageux... Pourquoi cette demande à Adira ? Tu penses que Kenneth nous a baladés ?

– Non. Il nous a décrit des actes trop graves pour que ce soit faux. Mais ses collègues, les collègues de Sean Murphy ne l'ont pas tenu dans la confidence...

– Ils sont morts tous les deux, Ryan. Sean et Michael. Nous ne savons pas qui est Mc Laughlin. L'homme qui t'a rendu visite et a dévasté tes appartements n'a fait que se *prétendre,* être Mc Laughlin.

– Il était irlandais, c'est un accent qui ne s'imite pas. Il connaissait ses œuvres et les magouilles du milieu littéraire, il m'a parlé de Jessica et de Julia comme s'il les avait vues la veille...

– *Comme si...* J'ai vu bon nombre de baratineurs au cours de ma carrière. Tu n'imagines pas comme certains sont doués.

– Et Bartley ? Ce n'est pas un fantôme qui lui a tiré dessus !

– Un déséquilibré a fait un carton sur un petit vieux qui compte tellement d'ennemis que l'on se demande comment il a fait pour rester vivant jusqu'à maintenant.

"Appelle Ludivine, dis-lui qu'elle peut annuler son vol parce que tu rentres avec moi demain. On ne peut rien faire ici. La police irlandaise ne nous croira pas ou ne voudra pas nous croire et la police anglaise a d'autres chats à fouetter.

– Ludi n'entendra rien. Elle est en congé pour encore une semaine. Et je pense qu'elle désire aider Bartley... Elle l'adore.

Et puis... L'image de Ludi conduisant le bateau de Bartley, vêtue de son gros pull irlandais, d'un jean moulant et de bottes en caoutchouc s'impose à mon esprit. Ce n'est sûrement pas la tenue la plus sexy qu'elle ait arborée, mais c'est celle qui m'a le plus ému. Parce que c'est une tenue de "tous les jours" dans une campagne irlandaise où mes pas semblent prendre racine, et que c'est cette Ludi de "tous les jours" qui me fait fondre. Et, à cet instant, je n'ai envie que de passer une semaine au bord du Lough Neagh, escorté de mon amour. Seuls. Ou, à la limite, en compagnie d'un petit vieux convalescent... Et peut-être, d'un fantôme, aussi.

– Cela m'ennuie de vous laisser tous les deux ici...

– Tu n'es pas logique, Étienne.

– Il reste que quelqu'un dévaste tes logements...

– Et il n'y a qu'un seul moyen de l'arrêter : Il faut publier le manuscrit le plus rapidement possible. Tu l'emmèneras demain et tu le donneras à Julien.

– Tu ne vas pas le lire ?

– Non. Je sais ce qu'il contient.

En revenant de Belfast, nous nous sommes arrêtés dans un magasin d'alimentation, pour nous et pour... les chats.

Dans le faisceau de la torche, sous la pluie fine et dense comme du brouillard, la maison de Bartley semble comme abandonnée, en attente de vie. Trois chats squattent l'entrée, abrités sous l'auvent bordant la façade. Nous n'apercevons aucun ruban de scène de crime. La porte, restée déverrouillée, n'est pas scellée, mais les flics sont venus et ont emmené la glacière et la radio de bébé.

Les flics, ou quelqu'un d'autre... mais dans l'état de découragement où je me trouve, je m'en fous un peu.

Avant d'entrer, je ramasse le plat, vide, dans lequel j'avais laissé les restes de gigot, le nettoie, le remplis de croquettes et le repose sur le sol, dehors. Les trois chats, qui n'ont pas bougé à notre arrivée, se précipitent.

J'entre à nouveau, tandis qu'Étienne, armé de la torche la

plus puissante, reste à l'extérieur et fait le tour de la maison.

À gauche de la porte qui mène à la chambre et à la salle de bains, une porte, apparemment de placard, attire mon regard. En quête d'une serpillière ou de tout autre ustensile de cette nature, je l'ouvre et tombe sur un réduit d'environ deux mètres de large et d'un mètre de profondeur. Vide. Bartley projetait certainement d'y poser des étagères pour le transformer en placard. Je le referme et trouve mon bonheur dans un des éléments bas de la cuisine. Des produits de nettoyage, une cuvette en plastique et une serpillière.

Je ramasse et empile la vaisselle dans l'évier et entreprends de poser les chaises, à l'envers, sur la table. Étienne revient alors que je suis en train de verser de l'eau dans la cuvette. Il me regarde un instant, semble sur le point de dire quelque chose (en rapport, je le suppose, avec ma destruction de la scène de crime), se ravise et hausse les épaules. Il se met à parcourir lentement la pièce, le regard au plafond. Il disparaît par la porte menant aux deux autres pièces tandis que, à quatre pattes, je nettoie le sang de Bartley sur le sol et le long du comptoir.

Étienne revient, les sourcils froncés, visiblement dérouté. Il jette un regard circulaire qui finit par se poser sur la porte du placard. Il s'y dirige, l'ouvre, entre et regarde en l'air.

– Bingo !

Je laisse mon ménage, le rejoins et l'interroge du regard.

– Je me demandais à quoi pouvait servir une fenêtre de toit relativement récente, alors qu'aucun escalier ne permet d'accéder au grenier.

À l'aide de sa lampe, il éclaire les angles obscurs du placard et finit par dénicher une tige, accrochée au mur, dont une extrémité se termine par un crochet. Il s'en saisit et passe le crochet dans l'anneau fixé au milieu du plafond. Il tire sur la tige en faisant un pas de côté pour éviter la trappe et son escalier coulissant.

Il remarque :

– Belle qualité. Silencieux, ouverture de la trappe et descente de l'échelle amortie par des vérins pneumatiques...

Il grimpe sur les premiers barreaux.

– Il doit y avoir un interrupteur, sur le mur, côté porte...

Je le trouve et l'actionne pendant qu'il monte. Une lumière douce tombe de la trappe ouverte. Je prends le même chemin

331

qu'Étienne.

Le "grenier" fait la même longueur que la pièce que nous venons de quitter, mais occupe les deux tiers de sa largeur seulement, soupente oblige. Le toit, les murs bas, sont entièrement recouverts de lambris en bois, peints en blanc mat. Sur le sol, un parquet synthétique gris, veiné façon bois ancien, où sont posés, un lit double, avec sa literie complète et une table de chevet, une commode moderne, une petite penderie en tissu tendu sur une armature métallique, un bureau, moderne aussi, et son fauteuil et... une petite cabine de douche intégrale.

Le tout, propre, rangé, et, une légère odeur de savon pour douche flotte dans l'air. Étienne se décide à avancer, me libérant la place pour émerger de l'escalier.

Il est le premier à parler :

– Le Pêcheur a évoqué de la famille qui lui resterait ?

Je pense à la lumière que nous avions aperçue lorsque nous l'avions raccompagné.

– Il a de la famille en République d'Irlande... Il y avait un oncle, en tout cas. Il a fait ses études là-bas.

– Bon Dieu, il n'y a pas un grain de poussière ! s'exclame Étienne en ouvrant les tiroirs de la commode. Tous vides...

Je m'approche de la penderie en tissu. Elle est équipée d'une fermeture Éclair dont le tracé s'arrondit en haut. Je saisis la languette dans le bas et l'ouvre entièrement. Une dizaine de cintres pendent d'une tringle. L'un d'eux supporte un manteau sombre, genre parka doublé d'un tissu polaire, les autres sont vides. Le manteau accroche mon regard, mais je n'y touche pas. Comment le pourrais-je ? Sur le plancher du meuble, une paire de bottes, petite taille. J'en prends une et la retourne : 38. De femme, donc. Je la repose et, ce faisant, aperçois une enveloppe, debout, appuyée sur le fond en toile. Je m'en saisis et sans hésitation la glisse sous mon sweatshirt. Je referme la penderie. Une fatigue douloureuse pèse soudain sur mes épaules.

– La douche est sèche, en tout cas, lance Étienne. Il y a un flacon de shampoing et un de savon. Mais pas de serviette.

Un bruit soudain de cascade.

– Merde !... Elle est fonctionnelle.

Je souris, assis sur le lit dur, de bonne qualité. J'ai envie de m'y étendre. Je me rends compte que je n'ai dormi qu'une heure la nuit dernière et que la nuit d'avant... Ludi s'est montrée très active, car elle n'avait pas tenu la main d'Agnès, elle, la nuit précédente... Bon sang, je suis incapable de me souvenir de mon dernier sommeil réparateur !

Étienne pose la question que je me suis refusé à poser.

– Pourquoi laisser drap et couette en place alors qu'il n'y a même pas une serviette ou un gant de toilette ?

– À Port-Manec'h, tous les lits sont garnis. Même ceux qui ne servent pas...

– Drôle d'idée...

Je hausse les épaules. Je ne désire pas poursuivre. Lui confier que Maureen ne supportait pas de contempler un matelas découvert : "Les lits nus me font penser à la mort".

Je ne veux pas y penser.

Dormir. Oublier. Et, demain...

Ludi. Mon amour. Mon avenir.

Quoi d'autre ?

CHAPITRE VINGT-SEPT

L̲e lendemain, Ludi est arrivée un peu avant dix heures et Étienne a eu juste le temps de l'embrasser, avant de sauter dans le taxi qui l'avait déposée. Son train partait à onze heures quinze de la gare d'Antrim.

Nous sommes sortis de la chambre après treize heures, pour grignoter...

Puis une autre fois, en milieu d'après-midi. Cette fois, nous nous sommes habillés et sommes partis pour l'hôpital d'Antrim.
Entre les deux... :
– Cela ne fait que deux jours... Pourquoi cette faim ? Je ne me comprends plus...
Et puis... :
– Tu me racontes... ?
– Plus tard...

L'enveloppe contenait quatre cahiers. Trois de la même facture que ceux que j'avais découverts dans le coffre de la chambre de Maureen, à Port-Manec'h, et un autre plus récent. Sur chaque couverture une date : 1979, 80 et 81 pour les plus anciens et... 2000/2015 pour le quatrième. C'est sur ce dernier qu'aurait dû se focaliser mon attention car il ne faisait aucun doute que l'ultime vérité y était servie sur un plateau d'argent. Enfin ? Non, trop tôt. J'avais pris goût à mes recherches. Il me semblait, depuis quelques jours, depuis que mes pieds foulaient la terre d'Irlande, en fait, que le souhait de Maureen avait été de me faire progresser pas à pas vers l'acceptation d'un geste qui encore maintenant me révulsait.

J'avais tout le temps, désormais. La vérité m'était accessible et surtout, mienne. Mais ce geste, ce suicide absurde, et j'en étais convaincu, inutile, je n'étais pas encore prêt à le sanctionner. À valider sa connotation définitive. Je n'avais encore soif que de mystère et, peut-être aussi avais-je peur d'une résolution par trop triviale.

Pour ces raisons, et bien d'autres que je ne désirais pas m'avouer, j'avais écarté le dernier volet des mémoires de Maureen en le rangeant (le cachant?) sous une pile de draps, dans l'armoire de sa chambre. Et m'étais attelé à la lecture des trois autres cahiers, les replaçant de mémoire dans la chronologie de mes lectures précédentes.

1979. Maureen a seize ans et poursuit des études brillantes mais, à l'en croire, trop faciles. L'avance qu'elle a pris la gêne dans ses rapports avec les autres élèves. Elle fréquente volontiers des étudiants plus âgés. Des jeunes gens souvent attentifs voire impliqués dans les soubresauts de la société nord-irlandaise. Elle en perd pour un temps son objectivité de petite fille et va jusqu'à parfois justifier une violence qu'elle estime malheureuse mais nécessaire. Du moins jusqu'à ce qu'elle rencontre un étudiant de deux ans plus âgé qu'elle, un garçon aux idées pacifistes bien arrêtées qui sont loin de le rendre populaire. Ce n'est pas un coup de foudre, tant s'en faut. Le jeune Sean Murphy, 18 ans, lui apparaît comme un être d'une pédanterie orgueilleuse qui l'agace. Il est beau, certes, mais le sait un peu trop. Il est intelligent (plus que la plupart, ne peut-elle s'empêcher de reconnaître) mais en abuse en manipulant les esprits plus faibles. Il parle de féminisme et se déclare favorable à l'émancipation des femmes, mais, pense la jeune fille, tant qu'il reste le chef. Il admet la contradiction, plus pour mettre en spectacle une remarquable habileté à démonter et invalider tout argument qu'à faire avancer le débat. Et puis surtout, il semble la considérer, elle, comme une gamine horripilante qui joue l'incruste dans un monde où elle n'a pas sa place. Le mépris dont il la gratifie n'est pas entièrement fortuit. Le corps de Maureen peine à suivre la maturité de son cerveau. Elle se décrit alors comme plus maigre que mince, se plaint de cette foutue poitrine qui ne rivalise même pas avec celle d'une gamine de douze ans, de ces taches de rousseur qui l'infantilise, de cette voix fluette qu'il lui faut forcer jusqu'à la rupture pour se faire entendre, de sa taille, de son poids, de son émotivité...

J'avais souri en lisant ces lignes, attendri une fois de plus. Mais pas comme je l'avais été par la petite fille studieuse, imaginative et déjà compulsive, non. C'est l'éveil de Maureen à la sexualité qui avait déclenché en moi ce sentiment d'amour et d'empathie qui n'avait cessé de grandir au long de ces derniers mois.

J'avais enfin découvert le bébé, la petite fille, l'adolescente, la jeune femme qu'avait été ma mère.

Pour la femme, dans toute sa maturité de femme, il me fallait encore attendre...

Mais pour le moment j'aimais tellement ce que j'avais découvert ! Comment aurais-je pu sauter directement à cette conclusion enfouie sous quelques paires de draps ? J'éprouvais l'absurde sentiment que si je parvenais à comprendre ses motivations avant d'en arriver à l'épisode final, je pourrais alors l'empêcher de commettre l'irréparable.

J'étais engagé dans une course contre le temps.

Maureen, on s'en doute, ne tarde pas à être attirée par celui qui semble la mépriser sans toutefois l'exclure. Elle admet rapidement que, même si ce qu'elle a pensé du jeune homme de prime abord reste vrai, il n'en demeure pas moins que son intelligence l'a séduite, que ses convictions sont d'une sincérité absolue et surtout, d'une justesse, d'une logique humaine et sociétale difficilement mises à mal par la dialectique de justification de la violence nécessaire, majoritairement adoptée par la jeunesse catholique.

Et pour la petite Maureen dont l'esprit s'éveille, malgré un corps qui traîne la patte, au romantisme, à l'amour et à la sexualité... Sean Murphy, peu concurrencé dans ce domaine, fait figure de parfaite première expérience.

Dans le même temps que Maureen (plus je la découvre et moins je peux l'appeler "Maman" même si je l'aime et la reconnaît comme telle) vit ses premiers émois amoureux, un oncle de cœur attentionné, Bartley Aonghusa, la fait entrer au sein de la dissidence médiatique, l'*Irish News*, pour des petits boulots ponctuels, pendant les vacances scolaires. Des petits boulots destinés à la confronter à la vie active, à des écrits autres qu'imaginaires, à la puissance de feu des mots et aussi, et ce n'est pas rien, à soulager financièrement sa famille. Pour cette même raison, mais pas seulement, il l'héberge au sein de sa petite famille.

Pas seulement car, si Maureen n'y fait pas allusion parce qu'elle ne s'en rend pas compte, je le devine sans mal : Bartley croit en l'écrivaine en gestation qu'est la fille de son amour manqué de quelques années, de quelques lieues, de quelques chances...

J'avais alors pris conscience, en parcourant les dernières lignes du premier cahier, de la nature des liens qui s'étaient instaurés entre le journaliste et l'adolescente. Maureen parle de Bartley comme d'un référent intellectuel, bien sûr, mais aussi comme d'un interlocuteur attentif, un érudit ouvert à toute discussion, un sociologue au raisonnement pointu... et puis, peut-être aussi, comme d'un père spirituel, voire un père tout court.

J'avais pensé à Max, évidemment. Et avais espéré être pour ma nièce autant que ce qu'avait été Bartley pour Maureen, sans vraiment y croire.

Bartley avait, dans ses confidences, éludé volontairement ce fait.

Je le comprenais. C'était à lui.

Comme Max était à moi.

Mais Bartley se trompait. Maureen ne lui avait pas abandonné les cahiers dans lesquels il apparaissait, par colère ou pour le chasser définitivement de sa mémoire. Si cela avait été le cas, elle ne lui aurait jamais pardonné sa trahison. Maureen haïssait peu et pardonnait encore moins. Même blessée, déçue, elle s'était rendu compte que le Bartley qui ne l'avait pas protégée et aidée n'était plus que l'ombre privée de vie de celui qu'elle avait érigé au plus haut de son respect. Elle lui avait laissé ses cahiers pour qu'il se souvienne de sa reconnaissance une fois revenu de son enfer. Cela avait été un acte d'amour. Pas de colère.

Ludi, entièrement nue, s'est mise à genoux sur le matelas, prête à me flanquer un coup sur la tête à l'aide du bouquin qu'elle vient de découvrir au pied du lit :

– Non ! "Alex" ? Comment as-tu deviné ?

– Il était chez Bartley. Je l'ai emprunté...

– Ce n'est pas ce que je te demande !... C'est Agnès, hein ? C'est elle qui a deviné, cela ne peut pas être toi !

Je prends sans mal l'air vexé. Il m'est souvent arrivé de m'approprier les intuitions fulgurantes de ma sœur, mais... Merde ! Pour une fois que je me débrouille tout seul !

– C'est pas très sympa, ce que tu me dis là.

Elle envoie balader la remarque d'un geste.

– Alors, c'est Agnès ?

– Qu'est-ce que ça peut faire ? Même si elle parle beaucoup, Agnès sait tenir un secret...

– Tu n'as rien compris, hein ? Tu l'as lu ?

– Le début... Et puis je me suis dit que tu pourrais m'en faire la lecture... Mais...

Bon sang, ce qu'il doit être jouissif pour ma sœur de posséder un esprit qui carbure à trois cents à l'heure sans jamais s'arrêter ! J'en ai de temps en temps de petits aperçus, comme à présent.

– Tu veux dire qu'Agnès apparaît dans l'histoire que tu as écrite avec Maureen ? Que tu es allée jusqu'au bout de tes fantasmes ?...

Je la connais assez pour savoir qu'elle ne joue pas la comédie lorsqu'elle s'alarme soudain :

– Oh, mon Dieu ! Je vais mourir de honte !

L'esprit d'Agnès s'est emparé du mien. J'en ai le vertige.

– Agnès n'est pas au courant. J'ai trouvé (presque) tout seul. Mais... Si ma sœur y est... Alors je... ?

Elle soupire, soulagée et résignée.

– Aussi, oui. Avec quelques modifications...

Petite douche tiédasse et malodorante...

– De quel genre ? Tu as gardé ma couleur, au moins !

– Oui, évidemment ! Je t'ai vieilli un petit peu. Tu avais quatorze ans, à l'époque... Il n'aurait plus manqué que Maureen soit accusée d'incitation à la pédophilie.

Elle passe doucement sa main sur mon crâne :

– Par contre, pour la couleur des cheveux... Je n'avais pas prévu.

– C'est en train de partir, déjà...

– Dommage...

– Ça te plaît ?!

– Je commence à m'y faire... Et puis au moins, comme ça, je sais qu'aucune jeune pétasse ne viendra me piquer mon mec.

– Alors, tu me le lis ?

Plus tard, alors que nous reprenons souffle :

– On ne va pas avancer, si l'on doit reproduire chaque scène...

– C'est ta voix... C'est toi... Bon sang, tu es obligée de mettre autant de... je ne sais pas... autant de *sexe* dans ta voix... ?

– Ben... C'est un roman érotique... C'est pas une annonce de gare.

– Et Maman, au fait. Elle le savait ?

– Nous nous sommes beaucoup amusées...

Et, pour finir :

– On ne va rien en tirer de plus... C'est l'heure de rendre visite à notre pêcheur...

– Il faut que je te dise quelque chose, ma chérie. Euh... Bartley n'a pas vraiment fait un malaise...

Le temps d'arriver à l'hôpital, mes jambes ont repris un peu de tonus et Ludi n'est plus en colère.

Dans le couloir du service de chirurgie, alors que nous allons entrer dans la chambre de Bartley, une infirmière m'accoste :

– Monsieur O'Neill ?

Je ne rectifie pas et acquiesce. Bartley a dû lui donner une description de ma personne et je suis facilement reconnaissable en ce moment.

– Le docteur Dorian Wilson désire vous parler. C'est le chirurgien qui a opéré monsieur Aonghusa.

Inquiet, je la suis, tandis que Ludi, impatiente de revoir Bartley, me fait un signe et entre dans la chambre du pêcheur.

Le bureau du chirurgien a dû servir de local de service dans une autre vie. Petit, dépourvu de la moindre fenêtre, malheureusement meublé d'une trop grande table et d'une série d'étagères où s'entassent, dossiers, livres de médecine, cafetière, ballon de rugby et autres objets peu en rapport avec le métier de l'homme qui se lève de son fauteuil à mon entrée.

Le docteur Wilson n'est guère plus grand que Bartley, ce qui n'est pas plus mal vu la taille de son bureau, il semble avoir le même âge que mon ami et parle bas avec douceur et sollicitude.

Il me propose l'unique siège de visiteur en face de son bureau et reprend le sien, après m'avoir salué.

Mon inquiétude grandissant, je lui demande :

– Il y a des complications ? Bartley...

– Non, non...Notre vieux Bart va bien. Je suis plus inquiet du peu d'empressement de la police à s'occuper de son agresseur. En fait, il a fallu que je les appelle pour qu'ils daignent se déplacer et prendre sa déposition. Et j'ai grand-peur que cela ne s'arrête là...

– Bartley a beaucoup d'ennemis ?

– Bien moins qu'il ne le pense. Quelques irréductibles, Catholiques à la mémoire courte, et Orangistes... mus par des pulsions plus psychopathiques qu'idéologiques... Comme disent les météorologues, l'Ulster végète sous un ciel de traîne... Il faudra encore du temps avant que cette province ne trouve une sérénité acceptable. Mais j'ai confiance.

Je note l'absence d'accent irlandais dans ses paroles.

– Vous êtes anglais ?

– Pur produit de Liverpool. J'ai suivi ma femme, une Irlandaise d'origine écossaise, après des études de médecine commune à Londres... Ce fut un choix heureux.

– La femme ou le pays ?

Il émet un petit rire, féminin.

– Les deux, mon cher. Les deux...

Un silence s'installe. Je m'interroge sur la raison de ma présence tandis qu'il m'observe avec un sourire bienveillant. Tout dans cet homme semble d'ailleurs bienveillant, ses gestes, son regard, le ton de sa voix...

Je relance la conversation :

– Si Bartley va bien, pourquoi... ?

Il semble sortir d'un rêve :

– Oui... C'est vrai. Excusez-moi... Je tenais à vous faire part de mes sincères condoléances pour votre mère... Elle était une femme merveilleuse, intelligente, spirituelle. Elle va beaucoup nous manquer, à Eryn et moi. Eryn est ma femme.

Maman avait une vie en Irlande. Une vie que nous ne connaissions pas. Des amis, des ennemis, des habitudes dont

341

nous n'avions jamais eu la curiosité de nous enquérir..."j'ai jamais vu des putains de gamins aussi indignes !"

– Vous connaissiez Maman ?

– Elle était l'amie de Bartley... Et, nous sommes les amis de Bartley... tous les quatre, nous avons passé quelques belles soirées chez notre ami commun. Mais... Ce n'est pas seulement pour cela que je vous ai demandé de venir. Bartley m'a dit que vous enquêtiez, en quelque sorte, sur votre mère. Et je me sens tenu de vous faire part d'un événement que Maureen nous avait demandé de tenir secret...

"Cela s'est passé peu de temps après que Maureen a repris contact avec Bartley, lors de son premier séjour, en 2001, je crois... Nous étions en train de dîner chez notre ami, Eryn et moi, lorsque nous avons entendu des coups un peu désordonnés à la porte. Bartley est allé ouvrir et votre mère a fait irruption dans la pièce, vêtue uniquement d'une robe déchirée, tachée de sang, ses pieds nus laissant des traces sanglantes sur le carrelage ; le peu de son visage que nous distinguions derrière ses cheveux ébouriffés, semblait tuméfié et... elle tenait un couteau de cuisine à la main dont la lame présentait des traces rouges.

– Je me souviens qu'elle était revenue à Port Manec'h, un week-end, avec des blessures au visage... Elle nous avait dit qu'elle était tombée dans l'escalier...

– Elle nous a dit qu'elle vous donnerait cette version... mais pour l'heure... Il y avait deux médecins dans la maison, deux médecins qui avaient vu tellement de blessures par balle, par coups ou à la suite d'explosions qu'il lui aurait été difficile de cacher la cause de son affliction.

"Nous l'avons débarrassée de son couteau et Eryn l'a emmenée dans la salle de bains pour soigner ses blessures. Elle était, bien sûr, très éprouvée, choquée, mais elle avait eu le temps de nous dire qu'un homme l'avait agressé et, vu l'état de sa robe en lambeaux et... l'absence évidente de sous-vêtements, Bartley et moi en avons justement déduit les intentions du salopard.

"Armés d'une pelle pour Bartley et d'une fourche, pour moi, nous nous sommes rendus à la maison de votre mère. Nous avions douze ou treize ans de moins et étions plutôt en colère, mais nous ne devions pas être très effrayants, pour autant. Je

342

vous laisse imaginer...

L'image des deux petits sexagénaires (à l'époque), armés d'outils de jardinage, avançant d'un pas vengeur ne réussit pas à m'arracher un sourire, tant, ce que me dit le bon docteur m'horrifie.

– La porte de la maison était restée ouverte. Nous sommes entrés. La table avait été poussée, les bancs, renversés, comme le canapé et il y avait du sang, sur le sol, non loin de la porte, une petite quantité, mais assez pour nous inquiéter. Je n'avais pas aperçu de blessure importante sur le corps de la pauvre femme, des ecchymoses, tout au plus mais c'était Eryn qui l'avait examinée en détail. J'espérai qu'elle n'ait pas de plaies plus importantes.

"Nous avons fermé la porte et sommes revenus rapidement à la maison de Bartley.

"Eryn avait nettoyé les contusions de Maureen et appliqué une pommade sur ses hématomes, spectaculaires, mais sans danger, puis l'avait enveloppée dans un peignoir appartenant à Bartley. Ma femme me dit qu'elle aurait quelques bleus sur le corps et des traces de griffures, en particulier sur la poitrine, quand le salopard lui avait arraché son soutien-gorge et... Non, excusez-moi. Inutile d'entrer dans les détails... Sachez qu'il n'a pas réussi à... finaliser ses intentions. Maureen s'est défendue et lui a planté la lame d'un couteau de cuisine dans la cuisse, ce qui l'a fait fuir.

Une fois de plus, tout comme lorsque Kenneth Byrne nous avait décrit l'agression de Michael contre sa sœur, ma poitrine se serre et mon souffle se fait court. Combien d'images d'une violence insupportable vont-elles encore ressurgir du passé de Maureen ?

Devinant sans mal mon trouble, Dorian Wilson continue :

– Bartley ne voulait pas que je vous en parle. J'ai pensé, et je pense toujours, que cela peut vous aider, sans trop savoir de quelle manière...

Je réussis à articuler :

– Vous avez bien fait...Connaissait-elle cet homme ?

– Elle nous a soutenus que non.

– Vous l'avez crue ?

– Non. Maureen, et ce, malgré le traumatisme psychique qu'elle venait de subir, nous a décrit son agression, d'une façon très claire, avec cette manière de parler que nous allions apprendre à connaître par la suite. Sans pudeur, aucune, puisque aucun mot ne lui faisait peur.

"Mais lorsque nous lui avons demandé si elle avait une idée de l'identité de l'homme, elle s'est troublée et son regard s'est dérobé... Il était évident que le mensonge ne faisait pas partie de ses habitudes. De même elle ne nous l'a décrit, que très sommairement.

"Bartley était dans un état de rage comme je ne l'avais jamais connu. Et je devinais pourquoi...

Moi aussi, mais je cherche confirmation, néanmoins :

– Pour quelle raison ?

– Parce que c'était la deuxième fois que je soignais cette femme au domicile de mon ami. La première fois, une vingtaine d'années plus tôt, il m'avait appelé au chevet de la très jeune Maureen qui venait de se faire rosser par son frère... Et Bartley avait fait appel à moi, car il se trouvait dans un état d'alcoolisation si avancé qu'il ne savait plus comment s'y prendre... Je pense qu'il a dû revivre cela et en éprouver une honte rétrospective...

– Je suis au courant de cet épisode... Une question, docteur : Vous êtes certain que ce fumier a voulu la violer ?

– Je vous l'ai dit, mon garçon, quand Maureen mentait, ce qu'elle n'a d'ailleurs fait qu'une seule fois en ma présence, ce soir-là, on le savait immédiatement. Elle a dit la vérité... Et, croyez-en mon expérience, quand une ordure cogne une femme, juste pour assumer une pulsion violente, il ne lui arrache pas ses vêtements. Il cogne, c'est tout.

– Et la police... ?

– Statu quo. Deux voix pour. Deux voix contre, dont celle de Maureen.

– Et l'autre voix contre... ?

– Eryn. Les deux femmes connaissaient le parcours du combattant des filles violées qui portent plainte... C'était la deuxième fois que je rencontrais votre mère... Fort heureusement, les rencontres suivantes se sont déroulées de façon moins dramatique. Et... Je vais me répéter, mais nous l'aimions beaucoup. Eryn, en particulier, avait noué des liens assez étroits avec elle.

– Votre femme exerce dans cet hôpital ?

– À la morgue, oui. Eryn est médecin légiste, mais nous ne travaillons plus à temps complet.

Il montre son bureau d'un geste vague :

– Le réduit dans lequel je vous reçois en atteste... mais je n'ai besoin de rien d'autre.

Bartley, estimant que la compagnie de sa petite Bretonne vaut largement la mienne, ne semble pas s'être ému de mon absence prolongée. Bien moins que Ludi, qui me lance un regard inquiet, lorsque je pénètre dans la chambre du convalescent.

Je la rassure d'un sourire à peine forcé et salue mon vieil ami.

Nous parlons de choses et d'autres.

De chats :

– Des croquettes ?! Ils ne sont pas habitués à une nourriture trop riche. Tu vas transformer mes petits guerriers en matous obèses et ronronnants !

De bateau :

– Bien sûr, tu peux l'utiliser ma Grande. Tant que tu interdis à Ryan de le piloter...

Mais aussi... :

– Dorian te l'a dit, n'est-ce pas ? Il n'aurait pas dû. Maureen ne voulait pas vous inquiéter. C'était un rôdeur, rien de plus.

Ainsi, jusqu'à la clôture des heures de visite.

Ludi a embrassé Bartley puis est sortie. Je la suis, mais dans le couloir, je lui dis :

– Attends-moi dans la voiture. Il faut que je lui parle.

Elle hésite en me fixant, puis :

– Je t'attends ici. Tu as dix minutes. Ne lui fait pas de mal.

Je reviens dans la chambre, m'approche du lit, et saisis la main du pêcheur. Je me penche vers son visage.

– Mike est mort, Bartley. Vous le savez. Pourquoi me lancer sur des fausses pistes ?

– Personne n'est en mesure d'affirmer si l'un des deux est mort...

– Michael était-il pourri au point de tenter de violer sa sœur ?

Même lui doit se rendre compte que le ton de sa voix n'est guère convaincant.

– C'était un rôdeur...

– Bartley... J'ai trouvé les cahiers que Maman vous avait laissés... C'était un acte d'amour. Elle ne vous n'en a jamais voulu.

– C'est ce qu'elle m'a dit, mais cela n'enlève rien au fait que je ne l'ai pas protégée. La honte ne s'efface jamais, Ryan. C'était mon devoir d'homme. Une mission que m'avait confiée Marie.

Il s'interrompt un instant, le regard tourné vers une mortification qui l'a accompagné depuis plus de trente ans. Puis il revient à moi :

– Tu... tu les as... *tous* lus ?

Je crois déceler comme un espoir. Un soulagement. Je le détrompe :

– Seulement les deux premiers dans l'ordre chronologique. Le deuxième est... intéressant.

Le vieil homme retrouve le sourire.

Dans le deuxième cahier, Maureen racontait, sous forme de fiction, la vie d'une famille catholique vivant dans une Belfast prise dans la tourmente de la guerre civile. Et contrairement à son habitude, la narration était réaliste, très drôle (j'avais ri à plusieurs reprises) et les événements dramatiques se déroulant dans la ville étaient décrits comme des coutumes locales, des mœurs exotiques, des manifestations d'un humour noir accessible uniquement aux Nord-Irlandais. La famille comprenait un père, une mère, un fils écolier et...une fille étudiante... Autrement dit : Bartley, Ellen, leur fils et Maureen. Et dernière touche révélatrice des intentions de l'auteure, l'histoire avait été écrite en langue anglaise.

Maureen avait construit ce texte pour Bartley. Et lui avait offert comme elle avait offert ses précédents récits en français à sa mère.

Le commentaire de Bartley confirme mon impression...

– Je ne l'ai découvert qu'après son départ pour la France...

… qu'il ne s'agissait pas d'un cadeau empoisonné. Je pense même, Maureen prêtant aux mots un pouvoir d'une puissance extraordinaire, que par ce geste (l'offrande de ses trois cahiers), elle avait nourri l'espoir de tirer son vieil ami, son père spirituel, de sa torpeur auto-destructrice.

Je reviens à mon interrogatoire, non sans avoir ajouté une nouvelle épaisseur à cette mère, à cette femme que je n'en peux plus d'aimer :

– La chambre, dans votre grenier, c'était pour elle ? Lorsqu'elle avait peur ? Lorsqu'elle n'en pouvait plus ?...

– C'est... Oui. Elle s'y sentait à l'abri. Mais ce n'était pas parce qu'elle avait peur. Pas à chaque fois... Elle venait quand elle ne supportait pas de le rencontrer... lorsqu'elle se rendait compte qu'elle s'était enfermée dans une relation dont elle ne pouvait plus s'échapper.

– Une relation ?

– Non, pas ce genre de relation. Il ne l'a plus touchée. Elle avait trop de valeur à ses yeux...

– Parce que c'était lui, la première fois ?

– Je... Oui. Ryan, mon garçon... Je ne sais rien de plus. Maureen n'avait pas pu me cacher que cet homme la visitait, mais elle m'avait tu son nom. Ainsi que le but de ces visites.

– Vous savez qui est cet homme, Bartley, tout comme moi.

– Kenneth te l'a dit, mon garçon. Ils sont morts tous les deux... Ryan... Le quatrième cahier... Ne le lis pas. Détruis-le. C'est dangereux. Pour toi. Pour ta famille... Mon Dieu, pourquoi ne l'ai-je pas brûlé ?

– Parce que Maureen et ses mots sont indissociables. Détruire ce cahier reviendrait à trahir une nouvelle fois celle que vous aimez comme votre propre fille. Je n'ai pas besoin de le lire, Bartley. Je n'ai plus besoin de vos confidences et des mensonges par omission de votre ami policier. Je trouverai, parce que Maureen l'a voulu.

J'entends la porte de la chambre s'ouvrir et la voix de Ludi, dépourvu de toute la sécheresse que mériterait pourtant mon comportement inacceptable :

– Ryan. Laisse Bartley se reposer...

Sans lâcher la main de mon vieux bonhomme, je me penche un peu plus et lui colle une bise sur le front qui le surprend :

– Nous reviendrons vous voir demain, mon vieil ami. Et c'est promis, je ne vous harcèlerai plus...

Dans le couloir de l'hôpital, Ludi glisse son bras sous le mien, se colle à moi, et me dit, sans animosité :

– Tu devrais avoir honte.

– Tu m'as laissé y retourner... Tu savais ce que j'allais faire...

– J'ai honte...

– Je ne suis pas très fier, non plus...

347

Nous avons flâné et dîné en ville, puis, sur la route du retour vers la maison :

– Tu ne veux toujours pas me raconter ? Pourquoi ? Je ne suis plus ta copine ?

Je pose ma main gauche sur sa cuisse nue. En sortant du taxi ce matin, Ludi nous était apparue vêtue d'une robe à bretelles noire, ajustée et beaucoup plus courte qu'elle n'avait l'habitude d'en porter et, sur laquelle elle avait passé un Perfecto, noir aussi. Ses cheveux longs étaient défaits, une paire de lunettes de soleil les surmontait. Elle portait des rangers féminisés aux pieds, des chaussettes roulées sur la tige... Très rock'n'roll

Étienne avait marqué un temps d'arrêt admiratif avant de l'embrasser et de monter dans le taxi.

Nous étions restés à trois mètres de distance et, alors que le taxi s'éloignait déjà, Ludi, souriante, a écarté ses bras et fait un tour sur elle-même. Elle riait à la fin de son tour. Heureuse de son effet. Irrésistible.

– La nouvelle Ludi... elle te plaît ?

Elle pouvait en inventer autant qu'elle le voulait. J'étais fou de toutes les Ludi.

Elle pose sa main sur la mienne mais n'interrompt pas ma caresse. L'accompagne, il me semble...

Je tente de justifier mon mutisme :

– L'histoire se met en place. À mon insu. Comme si mon cerveau fonctionnait tout seul. J'engrange des données issues de témoignages et chaque détail vient se poser, s'encastrer comme une pièce de puzzle dans un ensemble, éclairant un épisode de la vie de Maureen. Je ne fais aucun effort. Je n'ai plus le sentiment de chercher... Il me suffit d'attendre que les derniers éléments remontent à la surface et trouvent leur place... Mais je ne veux pas me perdre dans des questionnements pour l'instant sans réponse, je ne veux plus faire de suppositions... Alors j'attends que le tout se forme de lui-même.

– Raconte-moi le début, au moins...

Je récupère ma main pour passer une vitesse, à regret.

– Le début ? C'est en 1979, lorsque Michael décide de devenir un clandestin et de combattre au sein de L'IRA. Puis c'est en 80, Maureen, 16 ans, tombe amoureuse d'un étudiant catholique de deux ans plus vieux qu'elle...

Nous arrivons à la maison de Bartley et je continue mon récit en nourrissant les chats, les cinq sont présents, déjà habitués à ce nouvel horaire, puis en terminant le ménage entrepris la veille. Je n'avais fait qu'enlever les taches de sang, je ne voulais pas que Ludi les aperçoive.

Nous gagnons ensuite le "grenier". La chambre occasionnelle de Maureen. J'y conclus mon récit par la tentative de viol perpétuée sur celle-ci par un homme que je suspecte être tout autre qu'un simple rôdeur.

Je n'ai omis qu'un seul détail. Le dernier opus des mémoires de Maureen. Sur le reste, peut-être en ai-je rajouté. Dès le début de mon exposé, dans la voiture, il m'avait semblé que l'esprit d'Agnès s'était emparé de mes mots et parlait par ma voix. Son imagination, sa prescience et son empathie, avaient fait le reste.

Ludi, déjà scandalisée en découvrant les événements violents qui avaient précédé et causé le départ d'Irlande de ma mère, ne s'interdit pas de verser quelques larmes en apprenant l'agression sauvage dont elle avait été la victime.

Après s'être mouchée, elle me demande :

– Et tu penses savoir qui est ce salaud ?

– Je le pense, seulement, je n'en suis pas certain. J'attends un appel qui devrait me le confirmer.

– De qui ?

– Pocahontas.

– Hmm... Agnès m'en a parlé...

Comme moi la veille, Ludi a ouvert la penderie en tissu. Elle sort le manteau, le débarrasse du cintre et plonge son visage dans la doublure.

– Maureen l'a porté...

– Il y a plus de trois mois...

Je me suis allongé sur le lit. Je deviens accro aux lits qu'a occupé ma mère.

Ludi fait le tour de la pièce, s'approche de moi et finit par m'imiter. Je cherche sa main et la trouve. Nous regardons le plafond.

– Je la revois encore. De temps en temps...

– C'est-à-dire ? Comme à Port-Manech', quand tu...

– Oui... mais c'est diffèrent... Je sais qu'elle n'est pas là. C'est moi qui l'appelle, mon esprit réclame sa présence comme s'il n'acceptait pas sa mort. Et elle apparaît... Je ne sais pas ce qu'est réellement une hallucination... mais je suis conscient que cela ne vient que de moi. Et aussi que... ce n'est pas désagréable...

– Elle veut peut-être te dire quelque chose...

Ludi est croyante. Catholique par défaut, comme sa mère, son père, ses grands-parents... Elle ne pratique que lors d'événements heureux ou malheureux... Elle croit en l'existence de l'âme et en la vie éternelle. Que l'esprit de ma mère vienne me visiter ne la perturbe pas plus que cela. Elle-même parlait à son père et à son frère après le décès de ceux-ci.

– Ludi... toutes les lumières ont un interrupteur, quelque part...

– Si c'est une métaphore, alors l'interrupteur de l'âme de Maureen n'a pas été actionné. C'est peut-être à toi d'appuyer sur le bouton... C'est peut-être ce qu'elle te demande... Et si c'est de la physique... L'âme ne peut pas dépendre de la matière puisque, par essence, elle s'en est dégagée...

– L'esprit et la lumière sont alimentés par la même source d'énergie : l'électricité.

– L'âme n'est pas l'esprit... L'âme est au-dessus, encore. C'est ton âme qui forge ton esprit.

– D'accord.

– Non, tu n'es pas d'accord.

– Non, je ne le suis pas.

– On est bien ici. On pourrait y dormir...

CHAPITRE VINGT-HUIT

Deux jours ont passé. Nous sommes revenus dans notre maison le matin qui a suivi la nuit chez Bartley. Deux jours de grasses matinées (Ludi a fait preuve d'une grande imagination pour me garder près d'elle, le matin), de farniente, de promenades en bateau et à pied, de visites à l'hôpital (seules occasions où nous quittons les environs du lac) et de roucoulades amoureuses... Deux jours très courts.

Ludi a lu les deux premiers cahiers de Maureen et nous avons lu le dernier (le troisième) de concert, allongés dans le bateau de Bartley, au beau milieu du Lough Neagh. Ou plutôt, Ludi m'en fait lecture tandis que je laisse ma main s'égarer sur son ventre, sous son foutu pull irlandais, sur ses seins, puis de nouveau son ventre, jusqu'au jean que je dégrafe, puis...

– Hé ! Il y a d'autres bateaux...

– Sont loin. Sont petits...

– La taille ne fait rien à l'affaire et les jumelles, ça existe.

Tenir le cahier et tourner les pages semble lui donner une bonne raison pour ne pas intervenir.

Dans ce dernier mémoire relatant ses jeunes années irlandaises, Maureen relate sa vie à la Queen's University of Belfast, ses stages au sein de l'Irish News (elle est montée en grade ; elle corrige des articles et commet même quelques piges), ses conversations avec Sean Murphy et avec Bartley (elle compare souvent les points de vue des deux hommes) et même ses rapports étranges avec Hellen. La femme de Bartley est chroniqueuse littéraire et en ce sens, entretient avec la jeune étudiante talentueuse des conversations qui séduisent Maureen, pour devenir, dans la vie courante des remarques acerbes sur

351

son style de vie, ses prises de position féministes, sa liberté de ton et de propos, et sur ses relations qu'elle qualifie de licencieuses, hors la présence de son mari. Elle parle du fils du couple aussi...

– Bartley ne nous l'a jamais dit. Tu connais son prénom ?

– Non.

– Ryan.

– Oui ?

– C'est son nom. Il s'appelait Ryan Aonghusa. Maureen t'a donné le prénom de celui qu'elle considérait comme son petit frère.

– Maureen avait des tas de secrets...

– Maureen protégeait son intimité. Intimité n'est pas synonyme de secret. L'intimité, ce sont les pensées qui viennent la nuit et qui t'appartiennent.

– S'il t'en reste, je suis prêt à partager...

– N'en rêve même pas ! Je me sens suffisamment dépossédée depuis quelque temps.

Je me redresse pour pouvoir la regarder mais sans retirer ma main de sa culotte.

– Je t'aime.

Elle me rend mon regard :

– Je t'aime, aussi.

– Hé ! Il ne fait pas nuit et ça ne ressemble pas à un murmure.

– C'était un essai. Pas terrible. Je crois que je vais en rester aux chuchotements nocturnes.

Elle reprend sa lecture mais s'interrompt aussitôt.

– C'est curieux ces mots auxquels on ne fait que penser ou qu'on ne fait qu'écrire mais qu'on a tant de mal à prononcer...

– Je m'entraînais à le dire à voix haute, moi. Sous la douche.

– Tu devrais écrire un bouquin. "Toute Une Vie Sous la Douche". Par le fils de Jessica O'Neill.

– Je me suis fait éditeur pour ne pas être tenté d'écrire.

– Maureen écrit, elle... Et ce qu'elle dit devient très dur.

Maureen est seule chez Bartley lorsqu'un policier frappe à la porte et lui annonce la mort de Ryan Aonghusa. C'est elle qui transmet la nouvelle au père de l'enfant, et puis à sa mère.

Les dernières pages du cahier, une vingtaine, ne sont que colère, désespoir, et même haine. La haine des combattants de tous bords. La haine des hommes. Des mâles, ceux prêt à tuer pour des idées qu'ils ont oubliées depuis longtemps. La haine de son pays mais aussi la haine d'elle-même car elle va jusqu'à trouver futile cette obsession qui la pousse à aligner des mots. Rien ne peut retranscrire la douleur et la frustration qu'elle éprouve alors. Elle s'en prend à tous. À Bartley, qu'elle accuse d'avoir sacrifié la sécurité de son enfant à son métier, à Sean à qui elle reproche de parler au lieu d'agir, à son père qui ne dit mot, à son frère qui a rejoint les guerriers de l'IRA (Mon Dieu ! Et si c'était lui qui avait appuyé sur la détente?), et, même, oui, même à sa mère qui aurait mieux fait de rester dans sa Bretagne natale, un endroit où on ne tue pas les enfants. Sa mère qui n'aurait pas dû la faire naître dans un monde où tout se transforme inévitablement en douleur et en larmes.

Jamais des mots d'une telle dureté, d'un tel désespoir, n'avaient jailli de la plume de Maureen. Et encore moins de ses lèvres.

Je reste pétrifié par la violence de son propos. Dès les premiers mots, ma main a quitté la douceur duveteuse de l'intimité de mon amour pour regagner son ventre et n'en plus bouger. Ludi la dernière ligne lue, pleure et hoquette, comme l'a déjà fait Agnès il y a peu :

– Quelle horreur... Mon Dieu, quelle horreur...

Bartley sort de l'hôpital cet après-midi. La veille au soir, deux messages m'attendaient sur le répondeur du téléphone de la maison.

Adira.

La Pondichérienne avait reçu une réponse de Chicago qui confirmait mes doutes, et détenait d'autres informations. Elle me demandait de la rappeler. Ce que je fis, immédiatement.

Elle répondit, après quatre longues sonneries, le souffle court. Adira avait un copain ?

– Pour Chicago, vous aviez raison, Ryan. Mais j'hésite à mettre les pieds dans le plat. Cela peut faire un sacré bazar si je demande des comptes à la Police d'Irlande du Nord. Ce mec est un héros, là-bas et, moi-même, je ne suis pas en odeur de sainteté dans mon propre service. Mes supérieurs ont eu vent de mes demandes à la brigade financière et n'ont pas apprécié (c'est un euphémisme) que je poursuive mon enquête sur le meurtre de Julia Milazzi sans éléments nouveaux.

– Mais pourquoi ? Nous avons...

– Nous n'avons rien, Ryan. Pas de preuves. Seulement une intime conviction. Que je partage avec vous, surtout depuis la réponse de Chicago, mais... Rien ne relie Sean Murphy au dossier Milazzi. Et c'est sur Milazzi que je travaille, ne l'oubliez pas.

– Et ces "autres informations", alors ?

– Avant d'être interrompu dans ses recherches, mon ami de la brigade financière, qui n'est plus vraiment mon ami maintenant, a remonté la piste de l'argent versé à Braden Mc Laughlin par Goldman. J'ai un nom, William Doyle et un pays, la République d'Irlande... Et William Doyle est un gestionnaire de fortune. Ou un prête-nom, ou Braden Mc Laughlin, lui-même... Et la république d'Irlande, un paradis fiscal à peine dissimulé... Si je n'ai personne derrière moi, les Irlandais vont bien se marrer.

– Il y a un moyen de le contacter ? On doit pouvoir trouver une adresse...

– Une agence, à Dublin. Qui ne répond pas au téléphone et dont l'adresse est celle d'un local désaffecté...

– Que peut-on faire ?

– ...

J'avais entendu une voix d'homme, et une autre d'enfant, une fillette, me sembla-t-il.

– Adira ?

– Oui... excusez-moi. Ma fille attend son histoire avant de s'endormir... je vais réfléchir à un moyen de mettre la police de Dublin en alerte sans mettre ma carrière dans la balance...

Pas un copain, un mari. Et une fille. Une famille, quoi. Je l'avais laissé à son devoir de maman et avais appelé Kenneth Byrne à qui j'avais posé deux questions. Les pièces du puzzle trouvaient leur place...

Le deuxième message émanait d'Eryn Wilson, la femme du chirurgien qui avait opéré Bartley, l'amie de Maman si j'en croyais le vieux toubib. Avant de le quitter, je lui avais fait part de mon désir de rencontrer sa femme. Il n'avait pas oublié et avait transmis mon souhait.

Eryn Wilson m'assurait qu'elle était impatiente de recevoir le fils de son amie, à seize heures le lendemain, chez elle. Elle m'avait laissé son adresse.

Aujourd'hui, donc, mais avant il y a eu... Cette nuit.

Agnès s'assoit sur le matelas et se racle la gorge pour me réveiller. Par réflexe et par habitude je regarde l'heure. Trois heures. Je me relève et m'adosse contre la tête de lit. Je regarde à côté de moi. Ludi dort. En chien de fusil. Elle me tourne le dos. Et Agnès est à Concarneau. Dans son lit à elle.

Ou...

Je me lève discrètement et gagne l'armoire sans bruit. Je soulève la pile de draps et m'empare de l'ultime cahier de Maureen. J'attrape une couverture épaisse et rêche, et sors de la chambre dont je referme délicatement la porte.

Je me suis préparé une demi-cafetière de café, j'ai remis du bois dans la cheminée, approché le téléphone fixe après avoir vérifié, à tout hasard, l'état du réseau sur mon portable, et me suis posé sur l'un des deux fauteuils, enveloppé dans ma couverture.

Je compose un numéro. On décroche dès la première sonnerie. Je souris et prononce à voix basse :

– Salut ma chérie.

– Salut mon amour de petit frère. Je n'osais t'appeler.

– Je l'ai senti...

– Putain ! Ça devient grave !

– Tu es prête ? C'est moi qui parle, ce soir.

– J'ai mon café, ma couverture, mon fauteuil... Mais je n'ai pas de cigarettes.

– Moi non plus. Ludi les planque.

– Brave fille...

J'ouvre la première page du cahier.

– Je commence...

Ludi irait prendre Bartley à l'hôpital pendant que je me rendrai chez les Wilson en taxi.

Mais en attendant...

J'ai dit à Ludi que les dernières pièces du puzzle s'étaient mises en place sans que j'aie à forcer. Juste un petit claquement sec... Et une nuit d'insomnie.

Agnès avait pleuré. Un peu.

– C'est fini, alors ?

– Oui.

Un silence entrecoupé de reniflements, puis.

– On aurait pu l'aider... Tu ne crois pas ?

– Si. Je le crois. Mais c'est elle qui a choisi de nous tenir dans l'ignorance. Et c'est encore elle qui a choisi la solution la plus idiote.

– C'est bien à cause de nous, alors...

– Pour, ma chérie. Pour.

Puis j'avais rejoint Ludi.

Nous nous sommes levés tard et nous petit-déjeunons et déjeunons d'un même repas.

Je me lance :

– La dernière tentative d'assassinat sur la personne de Sean Murphy, s'est une nouvelle fois soldée par un échec. Mais, Murphy ne s'en sort pas indemne pour autant. Le conducteur de la voiture, on peut penser qu'il s'agit de Michael O'Neill, l'a renversé une première fois puis a fait une marche arrière pour lui repasser dessus. Murphy s'en tire, mais est salement amoché. Surtout au visage. Une intervention de chirurgie plastique est nécessaire qui le laisse pratiquement méconnaissable.

"La suite, je te l'ai raconté. Certains collègues de Murphy réussissent à choper Michael, le séquestrent et offrent l'occasion au flic de se venger. Ce qu'il fera à la manière de Michael... avant de disparaître de la circulation pendant deux ans... Jusqu'à l'automne 2000, date à laquelle Maureen s'installe pour environ six mois dans la maison de ses parents, morts tous les deux, pour écrire dans un lieu où, elle l'a toujours su, son inspiration sera fortement stimulée.

Maureen ne m'est pas apparue depuis que Ludi est à Antrim. J'ai pourtant l'impression que son esprit s'empare avec douceur du mien. Et que c'est elle qui, par ma bouche, raconte son histoire. Elle occupe soudain ma poitrine, me souffle des mots qu'elle arrache à mon cœur, me montre la vérité. Cette vérité qui doit enfin "illuminer son geste".

Il est vingt heures, la nuit est déjà tombée et Maureen nettoie sa maigre vaisselle. Une casserole, une passoire, un bol et une cuillère. Bartley lui avait arraché la promesse qu'elle mangerait correctement ce soir puisqu'elle avait refusé son invitation.

Un bol de riz, quelques herbes et, audace inouïe, deux noisettes de beurre. Elle n'avait pas terminé son bol, mais elle ne le lui dirait pas.

Maureen sourit à l'évocation de son vieil ami retrouvé. Ce vieil idiot ne s'était finalement pas décidé. Elle avait approché sa barque, chaque jour plus près et avait attendu qu'il l'aborde. Il répondait à son salut, mais s'obstinait à ne regarder ensuite que le bouchon de sa ligne ou, plus fréquemment, semblait somnoler. Elle s'en était amusée quelque temps, d'une part, parce qu'elle appréciait ce genre de taquinerie et trouvait à la situation un côté surréaliste et charmant ; d'autre part, elle n'était pas si pressée, n'ayant pas encore évalué ce qu'elle attendait du vieux pêcheur. Des excuses ? Non. Elle n'avait jamais rien eu à lui pardonner. Elle avait compris depuis longtemps, avant de s'en rendre compte elle-même. Elle ne lui avait pas fait de scène avant de partir pour la France. Elle avait posé ses cahiers sur sa table en lui détaillant ce qu'elle pensait être ses raisons. Colère et déception. Ce n'est que sur le bateau qu'elle prit conscience de la véritable signification de son geste. La bêtise et la violence des hommes avaient anéanti son mentor, les mots, eux, leurs chers mots à tous deux, allaient le redresser et le remettre sur le chemin. Elle y avait si peu cru qu'elle n'avait pu trouver, les années suivantes, le courage de reprendre contact. La peur d'apprendre une mauvaise nouvelle l'avait paralysée. Et puis... c'était lui qui lui avait écrit et envoyé une très belle lettre lui apprenant le décès de sa mère, pas son père, non. Et lui encore, mais de façon plus formelle, qui l'avait prévenue lorsque son père était à l'agonie... Et, à chaque fois, il avait été là. Distant, silencieux, mais ne la quittant pas du regard.

Lorsqu'elle était venue pour les obsèques de sa mère, elle avait eu l'intention de renouer avec l'ex-journaliste dont la lettre l'avait émue. Mais elle s'était soudainement retrouvée cernée d'hostilité. Les amis de la famille O'Neill ne lui avait toujours pas pardonné son comportement scandaleux. Elle était la pute, la salope qui avait couché avec un renégat, un catholique vendu à l'ennemi qui avait embastillé et torturé son propre frère.

Elle s'était réfugiée dans une fierté hautaine, remplie de douleur et de tristesse. Mais aussi de rancœur et de colère. Et avait oublié Bartley.

Puis elle était revenue. Pour assister, à sa manière, son père alors à l'agonie.

Bartley était venu à l'enterrement de son ancien ami. Il avait observé Maureen, mais s'était tenu à distance. Chacun concédant à l'autre la décision d'une prise de contact.

Et plusieurs mois plus tard, elle se retrouvait à sept ou huit mètres du petit pêcheur, chacun dans sa barque, enfermé dans son silence, et se demandait comment un ancien journaliste catholique qui avait bravé les foudres du pouvoir protestant, un érudit, auteur d'une magnifique Histoire de l'Irlande du Nord encore inachevée, pouvait se montrer si timide, ou si têtu.

Le lendemain, lassée de ce jeu, elle éperonnait la barque de Bartley et rompait dix-sept ans de silence.

Et s'en était félicitée.

Car, après seulement quelques paroles, les liens établis, alors qu'elle n'était qu'une enfant et puis une adolescente, avaient été naturellement restaurés.

Et puis... Ryan l'avait appelée : Luc, le fils aîné de son amie Aëlez était mort. Elle était repartie, laissant ses écrits, sa maison, son lac...

Puis était revenue, accompagnée d'Aëlez. Elle avait présenté la nounou de ses enfants au vieux pêcheur qui avait fait des efforts méritoires et drolatiques pour s'exprimer en français. Les avait promenées sur son bateau, et les avait emmenées dans son vieux 4x4 Toyota, visiter le comté d'Antrim. Bartley avait compris la douleur d'Aëlez et, pour tenter de l'adoucir, avait déployé tout son charme, son érudition, sa finesse d'esprit à l'intention de la sexagénaire, qui s'en étourdissait quelquefois.

Maureen avait adoré Bartley pour la vie qu'il avait alors ramenée dans le regard de son amie. Et s'était même demandé si le pêcheur solitaire n'avait pas, lui aussi, éprouvé quelques sentiments pour la mère de celle qu'il appellerait bien plus tard, trop tard pour qu'elle en fut témoin, sa "petite Bretonne".

Aëlez était repartie et la vie, douce, pleine de mots, d'images et d'histoires tristes et charmantes, avait repris son cours.

Maureen s'est installé sur le canapé, face au feu brûlant dans la cheminée, un châle épais sur les épaules, son ordinateur portable pesant sur ses cuisses. Elle s'est déchaussée et a posé ses pieds nus sur un pouf, proche du feu.

Elle corrige, affine et lustre ses écrits de la matinée. Elle regrette un peu de ne pas avoir accepté l'invitation de Bartley.

– J'ai des invités pour le dîner ce soir. Un couple de vieux amis très charmants. J'aimerais te les présenter...

– J'ai du travail. Je produis plus, ici. Les mots viennent à moi comme nulle part ailleurs. Les huit heures de travail auxquelles je m'astreins ne suffisent plus. Il faut que je corrige, le soir, ce que j'ai écrit le matin.

– Remets ta correction au lendemain, qu'est-ce qui te presse ?

– La nuit. Il faut que le travail de la journée soit entièrement terminé à la fin de cette journée. Je ne veux pas y revenir le lendemain. Je ne sais pas faire cela. Il va seulement falloir que j'apprenne à doser mon effort pour pouvoir terminer les écrits et leur correction à 14 heures. Déjeuner, ensuite, puis rejoindre mon vieil ami et le surveiller au cas où il tomberait de sa barque après s'être endormi...

– Je ne dors pas quand tu es avec moi.

– J'ai remorqué ta barque, hier. Tu ne t'es réveillé qu'arrivé à ton débarcadère...

– Je faisais semblant. Je n'avais pas envie de ramer. C'est non, alors ?

– C'est non. Il y aura d'autres occasions. Lorsque je serai parvenue à me caler.

– Caler ?

– Caler.

– Le temps n'existe pas, ici, Maureen.

– C'est pour cette raison qu'il me faut l'inventer.

– Promets-moi de manger correctement, ce soir.

– Manger correctement c'est... manger quelque chose ?

– Maureen...

– C'est promis.

Cette correction, quasiment inutile d'ailleurs, l'ennuie. Son rythme de travail, plus soutenu qu'à Port Manec'h, la déstabilise. Il faut qu'elle parvienne à se "caler". Le soir, après le dîner, et avant son coucher qui intervient tôt, n'est d'ordinaire réservé qu'à l'anticipation de ses écrits du lendemain. C'est ainsi qu'elle a toujours opéré. C'est ainsi que son esprit fertile fonctionne. Au soir l'imagination. Au matin la maîtrise de cette imagination.

Et à l'après-midi, les relations sociales nécessaires à son équilibre.

C'est ainsi.

Son esprit s'évade. Non pas, vers les pages du lendemain (elle triche un peu à ce sujet. Elle en rêve aussi l'après-midi), mais sur le projet qui l'a amenée ici.

Ce projet dont elle est en train de corriger une infime partie.

Un roman. Un vrai, cette fois. Pas un roman de commande. Pas un roman érotique, même si certaines scènes n'auront rien à envier à ses productions parallèles. Une belle histoire, un récit sombre, mais un propos lumineux, composé de mots fuyants, comme les molécules d'eau d'un torrent, ou stagnants, comme à la surface du Lough Neagh.

Un roman rédigé dans un style qu'elle a laissé mûrir pendant trente ans. Un style qui n'appartient qu'à elle. Qu'elle a assemblé pas-à-pas, tout au long de ces douze (ou treize, elle ne sait plus) "productions littéraires" auxquelles elle a pris un plaisir non dissimulé, car annonciateur d'un plaisir plus grand, encore.

Un roman qu'elle ne peut écrire qu'ici. Proche de la source de son inspiration primordiale. Près de ce lac qui l'a vu naître. Ou qui l'a fait naître.

Elle changera son nom d'écrivaine. Maureen O'Neill ? Pourquoi était-elle si attachée à ce patronyme ? Celui d'un père qui l'avait toujours traitée avec un mélange de mépris et de répulsion, qui avait considéré le don de sa fille pour l'écriture comme une punition divine. Celui d'un frère qui l'avait battue et chassée. D'oncles et de cousins qui, entre eux, se chuchotaient les mots pute, catin, traînée, mais détournaient le regard lorsqu'elle les fixait, malgré tout en quête d'une lueur d'intelligence... Maureen Parker ? En hommage à son Louis dont les lettres se faisaient de plus en plus rares ? Ou Maureen Le Quéré ? Du nom de sa mère. Ou... Elle ne le savait pas encore... Peut-être Maureen O'Neagh... La fille, l'enfant du lac, née dans l'empreinte de la main du géant.

Maureen, en tout cas. Jessica ne convenait pas. Trop légère.

360

Trop mutine...

Elle garderait Julia comme agent... Julia... La belle Italienne était amoureuse de Jessica. Elle lui avait dit. Elle l'avait embrassée. Mais Maureen résistait, alors que Jessica, cette dévergondée, avait aimé ces lèvres de fille. Maureen, d'autre part, pourtant amoureuse de Louis pour l'éternité, n'aurait pas vu d'un mauvais œil qu'un gendarme trop protecteur cesse de la considérer comme une divinité inaccessible...

Il lui faudrait caler tout cela avant que ces désirs inassouvis ne s'interposent entre elle et son clavier.

Des coups frappés à la porte la font sursauter. L'écran de son portable est éteint, en veille. Elle a somnolé. À nouveau des coups. Bartley ? Ce vieil obstiné vient la chercher afin de la présenter à ses amis ? Il lui a dit, comme pour la rassurer, qu'elle avait déjà rencontré l'homme, sans préciser à quelle occasion, et que la femme ne pourrait que lui plaire.

Elle sourit. Pourquoi pas, après tout ?

Elle repousse son portable sur le canapé, se lève en grimaçant lorsque ses pieds nus touchent le carrelage glacé, et se dirige vers la porte, alors qu'une troisième série de coups se fait entendre et la surprend. Il n'est pas dans les manières policées de Bartley de faire preuve d'une telle insistance.

Emportée par son élan, elle ouvre cependant la porte et découvre un homme, un inconnu dont le visage abîmé, et mal éclairé, lui rappelle pourtant quelqu'un. Elle prend soudain conscience de son isolement et une inquiétude sournoise envahit son esprit.

– Salut, Maureen. Ça fait un bail, non ?

L'homme lève une main dans laquelle il tient une bouteille de Scotch déjà entamée.

– J'ai amené de quoi fêter nos retrouvailles. Eh bien ? Tu comptes me laisser dehors ?

De sa main libre l'homme repousse la porte seulement entrouverte et entre sans plus de façons.

Maureen réagit. Au son de cette voix, qu'elle connaît. Et à ce regard qui revient d'un passé lointain.

– Sean ? Mais... Qu'est-il arrivé à ton visage ?

– Mon visage... Oui, c'est vrai. J'évite les miroirs donc j'oublie... Un... un accident, il y a longtemps.

Il montre à nouveau la bouteille.

– Tu as un verre ? Ou deux si tu t'y es finalement mise ?

– Non. Je ne bois pas. Que viens-tu faire ici ?

– Quel accueil, bon sang ! Tu n'as pas changé. Toujours droit au but.

Son regard fait le tour de la pièce, avise un des deux fauteuils. Il se déplace avec l'aisance d'un habitué des lieux, et s'effondre dans celui qu'il a choisi.

– Rendre une petite visite à une ancienne amie. Discuter du bon vieux temps en sirotant un excellent whisky au coin du feu. Tu me le donnes ce verre ? J'ai commencé à boire à la bouteille, mais, ce n'est pas très élégant, n'est-ce pas ?

– Tu es ivre ?

– Non, ma belle. Ces dernières années ont été assez dures pour moi. Il m'a fallu oublier ça (il montre son visage dévasté). J'ai appris à tenir l'alcool... Sers-toi quelque chose, un verre d'eau, triste et plate, si mes souvenirs sont bons, et viens t'asseoir.

– Je vais me préparer du thé.

Elle gagne le coin cuisine et s'empare de la bouilloire. Elle tremble en la remplissant et en la posant sur la cuisinière. Le carrelage froid continue de mordre ses pieds, mais elle ne veut pas se rechausser. Elle a besoin de ce lien avec le sol. Elle aurait aussi grand besoin de cet autre homme, grand, rigide dans son uniforme, le visage dur seulement quand il ne la regarde pas. L'homme qui avait fait le drôle de vœu de la protéger et qui, merde ! n'était pas au bon endroit, au bon moment. Foutu protecteur !

Sean attend son verre en silence, fixant le feu tandis que Maureen essaie de réfléchir. Elle se sait très mauvaise dans cet exercice lorsque la tension émotive est trop forte. Donc, d'abord se calmer.

Elle a peur ? D'accord. Elle se sent vulnérable ? Elle trouve sa robe bien trop légère et trop... suggestive ? Peut-être, mais qu'a-t-elle à craindre ? Sean l'a aimée. Ils ont passé de très bons moments ensemble, et pas seulement sexuels. Ils ont beaucoup parlé. Beaucoup débattu. Beaucoup rêvé, aussi. Il ne lui est pas étranger. Ce n'est pas un rôdeur.

Elle verse l'eau chaude dans une tasse qu'elle pose sur un plateau ainsi qu'un verre vide. Les petits gâteaux, ce n'est pas le genre de la maison.

Elle prend l'autre fauteuil, plus éloigné de l'homme que le canapé, et pose le plateau sur le pouf. Elle s'est assise en tailleur, comme elle a l'habitude de le faire lorsqu'elle lit ou... rêve, simplement. Sans se rendre compte que cette position la fait paraître plus fragile encore et, peut-être plus attirante pour un prédateur tel que l'est devenu l'homme qui lui fait face.

Maureen, décidée à affronter son inquiétude et gênée aussi, par le regard que Sean pose sur elle, entame la conversation, essayant de modérer sa brusquerie naturelle :

– Comment as-tu su que je me trouvais ici ?

– Intuition d'ex-flic... J'ai appris pour ton père. J'étais à l'enterrement, à l'écart, et je t'ai vue. Et puis je suis revenu, un mois plus tard. Et j'ai vu des ouvriers occupés à remettre ta maison en état. J'ai discuté avec eux, et j'ai appris que tu avais l'intention de l'habiter de temps en temps... Il m'a suffi d'attendre...

– Mais pourquoi ? Pourquoi tenais-tu tant à me revoir ?

– On n'a pas vraiment eu le temps de se dire au revoir...

– Eh bien, au revoir.

Sean sourit, lampe le reste du verre qu'il s'était servi et s'en ressert un autre.

– En fait, ... Non, je ne suis pas venu spécialement pour te voir. Ce n'est pas toi qui m'intéresses, c'est ta maison. J'ai des petits soucis avec les amis de ton frère. Rien de bien grave, mais... Bon, ils sont censés avoir déposé les armes, bordel ! Alors oui, elle est assez sympa, ta maison. Isolée. Oubliée de tous... Remarque, tu ne me déranges pas non plus. Au contraire, si tu vois ce que je veux dire... Il doit bien rester quelque chose que nous n'avons pas exploré lors de notre liaison très débridée. Même si je ne vois pas quoi, là, au dépourvu, mais... c'est vrai que c'est toi qui avais le plus d'imagination, dans ce domaine... Tu t'en souviens ?

Maureen sent venir les problèmes. Elle éprouve soudain le besoin de remettre ses chaussures. Si elle devait s'enfuir, courir dans la nuit...

Elle commence à déplier ses jambes.

– Non ! Reste comme tu es ! Tu es... attendrissante, comme ça. Comme une petite fille. Une petite fille de... Combien, déjà ? trente-huit ans, c'est vrai. Tu as deux ans de moins que moi. Et, bon Dieu ! Tu en fais vingt de moins ! Regarde-moi, Maureen ! Vois ce que le temps m'a fait ! Ce que ton frère et ses amis m'ont fait ! Je ne suis plus rien...

– Tu... tu n'es plus dans la police ?

– Ceux-là aussi m'ont lâché... Avec un petit cadeau de départ, malgré tout. Il paraît que j'en faisais un peu trop et qu'il fallait un nouveau visage à la nouvelle police. Ma gueule cassée, mon nouveau visage à moi, leur rappelait trop les turpitudes dans lesquelles ils m'avaient entraîné...

Il se sert une nouvelle fois, fait fi des faux-semblants et remplit à raz bord. Une belle quantité de whisky vient tremper sa chemise lorsqu'il porte le verre à ses lèvres trop fines, absentes, peut-être depuis son accident... Maureen a gardé le souvenir d'une bouche bien dessinée au sourire enjôleur. Pas de ce trait de rasoir effrayant comme un rictus perpétuel...

– Oui... regarde-moi, chérie, regarde-moi bien... Je te plais encore, après tout ce temps ? C'est normal, après tout ce qu'on a vécu... Ce genre de souvenir ne s'efface pas d'un coup de gomme comme tes putains de mots. Bon sang, qu'est-ce qu'on a pu baiser ! J'ai l'impression qu'on ne faisait que ça. Parler, baiser, parler, baiser... Quand je te vois, là, j'ai l'impression de sentir la chaleur et la douceur de ta peau sur mes mains. Mes bras ont gardé le souvenir de ton poids et ma bouche... Putain, ce que j'aimais lécher ta chatte, surtout quand tu la rasais ! Toutes les femmes le font, maintenant, mais à l'époque c'était inédit... Merde ! J'avais l'impression de baiser une gamine maigrichonne et particulièrement salope ! (il balance son verre de nouveau vide, dans le feu et se lève)... Tu es toujours aussi chaude ? Ton petit con serré en demande toujours autant ? Et ton... Hé ! Reste ici, bordel !

Maureen a voulu sauter par-dessus le canapé et gagner la porte, mais ses jambes ankylosées l'ont trahi. Elle s'écrase sur le dossier et Sean se précipite sur elle, entraînant le divan qui bascule. L'ordinateur portable, resté en place, s'écrase sur le sol, et même là, en cet instant de panique extrême, l'incorrigible Maureen s'inquiète, une fraction de seconde, de la sauvegarde de ses écrits !

Maureen parvient à se relever. Sean agrippe le dos de sa robe et elle entend le tissu se déchirer. Ralentie, elle sent les bras de l'homme lui enserrer la taille et la soulever d'un seul mouvement. Elle hurle, se débat, griffe l'étau de ses mains. Il la pousse sur la table, renversant le banc et faisant glisser le lourd meuble fermier, son bassin cogne violemment sur l'arête du plateau et d'une seule main, Sean lui aplatit le torse sur le bois ancien. De son autre main, il s'applique, en jurant, à déchirer le bas de la robe et à arracher sa culotte. Elle hurle à nouveau.

– C'est ça, petite pute, gueule. Y'a pas une maison à trois cents mètres à la ronde.

La force avec laquelle il lui comprime le torse sur la table ! Elle n'en revient pas. Elle ne peut bouger. Même ses bras pourtant libres s'agitent sur le plateau sans rien agripper.

Un corps dur, d'une douceur trompeuse, vient au contact de ses fesses. Elle se prépare au pire. Se dit que, peut-être, le mieux serait de s'abandonner. Que peut-être, cela ne fera pas si mal si elle anticipe la douleur...

Et puis :

– Non. Pas comme ça. Je veux voir ta face de salope innocente.

Il la retourne soudain, s'écartant pour laisser passer les jambes de la femme, et, d'un mouvement rapide et sûr, comme habituel, il enserre les deux poignets de Maureen dans une seule main. L'autre arrachant le soutien-gorge et griffant, au passage, la peau blanche parsemée de taches de rousseur. Son sexe en belle forme appuie sur le mont de vénus de Maureen.

Maureen tente de mordre la main qui tient ses poignets. Alors Sean cogne. D'abord, des gifles. Et puis, voyant que la femme se débat, il utilise son poing. Une fois. Deux fois.

Au troisième coup, Maureen abandonne soudain.

– Hé ! Reste avec moi, poulette. Je ne veux pas baiser un cadavre...

Maureen ferme les yeux. Ça ne pourra pas faire si mal. Non. Ça ne peut pas faire si mal... Un sale moment à endurer. S'évader. Partir loin. Oublier son corps. Se fondre dans l'esprit du lac... Oh mon Dieu ! quelle insupportable vulnérabilité ! Ces cuisses qu'on ne peut serrer, qui ne protègent plus rien ! Je le tuerai... Je le tuerai

– Voilà... c'est mieux. Tu vas voir, tu vas aimer... c'est le bon vieux temps du rock'n'roll qui revient...

Sûr de lui à présent, Sean lâche les poignets de Maureen, passe ses deux bras sous les cuisses de la femme abandonnée et les relève afin de faire porter les mollets sur ses épaules.

Tellement sûr de lui... L'homme...

Alors qu'elle sent déjà l'infâme bélier qui cherche son chemin, le trouve et... elle refuse soudain de se résoudre à l'inévitable. Surprenant son tourmenteur, Maureen ramène ses genoux contre sa poitrine, appuie ses pieds contre les épaules de l'ancien flic et, crochetant de ses deux mains le rebord de la table, détend ses jambes, puisant dans sa peur et sa colère une force qu'elle n'aurait jamais cru posséder. Il est peut-être trop tard. Sûrement même, la douleur est bien là, même anesthésiée par l'effort, mais la victoire de l'homme est de courte durée.

Violemment repoussé, Sean trébuche sur le banc renversé et s'étale en battant des bras, la bite ridiculement à l'air, déjà en rémission d'ardeur, l'orgueil perdu.

Maureen n'a pas attendu. Elle a bondi de la table et a couru dans la cuisine où elle s'est emparée de l'un de ces couteaux à longue lame qui ne lui servent jamais.

Puis elle revient vers l'homme qui achève de se relever maladroitement, rendu empoté par l'ivresse et le désir contrarié. La robe en lambeaux ne cache plus rien du corps tuméfié de Maureen.

Sean semble ne pas prendre en considération la détermination de sa proie. Il se moque :

– Maureen, Maureen... Qu'est-ce que tu comptes faire avec ça ? La petite, la douce Maureen. C'est pas un crayon que tu tiens-là, tu le sais ? Tu crois être capable de planter une lame dans la chair humaine ? Toi qui ne manges jamais de viande. Qui refuses de tuer un moustique, même s'il te pique ?

Il fait semblant d'avoir peur, ou... mime une peur qui peut-être le tenaille déjà. Son regard le dit, en tout cas. Il pose ses mains sur sa poitrine tandis que Maureen avance lentement.

– Oh mon Dieu ! mais... Elle va le faire !?

Il éclate de rire. Surjoue une désinvolture qu'il est loin de ressentir. Il sait que l'alcool ralentit ses réflexes. Ce dernier verre, absurdement rempli à ras bord et bu d'un trait, c'est maintenant qu'il agit. Lui cogne le crâne. Brouille sa vue. Fait trembler la main qu'il brandit devant la femme, comme pour l'arrêter.

Il poursuit, cependant, parce que... c'est sa nature. Parce qu'il ne sait agir qu'ainsi.

– Es-tu certaine de vouloir faire ça, Maureen ? C'est un acte grave, crois-moi, j'en sais quelque chose. C'est, malgré tout ce que l'on peut penser, un geste qui n'est pas naturel. Il va te falloir y mettre plus de force que ne va te le dicter ta volonté. Et puis, viser aussi. Il ne faut pas me louper, tu n'as droit qu'à un seul essai.

Maureen s'est approchée suffisamment. Sean tente de la désarmer mais Maureen, qui n'est plus Maureen mais une femme dont la terre d'Irlande fait bouillir le sang, écarte la main malhabile et trop lente, se fend et plante le couteau dans la cuisse de son tortionnaire. La lame s'enfonce profondément. Suivant les conseils de Sean, elle y a mis toute sa rage, sans retenue. Elle a visé les couilles, mais elle manque de pratique. Sean réagit mollement. La douleur n'a pas encore atteint son cerveau embrumé. Il la regarde et dans ses yeux, on peut lire une surprise intense.

Maureen, un instant collée au corps de Sean par l'élan de son coup, retire sèchement la lame et se recule. Le sang ne met pas de temps à couler du bas de la jambe du pantalon dont la braguette est restée largement ouverte sur un sexe triste, même pas obscène. Juste ridicule. Sean comprime la plaie et commence à reculer. Jusqu'à la porte, qu'il ouvre en passant une main derrière son dos car la femme le suit, la lame rougie devant elle, en silence.

Il sort à reculons, et prononce ses premiers mots depuis le coup de couteau :

– Je vais revenir, Maureen. Tu le sais, n'est-ce pas ?

Maureen ne répond rien. Elle avance.

Sean fait demi-tour et regagne aussi vite qu'il le peut son véhicule, en boitant sévère.

Maureen n'arrête de marcher que, lorsque la voiture démarre et disparaît dans la nuit.

Puis elle se dirige, pieds nus, dépenaillée, sans sous-vêtements vers la maison de son ami.

Il l'a soignée, une fois déjà.

Sa rage se dissout dans la nuit, le long du chemin.

Le choc émotif la submerge peu à peu.

Les larmes n'arrivent qu'au moment de frapper à la porte de Bartley.

367

CHAPITRE VINGT-NEUF

Eryn Wilson doit avoir le même âge que son mari. Là s'arrête la comparaison.

Grande, mince et énergique, son visage est encadré de cheveux gris mi-long, coupés au carré, parsemé de fines rides qu'aucun maquillage ne semble dissimuler. Ses yeux et sa bouche habitués à sourire montrent une aptitude à la compassion qui, d'emblée, la classe dans les personnes que l'on a plaisir à côtoyer.

Elle a ouvert la porte de sa maison (maison, n'est pas le mot... manoir ? petit château ? de toute évidence, les Wilson ne manquent de rien.) et, avant même que je ne me présente, a dit :

– Ryan...

Rien d'interrogatif dans son ton. Ma peau noire, ma présence attendue sur son perron limitent ce genre de questionnement. Tout juste si elle me lance un petit sourire surpris en jetant un coup d'œil rapide à mes cheveux qu'un soleil farceur illumine de mille feux.

– Enfin, le fils de ma chère Maureen. Suis-moi s'il te plaît.

Je commence à m'habituer aux fulgurances inédites de mon esprit depuis quelques jours. Aux pièces de puzzle qui semblent tomber du ciel et se poser avec une précision confondante sur l'endroit où elles ne peuvent que s'inscrire.

Mais cette pièce-ci me cloue le bec. À tel point, qu'installé dans un salon chaleureux aux meubles cossus, une tasse de thé à la main et le cul posé sur un fauteuil confortable, je n'ai pas encore décroché un mot. Les paroles du bon docteur Wilson cognent dans ma tête : "Eryn est médecin légiste".

Et une image... Une image à laquelle je n'ai jamais voulue repenser. L'image d'une mort inadmissible. La vision d'un visage que j'avais à peine reconnu tant les larmes avaient brouillé mon regard. J'avais embrassé des lèvres si froides que je n'y avais pas cru. Ce n'était pas elle. J'avais caressé ses cheveux mais en avais refusé la texture. Non ! impossible... Et puis... avant de rejoindre Agnès qui n'avait pas eu la force de me suivre, j'avais senti un regard m'envelopper d'une douce compassion. J'avais levé la tête et vu Eryn Wilson, en blouse blanche qui me fixait, suivait mes maigres gestes, que la douleur et le déni avaient rendu lourds, avec quelque chose de plus que de la compassion dans ses yeux magnifiques. Quelque chose comme une demande.

De pardon ?

Je comprends ce regard, à l'instant. Les vrais amis culpabilisent toujours.

Je chasse une nouvelle fois cette vision. Je ne veux toujours pas l'admettre.

– Vous étiez aux obsèques, à Port-Manec'h. Je me souviens d'un regard qu'il m'avait semblé connaître. Une silhouette effacée, noyée dans la petite foule des admirateurs éplorés ou simplement curieux. Je n'ai pas fait le rapprochement, à ce moment, j'étais... ailleurs.

– Oui. C'était... *la moindre des choses* (en français).

– Vous auriez dû...

– Non. Il n'était pas temps. Toi et Agnès, vous n'auriez pas compris... Il y avait un chemin à parcourir. Et comment aurais-je pu être certaine que vous auriez le désir de l'emprunter une fois revenus de cet ailleurs ?

Ai-je signalé qu'Eryn Wilson est d'une grande beauté ? À tel point que dire d'elle, qu'elle avait dû être une jeune femme éclatante, serait injurieux tant, elle l'est restée. Peut-être même, y avait-elle, au fil des années, ajouté cette grâce dans sa démarche (je l'avais suivie, comme hypnotisé), ses gestes et dans sa manière, un peu traînante, de prononcer les mots.

Une grâce et une douceur qui me rappelle Ludi.

Une grâce qui m'intimide. Me fait perdre les mots que j'avais préparés.

Elle s'en aperçoit et me sourit :

– Où en es-tu sur ce chemin, Ryan ? À quel endroit, t'es-tu

arrêté ?

Je lève les yeux au plafond, d'où il me semble voir de minuscules morceaux de carton colorés descendre lentement en voltigeant...

Je le lui dis et termine par une remarque un peu inutile :

– Et bien sûr il est revenu...

– Oui...

Maureen reste trois jours et trois nuits chez Bartley. Eryn Wilson lui rend visite tous les soirs, après son travail. La soigne. Et lui parle. Maureen est conquise par la sexagénaire si belle et si volontaire. L'amitié entre les deux femmes s'installe rapidement. L'amitié et la complicité, aussi. Et les confidences ne tardent pas.

– Cela va trop loin, ma chérie. Si cet homme t'en veut personnellement, il reviendra. Il faut prévenir la police.

– C'est un ancien policier, Eryn. Un héros pour les Protestants...

– Je suis protestante et ce n'est pas mon héros. Je ne le connais même pas. C'est un violeur... protestant ou catholique, c'est avant tout un violeur !

– Il est catholique... ou il l'était. Il a été mon amant. À cette époque c'était un jeune homme doux, idéaliste et volontaire. Il prônait la réconciliation. L'action pacifiste. Il s'est engagé dans la police dans ce but. Imagine ce qu'il a pu endurer à cause de ses idées. Jusqu'à ses parents, son frère et sa soeur qui sont morts à cause d'elles.

– Ce pays a changé bien des hommes...

– Il m'a dit que la police l'avait abandonné après les accords de Belfast. Alors qu'il venait d'être une nouvelle fois la victime d'un attentat qui l'a défiguré...

"Eryn, il n'était pas lui-même. Il avait bu. Ce n'était pas l'homme que j'ai connu.

– Tu es prête à lui pardonner ?

– Jamais ! Je ne crois pas au pardon. Je ne veux plus le voir, c'est tout... L'homme que j'ai aimé jadis est suffisamment intelligent pour reconnaître son erreur et s'inventer une autre vie.

– Reste chez Bart, au moins pendant un ou deux mois.

Maureen retrouve le sourire qui avait quitté ses lèvres depuis trois jours.

– Pas avec Bartley. C'est impossible... Il faut que je travaille. Et notre ami est trop attentionné. Trop bavard. Il m'étouffe. Je suis incapable de créer dans cette chambre dont la seule fenêtre donne sur le ciel. Et... depuis que je suis chez lui, il ne part même plus pêcher. Il faut que je retourne chez moi. Que nous reprenions nos vies, nos chères habitudes.

Maureen garde les yeux ouverts. Sursaute aux moindres bruits, pourtant habituels. Cette première nuit dans sa maison depuis l'agression la terrifie. Elle jette des regards éperdus au téléphone qu'elle a transporté dans sa chambre sur l'ordre de Bartley. Celui-ci lui a dit d'appeler au premier soupçon d'alerte. Même pour rien. Même si ce n'est que pour parler...

Non ! Elle doit tenir. Elle pense à sa fille et à ses insomnies. Comme cela doit être terrible... Non. Agnès n'est pas insomniaque. Elles avaient consulté un spécialiste à Paris. Après une journée entière de tests, de questionnaires, et même une nuit complète reliée par des fils électriques à une machine tout droit sortie d'un film de science-fiction, le médecin lui avait dit :

– Il va vous falloir vivre avec, Madame. Votre enfant (Agnès avait douze ans) est en très bonne santé. C'est juste qu'elle n'a pas besoin de dormir autant que le commun des mortels. En gros, c'est une mutante. Elle n'est pas fatiguée, irritable, somnolente, en journée... Si, elle aime lire, écrire, regarder les programmes nocturnes à la télé ou faire du jogging sous un ciel étoilé... Qu'elle en profite ! Qu'elle jouisse de ce temps d'éveil supplémentaire. C'est un bonus que lui a accordé la nature.

Lire ? Écrire ? Non. Elle aime parler.

Avec son frère.

Qui lui n'est pas un mutant. Mais un garçon d'une telle patience que...

Ryan... Rondeurs exceptées, il ressemblait tellement à Louis.

Elle laisse venir les larmes. Ses enfants lui manquent plus qu'elle ne l'a anticipé. Si Bartley n'avait pas été là, elle se serait vue contrainte à abandonner... ou à travailler jusqu'à la nuit. S'abrutir de mots jusqu'à la nausée.

Il lui faudra attendre une quinzaine de jours avant de rentrer à Port-Manec'h et de les serrer contre elle. Même alors, les traces des coups seront encore visibles. Elle trouvera une explication.

Elle tient, mais s'endort en pleurant.

Les jours et les nuits s'enchaînent. Un mois passe et Maureen, qui entre-temps a revu ses enfants, a renoué avec ses habitudes et son inspiration. Elle a demandé à Bartley de ne plus évoquer cette terrible soirée.

La vie a repris, bien calée.

Et s'interrompt de nouveau au début du mois de mai 2001.

Maureen apporte les dernières corrections à ce qu'elle pense être l'œuvre de sa vie. Passée et présente. Elle est satisfaite. Elle a frôlé, quelquefois touché, ses limites, intellectuelles, ce qui ne lui était encore jamais arrivé, mais aussi, physiques. Elle est épuisée et... excitée, radieuse à la pensée de retrouver ses enfants pour de longs mois. Et Aëlez, Ludivine, Julia, Esteban, sa famille. Et puis... plus que tout, si fière d'annoncer à son fils que, celui-là, il pourra le dévorer sans crainte d'être perturbé par autre chose que l'immense talent de sa mère (la modestie, après une telle débauche d'énergie créatrice, n'est pas de circonstance).

Elle se donne congé pour une journée de détente complète avant de s'envoler pour Nantes, puis Port-Manec'h.

Le lendemain matin, du jamais-vu ! Une grasse matinée jusqu'à presque 10 heures. La chute de la tension créatrice est telle qu'elle s'est effondrée à 20 heures et a dormi 14 heures d'affilée.

À 11 heures Eryn Wilson vient la prendre pour une virée à Dublin, bien plus marrante que Belfast.

À 21 heures Eryn dépose son amie devant la maison de celle-ci et repart après avoir attendu que Maureen ait déverrouillé sa porte et soit entrée.

Maureen referme la porte, tourne la clé et tire le verrou que Bartley avait insisté pour faire poser. C'est devenu un geste habituel, dénué d'inquiétude. Elle ôte son manteau et l'accroche à la patère. Puis, elle gagne la cheminée et passe une dizaine de minutes à allumer un feu.

Elle s'est assise dans un fauteuil et surveille les flammes naissantes en pensant à Esteban Calestano. Lors de ses trois derniers retours à Port-Manec'h, il n'était pas venu la voir. Il avait appelé, il ne pouvait se libérer.

Il lui manque. Sa prestance, sa fausse rigidité, sa conversation, son humour décalé si peu en phase avec son physique austère lui manquent. S'il avait été là ce soir, elle aurait peut-être franchi ce pas qu'elle ne se décidait pas à franchir. Seize ans qu'elle écrivait des romans érotiques sans jamais mettre en pratique ses préceptes. Seize ans qu'elle faisait l'amour par procuration ou bien seule. Louis ne reviendrait pas. Ses courriers étaient devenus si espacés maintenant qu'elle se surprenait à ne plus les attendre. Et cette dernière lettre... d'une mystique incompréhensible, une suite de mots collés, sans ponctuation, sans autre signification qu'un grand désarroi mental. Il l'avait appelée, deux ans auparavant, il était ivre ou peut-être drogué, elle l'avait supplié de revenir, qu'elle l'aiderait à reprendre vie. Il avait promis, elle lui avait envoyé de l'argent et puis... rien. Jusqu'à cette dernière lettre, dépourvue de la moindre raison, avant qu'elle ne vienne à Antrim.

Depuis peu, elle n'entendait plus sa musique.

Maureen est troublée. Ses sens lui réclament un contact physique impérieux comme à chaque fois qu'elle achève une œuvre. Et comme toujours... ses deux mains retroussent les pans de sa robe et glissent lentement sur ses cuisses qu'elles caressent un instant puis remontent jusqu'à sa culotte. Elle soulève son bassin et retire ce dernier rempart si léger. Les doigts de sa main droite, devenus autonomes par habitude, se font experts tandis que ceux de sa main gauche dégrafent le haut de sa robe, repoussent le bonnet du soutien-gorge, saisissent, agacent et tirent un mamelon qu'ils connaissent si bien. Maureen ferme les yeux et rejette la tête en arrière sur le haut du dossier, sa bouche s'ouvre à demi, pour libérer son souffle qui ne tarde pas à porter des petits gémissements, se transformant peu à peu en légers cris, comme de douleur, mais non ce n'est pas de la douleur...

Le plaisir, qui pourtant, cette fois-là, la laissera insatisfaite, elle le craint, obscurcit tous ses sens.

L'ouïe, notamment.

Elle ne l'a pas entendu s'approcher.

374

Mais parvient à entendre cette voix qu'elle connaît, au ton si ironique.

– Charmant spectacle !

Puis, avant même qu'elle n'ait sursauté et ouvert les yeux, un coup, sec, à peine violent, sur le sternum, lui coupe le souffle. Ce souffle qui déjà lui manquait.

Des milliers de phalènes voltigent devant ses yeux. Elle se sent soulevée comme si elle ne pesait rien, se souvient qu'elle ne pèse rien, puis, déposée nonchalamment sur une épaule musclée, une main sur ses fesses et une autre à l'intérieur de ses genoux. Et, pour finir, jetée sans délicatesse sur une chaise qui manque de basculer. Le coup l'a paralysée. Elle ne se débat pas. Elle ne veut que respirer à nouveau. Toutes les cellules de son corps, qui, à l'instant encore, réclamaient un plaisir libérateur, n'ont soif que d'oxygène. Oubliés, les frémissements délicieux de l'orgasme à venir ! De l'air !

Elle se rend à peine compte que des mains habiles plaquent son torse sur le dossier de la chaise, le fixant à l'aide d'un ruban adhésif large, puis s'attaquent à ses chevilles qu'elles immobilisent de la même manière.

Quand ses poumons fonctionnent à nouveau, il est trop tard. Elle ne crie pas. N'a pas le souffle et sait que c'est inutile. Des larmes d'impuissance, de désespoir coulent sur son visage, et, à travers ce brouillard, elle l'aperçoit enfin dans son entier lorsqu'il se poste en face d'elle.

– Salut, ma belle...

Il tient un morceau d'adhésif à la main. Il l'applique aussitôt, inutilement tant sa peur l'empêche de prononcer le moindre mot, sur sa bouche.

– Voilà... Houlà... Attends.

Il disparaît à sa vue. Elle l'entend se déplacer dans la maison en sifflotant, puis, à nouveau il se campe devant elle. Une boîte de mouchoirs en papier dans une main. Il en extrait un ou deux, se penche, et essuie ses larmes avec douceur. Il laisse tomber les mouchoirs humides, en reprend et les applique sur son nez.

– Souffle, ma chérie. Tu n'as plus que cette voie pour respirer. Il faut la dégager.

Elle s'exécute. Il l'essuie avec habileté, comme il l'aurait fait pour un enfant...

– Ne pleure pas. C'est inutile. Je ne suis pas là pour te faire mal.

Il balance le mouchoir souillé par-dessus son épaule et glisse une main par l'échancrure de la robe. Avec douceur et dextérité, il remet le bonnet de soutien-gorge en place et reboutonne la robe. Sa main ne s'est attardée qu'une seconde sur le sein découvert.

– Reconnais que tu ne fais rien non plus pour épargner ma libido ! Je ne te remets pas ta culotte, n'est-ce pas ? Tu pourrais mal l'interpréter...

Sean Murphy se relève et va chercher la deuxième chaise de la pièce qu'il pose en face de Maureen. Il s'y assoit, ses genoux touchant ceux de sa victime. Il applique ses mains sur les cuisses de celle-ci, fermement.

– Là... Ne tremble pas. Je te le répète, je ne te veux aucun mal. Seulement parler et passer un accord. Je suis désolé pour le coup de poing et les liens, mais il fallait que je te neutralise rapidement. Tes réactions sont un peu trop impulsives, quelquefois... Et... oui, j'aurais pu attendre que tu en finisses, tu me semblais bien engagée... Mais, bon... Tu auras d'autres occasions. D'ailleurs si tu veux un coup de main... Non ? Tant pis... Je ne suis pas là pour ça, de toute façon.

"Tu as l'air un peu dans les vapes, là. Tu m'entends, Maureen ? Hoche la tête... Bien. Regarde-moi, chérie, que vois-tu ?

"Eh oui, je n'ai pas bu et tout va très bien pour moi. J'ai apporté une bouteille, mais c'est seulement pour sceller notre accord. Un verre, pas plus, promis...

"Si j'ôte ton bâillon, tu vas crier ?... Ce n'est pas que j'aie peur que tes voisins ne rappliquent mais j'ai fait un long voyage et je sens la migraine s'installer... D'accord... Je vais faire doucement, mais cela va tirer un peu... Voilà.

– Comment es-tu entré ?

– Maureen, Maureen... A quoi cela sert de condamner ta porte d'entrée à double ou triple tour si tu ne verrouilles pas la porte de service ? Tu es négligente, ma chérie, cela va te jouer des tours...

– Détache-moi ! C'est ridicule. Si tes intentions sont honnêtes et si tu es à jeun, nous pouvons parler comme deux adultes. Inutile de jouer ce vilain mélo...

– Euh... Non. Vois-tu, tout ce que je vais te dire ne va pas

376

nécessairement te plaire.

"Regarde-moi, Maureen. Regarde mon visage. C'est ton frère et ses petits copains qui l'ont détruit de cette façon. Tu pourrais aimer un tel visage ? Avec la même ardeur que tu l'as aimé, il y a vingt ans ? Ton frère, seul, a froidement exécuté mes parents, mon frère et ma soeur. Enfin, froidement... façon de parler. Il les a attachés les uns aux autres et a mis le feu à la maison. Et pour être sûr du résultat, il a empêché les pompiers d'arriver sur les lieux en leur tirant dessus.

"C'était ma famille, Maureen. Ma putain de famille. On ne touche pas à la famille.

"Est-ce que j'ai tué ta mère ? Est-ce que j'ai tué ton père ? Tes oncles, tes tantes, et tout ce qui fait ta famille de merde ?... Non. Je n'ai jamais touché aux innocents. Je n'étais pas un sauvage, un traître ou un vendu. J'étais juste un catholique, un homme qui pensait différemment des autres putains de cathos de ce pays et qui essayait de mettre ses idéaux en phase avec ses actes. J'ai combattu ? J'ai torturé ? Oui, bien sûr. J'ai combattu, j'ai torturé et j'ai tué. Pas des Catholiques, non. Des terroristes, qui tuaient les innocents en même temps que les coupables ; qui menaient leur vendetta comme les pires des mafieux, sur des gens, parfois, de la même confession, du même sang qui, comme moi, avaient l'audace ou la lâcheté de ne pas soutenir la Cause. Je ne vais pas te mentir, chérie. Mon combat a dégénéré. J'ai été manipulé. On m'a fait passer pour un héros. Mes anciens ennemis m'ont adulé pour faire croire au monde que c'étaient eux les gentils, les tolérants. Et j'ai aimé cela. J'ai mangé avec eux. J'ai picolé avec eux. J'ai même baisé quelques-unes de leurs femmes ! Mais ça, ils ne l'ont pas su. Comme ils n'ont pas su que mon prétendu combat contre l'IRA se bornait à un seul de ses membres.

"Je ne haïssais pas l'IRA. Je la méprisais, elle et ses combattants devenus de simples meurtriers à mes yeux.

"Je suis catholique. Je n'ignore donc pas ce que les catholiques de ce pays ont subi. Et je ne te parle pas des unionistes, des indépendantistes ou autres partisans de telle ou telle politique, je te parle de gens, de citoyens irlandais ordinaires, de pauvres gens, dont l'humanité a été étouffée sous une injustice ignoble. Par une ségrégation digne de l'apartheid, des ghettos cernés de palissades, soi-disant érigés pour leur protection et... tout simplement, par la négation de leur dignité d'êtres humains. Je n'ignore pas tout cela. Je n'ai rien oublié. Je n'ai rien pardonné. Mais j'ai toujours su que l'affrontement direct ne pouvait que nous nuire. Même si elles ont été réprimées dans le sang, il fallait poursuivre les manifestations pacifistes, elles auraient fait moins de morts chez les catholiques qu'en ont fait les vendettas, les exécutions sommaires, les attentats aveugles. L'Internet était en train de naître. Le monde aurait pris fait et cause pour nous. L'Europe et ses valeurs humanistes se construisait et n'aurait pu fermer les yeux plus longtemps. Et mieux encore. Imparable : La démographie catholique galopait bien plus vite que celle des protestants. Ironique, n'est-ce pas ? Le combat le plus efficace aurait été de faire le plus d'enfants possible. Inonder le monde protestant de notre marmaille. Faire l'amour, baiser à l'instar de ces putains de singes qui s'enfilent comme on dit bonjour. Et pondre. Pondre des millions de petits combattants hilares et pacifistes...

"Au lieu de cela...

"C'est Michael qui m'a fait tel que je suis devenu. Il a chassé la femme que j'aimais. Il a exterminé ma famille. Mais il m'a fait aussi, moi, le petit flic catholique, Dieu de la flicaille protestante ! Un héros, ma chérie. Avec tous les pouvoirs et tous les privilèges que cela implique.

"Du moins, jusqu'à ce que ce con se fasse prendre par les flics d'Antrim... Plus d'ennemi, plus de gloire. Mais bon, c'est une autre histoire.

"Notre histoire, à nous, c'est mon visage. Ma déchéance, mes... comment dire ? revers de fortune. À l'ancienne, tu sais ? Comme "chance".

"Et j'ai une bonne nouvelle : je crois que la chance est à nouveau avec moi.

"J'ai réfléchi, après que tu m'as planté cette lame dans la cuisse. Tu as loupé l'artère fémorale de deux millimètres, à propos. C'était pas mal visé pour une débutante

– Je visais les couilles... Si c'était pour me dire cela, tu n'avais pas besoin de m'attacher...

– Euh... C'est la suite qui peut poser problème...

"Donc, j'ai réfléchi. Je me suis demandé pourquoi j'étais venu et pourquoi je t'avais traité de cette manière. Je ne t'en voulais pas de ta réaction. Et... En fait j'étais venu pour obtenir réparation. Pour ce visage. Pour cette vie foutue. Pour avoir fait de moi un monstre.

"Mais ce que j'ai fait la dernière fois... Ce n'était pas ce que je voulais. J'étais soûl, malheureux et, peut-être en colère. Ce n'était pas ce genre de réparation dont j'avais envie.

"Je ne veux pas dire que tu ne me fais plus d'effet, ce n'est pas cela... Bon d'accord...

"Pour aller droit au but : c'est toi qui vas rembourser la dette de ton frère.

CHAPITRE TRENTE

– Elle vous en a parlé aussitôt ?

Eryn Wilson fait une grimace exquise qui la rajeunit

– Non, malheureusement. Si elle me l'avait avoué à ce moment-là, avec ou sans son accord, je serais allée voir la police immédiatement. Elle m'en a parlé beaucoup plus tard, alors que je m'étonnai de la faiblesse du volume de ses parutions comparé au temps qu'elle passait à écrire... Car, je savais qu'elle écrivait aussi à Port-Manec'h.

– Agnès s'est posé la même question. C'est elle qui m'a lancé sur cette voie...

– Maureen me l'a avoué alors que le troisième roman de Braden Mc Laughlin allait être édité. Il était trop tard. Porter à la connaissance du public une telle arnaque aurait pu briser la carrière de Jessica O'Neill. Et puis, Maureen...

Eryn s'interrompt ainsi qu'elle l'a souvent fait au long de cet entretien. À chaque fois, il me semble, qu'elle a prononcé le nom de Maman.

Elle sourit tristement.

– Ta maman n'aimait ni l'argent, ni la notoriété, ni les devoirs qu'implique une telle notoriété. Elle me disait que, d'une certaine façon, elle trouvait, dans cette situation, une liberté d'écriture qui la comblait. Elle pouvait enfin écrire sans se soucier de l'humeur des critiques littéraires et, surtout, de la fidélité de ses lecteurs. Elle pouvait tout se permettre. Elle s'en grisait. Repoussait sans cesse les limites. Ce n'était pas elle qui prenait les coups. C'est pour cette raison, j'en suis persuadée, que les romans de Mc Laughlin sont d'une telle qualité et d'une telle originalité.

– C'était cher payé... Il s'agit de sommes folles.

– Il s'agit d'argent, Ryan. Il s'agit de Maureen...

– Et c'est à ce moment que... ?

– Oui.

– Je ne comprends pas Sean. Que veux-tu ? De l'argent ? Je n'en manque pas mais je ne suis pas non plus milliardaire...

– C'est bien, mon cœur, tu chauffes. Mais il ne s'agit pas seulement d'argent.

Il se lève et disparaît à la vue de Maureen. Elle l'entend entrer dans la chambre, fouiller et revenir. Il pose son portable sur la table, l'ouvre et l'allume.

– Que fais-tu avec cela ? Laisse-le, s'il te plaît. Tu n'as pas le droit !

Il reprend sa place et sourit. Du moins, sa bouche grimace un rictus qui se rêve sourire tandis que le reste de son visage demeure de marbre.

– Le droit ? Qui peut se vanter d'avoir eu, un jour, le droit pour lui, dans ce pays ? Le pouvoir, oui. Mais le droit ?

"Vingt ans, ce n'est pas si loin. Pratiquement hier. Tu te souviens de nos discussions alors que le monde, notre monde nous paraissait encore sauvable ? Nous partagions le rêve de devenir des écrivains.

– Je voulais être romancière. Et je le suis devenue. Mais toi ? Tu voulais écrire des essais politiques. Tu voulais parler de l'absurdité, de la contreproductivité de toute guerre. Tu voulais défendre la cause d'une Irlande réunifiée par les mots. Décrire devant le monde l'oppression que, nous catholiques subissions. Et tu te moquais de mon romantisme. Tu traitais par le mépris mon désir d'inventer des histoires plus ou moins fantastiques, issues de notre culture ancestrale...

– C'était ce que tu croyais. En réalité, je t'enviais. J'étais jaloux de ta détermination. De ton incroyable facilité à écrire. Tu t'installais devant une table et, aussitôt, tu noircissais sans relâche, sans pause, des feuilles entières de tes pauvres cahiers d'écolière. Et avec quel talent ! Bon sang, oui, j'étais jaloux ! Il me suffisait de te lire pour savoir que je ne serai jamais un écrivain. C'est ton talent qui a étouffé mes ambitions littéraires. C'est encore ton putain de talent qui m'a poussé à mettre mes convictions en actions plutôt qu'en réflexions. Si je ne pouvais écrire alors je me battrais pour mon pays. Mais à ma manière. De l'intérieur. En noyautant les institutions ennemies.

"C'est à cause de toi que j'ai intégré la police et, que j'ai subi, ainsi que ma famille, les humiliations, la stigmatisation, les vengeances, le mépris des deux communautés que je désirais voir cohabiter...

"Et c'est aussi à cause de toi que, lassé de me battre pour une cause perdue, j'ai décidé de passer à l'ennemi. D'assumer une traîtrise, dont tes amis, intolérants à tout autre combat que le leur, avaient marqué mon nom.

– Je t'ai admiré pour ton engagement... Et les soldats de l'IRA n'ont jamais été mes amis. Tu te trompes de bouc émissaire.

– Ton frère...

– Je ne suis pas responsable des actes de Michael ! Il s'est aussi attaqué à moi. Et... Je t'ai appelé, lorsque je suis arrivée en France. Je t'ai demandé de me rejoindre. Tu aurais pu réaliser tes ambitions littéraires, là-bas. Ne me rends pas responsable de la faillite de ta vie ! Tu as eu le choix, Sean. On a tous le choix...

– Qui te dit que je ne l'ai plus ?

Il désigne du doigt le portable dont l'écran affiche la page d'accueil.

– Pendant que tu faisais ta petite virée avec ta copine, je suis entré chez toi. J'ai lu ce que tu avais écrit. Pas tout, évidemment, et pas au mieux, ma connaissance du français laisse à désirer, mais... c'est très bon, tu sais ? Beaucoup mieux que les conneries salaces que tu as publiées jusqu'à présent. Même si celles-ci ne manquent pas de... piquant. Mais ça... bon Dieu, c'est du lourd !

Maureen s'en veut du ton geignard de sa voix :

– Tu n'avais pas le droit. C'est à moi.

– *C'était*, ma chérie. Maintenant, c'est à moi. C'est mon grand œuvre...

– Qu'est-ce que tu veux dire ? tu es fou !

– Euh... oui. Ce que j'ai vécu n'y est pas étranger. Mais bon quelle importance ? Cela ne m'a pas empêché de réfléchir. Après cette visite que je t'ai rendue... Un peu confuse, je le reconnais, j'avais bien envie de te tuer, de solder, une bonne fois

383

pour toutes, mes comptes avec la famille O'Neill... Mais après ? C'est vite fait de tuer. Même si on fait durer... ça ne peut pas se prolonger plusieurs années. Et puis, il fallait que je pense à mon avenir. 40 ans. Le bel âge. On peut tout recommencer à 40 ans. Alors je me suis dit que puisque je n'avais pas ton talent, j'allais le voler. Toi et les tiens êtes en dette avec moi, Maureen. Tu vas me donner ton talent en remboursement de ta dette. Tu vas écrire pour moi. Et on va commencer par ce que tu viens de pondre. Je vais signer ton livre et toi tu continueras d'écrire tes romans pour jeunes gens en chaleur.

– C'est ridicule ! Ça ne pourra pas marcher ! Tu ne te rends pas compte du mal que j'ai eu à trouver une maison d'édition. Il ne suffit pas de bien écrire pour être publié. Et mon roman est écrit en français. Une langue que tu maîtrises peu.

– J'ai déjà trouvé un traducteur, ma chérie. Une traductrice, plutôt. Une femme dont le talent n'est pas reconnu à la hauteur de son mérite, et qui a commis quelques erreurs de jeunesse que je m'étais dévoué à couvrir lorsque j'étais encore un flic influent. Une femme dont la dette envers moi n'a pas de prix. Je l'ai appelée d'ici même. Elle est d'accord. Par contre, il va falloir assurer, côté vente. Je lui ai promis une belle prime. Je compte sur toi pour une chaude recommandation chez Goldman, qui est ta maison d'édition anglaise, si je ne me trompe ?

Maureen secoue la tête et soupire :

– Détache-moi. Je ne sens plus mes bras ni mes jambes.

– Non. Pas encore. J'ai le sentiment que tu n'es pas encore convaincue.

– Sean... ce n'est pas réaliste. Pourquoi crois-tu que je vais te laisser faire cela ? Tu n'imagines pas ce que ce roman représente pour moi.

– Oh si ! Je l'ai lu... Mais... Est-ce qu'il représente plus que... je ne sais pas, moi... La vie de tes enfants, par exemple ?

– Tu ne peux pas faire ça ! Sean... ce n'est pas toi.

– J'ai changé, Maureen. Et pas seulement dans la partie visible. Je peux même m'en prendre à la famille maintenant. Comme l'a fait ton frère... C'est curieux, d'ailleurs, ce qui s'est passé alors que je le pourchassais. Au fil du temps j'avais le sentiment de me rapprocher de lui. De devenir comme lui. Au point de m'interroger, parfois, sur mon désir réel de l'arrêter... Il paraît que ce genre de situation n'est pas exceptionnel dans la police. En tout cas, j'ai fini par lui régler son compte...

Il désigne son visage.

– Il avait été un peu loin... Mais je lui ai rendu hommage. J'ai testé sa propre méthode, sur lui, pour en finir. Sais-tu que je n'ai jamais trouvé la volonté de me débarrasser de sa tête ?

"Oh ! Tu sembles troublée. Tu ne savais pas pour ton frère ?

– Les flics d'Irlande ne sont pas tous pourris. Loin de là... L'un d'eux m'a écrit pour me dire qu'il n'y avait rien d'officiel, mais...

– Byrne ! Ça ne peut être que lui. Ce mec a failli être mon ami... Mais il se freinait, se censurait, ou bien avait peur, comme les autres... Dommage.

"Donc, pour en revenir à notre affaire, ma chérie, tu as prononcé le mot, à l'instant : Fou. Mais un fou intelligent. Un cinglé qui a beaucoup d'expérience. Un chtarbé qu'aucune règle morale ne retient...

– Je te dénoncerai à la police anglaise ou française. Ils ne te connaissent pas. Ils ne te protégeront pas...

– Mais avant qu'ils ne me retrouvent ? Avant qu'ils ne mettent la main sur Sean Murphy, officiellement mort, cette même année, aux États-Unis ? Il peut se passer tellement de choses avant cela... Surtout qu'il n'y a pas qu'une façon de mourir... On ne peut que... presque mourir. Finir sa vie dans un fauteuil roulant ou sur un lit médicalisé... J'ai appris beaucoup de ces années de violence, des techniques qui, même moi, m'ont fait frémir...

"Que sera ta vie, Maureen, lorsqu'il te faudra malgré tout continuer avec l'image des conséquences de ta dénonciation devant les yeux ? Que vaut l'existence de tes enfants face à une propriété intellectuelle qui te deviendra insupportable ?

La voix de Maureen se réduit à un souffle.

– Je les cacherai. Je les protégerai. J'ai les moyens...

– Maureen... chérie, tu ne crois pas ce que tu dis. Tu as vécu en Irlande du Nord jusqu'à vingt ans... Tu sais très bien que personne n'est à l'abri à cent pour cent.

"Tiens... la preuve...

Sa main file vers la poche intérieure de son blouson et en ressort avec une photo qu'il tient devant les yeux de Maureen.

– La lumière n'était pas très bonne, mais je pense que tu le reconnaîtras.

Maureen ose à peine poser le regard sur le cliché. Son imagination fertile a anticipé la vision de l'homme pendu à une poutre, à l'intérieur de ce qu'il lui semble être une vieille maison ou une remise. Un homme à la peau noire. Visiblement mort. Un homme amaigri mais tellement familier malgré toutes ces années. Tellement aimé.

Maureen se sent défaillir. Un gémissement continu s'échappe de ses lèvres entrouvertes.

Sean poursuit en rangeant la photo dans sa poche :

– Si ça peut te consoler, c'était quasiment un acte de compassion. Bouffé par l'alcool, l'héroïne, le crack, il n'était plus que l'ombre du grand saxophoniste qu'il m'était arrivé d'écouter. Il ne s'est même pas débattu. Comme s'il avait abandonné après avoir épuisé toutes les possibilités... Sa mort n'a même pas eu l'honneur d'un entrefilet dans la presse. Tout le monde l'avait oublié ; comme toi, comme ses propres enfants. À tel point que sa tombe ne porte aucun nom.

Le gémissement ne semble pas vouloir s'arrêter. Maureen ne se souvient pas d'avoir déjà éprouvé une telle douleur. Elle avait abandonné Louis. Comme elle avait abandonné sa mère. Elle avait voué son père aux enfers. Elle avait souhaité la mort de Michael. Elle avait... Oui, même Bartley, elle l'avait *oublié*. Elle n'avait pas vu la frustration de Sean... Tout cela parce que rien ni personne ni la haine ni l'amour ne devait porter une ombre sur son art.

Sean a raison. Sa dette est énorme.

– Détache-moi, s'il te plaît... J'ai... j'ai mal.

L'homme l'observe un moment puis se lève et se dirige vers la cuisine. Elle l'entend fouiller dans des tiroirs, puis une main se pose sur sa poitrine. Sean s'est positionné derrière elle et découpe le ruban adhésif lui comprimant le torse et les bras, à l'aide d'une paire de ciseaux. Il s'attaque ensuite à celui, lui maintenant les jambes.

Elle tente de se relever, mais ses membres ankylosés la trahissent. Il la rattrape avant qu'elle ne tombe, la porte dans ses bras et la dépose délicatement sur le canapé.

Il s'est agenouillé à côté d'elle. Une main lui caresse le visage. Des doigts se mêlent à sa chevelure.

Sa voix, qu'il sait rendre douce, parvient même à la rassurer malgré la teneur de ses propos.

386

– C'est simplement pour te montrer ma détermination, chérie. Je me suis rendu à la Nouvelle Orleans, j'ai enquêté plusieurs mois, pour finir par le retrouver dans ce squat, non loin de Chicago... J'ai investi, Maureen. Ne me demande pas une autre preuve de ma volonté d'aboutir. Ne mets pas tes proches en danger. C'est entre toi et moi. Personne n'aura vent de notre accord.

– C'est... c'est mon œuvre...

– Et ça le restera. Je te laisse même le choix du pseudonyme...

Murphy avait bien eu trois balles à tirer mais Max n'était pas encore née... Sa première balle avait été pour Louis Parker Jr. Et il l'avait tirée.

– Syndrome de Stockholm...

– Pas réellement, relève Eryn. Je parlerai plutôt de relation fusionnelle morbide due à la culpabilité qui envahit soudainement Maureen. Elle va se persuader qu'elle publie ses œuvres sous un pseudonyme. Elle va vivre un succès mondial par procuration... Et, sa psyché particulière aidant, elle va y trouver son compte.

– C'est un abus de faiblesse.

– Sean sait y faire. C'est un pervers narcissique... Il alterne douceur et violence. Fait jouer d'anciens sentiments qui, peut-être, ne sont pas éteints. Il réduit le monde de Maureen à la relation qu'il établit avec elle... Du moins lorsqu'elle se trouve à Antrim. Elle m'avait avoué que, lorsqu'elle regagnait Port-Manec'h, elle retrouvait son autonomie. Qu'après cet accord immonde, elle avait appris à donner, à partager des moments qui l'avaient jusqu'à présent effrayée.

– Julia, Étienne...

– Étienne ?

– Esteban Calestano. Son gendarme. Son ange gardien. Pourquoi ne s'est-elle pas confiée à lui ?

– Parce que, à Port-Manec'h elle n'était plus la géniale petite Maureen, prisonnière d'une liaison platonique et cruelle. Elle était Jessica. La romancière éthérée d'histoires pornographiques, l'amoureuse de Julia. Elle était Maman pour toi et Agnès et, ensuite, pour Max. Elle était la complice de Ludivine, en qui elle trouvait une sorte d'alter ego. Mais aussi... Elle redevenait la Maureen d'avant cet accord pervers dans les bras d'Esteban et la Maureen de toujours dans ses confessions à Aëlez.

– Noune sait tout...

– Tout. Elle est la maman de substitution de Maureen. Elle ne lui a jamais rien caché. Jusqu'à en éprouver une culpabilité supplémentaire devant le fardeau qu'elle posait sur des épaules déjà fragilisées par tant de malheurs.

– Julien, l'ami d'Agnès, et mon expert...

– Je sais qui est Julien, Ryan.

Bien entendu. Maureen ne nous quittait jamais... Il est toujours dérangeant de constater qu'une vie que l'on croyait à soi se prélasse dans les pensées d'inconnus.

– Julien, donc, m'a envoyé un mail dont j'ai pris connaissance avant de venir vous voir. Lui et Agnès auscultent, tentent de déchiffrer ce que l'on pense être le dernier manuscrit de Maureen. La perspicacité de ma sœur a quelque chose d'un peu surnaturel à certains moments... Elle a relevé des situations, des dialogues, décrits dans ce recueil d'histoires, qu'ils se sont, elle et Julien, attelés à retranscrire, en changeant les lieux, les noms des personnages... Ce sont pratiquement ces mêmes dialogues, ces mêmes situations, que Maureen relate dans son dernier cahier...

Mai 2002. Sortie de "Lough Neagh, une histoire de géant" par Braden Mc Laughlin aux éditions Goldman.

Maureen, alors à Port-Manec'h, en conseille la lecture à tous ses proches et quémande leurs avis avec une insistance qui les déconcerte.

Les commentaires dithyrambiques la plonge dans une sorte d'état second où se mêlent fierté, sentiment d'injustice, exaltation et écœurement. Et surtout, une envie irrépressible de retourner à Antrim, à sa solitude amplifiée par le secret, près, tout près de cet immense lac où son inspiration est retenue prisonnière.

Mais avant cela, Jessica doit écrire.

C'est à elle de faire bouillir la marmite.

Avril 2004, Antrim, sur la berge du lac. Sean Murphy, alias Braden Mc Laughlin, regarde Maureen revenir de sa promenade en barque. Il a appris à lire le français mais il n'arrive toujours pas à le parler. Il vient de terminer la lecture de larges extraits du manuscrit de *son* deuxième roman et semble satisfait. Un sourire se dessine sur ses lèvres toutes neuves. *Son* premier roman a connu un retentissement incroyable. Mondial. Au point même de lui faire peur. Les traductions se sont enchaînées. Une vingtaine, maintenant. Et ce n'est pas fini. L'œuvre allait bientôt retrouver une nouvelle vie en édition de poche. On parlait même de droits cinématographiques.

En deux ans, Braden Mc Laughlin est devenu riche, célèbre de nom et mystérieux de corps. Il a réussi, avec l'appui de Maureen et de Julia, à convaincre Goldman d'entretenir le secret sur sa personne. D'en faire une inépuisable source d'interrogations alimentant la légende de l'écrivain reclus et mystérieux. Il refuse interviews, invitations culturelles et toutes les mondanités afférentes au succès. Son visage a été réparé, remodelé par des cadors de la chirurgie esthétique. Et s'il n'a pas retrouvé sa beauté initiale, les gens ne détournent plus le regard sur son passage. D'ailleurs, conserver un côté inquiétant ne lui déplaît pas.

Maureen s'approche lentement de la jetée. Il ne voit que son dos, ses longs cheveux plus blonds que roux, maintenant, ondulant sur ses épaules. Elle porte un large chapeau de paille tressée et malgré sa silhouette frêle, actionne les rames avec une belle vigueur. Il a noté que les sentiments qu'il avait éprouvés pour la jeune fille de 19 ans, rêveuse, intense, à l'immense talent, remontaient à la surface peu à peu. Leur relation était... étrange. Il s'était attendu à batailler. Menacer sans relâche, mais non. L'écrivaine semblait avoir accepté la situation. Mieux, elle paraissait vivre le succès de son tourmenteur comme s'il s'agissait du sien, propre. Sean avait le sentiment étrange qu'elle y trouvait son compte. Elle ne manquait jamais, en public, de louer les qualités littéraires de l'œuvre de Braden Mc Laughlin, assurant, avec des arrière-pensées qu'il était le seul à percevoir, que l'écrivain irlandais était certainement l'un des auteurs mondiaux majeurs de cette époque. Elle ne tarissait pas d'éloges sur son style, bizarrement féminin, sa science de la narration, son imagination...

Maureen avait décrété que Julia Milazzi, son agent littéraire et sa toute nouvelle amante, serait pour des raisons pratiques, l'agent de Braden Mc Laughlin.

En fait, à la surprise de son ancien amant, Maureen, après avoir accepté le deal imposé par Sean Murphy, cette fameuse nuit, avait aussitôt pris le déroulement des opérations en main et avait, elle-même, élaboré la stratégie à adopter.

Braden Mc Laughlin éprouve le sentiment récurrent et dérangeant que Maureen Parker O'Neill le considère comme son employé.

Il quitte le banc de granite où il s'est assis et va aider Maureen à accoster.

Maureen sort de sa barque, un panier d'osier à la main d'où émergent les restes d'un pique-nique et la couverture d'un livre épais au titre en français. Comme à chaque fois qu'elle termine une œuvre, elle va être prise d'une boulimie frénétique de lectures. Jusqu'à ce qu'elle se remette à l'ouvrage.

Elle se dirige sans un mot, sans un regard, vers la maison. Elle ne lui demande pas ce qu'il pense de son roman. Son avis ne l'intéresse pas.

Il lui dit, cependant :

– C'est réellement très bon Maureen.

– Je sais.

Sans se retourner. Sans arrêter de marcher.

– Je m'améliore encore. Je le sens. Tu vas gagner beaucoup d'argent, Sean. C'est inespéré pour... quelqu'un comme toi. Profites-en, on finit toujours par tomber...

– Jessica O'Neill n'est pas pauvre et elle peut tomber, elle aussi.

–Non. Jessica écrit ce que veut lire son lectorat. Elle s'adapte. Elle ne peut chuter. Braden Mc Laughlin, lui, écrit hors du temps et des modes. S'il plaît en ce moment, c'est parce qu'il y a concomitance ponctuelle de désirs et d'attente entre le public et son art. Il disparaîtra mais ses œuvres resteront dans les mémoires. Qu'y a-t-il de plus important ?

2007. Lough Neagh.

Cela avait presque été une soirée, non pas agréable, mais normale. Sean était arrivé pour prendre connaissance de sa troisième œuvre. Il avait apporté des plats préparés. Chinois. Ou Thaïlandais, elle ne faisait pas la différence. Légers, en tout cas. Et comme il la savait abstinente car peu intéressée par l'ivresse et tout ce qui pouvait altérer son jugement, il n'avait amené qu'une bouteille de Laphroaig, pour lui. Autant boire ce qu'il aimait.

Maureen l'avait surpris en acceptant qu'il reste pour dîner.

Maureen s'était surprise, elle-même.

Bartley était parti non loin de Dublin depuis une semaine. Son oncle, celui qui l'avait accueilli et encouragé à poursuivre des études pour devenir journaliste, venait de mourir. À 101 ans.

Eryn et Dorian étaient en villégiature aux États-Unis où vivaient leurs deux enfants. Un fils et une fille.

Elle ne reverrait ni le couple, ni Bartley avant de retourner à Port-Manec'h. Elle était pressée de rentrer. Cela faisait un mois déjà qu'elle n'avait pas vu la petite Max et le bébé de sa fille lui manquait. Elle ne voulait pas rater trop de ses premiers mois. Le temps filait si vite.

Ryan l'avait appelé pour lui dire que les travaux de la maison étaient terminés et qu'une nouvelle maison d'édition portant son nom avait vu le jour à Concarneau.

– Ludivine est heureuse ?

– Moyen. J'ai viré le personnel, elle m'en veut un peu. Enfin, beaucoup.

– Etait-ce nécessaire ?

– Oui. Tu rentres comme prévu ? On est impatient de te montrer ta nouvelle maison.

– C'est la vôtre, aussi...

– Ouais. Et puis celle de Julia, d'Étienne, de Ludi, de Noune... C'est la maison de tout le monde, Maman, je sais. D'ailleurs je les ai tous invités pour ton retour.

– Pas Julia et Esteban en même temps, s'il te plaît.

– Pourquoi ?

– Parce que... Julia n'aime pas trop nos fêtes de famille.

Parce que... Quand elle rentrait d'Irlande, elle était Maureen, pas Jessica. Et que Maureen était à Esteban.

Sean et elle avaient donc dîné. Sous la véranda. L'Ulster connaissait un début de printemps exceptionnellement doux. Ils avaient parlé. De l'Irlande. De l'Europe. Du Monde. Un peu de littérature mais Sean ne lisait plus. Maureen avait même accepté une cigarette. Elle n'inhalait pas la fumée mais le geste la séduisait. Esteban n'aimait pas la voir fumer, lui qui fumait, ce macho. Et Julia... Ce que fumait Julia, Jessica n'aurait voulu pour rien au monde y toucher...

La conversation avait dévié, comme glissé, sur leurs souvenirs communs. Sean avait sifflé les deux tiers de la bouteille de whisky et Maureen l'avait laissé faire. L'alcool ne semblait pas, ce soir du moins, le rendre agressif. Et puis... elle savait se défendre. Elle avait appris, Eryn y avait veillé.

L'alcool, la douceur de la nuit, les propos dépourvus de rancœur, les souvenirs de temps tristes et exaltants avaient annihilé l'arrogance défensive de Sean.

– Il faut que tu le comprennes, Maureen. Je n'ai pas fait cela pour te faire du mal. Je ne pouvais tout simplement plus être rien. Pas après avoir connu une certaine forme de gloire. D'avoir eu le pouvoir. D'avoir été adulé par mes pairs...

– Pas adulé, Sean. Craint. Tu leur faisais peur. Tu allais plus loin qu'eux. Et je me suis renseignée, il ne s'agissait que d'un petit groupe...

– Non, Maureen. Les journaux citaient mon nom. On me voyait à la télé... Perdre tout ça d'un coup m'a rendu fou. Même mon visage était perdu. J'avais le sentiment de ne plus exister. Je n'existais plus.

Maureen s'abstint de lui faire remarquer qu'il n'existait pas davantage maintenant. Il n'était qu'un nom. Un nom qu'elle-même avait inventé. Sean Murphy était mort, dans la même grange que son Louis...

Il reprit, essayant de lui prendre la main.

– Maureen...

Elle retira la sienne tranquillement. Elle ne ressentait rien si ce n'est une haine lente, comme une combustion sournoise. Un feu qu'elle entretenait sans impatience.

– Non Sean. Il est bien trop tard.

Il soupira, comme s'il s'attendait à son refus.

– J'ai trop bu pour conduire. Je peux dormir sur ton canapé ?

– Si tu veux. J'irai passer la nuit chez... mon ami.

– Le vieil Aonghusa ? Tu lui as pardonné, à lui... Il ne t'a pourtant pas franchement aidée...

– Tu as trop bu, Sean. Ne gâche pas cette soirée. Va t'allonger sur le canapé, je vais débarrasser la table et j'irai dormir chez Bartley ensuite.

2010. Lough Neagh. Quatrième livraison.

– Tu as pris ton temps, cette fois.

– Parce que c'est encore meilleur. Il ne faut pas gaver tes lecteurs. Le plaisir est dans l'attente. Tu n'es pas un auteur de polars ou de récits de SF... Tes ventes et tes rééditions te permettent de vivre largement sans que tu te sentes obligé de produire. Et... je ne peux écrire que lorsque j'en éprouve un désir irrépressible.

– Jessica pond un roman par an.

– Comme tu le dis. Jessica pond. Elle n'écrit pas.

Il était arrivé, comme trois ans auparavant, les mains chargées de plats préparés. Cuisine indienne, cette fois. Comme s'il avait voulu entériner une situation qui lui était apparue allant de soi. Instaurer une tradition.

Un petit gueuleton histoire de fêter l'achèvement de son dernier ouvrage ?

Une faute de goût, en tout cas. Maureen n'aimait pas la cuisine épicée. Et le lui avait dit. Elle s'était préparé une salade et avait réchauffé les plats de Sean dans le micro-ondes. Sa main n'avait pas tremblé lorsqu'elle avait versé une dose du produit que lui avait fourni Eryn.

– Tout le flacon et tes problèmes disparaissent... Et les poissons du lac vont se régaler.

– Je ne veux pas le tuer... Pas de cette manière. Je veux avoir le temps de lui dire... Ce que j'ai à lui dire. Et... Je veux assumer. Entièrement.

– C'est un jeu dangereux, ma chérie.

– C'est mon jeu. Et je n'ai pas le droit de t'impliquer davantage.

Ils avaient dîné à l'intérieur. Les printemps ne se ressemblaient pas. Celui-ci était froid, orageux et venteux. Maureen en avait vu sa tâche facilitée. Quand le visage de Sean s'était écrasé dans son assiette, elle n'avait pas eu à le transporter. Seulement à le ligoter sur la chaise où il s'était installé pour manger. Ruban adhésif autour de la poitrine, des poignets, derrière le dossier, et puis aux chevilles, contre les pieds de la chaise. C'était lui-même qui lui avait appris...

Elle avait nettoyé son visage souillé de sauce, tout comme il avait essuyé ses larmes lors de sa deuxième visite, avait disposé une chaise devant la sienne, reproduction d'une scène restée dans sa mémoire et avait attendu qu'il se réveille en lisant le dernier roman d'un autre de ses compatriotes, John Connolly, puisant dans la noirceur du héros récurrent de l'auteur cette part d'ombre qui ne devait pas lui faire défaut ce soir.

– Trois gouttes par heure d'inconscience... Le flacon pour l'éternité, lui avait dit Eryn.

Elle en avait mis six. Il n'avait pas terminé son plat.

Un gémissement accompagné d'une toux sèche lui fit lever, à regret, les yeux de son livre. Elle était entrée dans l'histoire et n'avait plus envie d'en sortir...

Elle quitta le fauteuil sur lequel elle avait attendu et vint s'asseoir sur la chaise soigneusement placée pendant l'inconscience de Sean. Elle le fixa en silence. L'homme secoua lentement la tête, l'air déçu.

– C'est nul, Maureen...

Elle imita son ton et sa mimique :

– Qu'est-ce que je vais faire de toi ?

Comme une mère dépassée par le comportement incompréhensible de son fils.

– Maureen... Tu ne sais pas ce que tu viens de faire. Tu peux me séquestrer, me tuer même. Ça ne changera rien pour ta famille. Si je viens à disparaître... Maureen, je ne suis pas seul.

– Je ne te crois pas. Tu as toujours joué au cavalier solitaire. Ton arrogance, Sean. Ta foutue arrogance t'interdit de faire confiance à quiconque.

Il secoua à nouveau la tête en souriant :

– Tu ne sais rien. Tu n'as rien compris. Libère-moi et ça en restera là. J'oublierai. Je comprends ce que tu veux faire mais tu marches à côté de tes pompes. Tu n'as pas connaissance de toutes les données.

– Alors instruis-moi !

– Même pas en rêve. C'est mon billet de sortie. Détache-moi et je te jure que je m'en vais sans t'agresser... On oublie et on reprend le cours de nos affaires. Le monde continuera de tourner pour toi et tes enfants... Merde, Maureen ! Qu'est-ce que tu cherches, là ? Tu as tout ce qu'il te faut. Tu es célèbre. Tu es reconnue. Tu ne peux pas te contenter de ce que tu as, bordel ?!

– C'est drôle, j'allais te dire la même chose... Pourquoi ne t'es-tu pas arrêté dès le premier roman ? Ou le deuxième ? Et même le troisième qui a consolidé ta fortune ? Comment

394

nommes-tu ce qui te fait continuer ? La bêtise ? L'habitude ? La luxure ? L'argent, Sean ? Ou... la haine peut-être ? Mais la haine de qui ? De quoi ? De ce que tu es devenu ?

– Pas *ma* haine, Maureen...

Elle soupira et se leva. Elle gagna la cuisine et fouilla dans un tiroir.

Elle revint s'asseoir en face de l'homme ligoté. Elle tenait un petit revolver dans sa main droite. Elle le posa sur ses genoux mais sans le lâcher.

Sean leva les yeux au plafond :

– Tu es ridicule Maureen. Même un jouet de cette taille est encore trop gros pour ta main.

Maureen souleva l'arme en la considérant avec un sourire étonné :

– Quelqu'un m'a entraînée à tirer... Je n'aurais jamais pensé que j'y prendrais autant de plaisir...

Elle visa un endroit sur le mur, à côté de la porte et tira. Elle s'y était préparé, au bruit, à la secousse, au claquement de la balle s'écrasant sur le mur, à l'odeur... Elle resta impassible alors que Sean sursautait, secouant la chaise avec lui.

– Bon Dieu ! Tu es dingue ! Qu'est-ce que tu fous, bordel ?!

Elle reposa le revolver sur ses genoux.

– J'ai décidé de te tuer ce soir. Mais je veux que tu me regardes le faire. Je ne me défilerai pas, cette fois.

Sean laissa tomber sa tête sur sa poitrine.

– Bon Dieu, je ne le crois pas. Tu ne m'as pas entendu ? Tu n'as rien compris ? Tu vas tout perdre, Maureen. Jusqu'à ton âme...

– Ne parle pas d'âme. Cela fait si longtemps que tu as vendu la tienne que tu ne sais même plus à quoi peut ressembler une âme... Tu as tué Louis. Tu as menacé mes enfants...

Sa voix grimpa de plusieurs tons lorsqu'elle ajouta :

– Tu m'as violée !

– J'ai tenté, c'est tout. J'étais soûl.

Maureen hurlait à présent :

– C'est rentré ! Ton putain de machin est entré en moi !

Elle rejeta la tête en arrière et ferma les yeux. Les images de cette soirée abominable s'imposèrent à son esprit et puis aussi... Elle revit en un éclair le visage de sa fille lui racontant son calvaire, d'une manière pourtant édulcorée. Mais Maureen était passée maîtresse dans l'art de lire entre les lignes. D'apprécier le sens caché des mots. Elle en avait fait son métier. Un métier qui l'entraînait dans des situations étranges quelquefois...

Deux ans avant la misérable aventure advenue à sa fille, elle avait reçu une étrange lettre. L'un des enfants devenu adulte, élevé par Aëlez et emprisonné à perpétuité pour meurtre, lui demandait de se livrer à une lecture publique de l'une de ses œuvres, au sein de son établissement pénitentiaire. Maureen connaissait le garçon (qui avait à peu près son âge). Elle accompagnait souvent Aëlez dans ses tristes visites. Ce n'était pas une personne méchante mais... le jour de ses vingt ans, il avait torturé et tué son père biologique auquel la justice l'avait soustrait à l'âge de sept ans, sans jamais expliquer son geste. Du moins pas à la justice. Aux deux femmes qui ne l'avaient jamais abandonné, par contre, il s'était confié...

L'une des œuvres de Jessica O'Neill faisait figure d'ovni dans sa production habituelle. À tel point que Gaultier n'avait pas voulu la publier sous le nom de l'écrivaine. Le sexe y était présent, bien sûr, mais violent, dégénéré, non consenti. La noirceur du propos en avait déteint sur le style même de l'auteure à succès. On le reconnaissait à peine. Phrases courtes, mots glacés, vocabulaire restreint, violent... Il s'agissait d'une histoire d'abus sexuels insupportables sur un enfant. Une histoire de vengeance aussi, puis d'expiation... Maureen avait accepté une édition sous pseudonyme dans une des maisons d'édition sous la coupe de Gaultier, et avait abandonné les recettes à une association s'occupant de l'enfance maltraitée...

Maureen s'était rendue seule à la prison et avait dit à l'homme qu'elle se voyait mal lire une histoire libertine devant une meute de prisonniers privés justement de ce qui faisait le sel de ses romans.

– Ce serait cruel et... non sans risque... Mais je connais un écrivain, irlandais comme moi, de grand talent, dont je veux bien lire quelques pages...

Finalement, elle avait lu, devant une petite assemblée de détenu attentif, l'intégralité du premier roman de Braden Maclaughlin, à raison d'une séance de deux heures par semaine. Aux dernières lectures, le groupe d'auditeurs avait plus que doublé.

Elle avait renouvelé l'opération avec le deuxième puis le

troisième roman de l'Irlandais.

Aussi, après avoir en secret chargé un détective de retrouver le salopard qui avait abusé de sa fille, après avoir fait confirmer par un test ADN la réalité de la filiation du violeur avec sa petite fille, elle se rendit naturellement à la prison, visiter son protégé. L'homme à qui il restait encore cinq ans sur ses vingt cinq incompressibles écouta sa romancière préférée, puis :

– On n'aime pas trop les violeurs ici. Encore moins les pointeurs. Je rajeunirai ta fille...

– Je ne veux pas que tu prennes de risques et... je ne veux pas qu'il meure, non plus...

– T'inquiète, petite sœur, ce genre de fumier ne se vante pas des raclées qu'il prend... Et... j'ai une idée de celui que je vais lui envoyer... Un mec persuasif. Ta fille peut être tranquille, il ne l'embêtera plus. Il n'embêtera plus personne.

– Il ne meurt pas, d'accord ?

– Ne lis pas les journaux pendant un mois...

Elle avait suivi le conseil. Qu'un méchant soit puni par un autre méchant, lui apparaissait comme chose équilibrée.

Mais ce soir, l'offense avait touché son propre corps, elle ne voulait pas d'un intermédiaire. Elle pointait l'arme sur Sean Murphy.

– Pour Louis. Pour moi. Pour tous ceux que tu as tourmentés... Pour Michael...

– Je n'ai pas tué Michael. Ni Louis...

– Tu mens. Tu mens même devant la mort. Tu refuses toute repentance...

–Tire si tu veux mais je ne les ai pas tués ! Mes... collègues m'ont amené devant un cadavre calciné. Déjà mort. Ils m'ont dit que c'était Michael et... ce n'est même pas moi qui ai découpé sa tête... Et Louis...

– Oui ?

Une vague d'espoir incontrôlable submergea Maureen. Et l'abandonna, étendue, moribonde, sur une plage de galets noirs quand Murphy ajouta :

– Ce n'était pas moi... Et je ne te dirai rien de plus. Allez, tire, maintenant ! Qu'on en finisse, bordel ! Bousille ta vie ! Celle de tes enfants ! Tire ! Sale petite pute ! Allez !... Mais fous-toi une balle dans la tête après ! Parce que la suite ne va pas te plaire, crois-moi !

Maureen tenait l'arme de ses deux mains, incapable de maîtriser les tremblements qui venaient de prendre possession de son corps. Elle baissa le revolver, se leva et sortit par la porte de service.

La pluie forte de l'orage imprégna aussitôt sa robe légère (copie de celle qu'elle portait lorsque...). Elle s'engagea sur la jetée et la parcourut jusqu'au bout. Elle s'assit, l'eau était haute, ses pieds chaussés trempaient jusqu'à la naissance des mollets. Elle posa son arme, recouvrit son visage de ses deux mains et geignit en se balançant, à peine audible dans les grondements continus du tonnerre :

– Aide-moi. S'il te plaît, aide-moi...

Sans trop savoir à qui elle adressait sa supplique.

Le lendemain matin, très tôt, Eryn entrait chez Maureen et trouvait la romancière debout, les cheveux en désordre, vêtue d'un pyjama émouvant sur son corps tellement fragile, presque juvénile. Elle se tenait à côté d'une chaise vide. Des bandes d'adhésif de chantier jonchaient le sol.

Maureen, hébétée, regarda son amie :

– Il... il est parti...

– Tu ne l'as pas...

– Je n'ai pas pu... Je l'ai forcé à boire de l'eau avec le... ce que tu m'as donné. J'ai mis quinze gouttes... Il aurait dû dormir toute la nuit. Je me suis enfermée dans ma chambre. Je ne comprends pas...

Eryn ramassa un morceau d'adhésif et l'inspecta.

– Ce n'est pas déchiré. Il s'est servi d'un couteau ou d'une paire de ciseaux...

– Je l'ai fouillé, il n'avait même pas un coupe-ongles. C'est impossible, Eryn, il n'a pas pu y arriver.

– Alors quelqu'un est venu le libérer.

C'est Eryn Wilson qui me décrit cette dernière scène. Dans son cahier, Maureen avait simplement dit que Murphy avait réussi à s'échapper pendant qu'elle dormait, sans donner plus de détails.

Je m'étonne :

– Murphy aurait un complice ?

398

– Pas un complice... Je pense plutôt à un homme de main. Une sorte de garde du corps. Il est riche, il peut se le permettre.

– Maman aurait pu en finir, là...

– Murphy l'avait troublée... Il y avait un risque pour que ce menteur pathologique dise pour une fois la vérité. Et puis... ce n'est pas facile. Comme ce monstre le dit lui-même, ce n'est pas naturel...

Je me sens en dehors du temps. Du monde.

– Je ne l'imagine même pas tenir une arme...

Novembre 2014.

–Tu ne peux pas me faire ça, salope ! Tu y as goûté, toi aussi. Tu ne pourras plus te contenter d'aligner des fantasmes sexuels que tu n'as jamais eus. Nous sommes liés. Enchaînés. Tu ne pourras pas publier sous ton nom. Tout le monde reconnaîtra *mon* style. Mais il te faudra écrire quand même, parce que c'est ta voie, c'est ta drogue. Je n'ai pas perdu, Maureen. *Nous* avons perdu si tu n'écris plus pour moi.

Maureen avait à peine eu le temps de poser ses bagages, Sean était arrivé. Il venait toujours au début de son séjour comme pour s'assurer des bonnes dispositions de l'écrivaine à son égard. C'est cette première visite qui angoissait Maureen. Qui la replongeait dans un enfer qu'elle parvenait presque à oublier à Port-Manec'h. Mais cette fois...

Sa décision était prise. Elle s'était préparé à toute éventualité. Elle en avait si bien envisagé le déroulement qu'elle avait été pressée de revenir à Antrim. Mettre fin à ce cauchemar une bonne fois pour toutes. Solder cette histoire et repartir ou... en finir.

Si pressée qu'elle n'avait pas attendu un hypothétique moment favorable. D'emblée, elle lui avait, en quelque sorte, signifié son congé.

Elle n'écrirait plus que pour elle, dorénavant.

– Je reviendrai au printemps, Maureen. Comme toujours. Et comme toujours tu me donneras ton travail. Ne t'imagine surtout pas qu'il y a quelque chose de changé. Ta petite rébellion de l'autre fois, je l'accepte. J'irai même jusqu'à dire qu'elle m'a plu. Tu as du caractère et je ne cherche pas à te soumettre. Tu en as besoin pour écrire. Je prendrai seulement plus de précautions maintenant... On continue jusqu'à ce que je décide d'arrêter. C'est notre deal.

Eryn remplit à nouveau nos tasses de thé.

– Il est complètement fou, dis-je. Il lui vole son œuvre, prend l'argent qui aurait dû lui revenir et, est persuadé avoir passé un arrangement d'honneur ! Il ne touche plus terre. Il ne se rend même pas compte que Maureen n'a rien à gagner dans ce deal. Qu'il n'est qu'un simple voleur. Et qu'il est en train de la détrousser.

– Maureen m'avait dit qu'elle avait pensé que cette situation ne durerait que le temps du premier roman. Elle l'avait acceptée parce que au fond d'elle-même, elle se sentait en dette vis-à-vis de Murphy.

Je vais pour m'indigner, mais Eryn m'arrête d'un geste gracieux et autoritaire :

– Ryan... Il faut replacer tout cela dans le contexte de l'Irlande du Nord. Quand ta mère revient à Antrim pour écrire, elle ne rejoint pas seulement une inspiration qui la transporte. Elle y retrouve aussi son enfance, son adolescence. Et Maureen a vécu à une époque durant laquelle aucun enfant, aucun adolescent n'a eu une vie normale. Maureen est profondément attachée à cette province, elle est... viscéralement irlandaise. Elle me le dit souvent : l'eau du Lough Neagh coule dans ses veines. Et ce n'est pas une eau douce, limpide et joyeuse. C'est un liquide sombre, saumâtre, chargé d'histoire, de légendes ténébreuses remplies de monstres, de géants, de guerriers dont le sang s'y est mêlé. Maureen croit en la mémoire de l'eau. Cette mémoire, cette terre d'Irlande, coule en elle... Et... lorsqu'elle quitte cette terre à l'âge de vingt ans, même forcée, elle en est heureuse car elle est jeune et tout une vie l'attend. Mais lorsqu'elle revient, la terre d'Irlande n'a pas oublié sa défection, elle réclame son dû. Elle le sent. Maureen n'est pas seulement en dette de Murphy. Elle est en dette d'une province entière. D'une Histoire dramatique. Elle prend conscience qu'elle a abandonné les siens, son pays, dans l'un des pires moments de son histoire...

"Ryan... Maureen a offert son talent en sacrifice. Elle a voulu se racheter et lorsqu'elle a estimé sa dette remboursée, elle est passée à autre chose.

"Personne ne l'a déviée de son chemin. Murphy est fou, c'est certain, mais il est encore plus fou de penser qu'il maîtrise et dirige les pas de Maureen.

"Maureen décide. Murphy n'est rien.

24 mai 2015
– Laisse-moi le lire !
– Je te l'ai dit, il n'est pas ici.
– Maureen, bordel ! Ne me force pas à faire des choses que tu vas regretter.
– Tu ne vas rien faire, Sean. Tu as bien trop à perdre maintenant d'une investigation policière. Tout cet argent que je t'ai laissé me prendre, t'a rendu mou, peureux, sans idéal. Je t'ai engraissé, Sean Murphy. Je t'ai gavé. Tu finiras ta vie, comblé de biens matériels, tu te vautreras dans le luxe comme un porc dans sa fange, tu paieras pour bouffer, tu paieras pour avoir des amis, tu paieras pour baiser, tu paieras pour oublier le beau jeune homme idéaliste, bon et affamé de justice qui n'a jamais cessé de sommeiller en toi. Ce beau jeune homme que tu as cru tuer lorsque tu as voué ta vie à la vengeance. Ce même jeune homme qui te collera le canon d'un pistolet dans la bouche quand tu prendras conscience que tout ce qui t'entoure n'est qu'ordure.

"Ce dernier livre que j'ai écrit, Sean, c'est mon autobiographie. Tout y est. Ma vie, la tienne, tes meurtres, ton chantage immonde. C'est une confession honnête. Je n'y cache même pas le plaisir que j'ai pu prendre à cette situation. À cette suave délectation de louer mes propres mots d'une façon résolument indécente et en toute innocence. Quelle jouissance pour une petite Irlandaise tout juste bonne à raconter ses fantasmes !

"Tu vas rentrer chez toi ou dans ce qui te tient lieu de tanière. Profiter de ton argent et de la vie quasi éternelle de tes cinq chefs d'œuvres. Tu ne seras pas le seul écrivain génial à avoir produit aussi peu. C'est dans le manque que l'on ne t'en appréciera le plus.

– Et ton manuscrit ?
– Il restera en l'état tant que tu te tiendras tranquille. Il n'est pas de la même veine que les autres. Je suis sèche. Je ne l'ai pas

401

bien écrit. C'est juste une confession. Sans âme. Sans talent.

– Je ne te crois pas. Écrire n'est jamais anodin pour toi. J'ai lu certaines des lettres que tu envoyais à tes enfants. Tu y fais preuve du même talent. On les croirait sorties de *mes* œuvres. C'est peaufiné à la virgule près. Tu ne sais pas "mal écrire". Même ta littérature "alimentaire", comme tu l'appelles, est étudiée dans les amphis universitaires. Tu es l'une des rares contemporaines à avoir introduit, si je puis dire, le sexe à l'université. Non, je ne te crois pas. Pas plus lorsque tu dis qu'il restera au placard.

– Tu préfères prendre le risque de tout perdre ?

– Si tu penses que seul l'argent m'intéresse dans cette affaire, tu te trompes. Je crois qu'il est temps que je t'en donne une nouvelle preuve.

– Alors, nous allons perdre tous les deux.

Tout au long de cet entretien, Eryn Wilson et moi, avions évoqué la vie de Maureen à deux voix. Et c'est de cette manière que nous en terminons.

Moi, tout d'abord.

Mes chéris, mes amours
La vérité illuminera mon geste
Bientôt
Seigneur, comme je vous aime !

Et puis Eryn.

2015. 24 mai. Début d'après-midi.

Maureen avance sur la jetée. La barque est amarrée en bout. L'écrivaine en elle n'a jamais dévié. N'a jamais emprunté les chemins de traverse. Marchant au milieu de la route. Bien calée. Une route qui s'enfonce dans les profondeurs du Lough Neagh. Elle l'a toujours su. Elle monte adroitement dans la barque, s'installe comme à l'accoutumée et empoigne fermement les rames. Ses bras se mettent en action.

L'eau du lac est froide en toutes saisons, cela ne devrait pas être trop pénible.

Un pêcheur, un voisin, un ami, un presque père, l'aperçoit plonger dans les eaux glacées du lac.

À l'âge de 52 ans, Maureen Parker O'Neill met fin à sa carrière et à sa vie, le 24 mai 2015, à 15 h 30 environ, peu de temps après avoir reçu la visite d'un homme que personne ne semble connaître. Ce n'est pourtant pas la première fois qu'il apparaît à cet endroit.

Mais son visage est de ceux que l'on préfère ne pas se souvenir.

Cela aurait pu s'arrêter là.

J'ai jeté un coup d'œil à ma montre. Ludi allait bientôt prendre Bartley à l'hôpital. Nous étions convenus de nous retrouver tous les trois dans un pub pour fêter la sortie de notre ami.

Oui, tout aurait pu s'arrêter là.

Je connais le fin mot de l'histoire. Le reste ne peut être qu'affaire de police.

Ou pas.

Le bon garçon finira par mettre le canon d'un flingue dans la bouche du mauvais. Maureen l'avait dit.

Je la croyais.

Mais...

Je ne voulais pas de cette conclusion. Je n'étais pas prêt. Je ne le serai jamais.

Eryn avait évoqué l'ultime geste de Maureen avec une émotion sincère, mais ce geste...

Maureen ne l'avait pas décrit. Son dernier cahier se terminait par *"Seigneur, comme je vous aime"*.

Lorsque j'avais lu ces lignes à Agnès au téléphone, il m'avait semblé que le temps s'était comme figé sur ces mots. Là, à cet instant précis, je pouvais encore la sauver. La convaincre d'abandonner cette pulsion folle. Mon esprit avait opéré un arrêt sur image, mon doigt avait appuyé sur le bouton pause. Il me fallait prendre les commandes, devenir le metteur en scène. Je sentais en avoir le pouvoir.

Du déni ?

De la folie ?

Non. Une dernière et minuscule pièce de puzzle...

– Eryn... Ma mère ne l'a pas fait sur le mot qu'elle nous a laissé mais, sur son cahier, où elle l'a reproduit... Elle a inscrit la date...

CHAPITRE TRENTE ET UN

En une seconde, j'ai revécu ces trois derniers mois où la douleur ne m'avait jamais quitté. Je me suis mis en colère. Ce n'est guère mon genre mais là... Je crois même m'être montré grossier envers mon hôtesse. Et l'ai regretté aussitôt. Elle avait pris une telle responsabilité.

Je me suis excusé.

Et puis j'ai pleuré. À chaudes larmes. Comme un gosse. Et Eryn a tenu ma main.

Et puis nous avons parlé, de nouveau.

Son regard ne me demande plus pardon.

Il est encore temps pour que tout s'arrête. La fin n'est pas écrite mais doit-il y avoir inévitablement une fin à toutes choses ?

Existe-t-il seulement une fin possible hors celle de notre monde, de notre planète, vers laquelle nous nous acheminons avec une belle insouciance ?

Toute fin cache un départ, un recommencement. La vie continue mais n'avance pas. Elle tourne.

Et, parfois...

Sean Murphy a déconné. Le mauvais garçon n'a plus que les repères qu'il s'est donné. Sean Murphy ne marche pas droit sur sa route. Il ne jure que par les chemins les plus pourris, les plus sombres, remplis d'ornières, de flaques nauséabondes, d'ombres suspectes. Il a choisi la nuit au jour lorsque celui-ci s'est levé sur les corps calcinés de sa famille.

Tous, nous les gentils, qui n'avons eu à combattre que les incivilités d'un quotidien désespérant de platitude, les remarques intolérantes d'idiots que leur minorité rend assourdissantes, les menus contraintes insupportables d'une vie pavée de rires, d'amour et d'insouciance ; tous, nous savons que ce choix n'en était pas un. Et alors que nous sommes prêts à laisser au gentil garçon l'initiative d'un épilogue cher à sa convenance, il faut que cet idiot arrogant déconne ! Qu'il aille jusqu'au bout de son enfer. A-t-il deviné, a-t-il senti les mâchoires du piège se refermer sur sa jambe ?

Pas sûr. L'univers s'est réduit à la vision que sa vie tourmentée lui a imposée. Seules les ténèbres le guident à présent.

Je marche vers le pub. Je vais être en retard. Ludi doit être déjà en train d'emmener Bartley à notre lieu de rendez-vous. La vibration de mon portable, dans la poche de mon pantalon, me surprend. Comme nous n'avions qu'un réseau intermittent au bord du lac, je ne l'ai pas utilisé de tout mon séjour. Seule l'habitude me le faisait charger et glisser dans ma poche.

C'est Ludi. Elle semble dans un état d'excitation qui ne lui est pas coutumier. Je perçois le bruit d'un moteur malmené.

– Ryan ! Il est parti !

– Hein ? Qui est... ? Ludi, tu téléphones en conduisant ? Arrête-toi immédiatement ! Bon Dieu ! c'est déjà pas facile de conduire à gauche... !

– C'est pas ça qui me gêne ! C'est cette saloperie de bagnole ! Elle est trop grosse ! Je ne peux pas m'arrêter. Je les suis !

– Ludi, s'il te plaît, arrête-toi et explique-moi.

– Non. Je continue. Je ne crois pas qu'il m'ait repérée.

Bruit affreux d'une vitesse passée sans débrayer. Pourquoi n'ai-je pas choisi une automatique ?

– Mais de qui tu parles, bon sang ? Où es-tu ?

– C'est Bartley. J'ai été obligée de garer la voiture loin de l'hôpital et de poursuivre à pied. Et quand j'ai aperçu l'entrée de l'hôpital, Bartley en sortait. Avec un autre homme ! Il le collait. Je suis certaine qu'il le forçait à le suivre. Alors j'ai couru et je l'ai appelé. Les deux hommes se sont retournés et Bartley m'a fait un signe impératif, comme pour m'arrêter. Et... ben, je me suis immobilisée... Ils sont montés dans une voiture, Bartley à l'arrière et l'autre devant et j'ai fait demi-tour pour récupérer la mienne... Ryan, c'est lui ! C'est Mc Laughlin ! Ou l'autre, je ne sais pas ! C'est le type que Julien a dessiné !

– Où es-tu, Ludi ?

– Sur une autoroute. Je ne sais pas laquelle.

– Tu vois des panneaux de signalisation ?

– J'ai vu Toome... et Londonderry...

– Laisse tomber, ma chérie. Fais demi-tour dès que tu le peux. On le retrouvera...

– Hein ? Mais il vient d'enlever Bartley ! Et... C'est qui "on" ?

– Ludi, reviens et retrouve-moi au pub. Il faut que je te laisse pour appeler quelqu'un. Tu reviens, d'accord ?

– T'as intérêt à savoir ce que tu fais !

Le temps d'arriver devant le pub, j'ai passé tous mes appels. J'ai bu trois tasses de thé chez les Wilson. Je n'ai pas envie d'avaler autre chose. J'attends Ludi sur le trottoir, en compagnie des fumeurs. Après une vingtaine de minutes passées à poireauter, j'avise une fille seule en train de fumer, plutôt jolie. Je l'aborde dans l'intention de lui soutirer une clope. Un bruit de pneus glissant sur le bitume interrompt ma manœuvre. Mon taxi vient de stopper net, en double file, provoquant des coups de klaxon en chaîne.

Je rejoins la voiture et grimpe à la place du mort. Ludi démarre aussitôt, au milieu d'une autre bordée d'avertisseurs.

– C'est qui la rouquine ?

– C'est ma grande sœur.

– Je ne te parle pas de cette rouquine-là !

– Une fille disposée à m'offrir une cigarette.

– Tu n'as pas le droit de taper quelqu'un d'autre qu'Agnès ou moi. C'est le contrat.

Un accord arraché malhonnêtement par mes deux "sœurs" après une rando dans les Pyrénées qui m'avait vu échouer à vingt mètres du but, sifflant comme une courroie d'alternateur détendue, et vomissant les bouts de saucisson que j'avais grignoté pendant la montée. Depuis sept ans Agnès et Ludivine régulaient au strict minimum et à leur convenance un tabagisme que je me sentais incapable d'abandonner à tout jamais.

Max, lorsque nous étions seuls, me donnait quelquefois une cigarette qu'elle avait piquée dans la réserve de sa mère. Et même à l'abri des regards, elle le faisait en douce. Je sentais son petit poing glisser dans ma main et s'ouvrir sur la récompense. Elle n'en avait, évidemment, pas l'autorisation.

Ma quasi-fille se comportait, avec son quasi-père, comme une dealeuse expérimentée. *Shame on me !*

– Bon, tu m'expliques ? C'est quoi tout ce cirque ? Bartley est en danger ?

L'amour de ma vie est visiblement très énervé. Et comme j'ai beaucoup de choses à lui dire, je commence par la fin.

Son joli bec cloué, je peux enfin tout, absolument tout, lui raconter.

C'est maintenant devenu une tradition. Je termine mon exposé dans la voiture arrêtée devant la maison du lac, sous une pluie fine, les phares dirigés vers le Lough Neagh, le moteur tournant silencieusement pour permettre à la ventilation de sécher la buée.

– Tu es sûr que Bartley ne craint rien ?

– Il veut s'en servir comme monnaie d'échange. Il ne lui sert à rien de lui faire du mal.

– Tout ça pour un manuscrit...

– Tout ça pour toute une vie foirée. Il s'est enfermé dans une obsession meurtrière. Récupérer un manuscrit qui ne l'incrimine que d'une façon très subjective. Maureen a fait une erreur en lui faisant croire qu'il s'agissait d'une autobiographie. Elle pensait pouvoir l'arrêter à ce moment. L'amener à admettre, avant que tous deux ne soient poussés aux décisions extrêmes, qu'il lui suffisait de rentrer chez lui, de profiter de sa richesse et d'oublier toute cette histoire. Maureen s'adressait encore au jeune homme qu'elle avait connu. Au garçon intelligent, pragmatique et soucieux de réaliser des compromis acceptables. Et c'en était un. Maureen aurait tenu parole. Elle estimait sa dette remboursée. Peut-être parce qu'il lui restait des sentiments pour ce jeune homme, elle n'a pas voulu voir que celui-ci était enfoui si profondément sous le Sean Murphy actuel, animé par une sombre perversité, que sa voix en était devenue inaudible.

Ludi se penche et éteint moteur et phares. L'obscurité et le silence envahissent l'habitacle luxueux du SUV.

Sa main se pose sur ma cuisse, provoquant une onde de chaleur inopportune.

– Comment a-t-elle pu trouver la force de nous cacher cela ?

– À Port-Manec'h, elle oubliait.

– Mais elle revenait ici...

– L'Ulster, le lac, la maison de son enfance, ses Dieux même, la rappelaient. Maureen Parker-O'Neill sauvait son âme près de son lac. Elle rendait à sa terre ce que celle-ci lui avait donné. Le talent. L'inspiration. L'amour de l'écrit. C'était un don mystique, Ludi, une offrande expiatoire. Murphy n'a toujours été qu'un intermédiaire. Les dieux du lac, de cette terre, ne le lui avaitent envoyé que pour réclamer leur dû. Tous, Agnès, Julien, toi et moi, nous nous sommes trompé. Maureen n'avait pas peur de la célébrité. Ça ne l'intéressait pas, tout simplement. Cela n'entrait pas dans son projet.

– C'est insensé. Ce n'est pas... réaliste.

– C'est Maureen. C'est le monde de Maureen...

Quelques heures auparavant, Eryn Wilson avait commencé, elle aussi, par la fin. Et, lorsque je fus calmé, elle m'entraîna pour une promenade à travers ce qui ressemblait plus à un parc entretenu avec soin, qu'à un jardin de banlieusard.

– Je ne sais trop par où commencer, Ryan. Tant de gens sont impliqués. Chacun avec leur histoire... si imbriquée dans l'Histoire. Il y a Bartley, bien sûr, qui ne s'est jamais remis d'un moment de lâcheté pourtant compréhensible. Il y a ces trois amis qui m'ont aidée parce qu'ils s'estimaient en dette avec moi et Dorian. Trois combattants catholiques, blessés aux plus forts des troubles, que nous avons soignés et cachés au sein de l'hôpital. L'un d'eux travaille à la morgue avec moi. Il y a Kenneth Byrne qui, peut-être, ne vous a pas tout dit sur la réelle popularité de Murphy au sein de la police Royale. Une popularité qui n'était le fait que d'un noyau très dur et violent qui ne reflétait pas le mal-être d'une majorité malheureusement silencieuse. Ce n'est pas pour rien que l'on appelle cette période "les troubles". Le trouble n'était pas seulement dans les rues ou les quartiers. Il était en nous tous, catholiques et protestants.

"Tous ces gens-là, mon ami, catholiques, comme Maureen, protestants, comme moi, ont eu envie de faire un geste pour solder une Histoire qui les a tant marqués et pas de la meilleure manière.

Elle s'était arrêtée devant un bosquet de fleurs bleues dont je

409

ne connaissais pas le nom. Elle caressait les pétales d'une main fine et longue, à la peau tavelée.

– Si vous commenciez par votre rôle ?

– C'est effectivement le début...

Nous avons quitté le nid douillet du SUV, nous sommes entrés et avons pris une douche, chacun à son tour. Il faut que l'un de nous deux, demeure à proximité du téléphone. Puis nous avons dîné. L'inquiétude pour notre vieil ami était montée de plusieurs crans. Nous n'avons que grignoté, parlant peu. Ludi m'en voulait. Elle m'avait accusé d'avoir pris la mauvaise décision.

– Ce n'est plus une affaire de police, ma chérie...

– Vous ne touchez plus terre, tous autant que vous êtes ! Tu es aussi timbré que ta mère ! Merde, Ryan ! C'est Bartley... c'est... notre ami. Même ici, le monde est réel ! Et dans le monde réel, c'est la police qui court après les méchants !

La porte de service est grande ouverte pour nous permettre d'entendre le téléphone. Nous sommes assis sur notre banc en granite, face à la jetée, le cul gelé, serrés l'un contre l'autre. Ludi s'est calmée. Nous fumons.

– Que vas-tu faire lorsqu'il appellera ?

– Ce qu'il me demandera.

– Tu n'as pas le manuscrit.

Je consulte ma montre, inutilement, il fait trop sombre.

– Julien est peut-être déjà en train d'atterrir à l'aéroport. Je lui ai dit de ne pas perdre de temps. De louer une voiture et de venir ici directement.

– Tu m'as dit que tu ne lui donnerais pas...

– C'est une assurance. Au cas où je n'aurais pas le choix.

– J'ai peur, Ryan. Je n'ai jamais eu aussi peur de ma vie. Je suis terrifiée. C'est un boulot de flics, de gens habitués à la violence, à l'action. Pas des gens comme nous. C'est dans les romans ou dans les films que l'on voit ça. Un monsieur ou une madame Toutlemonde avec une petite vie tranquille, qui se retrouve embringué dans une histoire incroyable, et qui va soudainement se transformer en super-héros, accomplissant des exploits physiques qui l'auraient anéanti vingt-quatre heures plus tôt, qui va se mettre à tuer des méchants comme s'il

410

s'agissait là, de la chose la plus naturelle au monde...

Je lui colle une bise sur la joue.

– Je ne vais tuer personne. Je vais passer un marché, tenter de le raisonner. Il n'a rien à gagner à faire le con. Et il le sait. Il ne nous a pas faits de mal lorsqu'il en a eu l'occasion. Il ne cherche pas à se venger, Ludi. Il a dépassé ce stade. Il veut se protéger...

– Il a essayé de tuer Bartley...

– On n'est pas certain que ce soit lui.

– C'est lui ! Je ne crois pas au complice. C'est un solitaire, un pervers...

– Il n'est rien, ma Ludi. Il est dangereux parce qu'il ne l'a pas encore admis. Il me suffira seulement de le lui faire comprendre.

– Seulement ?! Mais à qui crois-tu t'adresser ? Maureen a essayé...

– Ce n'est pas une entité démoniaque. Ce n'est qu'un homme et je suis en dehors de leurs relations perverses. Je peux me poser en voix raisonnable.

Eryn Wilson avait repris sa marche lente.

– L'année suivant la troisième parution de Braden Mc Laughlin, Maureen est revenue à Antrim et s'est remis à ses écritures. C'est à ce moment que je lui ai fait part de mon étonnement concernant ce que je voyais de sa productivité et que je ne retrouvais pas en librairie. Je pense qu'elle commençait à éprouver le besoin de se confier car il ne m'a pas été difficile de la convaincre de parler.

"Et elle me dit tout. Dans les moindres détails comme elle sait si bien le faire. Je suis bien sûr, peinée par ce qu'il lui est arrivé, scandalisée. Je veux appeler la police, mettre un terme à tout cela. C'est elle qui me calme. Qui m'avoue qu'en quelque sorte la situation ne présente pas que des désagréments, qu'elle a le sentiment de publier sous un pseudonyme. Un pseudo qui la protège des attaques et des contraintes liées à son métier. Et, quant à l'argent... Elle me soutient qu'il faut prendre cela comme le remboursement d'une dette. Et j'ai beau mettre en exergue l'énormité des sommes... C'est Maureen. J'arrive à lui arracher la promesse que le quatrième sera le dernier. Je tente de la rassurer sur le sort de ses enfants, de lui faire admettre que

Murphy risquerait trop gros maintenant en s'attaquant à vous. Il est riche. Lorsque l'on émerge de la fange et que l'on goûte à l'aisance, on ne joue pas celle-ci sur un coup de dés.

"Mais entre-temps il y a eu l'agression subie par sa fille. Qui a réveillé le souvenir de la sienne... Tu l'as lu dans son cahier, Ryan. Malgré le récit qu'elle nous en a fait ce soir-là, il y a eu viol. Et cette... déchirure la hante. La fait sortir de cette relation mystico perverse à laquelle elle veut à présent mettre un terme. Mais à sa manière. Parce que dans son esprit, il n'a jamais existé qu'une seule fin. La mort de l'intermédiaire...

"Je ne suis pas d'accord mais elle réussit à me convaincre. Je lui fournis un sédatif puissant et la... méthode... Avec le résultat que tu connais.

"Il y aura encore une autre livraison. La cinquième. Tardive, car Maureen a pris le temps de réfléchir. Mes inlassables arguments, tous fondés sur une simple "rupture de contrat", sans violence, sans mort, ont fini par faire leur chemin dans son esprit. Elle "livre" et prévient son tourmenteur qu'il s'agit du dernier. Il ne la croit pas.

"L'année suivante, l'année dernière donc, au début du mois de novembre, elle revient. Il l'attend. La menace. Tente une nouvelle fois de la soumettre en alternant douceur et violence. Mais même le pervers en lui est déjà corrompu par l'opulence. Peut-être même se rend-il compte que les rapports de forces se sont inversés. C'est Maureen, maintenant qui, du haut de son mètre soixante-trois et de ses quarante-cinq kilos, semble le dominer. Lui, le dur à cuire, l'ex-flic meurtrier. Le héros des troubles passés se sent comme un jouet dans les mains de cette elfe fragile tout droit sortie d'un conte pour enfants.

"Et Maureen fait une chose qu'elle n'a encore jamais osée. Elle appelle à l'aide.

"C'est peut-être ce qui démontre le plus sa détermination. Elle ne se confie plus sur les événements passés mais sur ceux à venir. Elle ne se sent plus capable d'agir seule.

"L'aide, c'est moi, bien sûr. Je réussis à la convaincre qu'il faut mettre plus de gens dans la confidence. Seules, nous ne pourrons rien. Je pense à son Esteban, dont elle m'a si souvent parlé, mais elle refuse catégoriquement, m'avouant qu'elle ne se sent pas fière de s'être laissée abuser de cette façon et qu'elle craint de le décevoir. C'est à Bartley donc que nous allons nous confier. Lequel va introduire dans le groupe un flic à la retraite qui l'avait soutenu lors du meurtre accidentel de son jeune fils : Kenneth Byrne, qui n'a jamais admis le comportement violent de son ex collègue, Sean Murphy.

– Et Dorian, votre mari ?

– Mon Dieu, non ! Dorian est un homme adorable et doux. Respectueux des lois. Et... sa santé est fragile...

"Nous allons nous réunir, faire le point, envisager des solutions. Les hommes sont partisans de la manière radicale, éliminer l'usurpateur. Bartley, parce qu'il a peur pour Maureen et connaît ce genre de personnage : ils ne savent pas s'arrêter. Et Kenneth, pour des raisons... disons, plus historiques. Murphy est le symbole d'une Irlande du Nord qu'il ne veut plus voir. Et... c'est un meurtrier.

"Moi... Je suis médecin légiste et avant cela, médecin urgentiste... La mort fait depuis longtemps partie de mon univers, mais je ne la donne pas. Je la subis.

"Et Maureen... Maureen se souvient d'avoir tenu en joue Murphy et de n'avoir pas pu... pas seulement parce que ce n'est pas facile. Pas seulement parce qu'elle craignait pour la vie de ses enfants. Maureen est revenue dans le monde réel. Elle n'a jamais oublié le Sean Murphy de ses jeunes années. Elle est persuadée qu'elle arrivera à lui faire entendre raison.

"Cette première réunion ne débouche sur rien de concret. Mais Murphy, alias Braden Mc Laughlin, est dans notre collimateur désormais. Et Maureen, sous notre haute protection.

Kenneth Byrne était passé brièvement à la maison pendant que Ludi prenait sa douche. Il m'avait donné des consignes et était reparti. J'avais eu le temps d'apercevoir un autre homme dans sa voiture alors qu'il faisait demi-tour.

Puis nous avons dîné, fumé et attendu un coup de téléphone qui tarde trop pour notre état nerveux.

Ludi, captant de mon attitude l'angoisse qu'elle éprouve elle aussi :

– Il est encore temps, Ryan. On peut appeler la police.

– Eryn s'est un peu trop investi... Elle a dépassé les limites légales.

– Pour la bonne cause...

– Ce n'est pas un argument juridique très...

413

Ludi a poussé un petit cri dès la première sonnerie du téléphone.

J'ai pris une profonde inspiration, l'ai relâchée doucement et, j'ai décroché.

– Oui ?

– Parker ?

– Lui-même.

– Vous détenez quelque chose dont j'aimerais entrer en possession. Et comme il se trouve que, moi-même, je suis en compagnie de quelqu'un que vous aimeriez revoir, en bonne santé, je me demande si un échange ne serait pas possible.

– Je veux parler à Bartley.

– Je crains que ce ne soit pas possible, pour le moment.

– Alors, pas de transaction.

Je raccroche.

Je tremble. J'ai la bouche sèche. Une bouffée de haine m'a submergé en entendant cette voix. Ce fumier avait tué mon père, quoi qu'il ait dit à Maureen. Alors que celui-ci était malade, anéanti par les drogues. Incapable de se défendre, il l'avait pendu à une putain de poutre.

J'avais mis le haut-parleur. Ludi a suivi la conversation. Elle se lève du fauteuil où elle a pris place, l'air effaré :

– Ryan ! Qu'est-ce que tu as fait ?

Je lève une main pour l'arrêter. J'ai l'impression que tout mon corps est compressé dans une camisole de force trop serrée. Jusqu'à la gorge.

– Ludi, ce mec est capable de tout... Il faut que je sache pour Bartley...

Le bruit d'une automobile s'arrêtant bruyamment dans la cour nous parvient. Claquement d'une portière, puis, quelques secondes après, Julien entre en coup de vent, un attaché-case à la main.

– J'ai fait aussi vite que j'ai pu. Il n'est pas trop tard ?

Une nouvelle sonnerie de téléphone m'épargne une réponse.

– Vous jouez avec une flamme trop grande pour vous, Parker. Aonghusa se trouve dans un lieu isolé et en sécurité. Et en vie.

– Qu'est-ce qui me le prouve ?

– Arrêtez de jouer les durs, Parker. C'est la vraie vie, là. Ce n'est pas de la littérature. Et dans la vraie vie, le méchant n'a

414

rien à prouver. N'a rien à justifier. Le méchant vous dit de vous rendre à tel endroit, seul et en possession de ce qui l'intéresse. Et vous obéissez au méchant. Et quand il vous dit qu'il va libérer son otage, et bien, vous le croyez. Ou pas. Ça n'a pas grande importance puisque vous n'avez pas le choix et que c'est lui le méchant. Je me fais bien comprendre ?

– En gros, oui.

– Bon, on avance... Vous allez me donner votre numéro de portable...

– Il n'y a pas de réseau...

– Là où vous allez, il y en a. Ensuite, vous prenez le manuscrit, votre bagnole, et...

Je note les directions et le lieu de rendez-vous.

– Vous partez maintenant. Il vous faut moins d'une heure. Si dans une heure, vous n'y êtes pas... Je vous laisse imaginer. Mourir de faim pour un petit vieux habitué à ne bouffer que du poisson, ça peut prendre du temps... Magnez-vous, je veux régler cette affaire ce soir.

Moi aussi. Je ne supporterai pas une telle tension plusieurs jours. Je ne suis qu'un monsieur Toutlemonde

Nous nous étions assis sur un banc en métal ouvragé, en face d'un saule pleureur. Une rivière coulait à une quinzaine de mètres. Le banc s'adossait à un bosquet fleuri dont l'une des branches me chatouillait le cou.

Eryn continuait sur sa lancée :

– Le temps a passé. Nous nous revoyons quatre ou cinq fois, je ne sais plus. Et nous ne réussissons pas à mettre au point une stratégie qui fait l'unanimité. La solution radicale semble de plus en plus la seule réaliste. Au point que nous commençons à en définir les modalités. L'une de ces modalités bien sûr étant : qui va s'en charger ?

"Bartley se porte volontaire dès le départ. Oui, notre vieux pêcheur, celui-là même qui demande pardon au poisson qu'il vient de sortir de l'eau et de mettre dans son panier, veut exécuter un homme de sang-froid !

"Je me suis déclaré inapte. Croyante et médecin, cela fait trop. Kenneth Byrne a soupiré ; "S'il faut en passer par là. Je le ferai". Et Maureen a dit : "Je crois que je pourrais le faire, maintenant. Je suis la seule, ici, qu'il ait touchée directement. Il a tué Louis. Il a tué Michael. Il m'a violée... et il a menacé mes enfants. Oui. Je le ferai".

"Et ce temps qui passe ! J'ai beau me creuser la cervelle, je ne trouve pas de solution qui évite à ma chère amie le poids d'un assassinat sur sa conscience. Car, qu'elle *puisse* le faire, je n'en doute pas. Mais je sais aussi qu'elle ne *veut* pas le faire...

"C'est au milieu du mois d'avril de cette année que, par chance pour nous et par une grande malchance pour d'autres, la solution vient à moi.

J'en parle tout d'abord avec Bartley. Puis avec Kenneth. Les deux hommes trouvent cette solution "envisageable" mais ne comprennent pas de quelle manière je vais la mettre en œuvre, et surtout, ils pensent que notre petite romancière ne l'acceptera jamais.

"Pour ce qui est de la dernière remarque, je leur réponds qu'il n'est pas utile de la mettre au courant. Quant à la manière... Je connais trois ex combattants de l'IRA, dont l'un travaille avec moi...

"Sur le papier, cela ne pouvait que fonctionner. Mais rien ne se passe comme sur le papier...

"Maureen, qui ignore notre action, nous prend de vitesse...

"C'était tellement idiot de ne pas le lui dire.

CHAPITRE TRENTE-DEUX

J'ai pris l'A6, ai dépassé Toome et continué jusqu'à Dungiven. Je me suis arrêté trois kilomètres après la sortie de la petite ville et j'ai attendu une dizaine de minutes. Mon portable a sonné.

– Repartez et restez en ligne.

J'ai mis mon téléphone sur haut-parleur et l'ai posé sur le logement prévu à cet effet.

Murphy me donne les instructions au compte-gouttes, comme s'il me voyait.

– Tournez à gauche... à gauche encore... à droite maintenant...

Je suis perdu. La nuit est profonde, je distingue à peine le paysage. La plupart des croisements ne portent pas d'indication. Je traverse un bois puis il m'ordonne de m'arrêter à nouveau. Encore une dizaine de minutes. Il doit changer de point d'observation à mesure de ma progression. J'entends le bruit d'un moteur dans le téléphone. Il s'assure de la sorte que je ne suis pas suivi. Les routes qu'il me fait emprunter sont si étroites que je ne suis pas certain que deux voitures puissent s'y croiser.

– Tout droit. Vous allez voir les feux arrière d'une voiture. Suivez-la.

Je ne commente pas ses ordres. Je suis étrangement calme. Ma trouille s'est évaporée lorsque j'ai embrassé Ludi et l'ai confiée à Julien. Je n'avais plus le choix. Il me fallait aller jusqu'au bout. Pour Maureen et pour tous ceux qui avaient fait vœu de la protéger, quelles que fussent leurs motivations.

Murphy est un tueur. Un pro. Il n'a jamais été inquiété par la

417

police ou la justice. Ses exactions ont été soit couvertes, soit ignorées. Il est tellement sûr de lui. Il a tué Julia alors qu'un témoin l'a croisé dans le couloir menant à l'appartement. Il s'est montré à moi à visage découvert. Il a laissé des traces incriminantes lorsqu'il a tiré sur Bartley... Étienne avait dit : "drôle de mélange de professionnalisme et de j'm'en-foutisme". De l'arrogance, plutôt. Cette arrogance qui lui avait valu un coup de couteau dans la cuisse de la part d'une petite bonne femme fragile, puis l'avait aveuglé au point qu'il ne s'était pas rendu compte que la même petite bonne femme qu'il croyait soumettre, tirait en fait les ficelles de sa destinée.

Le monde rétréci de Murphy ne comptait que deux personnages à la fois. Murphy/Michael O'Neill. Puis Murphy/Maureen O'Neill et, pour finir, Murphy/Ryan Parker O'Neill.

Les autres ?

Des figurants sans réelle consistance.

Murphy était seul face à son ennemi. Et pensait son ennemi seul, lui aussi.

Qu'une étrange coalition composée d'un éditeur, d'un médecin, d'un érudit, d'un ancien flic et de trois mystérieux transfuges d'une armée secrète, ait décidé d'en finir avec ce qu'il représentait de turpitudes, ne pouvait lui effleurer l'esprit.

Non. Son ennemi était forcément seul. Comme lui.

Mais je me trompais encore.

Je suis arrivé à petite vitesse derrière la voiture. Elle a démarré et je l'ai suivie à travers un entrelacs de routes, destiné à me faire perdre toute notion d'espace et même de temps. Bien inutilement. Il y a beau temps que je roule sur une planète inconnue.

J'aperçois les phares d'une autre voiture dans mon rétroviseur. Elle arrive rapidement derrière la mienne puis ralentit et nous suit.

Même moi, je n'y avais pas cru. Murphy avait un complice. Ou un homme de main. Peut-être plusieurs. La peur revient.

Après avoir emprunté un ultime chemin bordé de haies, dont les branchages griffent la carrosserie du SUV, la voiture devant moi, un 4x4 assez ancien, s'arrête dans la cour d'une ferme formée de plusieurs bâtiments disposés en U. Je fais de même et l'automobile qui me suit nous imite, laissant ses phares allumés.

Une ferme visiblement abandonnée. La maison d'habitation semble sur le point de s'écrouler et pour les autres édifices, c'est déjà fait. Un arbre a poussé à l'intérieur d'une grange et défoncé le toit.

– Ne bougez pas. Éteignez votre moteur et les phares. Laissez seulement les lanternes. Gardez les mains sur le volant.

Je m'exécute tandis que l'écran de mon portable posé sur le tableau de bord annonce la fin de la communication.

Puis je le vois approcher. Allure nonchalante, une arme pend au bout de son bras droit. J'ai lu suffisamment de polars pour savoir qu'il s'agit d'un pistolet et pas d'un revolver et, que si la taille n'est guère impressionnante, l'aura de mort que trimballe l'objet ravive immédiatement ma trouille. Je ne suis pas loin de trembler comme une feuille.

L'occupant de la troisième voiture ne bouge pas.

Il arrive devant la portière sans marquer d'inquiétude ni de suspicion.

Arrogance. Ce mec est seul au monde.

Il ouvre la portière.

– Descendez. Posez les mains sur le toit de la voiture.

Il me fouille rapidement, sans grande conviction, puis :

– Prenez la mallette et suivez-moi.

Sans plus se soucier de moi il prend la direction de la maison. Je jette un œil à notre voiture suiveuse mais les phares m'éblouissent. Je suis incapable d'en distinguer le ou les occupants.

L'arrogant lui s'amuse. Il ne se retourne pas. N'insiste pas. Je lui emboîte le pas. Humilié.

Il enfonce le clou :

– Ne tentez rien, Parker. Vous n'êtes pas ce genre d'homme.

La colère prend le pas sur la trouille. Il me vient l'envie de lui balancer le putain de manuscrit sur la tronche. Mais la peur n'a pas cédé tout le terrain. Et je ne sais toujours pas où est Bartley. Et puis... Je devine qu'il n'attend que cela. Ou que l'autre n'attend que cela. Bref, je découvre soudain que j'ai peut-être présumé de mon courage.

Le regard méprisant qu'il me lance après avoir ouvert la porte et s'être retourné le prouve. Je ne suis décidément pas un ennemi à sa mesure.

– La pièce, à droite.

J'avance, le bras tendu devant moi. L'obscurité est complète. Je sens une main me pousser sans ménagement et entends le clic d'un interrupteur dans le même temps qu'une pauvre lumière jaune, venue du plafond, éclaire l'endroit. Machinalement je m'étonne qu'une telle ruine soit encore sous tension.

La pièce est un rectangle de vingt mètres carrés, meublée uniquement d'une table de ferme ancienne, crasseuse et bancale, et d'un buffet rustique dans le même état dont les portes entrouvertes pendent de travers. Deux fenêtres donnent sur la cour où j'aperçois, derrière la crasse des vitrages, les feux-de-position encore allumés du SUV. Le deuxième larron a éteint ses phares.

Murphy me dépasse et vient se planter devant la table.

– Posez le manuscrit.

Je m'abstiens.

– Je veux voir Bartley.

Ce sont les premiers mots que je prononce depuis que je suis monté dans la voiture. Ma voix me semble correcte mais je manque un peu d'objectivité.

Murphy secoue la tête, lève sa main et regarde son arme.

– Vous n'êtes pas en position de vouloir quoi que ce soit, Parker. Vous ne l'avez jamais été. Je pourrai aussi bien vous descendre, prendre votre foutue mallette et laisser votre ami crever lentement dans sa merde et sa pisse.

– Mais vous ne le ferez pas. Beaucoup de gens sont informés de mes recherches. En France, en Angleterre et en Irlande du Nord. Même si l'on ne retrouve pas mon corps, il y aura une enquête sur ma disparition. Et le sujet de mes recherches, Braden Mc Laughlin, ne faisant pas mystère pour tous ces gens, devinez vers qui, se porteront leurs soupçons ?

– J'ai assez d'argent pour me planquer...

– Et vivre en cavale le reste de votre vie ? Ce n'est pas la même chose que de vivre incognito. Les biens de Braden seront confisqués, votre argent idem, tout ce pognon géré par un certain William Doyle, résidant en République d'Irlande... Que vous restera-t-il ?

C'est un coup de poker, mais la lueur dans ses yeux me fait croire que je viens de faire mouche. Sa face restant impassible.

Je reprends vite, avant qu'il n'ait le temps de parler.

– Je joue gros, Murphy. Je suis venu seul, sans armes, avec le manuscrit que je ne compte pas vous donner, car il ne vous concerne en rien. C'est simplement un gage de bonne foi. J'ai la trouille. Je n'ai plus un poil de sec. Vous avez raison, je ne suis pas ce genre d'homme. Je ne suis pas comme vous. Rendez-moi Bartley et disparaissez de ma vie et de celle de ma famille. C'est votre dernière chance de laisser tout cela derrière vous. Il me suffira de dire que j'ai enfin réussi à accepter le geste de ma mère pour que toutes les recherches vous concernant s'interrompent.

Sa bouche au contour artificiel esquisse un sourire.

– Beau discours, Parker. Si mes deux mains étaient libres, j'applaudirais. Je suis même assez tenté... Qu'y a-t-il dans ce manuscrit pour lequel vous mettez votre vie en jeu ?

– Les textes que Maureen a écrits de huit à vingt ans. Remaniés, développés. Un recueil de nouvelles. Des fictions, Murphy. Rien d'autre... Pas une autobiographie.

– Bien écrites, ces nouvelles ?

– Magnifiquement.

Il hoche la tête et soupire bruyamment.

– Il y a une autre raison pour laquelle j'hésite à accéder à votre demande. Comment puis-je faire confiance à un type dont j'ai tué le père ?

C'est une provocation. Il pensait me surprendre car il ne sait pas ce que j'ai découvert. J'ai failli croire en mes paroles, tout à l'heure. Failli penser : "Après tout... si cela peut se régler de cette façon".

Il y a un avantage à mentir à une ordure de première, on le fait la conscience tranquille.

Je hausse les épaules tandis que la haine parlemente avec ma colère et ma peur pour trouver le compromis satisfaisant qui me permet d'énoncer sans chevroter :

– Je ne l'ai jamais connu. Si c'est le prix de ma tranquillité...

– Assez joué, Parker...

Il est rapide, le salaud ! Je me retrouve étalé sur le sol poussiéreux, la pommette en feu, le crâne rempli de vents, avant même d'avoir perçu le mouvement de la main tenant l'arme. Le choc et la surprise ont anesthésié la douleur mais je sens bien qu'elle va bientôt arriver. Je n'ai pas lâché l'attaché-case...

Maigre consolation dans laquelle je puise néanmoins une certaine fierté.

Je me relève lentement. Il a repris sa place, à deux mètres de moi et me considère en souriant.

– Un autre ?

Je décide tout à coup que je ne suis pas un héros. Je pose la mallette sur la table. Il se penche et la fait glisser sans me quitter des yeux. Puis il l'ouvre et en inspecte le contenu. Il sort le manuscrit imposant, relié et cartonné. Il l'écarte, à peine y jette-t-il un coup d'œil, et fouille le sac.

Son regard revient à moi. Il ne sourit plus.

– Où est-il ?

Et je comprends. Ce n'est pas le manuscrit qui l'intéresse mais le dernier cahier des mémoires de Maureen. L'ultime confession de ma mère. Il avait emporté les plus récents de la maison de Port-Manec'h pour cette raison. Il n'avait pas eu le temps d'en prendre connaissance sur place. Et dans son expression, je lis plus que de la colère. De la peur. Pas celle que j'ai jusqu'à présent ressentie, et qui n'est qu'une angoisse gérable, non. Une vilaine trouille qui lui déforme le visage et qui va l'entraîner, je le crains, dans une réaction qui ne va pas me plaire.

Je réussis à parer et à atténuer le deuxième coup, je m'y attendais. Mais le pistolet me cogne durement l'oreille. Je chancelle et reste debout, sonné.

Il hurle, maintenant, la panique n'est pas loin de le submerger.

– Il est où, bordel ?! Je sais qu'il existe ! Elle me l'a dit !

Je ne réagis pas, ébahi devant sa trouille évidente. Une peur que je ne comprends pas. Qu'est-ce que c'est que ces conneries, merde ?! C'est quand même lui qui tient le flingue ! Il va pour m'en remettre un autre quand l'enfer se déchaîne dehors.

Les phares d'un véhicule trouent la nuit à travers les vitres dégueulasses des fenêtres. Des tirs se font entendre. Pas des pans pans de pistolet, non. Des putains de rafales de mitraillettes ou de je ne sais quoi, je n'y connais rien ! Les phares d'une autre voiture s'ajoutent aux premiers, un moteur hurle, des pneus patinent et font voltiger le maigre gravier de la cour. Des chocs de carrosseries. Des cris. Et puis toujours ces rafales de guerre !

Murphy, contrairement à moi, a réagi aussitôt. Il s'est débarrassé de sa pétoche incompréhensible et, adossé au pan de mur entre les deux fenêtres, essaie de comprendre ce qui se passe en lorgnant à travers un coin de vitre.

L'arrogant.

Il m'ignore.

Je ne suis pas un bagarreur, on l'a compris. Ce n'est pas non plus que je manque de courage, mais je ne sais pas trop m'en servir ni à quel moment.

Alors, je vais au plus urgent. Son pistolet.

Avec la seule arme dont je dispose. Mes dents.

Mes récentes petites randonnées en marche forcée ont bien dérouillé les muscles de mes jambes. Je bondis, tandis que Murphy regarde par la fenêtre, le flingue prêt à tirer dehors, j'attrape son poignet et mords comme je n'ai jamais mordu dans une saloperie de bifteck acheté en grande surface.

Je suis un bon mangeur, mes dents sont saines et ma mâchoire puissante. Et... Peut-être bien que mes lointains ancêtres étaient cannibales. Le sang gicle dans ma bouche, et avant que l'autre abruti hurlant ne commence à me cogner sur la tête, j'entends et sens le craquement des os. Je pense : "à cet endroit ? Non ! Plutôt des tendons !" Je mords de plus belle, tout y passe, les coups du revolver sur ma joue, Papa, pendu à une saloperie de poutre, Maman, son corps martyrisé et nu sous une robe en lambeaux, Bartley, allongé sous la table, l'épaule en sang, et puis d'autres trucs qui n'ont rien à voir, Agnès, la culotte sur les genoux, le corps plié, vomissant dans un youyou, la décapitation filmée d'un otage, une petite fille nue, le corps brûlé, fuyant l'apocalypse sur une route... c'est vieux mais ça colle, des comptes rendus de génocides à la machette, des images de charniers courant depuis l'invention de la photographie jusqu'à nos jours... Je ne savais pas que j'avais emmagasiné tant de douleur, tant de colère.

Et enfin Murphy lâche son arme. Je la fais glisser du pied, ouvre les mâchoires et plonge en saisissant le pistolet. Je le braque vers Murphy. Dehors l'enfer semble s'être calmé. J'entends des pas. Je tremble terriblement. De peur, de colère, de haine. Je vais tirer, c'est certain. Je lui en veux de m'obliger à ça. À cette violence, à cette douleur. Plus encore, que de ce qu'il a fait subir à mes parents.

Il s'en aperçoit et se fige, se tenant le poignet droit.

– Putain, Parker ! Fais pas le con. Pense à ton vieux pote. Il n'est pas ici, tu sais ? Je suis le seul à savoir où il est.

Je me relève sans cesser de le braquer. J'ai tellement envie de tirer que les larmes me montent aux yeux. Mais je pense à Bartley.

– Il est où ?

– À l'abri.

Je vais tirer...

– Hé ! Déconne pas ! Calme-toi, bonhomme. On va sûrement trouver un terrain d'entente. Rappelle-toi ce que tu as dit tout à l'heure. Eh bien, je suis d'accord. J'te file ton pote et tu me laisses partir.

– Sauf que là, t'es pas du bon côté du flingue.

J'ai reconnu immédiatement la voix. Rocailleuse, brune comme la bière qu'il m'avait fait boire. Je ne me suis pas retourné, mais j'ai rapidement recouvré mon calme. Enfin... Un calme suffisant pour décrisper mon doigt de la détente...

Murphy retrouve son courage de fou. Tout en se tenant le poignet, il soupire ostensiblement et lève les yeux au plafond.

– Putain, Byrne ! Qu'est-ce que tu viens foutre là? C'est une affaire de famille... Et celui-là, c'est qui ?

Un homme vient d'entrer. Habillé en noir, cagoulé, il tient ce qu'il me semble être un fusil-mitrailleur. Il se place à ma gauche.

Murphy continue son laïus désespéré :

– Bordel, un fantôme de l'armée des ombres, maintenant ! Tu copines avec tes ennemis, Byrne ? T'as oublié contre qui tu t'es battu ? Ou alors t'as pas le courage de faire le boulot toi-même. Demande au petit, à ce moment-là...

Une autre personne fait son entrée, mais cette fois Murphy ne fait pas de commentaire. Il vient de se rendre compte qu'il s'est fait avoir dans les grandes largeurs. Déjà peu attrayant, son visage se fait hideux.

Un corps se presse contre le mien. Je m'incline sur le côté sans quitter Murphy des yeux. Des lèvres douces se posent sur un endroit de ma joue qui n'a pas souffert, puis une main fine, petite, piquée de taches de rousseur, glisse sur mon bras et se saisit de mon arme.

– Bartley est dehors, chéri, avec Eryn. Préviens vite Ludi que tout est fini.

Non, ce n'est pas fini. Murphy a pris conscience qu'il n'a plus rien à perdre et tente son va-tout. Il s'élance et traverse la fenêtre dans un bruit de verre et de bois fracassés. Personne ne semble vouloir réagir dans la pièce. Deux secondes puis... Une rafale. Dehors. Courte. Sèche. Puis le silence.

Nous nous étions levés du banc et nous étions approchés de la rivière. Eryn avait passé naturellement son bras sous le mien. C'était un contact agréable.

– Il faut croire que la chance peut naître d'un grand malheur. Lorsque j'ai vu le corps de cette pauvre malheureuse, j'ai eu un coup au cœur. J'ai cru qu'il s'agissait de mon amie. Il a fallu que je la découvre entièrement pour me persuader du contraire. Je connaissais le corps de Maureen, pour l'avoir soigné, cette nuit terrible. Cette pauvre femme n'était pas aussi jolie, mais son visage et ses cheveux...

"C'était le cadavre anonyme d'une junky, certainement morte d'une overdose. Le sosie de Maureen, Ryan. Plus jeune, entre trente-cinq et quarante, mais Maureen avait gardé une fraîcheur incroyable. Elle supportait la comparaison haut la main.

"J'ai donc eu cette idée, sans savoir comment, encore, j'allais la réaliser. J'en ai parlé à Bartley, puis à Kenneth. Et les détails sont venus ensuite. C'est incroyable comme une opération peut paraître complexe lorsqu'on l'envisage dans son ensemble et simple et évidente lorsque l'on en déroule la chronologie. Il m'a fallu mettre Clive, mon assistant, ce transfuge de l'IRA que j'avais soigné et caché pendant les troubles, au courant.

"Et puis tout est allé très vite, ensuite. Comme nous savions que Maureen ne voudrait vous faire cela, à vous, ses enfants, nous avons décidé de la mettre devant le fait accompli. Je lui donnerai un somnifère, nous l'emmènerions chez Bartley et... Il nous suffisait ensuite de procéder à la substitution et d'appeler la police, puis de tout expliquer à Maureen à son réveil. J'avais un plan pour la suite, de nature à la rassurer.

"Mon Dieu, Ryan. Lorsque je te raconte cela, je prends conscience de l'absurdité d'une telle folie. Nous nous sommes comportés en petits vieux comploteurs inconscients du mal que nous allions faire subir...

"Mais Maureen avait un plan, elle aussi. Croyant que nous

ne nous étions pas décidés sur la marche à suivre, elle a tenté de convaincre Murphy d'abandonner en lui faisant croire qu'elle avait écrit une biographie dans laquelle elle racontait toutes ses manœuvres, ses crimes et son harcèlement. Elle l'avait écrite, bien sûr. Mais pas sous forme de manuscrit.

"Murphy l'a menacé de se venger sur vous. Alors Maureen n'a plus envisagé qu'une solution. Elle a pris sa barque et...

"Cela se passait le vingt-deux mai. Pas le vingt-quatre. Et Bartley, ce jour-là, pilotait son bateau à moteur, et non sa barque. Il est intervenu à temps, empêchant Maureen de commettre l'irréparable. Il l'a emmenée chez lui et m'a ensuite appelée.

"Maureen était agitée, bien sûr. Elle en voulait au pauvre Bartley de l'avoir sauvée contre sa volonté. D'avoir détourné sa destinée. Elle était persuadée que seule, l'annonce de sa mort arrêterait l'élan meurtrier de Murphy.

"Autrement dit, elle était prête, sans que nous ayons eu la nécessité de la convaincre.

"Nous avons dû changer nos plans. Maureen tenait à "mourir" dans le lac. Notre Bartley a réellement plongé, sais-tu ? Et son malaise n'a pas été feint...

– Comment avez-vous fait ? On ne vole pas un corps comme cela...

– Quand un corps entre à la morgue de façon anonyme, que personne ne le réclame ni ne semble s'en inquiéter, il ne devient plus que paperasse administrative. Cela n'a pas été la partie la plus difficile...

– Cette pauvre femme lui ressemblait beaucoup... J'ai du mal à imaginer que je me sois laissé abuser...

– Et pour cause, mon garçon. C'est bien Maureen que tu as reconnue. Clive m'avait convaincu qu'un fils, même sous le coup d'une émotion très forte, ne se tromperait jamais sur l'identité de sa propre mère. En accord avec Maureen, je me suis donc résolue à prendre un gros risque pour sa santé. Je l'ai plongée dans un coma suffisamment profond pour ralentir ses fonctions vitales au maximum...

– Elle était si pâle... et si froide. Je l'ai embrassée. Ses lèvres étaient bleues...

– Il nous a fallu la refroidir artificiellement. C'était la manœuvre la plus risquée. C'est pour cette raison que je vous ai fait patienter si longtemps. Le minutage était serré. Il était impératif de la réchauffer rapidement ensuite. J'avais donné congé à tout le personnel de la morgue, sauf à Clive, bien sûr. Je crois que je n'ai jamais eu aussi peur de ma vie. Pour moi. Pour Clive et, surtout pour Maureen.

– Je me souviens que le flic qui nous accompagnait commençait à perdre patience. Il ne comprenait pas pourquoi il fallait attendre... Mais cette autre femme... ?

– Elle a été le déclencheur, l'inspiratrice malgré elle, de notre action... la remplaçante de Maureen sur la rive du lac et après que tu as reconnu le corps de ta mère. Clive est un thanatopracteur de grands talents. Un véritable artiste. Le travail qu'il a fait m'a donné la chair de poule. Nous ne pouvions prendre le moindre risque pour la suite, quand le corps serait pris en charge par l'entreprise mortuaire.

– Pourquoi êtes-vous venue aux obsèques, à Port-Manec'h ?

– Nous avons appris la mort de Julia bien avant vous. Maureen a perdu son sang-froid. J'étais là pour tout vous avouer... Et puis j'ai vu votre douleur, à ta sœur et à toi. Tous ces gens dans le petit cimetière... J'ai eu honte. J'ai eu peur aussi. J'avais volé un corps et Dorian n'était pas au courant... Nos carrières ne risquaient plus grand-chose mais notre nom. Le nom de Dorian... Et puis Murphy courait toujours. Et il venait de tuer Julia. Si toi ou ta sœur avertissaiz la police il deviendrait fou de rage et tout cela n'aurait servi à rien.

"Et puis... Je serai venue de toute manière. Je tenais à accompagner le corps de mon inconnue jusqu'au bout. Il me semblait que c'était la moindre des choses.

"Mais toi, à quel moment as-tu compris ?

– Je n'ai pas "compris". J'ai ressenti. Une hypothèse que mon esprit rationnel ne voulait prendre en compte... Elle est venue à Port-Manec'h, n'est-ce pas ?

– Elle nous avait faussé compagnie... Maureen n'est pas quelqu'un que l'on peut enfermer aisément. Elle pensait que tu l'avais aperçue...

– Je n'ai pas gardé de souvenir de ces deux semaines. Peut-être est-ce pour cette raison...

– Elle t'a observé. Ton besoin d'isolement lui faisait peur. Une nuit, elle est entrée et est restée près de toi alors que tu dormais. Tu t'es réveillé et tu lui as dit des choses qui l'ont bouleversée. Elle est revenue d'elle-même chez Bartley après cette nuit. Je te laisse imaginer dans quel état. Son désespoir nous faisait mal. C'est à ce moment qu'elle nous a demandé de ne pas nous mettre en travers de ta recherche. Si celle-ci devait aboutir, c'était qu'une volonté supérieure le commandait.

Ce "rêve" n'avait cessé de me hanter. Rare souvenir de mes quinze jours d'absence, je l'avais soigneusement tenu à distance, car trop réaliste.

– Et ici, à Antrim ? La première fois que je l'ai vue, au loin, dans les bois ? Ce n'était pas une hallucination. Elle portait un manteau noir, un bonnet, un pantalon... Lorsque je convoquais l'image de Maureen, elle était toujours vêtue d'une robe légère, vaporeuse au point d'en être transparente.

"Et puis j'ai vu ce même manteau dans la penderie, chez Bartley, et ces bottes fraîchement crottées... Et l'enveloppe, aussi. Comme un message... Et l'hypothèse a commencé à prendre corps. Malgré ma peur. Je ne voulais pas me tromper et ressentir une nouvelle fois la mort de ma mère.

"Et avant, il y a eu cette lumière dans la maison de Bartley, lorsque nous l'avions raccompagné. Elle était chez lui, n'est-ce pas ?

– Oui. Elle désirait tellement vous voir... Mais cela devenait dangereux, Bartley l'a emmenée le lendemain dans une maison que nous possédons, Dorian et moi, et puis il s'est rendu à Belfast pour voir Kenneth.

– Pourquoi me dire la vérité, maintenant ?

– J'ai rendu visite à Bartley, à l'hôpital. Il ne peut plus se taire. C'est au-delà de ses forces. Il ne supporte plus ta souffrance inutile.

"Alors je t'ai appelé. Il m'a semblé que c'était à moi de tout révéler.

– Mais vous avez hésité. Si je n'avais pas insisté...

– Je ne faisais que me conformer au désir de mon amie. Je suivais ton raisonnement.

Après cette dernière rafale, les occupants de la vieille salle n'ont dit mot ni bougé. Je suis sorti de la pièce crasseuse. Sans même regarder Maureen.

J'ai rejoint Eryn dans la grange où pousse un arbre. Deux autres hommes, armés, cagoulés, montent la garde dans la cour, debout, près du corps de Murphy. L'ex-flic catholique des troubles passés gît dans la même position que celle où Julia avait été abandonnée. Bartley avait été attaché au tronc et bâillonné. Il va bien grâce aux douces attentions de sa vieille copine.

Eryn m'apprend que le complice ? le garde du corps ? l'homme de main ? de Murphy a réussi à s'échapper. Il est peut-être blessé, mais elle n'en est pas sûre.

– Tu devrais t'en aller maintenant, Ryan...

J'ai hoché la tête et j'ai regagné ma voiture. Il y a un impact de balle sur la vitre arrière. Un trou reconnaissable. Je ne sais pas comment je vais expliquer ça à l'agence de location. En passant devant le coffre, j'ai retiré le boîtier électronique aimanté de sous la carrosserie. Le mouchard qui avait permis de me localiser tout en restant éloigné de mon véhicule. Le flic qui l'avait confié à Byrne tenait à le récupérer. C'est du matériel de pointe. Je l'ai donné à l'un des hommes armés.

Je m'installe derrière le volant, ferme la porte et prends mon portable.

Une demi-sonnerie, puis :

– Tout va bien, mon amour. Bartley est sauf. Moi aussi. Je rentre.

Je m'en tiens là et vais pour démarrer le moteur quand on frappe de légers coups à ma vitre. Je l'abaisse, le regard fixé sur l'arrière de la voiture de Murphy. Le cul du vieux 4x4 est défoncé.

– Ryan... Je... je suis désolée. Nous étions comme dans une bulle. Le monde, la police, les lois nous semblaient tellement lointains... Le désespoir ne rend pas lucide. C'était la pire des solutions.

– Un complot de petits vieux... On se revoit quand ?

Ma question machinale me fait sourire. Comme si on se quittait après un dîner de famille.

– Ryan... Chéri, regarde-moi, s'il te plaît.

Je résiste. À l'envie de tourner la tête, de sortir de la bagnole, de l'attraper par les épaules et de la secouer, de l'engueuler pour le chagrin qu'elle nous a causé, puis de la prendre dans mes bras, de l'embrasser et...

Je résiste parce que c'est ce qu'elle attend. Et... Non. Je ne suis pas prêt. Plus tard, oui. Sans aucun doute. Mon amour pour elle sera plus fort que... Quoi ?

Une putain d'histoire irlandaise ?

– Chéri...

Alors... J'ai démarré le moteur et j'ai passé la marche arrière.

CHAPITRE TRENTE-TROIS

Une pluie fine enveloppe le cimetière de Carnmoney comme un brouillard. La tombe se situe dans la partie réservée aux catholiques. Alors que celui qui l'occupe... Qu'était-il ? À quel courant religieux appartenait-il ?

Je n'en sais rien.

"Jamais vu des gamins aussi indignes !"

Mon regard ne quitte pas le symbole celtique. Pas de dalle, ici. Un champ planté de croix. Pas même alignées. Des herbes folles parsemées de petites fleurs sur un terrain dont personne ne songerait à niveler les vagues naturelles.

Une inscription : Sean Murphy. 1961 – 2001.

Tout à coup elle est à côté de moi. Je ne l'ai pas entendu approcher. Son parapluie heurte le mien.

– Ryan.

– Bonjour Adira.

Je lui ai donné rendez-vous ici. Mais je ne sais pas encore ce que je vais lui dire.

C'est elle qui prend l'initiative :

– William Doyle a été interrogé par la police de la République d'Irlande. Il a fourni des informations sur Braden Mc Laughlin. Il ne le connaît que sous ce nom, mais il l'a rencontré. Il l'a reconnu d'après le portrait-robot qu'a établi votre... expert. Ce n'est plus qu'une question de temps, Ryan. Mais ce n'est plus mon enquête... L'affaire Julia Milazzi est devenue officiellement une cold case, le lien n'ayant pu être établi. Le dossier reste ouvert, bien sûr, mais la boîte qui le contient est bien verrouillée. La police britannique enquête sur des malversations financières. Celle d'Irlande, elle, sur la disparition mystérieuse de Braden Mc Laughlin. Mais... Ils ne le retrouveront pas, n'est-ce pas ?

– Braden Mc Laughlin n'existe pas. Ce n'est, et cela n'a jamais été qu'un pseudonyme. Une non-personne. Un fantôme.

– Le lieutenant Calestano m'a prévenue qu'il laissait tomber les enquêtes sur les cambriolages dont vous avez été victime. Il m'a assuré que le meurtre de madame Milazzi n'avait aucun lien avec le suicide de votre mère... Ryan, j'ai vu le corps martyrisé de Julia. J'ai enquêté sur elle. Son parcours, ses parents, ses amis, elle en avait beaucoup... Il se crée toujours un lien entre une victime et un enquêteur. Ce n'est pas anodin de pénétrer dans la vie d'une autre personne. De s'en imprégner... Le besoin de rendre justice se fait impérieux. L'impuissance entraîne vite les cauchemars...

Je pense à Eryn. Aux risques qu'elle a pris. L'élégante, douce et volontaire Eryn... Et à Kennet Byrne, ce flic irlandais ordinaire qui a cru racheter un vieux silence pesant sur sa conscience.

Et puis les trois transfuges de L'IRA, venus solder un vieux compte.

Non. Je ne peux rien dévoiler sur ces gens, mais...

Adira insiste :

– J'ai besoin de nuits apaisées, Ryan. J'ai un mari, une fillette, une vie en dehors de la police... Les cold cases finissent toujours par hanter les flics, même en dehors des heures de service...

– Je ne témoignerai jamais, Adira. Et vous ne trouverez personne pour le faire. C'est une histoire irlandaise de plus, que tout le monde oubliera. Tout ce que je peux vous dire, c'est que Sean Murphy, alias Braden Maclaughlin a bien tué Julia Milazzi. Et que je suis persuadé qu'il s'agissait là d'un accident. Il l'a effectivement frappée. Elle est tombée, et sa tête a heurté la table de salon. Pour ce que l'on en sait, et en dehors de ses activités légales de policier, Sean Murphy n'a jamais tué personne d'autre.

– Michael O'Neill ?

– Les collègues de Murphy s'en sont chargé.

– Votre père, Ryan. ? Et peut-être votre mère.

– Ma mère s'est suicidée. Et mon père...

Le rapport de la police de Chicago qu'avait demandé, pour

moi, et reçu Adira était sans ambiguïté. Les restes calcinés de l'homme retrouvé dans une grange appartenaient à un homme d'ascendance africaine, citoyen britannique, nommé Sean Murphy.

C'étaient les copains de Murphy qui avait reçu le rapport.

– Ce n'est pas Murphy qui l'a assassiné. Mais quelqu'un qui a abandonné les papiers de Murphy, les valises de Murphy, dans une voiture louée sous le nom de Murphy, près de la grange. Je ne sais pas comment ils se sont débrouillés pour les empreintes... Peut-être étaient-ils là-bas tous les deux...

– Tous les deux ?

– Murphy n'était qu'un pion. Un serviteur peu fiable mais indispensable. Et celui qui dirigeait ses agissements depuis que ma mère était revenue en Ulster...

Je pris une photo ancienne dans la poche intérieure de mon blouson. Une photo que m'avait donnée Maman. Elle l'avait trouvé longtemps auparavant, dans les affaires que lui avait laissées sa mère.

Je la tendis à Adira.

– C'est un cliché qui date. Il a une trentaine d'années en plus maintenant, mais vos ordinateurs sauront arranger cela. Demandez à la police de la République d'Irlande de vous envoyer une photo de William Doyle, le gestionnaire de fortune de Braden Mc Laughlin... Et... demandez-leur de fouiller ses comptes...

– Qui est cet homme ?

– Un fantôme, Adira. Un homme que l'on croyait brûlé et décapité.

J'avais tenu à remercier Kenneth Byrne pour avoir sauvé la vie de Maman, et la mienne plus tard. Il m'avait donné rendez-vous dans le parc où il avait fini de nous raconter une histoire ancienne quelques jours auparavant. Nous nous étions assis sur le même banc et je lui avais fait part de mes cogitations.

– Je me doutais d'un coup comme ça... Sans vouloir y croire. Mais oui... C'est une hypothèse qui tient la route, mon garçon.

"À l'époque, la Police Royale ne se préparait pas seulement à changer de nom pour devenir la Police d'Irlande du Nord. Elle voulait donner une autre image de l'institution. Les gens comme Sean Murphy devenaient... indésirables. Les collègues de

Murphy, ce noyau dur et violent, serraient les fesses pour sauver leur job. Ils ont dû trouver utile de sacrifier la brebis la plus galeuse. La plus emblématique de leur petit groupe...

"Bon Dieu, oui, fils ! Ça se tient tellement que je ne suis plus certain que ce soit Michael qui ait écrasé la gueule de Murphy avec sa bagnole ! Il n'est pas impossible que ses propres collègues, ses amis, aient tenté de l'éliminer, puis, voyant qu'ils n'avaient pas réussi, lui aient monté un coup pourri pour qu'on le soupçonne du meurtre de Michael... Soupçonne seulement. Ses collègues ne voulaient évidemment pas d'un procès qui aurait pu les éclabousser. Les tests ADN n'existaient pas encore. La tête avait disparu... La hiérarchie a marché à fond. Et a viré Sean Murphy de ses effectifs.

– Et... le brûlé ? La victime ? S'il ne s'agissait pas de Michael...

– Pouh... L'époque ne manquait pas d'indésirables... Mais je peux te rassurer, peu d'innocents... Tu sais ce que je pense, petit ? La seule vraie victime, dans toute cette putain d'histoire... c'est ce connard de Sean Murphy.

Non. Il y avait eu deux vraies victimes, Julia et l'homme qui gisait sous cette herbe tendre, verte comme l'Irlande. Deux victimes réellement innocentes. Une belle Italienne dévoreuse de vie, et un homme habité par son art, que les dieux d'une petite Irlandaise, fragile et rêveuse, avaient fait émerger d'un brouillard synthétique sur une obscure scène parisienne trente ans plus tôt.

Mon Papa.

Adira désigne la tombe de la main qui tient encore la photo de l'oncle Michael.

– Si vous le désirez, je peux accélérer la procédure pour...

– Non. Je sais qu'il est ici. C'est suffisant...

Du menton, j'indique la croix gravée :

– Ce n'est qu'un nom... Des mots, Adira. Rien que des mots...

J'avais insisté auprès de Kenneth Byrne :

– Quand j'ai demandé à Bartley qui avait tiré sur lui, il m'a répondu :"Mike". Il savait que Michael était vivant ?

– Le Vieux m'avait contacté lorsqu'on avait retrouvé le corps décapité et calciné... Il était persuadé qu'il ne s'agissait pas de

Michael. Je l'ai renvoyé près de son lac... La version semi-officielle me convenait.

– Comment ces deux hommes, ces deux ennemis ont-ils pu s'associer pour dépouiller ma mère ?

– Ils n'étaient pas si dissemblables... Et ce n'étaient pas une association. Michael O'Neill a toujours eu un coup d'avance sur Sean Murphy. Il est plus malin. Moins intellectuel. Sa seule motivation c'est l'argent. La vengeance... c'est le dessert. Pas vraiment indispensable si le plat principal est conséquent.

"Tu m'as dit que Murphy avait la trouille dans la vieille ferme... Cela confirme ce que je te dis. Michael a manipulé et contraint son vieil ennemi. Tout le monde finissait par avoir peur de Michael. Même nous, les flics. Tout simplement parce que l'on savait qu'il n'avait aucune limite.

Michael a toujours été le plus fort des deux. Il n'avait pas, lui, un gentil garçon planqué au fond de son crâne.

ÉPILOGUE

Novembre 2015.

Max me regarde en fronçant les sourcils.

– Une grand-tante ? Mamie Maureen avait une sœur et personne ne le savait ?

– C'est une longue et triste histoire, ma chérie... Elles ont été séparées à la naissance quand...

Bon sang ! Ce que j'ai préparé me semble à présent aussi plausible qu'une histoire de géant irlandais arrachant une poignée de terre pour la balancer dans la mer. Les autres se sont débinés.

Agnès :

– C'est ta fille, après tout...

Ludi :

– Je ne mens pas...

Julien :

– Euh...

Maureen, au téléphone :

– S'il te plaît, chéri. J'ai besoin de la serrer dans mes bras...

Depuis quand suis-je devenu le chef de cette foutue famille ?

Max attend la suite, le regard rivé au mien. Elle ne se méfie pas de moi. Comment son tonton, son papa de cœur pourrait-il lui raconter des craques ?

Et merde !

– Tu penses être capable de garder un gros, un énorme secret, ma chérie ?

Elle lève les yeux au ciel.

Question idiote.

437

Agnès ne s'est pas mise en colère. Tout ce qu'elle a retenu de l'histoire, en dehors du fait que sa mère est toujours vivante, c'est :

– Elle ne l'a pas fait, Ryan. Elle ne s'est pas suicidée. Je savais que c'était impossible...

Je ne lui ai pas *tout* raconté.

Julien a espéré qu'un jour, Maureen, quel que soit le nom qu'elle adopterait, en tirerait un roman magnifique.

Ma Noune, débarrassée de son manteau de plomb, marche maintenant d'un pas si léger qu'il m'arrive de prendre peur qu'elle ne s'envole vers des rivages désertés par le chagrin et la douleur. À notre retour d'Irlande, nous avons beaucoup parlé, Aëlez, Agnès, Ludi et moi. Nous avions cru tout connaître de Maman... Mais nous ne savions encore rien de l'amour qu'elle nous portait et dont elle s'était déchargée sur son amie. Comment lui en vouloir après ça ?

Étienne...

L'un des appels que j'avais passés en rejoignant le pub où je devais retrouver Ludi avait été pour Maureen, bien sûr. Eryn m'avait transmis un numéro de portable sans abonnement qu'elle avait acheté pour ma mère. Devant l'urgence de la situation (le rapt de Bartley) la conversation avait été brève, dénuée de pathos. J'avais trouvé le temps de lui demander comment elle désirait que j'annonce la nouvelle de sa "résurrection" à Étienne.

– Tu sais pour Esteban et moi, alors... Ne t'inquiètes pas. Je l'ai appelé dans le même temps où Eryn te mettait au courant.

– Et... ?

– Il m'en veut et... tient à me le dire de vive voix au plus tôt. Et toi... ? Tu...

– J'ai d'autres appels à passer, Maman. Il faut récupérer Bartley.

Ma bouderie n'avait duré qu'une nuit, et c'est Ludi qui était venue me réveiller le matin suivant cette fameuse soirée. Un plateau de petit-déjeuner dans les mains, un large sourire illuminant son visage. Elle était douchée, habillée et sentait le frais du dehors. Je réussis à articuler, malgré la douleur me vrillant toute une moitié de la face :

– Il est si tard ?

– Non mais j'étais impatiente de la revoir.

– Où est-elle ?

– Chez Bartley. Seule. Elle t'attend.

Je ne lui demandai pas pourquoi elle ne venait pas d'elle-même. Maureen me laissait la décision. Ma mère qui ne croyait pas au pardon quêtait le mien. Mon déplacement aurait valeur d'absolution.

Ludi guettait ma réaction, impatiente. Je sirotai mon café en pensant à la petite fille, l'adolescente, la jeune femme et à la femme découverte ces derniers mois. En me disant que, cette histoire, Maureen aurait pu l'imaginer et l'écrire, faisant de moi, de nous tous, les acteurs / marionnettes de sa propre vie.

Ludi insista d'un ton vaguement menaçant, tout sourire disparu :

– Tu ne peux pas lui en vouloir.

En me poussant à rencontrer la femme Maureen, ma mère avait pris un risque aux retombées aléatoires. Elle avait coupé le cordon maternel, me laissant libre d'aimer ou non l'être humain qu'elle avait été et qu'elle était devenue. Un pari osé.

Un pari gagné.

Étienne, donc.

Le lieutenant Esteban Calestano a fait valoir son droit à la retraite. Il s'est, nous a-t-il dit, découvert une passion pour la pêche.

En lac.

Irlandais.

Ludi et moi poursuivons la lecture d'"Alex". Ça va prendre beaucoup de temps. Nous sommes obligés, souvent, de revenir sur certains détails.

Adira Lalitamohana me tient informé des avancements de l'enquête sur William Doyle, alias Tonton Michael. Celui-ci a disparu la nuit où Sean Murphy a enfin trouvé la paix. Dans le même temps que tout le pognon de Braden Maclaughlin. À chaque conversation, je lui en dévoile un peu plus. Elle commence à me connaître. Elle se montre patiente. Elle sait qu'un jour ou l'autre je finirai par lui raconter toute cette putain d'histoire irlandaise. Une histoire où les morts ne sont pas morts

439

et où les vivants ont égaré leur raison. J'adore cette fille et son opiniâtreté à rechercher la vérité. Je compte les inviter, elle, son mari, sa fille, à Port-Manec'h. Et peut-être qu'à ce moment...

La chouette a repris possession de son immense appartement, au dernier étage de la maison de Port-Manec'h.

Ah, oui ! Une dernière chose. Les éditions Parker O'Neill se sont enrichies d'un nouvel auteur. Une Bretonne exilée sur les rives d'un fameux lac irlandais. Marie Le Quéré. C'est un pseudonyme, je crois.

Ses écrits sont très prometteurs d'après notre nouvel associé qui est un expert en la matière.